험볼트의 선물

HUMBOLDT'S GIFT

세계문학전집
244

Saul Bellow : Humboldt's Gift

험볼트의 선물

솔 벨로 장편소설

전수용 옮김

문학동네

일러두기

1. 번역 대본으로는 *Humboldt's Gift*(Saul Bellow, Penguin Classics, 2008)를 사용했다.
2. 주석은 모두 옮긴이주다.
3. 외래어 표기는 국립국어원 외래어표기법에 준했으나, 일부는 현지 발음이나 관용에 따랐다.
4. 본문의 고딕체는 원서에서 이탤릭체로, 이탤릭체는 영어 외 외국어로 표시된 부분이며, 방점은 첫 글자가 대문자로 강조된 단어다.
5. 성서의 인용은 공동번역 개정판에 따랐다.

차례

폰 험볼트 플라이셔가 1930년대에 펴낸 담시집ballads은 즉시 성공을 거뒀다. 험볼트는 모두가 기다려온 바로 그 무언가였다. 멀리 중서부에서 나 또한 정말 간절히 기다렸다고 할 수 있다. 새로운 세대의 첫번째 아방가르드 작가인 그는 금발의 미남에 체구가 크고, 진지하고 재치 있고 박식했다. 뭐든 다 가진 남자였다. 모든 신문에 그의 책에 대한 서평이 실렸다. 〈타임〉에는 모욕적 언급 없이, 〈뉴스위크〉에는 찬사와 함께 그의 사진이 실렸다. 나는 『할리퀸* 담시집』을 열광적으로 읽었다. 위스콘신대학에 다니던 나는 밤낮으로 문학만 생각했다. 험볼트는 나에게 새로운 작업 방식을 보여주었다. 나는 황홀했다. 그의 행운과 재능, 명성이 부러웠고, 5월에 그를 보기 위해, 혹시 만날 수 있을까 생각하며 동부로 향했다. 스크랜턴 노선을 운행하는 그레이하운드 버

* 이탈리아 고전 희극에 등장하는 전형적인 익살꾼. 교활하면서도 인기 있는 인물로 그려진다.

스로 거의 오십 시간이 걸렸다. 그건 중요하지 않았다. 버스 창문이 열려 있었다. 나는 진짜 산을 본 적이 없었다. 나무에 새잎이 돋고 있었다. 베토벤의 〈전원〉 같았다. 몸속까지 초록으로 젖는 듯했다. 맨해튼도 훌륭했다. 주당 3달러짜리 방을 얻고 집집을 돌며 풀러* 솔을 파는 일자리를 구했다. 나는 모든 일에 무턱대고 열광했다. 험볼트에게 장문의 팬레터를 보냈고, 그가 그리니치빌리지로 초대해줘 문학과 사상에 대해 토론하게 되었다. 험볼트는 베드퍼드 스트리트에 있는 첨리라는 선술집 부근에 살았다. 그가 블랙커피를 내오더니, 그 잔에 바로 진을 부어주었다. "흠, 찰리, 꽤 잘생긴 친구로군," 그가 말했다. "좀 약은 편인가? 일찍 대머리가 될 것 같고. 보기 좋고 커다란 눈을 보니 감정이 풍부하겠어. 하지만 분명 문학을 사랑하고, 중요한 건 그거지. 자넨 감수성이 있겠어." 그는 감수성이라는 말의 개척자였다. 이 말은 나중에 크게 유행했다. 그는 그리니치빌리지 사람들에게 나를 소개해주고 서평 일거리도 구해주었다. 나는 항상 그를 사랑했다.

험볼트의 성공은 십 년쯤 계속되었다. 1940년대 말 그는 가라앉기 시작했다. 1950년대 초반에는 내가 유명해졌다. 돈도 잔뜩 벌었다. 아, 돈, 돈! 험볼트는 돈 때문에 나에게 반감을 품었다. 말년에 그는 엄청난 우울에 빠져 말을 하지 않을 때나 정신병원에 갇혀 있지 않을 때면 뉴욕을 돌아다니며 나와 내 '100만 달러'에 대해 신랄하게 이야기했다. "찰리 시트린을 봐. 위스콘신주 매디슨에서 와서 우리집 문을 두드렸지. 그런데 이젠 백만장자가 됐어. 대체 어떤 작가 어떤 지성인이 그

* 미용 및 청소 도구 제조 회사.

런 큰돈을 벌겠나? 케인스? 그래. 케인스는 세계적으로 유명한 인물이지. 경제학 천재에다 블룸즈버리*의 왕자였지." 험볼트가 말했다. "그는 러시아 발레리나와 결혼했어. 돈은 따라왔고. 그런데 시트린이 대체 뭐라고 그렇게 부자가 됐나? 우리는 가까운 친구 사이였어." 험볼트가 분명하게 말했다. "그런데 그 친구는 어딘가 좀 꼬인 데가 있어. 그렇게 돈을 벌었는데 왜 구석에 틀어박혀 지내? 시카고에는 왜 간 거야? 정체가 밝혀질까봐 겁이 난 거겠지."

정신이 충분히 맑을 때면 그는 나를 공격하는 데 재능을 발휘했다. 그 일을 아주 잘해냈다.

그런데 나는 돈을 벌 작정이 아니었다. 오, 정말 아니었다. 나는 좋은 일을 하고 싶었다. 좋은 일을 하고 싶어 죽을 지경이었다. 선善에 대한 이런 갈망은 인생 초기의 독특한 존재의식으로 거슬러올라가는데―나는 인생의 유리 같은 심연에 가라앉아 전율하며 결사적으로 의미를 찾아 더듬거리고, 인생의 베일을, 마야**를, 영원의 하얀빛을 물들이는 여러 빛깔의 유리 돔을 강렬한 어리석음 속에 흔들리면서도 날카롭게 인지한 사람이었다. 나는 그런 일에 맹목적이었다. 험볼트도 이를 알았지만 말년에 나에게 동정심을 베풀 여유가 없었다. 병들고 분노한 그는 나에게 관대할 수가 없었다. 그는 단지 인생의 베일과 큰돈 사이의 모순만 강조했다. 하지만 내가 번 그 큰돈―자본주의의 어둡고 우스꽝스러운 원칙이 만든 돈은 저절로 굴러들어온 것이었다. 세상이 그렇게 한 것이었다. 어제 〈월스트리트 저널〉에서 부의 슬픔에 관한

* 버지니아 울프를 중심으로 결성된 런던의 예술가 모임.

** 고대 인도에서 환영, 허위로 충만한 물질계를 뜻하던 용어.

글을 읽었다. "인간의 역사가 기록된 오천 년 동안 이토록 많은 사람이 이토록 풍요를 누린 때는 없었다." 오천 년의 궁핍으로 형성된 정신은 왜곡되었다. 감정은 이런 변화를 받아들일 수 없다. 인간은 때때로 받아들이기를 무작정 거부한다.

……

1920년대 시카고 아이들은 3월 해빙기가 되면 보물찾기를 했다. 보도를 따라 만들어진 더러운 눈 둔덕에서 녹아내린 물이 반짝이며 흐르는 도랑에서 병뚜껑, 기계 부속품, 아메리카 원주민 머리가 찍힌 1센트 동전 같은 놀라운 전리품을 찾을 수 있었다. 지난봄 나는, 초로에 가까운 내가 보도에서 내려와 가장자리를 따라 걸어가며 뭔가를 찾고 있다는 것을 알아챘다. 뭘 찾고 있었을까? 대체 뭘 하고 있었을까? 10센트 동전을 발견했다면? 50센트 동전을 발견했다면? 그러면 어쨌다는 건가? 아이의 영혼이 어떻게 돌아왔는지 모르겠지만, 아무튼 돌아왔다. 모든 것이 녹고 있었다. 얼음, 신중함, 성숙함. 험볼트라면 뭐라고 말했을까?

그가 나를 비난했다는 이야기가 들려오면, 나도 그의 말에 동의한다는 것을 자주 깨달았다. "시트린이 윌슨과 터멀티*에 대해 쓴 책이 퓰리처상을 받았어. 퓰리처상은 시시하고 미숙한 책들에나 주는 거야. 사기꾼들과 무식쟁이들이 엉터리 신문을 선전하려고 주는 상이라고. 그걸 받으면 걸어다니는 퓰리처 광고가 되는 거고, 죽으면 사망 기사 첫마디도 '퓰리처상 수상자 서거'야." 나는 그 말에도 일리가 있다고 생각했다. "게다가 찰리는 퓰리처상을 두 번이나 받았어. 첫번째는 그

* 윌슨 대통령의 개인 비서.

신파조의 희곡이었지. 그걸로 브로드웨이에서 떼돈을 벌었어. 영화 판권도 그래. 총수입에 대한 배당을 받았다지. 그 친구가 나를 표절했다고 말하지는 않겠지만, 그래도 뭔가, 내 개성을 훔쳐갔어. 자기 주인공을 만드는 데 그걸 썼어."

터무니없는 소리 같지만 아마 근거가 있었을 것이다.

그는 멋진 화술가였고, 열에 들떠 멈출 줄 모르는 독백가이자 즉흥시인이었으며, 비방의 대가였다. 험볼트에게 욕먹는 건 사실 일종의 특권이었다. 피카소의 그림에 나오는 코가 두 개인 모델이 되거나 수틴*의 그림 속 내장이 제거된 닭이 되는 것과 비슷했다. 돈은 언제나 그에게 영감을 주었다. 그는 부자들 이야기를 좋아했다. 뉴욕 타블로이드 신문들을 보고 자란 그는 피치스와 대디 브라우닝**, 해리 소와 에벌린 네즈빗***, 재즈 시대와 스콧 피츠제럴드, 대부호들의 과거 황금기 스캔들을 자주 입에 올렸다. 헨리 제임스의 소설에 나올 법한 상속녀들을 훤히 꿰고 있었다. 그 자신이 돈을 벌기 위해 우스꽝스러운 계획을 세우던 때도 있었다. 그러나 그의 진정한 재산은 문학이었다. 그는 수천 권의 책을 읽었다. 그의 말에 따르면 역사란 하룻밤 편안한 휴식을 얻으려고 노력하는 동안 진행되는 악몽이었다. 불면증 덕에 그는 더 박식해졌다. 이른새벽에는 마르크스와 좀바르트, 토인비, 로스톱체프, 프로이트 같은 두꺼운 책을 읽었다. 부에 대해서는 로마의 사치를

---

* 제정러시아 태생 프랑스 화가.

** 여배우와 부동산 개발업자 부부로, 떠들썩하게 이혼소송을 벌였다.

*** 재벌가 상속자 해리가 과거에 아내 에벌린의 연인이었던 남자를 죽였지만, 정신이상을 이유로 무죄 선고를 받았다.

미국 신교도의 부와 비교하며 말할 수 있었다. 그리고 대개는 조이스의 작품에 등장하는, 증권거래소 주변을 서성이는 실크해트 쓴 유대인들 이야기로 이어갔다. 그러고는 슐리만이 발굴한 아가멤논의 금도금한 두개골 혹은 데스마스크 이야기로 마무리했다. 험볼트는 정말 달변가였다.

헝가리계 유대인 이민자인 그의 아버지는 매춘부와 말의 나라인 멕시코의 치와와에서 판초 비야*를 추격하며 퍼싱**의 기마대와 함께 말을 달렸다(그런 일은 피했던 작고 당당한 나의 아버지와는 달랐다). 이후 그의 아버지는 미국으로 왔다. 험볼트는 장화와 나팔, 야영에 대해 이야기했다. 나중에는 리무진과 고급 호텔들, 플로리다의 저택들이 등장했다. 그의 아버지는 호경기 때 시카고에 살았다. 부동산업에 종사했고 에지워터비치호텔 스위트룸을 가지고 있었다. 그는 여름마다 아들을 그곳으로 불렀다. 험볼트는 시카고도 잘 알았다. 플라이셔 일가는 핵 윌슨과 우디 잉글리시가 뛰던 전성기에 리글리필드 구장에 박스석도 가지고 있었다. 그들은 피어스애로나 이스파노수이자를 타고 경기를 보러 갔다(험볼트는 자동차광이었다). 그리고 존 헬드 주니어*** 만화에 나오는 것 같은 사랑스러운 여자들, 스텝인즈****를 신은 아름다운 여자들이 있었다. 위스키와 갱스터가 있었고, 철도와 돼지와 곡물 관련 돈이 철제

---

* 산적 출신 멕시코 혁명가.

** 판초 비야 토벌에 나섰으나 실패한 미국 장군.

*** 미국 만화가. 1920년대 자유분방한 젊은 여성을 지칭하는 '플래퍼'들을 만화에 자주 등장시켰다.

**** 손을 대지 않고 간편하게 발을 넣어 신을 수 있는 신발.

금고 속에 보관된, 운명처럼 어두운 기둥이 늘어선 라살 스트리트의 은행들도 있었다. 애플턴에서 왔을 때 나는 이런 시카고에 대해 완전히 무지했다. 나는 엘트랙* 철도 아래서 폴란드 아이들과 약식 야구를 했다. 험볼트는 헨리치스에서 코코넛과 마시멜로가 층층이 쌓인 초콜릿케이크를 먹었다. 나는 헨리치스에는 들어가보지도 못했다.

웨스트엔드 애비뉴의 어두운 아파트에서 험볼트의 어머니를 한 번 본 적 있다. 그녀의 얼굴은 아들과 비슷했다. 말수가 없고, 뚱뚱하고, 입술이 두툼한 그녀는 목욕 가운을 입고 있었다. 하얗게 센 머리는 피지 사람처럼 덥수룩했다. 손등에 검버섯이 피었고, 낯빛이 어두운 얼굴에 눈동자만큼 크고 검은 점들이 있었다. 험볼트가 몸을 굽혀 뭐라고 말을 걸어도 대답 없이 그저 여성적인 강한 슬픔이 어린 눈으로 응시했다. 건물을 나올 때 험볼트가 내게 우울하게 말했다. "어머니는 나를 자주 시카고에 보내줬는데, 그때 난 아버지를 염탐하면서 은행 고지서를 살피고 계좌번호를 베끼고, 노인네가 만나는 매춘부들 이름을 적어야 했어. 어머니는 아버지한테 소송을 걸 작정이었거든. 짐작하겠지만 아버지에게 엄청 화가 나 있었지. 하지만 아버지는 공황 때 모든 걸 잃고 플로리다에서 심장마비로 죽었어."

그의 재치 있고 명랑한 담시의 배경이 바로 그것이었다. 그는(스스로 진단하기에) 조울증 환자였다. 프로이트 전집을 가지고 있었고 정신의학 잡지를 읽었다. 『일상생활의 정신병리학』을 읽으면 매일의 일상이 정신병리학이라는 걸 알게 된다. 험볼트는 상관하지 않았다. 그

* 노선 대부분이 고가철도인 시카고의 전철.

는 종종 『리어왕』을 인용했다. "도시에는 폭동이, 시골에는 불화가, 궁전에는 반역이, 그리고 아버지와 아들의 유대에 금이 갔고……" 그는 "아버지와 아들"을 강조했다. "파멸의 무질서가 불안하게 무덤까지 우리를 쫓아온다."

그렇다, 칠 년 전 파멸의 무질서가 그를 쫓아왔다. 그리고 곧 새로운 시선집들이 출간되어 나는 브렌타노서점 지하 매장에 가서 훑어보았다. 험볼트의 시들은 빠져 있었다. 그 망할 놈들, 이 선집들을 펴낸 문학의 장례 위원들과 정치인 놈들에게 한물간 험볼트는 쓸모가 없었다. 그의 모든 사유와 글과 감정은 아무 가치가 없었고, 아름다움을 되찾기 위한 난입도 그 자신을 지치게 할 뿐 아무 효과가 없었다. 그는 타임스스퀘어에서 조금 떨어진 어느 음침한 호텔에서 죽었다. 그와 다른 부류의 작가인 나는 시카고에 남아 그를 애도하며 번영을 누렸다.

미국의 시인이라는 고상한 생각은 때때로 험볼트가 스스로를 별난 사람, 어린아이, 희극배우, 바보라고 느끼게 했다. 우리는 재미와 놀이에 빠진 보헤미안이나 대학원생처럼 살았다. 어쩌면 미국은 예술과 내면의 기적을 필요로 하지 않았는지도 모른다. 외적인 요소가 너무 많았다. 미합중국은 거대한, 아주 거대한 조직이었다. 미국이 흥할수록 우리는 위축되었다. 그래서 험볼트는 괴팍한 사람, 희극의 주인공처럼 행동했다. 그러나 그가 때로 멈춰서 생각할 때는 괴팍함도 잠시 사그라들었다. 그는 미국이라는 세계로부터 자신을 완전히 분리해서 생각하려고 노력했다(나도 그랬다). 나는 험볼트가 과거와 현재, 태어남과 죽음 사이에서 어떤 위대한 질문에 대한 답을 찾기 위해 무엇을 해야 할지 고민하고 있다는 것을 알 수 있었다. 그런 고민을 해도 그의 정신 상태는 좀체 나아지지 않았다. 그는 마약과 술에도 손을 댔다. 종국에는 여러 충격요법을 쓰기에 이르렀다. 그에게 이것은 그 자신 대 광기의 대결이었다. 광기가 훨씬 더 강력했다.

말하자면 최근에 험볼트가 무덤에서 어떤 행동을 해 내 인생에 근본적인 변화를 일으켰을 때, 나의 인생은 그리 잘 풀리고 있지 못했다. 우리는 크게 싸웠고 십오 년 동안이나 사이가 나빴지만, 그는 유언장에 내 앞으로 무언가를 남겼다. 나는 유산을 받게 되었다.

* * *

그는 남을 즐겁게 해주는 데 명수였지만 미쳐가고 있었다. 너무 열심히 웃느라 볼 틈이 없는 사람들만 그의 병을 알아채지 못했다. 금발에 얼굴이 너부죽하고 무척이나 엉뚱하고 잘생긴 남자, 내가 그토록 애착을 느꼈던 매혹적이고 거침없고 깊은 근심에 잠긴 험볼트는 성공이라는 주제를 열정적으로 살아냈다. 당연히 그는 실패자로 죽었다. 그런 단어들을 강조한다고 달리 무슨 결과를 얻을 수 있는가? 나 자신도 언제나 신성시하는 몇 안 되는 단어가 있다. 그런 내가 볼 때 험볼트는 너무 많은 말을 신성시하는 것 같았다—시 아름다움 사랑 황무지 소외 정치 역사 무의식. 물론 언제나 대문자로 강조했던 조증과 울증도. 그에 따르면, 미국의 위대한 조울증 사례는 링컨이었다. 자신의 검은 개와 같은 기분에 대해서 말했던 처칠은 전형적인 조울증 사례였다. "나처럼 말이야, 찰리." 험볼트가 말했다. "하지만 생각해봐. 에너지가 기쁨이고 활력이 아름다움이라면, 조울증 환자는 기쁨과 아름다움에 대해 누구보다 잘 알지 않겠나. 누가 그 사람보다 더 에너지와 활력이 있겠느냐 말이야. 어쩌면 우울함을 늘리는 게 정신의 전략인지도 몰라. 행복은 고통의 경감일 뿐이라고 프로이트도 말하지 않았나? 그러니 고통이 늘어날수록 행복은 커지는 거야. 하지만 여기에는 선차적인 원인이 있어, 정신이 일부러 고통을 만든다는 거지. 어쨌든 인류는 특정 개인의 활력과 아름다움에 정신이 아뜩해지지. 조울증이 분노의 손아귀를 벗어나면 당해낼 수가 없어. 역사를 포획해버리거든. 그 격화는 무의식의 비밀 기술인 것 같아. 위대한 인물이나 왕이 역사의 노예라고 했던 톨스토이의 말은 틀렸다고 생각해. 스스로를 속이면 안 돼, 왕들은 가장 숭고한 병자야. 조울증 걸린 영웅들은 인류를 자기 사이클로 끌어들여 모두를 쓸어갔으니까."

불쌍한 험볼트는 자신의 사이클을 그리 오래 내세우지 못했다. 결코 시대의 빛나는 중심이 되지 못했다. 우울증이 영구히 그에게 달라붙었다. 광기와 시의 시대는 끝났다. 『할리퀸 담시집』으로 유명해지고 삼십 년 후, 그는 바워리* 중심부 웨스트포티스의 싸구려 호텔에서 심장마비로 사망했다. 그날 밤 나는 우연히 뉴욕에 있었다. 그곳에서 일이, 다시 말해 별로 좋지 못한 일이 있었다. 내 일은 언제나 하잘것없었다. 모두와 소원해진 험볼트는 일스컴이라는 곳에 살고 있었다. 나중에 그곳에 가보니 노인들에게 복지로 제공된 거처였다. 그는 끔찍이도 무더운 밤에 죽었다. 플라자호텔에 묵은 나도 불쾌할 정도였다. 일산화탄소가 가득했다. 덜덜덜 돌아가는 에어컨이 거리를 지나는 사람들에게

* 싸구려 술집이나 하숙집, 떠돌이가 많은 거리.

물방울을 떨어뜨렸다. 고약한 밤이었다. 다음날 아침 나는 시카고로 돌아가는 727제트기 안에서 〈타임스〉를 펼쳤다가 험볼트의 사망 기사를 발견했다.

두 달 전 길에서 봤을 때 이미 죽음의 기색이 완연했었기에 나는 험볼트가 곧 죽으리란 걸 알았다. 그는 나를 보지 못했다. 머리가 허옇게 세서는 병들고 지저분한 행색으로 막대형 프레첼을 먹고 있었다. 그의 점심이었다. 나는 주차된 차 뒤에 숨어 지켜보았다. 그에게 다가가지 않았고, 그럴 수도 없다고 생각했다. 모처럼 동부에서 내가 하게 된 일은 합법적인 것이었다. 여자들 꽁무니나 쫓아다니는 일이 아니라 잡지에 기고할 글을 준비하고 있었다. 바로 그날 아침 나는 재비츠 상원의원, 로버트 케네디 상원의원과 함께 해안경비대 헬리콥터 행렬에 끼여 뉴욕 상공을 비행했다. 그뒤 유명인사들이 모두 모여 서로에게 열광하던, 센트럴파크의 태번온더그린에서 열린 정치인 오찬에 참석했다. 그들이 흔히 말하는 것처럼, 나는 "신수가 훤했다". 안색이 좋지 않을 때 나는 망가진 것처럼 보인다. 그러나 그날은 나도 내 안색이 괜찮다는 것을 알았다. 게다가 주머니에 돈도 있어서 매디슨 애비뉴에서 윈도쇼핑을 했다. 가르댕이나 에르메스 넥타이도 마음에 들면 얼마냐고 묻지 않고 살 수 있었다. 배가 나오지도 않았고, 한 장에 8달러나 하는 시아일랜드산産 면으로 만든 고급 사각팬티를 입고 있었다. 시카고에서 스포츠클럽에 등록해 꽤 오랫동안 몸매를 관리했다. 거기서 스쿼시의 일종인 패들볼이라는 빠르고 격렬한 운동을 했다. 그러니 내가 어떻게 험볼트에게 말을 걸 수 있었겠는가? 너무 심한 일이었다. 내가 바닥이 유리로 된 배를 타고 열대 산호초 위를 지나가듯 헬리콥터로 맨해튼

상공을 날며 도시를 내려다보는 동안 험볼트는 아침에 마실 진에 섞을 주스를 찾느라 술병들 사이를 더듬고 있었을 것이다.

험볼트가 죽은 후 나는 훨씬 더 열렬한 신체 단련자가 되었다. 지난 추수감사절 때는 시카고에서 강도를 피해 달아났다. 강도가 어두운 골목에서 튀어나왔지만 내가 더 빨랐다. 순전히 반사 신경 덕이었다. 나는 몸을 날려 길 한복판으로 질주했다. 어릴 때 달리기를 잘한 것도 아니었다. 그런데 어떻게 오십대 중반인 내가 도망칠 생각을 하고 그렇게나 빨리 달릴 수 있었을까? 그날 밤 나는 "아직도 난 100미터 달리기에서 마약쟁이를 이길 수 있어"라며 우쭐거렸다. 누구에게 내 다리 힘을 자랑했던가? 레나타라는 젊은 여자였다. 우리는 침대에 누워 있었다. 그녀에게 내가 어떻게 몸을 날려 죽어라 쏜살같이 달렸는지 말해주었다. 그러자 그녀는 기다렸다는 듯이 말했다(아, 아름다운 여자들의 예의와 상냥함이란). "찰리, 당신 몸은 정말 멋져요. 체구는 크지 않지만 건장하고 탄탄한데다 우아하기까지 해요." 그녀가 내 벗은 옆구리를 쓰다듬었다. 그렇게 내 친구 험볼트는 사라졌다. 어쩌면 무연고자 묘지에서 뼈마저 모두 바스러져버렸는지도 모른다. 무덤 속에 검댕덩어리 몇 개만 남았을지도. 하지만 찰리 시트린은 아직도 시카고 거리에서 혈기 왕성한 범죄자들보다 빠르게 달렸고, 멋진 몸매를 가졌으며, 풍만한 여자 옆에 누워 있었다. 이 시트린은 이제 특정 요가 동작을 할 수 있었고, 목 관절염을 완화하기 위해 배운 물구나무서기도 가능했다. 콜레스테롤 수치가 낮다는 건 레나타도 잘 알고 있었다. 또한 나는 전립선이 놀라울 정도로 쌩쌩하고 심전도도 정상보다 훨씬 좋다는 의사의 말을 그대로 그녀에게 되풀이했다. 그런 자랑스러운 의학

소견을 듣고 한층 강렬한 환상과 우둔함에 빠진 나는 포스처피딕 매트리스*에 누워 가슴이 풍만한 레나타를 껴안았다. 그녀는 경건한 사랑이 어린 눈으로 나를 바라보았다. 나는 미국 문명(이제는 제국이라는 동양적 색채에 물든)의 승리에 한 개인으로서 참여하면서 그녀의 달콤한 체액을 들이마셨다. 그러나 마음속 환영 같은 애틀랜틱시티의 산책로에서 또다른 시트린을, 등이 굽고 노쇠하고 노망의 경계에 있는 나를 보았다. 아, 너무, 너무도 노쇠했고, 소금기 어린 잔물결을, 마치 나처럼 보잘것없는 잔물결을 지나가고 있었다. 그런데 누가 내 휠체어를 밀고 있었지? 레나타였나—패튼** 같은 재빠른 공격으로 행복의 전쟁에서 잡은 레나타? 아니다, 레나타는 멋진 여자지만, 휠체어에 앉아서는 볼 수 없었다. 레나타? 레나타는 아니다. 절대 아니다.

시카고에서 험볼트는 나에게 의미심장한 사자死者가 되었다. 나는 죽은 자를 생각하고 그와 교감하느라 너무 많은 시간을 흘려보냈다. 게다가 내 이름이 험볼트와 연결되었는데, 과거가 물러가고, 문화적 무지개를 직조하는 사람들이 1940년대를 가치 있게 여기기 시작하면서 폰 험볼트 플라이셔의 친구였던 찰스 시트린이라는 남자가 아직 시카고에 살고 있다는 소문이 돌았다. 기자들, 학자들, 작가들이 나와 험볼트에 대한 글을 쓰기 위해 편지를 보내오거나 비행기를 타고 날아왔다. 시카고에서 험볼트는 성찰의 자연스러운 주제였다고 봐야 할 것이다. 오대호—세계 민물의 20퍼센트를 공급하는—남단에 자리잡은, 거대한 외적 삶을 지닌 시카고는 시의 모든 문제와 미국의 내적 삶을

* 씰리사(社)에서 세계 최초로 정형외과, 수면 전문가와 협업해 개발한 스프링 매트리스.
** 2차세계대전 당시 맹활약한 미 육군 장군.

품고 있었다. 여기에서는 민물의 투명함을 통해 그런 것들을 들여다볼 수 있었다.

"시트린 씨, 폰 험볼트 플라이셔의 성공과 몰락에 대해 어떻게 생각하십니까?"

"젊은이들, 험볼트에 대해 알아내서 뭘 어쩌려는 건가요, 기사를 써서 경력에 보탤 생각인가요? 그건 순전히 자본주의적 발상인데."

나는 이 이야기에서 드러나는 것보다 훨씬 더 진지하고 애석한 마음으로 험볼트를 생각했다. 내가 사랑하는 사람은 많지 않았다. 그중 누구도 잃을 여유가 없었다. 험볼트 꿈을 그렇게 자주 꿨다는 것이 애정의 증거였다. 꿈속에서 그를 볼 때마다 감정이 격해져 잠결에도 울었다. 한번은 그리니치빌리지 식스스 애비뉴와 에잇스 스트리트가 만나는 길모퉁이의 웰런약국에서 그를 만나는 꿈을 꾸었다. 포티식스스 스트리트에서 보았던 퉁퉁 붓고 납빛 안색에 쓸모없는 인간이 아니라 강건하고 멀쩡한 중년의 험볼트였다. 그는 콜라를 들고 탄산음료 디스펜서 근처에 나와 나란히 앉아 있었다. 나는 울음을 터뜨렸다. 그리고 말했다. "어디 갔었어요? 죽은 줄 알았잖아요."

그는 아주 온화하고 조용하고 기분이 무척 좋아 보였다. 그리고 이렇게 말했다. "이제 모든 것을 이해하네."

"모든 것을요? 모든 것이라니 무슨 말이에요?"

그러나 그는 그저 "모든 것"이라고만 했다. 더는 알아낼 수 없었지만, 나는 기쁨의 눈물을 흘렸다. 물론 그건 영혼이 평안하지 않을 때 꾸는 꿈일 뿐이었다. 깨어 있을 때 내 성품은 온건함과는 거리가 멀다. 성품 탓에 어떤 상도 받지 못할 것이다. 이 모든 일이 죽은 자에게는 아주 명백할 것이다. 마침내 말썽 많고 흐린 세상과 인간의 영역을 떠나갔으니까. 인간은 살아 있는 동안 자신의 중심인 자아로부터 밖을 바라본다. 죽은 후에는 주변에서 안을 들여다본다. 죽은 당신은 웰런약국에서 당신의 오랜 벗들이 아직도 자아의 육중한 무게와 씨름하는 것을 보고, 그들도 영원의 세계로 들어올 차례가 되면 마침내 무슨 일이 일어났는지 알게 되고 이해하게 되리라 암시하며 용기를 북돋워준다. 이 중 어느 것도 과학적이지 않으므로, 우리는 이런 생각을 두려워한다.

좋다, 그럼 한번 요약해보겠다. 폰 험볼트 플라이셔는 스물두 살에 첫 시집을 출간했다. 그는 웨스트엔드 에이티나인스 스트리트 출신의 신경과민 이민자, 과거에 판초 비야를 추격했던, 험볼트가 보여준 사진에서는 수비대 모자가 저절로 벗겨질 정도로 머리가 곱슬곱슬하던 허풍스러운 아버지와, 〈포태시와 펄머터〉*에 나올 법한, 야구와 사업에만 열심이었던 집안 출신에 젊을 때는 짙은 색 피부가 예뻤고 나중에는 우울한 광기를 드러내며 말이 없어졌던 어머니의 아들이었다. 그런 젊은이는 세련되지 못할 것이고 그가 쓴 글은 개신교 기득권층과 고상한 전통을 고수하려는 까다로운 이교도** 비평가들에게 받아들여질 수 없을 거라 생각할 것이다. 그러나 전혀 그렇지 않았다. 그의 시는 순수하고 음악적이고 재치 있고 눈부시며 인간적이었다. 나는 그 시들이 플라토닉하다고 생각한다. 플라토닉하다는 것은 모든 인간이 돌아가고 싶어하는 원초적 완벽함을 뜻한다. 그렇다, 험볼트의 언어는 흠잡을 데 없이 완벽했다. 품위 있는 미국은 걱정할 것이 없었다. 그러

* 1923년 제작된 무성 코미디영화 혹은 연극으로, 유대인들의 삶을 다루었다.

** 원문은 'goy'로, 유대교도들이 비유대교도를 이를 때 쓰는 경멸적 표현이다.

나 이성을 잃은 품위 있는 미국은 빈민가에서 안티크리스트가 뛰쳐나오리라 예상했다. 그런데 험볼트 플라이셔가 나타나 사랑을 제안했다. 그는 신사처럼 행동했다. 매력적이었다. 그래서 따뜻한 환대를 받았다. 콘래드 에이킨*이 칭송했고, T. S 엘리엇도 그의 시에 호의적이었고, 아이버 윈터스**까지 듣기 좋은 말을 했다. 나로 말할 것 같으면, 그와 만나 이야기해보고 싶어 30달러를 빌려서 베드퍼드 스트리트에서 뉴욕으로 신이 나 달려갔다. 1938년이었다. 우리는 크리스토퍼 스트리트 페리를 타고 허드슨강을 건너 대합을 먹으러 호보컨에 가서는 현대시를 주제로 이야기를 나눴다. 험볼트가 나에게 강의를 했다는 뜻이다. 산타야나***가 옳았던가? 현대시는 야만적인가? 현대의 시인들은 호메로스나 단테보다 더 훌륭한 소재를 가지고 있었다. 분별 있고 꾸준하게 이상화되지 않았을 뿐이었다. 기독교도가 되는 것은 불가능했고, 비기독교도가 되는 것도 불가능했다. 결국 남은 것이 무엇인지는 당신도 알 것이다.

나는 위대한 것들이 진실일 거라는 말을 들으러 온 것이었다. 그리고 그 말을 크리스토퍼 스트리트 페리에서 들었다. 경탄의 몸짓을 해야 했는데 험볼트는 그런 몸짓을 했다. 그는 시인들이 실용주의적인 미국을 설득할 방법을 알아내야 한다고 말했다. 그날 그는 그런 말들을 나에게 쏟아부었다. 줄리어스 형에게 물려받은 숨막히는 모직 정장을 입은 풀러 솔 방문판매원이던 나는 황홀경에 빠졌다. 상체가 뚱뚱

---

* 미국 시인, 소설가.

** 미국 시인, 비평가.

*** 스페인 태생 미국 시인, 철학자, 비평가.

한 형의 것이라 셔츠 가슴 부위는 부푼 풍선처럼 넉넉했고 바지 허리도 컸다. 나는 형의 이니셜 J가 수놓인 손수건으로 땀을 훔쳤다.

험볼트는 그 무렵 막 몸이 붇기 시작했다. 어깨는 두둑하지만 엉덩이는 아직 날렵했다. 나중에는 베이브 루스처럼 눈에 띄게 배가 나왔다. 다리를 가만두지 못했고 발을 신경질적으로 까닥거렸다. 아래는 호들갑스러운 코미디였고, 위는 기품에 위엄까지 갖춰 묘한 매력을 풍겼다. 고래가 배 옆 수면 위로 떠올라 사이가 넓은 회색빛 두 눈으로 그가 쳐다보듯 눈을 맞출지도 몰랐다. 그는 투박하면서도 섬세했고, 무거우면서도 가벼웠고, 얼굴은 창백하면서도 어두웠다. 금빛 도는 갈색 머리는 이마 위로 넘겨 두 개의 밝은 두두룩한 부분과 어두운 골이 생겼다. 이마에는 흉터가 있었다. 어릴 때 스케이트 날 위로 넘어져 뼈가 움푹 팬 자리였다. 창백한 입술이 두드러졌고 유치처럼 덜 자란 것 같은 치아가 빽빽했다. 담배를 늘 끝까지 빨아서 넥타이와 재킷 여기저기에 탄 자국이 있었다.

그날 오후의 주제는 성공이었다. 그는 시골에서 온 나를 무시했다. 시를 써서 빌리지 사람들을 납작하게 눌러준 뒤 〈파르티잔 리뷰〉나 〈서던 리뷰〉에 평론이 실린다면 기분이 어떨지 상상이나 할 수 있겠느냐 그가 물었다. 모더니즘과 상징주의, 예이츠, 릴케, 엘리엇에 대해서도 할말이 많았다. 그는 술을 꽤 잘 마셨다. 물론 여자도 많았다. 게다가 당시 뉴욕은 아주 러시아적인 도시여서 온 사방에 러시아가 있었다. 라이어널 에이블*이 말했듯 다른 나라에 속하기를 염원하는 대도

* 유대계 미국인 극작가, 평론가.

시 같았다. 뉴욕은 북아메리카를 떠나 소련과 합류하길 꿈꾸었다. 험볼트는 베이브 루스 이야기를 하다가 로자 룩셈부르크, 벨라 쿤, 레닌으로 쉽사리 화제를 옮겼다. 그때 나는 트로츠키를 읽지 않고는 그의 말상대가 될 수 없다는 것을 깨달았다. 험볼트는 지노비예프, 카메네프, 부하린, 스몰니전문학교*, 샤흐티 기술자들**, 모스크바재판***에 대해, 시드니 훅****의 『헤겔에서 마르크스까지』, 레닌의 『국가와 혁명』에 대해 이야기했다. 그는 자신을 레닌에 비교했다. "난 알아." 그가 말했다. "레닌이 10월에 어떤 심정으로 *어지럽다!*'고 외쳤는지. 그는 모두를 *속이려던* 게 아니라 자신이 현기증을 느낀다는 거였어.***** 강인한 레닌은 왈츠를 추는 소녀와도 같았어. 나도 그래. 성공 때문에 현기증이 나, 찰리. 생각 때문에 잠을 못 이뤄. 술도 안 마시고 침대에 들지만, 방이 빙글빙글 돌거든. 자네에게도 그런 일이 일어날 걸세. 대비하라는 뜻에서 얘기해주는 거야." 험볼트가 말했다. 그는 공치사에 재주가 있었다.

광적으로 흥분한 나는 주눅들어 보였다. 물론 나는 치열하게 준비해온 상태였고 모두를 감동시키고 싶었다. 풀러 솔 판매사원 단합 모임에서는 매일 아침 한목소리로 "저는 상쾌하고 아주 멋진 기분인데, 당신은 어떠세요?"라고 제창했다. 나는 정말로 상쾌하고 아주 멋진 기분이

---

* 1764년 예카테리나 2세가 설립한 러시아 최초의 여성 교육기관.

** 태업을 시도한 혐의로 체포된 샤흐티 소재 탄광 기술자 쉰세 명을 가리킨다.

*** 1936년부터 1938년까지 스탈린 반대파들을 숙청하기 위해 열린 재판.

**** 미국 철학자, 실용주의자.

***** 1917년 10월 볼셰비키혁명에 성공하기 직전 새벽에 레닌이 트로츠키에게 했던 말. 독일어 'schwindeln'에는 '어지럽다' '속이다' 두 가지 뜻이 있다.

었다. 그런 척할 필요가 없었다. 주부들에게 인사하고 집안으로 들어가 부엌을 살펴보고 그들의 이야기와 불평을 듣는 일에 그보다 열심일 수 없었다. 유대인 여자들의 심한 건강염려증은 당시 나에게는 생소해서, 그들의 종양과 부은 다리에 대해 열심히 들어주었다. 나는 그들이 결혼과 출산, 돈, 병, 죽음에 대해 말해주었으면 했다. 그렇다, 거기 앉아 커피를 마시며 그들을 범주화하려고 애썼다. 그들은 소시민, 남편 살해자, 출세주의자, 히스테리 환자 등등이었다. 그러나 이런 분석적 회의주의는 아무 소용이 없었다. 나는 너무나 열심이었다. 부지런히 솔을 팔러 다녔고, 밤에는 그만큼 부지런히 빌리지로 가 샤피로, 훅, 라프, 허긴스, 검바인 등 뉴욕에서 가장 말을 잘한다는 사람들의 이야기를 들었다. 그들이 열변을 토하는 동안 나는 음악당의 고양이처럼 앉아 있었다. 그러나 험볼트가 그중에서도 최고였다. 그는 대화계의 모차르트였다.

페리에서 험볼트가 말했다. "나는 너무 일찍 성공했지, 그게 문제야." 그는 잠시 말을 멈췄다. 그의 이야기는 프로이트, 하이네, 바그너, 이탈리아의 괴테, 레닌의 죽은 형제, 와일드 빌 히콕*의 의상, 뉴욕자이언츠, 그랜드오페라에 대한 링 라드너의 비평, 태형에 대한 스윈번**의 이론, 종교에 대한 존 D. 록펠러의 견해까지 이어졌다. 화제는 그렇게 변주되면서 언제나 기발하고 흥미진진하게 반복되었다. 그날 오후 거리는 잿빛이었지만 페리의 갑판은 밝은 회색이었다. 험볼트는 너저분하면서도 멋이 있었고, 마음은 강물처럼 넘실거리고, 금발이 흩날리고,

* 서부 개척 시대 총잡이.

** 영국 시인, 평론가.

사이가 넓은 회색 두 눈동자의 얼굴은 창백하고 긴장되어 있었으며, 주머니 깊숙이 손을 찔러넣고 폴로 부츠를 신은 두 발을 붙이고 있었다.

험볼트는 스콧 피츠제럴드가 신교도였다면 성공이 그를 그토록 크게 망가뜨리진 않았을 거라고 말했다. 아버지 록펠러를 보라, 그는 성공을 다루는 법을 알았고, 모든 돈을 하느님이 주셨다고 말했다. 물론 그것은 책무였다. 그것이 바로 칼뱅주의였다. 칼뱅주의가 나오자 험볼트는 은총과 타락으로 넘어갔다. 타락 이야기는 수십 년 안에 기계문명의 발달이 어쨌든 우리 목숨을 위협할 거라 했던 헨리 애덤스로 옮겨갔고, 헨리 애덤스에서 혁명, 용광로, 대중 시대의 명성 이야기로, 그리고 토크빌*, 허레이쇼 앨저**, 〈레드갭의 러글스〉***로 이어졌다. 영화에 미친 험볼트는 〈스크린 가십〉을 구독했다. 로이스극장 무대에 스팽글 장식 의상을 입고 여신처럼 서서 아이들에게 자기를 보러 캘리포니아로 오라고 초대하던 메 머리도 기억했다. "그 여자는 〈태즈메이니아의 여왕〉과 〈마녀 키르케〉에서 주연까지 했지만, 결국 구빈원의 노파로 마지막을 보냈어. 그리고 병원에서 자살한 그 남자 이름이 뭐더라? 구두 뒤축으로 포크를 두드려 심장에 박은 남자 말이야, 그 불쌍한 인간!"

슬픈 일이었다. 하지만 나는 얼마나 많은 사람이 죽어 나자빠졌는지 따위는 신경쓰지 않았다. 나는 이루 말할 수 없이 행복했다. 그전까지는 시인의 집에 가본 적도, 진을 스트레이트로 마셔본 적도, 대합찜을 먹어본 적도, 조수潮水 냄새를 맡아본 적도 없었다. 비즈니스에 대

---

* 프랑스 정치학자, 역사가.

** 미국 작가.

*** 1935년 미국 코미디 서부영화.

해, 영혼을 굳혀버린다는 그 힘에 대해 들어본 적도 없었다. 험볼트는 멋지고, 가증스럽도록 부유한 사람들에 대해 경이롭게 말했다. 그들은 예술의 방패 속에서 보아야 했다. 그의 독백은 그 혼자서 노래하고 모든 역을 연기하는 성가극 같았다. 더욱 고양된 그는 스피노자에 대해, 영원하고 무한한 것들이 어떻게 마음을 기쁨으로 채우는가에 대해 말하기 시작했다. 위대한 모리스 R. 코언의 철학 수업에서 A학점을 받은 학생 험볼트의 말이었다. 시골에서 온 아이에게가 아니라 다른 사람들에게도 그렇게 말했을지는 의문이다. 그러나 스피노자 이야기 다음부터 그는 약간 우울해져서 말했다. "많은 사람이 내가 확 고꾸라지길 기다리고 있어. 적이 수도 없이 많아."

"그래요? 왜요?"

"자네가 콰키우틀 원주민들의 식인사회에 대해 읽어봤을 것 같진 않군." 박식한 험볼트가 말했다. "성인이 되는 당사자가 성인식 춤을 추다가 광란 속에서 인육을 먹어. 그런데 그 당사자가 의식에서 실수를 저지르면 거기 모인 사람들이 그를 갈가리 찢어버리지."

"하지만 시를 쓴다고 적이 그렇게 많이 생긴다고요?"

그는 나에게 좋은 질문이라고 말했지만 진심이 아닌 게 분명했다. 우울하면 그의 목소리는 화려한 건반에서 퉁 하고 깡통 소리 하나만 나는 것처럼 단조로워졌다. 지금 그가 그런 소리를 냈다. "나는 제단에 제물이라도 바치는 기분인데, 그들은 그렇게 생각하지 않아." 아니었다, 좋은 질문이 아니었다. 그런 질문을 한다는 것은 내가 악을 모른다는 뜻이었고, 악을 모른다면 나의 감탄은 가치가 없었다. 그는 내가 어렸기 때문에 용서해주었다. 그러나 그 퉁 하는 깡통 소리를 들었을 때 나는 스스로를 방어하는 법을 배워야 한다는 걸 깨달았다. 그는 나의 애정과 감탄을 건드렸고, 그것은 위험한 속도로 흐르고 있었다. 이 열망의 출혈이 나를 약해지게 할 것이고, 내가 약해져 방어할 수 없는 상태가 되면 목을 물어뜯길 터였다. 그래서 나는 짐작했다. 아하! 그는 내가 그에게 발끝까지 완전히 딱 맞추길 바라는구나. 그는 나를 괴롭힐 것이다. 조심하는 게 좋겠다.

내가 성공을 누리던 시절의 어느 후텁지근하던 밤, 험볼트는 벨라스코극장 앞에서 피켓을 들었다. 그는 방금 벨뷰병원*에서 풀려난 참이었다. 찰스 시트린 원작 〈폰 트렌크〉라고 쓰인 커다란 간판이 길 위에서 반짝거렸다. 전구도 수천 개였다. 나는 검정 넥타이를 매고 도착했고, 험볼트가 동료들, 지지자들과 거기 있었다. 나는 같이 온 여자친구와 택시에서 기세 좋게 내렸지만 곧 거리의 소요에 휘말렸다. 경찰이 군중을 통제하고 있었다. 험볼트의 동료들은 고함을 지르며 난리법석을 떨었고, 험볼트는 마치 십자가처럼 피켓을 들고 다녔다. 피켓에는 머큐로크롬을 적신 면 뭉치로 이렇게 적혀 있었다. "이 연극의 작가는 배신자다." 경찰이 시위대를 밀어낸 덕에 험볼트와는 마주치지 않았다. 그가 체포되길 바라느냐고 제작자의 비서가 물었다.

"아뇨," 나는 마음의 상처를 입은 채로 몸을 떨며 대답했다. "나는 그의 *제자*였습니다. 저 미친 인간과 동료였죠. 그냥 내버려두세요."

나와 함께 온 데미 봉헬이 말했다. "잘했어! 맞아, 찰리, 당신은 정말 훌륭해!"

---

* 빈민, 교정시설 수감자 등을 위한 의료기관.

〈폰 트렌크〉는 브로드웨이에서 팔 개월 동안 상연되었다. 나는 일 년 가까이 대중에게 주목받았지만, 그들에게 아무것도 가르쳐주지 않았다.

* * *

이제 험볼트의 실제 죽음에 대해 말하자면, 그는 벨라스코극장에서 길모퉁이만 돌면 나오는 일스컴호텔에서 죽었다. 재구성해보면, 그는 그 마지막 밤 허물어져가는 그곳 침대에 앉아 책을 읽고 있었을 것이다. 그의 방에는 예이츠의 시집과 헤겔의 『현상학』이 있었다. 이런 관념적인 저작들 외에 〈데일리 뉴스〉와 〈포스트〉도 있었다. 그는 스포츠와 밤의 유흥, 제트족, 케네디가의 활동, 중고차 가격과 구인 광고들을 챙겨보았다. 그는 황폐해졌어도 보통 미국 사람의 흥미를 잃지 않았다. 그러다가 새벽 세시쯤—말년에 그는 잠을 많이 자지 않았다—쓰레기통을 비우러 나가다가 엘리베이터에서 심장마비를 일으켰다. 고통이 닥쳤을 때 버튼 패널 쪽으로 쓰러지며 비상 버튼을 포함한 모든 버튼을 누른 모양이었다. 벨이 울리고 문이 열리자 그는 복도에서 비틀거리다 넘어지면서 쓰레기통에 있던 깡통이며 커피 찌꺼기며 병을 쏟았다. 그는 숨을 헐떡이며 셔츠를 찢었다. 시신을 병원으로 옮기기 위해 경찰이 왔을 때 그의 상체는 벌거벗은 상태였다. 병원에서 인수하길 거부하자 경찰은 그를 시체 안치소로 옮겼다. 안치소에는 현대시를 읽는 사람이 없었다. 폰 험볼트 플라이셔라는 이름은 아무 의미가 없었다. 그래서 그는 또 한 명의 무연고자로 거기 누웠다.

얼마 전 나는 코니아일랜드로 그의 삼촌 발데마르를 찾아갔다. 경마 도박에 빠진 노인은 요양원에 있었다. 그가 나에게 말했다. "경찰들이 험볼트를 털었어. 시계며 돈이며 만년필까지 싹 가져갔지. 그애는 항상 진짜 만년필을 썼는데. 볼펜으로는 시를 쓰지 않았어."

"돈이 있었던 게 확실해요?"

"주머니에 최소한 100달러는 있어야 집을 나서는 애였어. 자네는 그애가 돈에 대해 어땠는지 알아야 해. 그애가 그리워. 정말 그리워!"

나도 발데마르와 똑같은 기분이었다. 나의 죽음보다 험볼트의 죽음을 생각할 때 더 마음이 움직였다. 생전에 그는 나중에 자신이 죽으면 사람들이 슬퍼하고 그리워하도록 구축해놓았다. 자신에게 그런 무게를 부여했고, 표정에 보다 진지하고 보다 중요한 인간의 감정을 담았다. 누구라도 그런 얼굴은 절대 잊지 못할 것이다. 그런데 어떤 목적으로 그런 표정을 만들어냈던 걸까?

아주 최근의 지난봄, 내가 그 일을 이상한 방향으로 관련지어 생각하고 있다는 것을 깨달았다. 레나타와 프랑스에서 기차를 타고 있었고, 여행이 대개 그렇듯 꼭 필요하지도 원하지도 않은 여행을 하고 있었다. 레나타가 풍경을 가리키며 말했다. "정말 아름답지 않아요?" 내다보니 그녀의 말이 옳았다. 정말로 아름다웠다. 그러나 나는 아름다운 것을 여러 번 보았고, 그래서 눈을 감았다. 나는 외양이라는 회칠한 우상을 거부했다. 다른 사람들과 마찬가지로 나도 이 우상들을 보는 훈련을 받았고, 그것들의 횡포에 지쳐 있었다. 인생의 베일도 이미 예전 같지 않다는 생각까지 했다. 그 망할 것은 낡아가고 있었다. 멕시코 남자 화장실의 롤러 타월처럼. 나는 집단추상의 힘과 그 밖의 이런

저런 것에 대해 생각하고 있었다. 우리는 끝없는 사랑의 빛나는 생생함을 어느 때보다 갈망하고 있고, 무익한 우상들은 점점 더 이를 방해하고 있다. 정신이 결핍된 세계는 생명이 돌아오기를 기다린다. 험볼트는 이 부활을 위한 도구가 되어야 했다. 그의 얼굴에 그 사명과 소명이 드러나 있었다. 새로운 아름다움에 대한 희망이. 약속이, 아름다움의 비밀이.

그런데 미국에서는 이런 것이 사람들에게 아주 이질적인 인상을 준다.

레나타는 끈질기게 나의 주의를 아름다운 것으로 돌리려 했다. 그녀는 아름다움과 개인적으로 이해관계가 있고 연결되어 있었다.

하지만 험볼트의 얼굴은 그가 해야 할 일을 알고 있다고 분명히 말해주었다. 그 얼굴은 결국 그 일을 해내지 못했다고도 말해주었다. 그 역시 나의 주의를 풍경으로 이끌었다. 1940년대 말, 신혼이던 그와 캐슬린은 그리니치빌리지에서 뉴저지의 시골로 이사했고, 내가 방문했을 때 그는 흙과 나무, 꽃, 오렌지, 태양, 천국, 아틀란티스, 라다만토스* 이야기만 했다. 펠펌** 시절의 윌리엄 블레이크와 밀턴의 에덴에 대해 이야기하며 도시를 비판했다. 도시는 형편없었다. 복잡다단한 대화를 따라가려면 그가 인용하는 원문을 알아야 했다. 나는 알고 있었다. 플라톤의 『티마이오스』, 프루스트의 콩브레 마을, 베르길리우스의 농경시, 마벌의 정원론, 월리스 스티븐스의 카리브해 시 등등. 험볼트와 내가

---

* 그리스신화에서 제우스와 아리아드네의 아들이자 크레타의 현명한 왕. 나중에 죽은 자의 재판관이 되었다.

** 영국 시인 윌리엄 블레이크가 살았던 곳으로, 이곳에 도착했을 때 사방에서 천국의 문이 열리는 것 같다고 묘사했다.

그토록 가까워졌던 이유 중 하나는 내가 그 책들을 읽는 과업을 기꺼이 완수했다는 것이다.

그렇게 험볼트와 캐슬린은 시골의 작은 오두막집에 살았다. 험볼트는 일주일에 몇 번씩 볼일을 보러, 시인으로서 볼일을 보러 뉴욕에 왔다. 기력으로는 아니지만 명성으로는 정점에 있을 때였다. 내가 아는 것만 해도 명예직을 네 개나 맡고 있었다. 더 될 수도 있다. 15달러로 일주일을 사는 것이 정상이라 생각했던 나로서는 그가 얼마나 벌고 쓰는지 헤아릴 방법이 없었다. 그는 액수를 비밀에 부쳤지만 크다고는 암시했다. 그러더니 프린스턴에서 일 년 동안 마틴 슈얼 교수의 후임으로 임명되었다. 슈얼이 풀브라이트[*] 학자로 다마스쿠스[**]로 가서 헨리 제임스를 연구한다고 했다. 그래서 친구인 험볼트가 그를 대신하게 되었던 것이다. 그 프로그램에 강사가 필요해지자 험볼트는 나를 추천했다. 나는 전후 문화 부흥의 기회를 잘 활용해 〈뉴 리퍼블릭〉과 〈타임스〉에 여러 차례 서평을 썼었다. "슈얼이 자네 글을 읽었어. 꽤 잘 썼다고 생각하더군. *순진무구한* 검은 눈과 중서부식 멋진 매너 덕에 자네는 유쾌하고 악의 없어 보이지. 그 노인이 자네를 살펴보고 싶어해." 험볼트가 말했다.

"살펴본다고요? 그분은 너무 취해서 문장 속에서도 길을 잃을 것 같은데요."

"내가 말했잖아, 자네는 누가 감정을 건드리기 전까지는 *순진무구*

---

* 미국에서 학자나 전문가를 최대 일 년간 해외로 파견해 수행하게 하는 강연이나 연구 프로그램.

** 시리아의 수도.

하고 유쾌한 사람처럼 보인다고. 너무 뻗대지 마. 형식적인 절차일 뿐이야. 이미 정해졌어."

'*순진무구*'는 험볼트의 나쁜 단어들 중 하나였다. 심리학 문헌에 푹 빠진 그는 내 행위를 꿰뚫어봤다. 나의 몽롱함과 비속함에 조금도 속지 않았다. 그는 예리함과 야망을 알았고 공격성과 죽음을 알았다. 대화의 범위는 그가 할 수 있는 만큼 넓었고, 중고 뷰익을 타고 시골 들판을 달리면서 이야기를 쏟아부었다—나폴레옹 질병*, 쥘리앵 소렐**, 발자크의 *젊은 야심가*, 마르크스가 그린 루이 보나파르트, 헤겔의 세계사적 개인. 험볼트는 특히 세계사적 개인, 정신의 해설자, 인류에게 자신을 이해하는 과제를 부여한 신비로운 지도자 등에 애착이 있었다. 빌리지에서 아주 흔한 주제였지만, 험볼트는 그런 토론에 난해함과 피네건적*** 이중 의미와 암시에 대한 열정을 부여했다. "그리고 미국에서," 그가 말했다. "헤겔이 말한 개인은 아마도 좌파에서 나올 거야. 해리 후디니****나 찰리 시트린처럼 위스콘신주 애플턴에서 태어난 사람 말이지."

"거기서 왜 내가 나옵니까? 당신하고 난 거리가 멀어요."

그때 나는 험볼트에게 짜증이 났다. 시골에서 지내던 어느 날 밤에는 저녁식사를 하면서 그가 내 친구 데미 퐁헬에게 나를 조심하라라고 경고했다. "찰리를 조심하는 게 좋아. 난 자네 같은 젊은 여자들을 알

---

* 나폴레옹 군대를 죽음에 이르게 한 발진티푸스를 말한다.

** 스탕달의 소설 『적과 흑』의 주인공.

*** 제임스 조이스의 소설 『피네건의 경야』식 언어유희를 말한다.

**** 헝가리계 미국인 마술사.

아. 남자에게 지나치게 많은 기대를 하지. 찰리는 진짜 악마야." 불쑥 내뱉은 말에 스스로 놀란 그는 식탁에서 몸을 일으켜 집밖으로 나가버렸다. 우리는 어두운 시골 자갈길을 쿵쿵 디디는 그의 발소리를 들었다. 데미와 나는 한동안 캐슬린과 앉아 있었다. 캐슬린이 마침내 말했다. "저이는 당신을 무척 좋아해요, 찰리. 하지만 머릿속에 뭔가 있는 거예요. 당신에게 어떤 사명이, 일종의 비밀스러운 것이 있다고 생각해요. 그런 사람은 그다지 신뢰할 수 없다고도 생각하고요. 저이는 데미도 좋아해요. 자기가 데미를 보호해야 한다고 생각할 거예요. 그냥 사적인 감정이 아니에요. 화내는 거 아니죠?"

"험볼트에게 화를 내요? 그런 대단한 사람에게 화를 낸다니요. 더군다나 여자를 보호하려는 거라는데."

데미는 재미있어하는 눈치였다. 어떤 젊은 여자라도 그런 배려는 가치 있게 여길 것이다. 나중에 그녀는 늘 그러던 대로 갑작스럽게 물었다. "근데 그 사명이라는 게 뭐지?"

"터무니없는 소리야."

"하지만 찰리, 언젠가 당신도 그 비슷한 말을 했던 것 같은데. 아니면 험볼트가 그냥 헛소리를 한 거야?"

"가끔 우스꽝스러운 기분이 든다고 했었지. 마치 나한테 우표가 붙고 소인이 찍혀 어딘가 중요한 곳으로 배달되기를 기다리는 사람들이 있는 것 같다고 말이야. 나는 좀 별난 정보를 담고 있을지 몰라. 그러나 그것은 그냥 보통의 어리석음일 뿐이야."

데미—그녀의 정식 이름은 애나 뎀스터 퐁헬이었다—는 유니언 스퀘어 바로 동편에 있는 워싱턴어빙학교에서 라틴어를 가르쳤고, 배로 스트리트에 살았다. "델라웨어주에 네덜란드인 거주 구역이 있는데, 퐁헬 집안은 거기 출신이야." 데미가 말했다. 그녀는 예비신부학교를 나오고 브린모어칼리지에서 고전을 공부했지만, 비행 청소년이었고 열다섯 살 때는 차를 훔치는 갱단에 속하기도 했었다. "우린 사랑하는 사이니까 당신도 알 권리가 있어." 그녀가 말했다. "난 자동차 휠캡 절도, 마리화나, 성범죄, 자동차 추격, 경찰에게 추격당하다 추돌해 병원에 간 적도 있고, 보호관찰 기록도 있어. 하지만 성경 구절도 3천 개는 알아. 지옥불이니 지옥에 떨어진다는 이야기를 들으며 자랐으니까." 변방의 백만장자인 그녀의 아버지는 캐딜락 차창 너머로 침을 뱉으며 씽씽 달렸다. "부엌 세제로 이를 닦으면서 교회에는 십일조를 내지. 주일학교 버스를 운전하고. 구시대 마지막 근본주의자야. 그 지역에 그런 사람이 많긴 하지만."

데미는 푸른 눈에 흰자위가 맑고, 눈만큼이나 표정이 풍부하고 성급해 보이는 들창코를 가졌다. 앞니가 길어 입이 약간 벌어져 있었다. 두상은 길고 우아하고, 금발을 깔끔한 가정집의 커튼처럼 정확히 양쪽으로 가르고 다녔다. 한 세기 전 카네스토거 왜건*에서 보았음직한, 새하얀 개척자의 얼굴이었다. 그러나 내가 처음 반한 건 그녀의 다리였다. 보기 드문 다리였다. 그런데 그 아름다운 다리는 무릎 사이가 붙고 발은 양옆으로 벌어져서 빨리 걸으면 팽팽한 실크스타킹이 가볍게 마찰하면서 소리가 난다는 흥미로운 결함이 있었다. 처음 만난 칵테일파티장의 붐비는 사람들 사이에서는 그녀가 고상한 동부식으로 턱에 힘

* 초기 서부 이주자들이 사용한 대형 포장마차.

을 주고 웅얼거리는 바람에 무슨 말을 하는지 거의 알아들을 수 없었다. 그러나 잠옷을 입으면 영락없는 시골 처녀, 농부의 딸이었고, 발음도 평범하고 또렷했다. 새벽 두시만 되면 어김없이 악몽에 잠이 깼다. 그녀의 기독교 신앙은 정신착란의 일종 같았다. 망령들을 쫓아내려 했다. 지옥을 두려워했다. 자면서 신음을 흘렸다. 그러다 일어나 앉아서 흐느껴 울었다. 나는 잠결에 그녀를 달래며 진정시키려 애썼다. "데미, 지옥은 없어."

"난 지옥이 있다는 걸 알아. 지옥은 있어, 있다고!"

"내 팔 베고 누워. 다시 잠들려고 해봐."

1952년 9월의 어느 일요일, 험볼트는 체리레인극장 부근 배로 스트리트에 있는 데미의 아파트 건물 앞으로 와서 나를 차에 태웠다. 대합을 먹으러 호보컨에 함께 갔을 때와는 딴판으로 그는 두툼하게 살이 올라 있었다. 베고니아를 기르는 3층 비상구에서 아래를 내려다보며 데미가, 아침이면 악몽은 흔적도 없이 사라지는 그녀가 명랑하게 외쳤다. "찰리, 험볼트가 구멍 네 개짜리 차*를 몰고 오고 있어." 미국에서 가장 먼저 파워브레이크를 사용한 시인이라고 자칭했던 그가 배로 스트리트를 돌진해오고 있었다. 그는 자동차의 신비에 몰두했으나 주차는 서툴렀다. 나는 그가 적당한 주차 공간으로 후진하는 것을 지켜보았다. 나는 주차할 때 사람들의 숨은 자아라든가 그들이 자신의 등을 보이는 것을 어떻게 생각하는지가 드러난다는 나름의 믿음을 가지고 있다. 뒷바퀴가 두 번 보도에 올라가자 험볼트는 결국 포기하고 시동

* 당시 뷰익의 양쪽 펜더에는 구멍을 내어 전구를 넣은 장식이 있었다.

을 꼈다. 체크무늬 스포츠재킷과 가죽끈으로 조이는 폴로 부츠를 신은 그가 차에서 내려 2야드는 되어 보이는 차문을 닫았다. 그는 두툼한 입술을 앙다문 채 묵묵히 인사했다. 수면 위로 올라와 조각배와 나란히 헤엄치는 고래처럼 회색 두 눈 사이가 평소보다 넓어 보였다. 잘생긴 얼굴은 두툼해지고 허물어졌다. 화려해 보이고 불교적인 분위기를 풍겼지만 고요하지는 않았다. 나는 면접을 위해 제대로 차려입었고, 단추를 채우고 벨트도 단단히 죄었다. 마치 우산이 된 것 같았다. 데미가 시키는 대로 입은 것이었다. 그녀는 내 셔츠를 다림질하고, 넥타이를 고르고, 그때까지만 해도 검었던 내 머리를 단정하게 빗어주었다. 나는 아래층으로 내려갔다. 그리고 우리는 투박한 벽돌과 쓰레기통, 경사진 보도, 비상구, 위에서 손을 흔드는 데미, 창가에서 짖어대는 그녀의 하얀 테리어가 보이는 거기서 만났다.

"잘 다녀와."

"왜 데미는 안 가? 캐슬린이 기다리는데."

"라틴어 수업 과제물을 채점해야 해요. 수업계획도 세워야 하고요." 내가 말했다.

"데미가 그렇게 성실하다면 시골에 가서도 할 수 있잖아. 내가 아침 일찍 기차역에 데려다줄 수도 있고."

"됐다고 할 거예요. 게다가 당신이 키우는 고양이들이 데미의 개를 좋아하지 않을 거고요."

험볼트도 고집부리지는 않았다. 그는 고양이들을 무척 아꼈다.

나는 현재의 시점에서 요란하게 부릉거리는 구멍 네 개짜리 자동차 앞좌석에 이상한 인형 두 개가 놓인 것을 본다. 진흙이 잔뜩 묻은 뷰익은 플랑드르 전장의 참모 차량 같았다. 바퀴는 정렬이 맞지 않고 커다란 타이어는 쿵쿵거리며 기괴한 소리를 냈다. 험볼트는 초가을 희미한 햇빛 속에서 일요일의 텅 빈 거리를 빠르게 달렸다. 그는 오른쪽 길가에서 왼쪽으로 차를 휙 꺾고, 갑자기 튀어나갔다가 쭉 처지고, 앞차에 바짝 붙어 가는 형편없는 운전자였다. 나는 그의 운전이 마음에 들지 않았다. 물론 차를 다루는 솜씨는 내가 훨씬 낫지만, 운전하는 사람은 운전기사가 아니라 험볼트였으니 비교하는 건 말이 안 되었다. 그는 커다란 몸을 잔뜩 웅크린 채 운전대를 잡고 작은 소년처럼 손발을 떨었으며, 잇새에 궐련 파이프를 물고 있었다. 흥분한 그는 시종 떠들어대며 즐겁게 해주고 도발하거나 정보를 주면서 나를 정신 못 차리게 했다. 그는 지난밤 잠을 못 잤다. 몸이 좋지 않아 보였다. 물론 술을 마셨고 약을, 무척 많은 알약을 먹었다. 서류가방에는 『머크 안내서』*가 있었다. 성경처럼 검은 장정의 그것을 험볼트는 자주 참고했고, 그가 원할 때 약을 처방해주는 약제사들도 있었다. 이것이 그와 데미의 공통점이었다. 데미 역시 허가 없이 약을 복용했다.

자동차는 포장도로에서 쿵쾅거리며 홀랜드 터널을 향해 질주했다. 자동차를 모는 거인 험볼트의 커다란 덩치 옆에서, 기이하고도 호사스러운 커버를 씌운 앞좌석에 앉은 나는, 그와 늘 함께인 사상과 환영을 느꼈다. 그는 언제나 방대한 개념을 이끌고 다녔다. 저지Jersey의 늪지가 그가 살아오는 동안 도로와 쓰레기장과 공장 등으로 얼마나 변했는지 이야기했고, 오십 년 전 파워브레이크와 파워스티어링이 장착된 이

* 미국 제약회사 머크에서 발행하는 의학서.

런 뷰익이 있었다면 어땠을지 말했다. 헨리 제임스나 월트 휘트먼, 말라르메가 운전하는 모습을 상상해보라. 우리는 길을 떠났다. 그는 기계, 사치, 명령, 자본주의, 기술, 맘몬*, 오르페우스와 시, 인간 감정의 풍요, 미국, 세계 문명에 대해 이야기했다. 그의 임무는 이 모든 것, 이보다 많은 것을 종합하는 것이었다. 차는 덜컹거리고 비명을 지르며 터널을 통과해 밝은 햇빛 속으로 나왔다. 높은 굴뚝들이 오물을 쏘는 대포처럼 일요일의 하늘을 향해 아름다운 연기를 소리 없이 내뿜고 있었다. 가스 정제소의 산성가스 냄새가 박차처럼 폐를 찔렀다. 골풀은 양파수프 같은 갈색이었다. 유조선들이 수로에 발이 묶여 있었고, 바람이 일었고, 커다란 구름은 하얬다. 저멀리 모여 있는 방갈로들은 곧 공동묘지가 될 듯한 분위기였다. 거리에 쏟아지는 창백한 햇살을 받으며 살아 있는 자들은 교회로 갔다. 험볼트의 폴로 부츠 아래서 카뷰레터가 헐떡거렸고, 한쪽으로 쏠린 타이어는 포장된 고속도로를 쿵쿵거리며 빠르게 달렸다. 돌풍이 너무 강해서 육중한 뷰익마저 흔들렸다. 펄래스키 스카이웨이로 진입하자 다리 대들보들이 드리운 그림자가 진동하는 앞창으로 다가들었다. 뒷좌석에는 책과 빈병, 맥주캔, 종이 봉지들이 있었다—내 기억으로는, 노란 장정을 한 트리스탕 코르비에르**의 『노란빛 사랑』, 상스러운 경찰들과 죄지은 여자들의 사진이 실린 분홍색 〈경찰관보〉***가 있었던 것 같다.

---

* 기독교에서 하느님과 대립되는 불의한 재물이나 신, 악마를 이르는 말. 신약에서 물질적 풍요와 부, 탐욕을 뜻한다.

** 프랑스 상징주의 시인.

*** 주로 범죄 기사를 싣다가 선정적 내용을 다루는 잡지로 변질되었다.

험볼트의 집은 펜실베이니아 철도 노선 부근, 저지의 변방에 있었다. 이 변두리 땅은 양계장 용도 외에는 별 쓸모가 없었다. 우리는 먼지를 일으키며 비포장 진입로를 달렸다. 커다란 자동차 스프링 위에서 이리저리 흔들리며 흰 바위들이 흩어진 황량한 쓰레기 들판을 지날 때, 찔레덤불이 뷰익 로드마스터를 채찍질하듯 스쳤다. 도로 하나를 거의 다 차지한 뷰익의 머플러 소리가 너무 요란해서 경적을 울릴 필요도 없었다. 우리가 오는 소리가 들렸을 것이다. 험볼트가 "여기가 우리집이야!" 하고 외치고는 방향을 홱 틀었다. 우리는 작은 언덕을 지나갔다. 뷰익 앞부분이 위로 들렸다가 잡초들 속으로 내려앉았다. 험볼트는 고양이들이 걱정되어 경적을 울렸지만, 고양이들은 지난겨울 내린 눈에 무너진 헛간 지붕 위로 이미 안전하게 피해 자리잡고 있었다.

마당에서 기다리고 있던 캐슬린은 몸집이 크고 피부가 희고 아름다웠다. 그녀의 얼굴을 여자들이 칭찬할 때 쓰는 말로 표현하자면, '훌륭한 윤곽'을 가지고 있었다. 그러나 시골 사람답지 않게 창백했다. 험볼트는 그녀가 외출을 거의 하지 않는다고 말했다. 집안에서 책만 읽는다고 했다. 주변이 빈민가에 시골이라는 점을 제외하면 이곳은 베드퍼드 스트리트와 똑같았다. 캐슬린이 나를 반기며 다정하게 손을 잡았다. "어서 와요, 찰리." 그녀가 말했다. "와줘서 고마워요. 그런데 데미는요, 못 왔어요? 너무 아쉽네요."

그러자 내 머릿속에서 하얀 섬광이 반짝였다. 미묘하고도 명료한 반짝임이었다. 험볼트가 캐슬린을 어떤 입장에 두었는지 보였던 것이고, 말로 옮기자면 이렇다. 거기 누워 있어. 가만히 있어. 꿈지럭거리지마. 내 행복이 좀 특이할지도 모르지만, 일단 내가 행복해지면 당신도 당신이 꿈꾸던 것보다 더 행복하게 만들어줄게. 내가 만족하면 성취의 축복이 온 인류에게 흘러갈 거야. 나는 이게 바로 현대의 권력이 전하는 메시지가 아닐까 생각했다. 모두가 가만히 있어야 만족하는 특별한 욕정을 지닌 미친 폭군의 목소리였다. 나는 단번에 그것을 이해했다. 캐슬린이 그의 뜻대로 하는 데는 분명 은밀한 여성적인 이유가 있을 거라 생각했다. 나 역시 따라야 하는 입장이었고, 방식은 다르지만 나 또한 가만히 있어야 했다. 험볼트에게는 프린스턴 말고도 나를 위해 세운 계획이 또하나 있었다. 시인이 아닐 때의 그는 광적인 모사꾼이었다. 나는 유독 그의 영향력에 민감했다. 왜 그랬는지는 최근에야 이해되기 시작했다. 어쨌든 그는 나를 끊임없이 전율시켰다. 그는 무슨 일을 하든 맛깔스럽게 해냈다. 캐슬린도 그것을 아는 듯, 내가 차에서 내릴 때 혼자 미소를 지었다. 나는 뭉개진 풀을 밟고 섰다.

"공기를 들이마셔봐." 험볼트가 말했다. "베드퍼드 스트리트와는 다르지, 응?" 그러고는 이렇게 인용했다. "이 성은 참 좋은 자리를 잡았도다. 천상의 숨결이 구애하듯 감도는구나."*

그런 뒤 우리는 미식축구를 했다. 험볼트와 캐슬린은 늘 미식축구를 했다. 풀이 뭉개진 이유였다. 캐슬린은 거의 온종일 독서로 시간을 보냈다. 남편이 하는 이야기를 이해하려면 제임스, 프루스트, 이디스 워튼, 마르크스, 프로이트 등을 읽어둬야 했다. "축구라도 하러 집밖에 나오게 하려면 유난깨나 떨어야 하지." 험볼트가 말했다. 그녀는 패스를 잘했다—강하고 정확한 회전 패스였다. 목소리를 길게 끌며 맨발

---

* 셰익스피어의 『맥베스』 1막 6장에서 인용.

로 달려가 가슴으로 공을 받았다. 날아가는 공은 오리 꽁지처럼 뒤뚱거렸다. 공은 빨랫줄 위를 지나 단풍나무 아래까지 날아갔다. 나는 면접 보는 사람 차림으로 차 안에 갇혀 있다가 몸을 움직이게 되자 즐거웠다. 험볼트는 무거운 몸으로 뒤뚱거리며 달렸다. 스웨터를 입은 그와 캐슬린은 보호구를 잔뜩 착용한 덩치 큰 금발의 두 신인 선수처럼 보였다. 험볼트가 말했다. "찰리 좀 봐, 니진스키처럼 점프하네."

그의 집이 맥베스의 성인 것만큼이나 나는 니진스키였다. 오두막집이 앉은 낮은 절벽을 교차로가 파고든 터여서 집이 기울어가고 있었다. 조만간 버팀목을 대어야 할 것 같았다. 험볼트는 카운티를 고소하는 방법도 있다고 말했다. 그는 누구든 고소할 수 있는 사람이었다. 이웃들은 이 척박한 땅에서 가금류를 키웠다. 우엉, 엉겅퀴, 난쟁이참나무, 풀솜나무, 백악질 토양에 난 구멍, 희끄무레한 웅덩이가 곳곳에 있었다. 모든 것이 헐벗었다. 덤불들만 지원이라도 받는 듯 자랐다. 길 건너편 닭들이 목구멍을 긁는 듯한—이민 온 여자들 같은—소리로 울었고, 참나무와 붉나무, 가중나무처럼 키 작은 나무들은 아무도 돌보지 않는 꾀죄죄한 고아 같았다. 낙엽들이 부스러지고 썩어가는 냄새가 상쾌했다. 대기는 텅 비었지만 신선했다. 해가 저물어가는 풍경은 적갈색 필름으로 찍은 옛 영화의 스틸 같았다. 일몰. 멀리 펜실베이니아에서부터 퍼져나오는 붉은 기운, 양의 목에 걸린 방울 소리, 농가의 갈색 앞마당에 있는 개들. 나는 시카고에 살면서 이런 보잘것없는 배경에서도 가치를 찾는 훈련이 되어 있었다. 시카고에 살다보면 아무것도 아닌 것에도 감식가가 된다. 나는 맑은 눈으로 맑은 광경을 바라보았고, 불그레한 붉나무, 흰 바위, 녹슨 색깔의 잡초, 교차로 위로 솟은 절벽을 뒤덮은 가발 같은 푸름을 감상했다.

감상하는 것 이상이었다. 이미 애착을 느끼고 있었다. 심지어 사랑을 느꼈다. 이토록 짧은 시간에 이곳에 그런 감정을 품게 된 건 시인의 영향 때문이었으리라. 문학적 삶에 참여하게 된 특권을 언급하는 것이 아니다. 물론 조금은 그런 부분이 있었을지도 모르지만. 아니다, 그 영향이란 이런 것이었다. 험볼트가 자주 거론하는 주제 중 하나는 태초의 세계, 잃어버린 고향 세계에 대한 인간의 영속적인 감정이었다. 그는 때때로 시를 수많은 이방인이 귀화하기 시작한 이 행성의 자비로운 엘리스섬*에 비유했고, 이 행성은 짜릿하긴 하지만 충분히 인간화되지 못한 고향 세계의 모방이라고 말했다. 그는 우리 종을 표류자라고 불렀다. 그러나 내 생각에(나도 나름대로 꽤 특이했다) 이 선하고도 특이한 험볼트는 도전 중의 도전을 택했다. 이름 없는 곳, 뉴저지와 우리의 영광스러운 근원인 고향 세계를 오가기 위해서는 천재의 자신감이 필요했다. 이 미친 사람은 뭐 때문에 일을 그렇게나 어렵게 만들었을까? 이 땅을 살 때 광기의 불꽃이 솟구친 게 틀림없다. 그러나 땅거미가 지는 지금, 빨랫줄 위로 요동치며 날아가는 공을 잡으러 멀리 무성한 잡초들 속으로 달려가는 나는 정말로 아주 행복했다. 나는 아마 험볼트라면 해낼 수 있을지도 모른다고 생각했다. 길을 잃은 김에 차라리 완전히 헤매는 편이 좋을지도 모른다고. 내가 사랑하는 어느 러시아 작가가 충고했듯, 약속에 많이 늦었다면 더 천천히 걷는 게 최선일지도 모른다.

* 뉴욕 허드슨강 하구에 있는 섬으로 1892년부터 1954년까지 이민국 시설이 있었다.

나는 완전히 틀렸다. 그것은 도전이 아니었고, 험볼트는 그 일을 해내려는 시도조차 하지 않았다.

놀기에 너무 어두워지자 우리는 집안으로 들어왔다. 집은 들판에 세워진 그리니치빌리지였다. 중고품 가게, 폐품 판매점, 교회 바자에서 사 온 것들로 가득했고, 책과 종이로 기초를 쌓아올린 것 같았다. 우리는 응접실에 앉아 땅콩버터 병에 담긴 음료를 마셨다. 몸집이 크고 금발에 사랑스러우며 창백한 얼굴에 엷은 주근깨가 있고 가슴이 봉긋한 캐슬린은 친절하게 미소를 지었지만 말수가 거의 없었다. 여자들은 남편을 위해 놀라운 일을 한다. 그녀는 시인이자 왕인 남편을 사랑했고 그가 자신을 시골에 포로로 잡아두는 것을 허락했다. 그녀는 팝스트 캔맥주를 홀짝였다. 방 천장은 낮았다. 남편도 아내도 몸집이 컸다. 그들은 카스트로 소파*에 함께 앉아 있었다. 벽은 두 사람의 그림자를 담을 만큼 공간이 충분하지 않았다. 그림자가 천장까지 넘쳤다. 벽지는 분홍색—여자 속옷이나 초콜릿 크림 같은 색—이었고 장미와 격자 무늬가 있었다. 난로 연통 때문에 뚫었던 벽의 구멍에 금박 테가 둘린 석면 마개가 끼워져 있었다. 고양이들이 창밖에서 무표정하게 안을 들여다보았다. 험볼트와 캐슬린은 교대로 고양이들을 집안으로 불러들였다. 창문 걸이는 걸개를 끼우고 빼는 구식이었다. 캐슬린이 창문에 가슴을 대고 손바닥과 가슴으로 밀어 창틀을 들어올렸다. 고양이들은 밤의 정전기로 털을 곤두세운 채 들어왔다.

시인, 사상가, 술주정꾼, 약 남용자, 천재, 조울증 환자, 까다로운 모

---

* 카스트로 브랜드의 소파로, 누울 수 있도록 길게 제작된 현대 소파의 시초다.

사꾼, 성공담의 주인공, 한때 재치 넘치는 아름다운 시를 썼던 그가 최근에는 무엇을 했던가? 자기 안에 있는 위대한 말과 노래를 발화했던가? 아니었다. 쓰지 않은 시가 그를 죽이고 있었다. 그는 때로는 아르카디아*처럼 보이고 때로는 지옥처럼 보이는 이곳으로 후퇴했다. 그리고 이곳에서 그를 비방하는 자들—다른 작가들과 지성인들—이 자신에 대해 한 말을 들었다. 그도 악의적으로 변했고, 자신이 다른 사람들에 대해 무슨 말을 하는지, 얼마나 그들을 비난하는지 깨닫지 못하는 것처럼 보였다. 그는 궁리한 끝에 환상적으로 술책을 부렸다. 그는 완전히 고립되어가고 있었다. 그런데 그는 혼자 있을 수 있는 사람이 아니었다. 활동적으로 생활하는, 사회적 존재여야 했다. 그의 술책과 계획이 이 사실을 드러냈다.

이 무렵 그는 아들라이 스티븐슨에 빠져 있었다. 그는 아들라이가 11월 선거에서 아이크**를 이긴다면 워싱턴에 진정한 문화가 자리잡게 될 거라 생각했다. "이제 미국이 세계의 패권을 쥐었으니 속물주의도 끝났어. 끝났을 뿐 아니라 정치적으로는 위험하지." 그가 말했다. "스티븐슨이 당선되면 문학도 제자리를 찾을 거야—우리가 제자리를 찾는 거라고, 찰리. 스티븐슨은 내 시를 읽거든."

"어떻게 알아요?"

"그건 말해줄 수 없지만, 어쨌든 나는 그와 연락하는 사이야. 스티븐슨은 유세 때 내 시집을 가지고 다닌대. 이 나라에 지성인들이 부상하고 있어. 민주주의가 드디어 미합중국에서 문명을 창조하기 시작한 거

* 그리스 펠로폰네소스반도의 지역명으로, 목가적 이상향의 대명사로 쓰인다.

** 34대 대통령 아이젠하워의 애칭.

야. 캐슬린과 내가 빌리지를 떠난 이유가 그거고."

그는 이제 재산이 있는 사람이었다. 변방의 황량한 오지로, 시골 사람들 사이로 옮겨가는 것이 미국 주류 사회에 진입하는 거라 생각하고 있었다. 어쨌든 그것이 그의 명분이었다. 이사한 데는 질투나 성적 망상 같은 다른 이유도 있었기 때문이다. 그가 언젠가 나에게 길고도 복잡한 이야기를 했었다. 캐슬린의 아버지는 딸을 그에게서 떼어놓으려 했다. 그는 그들이 결혼하기 전 노인이 딸을 데려가 록펠러 가문의 누군가에게 팔았다고 했다. "어느 날 그녀가 사라졌어." 험볼트가 말했다. "프랑스 제과점에 간다고 나가더니 거의 일 년이나 돌아오지 않았어. 나는 사설탐정을 고용했지만, 어마어마한 자산을 보유한 록펠러 가문 사람들의 보안이 어떨지 짐작 가지 않나. 파크 애비뉴 밑에는 굴들이 있지."

"록펠러 가문의 누가 샀는데요?"

"말이 그렇단 거지." 험볼트가 말했다. "아버지가 딸을 팔았어. 일요신문 증보판에서 백인 노예제도에 대한 글을 읽어도 다시는 웃지 말게."

"딸이라고 순순히 받아들이진 않았을 텐데요."

"캐슬린은 정말 유순해. 얼마나 온건한 여자인지 자네도 알지 않나. 그 사악한 늙은이에게 100퍼센트 순종해. 그 늙은이가 '가라'고 하면 갔어. 어쩌면 캐슬린이 정말 원해서 그랬는지도 모르지, 포주 아비는 허락만 했을 뿐이고……"

물론 이건 마조히즘이다. 험볼트가 현대 거장들에게서 배운 심리 게임의 일부였고, 응접실에서 이루어지는 그 어떤 신기한 여흥보다 훨씬 더 미묘하고 풍성한 게임이었다. 시골에서 험볼트는 소파에 누워 프루스트를 읽으며 알베르틴*의 동기에 대해 깊이 생각했다. 그는 캐슬린이 혼자 운전해서 슈퍼마켓에 가는 일도 좀처럼 허락하지 않았다. 자동차 열쇠를 감춰버리고 그녀를 퍼르다**에 가두었다.

험볼트는 여전히 미남이었고, 캐슬린은 그를 숭배했다. 그러나 그는 시골에서 유대인의 극심한 공포에 시달렸다. 자신은 동양인이고 그녀는 기독교도 처녀였기 때문에 두려워했다. KKK단이 그의 집 마당에서 십자가를 불태우거나, 그가 카스트로 소파에 누워 프루스트를 읽거나 추문을 만들어내는 동안 창밖에서 그에게 총을 쏠지도 모른다고 생각했다. 캐슬린은 그가 숨겨진 폭탄이 있는지 뷰익 보닛 아래를 살피곤 했다고 말했다. 그가 나 역시 데미 퐁헬에 대해 비슷한 공포를 느꼈다는 말을 털어놓게 하려고 애쓴 적도 한 번 이상이었다.

그는 언젠가 이웃 농부에게 갓 벌목한 싱싱한 통나무를 사들였다. 저녁식사를 마치고 다 함께 작은 벽난로 앞에 앉아 있는데, 이 통나무 장작에서 연기가 났다. 식탁 위에는 뜯어먹고 남은 칠면조 뼈가 있었다. 포도주와 맥주가 빠르게 줄어들었다. 앤페이지*** 커피케이크와 녹아내리는 메이플월넛 아이스크림도 있었다. 창가에서 구정물 냄새가 희미하게 흘러들었고, 스켈사社의 가스 연통들은 은빛 포탄 같았다. 험볼트는 스티븐슨이 우드로 윌슨 이후 처음으로 나타난 진정한 문화적 인물이라고 말했다. 그러나 윌슨이 스티븐슨이나 에이브러햄 링컨에 뒤진다고 말했다. 링컨은 셰익스피어를 잘 알았고 인생의 위기를 겪을

* 『잃어버린 시간을 찾아서』의 등장인물로, 마르셀이 사랑한 소녀다.

** 이슬람 문화권에서 여성이 베일로 얼굴을 가리거나 남성과 격리된 생활을 하는 것.

*** 케이크 상표명.

때마다 인용했다. "인간의 유한함에 심각할 것은 없다. 모든 것은 장난감일 뿐이다…… 덩컨은 그의 무덤에 있다. 삶의 발작적인 열이 지나간 후 그는 편히 잠들었다……"* 이것이 리**가 막 항복하려 했을 즈음 링컨이 예감한 것이었다. 개척자들은 결코 시를 두려워하지 않았다. 종교와 예술을 시시하게 만든 것은 여성성을 두려워하는 재벌이나 통속적인 남성성에 굴복하는 고자 같은 성직자들이었다. 스티븐슨은 그것을 이해했다. 험볼트의 말을 믿을 수 있다면(나는 믿을 수 없었지만) 스티븐슨은 아리스토텔레스가 일컫는, 영혼이 위대한 자였다. 그의 행정부 각료들은 예이츠와 조이스를 인용하곤 했다. 새로운 합동참모본부 구성원들은 투키디데스***를 알게 될 것이다. 국정연설 때마다 험볼트에게 자문을 구할 것이다. 그는 새 정부의 괴테가 되어 워싱턴에 바이마르****를 세울 것이다. "자네도 무슨 일을 하고 싶은지 미리 생각해 둬, 찰리. 의회도서관 같은 데서 시작하는 게 좋겠지."

캐슬린이 말했다. "〈레이트 레이트 쇼〉에서 볼만한 걸 하네요. 벨라 루고시가 나오는 옛날 영화예요."

그녀는 험볼트가 과하게 흥분했다는 것을 알아챘다. 그는 오늘밤도 잠을 자지 않을 터였다.

아주 좋았다. 우리는 그 공포영화를 틀었다. 벨라 루고시는 인조 피부를 발명한 미친 과학자 역이었다. 그가 그 무서운 살점을 얼굴에 뒤

* 각각 『맥베스』 2막 3장과 3막 2장에서 인용.

** 남북전쟁 당시 남부군 총사령관.

*** 고대 그리스 역사학자. 『펠로폰네소스 전쟁사』를 썼다.

**** 괴테는 바이마르공국의 재상이었다.

집어쓰고 아름다운 아가씨들의 방에 침입하자, 그들이 비명을 지르고 까무러쳤다. 과학자보다 더 대단하고 영화에 나오는 어떤 여자들보다 더 아름다운 캐슬린은 주근깨가 난 얼굴에 반쯤 미소를 띤 채 비몽사몽 앉아 있었다. 캐슬린은 몽유병자였다. 험볼트는 그녀를 서구 문명의 온갖 위기로 둘러싸놓았다. 그녀는 자러 갔다. 그녀가 뭘 더 할 수 있겠는가? 나는 이 수면의 시대를 이해한다. 나도 잘 아는 문제니까. 그러나 험볼트는 우리가 자러 가지 못하게 붙잡아두려 했다. 그는 벤제드린 약효를 이기기 위해 아미탈을 먹은데다 진까지 마셨다.

나는 밖으로 나가 추위 속을 걸었다. 오두막집에서 흘러나온 불빛이 바큇자국과 도랑을, 야생당근과 돼지풀이 뒤엉킨 길 너머를 비추었다. 짖어대는 개들, 어쩌면 여우들, 날카로운 별빛. 심야 영화의 괴수들이 창문을 넘나들었고, 미친 과학자가 경찰과 총격전을 벌였고, 실험실이 폭발했고, 그는 불길에 휩싸여 얼굴의 인조 살점이 녹아내리면서 타죽었다.

데미도 배로 스트리트에서 그 영화를 보고 있었을 것이다. 그녀는 불면증은 없었다. 잠들길 두려워했고, 악몽보다는 공포영화를 선호했다. 취침 시간이 가까워지면 데미는 언제나 안절부절못했다. 우리는 열시 뉴스를 보고 개를 산책시킨 후 주사위놀이와 더블 솔리테어*를 했다. 그런 다음 침대에 앉아 론 체니**가 발로 칼을 던지는 것을 보았다.

나는 험볼트가 데미의 보호자가 되려 했던 것을 잊지 않았지만, 더 이상 탓하지도 않았다. 데미와 험볼트는 만나자마자 옛날 영화나 새로

---

* 카드게임의 일종.

** 미국 영화감독, 배우. 무성영화 시대에 주로 공포영화에 출연했다.

나온 약에 대해 이야기할 것이다. 두 사람이 덱사밀*에 대해 열정적이고도 박식하게 토론할 때 나는 따라갈 수 없었다. 하지만 그들 사이에 그만큼 공통점이 많다는 사실이 기뻤다. "그는 대단한 사람이야." 데미가 말했다.

그리고 험볼트는 데미에 대해 이렇게 말했다. "정말 약을 제대로 아는 여자야. 보통이 아니던데." 그러나 간섭하지 않고는 견딜 수 없는 성정 때문에 이렇게 덧붙였다. "생활방식에서 몇 가지 고쳐야 할 데가 있긴 하지만."

"무슨 소립니까. 뭘 고쳐요? 데미는 소년범죄 전력도 있는데요."

"그것만으론 부족해. 도취할 게 없는 인생은 아무것도 아냐. 여기서는 타거나 썩거나 둘 중 하나지. 미합중국은 낭만적인 나라거든. 온전한 정신으로 살고 싶다는 건, 찰리 자네가 어디에도 매이지 않고 뭐든 시도해볼 생각이기 때문이야." 그러고는 바닥을 내려다보며 목소리를 낮추어 말했다. "캐슬린은 어떤가, 야성적으로 보이나? 하지만 아버지가 자신을 빼돌려 록펠러에게 팔아버리도록 내버려뒀지……"

"어느 록펠러에게 팔았는지 아직도 모르겠는데요."

"나라면 데미에 대해선 아무 계획도 세우지 않을 걸세, 찰리. 그 여자는 극복해야 할 고통이 아직 많으니까."

그는 참견을, 단지 참견을 하고 있었다. 그래도 나는 그 말을 새겨들었다. 데미에게는 정말로 고통이 많았기 때문이다. 어떤 여자들은 정원의 물뿌리개처럼 부드럽게 울었다. 데미는 죄악을 믿는 여자만의 방

* 흥분제와 진정제를 조합한 복합약 상표명.

식으로 열정을 다해 울었다. 나는 그녀가 울 때마다 측은한 마음이 들었을 뿐만 아니라 그 영혼이 지닌 힘에 존경심마저 들었다.

험볼트와 나는 그날 밤의 절반을 이야기하느라 깨어 있었다. 캐슬린이 나에게 스웨터를 빌려주었다. 그녀는 험볼트가 거의 잠을 자지 않는다는 것을 알고 있었고, 그래서 자신을 대신할 손님이 아무도 오지 않는 우울한 밤이 앞으로 일주일은 계속되리라 예감하고 내가 방문한 틈에 조금 쉬어두려 했을지도 모른다.

이날 저녁 험볼트 플라이셔와의 저녁 대화 서문으로(일종의 발표회 같았으므로) 나는 다음과 같이 간결한 역사적 진술을 제공하려 한다. 삶이 스스로를 정돈할 능력을 잃어버린 것처럼 보이는 시기(근대 초기)가 있었다. 삶은 정돈되어야 했다. 지성인들은 이것을 그들의 일로 여겼다. 그러니까 마키아벨리 시대부터 우리 시대에 이르기까지 정돈이란 위대하고도 화려하고 감질나고도 그릇된 길로 이끄는 재난과 같은 과업이었다. 영감을 받고 영리하고 엉뚱한 험볼트 같은 사람은 인간사가, 그렇게도 위대하고 끝없이 다양한 이 과업이 이제는 비범한 사람들에 의해 관리되어야 한다는 발견에 푹 빠져 있었다. 그는 비범한 사람이었으므로 권력을 쥘 자격이 있는 후보였다. 글쎄, 왜 안 되겠는가? 분별 있는 판단력이 안 될 이유가 없지 않느냐고 그에게 대놓고 속삭여서 이것을 희극적으로 만들었다. 우리가 웃고 있는 한, 우리는 괜찮았다. 당시의 나도 말하자면 권력의 후보였다. 나 역시 커다란 기회, 이념적 승리, 개인적인 영광을 보았다.

이제 험볼트와의 대화에 대해 한마디해야겠다. 시인의 대화는 실제로 어땠는가?

처음에 시작할 때 그는 균형 잡힌 사색가같이 보였지만, 정상으로 보이지는 않았다. 나 역시 말하기를 좋아해서 가능한 한 오래 그와 대화했다. 한동안은 이중협주곡이었지만, 나는 곧 바이올린과 트럼펫 소리에 밀려 무대 밖으로 쫓겨났다. 추론하고 공식화하고 논쟁하고 발견하면서 험볼트의 목소리는 높아졌다가 잠겼다가 다시 높아졌다. 그의 입은 눈 아래서 어두운 얼룩처럼 넓게 벌어졌다. 눈은 탁해졌다. 팔은 무겁고 가슴은 크고, 바지는 구겨지고 배 아래쪽에 조인 벨트 한끝이 축 늘어졌으며, 그는 말을 시작하자마자 레치타티보*로 넘어갔고, 레치타티보에서 아리아로 솟구쳤고, 그러면 그의 뒤에서 암시와 미덕, 예술에 대한 그의 사랑, 위대한 사람들에 대한 존경뿐 아니라 의심과 속임수까지 동원된 오케스트라가 연주되었다. 눈앞에서 그는 광기의 안팎을 드나들며 낭송하고 노래했다.

그는 스티븐슨의 초대 행정부에서 예술과 문화의 위치에 대해—그의 역할, 그리고 함께 일할 작정이던 우리의 역할에 대해 말했다. 그리고 아이젠하워에 대해 평가했다. 아이젠하워는 정치적으로 용기가 없었다. 조 매카시나 제너 상원의원이 마셜 장군**에 대해 무슨 소리를 해도 내버려두지 않았던가. 그에게는 배짱이 없었다. 그러나 병참과 선전宣傳에 뛰어났고, 바보가 아니었다. 느긋하고, 브리지 카드게임을 좋아하는 뛰어난 방위 사령관이었고, 여자를 좋아하고, 제인 그레이의 서부물 소설을 즐겨 읽었다. 대중이 느긋한 정부를 원하고 대공황에서 충분히 회복되어 이제 전쟁을 끝내고 휴식하기를 바란다면, 뉴딜 지지

---

* 오페라에서 낭독하듯 노래하는 형식.

** 2차세계대전 당시 육군참모총장으로 활약했으며, 노벨평화상을 수상했다.

자들 없이도 잘해낼 수 있을 만큼 강하고 감사를 잊을 만큼 번영한다면, 그들은 시어스로벅* 카탈로그에서 주문할 수 있을 것 같은 왕자 아이크에게 투표할 것이다. 대중은 FDR** 같은 위대한 인격자나 트루먼 같은 활기찬 인물에 염증이 났는지도 모른다. 그러나 험볼트는 미국이 과소평가되는 건 원하지 않았다. 스티븐슨이라면 해낼 수 있다고 생각했다. 이제 우리는 자유주의 사회에서 예술이 사회적 진보와 양립할 수 있을지, 예술이 나아가는 길을 알게 될 것이다. 험볼트는 루스벨트를 언급하면서 그가 브론슨 커팅의 죽음과 관련되었을지도 모른다고 암시했다. 커팅 상원의원은 투표 재검표 후 자기 선거구에서 비행기를 탔다가 추락 사고를 당했다. 어떻게 그런 일이 일어났을까? 아마도 존 에드거 후버***가 관여했을 것이다. 후버는 대통령들의 부정한 뒷일을 해주며 권력을 지켰다. 그가 몬태나주 버턴 K. 휠러 상원의원의 평판을 어떻게 망가뜨리려 했는지 상기해보라. 이쯤에서 험볼트는 루스벨트의 성생활로 화제를 돌렸다. 루스벨트와 존 에드거 후버의 이야기는 레닌과 게페우****의 제르진스키*****로 이어졌다. 이후 세이아누스와 로마제국 비밀경찰의 기원으로 말을 돌렸다. 그러고는 트로츠키의 문학이론에 대해, 위대한 예술이 혁명이라는 화물열차에 얼마나 무거운 짐이었는지에 대해 이야기했다. 그런 다음 아이크와 1930년대 직

* 미국의 글로벌 유통업체.

** 프랭클린 델러노 루스벨트.

*** FBI 초대 국장.

**** 소련 비밀경찰인 국가정치보안부.

***** 소련 정치인. 비밀경찰 조직을 이끌었다.

업군인들의 평화로운 시절에 대한 이야기로 되돌아갔다. 군대의 음주 습관. 처칠과 술병. 위인들을 추문으로부터 보호하기 위한 내밀한 중재. 뉴욕 남색 사창가에 대한 보안조치. 알코올중독과 동성애. 소아성애 남색꾼의 결혼과 가정생활. 프루스트와 샤를뤼스*. 1914년 이전 독일 군대의 성도착. 늦은 밤 험볼트는 군사 역사와 전쟁 회고록을 읽었다. 그는 휠러베넷, 체스터 윌멋, 리들 하트, 히틀러의 장군들에 대해 잘 알았다. 월터 윈첼과 얼 윌슨, 레너드 라이언스와 레드 스미스도 잘 알았고, 타블로이드판 신문 이야기에서 로멜 장군으로, 로멜에서 존 던과 T. S. 엘리엇으로 쉽게 건너갔다.** 엘리엇에 대해서는 누구도 들어본 적 없는 이상한 사실들을 아는 것 같았다. 문학이론뿐 아니라 가십과 망상도 가득했다. 그렇다, 모든 시에는 왜곡이 내재되어 있다. 그러나 어느 것이 먼저일까? 고전 인용, 아인슈타인과 자 자 가보르***가 한 말, 폴란드 사회주의, 조지 핼러스의 미식축구 전략, 아널드 토인비의 숨은 의도, 그리고(어쩌다가) 중고차 판매업에 대한 언급까지, 부분적으로는 특권, 부분적으로는 고통인 이야기가 나에게 쏟아져내렸다. 부자 소년, 가난한 소년, 유대인 소년, 비유대인 소년, 코러스걸, 매춘과 종교, 오래된 부富, 신흥 부, 신사 클럽, 백베이, 뉴포트, 워싱턴스퀘어, 헨리 애덤스, 헨리 제임스, 헨리 포드, 십자가의 성 요한, 단테, 에

---

* 『잃어버린 시간을 찾아서』에 나오는 방탕한 동성애자.

** 휠러베넷은 영국의 독일사학자, 체스터 윌멋은 호주 출신 종군기자, 리들 하트는 영국 군사평론가, 월터 윈첼은 미국 가십 칼럼니스트이자 뉴스 논평가, 얼 윌슨은 미국 신문기자, 레너드 라이언스는 미국 칼럼니스트, 레드 스미스는 미국 저술가, 로멜 장군은 2차세계대전에서 활약한 독일 군인, 존 던은 영국 성공회 사제이자 형이상학파 시인이다.

*** 헝가리 태생 미국 여자 배우.

즈라 파운드, 도스토옙스키, 매릴린 먼로와 조 디마지오, 거트루드 스타인과 앨리스, 프로이트와 페렌치*. 페렌치에 대해서는 언제나 똑같은 논평을 했다. 이성만큼 본능과 거리가 먼 것은 없으며, 따라서 페렌치에 따르면 이성은 최고의 광기이기도 하다는 것이다. 뉴턴이 얼마나 광적이었는가가 그 증거다! 이쯤에 이르면 험볼트는 대개 앙토냉 아르토에 대해 이야기했다. 극작가 아르토는 파리에서 가장 뛰어난 지성인들을 강연에 초대했다. 그러나 그들이 다 모였는데도 강연은 열리지 않았다. 아르토는 연단에 올라 야수처럼 비명을 질렀다. "입을 벌리고 비명을 질렀어." 험볼트가 말했다. "분노의 비명을 질렀어. 그동안 파리의 지성인들은 겁에 질려 앉아 있었고. 그들에게는 희한한 사건이었어. 왜냐고? 예술가로서 아르토는 실패한 성직자였거든. 실패한 성직자들은 신성모독에 전문이지. 신성모독은 신자들의 공동체를 노려. 이 경우에는 어떤 종류의 믿음일까? 지성, 페렌치가 광기라고 고발한 지성만을 믿어. 그러나 좀더 거시적 관점에서는 무엇을 의미할까? 지성인들이 흥미를 느낄 수 있는 유일한 예술은 사상의 탁월함을 찬양하는 예술이라는 거야. 예술가들은 이 새로운 계층인 지성인들의 관심을 끌어야 해. 이것이 문화의 상태와 문화의 역사가 예술의 주제가 되는 이유야. 세련된 프랑스 청중이 아르토의 비명을 정중하게 경청했던 이유고. 그들에게 예술의 목적 전체는 사상과 담론을 제시하고 그에 대한 영감을 주는 거야. 현대 국가의 교양인들은 마르크스가 원시적 축적이라고 이름 지은 상태인 사고하는 오합지졸이야. 이들이 하는 일은 걸

* 헝가리 정신분석학자, 프로이트의 제자.

작을 담론으로 바꿔버리는 거지. 아르토의 비명은 지성적인 거야. 우선 그것은 담론의 종교가 대치하고자 하는 19세기 '예술의 종교'에 대한 공격이고……"

"찰리, 자네도 알겠지." 이후로도 이에 대해 몇 마디 더 한 뒤 험볼트가 말했다. "전 세계에서 일어나고 있는 이런 과정을 이해하는 나 같은 문화계 고문을 두는 것이 스티븐슨 행정부에게 얼마나 중요할지 말이야. 어느 정도는."

우리 위에서는 캐슬린이 잠자리에 들려 하고 있었다. 우리 머리 위 천장이 그녀에게는 방바닥이었다. 널빤지에 아무것도 깔려 있지 않아서 움직이는 소리가 고스란히 들렸다. 나는 그녀가 부러울 지경이었다. 몸이 떨리기 시작해서 이불 속으로 들어가고 싶었다. 그러나 험볼트는 우리가 트렌턴과 불과 십오 분 거리에 있고, 워싱턴까지는 두 시간이면 갈 수 있다고 했다. 그는 당장이라도 갈 수 있었다. 스티븐슨이 이미 연락해왔고, 회합을 준비하는 중이라고 털어놓았다. 험볼트가 그 회합에 필요한 자료를 같이 준비해달라고 부탁해 우리는 새벽 세시까지 의논했다. 그런 다음 나는 마지막 진 한 잔을 따르는 험볼트를 내버려두고 방으로 갔다.

다음날도 그는 여전히 쌩쌩했다. 아침식사 자리에서 또 그렇게 미묘한 분석과 세계사가 한바탕 머리 위로 쏟아지자 나는 현기증이 일었다. 그는 한숨도 자지 않았다.

그는 진정하려고 달리기를 했다. 지저분한 신발을 신고 자갈길을 쿵쿵 달렸다. 허리까지 올라온 먼지에 휩싸여 팔은 가슴에 올려붙인 채 길을 내려갔다. 옻나무와 작은 참나무 아래 바스러질 듯 왕바랭이, 쐐기풀, 박주가리, 민들레 갓털이 자란 둑 사이로 들어가는 것 같았다. 돌아온 그의 바지에는 까끌까끌한 가시털들이 달라붙어 있었다. 그는 달리기에 관한 글귀도 외우고 있었다. 윌리엄 템플 경의 비서였을 때 조너선 스위프트는 화를 가라앉히기 위해 매일 수 마일을 달렸다. 너무도 풍부한 사고, 너무도 짙은 감정, 어두운 표현의 욕구 때문이었을까? 달리기는 누구에게나 좋다. 그러면 마셨던 술도 땀으로 빠져나갈 테니까.

그가 나를 데리고 산책길에 나섰고, 고양이들이 시든 나뭇잎들과 덤불 사이로 우리를 따라왔다. 녀석들은 공격하는 연습을 했다. 바닥에 낮게 쳐진 거미줄을 공격했다. 그레너디어* 같은 꼬리를 세우고 펄쩍 뛰어 발톱으로 날카롭게 나무를 긁었다. 험볼트는 이 고양이들을 무척 좋아했다. 아침 공기는 아주 상쾌한 기운에 젖어 있었다. 험볼트는 집으로 돌아와 면도를 했고, 우리는 그 불길한 뷰익에 올라 프린스턴으로 향했다.

나는 일자리를 이미 얻은 것이나 마찬가지였다. 우리는 슈얼을 만나 점심을 먹었는데, 그는 술에 취해 몸을 뒤로 기댄 채 중얼거리는, 어딘가 묘하고 공허해 보이는 남자였다. 나에게는 거의 말을 걸지 않았다. 프랑스 식당에서 험볼트에게 뉴욕이며 케임브리지에 대해 잡담만 하려 했다. 진짜 그런 게 존재하는지는 모르겠지만 그는 스스로를(자기 생각에는) 세계주의자로 여겼는데, 실제로는 외국에 나가본 적도 없었다. 험볼트도 유럽은 알지 못했다. "자네가 가고 싶다고 하면," 슈얼이

---

* 대구과의 심해어.

말했다. "우리가 주선해줄 수도 있어."

"아직 준비가 안 된 것 같은데." 험볼트가 말했다. 그는 전직 나치나 게페우 요원에게 납치될까봐 두려워했다.

험볼트는 역까지 걸어서 나를 배웅하며 말했다. "이 면담은 형식적인 절차라고 했잖아. 그 친구는 나하고 수년 동안 알고 지냈고, 서로 상대방에 대한 비평을 쓰기도 했지. 악감 같은 건 전혀 없어. 그저 다마스쿠스에서 왜 헨리 제임스를 연구하려 하는지가 의아할 뿐이지. 잘됐어, 찰리, 우리에겐 즐거운 한 철이 될 거야. 만약 내가 워싱턴에 가게 되면 여기서 자네가 뒷일을 알아서 해줄 거라 믿네."

"다마스쿠스라니요! 아랍인들 사이에서 슈얼 씨는 냉담한 교주가 되겠네요."

창백한 험볼트가 입을 열었다. 작은 치아들 틈으로 들릴락 말락 웃음이 새어나왔다.

당시 나는 제자이자 보잘것없는 조연이었고, 슈얼은 나를 그렇게 대했다. 그는 아마도 나를 꽤 잘생기긴 했지만 빈틈이 많고, 졸려 보이는 큰 눈에 약간 과체중이고(그의 시선에서 느낄 수 있었듯이) 남의 일에 욕심내는 것을 망설이는 듯한 아직 솜털이 있는 어린 남자로 보았을 것이다. 그가 나의 가치를 알아보지 못하는 것이 기분 나빴다. 그러나 그런 감정이 늘 나에게 힘을 불어넣어주었다. 내가 훗날 그토록 대단한 성취를 이룬 건 그의 경멸어린 태도를 잘 이용했기 때문일 것이다. 나는 성취로써 복수했다. 그러니 슈얼의 덕을 크게 본 셈이었는데, 그런 내가 수년 후 시카고 신문에서 그의 부고를 보고 위스키를 홀짝거리며, 그런 순간이면 곧잘 하던 대로 그런 사람은 차라리 죽는 게 낫다고 생각한 건 배은망덕한 짓이었다. 그때 나는 환승역에서 갈아탈 프린스턴 기관차를 향해 걸어가며 험볼트에게 말했던 경구를 떠올렸다. 사람들이 죽으면 내가 그들에 대해 했던 신랄한 말들이 도로 나에게 돌아와 달라붙는다. 이러한 냉담함은 어떤가? 사도바울은 다마스쿠스로 가는 길에서 깨어났지만, 프린스턴의 슈얼은 그곳에서 더 깊은 잠을 잘 것이다. 사악한 의미로 한 말이었다. 고백하건대 그런 말을 한 게 지금은 후회된다. 그 면접에 대해 한마디 덧붙이자면, 데미 퐁첼이 진회색 정장에 버튼다운칼라 셔츠, 적갈색 니트 넥타이와 같은 색 코도반* 구두까지 나를 언뜻 프린스턴 사람처럼 보이게 차려입힌 것이 실수였다.

어쨌든 죽은 지 오륙 년이 지난 험볼트가 나의 삶에 다시 들어온 것은, 오후 네시 부엌 조리대에 기대어 위스키 한 잔과 절인 청어를 먹으며 시카고 〈데일리 뉴스〉에서 슈얼의 부고를 본 지 얼마 되지 않아서였다. 그는 뜻밖의 상황에 나의 삶으로 들어왔다. 언제였는지는 정확하지 않다. 그 무렵 나는 더 큰 문제들에 점점 몰두하던 중이어서 시간에 대해서는 신경쓰지 않았다.

* * *

이제는 현재를 살펴보자. 완전히 현재인 삶의 다른 쪽을.

얼마 전 시카고에 있을 때, 12월의 어느 아침 회계사 머라를 만나러

* 윤이 나게 무두질해 만든 고급 가죽.

가려고 아래층에 내려갔던 나는 밤새 누군가의 습격을 받은 내 벤츠를 발견했다. 술에 취했거나 서툰 운전자가 박거나 긁어놓고 와이퍼 아래 메모조차 남기지 않고 달아나버렸다는 뜻이 아니다. 누군가가 차체 전체를, 아마도 야구방망이로 때려 부숴놓았다. 새것은 아니지만 삼 년 전 1만 8천 달러였던 고급 차는 엉망으로 훼손되었는데, 메르세데스 쿠페는, 특히 이 은회색 쿠페는 너무 아름다워 심미적인 의미에서도 그 상황이 도무지 이해되지 않았다. 내 친한 친구 조지 스위벨이 언젠가 씁쓸한 감탄을 섞어 말했다. "독일 놈들은 유대인을 죽이는 것도 잘하지만 기계도 정말 잘 만든단 말이지."

이 차에 대한 습격은 사회학적 의미에서도 나에게는 힘든 일이었는데, 내가 언제나 시카고를 잘 안다고 말해왔고 이곳 깡패들도 사랑스러운 자동차는 존중한다고 확신했었기 때문이다. 최근 워싱턴파크 연못에 가라앉은 자동차 트렁크에서 타이어 공구로 탈출하려던 한 남자의 시신이 발견되었다. 자동차 도둑들이 목격자를 없애려고 남자를 익사시킨 것이 분명했다. 그 차는 그저 그런 쉐보레였다고 생각했던 기억이 난다. 메르세데스 280SL이었다면 그런 짓은 절대 하지 않았을 것이다. 레나타에게 내가 일리노이 센트럴역 플랫폼에서 칼에 찔리거나 습격을 받고 죽을 수는 있어도 내 차는 절대 다치지 않을 거라고 말한 적도 있었다.

그래서 그날 아침 나는 도시 심리학자로서는 실패했다. 그것은 심리학이 아니라 호언장담이나 보호 마법에 불과하다는 것을 깨달았다. 미국의 대도시에서 필요한 것은 누구의 영향도 받지 않는 안전지대, 한 계치의 무관심이라는 사실을 알게 되었다. 이론도 그러한 보호 지대를 건설하는 데는 꽤 유용했다. 어쨌든 사고를 예방하기 위한 논리가 우선이었다. 그러나 바보 같은 지옥이 나를 쫓아왔다. 우아한 차, 반짝이는 은색 수프 그릇 같은 내 차가, 내가—이런 보물을 몰고 다닐 만큼 안정적이지 못한 나 같은 사람이—사들이기에는 과분한 차가 훼손되었다. 전부! 섬세한 선루프, 펜더, 후드, 트렁크, 문, 잠금장치, 전등, 라디에이터에 부착된 멋진 엠블럼까지 전부 다 심하게 두들겨맞고 망가졌다. 비산방지 유리는 그대로 붙어 있었지만 온통 침을 뱉어놓은 것 같았다. 앞유리는 하얗게 균열된 꽃송이로 뒤덮였다. 결정성 내출혈이었다. 나는 너무 놀라 거의 까무러칠 지경이었다.

쥐 수천 마리가 창고를 헤집고 다니며 밀가루 포대들을 찢어발겼다는 말을 들었는데, 누군가 내 차에 그런 짓을 한 것이었다. 내 심장도 그렇게 찢어지는 느낌이었다. 수입이 10만 달러를 넘었을 때 산 차였다. 그 정도로 수입이 오르자 국세청이 주목하더니 매년 나의 수입을 들여다보았다. 그날 아침 나는 연방정부와 얽힌 두 건의 사건에서 나를 돕고 있는, 옷을 잘 입고 경탄스러울 만큼 일처리가 매끄러운 전문가인 공인회계사 윌리엄 머라를 만나러 가려던 참이었다. 내 수입은 몇 년 만에 최저 수준으로 떨어졌지만 정부는 여전히 나를 노리고 있었다.

메르세데스 280SL은 사실 여자친구 레나타 때문에 샀다. 처음 만났을 때 레나타는 내가 몰던 소형 닷지를 보고 "유명한 사람이 왜 이런 차를 몰아요? 잘못 생각한 것 같은데요"라고 말했다. 나는 1만 8천 달러짜리 차를 몰고 다닐 만큼 사람들이나 사물의 영향을 받는 사람이 아니라고 설명하려 했다. 생활수준이 되는 사람들이나 그런 훌륭한 차를 몰고 그들은 운전석이 아니라 뒷좌석에 탄다고. 그러나 레나타는 내 말을 일축했다. 그녀는 내가 제대로 돈을 쓸 줄 모르고, 나 자신에게 충실하지 못하고, 성공 가능성을 모르는 척하는데다 성공을 두려워한다고 말했다. 실내장식가인 그녀에게 스타일과 겉치레는 자연스러운 것이었다. 나는 갑자기 영감을 얻었다. 나는 안토니우스와 클레오파트라 무드에 젖었다. 로마는 테베레강에 녹아버려라. 엔진이 마법사가 만든 장난감 노래기*처럼 작동하고 스위스 아큐트론 시계보다, 아니 페루 나비날개 보석 장식**을 한 오데마피게 시계보다 섬세한 은색 메르세데스를 타고 우리가 시카고를 누빌 수 있다는 걸 세상에 알리자. 다시 말해 나는 그 차가(어리석음과 허영심 측면에서) 내 자아의 연장이 되도록 한 것이었고, 그러니 그 차에 대한 습격은 나에 대한 습격이나 마찬가지였다. 엄청나게 많은 반응을 일으킨 순간이었다.

일반 도로에서 어떻게 그런 일이 일어날 수 있었을까? 대갈못 박는 기계 소리보다 더 큰 소리가 났을 것이다. 물론 정글 게릴라들의 전술에서 얻은 교훈이 세계의 모든 대도시에서 적용되고 있었다. 밀라노와 런던에서 폭탄이 터지고 있었다. 그래도 내가 사는 곳은 비교적 조용한 시카고였다. 나는 고층건물 모퉁이를 돌아 좁은 골목 한쪽에 주차했었다. 하지만 한밤중에 그렇게 크게 우당탕거리는 소리를 경비가 듣지 못했을까? 사람들은 소동이 일어나면 대개 핑계 뒤로 숨어버린다. 총소리를 들으면 서로에게 자동차 '엔진 폭발음'이라고 말한다. 야간 경비는 새벽 한시에 문을 잠그고 바닥 물청소를 한다. 지하실에서 땀이 찌든 회색 데님 작업복으로 갈아입는다. 밤늦게 로비에 들어서면

* 딱딱한 석회질 껍질로 싸인 절지동물.

** 페루에서 나비날개 앞뒤로 유리를 가공하는 장식 기법.

가루비누 냄새와(배가 썩는 것 같은) 데님 작업복에 밴 땀냄새가 풍긴다. 아니다, 내 차를 부순 범죄자들은 경비와는 아무 일도 없었을 것이다. 경찰도 마찬가지다. 경찰차가 일단 지나가면 십오 분 동안은 돌아오지 않는다는 것을 알고 숨어 있던 곳에서 나와 방망이나 몽둥이, 망치로 두들긴 것이다.

누가 이런 짓을 했는지 나는 분명히 알았다. 여러 번 경고를 받았었다. 밤늦게 전화가 자주 울렸다. 잠을 깨려고 비틀거리며 수화기를 집어들어 귀에 갖다대기도 전에 이미 전화 건 사람의 고함소리가 들렸다. "시트린! 너냐! 시트린!"

"네? 네, 시트린입니다. 네?"

"이 개자식. 돈 내놔. 네놈이 나한테 뭔 짓을 한 줄 알아."

"당신에게 한 짓이라고요?"

"그래! 시팔! 네놈이 나한테 준 수표를 지급 정지해놨잖아. 되돌려놔, 시트린. 그 형편없는 수표를 쓸 수 있게 해놓으라고. 내가 무슨 수를 내기 전에."

"깊이 자던 중이라서—"

"내가 안 자는데, 네놈이 처 자?"

"정신을 좀 차려보려고 합니다만, 성함이—"

"알 거 없어! 정지한 수표 얘기나 해. 이름 알 거 없다고! 450달러. 그 얘기만 해."

한밤중에 갱스터가 위협을 가하는 상대가 바로 나—나라니! 하고많은 사람 중에서! 이 남다른 영혼은 내가 느끼기에 우스꽝스러울 정도로 순진해서 나를 웃게 만들었다. 나는 종종 웃는 방식 때문에 사람들에게 비난받았다. 호의적인 사람들은 재밌어했지만. 그러나 화를 내는 사람들도 있었다.

"웃지 마." 한밤중에 전화한 자가 말했다. "집어치워. 지금 그 소리는 정상이 아니야. 대체 누군 줄 알고 웃어대? 이봐, 시트린, 네놈은 포커를 치다가 나한테 돈을 잃었어. 그저 가족끼리 모인 저녁이었고 취했었다고 하겠지만 허튼소리 마. 난 너한테 수표를 받았고, 가만있다 뺨이나 맞진 않을 거야."

"왜 정지했는지 당신도 알 텐데요. 당신과 당신 친구가 속임수를 썼잖아요."

"네놈이 봤어?"

"집주인이 봤습니다. 조지 스위벨이 단언하던데 당신들이 서로 틈틈이 카드를 보여줬다고요."

"그럼 그 멍청한 놈은 왜 그때 나서서 말하지 않았지? 우리를 쫓아냈어야 하잖아."

"당신들에게 덤비기가 겁났나보죠."

"혈색이 그렇게나 좋은 건강한 놈이? 맙소사, 하루에 5마일씩 뛰고, 약상자에 가득해 보이던 영양제를 잘 챙겨먹어서 얼굴이 사과처럼 반지르르한 그놈이? 그때 같이 놀던 사람이 일고여덟이었어. 다 같이 우릴 내쫓을 수도 있었다고. 네놈 친구는 배짱이 없나보군."

"글쎄, 기분좋은 저녁은 아니었어요. 당신은 안 믿겠지만, 나는 약에 취해 있었어요. 이성적인 사람은 아무도 없었단 말입니다. 모두 제정신이 아니었다고요. 분별 있게 얘기해보죠."

"뭐? 난 은행에 갔다가 네놈이 지금 정지를 해놨다는 말을 듣고 엉덩이를 걷어차인 기분인데 분별 있게 얘기하자? 내가 호구 같냐? 대학이니 공부니 하는 이야기에 끼어든 게 잘못이지. 내가 다녔던 시골 대학 이름을 말했을 때 난 네놈이 지은 표정을 봤어."

"대학이 무슨 상관입니까?"

"네놈이 나한테 무슨 짓을 하고 있는지 모르겠어? 책을 많이 썼더군. 인명사전Who's Who에도 네놈 이름이 있던데. 하지만 너같이 멍청한 새끼는 아무것도 이해 못해."

"새벽 두시니 뭘 이해하기가 힘들죠. 머리가 맑은 낮에 만나면 안 되겠습니까?"

"그만둬. 얘기 끝났어."

그래놓고는 같은 얘기를 몇 번이나 했다. 리날도 칸타빌레에게 그런 전화를 열 번은 받았을 것이다. 고인이 된 폰 험볼트 플라이셔도 밤의 극적인 속성을 이용해 사람들을 못살게 굴고 괴롭혔었다.

조지 스위벨이 나에게 지급 정지를 권했었다. 나와 스위벨의 우정은 5학년 때로 거슬러올라가는데, 나에게 그런 친구들은 신성한 범주에 속한다. 나는 어린 시절 관계에 대한 지나친 취약성이나 의존성에 대해 종종 경고를 들어왔다. 배우였던 조지는 수십 년 전 무대를 포기하고 도급업자가 되었다. 혈색이 좋고 몸이 건장한 친구였다. 몸가짐, 옷차림, 개성적인 스타일에는 억제된 기색이 없었다. 그리고 지난 수년 동안 그는 내가 지정한 뒷골목 세계 전문가였다. 범죄자, 매춘부, 경마, 밀매, 마약, 정치, 지하조직의 움직임에 대한 정보를 주었다. 라디오, 텔레비전, 신문과 잡지에 몸담았던 그의 인맥은 그의 말대로 하면 "부패한 사람에서 깨끗한 사람까지" 유달리 넓었다. 나는 깨끗한 사람들 중에서도 서열이 높았다. 내가 나서서 그렇게 주장하진 않았다. 조지가 나를 이런 식으로 설명했다.

"네가 우리집 식탁에서 돈을 잃었으니까, 내 말을 듣는 게 좋아." 그가 말했다. "그 똘마니들이 속임수를 썼어."

"그럼 그 자리에서 말했어야지. 칸타빌레 말도 일리가 있어."

"가진 것도 없고 신경쓸 만한 놈도 아니야. 3달러만 빌려줘도 쫓아다니며 받아내야 할걸. 게다가 마약에 절었어."

"몰랐어."

"너는 아무것도 모르겠지. 내가 열 번도 넘게 신호를 줬는데."

"못 봤어. 기억이 안 나……"

"칸타빌레는 계속 널 벼르고 있었어. 듣기 좋은 말로 속이려 들면서. 마리화나를 피우고 있었고. 예술이니 문화니 심리학이니 이달의 북클럽이니 하는 것들에 대해 지껄였고, 학력 좋은 자기 아내 자랑도 했어. 너는 카드를 받을 때마다 판돈을 걸었어. 그리고 내가 하지 말라고 했던 온갖 이야기를 아낌없이 꺼내 떠들어대더군."

"조지, 그놈이 밤마다 전화를 걸어대는 통에 죽겠어. 그냥 돈을 줘버릴까봐. 그러면 안 될까? 난 누구에게나 돈을 주는데. 이 기분 나쁜 녀석을 떼어내야 해."

"안 돼!" 연기 수업을 받았던 조지는 무대에 선 것처럼 목소리를 높이고 놀란 듯이 눈을 부릅뜨면서 놀라운 효과를 자아냈다. 그가 소리쳤다. "찰리, 내 말 좀 들어!"

"하지만 깡패를 상대하는 거잖아."

"칸타빌레 패거리도 이제 조직 세계에서는 한물갔어. 수년 전에 다

쫓겨났다고. 내가 말했잖아……"

"그럼 그놈은 아직도 흉내를 잘 내는 건가. 새벽 두시에 나는 그놈이 진짜 갱스터라고 믿었으니까."

"〈대부〉 같은 걸 봤겠지, 이탈리아 놈들처럼 콧수염을 기르고. 뭐가 뭔지도 모르고 떠벌리는 어린놈에 낙오자일 뿐이야. 그놈도 그놈 사촌도 우리집에 들이지 말았어야 했어. 그러니까 이제 잊어버려. 갱스터 흉내를 내면서 속임수나 쓰는 놈들이야. 나는 네가 그놈에게 수표를 주지 않게 막으려고 했어. 나중에 지급 정지를 권했고. 아무튼 네가 휘둘리게 두진 않을 거야. 어쨌든 이제 다 끝났어—내 말 믿어."

그래서 그의 말대로 했다. 조지의 판단에 이의를 제기할 수 없었다. 그랬는데 이제 칸타빌레가 자기가 가진 모든 걸 걸고 내 차를 때려 부쉈다. 그가 해놓은 짓을 보았을 때 나는 심장에서 피가 모두 빠져나가는 것 같았다. 넘어지지 않기 위해 건물에 기댔다. 하루 저녁 상스러운 사람들과 어울려 시간을 보내려다가 바보들의 지옥에 떨어지고 말았다.

나는 상스러운 사람들이라는 표현을 쓰지 않는다. 지금 들려온 건 사실 내 전처의 목소리였다. "통속적인 사람들"이니 "상스러운 사람들"이니 하는 말을 썼던 사람은 데니즈였다. 내 가엾은 메르세데스의 운명을 보았다면 그녀는 아주 흡족해했을지도 모른다. 이 일은 전쟁이나 다름없었고, 옛친구는 지극히 전투적인 성격이었다. 데니즈는 내 여자친구인 레나타를 증오했다. 그녀가 이 자동차와 레나타를 결부시킨 건 정확한 판단이었다. 그녀는 조지 스위벨도 혐오했다. 그러나 조지는 데니즈에 대해 복합적인 견해를 가지고 있었다. 그는 데니즈가 대단한 미인이지만 전적으로 인간적이지는 않다고 했다. 확실히 데니즈의 크고 둥근 보랏빛 눈, 좁은 이마, 고대 무녀 같은 뾰족한 치아의 조합은 그런 해석을 뒷받침했다. 그녀는 예민했고 무척이나 사나웠다. 현실적인 조지는 특히 여성과 관련된 자신만의 신화가 있다. 융과 비슷한 견해이나 그것을 조잡하게 표현한다. 그는 섬세한 감정에 자신이 흔들린다는 데 좌절하고, 거칠게 과잉 반응을 한다. 어쨌든 데니즈는 망가진 내 차를 보고 행복하게 웃었을 것이다. 그럼 나는? 이혼을 했으니 결혼생활에 따라오는 "내가-뭐라-그랬어"를 피했다고 생각했을지도 모른다. 하지만 여기서 나는 이제 그 말을 나 자신에게 하고 있었다.

데니즈는 나에 대해 끊임없이 말해주었다. 그녀는 이렇게 말했다. "난 도저히 당신이 이해가 안 돼. 그 훌륭한 통찰력에, 그 많은 책을 쓰고, 전 세계 학자들과 지성인들의 존경을 받는 당신이 말이야. 가끔은 '저 사람이 내 남편인가? 내가 아는 그 남자인가?' 하는 생각이 들어. 당신은 동부의 저명한 대학들에서 강의를 했고, 연구비와 특별연구원 장학금도 받았어. 드골이 당신에게 레지옹 도뇌르 훈장을 줬고, 케네디는 우리를 백악관으로 초대했지. 브로드웨이에 올린 연극도 성공했고. 그런데 지금 뭘 하고 있는 거야? 시카고라니! 괴짜 같은 예전 동창들하고나 어울리잖아. 이건 정신적 자살이야, 죽음을 동경하는 거라고. 당신은 건축가라든가 정신과의사라든가 대학교수라든가 하는 흥미로운 사람들과는 어울리지 않으려고 해. 난 당신이 여기로 돌아오자고 고집부렸을 때 원하는 대로 살게 해주려고 애썼어. 나 자신은 고려하지 않았다고. 당신은 런던이나 파리, 뉴욕에는 가지 않으려 했고, 여기, 견딜 수 없을 정도로 흉하고 상스럽고 위험한 곳으로 와야 했어. 당신은 심정적으로 빈민가 출신 아이니까. 당신 마음은 구닥다리 웨스트사이드 시궁창에 머물러 있으니까. 나는 당신 아내 노릇에 지쳤어……"

이 모든 말은 상당 부분 진실이다. 연로한 어머니는 데니즈를 "*고귀하고, 교양 있고, 차분하다*"고 표현했을 것이다. 데니즈는 상류사회 사람이었으니까. 그녀는 하일랜드파크에서 자랐다. 뉴욕의 바사칼리지에 다녔다. 연방판사였던 그녀의 아버지도 시카고 웨스트사이드 시궁창 출신이었다. 그의 아버지는 빅 빌 톰프슨*이 재임하던 거친 시절 모리스 엘러** 밑에서 선거구 당지도자 노릇을 했다. 데니즈의 어머니는 그 판사가 아직 소년—악덕 정치인의 아들—이었을 때 그를 붙잡아 바르게 자라도록 이끌었고 상스러움을 떨칠 수 있게 해주었다. 데니즈 또한 나에게 그런 일을 할 수 있기를 기대했었다. 그러나 이상하게도 어머니 쪽보다는 아버지 쪽 유전이 강했다. 그녀가 퉁명스럽고 드세게 굴 때는 높아지고 긴장된 목소리에서 늙은 선거구 당지도자이자 정치자금 조달을 담당했던 그녀의 할아버지 목소리가 들렸다. 이런 배경 때문에 어쩌면 데니즈가 조지를 맹렬히 증오했을지도 모른다. "저 사람 집에 데려오지 마. 나는 저 사람 엉덩이가 우리집 소파에 닿는 것도, 저 발이 우리집 카펫을 밟고 있는 꼴도 못 보겠어." 데니즈가 말했다. "당신은 예민함을 누그러뜨리려고 염소랑 같이 마구간에 넣은 혈통 좋은 경주마 같아. 조지 스위벨이 당신의 숫염소인 셈이지."

"조지는 좋은 친구야. 오랜 친구."

"학교 때 친구들한테 그렇게 물러 빠진 것도 믿을 수가 없어. *진흙탕*

---

* 부패한 정치인이자 시카고 시장이었던 윌리엄 톰프슨의 별명.

** 러시아 태생 미국 정치인.

향수*인가. 그 사람이 매춘부들에게 데려다주기라도 하나보지?"

나는 품위 있게 대답하려 애썼다. 그러나 사실은 갈등이 더 커지길 원했고, 그래서 데니즈를 도발했다. 가정부가 외출한 어느 저녁, 나는 같이 식사를 하려고 조지를 집으로 데려왔다. 가정부가 외출하는 날이면 데니즈는 정신적으로 힘들어했다. 집안일을 못 견뎌했다. 요리를 죽기보다 싫어했다. 레스토랑에 가고 싶어했지만, 나는 외식할 생각이 없다고 말했다. 그러자 그녀는 여섯시에 부랴부랴 다진 고기에 토마토와 강낭콩과 칠리 가루를 섞기 시작했다. 나는 조지에게 말했다. "오늘 저녁은 칠리 콘 카르네야. 맥주도 몇 병 따자고."

데니즈가 나에게 부엌으로 오라고 손짓했다. "이런 짓 하지 마." 그녀가 말했다. 호전적이었고 날카로웠다. 목소리는 맑고 소름 끼쳤고 발음이 작은 오류 하나 없이 정확했다—점점 높아지는 히스테리의 아르페지오였다.

"오, 그러지 마. 데니즈, 다 들리겠어." 나는 목소리를 낮춰 말했다. "조지에게 이 칠리 콘 카르네를 맛보게 해줘."

"넉넉하지도 않아. 고기도 반 파운드밖에 없다고. 아니, 그게 아니지. 요점은 내가 저 인간에게 주기 싫단 거야."

나는 웃었다. 조금 당황스러웠다. 내 목소리는 평소 낮은 바리톤이고 거의 베이스에 가깝지만, 누군가 도발이라도 하면 좀더 높이 상승해 박쥐 음역에 도달한다.

"저 찢어지게 웃는 소리 좀 들어봐." 데니즈가 말했다. "그렇게 웃을

* 질 낮은 문화, 타락에 매력을 느끼는 태도. 프랑스 극작가 에밀 오지에가 처음 썼다.

때면 완전히 얼이 빠진 것 같아. 당신은 쓰레기통 옆에서 태어났지. 앵무새 새장 같은 집에서 자랐고."

그녀는 굽히지 않고 크고 멋진 보랏빛 눈으로 바라보았다.

"알겠어." 나는 조지를 펌프룸 레스토랑으로 데려갔다. 우리는 터번을 두른 무어인들이 가져온, 아직도 불꽃이 이는 샤실리크*를 먹었다.

"네 결혼생활에 간섭할 마음은 없지만 난 네가 숨도 못 쉬는 게 다 보여." 조지가 말했다.

조지는 자신을 자연의 대변자라고 생각한다. 자연, 본능, 심장이 그를 인도한다. 그는 생명중심주의자다. 그가 자신의 두툼한 근육을, 로마인 벤허 같은 가슴과 팔을 올리브유로 문지르는 모습은 생명에 대한 경건한 가르침 같았다. 그 일을 마치면서는 올리브유를 병째 쭉 들이켰다. 올리브유는 태양이고 고대 지중해다. 창자, 머리카락, 피부에 그보다 좋은 것은 없다. 그는 자기 몸을 신성시한다. 자기 콧속, 안구, 발을 섬기는 사제다. "그 여자하고 있을 때 너는 숨도 제대로 못 쉬어. 질식할 것처럼 보인다고. 조직까지 산소가 공급되지 못하는 거야. 그 여자 때문에 암 걸리겠어."

"흠," 내가 말했다. "데니즈는 아마도 자신이 나에게 미국인의 결혼이라는 축복을 내렸다고 생각할 거야. 진짜 미국인들은 아내와 고통을 나누겠지, 아내는 남편과 고통을 나누고. 링컨 대통령 부부처럼. 그건 고전적인 미국의 슬픔이고, 나 같은 이민자의 자식은 고마워해야 해. 유대인으로서는 한 계단 출세한 셈이니까."

* 러시아식 양고기 꼬치구이.

그렇다, 데니즈는 이 끔찍한 말을 들으면 기뻐서 어쩔 줄 모를 것이다. 언젠가 레나타가 은색 메르세데스를 타고 재빨리 지나가는 것을 본 데니즈가 말했다. "그 옆에 탄 당신은 이발소 회전간판만큼이나 머리가 반들반들한 게 꼭 대머리 같았는데, 옆머리를 빗어 올려도 가릴 수 없는 꼴로 헤벌쭉 웃고 있었어. 그 뚱뚱한 여자가 당신을 웃게 하나보지." 데니즈는 모욕을 주다가 예언까지 했다. "당신의 정신생활은 메말라버릴 거야. 성적 욕구 때문에(당신이 그렇게 표현하니까 말이지만) 희생당하는 거지. 섹스 후에 당신네 둘이 무슨 얘길 할 수 있지……? 뭐, 당신은 책도 몇 권 썼고, 반은 이미 한물갔지만 유명한 희곡도 썼지. 폰 험볼트 플라이셔 같은 사람과 교유했고. 당신은 자신을 일종의 예술가라고 여겼어. 우리는 사실을 알지 않아? 당신이 정말로 원하는 건 모두를 쓸어버리고 무시해서, 당신 스스로 법이 되는 거잖아. 당신과 이해받지 못하는 당신 마음만 남았어, 찰리. 당신은 진지한 관계를 견딜 수 없어서 나와 아이들까지 밀어냈어. 이제 당신에겐 브래지어도 하지 않고 큰 젖꼭지를 세상에 보여주고 다니는 뚱보 년이 있지. 주변에는 무식한 유대인에 깡패 천지고. 당신은 당신만의 자만심과 속물근성에 미쳐 있어. 아무도 당신 성에 차지 않는 거야…… 나는 당신을 도울 수도 있었는데. 이젠 너무 늦었어!"

나는 데니즈와 말다툼할 생각이 없었다. 그녀에게 연민이 느껴졌다. 그녀는 내가 잘못 살고 있다고 말했다. 나는 동의했다. 그녀는 내 정신이 온전하지 않다고 생각했고, 그것을 부정한다면 나는 완전히 미친 거였을 것이다. 그녀는 내가 누구에게도 의미 없는 글을 쓰고 있다고 말했다. 그럴지도 모른다. '미합중국에 산다는 것의 의미'라는 부제가 붙은 나의 마지막 책 『어떤 미국인들』은 펴내자마자 빠르게 반품이 들어왔다. 출판사에서는 그 책을 찍지 말자고 간청했었다. 내가 포기하면 빚 2만 달러를 받지 않겠다고 했다. 그러나 나는 심술궂게도 그 속편을 쓰고 있었다. 내 인생은 대단히 혼란스러웠다.

그러나 어떤 것에는 충실했다. 나에게는 신념이 있었다.

"왜 나를 시카고로 데려온 거야?" 데니즈가 물었다. "당신 조상들이 여기 묻혀 있어서 그랬다는 생각도 때때로 해봤어. 그게 이유야? 유대인 아버지들이 죽어간 땅이라서? 그래서 거기 들어가려고 나를 당신네 묘지로 끌고 온 거야? 그게 다 뭐야? 당신이 훌륭하고 고상한 존재라는 망상 때문이겠지. 잘도 그렇겠다!"

그런 악담이 데니즈에게는 비타민보다 효력이 좋았다. 나로 말할 것 같으면, 어떤 오해는 유용한 암시로 가득하다는 것을 알게 되었다. 그러나 데니즈에 대한 나의 마지막 대답은, 입 밖으로 꺼내지 않은 그 대답은 항상 똑같았다. 그녀는 지적이었지만 내 신념에는 좋지 않았다. 그런 관점에서는 레나타가 더 나은 여자였다—나에게는.

레나타는 내가 다트*를 몰지 못하게 했다. 중고 메르세데스 250C를 사려고 판매원과 흥정하고 있을 때, 쇼룸에서 레나타—체구가 크고, 혈색이 좋고, 좋은 향기가 나고, 흥분한—가 은색 후드에 손을 얹고 "이거요, 이 쿠페로" 하고 말했다. 손바닥의 움직임이 관능적이었다. 자동차에 닿은 그녀의 손길이 내 몸에 느껴지는 것 같았다.

* 문이 네 개인 전륜구동 소형차.

* * *

그런데 이제 부서진 차에 대해 조치를 취해야 했다. 나는 접수실로 가서 깡마르고 늙고 면도를 절대 하지 않는 흑인 경비 롤런드를 데려왔다. 내가 잘못 생각하고 있는 게 아니라면(그럴 가능성이 크지만) 롤런드 스타일스는 내 편이었다. 내가 고독사하는 상상 속에서 롤런드는 언제나 경찰을 부르기도 전에 내 침실에 들어와 가방에 물건들을 꾸려넣고 있었다. 내 용인 아래 그렇게 했다. 그는 특히 내 전기면도기가 필요했다. 그의 새까만 얼굴은 움푹움푹 꺼져 있고 꺼칠했다. 면도칼로 수염을 깎는 건 거의 불가능했을 것이다.

강청색 제복을 입은 롤런드는 당황했다. 그는 아침에 출근할 때 망가진 차를 보았지만 "차마 알려드릴 수가 없었습니다, 시트린 씨" 하고 말했다. 출근하던 입주민들도 보았다. 물론 그것이 누구 차인지 알고 있었다. "진짜 악질이네요." 롤런드가 늙고 마른 얼굴을 찌푸리고 입과 콧수염 쪽을 오므리며 진지하게 말했다. 눈치가 빠른 그는 나를 방문하는 아름다운 여자들에 대해 항상 농담을 건넸다. "그 여자들은 폭스바겐이나 캐딜락을 타고, 자전거나 모터사이클을 타고, 아니면 택시를 타거나 걸어서 오죠. 선생님이 언제 나갔는지, 언제 돌아오는지 물어보고 메모도 남기고요. 오고, 오고, 또 와요. 선생님은 정말 여자들에게 인기가 좋아요. 장담하는데, 아마 선생님 때문에 남편들이 속깨나 썩었을 겁니다." 그러나 지금 그런 장난기는 보이지 않았다. 롤런드는 육십 년 동안 흑인으로 살았고, 그 시간은 헛되지 않았다. 그는 바보의 지옥을 알고 있었다. 오가던 나를 즐겁게 해주던 면역성은 사라졌다. "선생님, 성가신 일에 휘말리셨군요." 그러고는 "미스 유니버스" 어쩌고 하며 중얼거렸다. 그는 레나타를 "미스 유니버스"라고 불렀다. 레나타는 가끔 어린 아들을 데려와 접수실에 맡기고 그에게 돈을 주었다. 엄마가 내 침대에 누워 있는 동안 아이는 소포꾸러미를 가지고 놀았다. 나는 그 사실이 불편했지만, 이도 저도 아니게 어리석은 연인이 될 수는 없었다.

"이제 어쩌지요?"

롤런드는 양손을 비비꼬았다. 어깨를 들썩했다. 그러더니 어깨를 으쓱하며 "경찰을 부르시죠" 하고 말했다.

그렇다, 보험 때문이라도 신고는 해야 했다. 보험회사는 아주 이상한 사건이라 생각할 것이다. "그래요, 순찰차가 지나가면 좀 불러줘요. 별 도움은 안 되겠지만 경찰들에게 보라고 하고." 내가 말했다. "그리고 나한테 올려보내줘요."

나는 수고비로 그에게 1달러를 주었다. 보통 그렇게 했다. 그리고 이제 악의의 흐름을 역전시켜야 했다.

아파트 문 너머에서 전화벨 소리가 들렸다. 칸타빌레였다.

"어떠냐, 이 건방진 자식아."

"미쳤군!" 내가 말했다. "기물 파손! 차량 훼손……!"

"차를 봤나보군—너 때문에 내가 무슨 짓을 했는지 잘 봤겠지!" 그가 소리쳤다. 그러나 억지로 쥐어짜낸 목소리는 떨리고 있었다.

"뭐지? 내 탓이란 건가?"

"경고했잖아."

"그 멋진 차를 때려 부순 게 나 때문이라고?"

"그럴 수밖에 없게 만들었잖아. 그래, 네가. 네가 그랬어. 나는 아무 감정도 없는 줄 아나? 그런 차를 보면 어떤 기분이 드는지 넌 모르겠지. 멍청한 새끼. 이건 다 네 탓이야." 나는 대답하려 했지만, 그가 고함을 지르며 가로막았다. "네가 그렇게 하게 만들었어! 네가 그렇게 몰아갔다고! 좋아, 어젯밤 일은 겨우 시작이야."

"무슨 뜻이지?"

"돈을 주지 않으면 뭔 뜻인지 알게 될 거다."

"협박하는 건가? 너무 지나치군. 내 딸들을 어쩌겠단 얘긴가?"

"미수금 대행업자에게 가진 않을 거야. 넌 아직 상황이 어떤지 몰라. 아니면 내가 누군지 모르거나. 정신 차려!"

나는 종종 자신에게 "정신 차려!"라고 말했고, 다른 많은 사람도 "눈떠, 눈떠!"라고 외쳤다. 마치 내 눈이 열두 개나 있지만 고집스럽게 봉한 것처럼. "눈이 있어도 보지 못한다"는 전적으로 맞는 말이었다.

칸타빌레는 아직도 말하고 있었다. 나는 그의 말을 들었다. "그래, 가서 조지 스위벨에게 어떻게 해야 할지 물어봐. 그 친구가 네놈에게 조언했잖아. 그놈이 네 차를 부순 거나 마찬가지지."

"이제 다 그만해. 타협하고 싶어."

"타협이 아니지. 지불을 해. 다시 지급하게 하라고. 전액을. 현금으로. 우편환이나 자기앞수표 같은 거 말고. 더이상 허튼짓은 안 돼. 현금이어야 해. 다시 전화하지. 그리고 시간 잡아. 널 직접 봐야겠어."

"언제?"

"아무때나. 내가 연락할 때까지 전화통 옆에 붙어 있어."

다음 순간 전화기에서 길고 지루한 발신음이 들려왔다. 나는 절망했다. 무슨 일이 일어났는지 말해야 했다. 상담이 필요했다.

고통의 확실한 징후가 나타났다. 전화번호들이 머릿속에서 소용돌이쳤다—시외국번, 숫자들. 누군가에게는 전화해야 했다. 처음은 물론 조지 스위벨이었다. 무슨 일이 있었는지 말해야 했다. 경고도 해야 했다. 칸타빌레가 그를 해칠 수도 있다. 그러나 조지는 작업조원들과 나가고 없었다. 콘크리트 기초공사를 하고 있을 거라고 그의 비서 샤론이 알려주었다. 이미 말했듯이, 조지는 사업가가 되기 전에 배우였다. 연방극장*에서 시작했다. 그후 라디오 아나운서도 했다. 텔레비전과 할리우드에도 도전했다. 사업가들에게 자신의 연예업계 경험을 이야기했다. 그는 입센과 브레히트를 알았고, 거스리극장에서 연극을 보려고 미니애폴리스행 비행기를 타기도 했다. 시카고 남부에서 그는 보헤미아, 예술, 창의성, 상상력의 대명사였다. 정력적이고 관대하고 개방적인 성격이었다. 좋은 사람이었다. 사람들은 그에게 강한 애정을 느꼈다. 비서인 자그마한 샤론을 보라. 시골뜨기에 난쟁이 같은 괴상한 얼굴의 그녀는 우스꽝스럽게 생긴 매미 요컴** 같았다. 말하자면 그녀는 시카고 남부를 다 뒤져서 딱 한 사람을 발견했고, 그가 조지 스위벨이었다. 그녀에게 말을 걸 때쯤 나는 감정을 숨길 수 있을 만큼 침착해져 있었는데, 만약 내가 그 충격적인 이야기를 다 했더라면 그녀는 분명 조지에게 전하지 않았을 것이다. 조지와 그 주변 사람들이 보기에 조지의 일상은 위기의 연속이었다. 그녀의 직무는 그를 보호하는 것이었고. "조지에게 전화 달라고 전해줘요." 내가 말했다. 나는 미합

* 대공황 시기, 일자리를 구하지 못한 연극인들을 위해 설립되었다.

** 연재 만화 『릴 애브너』에 나오는 억척스러운 여성.

중국의 위기 전망, 개척 시대의 유산 등을 생각하며 전화를 끊었다. 습관의 힘으로 그런 생각을 했다. 영혼이 갈가리 찢어졌다고 현상 분석을 중단할 수는 없는 노릇이다.

나는 비명을 지르고 싶은 욕망을 억눌렀다. 아무 도움 없이 스스로 정신을 가다듬어야 한다는 것을 알았다. 레나타에게 전화하지도 않았다. 레나타는 전화로 위로하는 데 젬병이었다. 그녀에게는 직접 위안을 받아야 했다.

이제 칸타빌레의 전화를 기다려야 했다. 경찰의 전화도. 그리고 회계사 머라에게 못 가는 이유를 설명해야 했다. 그는 정신과의사나 다른 전문가들과 같은 방식으로 나에게 시간당 보수를 청구할 것이다. 그날 오후에는 내 어린 딸들인 리시와 메리를 피아노 선생에게 데려다주어야 했다. 굴브란센 피아노 회사가 시카고의 어느 벽돌담에 써놓았듯 "가장 부유한 아이도 음악 교육을 받지 못한다면 가난한" 것이기 때문이다. 리시와 메리는 부자의 딸들이니 〈엘리제를 위하여〉나 〈즐거운 농부〉를 치지 못한다면 불행이 될 것이다.

나는 평정을 찾아야 했다. 마음을 가라앉히기 위해 내가 아는 유일한 요가 동작을 했다. 호주머니에서 열쇠와 잔돈을 꺼내고 신발을 벗고 바닥에 자리를 잡고는 발가락을 뻗고 몸을 들어올려 물구나무를 섰다. 내가 가진 기기들 중 가장 아름다운 은색 메르세데스 280, 나의 보석, 사랑해 마지않는 봉헌물은 망가진 채 길에 방치되었다. 2천 달러를 들여 차체를 수리해도 원래의 매끈한 금속 표면은 되찾지 못할 것이다. 전조등도 깨져 앞을 밝히지 못한다. 찌그러져서 꽉 잠겼을 문은 열어볼 엄두조차 나지 않았다. 나는 증오와 분노에 집중하려 했다—

복수, 복수! 그러나 복수로 이룰 수 있는 건 아무것도 없다. 정비공장의 독일인 사무장이 치과의사처럼 흰색 긴 작업복을 입고 부품들을 수입해야 한다고 말하는 장면만 상상될 뿐이었다. 그래서 이렇게 절망한 듯 반쯤 벗어진 대머리를 깍지 낀 두 손으로 움켜잡고 옆머리 뭉치가 양쪽으로 삐친 채 덜덜 떨리는 다리를 허공에 뻗고 있고 내 아래에는 초록색 페르시아 카펫이 있는 것이다. 나는 마음이 상했다. 비참했다. 카펫의 아름다움은 나의 위안 중 하나였다. 나는 카펫에 애착이 깊었는데, 이 카펫은 예술품이었다. 초록색은 부드럽고 아주 미묘하게 색감이 변했다. 붉은색은 심장에서 바로 튀어나온 듯 오묘한 빛깔을 띠었다. 시내에서 일하는 감정가 스트리블링은 내가 샀던 값보다 훨씬 비싸게 팔 수 있다고 말했었다. 대량으로 생산되지 않는 모든 것의 가치가 급상승하고 있었다. 스트리블링은 말을 기르지만 이제는 너무 몸이 무거워 승마를 할 수 없었다. 요즘은 뭔가 좋은 일을 완수하는 사람이 많지 않은 것 같다. 나를 보라. 메르세데스와 뒷골목 세계라는 해괴한 희극에 휘말린 나는 진득할 수 없었다. 물구나무를 선 채 나는 이 해괴함 뒤에 어떤 이론의 충동이 있음을, 자아실현을 위해서는 내면 존재의 기형과 어리석음(우리는 그런 것이 있음을 안다!)까지 껴안아야 한다는 현대 세계의 가장 강력한 이론 중 하나가 버티고 있다는 것을 깨달았다(깨달을 것이었다). 무의식에 담긴 굴욕적인 진실로 치유받으라. 나는 이 이론을 믿지 않았지만, 그렇다고 그로부터 자유로운 것은 아니었다. 나는 어리석음에 재능이 있었고, 사람은 자신의 재능을 함부로 버리지 않는다.

이처럼 이상한 청구를 했다가는 보험회사에서 한푼도 주지 않을 거란 생각이 들었다. 나는 모든 보험을 빠짐없이 들었는데, 약관의 깨알 같은 글자들 어딘가에 반드시 여우 같은 조항이 숨어 있다. 닉슨 시절 대기업들은 면책의 기쁨을 누렸었다. 훌륭했던 옛 부르주아적 미덕은 겉치레에서조차 완전히 사라졌다.

물구나무서기는 조지에게 배웠다. 조지는 내가 몸을 방치한다고 경고했다. 몇 해 전부터 그는 내 목에 주름이 생기고 안색이 나빠지고 걸핏하면 숨을 헐떡인다고 지적했었다. 그리고 중년이 되어 어느 시점에 복부가 늘어지거나 허벅지가 약해지고 가늘어지고 가슴이 여자처럼 물렁거리기 전에 수를 써야 한다고 말했다. 육체적으로 고귀하게 늙는 법이 있었다. 조지는 특별한 열정으로 그것을 스스로 터득했다. 담낭수술을 받은 직후 그는 침대에서 나와 팔굽혀펴기를 쉰 번 했다—그는 자신의 자연요법사였다. 그렇게 힘을 쓰는 바람에 복막염에 걸렸고, 이틀 동안 우리는 그가 죽는 줄 알았다. 그러나 질병이 그에게 어떤 영감을 준 듯했고, 그는 모든 병에 대해 자신만의 치료법을 가지게 되었다. 최근에는 "그저께 일어나보니 팔 아래쪽에 덩어리가 만져졌어"라고 말했다.

"의사한테 가봤어?"

"아니. 치실로 묶어뒀어. 아주 단단하게, 아주아주 단단하게……"

"그래서 어떻게 됐는데?"

"어제 봤더니 달걀만큼 부었더군. 그래도 병원에는 안 갔어. 될 대로 돼라! 치실을 더 가져와서 더, 더, 더 단단하게 묶었거든. 이젠 나아서 사라졌어. 볼래?"

내가 목에 관절염이 있는 것 같다고 말했을 때 그가 내린 처방이 물구나무서기였다. 나는 손을 내저으며 큰 소리로 웃었지만(고야가 〈풍자적 몽상〉에 그린, 걸쇠와 자물쇠를 들고 있는 개구리처럼), 그의 조언에 따랐다. 물구나무서기를 배워서 했더니 목의 통증이 사라졌다. 그다음에 요도협착증이 생기자 조지에게 또 치료법을 물었다. 그가 말했다. "그건 전립선 문제야. 오줌이 나오기 시작하곤, 멈추지, 그리고 또 조금씩 나와. 좀 쓰라리지. 굴욕적이지 않나?"

"다 맞아."

"걱정 마. 물구나무서기를 하는 동안 엉덩이를 조여봐. 양볼을 좁히는 것처럼 안에서 당기듯이 오므려보고."

"왜 물구나무서기를 하면서 해야 해? 나는 이미 늙은 아버지 윌리엄*이 된 것 같다고."

그러나 그는 단호하게 말했다. "물구나무서서 해."

이번에도 그의 처방은 유효했다. 증상이 사라졌다. 다른 사람들은 조지에게서 건장하고 혈색 좋고 성격 원만한 건설 도급업자를 볼지 모르지만, 나는 타로카드에 나오는 은둔자를 본다. 내가 물구나무서기를 했다면 지금 조지를 호출하고 있다는 의미다. 그는 내가 절망에 빠졌을 때 가장 먼저 연락하는 사람이다. 나는 신경증적인 충동이 자신에게서 일어나는 것을 느낄 수 있는 나이에 이르렀다. 도움이 절박할 때 내가 할 수 있는 일은 많지 않다. 정신의 연못가에 서서 빵부스러기를 던지면 잉어가 헤엄쳐 올라올 것을 안다. 외부 세계와 마찬가지로 인간의 내면에도 자기만의 현상이 있다. 한때 나는 내 기이한 특성들을

* 루이스 캐럴의 시 「아버지 윌리엄」 속 인물로, 늘 물구나무서기를 한다.

위해 새나 물고기나 꽃에게 하는 것처럼 공원이나 정원을 마련해주는 것이 교양 있는 일이라고 생각하기도 했었다.

어쨌든 나 자신 말고는 의지할 존재가 없다는 것이 끔찍했다. 전화벨이 울리기를 기다리는 것은 고통스럽다. 긴장감이 심장을 할퀸다. 물구나무를 서자 긴장이 풀렸다. 다시 숨을 쉴 수 있었다. 그러나 거꾸로 서 있을 때 나는 눈앞에 커다랗고 아주 밝은 두 개의 원을 보았다. 가끔 이 운동을 할 때 보이던 것이다. 두개골 위에 거꾸로 섰으니 당연히 뇌출혈이 생각난다. 물구나무서기를 하지 말라던 의사는 닭을 거꾸로 들면 칠팔 분 안에 죽는다고 했다. 그러나 닭은 분명 공포 때문에 죽었을 것이다. 죽을 만큼 겁이 난 것이다. 밝고 둥근 원 두 개는 각막에 가해지는 압력 때문에 생겼으리라 짐작된다. 두개골에 실린 몸의 무게가 각막을 구부러지게 해 크고 반투명한 둥근 환영을 만들어내는 것이다. 마치 영원을 보는 것처럼. 그날 나는 이것을 볼 각오가 되어 있었음을 믿어주기 바란다.

내 뒤로는 책장이 보였고, 팔뚝에 더 무게를 실어 머리 위치를 조정한 순간, 창백한 환영은 헤엄치듯 사라졌고, 치명적인 출혈의 그림자도 사라졌다. 나는 물구나무를 선 채 줄줄이 쌓인 내 책들을 보았다. 내가 옷장 뒤쪽에 쌓아두었는데, 레나타가 도로 꺼내 진열해놓은 것이었다. 거꾸로 서 있을 때면 하늘과 구름이 보고 싶어진다. 거꾸로 서서 구름을 관찰하면 흥미롭다. 그러나 지금은 나에게 돈과 명성과 상을 가져다주고 여러 판본, 여러 언어로 출간된 희곡 『폰 트렌크』와, 내가 가장 좋아하지만 실패한 『어떤 미국인들: 미합중국에 산다는 것의 의미』 같은 책 제목만 눈에 들어왔다. 『폰 트렌크』가 연극으로 공연되는 동안 매주 8천 달러가 들어왔다. 전에는 내 영혼에 관심이 없던 정부가 즉시 내 창조적 노력의 결과에 대해 70퍼센트의 권리를 주장했다. 그러나 그것이 나에게 영향을 주지는 않았다. 카이사르의 것은 카이사르에게 돌려줘야 한다.* 그래야 한다는 것을 적어도 알고는 있어야 한다. 돈은 카이사르의 것이다. *탐욕은 악의 근원이다*라는 경구도 있지 않은가. 나는 이 역시 잘 알았다.

나는 내가 알아야 할 모든 것을 알고 있었지만, 정말로 알 필요가 있는 것은 아무것도 몰랐다. 돈에 관해서는 죄다 엉망진창이었다. 물론 거기서 큰 교훈을 얻었고, 그 교훈은 위대하고 보편적인 미국적 보상이었다. 그것은 심지어 연방교도소의 형벌을 대체할 정도였다. 모든 거대한 교도소는 이제 흥행하는 세미나다. 분노의 호랑이들은 교육의 말들과 교배되어 「묵시록」에서는 감히 상상도 못한 잡종을 만들어냈다. 쉽게 말하자면, 내가 벌었다고 험볼트가 비난했던 그 모든 수입을 거의 다 잃었다. 돈은 우리 두 사람 사이에 즉각 끼어들었다. 그는 수천 달러를 내 수표에 써넣고 현금화했다. 나는 소송하지 않았다. 법의 도움은 받고 싶지 않았다. 재판을 했다면 험볼트는 무척 기뻐했을 것이다. 그는 소송을 매우 좋아했다. 그러나 그가 현찰로 바꾼 수표는 실제로 내가 서명한 것이었고, 법정에서 이것을 제대로 설명하기는 어려웠을 것이다. 게다가 나는 법정을 견딜 수 없다. 재판관, 변호사, 집행관, 속기사, 판사석, 나무세공, 카펫, 유리컵까지 죽도록 싫었다. 게다가 그가 수표를 썼을 때 나는 남아메리카에 있었다. 그는 퇴원 허락을 받고 벨

* 「마태복음」 22장 21절에서 인용.

뷰병원을 나와 뉴욕을 멋대로 돌아다녔다. 그를 말리는 사람은 아무도 없었다. 캐슬린은 숨어버렸다. 제정신이 아닌 노모는 요양원에 있었다. 그의 삼촌 발데마르는 책임이라곤 모르는, 언제나 아우 같은 사람이었다. 험볼트는 미쳐서 날뛰며 뉴욕을 돌아다녔다. 어쩌면 그의 정신착란에 대해 쑥덕거리는 교양 있는 대중에게 자신이 만족감을 주고 있다는 것을 어렴풋이 알고 있었는지도 모른다. 광분하고 절망한 불운한 작가와 자살충동에 시달리는 화가는 극적으로, 그리고 사회적으로 가치가 있다. 그 시절 그는 불타오르는 실패였고, 나는 새로 태어난 성공이었다. 성공은 나를 당혹스럽게 했다. 나를 죄의식과 수치로 가득 채웠다. 벨라스코극장에서 매일 공연되는 연극은 내 것이 아니었다. 내 희곡은 연출자가 자르고 다듬고 꿰매서 자기 것으로 만드는 데 제공된 옷감 한 두루마리일 뿐이었다. 울적해진 나는 결국 브로드웨이도 인접한 가먼트지구*에 물들어버린 거라고 혼자 중얼거렸다.

경찰들에게는 현관벨을 울리는 그들만의 방식이 있다. 그들은 야수처럼 벨을 울린다. 물론 우리는 인간 의식의 역사상 완전히 새로운 단계에 접어들고 있다. 경찰은 심리학을 수강하고, 도시생활의 희극에 어떤 감정을 느낀다. 우리집 페르시아 카펫을 밟고 서 있던 덩치 큰 두 남자에게는 총, 곤봉, 수갑, 총알, 휴대용 무전기가 있었다. 보기 드문 이 사건—길바닥에서 메르세데스를 때려 부순—을 그들은 재미있어 했다. 이 흑인 거인 한 쌍은 순찰차와 밀폐된 공간에서 나는 냄새를 풍

---

* 뉴욕 맨해튼에 있는 여성복 제조 및 도매 중심지.

겼다. 몸에 지닌 쇠붙이들이 절그렁거렸고, 엉덩이와 배가 불룩 튀어 나와 있었다.

"자동차 살해 사건은 처음이네요." 그중 한 명이 말했다. "정말 질 나쁜 녀석에게 걸렸나봅니다." 그는 넌지시 탐색하고 있었다. 그러나 실제로는 폭력단이나 고리대금업자, 범죄조직 관련 이야기는 듣고 싶어하지 않았다. 단 한 마디도. 그러나 상황은 아주 명백했다. 내가 부정한 돈벌이에 가담한 사람처럼 보이지는 않겠지만 그럴 가능성도 있었다. 경찰들까지도 〈대부〉나 〈프렌치 커넥션〉이나 〈살인 영장〉 같은 영화, 총격 신이 난무하는 스릴러를 보았다. 시카고 주민으로서 나 또한 그런 범죄물에 끌렸다. 나는 "아무것도 모르겠습니다" 하고는 입을 다물었다. 경찰도 이 말에 동의한다고 믿었다.

"차를 원래 길가에 세워두십니까?" 근육덩어리에 얼굴이 크고 늘어진 경찰이 물었다. "차고가 없다면 나는 고물차를 탔을 겁니다." 그러고는 레나타가 벨벳으로 둘러싸 벽에 걸어놓은 내 훈장을 보고 물었다. "한국전쟁에 참전하셨나요?"

"아니요," 내가 대답했다. "프랑스 정부가 준 겁니다. 레지옹 도뇌르죠. 나는 기사예요, *슈발리에*요. 프랑스 대사가 수여했어요."

당시 험볼트가 서명하지 않은 엽서를 나에게 보냈었다. "쇼블리어![*] 이제 자네를 리전[**]이라고 불러야겠군!

---

* 원문은 'shoveleer'로, shoveler(허풍쟁이)를 프랑스어 chevalier(기사)와 비슷하게 발음하며 조롱한 것.

** 원문은 '상처'를 뜻하는 'lesion'으로, 프랑스어 legion(훈장)과 철자가 흡사한 단어로 조롱한 것.

그는 수년 동안 『피네건의 경야』에 빠져 있었다. 나는 조이스의 언어관에 대해, 말에 음악과 의미를 부여하는 시인의 열정에 대해, 정신의 모든 산물 위에 도사린 위험에 대해, 남극을 뒤덮은 눈 사이의 균열 같은 망각의 심연으로 추락하는 아름다움에 대해, 블레이크의 상상력과 로크의 *타불라라사**에 대해 그와 나눴던 수많은 이야기를 기억하고 있다. 나는 경찰들을 배웅하면서 험볼트와 내가 나누었던 멋진 대화를 슬픈 심정으로 떠올리고 있었다. 불가해하고 신성한 인간성!

"아무쪼록 잘 처리되길 바랍니다." 경찰이 낮은 목소리로 친절하게 충고했다. 그의 거대하고 검은 몸이 엘리베이터로 향했다. 쇼블리어도 공손하게 머리 숙여 인사했다. 도움을 갈망하는 무기력함에 나의 눈이 따가울 정도였다.

그렇다, 그 훈장을 보면 험볼트가 떠올랐다. 그렇다, 프랑스 지식인들에게 리본과 별이 달린 싸구려 장신구를 줬던 나폴레옹은 자신이 무슨 일을 하는지 알았다. 그는 학자들을 배에 가득 태워 이집트로 갔다. 그러고는 그들을 거기에 버렸다. 그들은 로제타석**을 찾아냈다. 리슐리외*** 시절 이전부터 프랑스인들은 문화 사업에 능했다. 드골이 이 우스꽝스러운 싸구려 장신구를 단 모습은 절대 볼 수 없을 것이다. 그러기에는 자부심이 너무 강했다. 아메리카 원주민들에게서 맨해튼을 사들였던 사람들은 구슬 목걸이를 걸지 않았다.**** 나는 이 금빛 훈장

* '백지상태'를 뜻하는 라틴어. 경험 이전의 정신 상태를 가리킨다.

** 이집트에서 발견된 비석으로, 고대 이집트어 해독의 시발점이다.

*** 프랑스 정치인, 성직자.

**** 1626년 맨해튼섬 원주민들은 네덜란드인들에게 24달러어치의 구슬과 장신구를

을 기꺼이 험볼트에게 주었을 것이다. 독일인들은 그에게 존경을 표하고자 했다. 그는 1952년 베를린자유대학에서 강연 초청을 받았다. 그는 가지 않으려 했다. 게페우나 NKVD*에 납치될까봐 두려워했다. 오랫동안 〈파르티잔 리뷰〉에 기고했고 저명한 반스탈린주의자였기에, 러시아인들에게 납치되어 죽임을 당할까봐 두려웠던 것이다. "게다가 일 년을 독일에서 보내면 한 가지 생각만 떠오를 거야"라고 그는 공공연하게 말했다(듣고 있는 사람은 나 하나였다). "열두 달 내내 나는 유대인일 뿐 다른 무엇도 될 수 없다는 생각. 일 년을 그런 데 허비할 순 없어." 그러나 그가 뉴욕에서 미친 짓거리를 하면서 멋진 시간을 보내고 있었다는 것이 더 적절한 설명일 것 같다. 그는 정신과의사들을 만나면서 난리법석을 떨었다. 있지도 않은 캐슬린의 정부를 죽이려고 했다. 뷰익 로드마스터를 망가뜨렸다. 내가 폰 트렌크라는 인물을 창조하기 위해 자신의 개성을 훔쳤다고 비난했다. 내 계좌에서 6763달러 58센트를 수표로 인출해 올즈모빌 자동차와 그 밖에 이것저것을 샀다. 어쨌든 그는 아무도 그의 대화를 따라올 수 없는 독일에 가기를 원치 않았다.

후에 그는 신문을 통해 내가 쇼블리어가 되었음을 알았다. 나는 그가 줄리아드음악학교에서 프렌치호른을 배우는 멋진 흑인 여자와 산다고 들었다. 그러나 마지막으로 포티식스스 스트리트에서 그를 봤을 때, 나는 그가 누구와도 함께 살 수 없을 만큼 형편없이 망가졌다는 것을 알았다. 그는 파멸했다 — 이 말을 되풀이하지 않을 수 없다. 그

받고 섬 전체를 팔았다.

* 내무인민위원회. 게페우에서 발전한 소련의 비밀경찰 조직.

는 커다란 회색 정장 속에서 허우적거리고 있었다. 얼굴은 죽은 사람처럼, 이스트강처럼 잿빛이었다. 머리는 매미나방이 들어가 집을 지은 것 같았다. 그럼에도 나는 그에게 다가가 말을 걸었어야 했다. 주차된 차 뒤에 숨는 대신 가까이 갔어야 했다. 하지만 어떻게 그럴 수 있었겠는가? 나는 그날 플라자호텔 에드워디언 룸에서 돈을 엄청 뜯어내는 급사가 가져다준 아침을 먹었다. 그런 다음 재비츠, 보비 케네디와 헬리콥터를 탔다. 경쾌한 사이키델릭 그린 색상의 안감을 댄 재킷 차림으로 하루살이처럼 뉴욕을 날아다녔다. 나는 슈거 레이 로빈슨*처럼 차려입고 있었다. 다만 나는 투지가 없었고, 가까웠던 옛친구가 다 죽은 사람이 된 걸 보고 달아났다. 나는 라과디아공항으로 가서 727기를 타고 시카고로 돌아왔다. 공포, 운명, 그 외에도 인간적이고 고상한 취향—연민에 압도당한 채 위스키 온더록스를 마시며 앉아 있었다. 나는 모퉁이를 돌았고, 식스스 스트리트에서 길을 잃었다. 다리가 후들거리고 이가 앙다물어졌다. 나는 혼잣말을 했다. 험볼트, 잘 가요. 다음 세상에서 만납시다. 그리고 두 달 후 그는 다 쓰러져가는 일스컴호텔에서 새벽 세시에 쓰레기통을 가지고 내려가다가 복도에 쓰러져 죽었다.

1940년대에 빌리지에서 열렸던 칵테일파티에서 나는 한 아름다운 여자가 험볼트에게 "당신이 어떤 사람인지 알아요? 그림 속 인물 같아요"라고 말하는 것을 들었다. 물론, 사랑을 꿈꾸는 여자는 르네상스나 인상파 걸작에서 스무 살 험볼트의 환상을 볼지도 모른다. 그러나 〈타임스〉 사망 기사에 실린 사진은 끔찍했다. 어느 아침, 신문을 펼쳤더니

* 미국의 직업 권투선수인 워커 스미스.

파멸한, 시커멓고 잿빛이 된 비참한 얼굴이 죽음의 영역에서 나를 응시하고 있었다. 그날도 나는 줄곧 이유도 모른 채 여기저기 오가던 중 뉴욕에서 시카고로 가는 비행기에 타고 있었다. 나는 화장실에 들어가 문을 잠갔다. 사람들이 문을 두드렸지만 나가지 않고 울기만 했다.

* * *

사실 칸타빌레는 나를 오래 기다리게 하지 않았다. 정오 조금 전 전화를 걸어왔다. 배가 고팠던 건지도 모른다. 19세기 말 파리에서 베를렌이 술에 취해 잔뜩 부어선 지팡이로 보도를 야단스럽게 두드리며 점심을 먹으러 가면, 얼마 후 위대한 수학자 푸앵카레가 점잖게 차려입고 손가락으로 자신의 커다란 이마를 따라 곡선을 그리면서 역시 점심을 먹으러 가는 모습이 종종 보였다는 이야기가 기억났다. 시인이건 수학자건 갱스터건 간에, 점심때는 점심때다. "좋아, 이 바보 같은 자식아. 점심 먹고 당장 만나. 현금으로 가져와. 그것만 가져오면 돼. 허튼수작 부리지 말고." 칸타빌레가 말했다.

"그런 거 할 줄 몰라." 내가 말했다.

"그렇겠지, 조지 스위벨하고 짜지 않는 한. 너 혼자 와."

"물론이지. 애초에 그런 생각은 하지도—"

"자, 지금 말했듯이, 그런 일은 없어야 좋을 거야. 혼자서, 새 돈으로 가져와. 은행에 가서 깨끗한 지폐를 받아오라고. 50달러짜리 아홉 장. 새걸로. 기름얼룩 묻은 건 싫으니까. 내가 그 빌어먹을 수표를 네 아가리에 쑤셔넣지 않는 것만도 다행이라고 생각해."

파시스트 같으니라고! 하지만 어쩌면 그는 제 포악함의 기조를 유지하기 위해 일부러 더 해대고 장황하게 말을 늘어놓는지도 몰랐다. 그러나 지금 내 목표는 그의 말에 다 동의하고 복종해서 그를 떨쳐내는 것뿐이었다. "좋을 대로 해." 내가 말했다. "돈은 어디로 가지고 갈까?"

"디비전 스트리트에 있는 러시아 목욕탕." 그가 말했다.

"그 낡아빠진 데로? 맙소사!"

"한시 사십오분에 그 앞에서 기다려. 너 혼자!" 그가 말했다.

나는 알았다고 대답했다. 하지만 그는 대답을 기다리지 않았다. 다시 발신음이 들렸다. 나는 끝없이 뚜뚜거리는 이 소리를 한가로운 영혼이 느끼는 초조함으로 여겼다.

나 스스로 움직여야 했다. 레나타가 나를 위해 뭔가 해주리라 기대할 수는 없었다. 레나타는 오늘 회사 업무차 경매장에 갔고, 내가 거기로 전화해 노스웨스트사이드에 데려다달라고 하면 아마도 화를 낼 것이다. 착하고 아름답고 근사한 가슴을 가진 여자지만, 무시당하는 느낌이 들면 쉽게 화를 낸다. 그렇다, 어떻게든 내가 수를 내야 한다. 메르세데스를 정비공장까지 몰고 갈 수도 있을 것이다. 견인트럭이 필요하지 않을 수도 있다. 그런 다음 택시를 부르거나 에머리임대서비스나 렌터카에 전화하면 될 것이다. 버스는 타지 않을 것이다. 버스와 기차에는 무기를 가진 주정뱅이나 헤로인 중독자가 득실거린다. 하지만, 아니, 잠깐! 우선은 머라에게 전화하고 은행으로 달려가야 한다. 그리고 리시와 메리에게 피아노 레슨에 데려다줄 수 없다고도 알려야 한다. 데니즈를 약간 무서워하는 나는 여기까지 생각이 미치자 마음이

유독 무거워졌다. 그녀는 아직도 나에게 상당한 힘을 발휘한다. 데니즈는 이 레슨을 대단히 생산적인 일이라고 생각했다. 하기야 그녀에게는 모든 것이 생산적인 일이고, 중요하고, 결정적이었다. 아이들과 관련된 심리적인 문제는 뭐든 심각하게 받아들였다. 아이들의 발달에 관한 문제는 절박하고, 긴급하고, 치명적인 일이었다. 아이들이 낙오된다면 그건 다 내 탓이 될 것이다. 나는 레나타와 함께하기 위해 문명의 역사상 가장 위험한 순간에 그들을 버렸다. "젖 큰 창녀"—데니즈는 보통 그녀를 이렇게 불렀다. 아름다운 레나타를 언제나 저속하고 억세고 행실 나쁜 여자로 묘사했다. 우리 두 사람을 두고 말할 때는 레나타를 남자로, 나를 여자로 묘사하는 경향이 있었다.

데니즈도 내 재산처럼 벨라스코극장 시절의 산물이다. 트렌크 역은 머피 버비저가 맡았는데, 그는 항상 수행원들(의상 담당, 언론 담당, 심부름꾼)을 대동하고 다니는 스타였다. 세인트모리츠호텔에서 버비저와 살고 있었던 데니즈는 대본을 들고 매일 그의 다른 수행원들과 함께 왔다. 자줏빛 벨벳 점프수트 차림에 머리를 늘어뜨리고 있었다. 우아하고 날씬하고 가슴이 약간 납작하고 어깨가 높고 구식 부엌의자처럼 상체가 넓은 그녀는 커다란 보랏빛 눈동자에 혈색은 아주 짙으면서도 묘한 빛깔을 띠었고, 거의 눈에 띄지 않는 신비로운 솜털이 콧등까지 있었다. 8월의 무더위가 한창이어서 무대 밖의 커다란 문들은 시멘트투성이 뒷골목 쪽으로 열려 있었고, 거기로 햇살이 스며들면서 고풍스러운 호사스러움에 감춰졌던 끔찍한 민낯과 퇴락이 드러났다. 벨라스코극장은 땟국이 찌든, 금박 입힌 케이크 접시 같았다. 입가에 깊은 주름이 잡힌 버비저는 거구에 근육질이었다. 스키 강사 같은 모습이었다. 그는 아주 세련되어 보여야 한다는 강박에 사로잡혀 있었다. 버즈비*를 쓴 것 같은 머리는 두꺼운 이끼가 덮인 높고 단단하고 오만한 바위처럼 보였다. 데니즈는 그를 위해 리허설 내용을 기록했다. 마치 5학년 전체에서 그녀가 가장 똑똑한 학생이고 다른 아이들이 그 뒤에서 쫓아오기라도 하는 듯 엄청난 집중력을 보였다. 그녀는 대본을 가슴에 안고 나에게 오더니 오페라에서 위기를 맞은 인물 같은 분위기로 질문했다. 그녀는 자기 목소리에 머리카락이 곤두서고 두 눈이 휘둥그레진 것 같았다. 그녀가 말했다. "버비저가 이걸 어떻게 발음해야 하는지 물어보라고 해서요." 그녀는 나에게 보이려고 'finite'를 썼다. "버비저는 피니트, 파이니트, 파이나이트라고도 읽을 수 있대요. 내가 파이나이트라고 하는데도 믿지 않아요!"

"왜 그렇게 복잡하게 생각한대요? ……어떻게 발음하든 상관없어요." 내가 버비저를 절망스럽게 생각한다는 말은 덧붙이지 않았다. 그는 처음부터 끝까지 연극을 전혀 이해하지 못했다. 세인트모리츠호텔에서 생활은 똑바로 하고 있는지 모르지만. 그때는 그런 것에 관심이 없었다. 나는 집에 가서 데미 퐁헬에게 벨라스코극장에서 만난 버비저의 여자친구, 머리카락이 곤두서고 두 눈이 휘둥그렇던 미인에 대해 말했다.

그렇다, 십 년 후 나와 데니즈는 부부가 되었다. 우리는 케네디 대통령 내외에게 검정 타이를 매고 참석하는 백악관의 저녁 문화행사에 초대받았다. 데니즈는 드레스와 구두와 장갑을 고르기 위해 이삼십 명의

---

* 영국 군인이 쓰는 운두가 높은 털모자.

여자와 상의했다. 무척 똑똑한 그녀는 미용실에서 늘 국내외 문제를 다룬 책을 읽었다. 그녀는 높고 묵직한 올림머리를 했다. 머리를 언제 하는지는 정확히 알기 어려웠지만, 저녁식사 자리에서 대화하다보면 오후에 미용실에 다녀왔음을 알 수 있었다. 왜냐하면 속독가인 그녀는 미용실 머리 건조기 아래 앉아 세계의 온갖 세세한 위기를 파악했기 때문이다. "흐루쇼프가 빈에서 뭘 했는지 알아?" 그녀가 말했다. 백악관에 가기 위해 미용실에서 〈타임〉과 〈뉴스위크〉 〈US 뉴스 앤드 월드 리포트〉를 섭렵한 참이었다. 워싱턴으로 가는 비행기 안에서 우리는 피그스만*과 미사일 위기**와 응오딘지엠***을 복습했다. 그녀의 과민함은 체질이었다. 저녁식사 후 그녀는 대통령을 붙잡고 따로 이야기를 나눴다. 그녀가 레드 룸에서 그를 몰아붙이는 것이 보였다. 나는 그녀가 자신의 끔찍한 문제들과—하나같이 끔찍했다!—국제 정치의 혼란과 재앙을 나누는 얽힌 선들을 이리저리 마구 뛰어넘고 있다는 것을 알 수 있었다. 그것은 모두 분리할 수 없는 하나의 위기였다. 나는 그녀가 이렇게 말하고 있으리라 짐작했다. "대통령 각하, 이 문제를 어떻게 할 수 있을까요?" 우리는 가지고 있는 모든 것을 동원해 서로에게 구애한다. 나는 두 사람이 함께 있는 모습을 보고 혼자 킥킥거렸다. 그러나 JFK는 자기관리를 잘했고, 예쁜 여자를 좋아했다. 나는 그도 〈US 뉴스 앤드 월드 리포트〉를 읽었지만 그가 아는 정보가 그녀의 것보다 훨씬

* 쿠바 남서부 카리브해의 만. 1961년 피델 카스트로의 쿠바 정부를 전복하기 위해 쿠바 망명자들이 미군의 도움을 받아 공격했으나 실패했다.

** 1962년 쿠바에서 건설중이던 소련 미사일 기지 사진으로 촉발된 미국과 소련의 대립.

*** 프랑스군 철수 이후 미국의 지원으로 수상이 된 베트남 정치인.

나을 거라고는 생각하지 않았다. 오전 열한시 전에 깨울 수만 있다면 그녀는 뛰어난 국무장관이 되었을 것이다. 정말로 경탄할 만한 사람이기 때문이다. 게다가 진정한 미인이었다. 그리고 험볼트 플라이셔보다 더 소송을 좋아했다. 그는 주로 협박을 했다. 하지만 이혼한 뒤로 나는 데니즈가 청구한 끝도 없는 파괴적인 소송에 얽혀 지냈다. 데니즈보다 더 공격적이고 교묘하고 지략이 뛰어난 고소인은 본 적이 없다. 백악관에 대한 나의 기억은 주로 찰스 린드버그*의 인상적인 오만함, 정부가 자신을 거지로 만들었다는 에드먼드 윌슨**의 불평, 해병대 오케스트라가 연주하던 캐츠킬리조트풍 음악, 그리고 테이트 씨***가 박자를 맞추며 숙녀의 무릎을 두드리던 손가락 따위다.

데니즈의 큰 불만 중 하나는 내가 그녀에게 이런 삶을 살도록 해주지 않는다는 것이었다. 한때 영웅적인 난투에서 갑옷의 버클이 터지도록 싸웠던 위대한 시트린 대장이 이제는 집시 레나타의 욕정이나 풀어주고 있으며, 망령이 나서 호사스러운 메르세데스 벤츠를 산 것이다. 내가 리시와 메리를 데리러 가면 데니즈는 자동차 환기를 확실히 하라고 말했다. 그녀는 차에서 레나타 냄새가 나는 것을 원치 않았다. 레나타의 립스틱이 묻은 담배꽁초가 든 재떨이도 비워야 했다. 뭔지 모를 것이 묻은 크리넥스 휴지도 치우라고 했다.

나는 초조해하며 데니즈의 전화번호를 눌렀다. 운이 좋아서 가정부가 전화를 받았고, 나는 그녀에게 전했다. "오늘 아이들을 데리러 갈

---

* 미국 비행기 조종사, 군인.

** 프로이트와 마르크스주의를 탐구한 미국 작가, 문학평론가.

*** 미국 시인 존 오를리 앨런 테이트.

수 없게 됐네. 자동차에 문제가 생겨서."

아래층으로 가서 나는 메르세데스 문을 겨우 비집고 들어가 탈 수 있었고, 앞유리는 망가졌지만 경찰이 저지하지만 않는다면 운전할 수 있을 것 같았다. 시험삼아 은행까지 가서 새 지폐를 인출했다. 나는 돈이 담긴 봉투를 받았다. 접지 않고 지갑 옆에 놓았다. 그러고는 공중전화로 메르세데스 정비공장에 전화를 걸어 시간약속을 잡았다. 예전처럼 정비공장으로 불쑥 찾아가지 말고 예약을 해야 한다. 그런 다음 조지 스위벨에게 다시 전화를 걸었다. 카드게임을 하던 중 조지가 큰 소리로 예전에 로비 스트리트였던 곳 근처의 디비전 스트리트에 있는 목욕탕에 연로한 아버지와 자주 간다고 했던 것이 분명히 기억났다. 칸타빌레는 거기서 조지를 덮치려는 것인지도 모른다.

어릴 때 나도 아버지와 러시아 목욕탕에 갔었다. 열대보다 더 뜨겁고 들큼하게 썩어가던 낡은 건물은 오랫동안 그곳에 있었다. 지하실에서 남자들이 수증기로 부드러워진 널빤지 위에 누워, 절임용통에 담궈 비누거품을 낸 참나무 잎가지 솔로 거칠게 몸을 문지르는 마사지를 받으며 신음을 했다. 나무기둥들은 오랜 시간 서서히 근사한 부식을 거쳐 부드러운 갈색이 되어 있었다. 그 기둥들은 황금빛 증기 속에서 비버의 털처럼 보였다. 어쩌면 칸타빌레는 여기서 알몸인 조지를 덮치려는지도 모른다. 그가 이곳을 약속 장소로 잡은 다른 이유가 있을 수 있을까? 조지를 패거나 총을 쏠지도 모른다. 대체 나는 왜 그렇게 말을 많이 했을까!

나는 조지의 비서에게 말했다. "샤론, 조지는 아직이에요? 잘 들어요, 조지에게 오늘은 디비전 스트리트에 있는 한증탕에 가지 말라고 전해줘요. 절대로! 심각한 일이에요."

조지는 샤론에 대해 "비상 상황을 알아본다"고 말했었다. 그럴 만하다. 이 년 전 그녀는 생면부지의 남자에게 목을 베였다. 낯선 흑인이 시카고 남부에 있는 조지의 사무실로 면도칼을 펴들고 들어왔다. 그는 살인의 명장이라도 되는 듯이 샤론의 목을 긋고는 그길로 완전히 사라졌다. "피가 커튼처럼 쏟아져내렸어." 조지가 말했다. 그는 샤론의 목을 수건으로 감싸고 급히 병원으로 데려갔다. 조지 또한 비상 상황을 알아본다. 그는 항상 기초적인 것을, '정직하고' '현실적이고' 원시적인 것을 찾아다녔다. 생명의 물질인 피를 보았을 때, 그는 무엇을 해야 할지 알았다. 물론 조지는 이론적이기도 하다. 그는 원시주의자다. 혈색 좋고 근육질에 손이 뭉툭한 조지, 인간을 이해하는 듯한 갈색 눈동자의 조지는 자기 사상을 주장할 때를 빼고는 어리석지 않다. 그는 큰 소리로, 맹렬하게 주장한다. 그러면 그가 얼마나 다정한 사람인지 아는 나는 씩 웃기만 한다. 그는 노부모와 누이들, 전처와 장성한 자녀들까지 돌본다. 지식인들을 비난하지만 문화를 진심으로 사랑한다. 어려운 책을 읽느라 하루종일 진이 빠지도록 애쓴다. 큰 성과는 없지만. 내 박식한 친구 던월드 같은 지식인에게 소개하면, 그는 고함을 치고 물고늘어지고 욕설을 하고 얼굴을 붉힌다. 정신이 보편적으로 깨어나고 민주주의가 시작되는 것은 인간 의식의 역사에서도 그런 기이한 순간이다. 현시대의 주요 현상인 격동과 이념적 혼돈의 순간이다. 소년 같은 험볼트는 정신의 삶을 사랑했고 나는 그의 열정을 공유했다. 나는 시카고의 정신적 상류사회에는 잘 어울리지 못했다. 데니즈는 온갖 우월한 사람들을 켄우드의 집으로 초대해 정치와 경제, 인종, 심리학, 성, 범죄 등에 대해 토론했다. 나는 그들에게 술을 대접하고 많이 웃긴 했지만 유쾌하거나 친절하게 굴진 않았다. 우호적이지도 않았다. "당신은 그 사람들을 경멸해!" 데니즈가 화를 내며 말했다. "그 괴팍한 던월드만 예외지." 비난은 사실이었다. 나는 그들을 전부 납작하게 눌러주고 싶었다. 사실 그건 나의 간절한 꿈이자 바람이었다. 그들은 참된 것, 선한 것, 아름다운 것에 반대했다. 그들은 빛을 부정했다. "당신은 속물이야." 데니즈가 말했다. 정확한 표현은 아니었다. 어쨌든 나는 그녀가 초대하는 변호사들, 국회의원들, 정신과의사들, 사회학 교수들, 성직자들, 소위 예술가들(대부분 갤러리를 운영하는)과는 상대하고 싶지 않았다.

"넌 진실한 인간들을 좀 만나야 해." 나중에 조지가 말했다. "데니즈가 네 주위를 온통 가짜들로 에워쌌고, 이제 넌 매일같이 수많은 책과 종이에 파묻혀 아파트에서 외톨이로 지내잖아. 내가 장담하는데, 그러다가 넌 미쳐버릴 거야."

"그럴 일 없어." 내가 말했다. "너랑 앨릭 서트머르가 있고, 리처드 던월드도 있잖아. 레나타도 있고. 다운타운 클럽 사람들도."

"던월드라는 작자가 퍽도 도움이 되겠다. 교수를 가르치는 교수라지. 그 사람은 아무에게도 흥미 없을걸. 읽지 않고 듣지 않은 게 없으니까. 그 사람과 이야기하면 중국 탁구 챔피언이랑 시합하는 것 같아. 내가 공을 서브하면 그가 스매싱 한 번으로 끝내버려. 나는 다시 서브를 해야 하는데 가진 공이 다 떨어지고 없지."

그는 항상 던월드를 심하게 비난했다. 어찌 보면 경쟁심리였다. 그는 내가 딕* 던월드에게 얼마나 애착을 느끼는지 알았다. 이 조야한 시카고에서 던월드는 내가 사상을 나눌 수 있는 유일한 사람이었고, 나는 그를 존경하고 숭배하기까지 했다. 던월드는 여섯 달 동안 에든버러대학에서 콩트, 뒤르켐, 퇴니에스, 베버 등에 대해 강의하고 있었다. "너 같은 사람에게 그런 추상적인 것들은 독이나 마찬가지야. 시카고 남부 출신 친구들을 소개해줄게." 그가 소리치기 시작했다. "넌 너무 배타적이라 그러다간 말라비틀어질 거야."

"알았어." 내가 말했다.

그렇게 해서 그 숙명적인 포커게임이 나를 중심으로 펼쳐졌다. 손님들은 자신이 비천한 자격으로 초대되었다는 것을 알았다. 요즘 사람들은 자신이 어떤 범주에 속하는지 스스로 잘 파악한다. 내 이름이 참고문헌에 나오고 프랑스 정부로부터 기사 훈장을 받았다고 조지가 광고하듯 자랑하지 않았더라도 내가 지적인 부류라는 것이 그들에게도 분명히 보였을 것이다. 그래서 어쨌단 말인가? 나는 진정한 유명인사인 딕 카벳**과는 달랐다. 또 한 명의 교양 있는 미치광이에 불과했고, 조지는 그런 나를 그들에게 자랑하고 전시했다. 이런 기막힌 선전을 참아준 그들이 고마웠다. 조지는 그들의 진정한 미국적 자질과 특성을 음미할 수 있도록 나를 그곳에 데려갔다. 그러나 그들은 그들만의 아이러니로 그날 밤을 풍요롭게 했고, 상황이 역전되어 결국에는 나의 특성이 훨씬 더 두드러졌다. "게임을 할수록 그 사람들은 널 맘에 들어했어." 조지가 말했다. "꽤 인간적이라고 느낀 모양이야. 리날도 칸

* 리처드의 애칭.

** 미국 유명 방송인, 토크쇼 진행자, 배우.

타빌레도 거기 있었지. 그 친구가 자기 사촌과 카드를 바꿔치기했는데 넌 취해서 아무것도 몰랐어."

"그러니까 나는 그저 대조를 위한 인물contrast-gainer이었단 거네." 내가 말했다.

"그건 결혼한 사람들에게 쓰는 표현일 텐데. 남편이 형편없는 놈일수록 그 아내가 멋져 보이니까 결혼한 여자가 좋아지는 거."

"그냥 혼성 표현 한번 써봤어."

나는 포커를 잘하지 못한다. 그런데다가 나는 손님들에게 흥미를 느꼈다. 한 명은 턱시도 대여업을 하는 리투아니아인이었고, 또 한 명은 컴퓨터 교육을 받는 젊은 폴란드인이었다. 강력반 사복형사도 있었다. 내 옆에는 시칠리아 출신 미국인 장의사가 앉았고, 마지막으로 리날도 칸타빌레와 그의 사촌 에밀이 있었다. 조지는 이 두 사람이 초대하지도 않았는데 나타났다고 말했다. 에밀은 사람들 팔을 비틀고 진열창에 벽돌이나 던지기 위해 태어난 시시껄렁한 깡패였다. 분명 그도 내 차를 망가뜨리는 데 가담했을 것이다. 리날도는 아주 미남이었고, 밍크처럼 부드러운 짙은 콧수염을 기르고 옷차림도 말끔했다. 그는 미친 듯이 블러핑*을 하고 큰 소리로 말하고 손마디로 테이블을 두드려대면서 영락없이 저속한 인간처럼 굴었다. 그러면서도 로버트 아드리**, 세력권 의식, 올두바이협곡의 고생물학, 콘라트 로렌츠의 이론 등에 대해 이야기했다. 그는 학력 좋은 아내가 책을 아무데나 늘어놓는다고 큰 소리로 거칠게 말했다. 아드리의 책은 화장실에 뒀길래 집어들었다

* 패가 좋지 않을 때 아닌 척 허세 부리는 것.

** 미국 극작가.

고 했다. 우리가 다른 사람에게 이끌리고 애착을 품게 되는 이유는 누구도 모른다. 험볼트의 소개로 알게 됐고 나에게 작품을 통해 많은 가르침을 준 프루스트는 얼굴에서 꽃이 만발한 산사나무 산울타리가 느껴지는 사람에게 종종 마음이 끌렸다고 했다. 산사나무 꽃은 리날도의 꽃이 아니었다. 그는 하얀 캘러 백합에 더 가까웠다. 코는 유난히 하얗고 대비되는 검고 큰 콧구멍이 부풀 때는 오보에처럼 보였다. 나는 그렇게 또렷한 인상을 주는 사람들에게 약하다. 끌림과 관찰 중 어느 것이 먼저 시작됐는지는 모른다. 나 자신이 역겹고 따분하고 감수성이 무너진 느낌이 들 때 갑자기 일어나는 세련된 지각 작용은 그 영향이 대단하다.

우리는 외다리 둥근 테이블에 둘러앉았고, 깨끗한 카드가 분배되고 시선이 모이는 동안 조지는 사람들에게 말을 걸었다. 그가 주최자였고, 우리는 그의 말에 따랐다. 강력반 형사는 길거리 살인에 대해 말했다. "매번 달라요, 주머니에 한푼도 없다고 죽이고 50달러 내놓는다고 죽이기도 하고. 그럼 나는 그놈들에게 말하죠. '돈 때문에 사람을 죽여? 돈 때문에? 세상에서 가장 천한 게 돈인데! 나는 너보다 더 많이 죽였지만, 그건 전쟁터에서였어'라고요."

턱시도 대여업자는 〈선 타임스〉에서 전화로 광고를 접수하던 죽은 여자친구를 애도했다. 그는 가르랑거리는 리투아니아 억양으로 농담도 하고 자랑도 했지만 침울해하기도 했다. 자기 이야기를 시작하자 슬픔에 젖어 울먹거리다시피 했다. 월요일이면 그는 대여됐던 턱시도들을 회수했다. 주말을 보낸 턱시도들은 소스, 수프, 위스키, 정액 같은 '별의별 것'으로 얼룩져 있었다. 화요일에는 스테이션왜건을 몰고 루프[*] 인근 세탁장으로 가서 세제를 푼 통에 옷들을 담갔다. 그런 다음 여자친구와 오후를 보냈다. 아, 그들은 서로에게 너무 미쳐 있어서 침대까지 갈 시간도 없었다. 그대로 바닥에서 뒹굴었다. "좋은 가정에서 잘 자란 여자 같았어요. 내가 좋아하는 타입이요. 그런데 무슨 일이든 하려 했어요. 내가 방법만 가르쳐주면, 아무것도 묻지 않고 했어요."

"그럼 화요일에만 만나고, 저녁식사를 같이하거나 그 여자 집에 가보지도 않았던 겁니까?" 내가 물었다.

"다섯시면 늙은 어머니가 기다리는 집으로 가 저녁을 준비했어요. 정말 난 그 여자 성도 몰랐어요. 이십 년 동안 전화번호밖에 몰랐죠."

"그래도 사랑했잖아요. 왜 결혼 안 했어요?"

그는 놀란 듯, 이 사람이 왜 이러지? 하는 눈빛으로 카드게임을 하는 사람들 쪽을 보았다. 그러고는 대답했다. "아니, 호텔방까지 막 따라다니는 문란한 여자하고 결혼을요?"

모두가 웃어대는 동안 시칠리아 출신 장의사는 교육을 받은 바보들에게 인생의 진리를 가르쳐주는 듯 특별한 어조로 나에게 설명했다. "이봐요, 교수님, 헛갈리면 안 돼요 아내는 얘기가 달라요. 발이 이상하게 생겼으면 이상하게 생긴 신발을 찾아야죠. 꼭 맞는 신발을 찾으면 그만이고."

"어쨌거나 내 애인은 무덤 속에 있습니다."

나는 항상 기꺼이 배우고 가르침에 감사한다. 말하자면 고쳐주는 대로 잘 따른다. 정반대 성향은 피하지만 그렇더라도 진정한 우정일 때

---

* 시카고의 번화가 중 하나.

는 알아본다. 우리는 거미줄처럼 얽힌 전선 아래, 제철소와 정유공장의 음산한 공기가 스며드는 시카고 남부의 주방에서 위스키, 포커 칩, 시가를 놓고 앉아 있었다. 중공업 지역에서는 종종 자연의 이상한 생존을 목격하게 된다. 벤젠 냄새가 나는 연못에서 잉어와 메기가 여전히 살아간다. 흑인 여자들이 빵가루 미끼로 낚시를 한다. 쓰레기장에서 멀지 않은 곳에 우드척과 토끼가 나타난다. 어깨깃이 돋고 날개가 빨간 검은 새들이 제복 입은 안내원처럼 부들 위로 날아오른다. 어떤 꽃들은 끈질기게 피어 있다.

그날 저녁 나는 인간적인 교류가 감사해서 긴장이 풀렸다. 칸타빌레에게 수표로 준 것을 포함해서 거의 600달러를 잃었다. 사람들에게 돈을 뺏기는 데 워낙 익숙해서 별로 개의치도 않았다. 저녁 내내 술을 마시고 많이 웃고 떠들며 무척 즐거워했다. 나는 이야기하고 또 이야기했다. 내 관심사와 계획에 대해서도 상세히 말했고, 나중에 나 혼자만 무슨 일이 일어나고 있는지 몰랐다는 말을 들었다. 칸타빌레와 그 사촌이 속임수를 쓴다는 걸 알고 다른 사람들이 떨어져나갔다. 그들은 서로에게 패를 보여주고 카드더미를 만질 때도 속임수를 썼으며 매번 판돈에 덤벼들었다.

"내 구역에서 그런 짓을 했다간 무사하지 못하지." 조지가 이성을 잃었을 때 늘 그러듯이 극적으로 폭발하듯 소리쳤다.

"하지만 리날도는 위험한 놈이야."

"리날도는 그냥 똘마니야!" 조지가 고함쳤다.

* * *

그럴지도 모르지만, 카포네 시절 칸타빌레 집안은 악명 높았다. 그 시절에는 전 세계가 시카고를 유혈과 동일시했다—도축장이 있었고 갱들의 전쟁이 벌어졌다. 시카고의 피의 서열에서 칸타빌레 집안의 위치는 중간 정도였다. 그들은 폭력단을 위해 일했고, 위스키를 트럭으로 날랐으며, 사람들을 때리고 총으로 쏴죽였다. 그들은 보통의 하류 깡패들에 공갈단이었다. 그러나 1940년대에 시카고 경찰이었던 마음 약한 칸타빌레 하나가 가문에 수치를 안겼다. 술집에서 취한 그를 보고 풋내기 불량배 둘이 그의 총을 빼앗아 가지고 놀았다. 칸타빌레는 놈들이 시키는 대로 엎드려 기고 바닥의 오물과 톱밥을 먹었으며 엉덩이도 걷어차였다. 놈들은 그를 실컷 괴롭힌 후 그가 분노에 차서 울며 누워 있는 동안 신이 나서 낄낄거리며 총을 버리고 달아났다. 놈들의 실수였다. 칸타빌레는 그들을 쫓아가 길바닥에서 쏴죽였다. 그후로는 아무도 칸타빌레 사람들을 알아주지 않는다고 조지는 말했다. 지금은 졸리엣에서 무기징역을 살고 있는 노인 랠프(무치*) 칸타빌레가 미성년자 둘을 살해하면서 이 집안은 폭력단 세계에서 몰락했다. 바로 이것이 리날도가 포커판에서 돈을 잃고 수표 지급을 중단시킨 시카고 유명인인 나 같은 사람에게 무시당하고 가만있을 수 없었던 이유다. 리날도 혹은 로널드**가 뒷골목 세계에서는 아무것도 아닌 존재일지 모르지만 내 메르세데스에 그런 끔찍한 짓을 한 사람이었다. 그의 분노가

---

* 돌려줄 생각 없이 남의 물건을 빌려가거나 허락 없이 마음대로 쓰는 사람을 일컫는 말.

** 리날도의 미국식 이름.

진짜 깡패의 분노인지, 자연스러운 것인지 억지로 짜낸 것인지 누가 알겠는가? 그러나 그는 분별 있는 사람이라면 가볍게 넘겨버릴 내적인 문제에 집착해서 무슨 짓이라도 벌일 만큼 민감하고 자존심 강한 사람이었다.

나는 스스로를 분별 있는 사람이라 이를 수 있는지 자문하지 못할 만큼 완전히 현실감각이 없는 건 아니었다. 은행에서 돌아온 나는 면도를 했고, 그러면서 내 얼굴이, 주로 유쾌함을 드러내는 내 얼굴이, 지구상에 인류가 등장한 것은 대체로 좋은 일이었다고 주장하는 보편적인 유익함의 형이상학적 전제를 취한 내 얼굴이, 자본주의적 민주주의로부터 유래한 전제들로 가득한 이 얼굴이 이제는 의기소침해지고 불행으로 움츠러들고 시무룩해져서 면도하기조차 불쾌하다는 것을 알아차렸다. 나는 앞서 말한 그 분별 있는 사람이었던가?

나는 몇 가지 비인격적인 작업을 수행했다. 나 자신에 대해 개체발생*과 계통발생** 이론을 적용해보았다. 요점: 우리 집안의 성은 치트린이고, 우크라이나 키이우에서 왔다. 이름은 엘리스섬에서 영어식으로 바뀌었다. 나는 나와 몇 가지 공통점이 있는 것으로 보이는 해리 후디니와 마찬가지로 위스콘신주 애플턴에서 태어났다. 나는 시카고 폴란드인 지구에서 성장했고, 쇼팽초등학교에 다녔고, 8학년은 결핵요양소 공공병동에서 보냈다. 선량한 사람들이 신문에 연재되는 컬러 만화를 요양소에 잔뜩 기증했다. 이것들이 각 침대 옆에 높이 쌓여 있었다.

---

* 수정란이나 포자가 완전한 성체가 되기까지의 과정.

** 어떤 생물 종이 원시 상태에서 현재까지 진화해온 과정.

아이들은 슬림 짐과 부브 맥너트*의 모험들을 따라갔다. 나는 밤낮으로 성경까지 읽었다. 일주일에 한 번 면회가 허용되어 부모님이 번갈아 왔는데, 낡은 초록색 서지 상의를 입은 어머니는 눈이 커다랗고 코가 반듯했으며 걱정 탓에 얼굴은 창백했다—감정이 격해져서는 숨도 제대로 못 쉬었다—살기 위해 무슨 일이든 하는 치열한 이민자였던 아버지는 담배 연기에 찌든 코트를 입고 서리를 맞은 채 들어섰다. 아이들은 밤이면 각혈을 했고 그 피에 질식해서 죽었다. 아침에는 정돈된 그 침대의 하얀 기하학적 형상을 견뎌야 했다. 나는 이곳에서 내가 매우 사변적으로 변했다고, 내 폐병이 감정적 장애로 넘어가 열정, 즉 민감한 충동과 발열과 열광적인 현기증이 폭주하고 독기로 오염되곤 하는 것을 느꼈으며 아직도 그렇게 느낀다. 폐결핵 때문에 호흡을 기쁨과 연결지었고, 병동의 어두움 때문에 빛을 기쁨과 연결했으며, 나의 비합리성 때문에 벽을 비추는 빛을 내 안의 빛과 연관시켰다. 그렇게 할렐루야와 영광을 노래하는 타입이 되었던 것 같다. 게다가(결론적으로) 미국은 교훈적인 나라라서 사람들은 타인을 격려하고 선행을 베풀기 위해 언제나 자신의 경험을 유용한 교훈으로 제공한다—일종의 철저한 개인 선전의 계획으로서. 때로는 이상주의처럼 보인다. 어떤 때는 순진한 섬망 상태로 보이기도 한다. 이렇게 모든 사람이 선행에 몰두한 나라에서 어떻게 온갖 악이 발생하는 걸까? 험볼트가 나를 *순진무구하다*고 한 것도 바로 이런 의미에서였을까? 내면에 많은 악을 결정화한 그 불쌍한 인간은 죽어서 하나의 사례가 되었고, 그의 유산

* 만화 주인공들 이름.

은 대중에게 제기된 질문이었다. 월트 휘트먼이 질문 중의 질문이라고 본 죽음에 관한 물음 그 자체였다.

어쨌든 나는 거울에 비친 내 모습은 조금도 신경쓰지 않았다. 나는 내 얼굴에서, 특히 입가에서 천사의 침전물이 위선으로 굳어지는 것을 보았다. 그래서 손으로 더듬어가며 면도를 마쳤고 옷을 입을 때에야 눈을 떴다. 수수한 옷과 넥타이를 골랐다. 번드르르한 차림으로 칸타빌레를 자극하고 싶지 않았다.

엘리베이터는 오래 기다리지 않아도 되었다. 이 건물에 사는 사람들이 개를 산책시키는 시간이 막 지난 참이었다. 개를 산책시키는 시간에는 어쩔 수 없이 계단을 이용해야 했다. 나는 유지비만 일 년에 1500달러가 드는 찌그러진 내 차로 갔다. 거리의 공기는 탁했다. 크리스마스를 앞둔 어두운 12월이었고 가스에 가까운 갈색 공기가 인디애나주의 게리와 해먼드, 시카고 남부의 거대한 철강 석유 단지에서 호수를 건너왔다. 나는 차에 올라 시동을 걸고 라디오도 켰다. 음악이 나왔지만 마음에 들지 않아 아쉬웠다. 라디오로는 충분치 않았다. FM 문화방송은 코렐리, 바흐, 팔레스트리나의 휴일 콘서트를 내보내고 있었는데, 고인이 된 그린버그가 지휘하고, 코언이 비올라다감바를, 레비가 하프시코드를 연주하는 안티콰 음악*이었다. 칸타빌레가 부숴놓은 앞유리 너머를 보려고 애쓰는 동안 그들은 경건하고도 아름다운 칸타타들을 고풍스러운 악기로 연주했다. 나는 빳빳한 50달러짜리 지폐가 담긴 봉투를 안경과 가죽지갑과 손수건과 함께 두었다. 아직 일의 순서는 결

* 12세기 후반부터 15세기 전반까지 유행한 서유럽 다성음악.

정하지 않았다. 나는 결정하지 않고 일들이 저절로 일어나길 기다리며 아우터 드라이브*를 타고 나서야 다운타운 클럽에 들러야 한다는 것을 깨달았다. 내 마음은 시카고 같은 상태였다. 이 현상을 어떻게 설명해야 할까? 시카고 상태에 있을 때 나는 뭔가가 영구적으로 결핍된 것 같고, 가슴이 부풀고 찢어질 듯한 열망을 느낀다. 영혼의 감각적인 부분을 드러내고 싶어한다. 카페인 과다복용에서 오는 증상들이 나타난다. 동시에 외적인 힘의 도구가 된 느낌이 든다. 그 힘은 나를 인간의 실수 사례나 곧 일어날 바람직한 일의 그림자로 사용한다. 나는 차를 몰았다. 거대하고 창백한 호수가 내 앞으로 밀려왔다. 동쪽으로 시베리아 같은 하얀 하늘, 호숫가에 정박한 항공모함 같은 매코믹플레이스 컨벤션 센터가 보였다. 풀잎에서는 생명이 빠져나갔다. 그것은 누르스름한 겨울빛을 띠었다. 다른 운전자들이 믿을 수 없을 만큼 망가진 메르세데스를 구경하려고 방향을 틀어 다가왔다.

나는 다운타운 클럽에서 비토 랑고바르디를 만나 리날도 칸타빌레에 대해 묻고 싶었다. 비토는 고인이 된 낙타 머리와 바타글리아** 집안의 친구이자 거물급 갱이었다. 나는 그와 라켓볼을 자주 쳤고, 그를 좋아했다. 사실은 그를 아주 좋아했고, 그도 나에게 호감이 있다고 생각했다. 그는 암흑가의 주요 인물이었고 조직에서 지위도 무척 높아서 거의 신사라고 할 수 있었는데, 우리는 만나면 구두와 셔츠 얘기만 했다. 멤버들 중 그와 나만 깃 아래 넥타이 고리가 있는 맞춤셔츠를 입었다. 어떤 의미에서 우리는 이 고리를 통해 연결되어 있었다. 언젠가 읽

* 시카고 미시간호를 따라 놓인 간선도로. 레이크쇼어 드라이브라고도 한다.

** 모두 실존했던 시카고 갱으로, 낙타 머리의 본명은 '머리 험프리'다.

은 미개한 부족의 남매처럼, 근친상간이 엄하게 금지돼 어린 시절 이후로 만나지 못하다가 노년에 들어서서야 갑자기 금지가 해제되어 만난…… 아니, 이 비유는 적절하지 않다. 그러나 나는 학교에 다닐 때 폭력적인 아이 여럿과 알고 지냈고, 무시무시했던 그 아이들은 성인이 되어선 나와 완전히 다른 삶을 살았지만, 지금은 플로리다에서 낚시하는 이야기며 넥타이 고리가 달린 맞춤셔츠 이야기며, 랑고바르디가 기르는 도베르만의 문제점들에 대한 한담을 나눌 수 있었다. 라켓볼 경기가 끝나면 탈의실의 나체 민주 체제 안에서 과일주스를 홀짝거리며 X등급 영화에 대해 수다를 떨었다. "그런 영화는 보러 안 가." 그가 말했다. "그랬다가 경찰이 극장을 덮쳐서 체포하면 어떡하라고? 신문에 나면 꼴이 어떻겠어?" 상류가 되기 위해 필요한 건 수백만 달러였고, 그 수백만 달러를 쟁여놓은 비토는 상류 그 자체였다. 거친 대화는 중개업자나 법률가에게 맡겼다. 코트에서 뛸 때 그는 조금 비틀거렸는데, 종아리 근육이 잘 발달되지 않았서였고, 그건 예민한 아이들에게 흔한 결함이었다. 그러나 그의 기술은 섬세했다. 그는 내가 그의 등뒤에서 무엇을 하는지 정확히 알고 언제나 나의 의표를 찔렀다. 나는 비토에게 애착을 느꼈다.

조지 스위벨이 나에게 소개해준 라켓볼이나 패들볼은 빠르게 진행되고 다치기 쉬운 운동이다. 다른 선수들과 충돌하기도 하고 벽에 부딪히기도 한다. 백스윙을 하다가 라켓으로 제 얼굴을 때릴 때도 있다. 나도 앞니가 부러졌었다. 내 실수였고, 치근 치료를 받고 크라운도 씌워야 했다. 어린 시절 허약했고 결핵도 걸렸던 내가 나중에 건강해졌다가 다시 퇴화한 것이었는데, 그후 조지가 시키는 대로 근긴장 회복

운동을 시작했다. 어느 아침에는 등이 뻐근해 제대로 펴지도 못하고 침대에서 나오지도 못했지만, 한낮이면 코트에 나가 경기를 했다. 달리고, 바닥으로 몸을 던져 공을 살리고, 러시아 무용수처럼 튀어올라 앙트르샤를 하기도 했다. 그러나 나는 좋은 선수는 아니다. 생각이 너무 많고 지나치게 열심이다. 경쟁의식에 사로잡힌다. 공을 세게 치면서 계속 나 자신에게 말한다. "춤춰, 춤춰, 춤춰, 춤을 추라고!" 경기를 잘하는 건 춤에 달려 있다고 확신하면서. 그러나 갱스터와 사업가는 그들의 직업 스타일을 도입해 나보다 능숙하게 춤을 추고 이긴다. 나는 내가 달성한 심리적이고 정신적인 명료성을 경기에 도입하면 아무도 못 건드릴 거라고 자신에게 말한다. 아무도. 나는 모두를 이길 것이다. 승리를 방해하는 흐리멍덩한 정신 상태에도 불구하고 몸을 혹사하지 않으면 절망에 빠지기 때문에 나는 난폭하게 경기를 한다. 필사적이다. 중년들이 가끔 경기를 하다가 쓰러지는 것도 그래서다. 병원으로 재빨리 이송되지만, 더러는 돌아오지 못한다. 랑고바르디와 나는 일명 목 따기(셋이 하는 경기)를 했는데, 같이 경기하던 힐덴피슈라는 남자가 심장마비로 쓰러졌다. 우리는 힐덴피슈가 헐떡거리는 것을 알아챘다. 그가 잠시 쉬러 사우나에 들어갔는데, 누군가 달려나와 "힐덴피슈가 기절했다"고 말했다. 흑인 직원들이 바닥에 눕히자 그의 몸에서 물이 흘러나왔다. 나는 괄약근이 풀린다는 게 무슨 의미인지 알게 되었다. 심폐소생 장비가 있었지만 아무도 사용법을 몰랐다.

경기중에 내가 너무 기를 쓰면 운동 코치 스코티는 중단하라고 말했다. "멈춰서 당신 모습을 봐요, 찰리. 얼굴이 자줏빛이에요." 거울 속 나는 으스스한 모습으로 땀범벅에 안색이 거무튀튀했으며, 속에서는 심장이 방망이질했다. 귀가 약간 먹먹한 것 같았다. 이관耳管 문제다! 나는 자가진단을 내렸다. 혈압 때문에 이관이 오그라든 것이다. "걸으면 괜찮아질 겁니다." 스코티가 말했다. 나는 불쌍한 힐덴피슈, 무뚝뚝하고 열등한 힐덴피슈의 기억을 영구히 잊을 수 없게 하는 카펫 위를 왔다갔다했다. 죽음 앞에서 나는 힐덴피슈보다 나을 것이 없었다. 한번은 코트에서 무리하는 바람에 빨간 플라스틱 벤치에 누워 헐떡거리고 있는데 랑고바르디가 다가와서 의미심장한 표정을 지었다. 그는 생각에 잠길 때면 사시가 되었다. 피아노 연주자의 두 손이 교차하듯 한 눈이 다른 눈과 교차하는 것 같았다. "왜 그렇게 무리하지, 찰리?" 그가 말했다. "우리 나이에는 짧은 게임 한 번이면 충분해. 내가 더 뛰는 거 봤어? 그러다가 세븐아웃* 될 수 있어. 힐덴피슈를 기억해."

그렇다. 모든 걸 잃는다. 맞다. 주사위를 잘못 굴릴 수도 있다. 죽음에 집적거리는 짓은 그만두어야 한다. 나는 랑고바르디의 염려에 감동받았다. 그러나 그것이 개인적인 염려였을까? 헬스클럽에서 사람이 죽으면 좋지 않고, 더구나 두 사람이 연이어 심장마비로 쓰러졌다간 우울한 곳이 될 것이다. 그렇지만 비토는 나를 위해 할 수 있는 일을 해주고 싶어했다. 우리가 서로에게 할 수 있는 말은 많지 않았다. 나는 종종 그가 통화하는 모습을 관찰했다. 그는 나름 미국의 중역이었다. 잘생긴 랑고바르디는 어떤 임원보다 옷을 잘 입었다. 코트 소매까지 정교하게 안감이 덧대어진데다 양복 조끼 뒷면은 아름다운 페이즐리 소재였다. 구두닦이 핀치라는 사람에게 전화가 걸려왔다. "—조니 핀

* 크랩스 도박에서 주사위를 굴려 7이 나오면 다 잃고 게임이 종료된다.

치, 조니 핀치, 전화입니다, 구내 5번—" 랑고바르디가 핀치의 전화를 받았다. 그는 남자답고, 권력이 있었다. 낮은 목소리로 지시하고, 판결하고, 결정하고, 처벌도 내리는 듯했다. 그런 그가 나에게 진지하게 할 말이 있었을까? 나 역시 그에게 속마음을 말할 수 있었을까? 그날 아침 헤겔의 『현상학』에서 자유와 죽음 대목을 읽었다고 말할 수 있었을까? 무엇보다 권태라는 주제에 중점을 두고 인간 의식의 역사에 대해 생각하고 있었다고 말할 수 있었을까? 수년간 이 주제에 몰두했고, 죽은 시인 폰 험볼트 플라이셔와도 이 주제를 논의했었다고 말할 수 있었을까? 절대 아니다. 천체물리학자, 경제학 교수, 고생물학 교수와도 그런 토론은 불가능했다. 시카고에는 아름답고 감동적인 것이 많았지만, 문화는 그중 하나가 아니었다. 우리가 사는 시카고는 지적 작용은 넘쳐흘러도 문화가 없는 도시였다. 문화가 없는 지적 작용, 이것이 골자다. 안 그런가? 어떻게 생각하는가? 분명한 이야기다. 나는 그 조건을 오래전에 받아들였다.

랑고바르디의 눈은 모퉁이 구석구석까지 볼 수 있는 잠망경 같았다.

"똑똑하게 굴어, 찰리. 내가 하라는 대로 해봐." 그가 말했다.

그의 친절한 관심이 진심으로 고마웠다. "노력하고 있어." 나는 말했다.

그래서 나는 오늘 클럽 뒤쪽, 한기가 도는 기둥 아래 차를 세웠다. 그러고는 엘리베이터를 타고 올라가 이발소로 나왔다. 거기는 언제나처럼 분주했는데—이발사 셋, 염색한 덩치 큰 스웨덴인, 늘 똑같은 모습인(면도도 하지 않은) 시칠리아인, 일본인이 있었다. 모두가 똑같이 부풀린 헤어스타일을 하고 반소매 셔츠 위에 금색 단추가 달린 노란

조끼를 입고 있었다. 세 사람 모두 배출구가 파란색인 드라이어로 뜨거운 바람을 뿜으며 세 고객의 머리를 만지고 있었다. 화장실을 통해 클럽으로 들어서니 전깃불이 세면대 위를 삭막하게 비추고, 핀치가, 진짜 조니 핀치가 소변기에 얼음을 채우고 있었다. 늘 일찍 오는 랑고바르디가 그곳에 있었다. 최근에 그는 영국 시골 교회지기처럼 앞머리를 짧게 내렸다. 그는 벌거벗고 앉아서 〈월 스트리트 저널〉을 훑어보다 나를 보고 살짝 미소 지었다. 이제 어떡해야 할까? 랑고바르디와의 새로운 관계 속으로 뛰어들어 의자를 끌어당겨 앉고 무릎에 팔꿈치를 괴고는 그의 얼굴을 들여다보면서 충동의 열기를 표정으로 나타내야 할까? 미심쩍은 듯 눈을 동그랗게 뜨고 비밀스럽게, 내가 말할 수 있을까? "비토, 나 좀 도와줄 수 있나?" 아니면 "비토, 리날도 칸타빌레가 얼마나 지저분한 놈이지?" 심장이 세차게 뛰었다 — 수십 년 전 여자에게 구애할 때처럼. 랑고바르디는 종종 나에게 예약하기 어려운 레스토랑을 대신 예약해주는 것 같은 작은 호의를 베풀었다. 그러나 칸타빌레에 대해 묻는 건 전문가 상담과 같을 것이다. 클럽에서는 그런 일을 하지 않는다. 비토는 나에게 책에 대해 물었다고 안마사 앨폰스를 심하게 꾸짖은 적도 있었다. "사람 귀찮게 굴지 마, 앨. 찰리는 일 얘기를 하러 오는 게 아니야. 우리는 일 같은 건 잊어버리려고 여기 오는 거라고." 레나타는 이 이야기를 듣고 이렇게 말했다. "그래요, 두 사람 그런 사이구나." 이제 나는 랑고바르디와 나의 관계가 엠파이어스테이트빌딩과 이 빌딩에 있는 다락의 관계와 같다는 것을 안다.

"쇼트 게임 할까?" 비토가 물었다.

"아니, 비토, 로커에서 뭘 좀 가져가려고 온 거야."

나는 망가진 메르세데스로 돌아가면서 평소처럼 헛궁리만 했다고 생각했다. 얼마나 나다운가. 늘 갈망만 하는. 나는 도움을 원했다. 십자가의 고난을 함께해줄 사람을 갈망했다. 아빠처럼. 그런데 아빠는 어디 있을까? 아빠 무덤에 있었다.

* * *

메르세데스 정비공장에 갔을 때 흰색 작업복 차림의 품위 있는 관리직 기술자가 당연한 호기심을 비쳤지만 나는 대답을 거부했다. "어쩌다 이렇게 됐는지 나도 모르겠어, 프리츠. 나가보니 이렇게 됐더군. 고쳐 주게. 청구서는 보기도 싫어. 콘티넨털일리노이로 보내. 거기서 지불할 거야." 프리츠는 신경외과의사처럼 대금을 청구했다.

나는 길에서 택시를 잡았다. 기사는 거친 인상에 베르사유정원 관목처럼 거대한 아프로 헤어스타일을 하고 있었다. 택시 뒷좌석은 담뱃재에 먼지투성이였고 선술집 같은 냄새가 났다. 기사와 나 사이에 방탄 칸막이가 있었다. 그는 빠르게 돌아 디비전 스트리트에서 똑바로 서쪽으로 달렸다. 뿌연 플렉시 글라스 칸막이와 아프로 머리가 시야를 거의 가렸지만 길을 훤히 알고 있어서 굳이 볼 필요는 없었다. 시카고의 대부분은 썩어 무너지고 있다. 일부는 재건되고 일부는 그냥 무너져 있다. 올라가고 무너지고 다시 올라가는 몽타주 영화 같다. 그 낡은 목욕탕이 있는 디비전 스트리트는 예전에 폴란드인 거주 지역이었으나 지금은 거의가 푸에르토리코인이다. 폴란드인이 살던 시절에는 작은 벽돌 방갈로들이 산뜻한 빨간색, 자주색, 밝은 초록 같은 색으로 칠해져 있었다. 잔디밭에는 쇠파이프 울타리가 둘러쳐져 있었다. 나는 발트해 연안 어딘가에도 이런 마을이 있을 거라고 늘 생각했다. 예를 들어 그디니아* 같은 곳이 있을 거라고, 차이가 있다면 일리노이 대초원은 빈 땅을 드러냈고 회전초**들이 굴러다닌다는 것이다. 회전초는 너무 쓸쓸하다.

얼음마차와 석탄마차가 다니던 시절에는 집주인들이 망가진 보일러를 반으로 잘라 풀밭에 내놓고 꽃을 가득 심었다. 봄이면 리본 달린 모자를 쓴 덩치 큰 폴란드 여자들이 사폴리오 페인트 깡통을 들고 나와 이 보일러 화분들을 벽돌의 눈부신 빨간색에 대조되는 은색으로 빛나도록 칠했다. 대갈못들이 아프리카 부족민의 피부에 불거진 문양처럼 두 줄로 튀어나와 있었다. 여자들은 이 화분에 제라늄, 수염패랭이꽃, 다른 싸구려 꽃들을 길렀고, 꽃은 항상 먼지를 뒤집어쓰고 있었다. 수년 전 나는 이 모든 것을 험볼트 플라이셔에게 보여주었다. 〈포이트리〉*** 낭송회 참석차 시카고에 온 그는 나에게 시내 구경을 시켜달라고 했다. 우리가 아직 다정한 친구 사이일 때였다. 나는 아버지를 만나고 뉴베리도서관에서 내 책 『뉴딜의 인물들』 마지막 퇴고를 하기 위해 이곳에 와 있던 참이었다. 엘 전철을 타고 험볼트를 도축장으로 데려갔다. 그는 루프 거리를 구경했다. 호숫가에서 우리는 안개를 알리는 경적 소리를 들었다. 경적 소리는 흐늘거리는 실크처럼 싱그러운 라일락색을 띤, 사람들을 익사시키는 물 위로 구슬프게 울려퍼졌다. 그러나

---

* 폴란드 북부 발트해에 면한 항구도시.

** 주로 가을에 줄기 밑동에서 떨어져 공 모양으로 날리는 잡초 덩어리.

*** 1912년 H.먼로가 시카고에서 창간한 월간 시 전문지.

험볼트는 주로 옛 지역에 흥미를 보였다. 은색으로 칠한 보일러의 대갈못과 폴란드인 거주 지역에서 자라는 불타는 듯한 제라늄이 그를 사로잡았다. 그는 부서지기 쉬운 시멘트 바닥을 윙윙 굴러가는 롤러스케이트 바퀴 소리를 창백한 얼굴로 감동한 듯 들었다. 나 또한 도시의 흉한 모습에 감상적이다. 이 평범한 것들, 온갖 쓰레기와 누추함을 예술과 시를 통해 영혼의 우월한 힘으로 대속하려는 현대 정신에서 비롯한 것이다.

여덟 살 난 딸 메리는 나의 그런 면을 알아챘다. 아이는 내가 계통발생과 개체발생에 관심이 있다는 것을 안다. 그리고 그 시절의 삶이 어땠냐고 자주 물어온다.

"석탄난로를 썼었지." 나는 딸에게 말해준다. "부엌 화로는 검은색이었는데, 니켈 테두리 장식이 있었어. 거대한 난로였지. 거실 난로는 작은 교회처럼 위에 반구형 유리 덮개가 있어서 그 너머로 불을 볼 수 있었고. 나는 석탄통을 나르고 재는 아래로 내다버려야 했어."

"어떤 옷을 입고 있었어요?"

"토끼털 귀덮개가 달린 인조가죽 조종사 군모를 썼고, 녹슨 잭나이프 칼집이 달린 장화 안에 검은색 긴 양말을 신었어. 무릎 아래를 조이는 헐렁한 반바지 속에 아래위가 붙은 털내의를 입고. 그래서 배꼽 같은 데 실보무라지가 끼곤 했지."

"그리고 또?" 작은딸은 알고 싶어했다. 그러나 엄마를 빼닮은 열 살짜리 리시는 그런 데 흥미가 없었다. 메리는 리시보다 덜 예쁘지만, 나에게는 메리가 더 매력적이다(나를 좀더 닮았다). 메리는 비밀스럽고 탐욕스럽다. 또래 소녀들보다 거짓말도 많이 하고 물건도 훔치지만,

그것도 사랑스럽다. 감탄할 정도로 영리하게 껌과 초콜릿을 숨겨놓는다. 그애가 숨겨놓은 사탕을 쿠션커버 속이나 내 서류함에서 발견한다. 내가 연구 자료를 자주 보지 않는다는 것을 알아챈 것이다. 나에게 알랑대고 조숙하게 꼭 껴안기도 한다. 옛 시절 이야기를 들려달라고도 한다. 그애가 내 감정을 환기하고 조종하려는 데는 나름의 목적이 있다. 그럼에도 아빠는 옛 시절의 감정을 기꺼이 드러낸다. 사실 나는 이 감정을 전달하고 싶다. 나에게 메리를 위한 계획이 있기 때문이다. 아, 계획이라고 할 만큼 구체적인 것은 아닌지도 모른다. 훗날 내가 너무 늙거나 약해지거나 아둔해져서 계속할 수 없는 일을 딸이 맡아서 할 수 있도록 그애 마음에 내 정신을 불어넣을 수 있을지도 모른다고 생각한다. 그애 혼자서, 아니면 남편과 함께. 운이 좋다면. 나는 그애가 걱정이다. 잠긴 내 책상 서랍 속에는 그애에게 남긴 기록과 메모가 있는데, 대부분 술에 취해서 쓴 것들이다. 라켓볼 코트에서나 레나타 혹은 다른 여자와 함께 누운 포스처피딕 매트리스에서 갑자기 죽음을 맞기 전에 언젠가는 검열할 작정이다. 메리는 분명 지적인 여성이 될 것이다. 〈엘리제를 위하여〉의 해석도 언니보다 훨씬 낫다. 그애는 그 곡을 느낀다. 그러나 메리를 생각하면 종종 심란하다. 그애는 음악을 제대로 감상할 줄 아는, 코가 반듯하고 몸이 마른 여성이 될 것이다. 나 개인적으로는 통통하고 가슴이 예쁜 여자가 좋다. 그래서 벌써부터 딸아이가 안됐다고 느낀다. 그애가 이어받아주었으면 하는 프로젝트 혹은 논제는, 현대 정신의 지적 희극에 대한 극히 개인적인 개관이다. 한 개인이 이런 일을 포괄적으로 할 수는 없다. 19세기 말에 이르러 발자크의 풍부한 희극은 이미 체호프의 러시아적 『인간 희극』으로 환원되었다. 이제 그보다 포괄적이 되기는 더 불가능해졌다. 나는 소설작품을 생각한 것이 아니라, 다른 종류의 상상적 투영을 마음에 두고 있었다. 화이트헤드*의 『관념의 모험』과도 다른 것을…… 지금은 이것을 설명할 때가 아니다. 그것이 무엇이든 나는 젊었을 때 그런 생각을 했었다. 사실 험볼트가 빌려준 발레리의 책에서 받은 암시였다. 발레리는 레오나르도 다빈치에 대해 "*이 아폴로는 최고의 황홀경으로 나를 이끈다*"고 썼다. 나 또한 영원한 황홀경에 빠졌다—내 정신력이 감당할 수 있는 수준을 넘어섰을 것이다. 그러나 발레리는 여백에 "*찾기 전에 발견하라*"라는 메모를 덧붙였다. 찾기 전에 발견하는 것은 내 특별한 재주였다. 나에게 어떤 재주가 있다면.

그러나 내 작은딸은 더없이 본능적인 정확성으로 이렇게 묻곤 했다. "할머니가 어떤 분이었는지 말해줘요. 예뻤어요?"

"아주 예쁘셨던 것 같아. 난 어머니를 닮지 않았어. 어머니는 요리와 제빵, 세탁과 다림질을 하셨고, 병조림이랑 피클도 만드셨어. 카드점을 칠 줄 아셨고, 떨림이 많은 러시아 노래도 부르셨지. 어머니와 아버지는 나를 만나러 두 주에 한 번씩 번갈아 요양소에 오셨어. 2월에는 사오신 바닐라 아이스크림이 꽁꽁 얼어서 칼로 잘라야 했지. 그리고 또 뭐가 있나—아, 그렇지, 집에서 이가 빠졌을 때 어머니가 그 이를 난로 뒤로 던지더니 작은 생쥐에게 더 좋은 걸로 가져다달라고 하셨어. 그 망할 쥐들이 나한테 어떤 이를 가져다줬는지 봐봐."

"할머니를 사랑했어요?"

---

* 영국 수학자, 철학자.

갑자기 감정이 폭발할 듯 밀려들었다. 나는 아이와 이야기하고 있다는 것을 잊고 이렇게 말했다. "오, 난 두 분을 비정상이라고 할 만큼 끔찍이 사랑했어. 사랑으로 갈가리 찢어지는 것 같았을 정도로. 마음속 깊이. 다시는 집에 돌아가 부모님을 보지 못할까봐 요양소에서 울곤 했어. 메리, 부모님은 내가 두 분을 얼마나 사랑했는지 몰랐을 거야. 폐결핵으로 열이 오르고, 사랑으로도 열이 났어. 난 열정적이고 병적인 어린 소년이었어. 학교에서도 난 항상 사랑을 했어. 아침에 집에서 가장 먼저 일어나면 두 분이 아직 자고 있어서 괴로웠어. 나는 그 놀라운 일이 계속될 수 있도록 두 분을 깨우고 싶었지. 우리집에서 하숙하던 메나샤도 사랑했고, 내 형이자 네 삼촌인 줄리어스도 사랑했단다."

그런 감상적 기록들은 접어두어야 할 것 같다.

지금 내 머릿속은 돈, 수표, 깡패, 자동차로 꽉 차 있었다.

다른 수표 한 장이 마음에 걸렸다. 내 친구 허긴스가 CIA 요원이라고 비난했던 또다른 친구 댁스터가 보낸 수표다. 댁스터와 나는 〈아크〉라는 잡지를 창간할 준비를 하고 있었다. 준비는 막바지에 이르렀다. 예를 들어 정신에 의해 변형된 세계에 대한 나의 상상적 성찰 같은 멋진 글이 인쇄될 예정이었다. 그런데 댁스터가 어떤 채무를 이행하지 못했다.

긴 이야기이고 지금은 따지고 싶지 않다. 두 가지 이유가 있다. 하나는 댁스터가 무슨 짓을 하든 나는 그를 사랑한다는 것이다. 또하나는, 내가 실제로 돈에 대해 너무 많이 생각한다는 것이다. 감추려 해도 소용없다. 사실이 그렇고, 그건 천박한 일이다. 전에 목을 베인 샤론의 생명을 구한 조지 얘기를 하다가 나는 피가 생명에 없어선 안 될 물질이라고 말했었다. 그런데 돈도 생명에 없어선 안 될 물질이다. 댁스터는 갚지 못한 채무 일부를 상환해야 했다. 파산했지만 위엄을 잃지 않은 그는 나를 위해 이탈리아 밀라노의 암브로시아노은행에서 수표를 발행했다. 왜 그 은행이었을까? 왜 밀라노였을까? 그러나 댁스터가 준비해놓은 것은 비범했다. 그는 대서양을 오가며 자랐고 프랑스와 캘리포니아에서 똑같이 편안함을 느꼈다. 아무리 먼 곳이라도, 댁스터에게는 그의 삼촌이 있거나, 이해관계가 얽힌 광산이 있거나, 오래된 성 혹은 별장이 있는 곳이었다. 이국적인 생활방식을 지닌 댁스터는 골칫거리였다. 그러나 나는 그를 거부할 수 없었다. 어쨌든 이 역시 지금 할 이야기는 아니다. 마지막으로 한마디만 하자면 이렇다. 댁스터는 자신이 한때 CIA 요원이었다고 사람들이 믿어주길 바랐다. 그 멋진 소문을 더 퍼뜨리기 위해 뭐든지 했다. 그 소문은 그에게 신비로움을 더했고, 신비로움은 그의 소소한 사기 중 하나였다. 무해하고, 사실 귀여웠다. 매력이 다 그렇듯 어느 정도는 자비롭기까지 했다. 매력이란 언제나 조금은 사기다.

택시는 이십 분 일찍 목욕탕 앞에 도착했고, 나는 어정거릴 생각이 없었으므로 방탄 칸막이 구멍을 통해 말했다. "계속 갑시다, 서쪽으로. 걱정 마요. 그냥 둘러보려는 거니까." 택시 기사는 내 말을 듣고 아프로 머리를 끄덕였다. 그 머리는 마치 부드러운 실줄기들이 모두 일어나 활짝 펼쳐진 크고 검은 민들레 씨앗 같았다.

지난 여섯 달 동안 도시의 오래된 랜드마크가 더 많이 철거되어 있었다. 별 상관 없는 일인지도 모른다. 그런데 왜 그렇게 달라 보이는지 말로 설명할 수 없다. 나는 동요하고 있었다. 지금은 자동차 폐기장이 되었지만 어릴 때는 맹그로브숲이었던 곳을 찾아온 새처럼 부스럭대고 퍼덕거리며 뒷좌석에 앉아 있었다. 나는 맥박이 빨라지는 것을 느끼며 더러운 차창 너머를 바라보았다. 한 블록 전체가 허물어져 있었다. 로비의 헝가리 식당도, 벤의 당구장도, 낡은 벽돌로 지은 차고도, 내 부모님의 장례를 치른 그래치 장례식장도 모두 쓸려가버렸다. 영원이 이곳에서는 이채로운 휴지 기간을 갖지 못했다. 시간의 폐허는 불도저로 밀리고, 긁어모아지고, 트럭에 실려 다른 곳을 메꾸며 쏟아졌다. 새로운 강철 들보가 올라가고 있었다.

폴란드 키에우바사*는 더이상 정육점 진열창에 걸려 있지 않았다. *정육점* 소시지들은 자주색에 쭈글쭈글한 카리브해 것이었다. 옛날 간판들도 사라졌다. 새 간판에는 호이**, 무단자스, 이글레시아***라고 쓰여 있었다.

"계속 서쪽으로 가주세요." 나는 택시 기사에게 말했다. "공원 지나 켓지 애비뉴에서 우회전요."

폐허가 된 옛 가로숫길은 침하된 채 철거업자들을 기다리고 있었다. 커다란 구멍 사이로 내가 자고 먹고 공부하고 여자애들에게 키스하던 아파트 내부가 들여다보였다. 이런 파괴에 무심하려면 자신을 혐오해야 할 것 같았다. 혹은 더 나아가 중간 계층이 살던 감상어린 지역이 역사에 의해 허물어지고 부서져버리는 것을 즐겨야 할 것이다. 실제로 나는 그렇게 모진 사람들을 안다. 바로 이 동네가 그런 사람들을 낳았

* 마늘을 넣은 훈제 소시지.

** 시카고에서 발행되던 '오늘'이라는 뜻의 스페인어 신문.

*** 각각 '이사'와 '교회'를 뜻하는 스페인어.

다. 과거의 파괴에 가슴 아파하는 나 같은 이들을 형이상학적 역사의 경찰에 고발하는 자들이다. 그러나 나는 울적함을 느끼기 위해 이곳에 왔다. 부서진 벽과 창문, 사라진 문, 해체된 붙박이 설비들, 뜯어내 고물상에 팔아버린 전화선에 슬픔을 느끼기 위해서 왔다. 특히 나는 나오미 루츠가 살던 집이 아직 있는지 보러 왔다. 그 집은 없었다. 나는 너무 우울했다.

아주 감상적인 청소년기에 나는 나오미 루츠를 사랑했다. 나는 그녀가 내가 본 가장 아름답고 완벽한 소녀라고 믿었고, 숭배했고, 그 사랑은 내 안 가장 깊숙한 곳에 있는 특징을 끌어냈다. 그녀의 아버지는 존경할 만한 발 치료사였다. 의료인이라는 자부심이 대단한 듯 행동했고, 머리끝부터 발끝까지 의사였다. 그녀의 어머니는 단정치 못하고 덤벙거리는 사랑스러운 여성이었는데, 턱이 거의 없긴 하나 커다란 눈이 낭만적으로 빛났다. 나는 매일 밤 닥터 루츠와 진 러미*를 해야 했고, 일요일마다 그의 오번 자동차를 닦고 왁스칠하는 것을 도왔다. 하지만 괜찮았다. 나오미를 사랑하던 시절 나는 안전하게 삶 안에 있었다. 현상은 하나씩 축적되어갔고 의미도 있었다. 죽음도 알고 보면 받아들일 만한 제안의 일부였다. 나에게는 나만의 작은 레이크컨트리** 공원이 있었고, 나는 모던라이브러리출판사에서 나온 플라톤, 워즈워스, 스윈번, 「순박한 마음」***을 들고 이곳을 거닐곤 했다. 겨울에도 나

---

* 카드게임의 일종.

** 윌리엄 워즈워스가 나고 자란 잉글랜드 북서부 지역으로, 그의 자연친화적 시의 배경이었다.

*** 플로베르의 단편소설로, 생각 없이 단순하게 살아가는 하녀의 이야기다.

와 나오미는 장미정원 뒤에서 서로를 애무했다. 얼어붙은 나뭇가지들 사이에서 그녀의 너구리털 코트가 내 몸을 데워주었다. 너구리가죽 냄새와 소녀의 향기가 달콤하게 섞여들었다. 우리는 입김을 내뿜으며 키스했다. 수년 후 데미 퐁헬을 만나기 전까지 나오미 루츠만큼 사랑했던 여자는 없었다. 그러나 나오미는 내가 위스콘신주 매디슨에서 시를 읽고 지하 바에서 로테이션 풀*을 배우는 사이 전당업자와 결혼했다. 그는 사무기기 이전 설치 일을 했고 돈이 많았다. 그러나 나는 그녀가 마셜필즈백화점이나 색스백화점에서 외상거래를 할 수 있는 계정을 만들어주기에는 아직 어렸고, 또한 지성인의 아내가 져야 할 정신적 부담과 책임에 그녀가 겁을 먹었으리라 생각한다. 나는 항상 모던라이브러리출판사에서 출간된 시와 역사에 대한 내 장서들에 대해 이야기했고, 그녀는 나를 실망시킬까봐 두려워했다. 그녀가 나에게 그렇게 말했다. 그래서 나는 그녀에게 눈물이 지적인 것이라면 순수한 사랑은 그보다 훨씬 더 지적이라고 말했다. 거기에 인식적 부가물은 필요치 않다고. 그러나 그녀는 혼란스러워 보였다. 그런 말을 함으로써 나는 그녀를 잃은 것이었다. 파산한 남편에게 버림받았을 때도 그녀는 나를 찾아오지 않았다. 그는 투기심이 강한 도박꾼이었다. 결국 빚쟁이들에게 쫓겨 숨어야 했다. 나는 그들이 그의 발목을 부러뜨렸다고 믿는다. 어쨌든 그는 이름을 바꾸고 절뚝이며 남서부로 갔다. 나오미는 위넷카에 있는 멋진 집을 팔고 마켓파크로 이사했다. 그곳에 그녀 가족의 별장이 있었다. 그녀는 마셜필즈백화점 리넨 매장에서 일했다.

* '61'이라고도 불리는 당구게임.

택시가 디비전 스트리트로 돌아가는 동안, 나오미의 남편이 마피아와 얽혔던 일과 비슷한 나의 문제를 씁쓸한 마음으로 비교해보았다. 그 역시 일을 그르쳤다. 나라면 나오미 루츠와 정말 축복받은 삶을 살았을 거라고 생각하지 않을 수 없었다. 나와 나오미가 껴안은 만오천 일의 밤은 무덤의 고독과 권태를 향해 웃음 지었을 것이다. 저서 목록이니 증권 자산이니 레지옹 도뇌르 훈장 같은 건 필요치 않았을 것이다.

우리는 내장을 끓이는 듯한 거품과 냄새가 가득한 석호 옆 산후안* 과 비슷하게, 열대 서인도제도의 빈민가처럼 변해버린 곳을 통과했다. 이곳에도 부서진 벽토, 깨진 유리, 거리에 뒹구는 쓰레기, 가게 간판에 서툴게 파란색 분필로 휘갈겨쓴 글자들이 있었다.

하지만 리날도 칸타빌레를 만나기로 한 러시아 목욕탕은 변한 게 거의 없었다. 무산계급이 이용하는 호텔 혹은 하숙이었다. 2층에는 언제나 나이 많은 노동자나 우크라이나 독거노인, 시내 전차에서 일했던 은퇴자, 아이싱으로 유명했지만 관절염 때문에 일을 그만두어야 했던 제빵사 같은 사람들이 살았다. 나는 소년 시절부터 이곳을 알았다. 내 아버지도 스위벨 씨처럼 오래된 절임용통에 담가 거품을 낸 참나무 잎가지 솔로 몸을 문지르는 것이 혈액순환과 건강에 좋다고 믿었었다. 현대성을 거부하며 시대에 역행하는 사람들은 아직도 여전히 발을 질질 끌며 남아 있다. 아마추어 물리학자였던 메나샤(드라마틱 테너가 되고 싶었던 그는 성악 수업을 받았고, 브런즈윅 축음기 회사에서 천공기 기사로 일했다)가 인간은 지구 자전에 영향을 줄 수 있다고

* 푸에르토리코의 수도.

했었다. 어떻게? 글쎄, 인간들이 약속한 순간에 모두 동시에 발을 디뎌 버티면, 실제로 행성의 회전이 느려진다는 것이다. 달과 조수에 영향을 미칠 수 있다고도 했다. 물론 메나샤가 하려던 진짜 얘기는 물리학이 아니라 단결 혹은 합심이었다. 어떤 이들은 어리석어서, 어떤 이들은 사악해서 잘못된 방향으로 발을 디딜 거라고 나는 생각한다. 그러나 목욕탕 노인들은 역사를 거스르려는 집단적 시도에 아마도 무의식적으로 참여하고 있는 것 같다.

디비전 스트리트에 위치한 이 한증탕 애용자들은 시내를 오가는 말쑥하고 교만한 사람들처럼 보이지 않는다. 여든 살에 다운타운 클럽에서 실내자전거를 타는 늙은 필드스타인도 디비전 스트리트에는 어울리지 않을 것이다. 사십 년 전 필드스타인은 유행을 앞서가는 난봉꾼이었고, 돈 잘 쓰는 러시 스트리트의 찰리로 유명했다. 나이가 많이 들었어도 그는 오늘을 사는 사람이지만, 러시아 목욕탕 이용자들은 골동품처럼 주조되어 있다. 엉덩이에 살이 찌고 가슴에는 버터밀크처럼 노란 지방이 잔뜩 꼈다. 두꺼운 기둥 같은 다리는 꿈틀거리는 녹청색 핏줄이 비치거나 발목 근처가 블루치즈처럼 얼룩덜룩하다. 한증탕을 이용한 후 이 노인들은 빵과 절인 청어, 혹은 커다란 타원형 살라미와 기름이 뚝뚝 떨어지는 옆구리살 스테이크로 거한 간식을 먹고 슈냅스*를 마신다. 땅땅하고 튼튼한 늙은 배로 벽도 무너뜨릴 수 있을 것이다. 이곳에서는 모든 것이 아주 원초적이다. 이곳 사람들은 자연과 문화에 의해 버려진 진화의 가지, 즉 퇴화를 의식하고 있는 것 같다. 그래서

* 유럽 동남부에서 만들어진 높은 도수의 증류주.

이 슬라브게 동굴인들과 숲의 정령들은 아주 뜨겁게 달궈진 지하실에서 늘어진 비계 주머니와 이끼 낀 돌 같은 다리와 몸을 익힌 후 양동이로 머리부터 차가운 물을 끼얹는다. 위층 로커룸 텔레비전 화면에서는 어린 남자들과 활짝 웃는 여자들이 재담을 나누고 펄쩍펄쩍 뛴다. 아무도 그들에게 관심을 기울이지 않는다. 매점을 운영하는 미키는 고기와 감자 팬케이크를 굽거나, 코울슬로를 만들기 위해 큰 칼로 양배추를 자르거나 자몽을 (손으로 먹기 쉽게) 사등분한다. 푹푹 찌는 열기 속에 홑이불로 몸을 감싼 건장한 노인들은 식욕이 왕성하다. 아래서 종업원 프래누시가 하얗고 뜨거운 둥근 돌 위에 물을 철썩철썩 뿌려 증기를 만든다. 돌들이 로마의 탄환처럼 더미로 쌓여 있다. 프래누시는 머리가 익지 않게 챙을 뜯어낸 펠트 모자를 물에 적셔 쓰고 있다. 모자 외에 걸친 것은 없다. 그는 너무 뜨거워서 손으로 만질 수 없는 불가마 걸쇠를 젖히기 위해 막대기를 들고 붉은 불도마뱀처럼 기어오르더니, 긴 힘줄에 달린 고환을 덜렁거리고 말끔한 항문을 내보인 채 네발로 뒷걸음질하며 양동이를 찾아 더듬거린다. 그가 물을 부으면 둥근 돌들은 번득이며 지글거린다. 카르파티아산맥* 지역에서 이런 관습을 아직도 유지하는 마을은 없을지도 모른다.

이곳을 사랑하는 아버지 마이런 스위벨은 평생 매일같이 왔다. 그는 청어와 버터 바른 호밀빵, 생양파, 버번위스키를 가지고 왔다. 운전면허가 없으면서도 플리머스를 몰았다. 앞은 충분히 잘 볼 수 있었지만, 양쪽 눈에 백내장이 있어 수많은 차의 측면을 긁었고 주차장에서 많은

* 슬로바키아 동부에서 활처럼 구부러져 루마니아 북부로 뻗은 산맥.

피해를 주었다.

나는 살펴보러 들어갔다. 조지가 무척 걱정되었다. 그의 충고가 나를 이런 처지에 몰아넣었다. 나쁜 충고라는 걸 알았다. 그런데 나는 왜 받아들였을까? 그가 권위 있게 목소리를 높여서일까? 그가 암흑가에 관한 한 전문가인 양 굴고 내가 그러도록 놔두어서일까? 어쨌든 나는 최상의 정신 상태가 아니었다. 하지만 지금은 최상의 상태이고, 나는 칸타빌레를 다룰 수 있다고 믿었다. 칸타빌레는 이미 내 차에 분노를 풀었고 나도 상당 부분 대가를 치렀다고 생각했다.

나는 카운터 뒤쪽에서 연기에 휩싸인 채 지방 많은 스테이크를 굽고 양파를 볶고 있는 매점 주인 미키에게 물었다. "조지 왔어요? 그의 아버지가 기다리고 계신가요?"

조지가 여기 있다면 칸타빌레가 옷을 입은 채 증기 속으로 뛰어들어 주먹질하거나 걷어찰 것 같지는 않았다. 물론 칸타빌레는 알 수 없는 자다. 무슨 짓을 할지 몰랐다. 홧김에나 계획적으로나.

"조지는 안 왔어요. 그의 아버지는 한증탕에 있고요."

"그렇군요. 아들을 기다리시던가요?"

"아니요. 조지는 일요일에 왔었으니까 또 오진 않을 겁니다. 아버지는 일주일에 한 번만 만나죠."

"좋아요. 잘됐어요!"

경비원 같은 체격에 팔은 거대한 막대 같고, 앞치마를 겨드랑이까지 올려맨 미키는 입술이 삐뚜름했다. 공황기에 공원에서 노숙하며 지내던 어느 날 차가운 바닥에서 자다가 뺨 한쪽이 마비된 것이다. 그래서 그는 비웃거나 조롱하는 것처럼 보인다. 오해의 소지가 있다. 미키는 점잖고 진지하고 평화로운 사람이다. 음악을 사랑해서 시카고 리릭오페라극장 시즌 티켓을 사기도 한다.

"오랜만이네요, 찰리. 같이 한증하면 노인이 좋아하실 텐데요."

그러나 나는 손님들이 귀중품을 넣어두는 작은 철제 상자들이 있는 계산대 창구를 지나 서둘러 다시 밖으로 나왔다. 빙글빙글 돌아가는 이발소 입간판을 지나 깨진 유릿조각들이 은하수처럼 빽빽하게 뒤덮인 보도에 다다랐을 때, 하얀 선더버드가 길 건너 푸에르토리코 소시지 가게 앞에 섰고 로널드 칸타빌레가 나타났다. 튀어나왔다는 편이 맞을 것이다. 그는 상태가 아주 좋아 보였다. 갈색 래글런 코트에 같은 색 모자를 쓰고 황갈색 염소가죽 부츠를 신은 키 큰 미남이었다. 포커를 할 때부터 그의 검고 숱 많은 콧수염이 눈에 띄었었다. 질 좋은 모피 같았다. 그러나 매력적인 의상의 우아함 속에 그를 절박하게 휩쓰는 흐름이 있었는데, 말하자면 목 위로는 분노로 가득한 듯 보였다. 길 건너편에 있는데도 그가 얼마나 무참하리만큼 창백한지 보일 정도였다. 나를 위협하기 위해 스스로 화를 돋우고 있는 것 같았다. 그런데 걸음걸이가 특이했다. 발의 움직임이 이상했다. 바로 그때 승용차와 트럭이 우리 사이로 지나가 그는 건너올 수 없었다. 그가 피하는 모습을 차 밑으로 볼 수 있었다. 부츠가 근사했다. 차량 흐름이 잠시 끊긴 사이 칸타빌레는 래글런 코트를 나를 향해 열어 보였다. 폭 넓은 멋진 벨트를 차고 있었다. 그러나 그가 보이려 한 건 분명 벨트가 아니었다. 버클 바로 옆에 뭔가 튀어나와 있었다. 그의 손이 그 위에 있었다. 그는 총이 있다는 것을 나에게 알리려 한 것이다. 또다시 차들이 오가자 칸타빌레는 겅중겅중 뛰면서 차들 위로 나를 노려보았다. 마지막 트럭이 지나갔을 때 그가 기를 쓰고 나에게 소리쳤다. "너 혼자야?"

"혼자야. 혼자 왔어."

그는 강하게 비트는 듯 독특하게 어깨 쪽으로 몸을 끌어올렸다. "누가 숨어 있는 거 아니지?"

"아니. 나뿐이야. 아무도 없어."

그는 선더버드 문을 벌컥 열고 바닥에서 야구방망이를 두 개 꺼냈다. 그리고 양손에 하나씩 들고 나를 향해 걸어오기 시작했다. 밴 한 대가 우리 사이에 끼어들었다. 나는 나를 향해 빠르게 움직이는 그의 부츠밖에 볼 수 없었다. 내가 돈을 주러 왔다는 걸 그도 알고 있을 것이다. 그런데 왜 나를 때려눕히려는 걸까? 나에게 아무 꿍꿍이도 없다는 걸 그에게 알려야 할 것 같았다. 그는 내 차를 때려 부수는 것으로 이미 의사를 표현했다. 게다가 총을 가지고 있다. 도망가야 할까? 추수감사절 날 내가 아직도 얼마나 빨리 달릴 수 있는지 알게 된 나는 묘하게도 지금 그 능력을 쓰고 싶었다. 속도는 내 자산 중 하나였다. 「사무엘서」에 나오는 아사헬처럼 너무 빨라서 손해보는 경우도 있지만.* 잽싸게 계단을 뛰어올라가 작은 철제 상자들이 있는 계산대 창구로 숨을까 생각했다. 바닥에 웅크린 채 계산원에게, 창구 너머로 칸타빌레에게 450달러를 건네달라고 부탁할 수 있을 것이다. 나는 계산원을 꽤 잘 알았다. 그러나 그는 절대 나를 들여보내주지 않을 것이다. 그럴 수 없을 것이다. 나는 보증된 사람이 아니니까. 어느 날 한담을 나누면서 이런 특별한 상황에 대해 그가 언급했었다. 그러나 칸타빌레가 나를

---

* 다윗군 장수 아사헬은 수세에 몰린 사울군 장수 아브네를 쫓다가 그 자신이 죽임을 당한다.

때려눕히리라고는 믿을 수 없었다. 길바닥에서 그러진 않을 것이다. 내가 기다리면서 고개를 숙이고 있는 동안은 그러지 않을 것이다. 바로 그 순간 나는 콘라트 로렌츠의 늑대에 대한 이론이 떠올랐다. 패배한 늑대는 자기 목을 내밀고, 승리한 늑대는 달려들지만 정말로 물지는 않는다고 했다. 그래서 나는 고개를 숙이고 있었다. 그렇다, 그런데 이 망할 기억력 같으니! 로렌츠가 그다음에 뭐라고 했지? 인간은 다르다고 했는데, 대체 어떤 면에서였지? 어떻게 다르냐고! 기억이 나지 않았다. 나의 두뇌가 붕괴되고 있었다. 며칠 전 화장실에서는 전염병에 걸린 사람을 고립시키는 것을 뜻하는 단어가 떠오르지 않아 괴로웠다. 이런 건 누구한테 전화해서 물어봐야 하나 생각했다. 머리가 망가지고 있다! 나는 '격리'라는 단어가 자비롭게 돌아와줄 때까지 세면대를 꼭 붙잡고 서 있었다. 그래, 격리, 그러나 나는 통제력을 잃어가고 있었다. 나는 그런 일을 심각하게 받아들인다. 아버지 역시 노년에 기억력이 떨어졌다. 그래서 더욱 불안했다. 늑대 같은 다른 종과 인간의 차이점은 끝내 돌아와주지 않았다. 이런 때 깜빡하는 것은 변명의 여지가 있다. 그러나 그건 내가 요즘 얼마나 무성의한 독서를 하는지 증명할 뿐이었다. 이런 부주의함과 기억장애는 좋지 않은 징조였다. 마지막 차량들이 지나가자 칸타빌레는 방망이 두 개를 들고 달려들듯 큰 걸음을 내디뎠다. 나는 그에게 소리쳤다. "도대체 뭐야, 칸타빌레!"

그는 멈췄다. 나는 손을 펴서 흔들었다. 그러자 그가 방망이 하나를 선더버드에 던져넣고 다른 하나만 들고 나를 돌아보았다.

나는 소리쳤다. "돈 가져왔어. 내 머리통을 박살낼 필요는 없잖아."

"총 가졌나?"

"아무것도 없어."

"이리 와." 그가 말했다.

나는 순순히 길을 건너기 시작했다. 도중에 그가 나를 멈춰 세웠다.

"거기 그냥 서." 그가 말했다. 나는 오가는 많은 차량 사이에 있었고, 화가 난 운전자들이 경적을 울리고 격하게 손잡이를 돌려 창문을 내렸다. 그는 다른 방망이도 선더버드에 던져넣었다. 그러고는 성큼성큼 걸어와 나를 거칠게 움켜잡았다. 내가 최고의 형벌을 받아야 마땅한 사람이라는 듯이 대했다. 나는 돈을 꺼내 바로 내밀었다. 그러나 그는 거들떠보지도 않았다. 분노에 찬 그는 나를 보도로, 목욕탕 층계 쪽으로, 빨갛고 하얗고 파란 원통이 돌아가는 이발소를 지날 때까지 밀어붙였다. 우리는 계산대 창구를 지나 지저분한 복도를 따라 급히 갔다.

"계속 가. 계속." 칸타빌레가 말했다.

"대체 어딜?"

"뒷간. 어딨어?"

"돈은 안 받아?"

"뒷간이라고 했잖아! 뒷간!"

그제야 나는 그가 뱃속이 편치 않아 볼일이 급하고 화장실에 가긴 가야 해서 나를 끌고 가려 한다는 것을 이해했다. 그는 내가 길에서 기다리도록 내버려둘 수 없었던 것이다. "알았어," 내가 말했다. "진정해, 안내할게." 그는 로커룸을 통해 나를 따라왔다. 화장실은 출입구 문이 없었다. 각각의 칸에만 문이 있었다. 나는 그에게 앞쪽으로 가라고 손짓하고 근처 로커룸 벤치에 앉으려 했지만, 그가 내 어깨를 세게 밀쳐 앞세웠다. 이 화장실은 이곳 시설 중에서도 최악이다. 라디에이터들은 깜짝 놀랄 만큼 건조한 열을 발생시킨다. 타일은 절대 닦지도 소독하지 않는다. 텁텁하고 찌든 지린내가 양파 냄새처럼 눈을 찌른다. "맙소사!" 칸타빌레가 말했다. 그는 아직도 나를 앞세운 채 문 하나를 발로 차서 열었다. "너 먼저 들어가."

"둘이 같이?" 내가 말했다.

"빨리."

"한 사람 자리밖에 없는데."

그가 총을 꺼내더니 개머리판을 흔들어 보였다. "이에 박아줄까?" 일그러진 얼굴의 입술이 길쭉해지면서 검은 모피 같은 콧수염도 펴졌다. 눈썹은 커다란 단검의 자루처럼 코 위에서 바로 이어졌다. "구석으로 가!" 그는 문을 쾅 닫고 숨을 헐떡거리며 바지를 내렸다. 문에 고리가 있었지만 그는 래글런 코트와 같은 색 모자를 내 팔에 떠안겼다. 화장실 안에 전에는 보지 못했던 장치가 있었다. 문에 부착된 황동 설비인데, 홈이 파이고 시가라고 쓰인, 옛 시절 품격이 느껴지는 것이었다. 그는 앉아서 양손으로 총을 쥔 채 무릎에 올려놓고 눈을 감았다가 크게 떴다.

이런 상황이면 나는 늘 주위에 대한 신경을 꺼버리고, 전반적인 인간의 조건에 관한 생각에 빠져들 수 있다. 물론 그는 나에게 모욕을 주고 싶었을 것이다. 내가 *레지옹 도뇌르 훈장*을 받은 *슈발리에*라서? 그는 그 사실을 알지도 못하니 그건 아닐 것이다. 그러나 그는 내가 시카고에서 브레인이라고 불린다는 것을, 교양 있고 지적 성취를 이룬 사람이라는 것을 안다. 그것이 내가 꾸르륵대고 첨벙거리는 소리를 들어야 하고 악취를 맡아야 하는 이유일까? 야만적이고 괴물 같은 환상, 내 머리를 때려 부수는 환상이 그의 장을 헐겁게 만들었는지도 모른다. 인류는 긴장했을 때 이런 종류의 허구를 잔뜩 상상한다. 그래서 나는 (주의를 돌리기 위해) 예전에 읽었던 쾰러와 여키스와 저커맨의 유인원 행동 연구 저서들, 개코원숭이를 다룬 마레의 책, 고릴라에 대한 샐러의 책과 유인원 계통이 보이는 본능적이고 감정적인 민감성을 다룬 풍부한 연구 결과에 대해 생각했다. 지적 성취에 집중했다 해도 나는 칸타빌레 같은 자보다 모자란 인간일 수 있었다. 나라면 그런 식으로 타인에게 분노를 휘두르는 건 절대 생각 못했을 테니까. 활동적인 자질이나 타고난 상상력이 나보다 뛰어나고 풍부하다는 징표인지도 모른다. 그가 눈썹을 단검처럼 굳히고 웅크려 있는 동안, 나는 이런 식으로 상황을 개선하려는 시도를 하면서 침착하게 기다렸다. 그는 자연스러운 컬의 곱슬머리에 늘씬한 미남이었다. 머리는 뿌리가 보일 정도로 아주 짧아서, 압박을 느끼는 순간 두피가 강하게 수축하는 것이 내 눈에 보였다. 그가 나에게 벌을 주려고 한 행동은 좀더 친밀해지는 결과만 낳았다.

그가 일어서서 밑을 닦고 셔츠 자락을 당겨서 펴고 바지를 올려 벨트의 타원형 버클을 채우고 총을 다시 찔러넣는 동안(안전핀이 잠겨 있기를 바랐다), 그러니까 그가 셔츠 자락을 당겨서 펴고 골반바지 위로 멋쟁이 벨트를 채우고 총을 찔러넣고 손으로는 너무 번거로워서 앞코가 뾰족한 부드러운 부츠를 신은 발로 변기 레버를 눌러 물을 내리는 동안 나에게 말했다. "젠장, 여기서 사면발니*라도 옮으면……!" 마치 내 잘못이라도 되는 듯이. 분명히 난폭하고도 무분별한 비난이었

* 게처럼 생긴 이의 일종.

다. "여기 앉아 있는 게 얼마나 끔찍했는지 알기나 해. 저 늙은이들은 변기에 앉아서 오줌을 누겠지." 그가 말했다. 이것까지도 내 잘못이라는 듯했다. "여기 주인이 누구지?"

흥미로운 질문이었다. 여태까지 나는 한 번도 궁금했던 적이 없었다. 이 목욕탕은 너무 오래되어서 이집트의 피라미드나 아슈르바니팔*의 정원 같았다. 수평을 유지하려는 물의 성질, 인력과도 같았다. 그런데 정말 이곳 주인은 누구일까? "주인 얘기는 들어본 적 없지만," 내가 말했다. "내가 알기론 브리티시컬럼비아에 사는 노인일 거야."

"아는 체하지 마. 넌 쓸데없이 너무 똑똑해. 난 정보가 필요할 뿐이야. 내가 알아볼 거야."

그는 화장지로 감싸 수도꼭지를 틀었다. 비치된 비누가 없어 그냥 물로만 손을 씻었다. 이때 나는 다시 50달러짜리 지폐 아홉 장을 그에게 내밀었다. 그는 눈길도 주지 않았다. "손이 젖었잖아." 그는 롤러 타월을 사용하지 않았다. 사실 그것은 역겹게 엉겨붙어 있고, 불결하고, 정말 독보적이라 할 만큼 더러웠다. 내가 손수건을 내밀었지만, 그는 무시했다. 그는 자신의 분노가 사그라들길 원치 않았다. 그는 손가락을 넓게 벌리고 흔들어 물기를 털어냈다. 불결함으로 가득한 그곳에서 그가 말했다. "이런 데가 목욕탕이라고?"

"글쎄," 내가 말했다. "목욕탕은 다 아래층에 있는데."

아래층의 샤워기가 길게 두 줄로 배치된 욕탕에서 무거운 나무문을 지나면 한증탕으로 갈 수 있었다. 작은 냉탕도 있었다. 물은 몇 년이나

---

* 고대 아시리아의 마지막 왕.

같지 않아서 딱 봐도 악어 서식지 같았다.

칸타빌레는 간이식당으로 서둘러 나갔고, 나는 그를 따라갔다. 거기서 그는 화가 난 듯 철제 디스펜서에서 종이 냅킨을 뽑아 손을 닦았다. 그러고는 얇은 돋을무늬 종이를 구겨서 바닥에 던졌다. 그는 미키에게 말했다. "왜 변소에 비누도 수건도 없지? 그 빌어먹을 데는 청소도 하지 않는 건가? 세제도 없던데."

미키는 아주 온순하게 듣고는 대답했다. "없습니까? 조가 그곳을 관리해요. 난 최고급 라이솔 제품을 사다주고요." 그러더니 조에게 물었다. "나프탈렌 안 넣었나?" 늙은 흑인 조는 대답이 없었다. 그는 뻣뻣한 발과 다리를 높이 올리고(물구나무서기 요가 동작을 할 때의 나처럼) 청동 발판이 달린 구두닦이 의자에 기대어 있었다. 그가 거기 있는 건 우리에게 아주 동떨어진 주요한 뭔가를 상기시키기 위해서였고 현재의 질문에는 대답하지 않았다.

"여기 소모품을 나한테서 구입해." 칸타빌레가 말했다. "소독약, 물비누, 종이 타월, 전부 다. 내 이름은 칸타빌레야. 클라이본 애비뉴에서 비품 사업을 하고 있어." 그는 오목오목한 타조가죽 장지갑에서 명함을 몇 장 꺼내 카운터에 뿌렸다.

"나는 사장이 아닙니다." 미키가 말했다. "그냥 식당만 운영해요." 그러면서도 예의바르게 명함을 집어들었다. 그의 커다란 손가락들은 검은 칼자국 투성이였다.

"당신한테 대답을 듣고 싶은데."

"관리자들에게 전하죠. 시내에 있어요."

"미키, 이 목욕탕 주인이 누구죠?" 내가 물었다.

"내가 아는 건 시내에 사는 관리자들뿐이에요."

이 목욕탕이 범죄조직에 의해 운영되는 것으로 밝혀진다면 신기하리란 생각이 들었다.

"조지 스위벨은 왔나?" 칸타빌레가 말했다.

"아뇨."

"그자에게 할말이 있는데."

"쓸 것을 드리죠."

"쓸 거까진 없어. 병신 새끼라고 전해줘. 내가 그렇게 말했다고."

종이를 찾으려고 안경을 썼던 미키는 이제 자기 일은 코울슬로와 옆구리살 스테이크와 흰살 생선뿐이라는 표정으로 우리를 쳐다보았다. 칸타빌레는 아래층에서 한증을 하는 늙은 아버지 마이런을 불러달라고도 하지 않았다.

우리는 거리로 나갔다. 날씨는 갑자기 맑아져 있었다. 우울한 날씨가 맑은 날씨보다 우리 상황에 더 어울리는지는 판단할 수 없었다. 공기는 차갑고 빛은 선명하고 검어진 건물들이 던지는 그림자들이 보도를 갈라놓았다.

"그럼 이제 돈 줄게. 새 돈으로 가져왔어. 이걸로 마무리하지, 칸타빌레 씨." 내가 말했다.

"뭐, 이렇게 간단하게? 그렇게 쉬울 것 같아?" 리날도가 말했다.

"그래, 미안해. 그런 일은 일어나지 말았어야 했는데. 정말 유감이야."

"유감이라고 했나! 네 차가 망가져서 유감이겠지. 나한테 준 수표를 지금 정지시켰지, 시트린. 모두가 수군거렸어, 모두가 안다고. 내가 가만있을 줄 알았어?"

"칸타빌레 씨, 대체 누가 안단 건가—모두라니 누구? 그게 그렇게 심각한 일인가? 내가 잘못 생각했—"

"잘못 생각했다니, 이 망할 원숭이놈이……!"

"알았어, 내가 어리석었어."

"네 친구라는 조지가 수표를 정지하라니까 넌 그대로 했잖아. 뭐든 그 자식이 하라는 대로 하나? 어째서 그놈은 에밀과 내가 그러는 걸 현장에서 잡지 않았을까? 너한테는 이런 비열한 곡예를 하게 만들고 자기는 장의사랑 턱시도업자랑 다른 병신 같은 놈들이랑 리날도 칸타빌레는 똘마니라고 소문을 퍼뜨렸어. 이봐! 그런 일을 하고 무사할 줄 알았나. 그래도 모르겠어?!"

"그래, 이제 알겠어."

"아냐, 난 네가 뭘 알았는지 모르겠어. 포커 칠 때부터 난 네놈이 이해가 안 됐어. 뭘 하면서 자신이 뭔 일을 하고 있는지 언제쯤이나 알래?" 그는 마지막 문장을 또박또박 힘주어 강조하며 내 면전에 내뱉었다. 그러고는 내가 여전히 들고 있던, 커다란 단추가 달린 값비싼 그의 진갈색 래글런 코트를 낚아챘다. 키르케의 반진고리에나 있을 법한 단추들이었다. 정말 아름답고, 동양의 보물처럼 보였다.

그런 옷은 매코믹 대령*에게서 본 게 마지막이었다. 내가 열두 살 무렵이었다. 그의 리무진이 트리뷴타워 앞에 멈추더니 키 작은 남자 둘이 내렸다. 각자 권총을 두 자루씩 들고 몸을 웅크린 채 보도를 빙빙 돌았다. 그리고 이 네 자루의 총 사이로, 대령이 칸타빌레와 같은

* 미국 법률가, 〈시카고 트리뷴〉 발행인. 1차세계대전에 장교로 참전했다.

담배색 코트와 거칠거칠한 보풀이 반짝이는 중절모를 쓰고 차에서 내렸다. 바람은 거셌고, 공기는 투명했으며, 모자는 쐐기풀 덤불처럼 빛났다.

"칸타빌레 씨, 내가 뭘 하면서 뭔 일을 하는지도 모른다고 생각하나?"

"모르지. 넌 두 손을 다 써도 제 똥구멍도 못 찾을 놈이야."

그렇다, 그의 말이 옳은지도 모른다. 그러나 나는 적어도 누구를 십자가에 매달지는 않았다. 삶이 다른 사람들에게 일어난 방식으로 나에게 일어나지 않는 것은 명백했다. 어떤 알 수 없는 이유로 내 삶이 남들과 달랐기 때문에 나는 그들의 관심사와 욕망을 적절히 판단할 수 없었다. 이것을 의식했기에 나는 그들의 욕망에 필요 이상으로 크게 승복했다. 나는 밑바닥 인생들에 대한 조지의 해박함에 굴복했다. 그리고 이제 칸타빌레에게 굴복했다. 내가 가진 방책은 쥐나 거위, 가시고기, 춤추듯이 날아다니는 파리의 행동학을 다룬 책에서 읽은 유용한 내용을 기억해내려 애쓰는 것뿐이었다. 난처한 상황에서 활용할 수 없다면 그 모든 독서가 무슨 소용이겠는가? 내가 원한 건 작은 정신적 소득뿐이다.

"그건 그렇고, 이 50달러 지폐들은 어떡하란 건가?" 내가 말했다.

"내가 받을 마음이 들면 알려주지." 그가 말했다. "차에 그런 일을 당하니까 기분 나빴지, 안 그래?"

"아름다운 차였어. 그런 짓을 하다니 정말 인정도 없더군."

그가 아까 나를 위협했던 방망이들로 메르세데스를 망가뜨린 게 분명했고, 선더버드 뒷좌석에는 아마도 무기가 더 있을 것이다. 그는 나를 그 화려한 차에 타게 했다. 가죽 버킷 시트들은 피를 흘려놓은 듯

붉었고 계기판은 거대했다. 차는 청소년 드래그 레이스*처럼 가만히 있다가 갑자기 거친 타이어 소리를 내며 전속력으로 출발했다.

차 안에서 나는 그에게 약간 다른 인상을 받았다. 옆에서 보니 그의 코끝은 하얗고 동그랬다. 강렬하고 비정상으로 보일 만큼 하얬다. 마치 석고 같았고 윤곽이 짙었다. 눈도 지나치게 커서 인위적으로 키운 것 같았다. 커다란 입의 아랫입술은 일찍부터 어른 대접을 받기 위해 고투한 듯 감정적으로 보였다. 큰 발과 검은 눈은 그가 어떤 이상을 품었었다고, 그것을 일부 혹은 전부 달성하지 못한 것이 그에게 극심한 불행이었노라 암시하고 있었다. 나는 그 이상이라는 것 자체가 그에게 적절한 것이었을까 미심쩍었다.

"베트남전쟁에 참가했던 게 자네였어, 사촌 에밀이었어?"

우리는 디비전 스트리트에서 동쪽으로 달리고 있었다. 그는 마치 암석을 뚫는 공기 착암기처럼 운전대를 붙잡고 있었다. "뭐라고! 에밀이 군대에 갔었냐고? 그 녀석은 아니야. 에밀은 4-F**였어, 정신장애. 에밀이 본 전투라곤 1968년 힐튼호텔 앞에서 벌어진 폭동뿐이었을걸. 정신도 없었고 자기가 어느 편인 줄도 몰랐을 거야. 그 녀석이 아니라 내가 베트남에 있었지. 카드게임 때 말한 것처럼 가족들은 나를 세인트루이스 부근의 그 냄새나는 가톨릭대학에 보냈지만 중퇴하고 입대했어. 벌써 한참 전 일이야."

"전투를 해봤나?"

"듣고 싶다면 얘기해주지. 나는 휘발유 탱크를 훔쳤어—트럭, 트레

---

* 짧은 직선 코스를 달려 순발력과 속도를 겨루는 자동차 경주.

** 신체적, 정신적 장애 또는 범죄 전과 등으로 인한 군복무 부적격자 등급.

일러, 모든 걸. 그리고 암시장에 내다팔았어. 내가 잡히자 가족들이 빼줬지. 더크센 상원의원이 도와줬고. 감옥에는 고작 여덟 달 있었어."

그에게는 나름의 이력이 있었다. 자신이 무치 삼촌 같은 부류와는 다른, 1920년대로 회귀한 진짜 칸타빌레임을 내가 알아주길 바랐다. 그는 군 교도소에 수감되었던 전과가 있었고, 그 이력만으로 상대를 겁줄 수 있었다. 게다가 칸타빌레 가족은 클라이본 애비뉴에서 화장실 소독약 사업 같은, 하류 깡패들이 할 법한 불법 사업도 작게 하고 있었다. 환전소도 한두 군데 있을지 몰랐다—전직 소규모 밀매업자들이 흔히 손대는 사업이었다. 청부살인 역시 그들이 공통적으로 선호하는 사업이었다. 그는 분명 그 세계의 하류에 속했다. 어쩌면 어디에도 속하지 않았는지 모른다. 시카고 주민으로서 나는 그런 일을 이해하는 감각 같은 것이 있었다. 진짜 거물은 폭력배를 고용한다. 비토 랑고바르디 같은 사람은 차 뒷좌석에 야구방망이 같은 것을 가지고 다니지 않았다. 겨울 스포츠를 즐기러 스위스에 갔다. 그가 기르는 개조차 품위 있는 여행을 했다. 수십 년간 랑고바르디 자신은 직접 폭력에 가담한 적이 없다. 그러나 안절부절못하고 영혼이 연기로 뿌연 칸타빌레는 밖에서 영역 안으로 들어오려 애쓰고 있었다. 그는 받아들여질 수 없는 부류, 석 달간 하수구에서 분해되고 나서도 다시 하수처리 당국에 의해 걸러지는 사업가였다. 이런 사람들은 오헤어공항에 주차된 자동차 트렁크에서 발견되곤 했다. 뒤에 실린 시체의 무게에 차가 기울지 않도록 엔진 위에 콘크리트 덩어리가 올려진 채.

리날도는 다음 모퉁이에서 일부러 빨간불에 달려나갔다. 그는 앞차의 범퍼에 바짝 붙어 달리면서 다른 운전자들을 겁에 질려 달아나게 했다. 그는 우아하고 현란했다. 선더버드 좌석에는 특별히 부드러운 가죽이 씌워져 있었다—너무나 부드럽고, 너무나 짙은 빨강이었다! 그는 아베크롬비에서 판매하는 승마용 장갑 같은 것을 끼고 있었다. 고속도로 오르막길에서 그가 갑자기 속도를 올려 다른 도로로 끼어들었다. 자동차들이 우리 뒤에서 급제동을 했다. 라디오에서는 록 음악이 흘러나왔다. 나는 칸타빌레의 체취를 알아챘다. 카누 향수였다. 뮤리얼이라는 눈먼 여자에게서 나도 언젠가 크리스마스 선물로 한 병 받았던 향수다.

목욕탕의 지저분한 변소 칸에서 그가 바지를 내리고 있는 동안, 나는 런던동물원에 있는 저커맨의 유인원들을 생각했고, 그 상황이 인간이라는 피조물의 조형적이고도 연극적인 재능과 관계있는 것이 분명하다고 느꼈다. 다시 말해 나는 극화에 얽혀든 것이었다. 그러나 그가 무릎 사이에 두었던 총을 정말로 발사했더라도, 칸타빌레 집안의 이미지에는 별 영향을 미치지 못했을 것이다. 그랬다면 그는 그의 가족을 망신시킨 무분별한 삼촌과 똑같은 존재가 되었을 것이다. 이것이 바로 요점이라고 나는 생각했다.

* * *

내가 칸타빌레를 두려워했는가? 사실 그렇지 않다. 그가 무슨 생각을 했는지 몰라도, 내가 무슨 생각을 했는지는 아주 선명하다. 인간이란 무엇인가라는 생각에 몰두한 채 나는 그를 따라갔다. 칸타빌레는 자신이 수동적인 한 인간을 혼내주고 있다고 믿었을 것이다. 그러나 전혀 그렇지 않다. 다른 곳에서의 나는 능동적인 인간이었다. 나는 포커 게임에서 칸타빌레의 몽상가적 면모를 보았다. 물론 그날 밤 나는 완전히 취했거나 마약 때문에 몽롱한 상태였지만 그의 정신이 그로부터, 그의 뒤로부터 솟아오르는 것을 보았다. 그래서 칸타빌레가 소리치고 위협했을 때 나다운 마땅한 자부심으로 "누구도 찰리 시트린을 이렇게 대할 수 없어, 경찰서에 가겠어" 하며 맞설 수 없었다. 아니다, 경찰에게는 그런 면모가 없다. 칸타빌레는 나에게 아주 독특하고도 강렬한 인상을 남겼다.

인간이란 무엇인가—언제나 이것에 대한 나만의 묘한 인식이 있었다. 걸리버 박사처럼 말의 나라*에서 살지 않아도 되고, 또 그런 여행을 하지 않더라도, 인간에 대한 나의 인식은 이상했다. 사실 나는 외국의 기이함을 좇아서가 아니라 기이함을 피하기 위해 여행을 했다. 철학적 이상주의자들에게도 끌렸는데, 이것이 전부일 리 없다는 데 대한 확신이 있었기 때문이다. 플라톤의 에르 신화**는 내가 세상에 존재한 것이 이번이 처음이 아니라는 내 느낌을 확인해주었다. 우리는 모두 전에 여기에 있었고, 언젠가 또다시 올 것이다. 다른 곳도 있었다. 나 같은 사람은 불완전하게 환생했는지도 모른다. 영혼은 지상의 삶으로 되돌아오기 전에 망각으로 봉인되어야 한다. 나의 망각에 약간의 결함이 있었을 수도 있을까? 나는 철저한 플라톤주의자는 아니었다. 새나 물고기로 환생할 수 있다는 이야기는 절대로 믿을 수 없었다. 한번 인간

* 이성적이고 고상한 말들이 인간의 모습을 한 저급한 종족을 지배하는 『걸리버 여행기』 속 세상.

** 우주와 내세에 관한 신화.

의 것이었던 영혼이 거미 속에 갇힐 수는 없다. 나의 경우에는(아주 희귀한 경우라고 생각진 않는데) 순수한 영혼의 삶에 대한 망각이 완전하게 이루어지지 못해 신체적 재구성의 광물적 상태가 비정상이 되었고, 그래서 어릴 때부터 사람들의 얼굴에서 눈알이 움직이고 코로 숨을 쉬고 살갗에서 땀이 나고 머리카락이 자라는 일 같은 것이 우스꽝스럽게 보였다. 자신의 영생에 대해 완전히 망각하고 태어난 사람들에게는 이런 인식이 때때로 거슬렸을 것이다.

이것이 나로 하여금 황소나 베헤모스*나 용을 닮은 구름들이, 한없이 묵직하고 고요한 흰구름들이 가득하던 경이로운 봄날의 한낮을 기억해 떠올리게 한다. 나는 1918년 위스콘신주 애플턴에서 내가 태어났던 침실을 들여다보려고 상자 위에 서 있는 어른이다. 나는 아마도 이곳에서 잉태되었고, 신의 지혜에 따라 그 삶에 이러저러한 아무개(C. 시트린, 퓰리처상, 레지옹 도뇌르 훈장, 리시와 메리의 아버지, A의 남편, B의 연인, 심각한 사람, 괴짜)로 나타났을 것이다. 그런데 이 사람은 왜 꽃이 만발한 라일락의 가지런한 잎들과 곧은 나뭇가지들 사이에 일부가 가려진 상자 위에 서 있어야 했을까? 왜 그 집주인 여자의 허락도 없이 그래야 했을까? 나는 문을 두드리고 초인종도 울렸지만 응답이 없었다. 그리고 이제 그녀의 남편이 내 뒤에 서 있었다. 그는 주유소 주인이었다. 나는 그에게 내가 누군지 말했다. 처음에 그는 아주 완고했다. 그러나 나는 내가 이곳에서 태어났다고 설명하고 옛 이웃들 이름을 대며 안부를 물었다. 손더스 집안의 사람들을 기억하느냐고. 글쎄,

* 또는 '베히모스'. 구약에 나오는 거대한 괴수.

그들은 그의 사촌이었다. 이 질문으로 나는 엿본 죄로 코를 얻어맞는 꼴을 면했다. "나는 이 라일락나무들 사이에서 상자 위에 올라선 채 인간의 수수께끼를 풀려고 노력중이지, 당신의 뚱뚱한 아내가 팬티 바람으로 있는 모습을 보려던 게 아닙니다"라고 말할 순 없었다. 실제로 나는 그런 모습을 보았다. 탄생은 슬픔(중재로 취소될 수 있는 슬픔)이라지만, 내가 태어났던 방에 있는 팬티 바람의 뚱뚱하고 늙은 여자를 보며 나는 나름의 슬픔을 느꼈다. 그녀는 조금도 당황하지 않고 방충망 너머 내 얼굴을 못 본 척하다가 천천히 방을 나가 남편에게 전화를 걸었다. 그는 주유기들 옆에서 달려나와 기름 묻은 손으로, 우아함의 절정기였던 나의 멋진 회색 정장을 움켜잡았다. 나는 이곳 출신 해리 후디니에 대한 기사를 준비하기 위해—집요하게 언급했듯이—애플턴에 왔고, 문득 내가 태어난 방을 들여다보고 싶은 욕구를 느꼈다고 겨우 설명할 수 있었다.

"그런데 내 마누라만 실컷 봤단 말이지."

그는 나쁘게 받아들이지 않았다. 이해하는 것 같았다. 이런 정신적인 일은 광범위하고 즉각적으로 파악된다. 물론 완전무장을 한 사람들, 모두가 태어날 때부터 알고 있는 것들에 저항하도록 훈련받은 정신적 대척자들을 제외하고 말이다.

나는 조지 스위벨의 주방에서 리날도 칸타빌레를 처음 보자마자 우리 사이에 자연스러운 유대가 존재한다는 것을 깨달았다.

* * *

리날도는 나를 플레이보이 클럽으로 데리고 갔다. 그는 거기 회원이었다. 자동차계의 베히슈타인*이라는 슈퍼카를 주차 관리원에게 맡기고 걸어갔다. 그는 물품보관소의 버니**와 아는 사이였다. 그의 행동을 보고 나는 내가 해야 하는 일이 사람들 앞에서 공개적으로 뭔가를 바로잡는 것임을 알아챘다. 칸타빌레 집안은 무시를 당한 것이다. 어쩌면 리날도는 가족회의에서 그들의 좋거나 나쁜 명성이 입은 피해를 복구하라는 지시를 받았는지도 모른다. 그 문제를 처리하려면 하루가, 꼬박 하루가 소요될 터였다. 그리고 급한 일도 많아서 이미 골칫거리가 너무 많았던 나는 운명에게 그냥 넘어가달라고 정당하게 요구할 수 있었다. 나는 사정을 호소할 여지가 많았다.

"다들 여기 있나?"

그가 코트를 휙 던졌다. 나도 내 코트를 내려놓았다. 우리는 호화롭고, 어둑어둑하고, 병들이 반짝거리는 두꺼운 카펫이 깔린, 관능적인 몸매의 여자들이 호박색 불빛 아래서 왔다갔다하는 곳으로 들어섰다. 그는 내 팔을 잡고 엘리베이터로 이끌었고, 우리는 바로 꼭대기층으로 올라갔다. 칸타빌레가 말했다. "만날 사람들이 있어. 내가 신호하면 돈을 내놓고 나한테 사과해."

우리는 테이블 앞에 섰다.

"빌, 찰리 시트린을 소개하지." 로널드가 빌에게 말했다.

---

* 독일의 유명 피아노 브랜드.

** 플레이보이 클럽의 토끼 복장을 입은 웨이트리스.

"이봐, 마이크, 이 친구가 로널드 칸타빌레야." 신호를 받고 빌이 말했다.

뒤를 이어 잘 지내나, 앉게, 뭐 마시겠나 같은 말이 오갔다.

빌은 내가 모르는 사람이지만, 마이크 슈나이더만은 가십 칼럼니스트였다. 체구가 크고 육중하고 강한 그는 햇볕에 그을린 피부에 표정이 뚱하고 피곤해 보였고, 머리카락은 면도칼로 손질한 듯하고 커프스단추는 그의 눈만큼 컸으며 실크 브로케이드 원단의 넥타이는 어색하게 늘어져 있었다. 오클라호마 출신 북아메리카 원주민 석유 부자들처럼 거만하고 주름이 자글자글하고 졸려 보였다. 시가를 들고 올드패션드를 마시고 있었다. 그가 하는 일은 술집과 식당에 앉아 사람들과 어울리는 것이었다. 이렇게 가만히 앉아서 하는 일은 변덕스러운 내 성미로는 힘들어서, 어떻게 그럴 수 있는지 이해가 되지 않았다. 하기야 사무직이든 점원이든 갇힌 공간에서 같은 일을 반복하는 것도 이해가 되지 않긴 마찬가지였다. 많은 미국인이 단순히 그런 직업을 견딜 수 없다고 말하면서 예술가니 지성인을 자칭한다. 나는 이 문제에 대해 여러 번 폰 험볼트 플라이셔와 이야기했고, 때때로 예술비평가 검바인과도 이야기했다. 사람들과 앉아서 흥미로운 일을 찾아내는 것이 슈나이더만에게도 맞지 않는 일 같았다. 그런 때 그는 무표정하다못해 거의 아파 보였기 때문이다. 내가 그의 텔레비전 프로그램에 출연한 적이 있어서 우리는 안면이 있었다. "안녕하시오, 찰리," 그가 나에게 인사하고는 빌에게 말했다. "자네는 찰리 모르나? 시카고에 숨어사는 유명인사지."

나는 리날도가 한 일에 고마움을 느꼈다. 그는 이 만남을 주선하느라 갖은 연줄을 동원하며 무척 애를 썼다. 그와 무슨 관계인지 몰라도 빌은 칸타빌레 집안에 뭔가 큰 신세를 진 처지라서 칼럼니스트 마이크 슈나이더만을 데려오는 일을 도왔던 것 같다. 여기저기서 채무가 동원되었다. 그 정산이 꽤 복잡했을 것이고, 빌이 별로 달가워하지 않는다는 걸 알 수 있었다. 이 사람은 코사 노스트라*같이 생겼다. 코에서 부패의 느낌이 풍겼다. 콧구멍이 깊숙이 휘어져서 강하면서도 나약해 보였다. 볼품없는 코였다. 다른 상황에서 그를 만났다면 음악이 싫어져서 주류업에 뛰어든 바이올리니스트라고 짐작했을지도 모른다. 방금 아카풀코**에서 돌아온 그의 피부는 검게 그을렸지만, 건강과 평안함으로 빛난다고 할 수 없었다. 그는 리날도를 거들떠보지도 않았다. 경멸하는 듯했다. 그 순간 나는 칸타빌레에게 연민이 느껴졌다. 그는 르네상스시대 못지않게 아름답고 열정적인 모임을 마련하느라 노력했지만, 고맙게 여기는 건 나뿐이었다. 칸타빌레는 마이크의 칼럼에 이름을 올려보려 했다. 물론 마이크는 그런 일에 익숙했다. 행복해지고픈 소수의 사람들이 언제나 그를 쫓아다녔고, 짐작건대 배후에서 *대가*를 주고받는 것 같았다. 마이크에게 가십거리를 주면 그는 제보자의 이름을 굵은 글자로 내주었다. 버니가 음료 주문을 받으러 왔다. 턱까지는 매혹적인데 그 위로는 상업적인 초조함뿐이었다. 내 관심은 그녀의 부드러운 가슴골과 얼굴에 드러난 장사에 대한 걱정으로 나뉘었다.

우리는 시카고에서 가장 화려한 곳들 중 하나에 있었다. 나는 배경을 음미했다. 호숫가 경치가 놀라울 것이다. 보이지는 않았지만 나는

* 이탈리아계 미국인 마피아.

** 멕시코 남부 태평양만에 있는 항구도시.

잘 알고 있었고 미시간호 주변의 반짝이는 황금빛 빈터를 따라 뻗은 빛나는 도로가 자아내는 효과를 느꼈다. 인간은 이 땅의 공백을 극복했다. 그러나 공백은 그 대가로 인간에게 몇 가지 보복을 했다. 그리고 지금 우리는 여기, 부와 권력을 향한 아부 한가운데에, 예쁜 여자들과 술과 함께, 맞춤양복에 보석을 착용하고 향수를 뿌린 남자들과 앉아 있었다. 슈나이더만은 깊은 회의에 잠긴 채 칼럼에 쓸 거리를 기다렸다. 바른대로 말하면, 나는 좋은 기삿거리였다. 시카고 사람들은 다른 곳 사람들이 나를 진지하게 여긴다는 사실에 깊은 인상을 받았다. 나는 야심 가득한 문화계 입신주의자들의 칵테일파티에 초대받곤 했고 우상의 운명을 경험했었다. 어떤 여자들은 이렇게 말했다. "설마 당신이 찰스 시트린은 아니겠죠!" 초대한 사람들은 나의 그런 대조적인 모습에 재미있어한다. 나는 생각이 깊은 것 같으면서도 불완전한 사람처럼 보인다. 내 얼굴은 그들의 예민한 도회적인 얼굴과는 상대가 안 된다. 그리고 특히 그 유명한 시트린 씨의 실제 모습을 보고 실망감을 감추지 못하는 것이 여자들이다.

위스키가 우리 앞에 준비되었다. 나는 주문한 더블 스카치위스키를 단숨에 마셨고 금세 술이 올라 웃기 시작했다. 다른 사람들은 아무도 따라 웃지 않았다. 못생긴 빌이 말했다. "뭐가 우스워요?"

내가 말했다. "글쎄요, 시카고 건축의 자부심인 이 고층건물들이 솟아오르기 전에 저 아래 오크 스트리트에서 수영을 배웠던 게 방금 기억났어요. 그때는 골드코스트였고, 우리는 빈민가에서 전차를 타고 왔어요. 디비전 전차는 웰스 스트리트까지만 다녔죠. 난 기름이 배어나오는 봉지에 샌드위치를 넣어 다녔습니다. 어머니가 세일하는 여자 수영복을 사다주셨어요. 무지갯빛 테두리의 작은 치마 수영복요. 부끄러워서 먹으로 염색하려 했어요. 경찰들이 와서 길을 빨리 건너라고 갈비뼈를 쿡쿡 찌르며 재촉했어요. 그런데 지금은 여기 올라와서 위스키를 마시고 있고……"

칸타빌레가 테이블 밑에서 발로 내 바지에 자국이 남을 만큼 세게 걷어찼다. 얼굴을 찡그린 그는 짧게 깎은 고수머리 아래 두피까지 주름이 잡혔고, 코는 백랍초처럼 하얘졌다.

"그런데 로널드……" 내가 입을 열며 지폐를 꺼냈다. "내가 자네에게 갚을 돈이 있잖아."

"무슨 돈?"

"포커게임 하다가 내가 잃은 돈—좀 지난 일이지. 잊어버린 모양이군. 450달러였어."

"무슨 소린지 모르겠군." 리날도 칸타빌레가 말했다. "무슨 게임?"

"기억 안 나나? 조지 스위벨네 아파트에서 쳤잖아."

"책밖에 모르는 사람이 언제부터 포커를 쳤습니까?" 마이크 슈나이더만이 말했다.

"왜요? 우리도 다를 것 없는 인간입니다. 포커는 백악관에서도 늘 해왔습니다. 더없이 점잖은 놀이죠. 하딩 대통령도 했어요. 뉴딜 기간에도요. 모겐소*와 루스벨트도 쳤고요."

"시카고 서부 소년 같은 말이군요." 빌이 말했다.

"라이스 스트리트와 웨스턴 스트리트에 있는 쇼팽학교 출신이죠."

* 루스벨트 재임 거의 전 기간 동안 재무장관을 지낸 인물.

내가 말했다.

"자, 돈은 넣어둬, 찰리." 칸타빌레가 말했다. "지금은 마셔야지. 그런 얘긴 그만. 나중에 갚아."

"이왕 생각났고 돈도 꺼냈는데 지금은 왜 안 돼? 내가 깜빡했다는 거 자네도 알잖아. 어젯밤 잠에서 깼을 때 생각했어. '리날도한테 돈 갚는 걸 잊었네. 세상에, 내 머리통을 날려버리고 싶군.'"

칸타빌레가 격하게 말했다. "알았어, 알았다고, 찰리!" 그는 돈을 낚아채더니 세어보지도 않고 가슴 주머니에 쑤셔넣었다. 몹시 짜증이 치미는지 얼굴이 붉으락푸르락했다. 왜 그러지? 나는 이유를 상상조차 할 수 없었다. 내가 아는 건 마이크 슈나이더만이 누구의 이름이든 신문에 내줄 권한을 가졌고, 신문에 이름이 난다면 그 사람의 인생은 헛되지 않다는 것뿐이었다. 이름이 난다면 이제 그 사람은 불쾌한 행동과 생각으로 영원을 더럽히면서 클라크 스트리트에 잠깐잠깐 나타나던 두 다리를 지닌 평범한 존재가 더는 아닌 것이다. 그 사람은—

"찰리, 요즘 뭐하고 지내요." 마이크 슈나이더만이 물었다. "또 희곡인가요? 아니면 영화?" 그러고는 빌에게 말했다. "알지? 찰리는 진짜 유명인사야. 그가 쓴 브로드웨이 히트작이 영화화됐어. 글을 많이 썼지."

"브로드웨이에서 영광을 누리던 순간이 있었죠." 내가 말했다. "다시 해내진 못할 텐데 그걸 왜 시도하겠어요?"

"이제 기억나네요. 당신이 무슨 고상한 잡지를 발행한다는 얘기를 들었어요. 언제 나와요? 홍보해드리죠."

그러나 칸타빌레가 노려보며 말했다. "우린 가야 해."

"기삿감 될 만한 게 있으면 기꺼이 전화할게요. 도움이 될 겁니다." 나는 칸타빌레에게 의미심장한 눈짓을 하며 말했다.

그러나 그는 이미 나가버렸다. 뒤따라 엘리베이터까지 가자 그가 말했다. "빌어먹을, 대체 왜 이래?"

"내가 뭘 잘못했는지 모르겠는데."

"네 머리통을 네가 날려버리고 싶다고 했잖아, 새끼야, 마이크 슈나이더만의 처남이 두 달 전에 총으로 자기 머리통 날린 걸 알면서."

"몰랐어!"

"신문에서 봤을 텐데—가짜 채권, 그 사람이 담보로 내놓은 위조 채권 소동 말이야."

"아, 그거. 골드해머, 자기 증권을 인쇄한 그 위조범!"

"알고 있었잖아, 모르는 척하지 마." 칸타빌레가 말했다. "넌 일부러 그랬어. 날 엿 먹이고 내 계획을 망치려고."

"아니, 맹세코 아니야. 머리통 날린다고 한 거? 그건 흔히 쓰는 표현이잖아."

"이럴 땐 쓰면 안 되지. 알고 있었잖아." 그가 거칠게 말했다. "넌 알고 있었어. 그 사람 처남이 자살했다는 걸 알고 있었다고."

"연관 지어서 말한 게 아니야. 프로이트의 말실수* 같은 거라고. 절대로 의도하지 않았어."

"넌 항상 자신이 뭔 일을 하는지 전혀 모르는 척하지. 그럼 그 코 큰 친구가 누군지도 몰랐겠군."

* 무의식적으로 본심을 드러내는 실언을 하는 것.

"빌?"

"그래! 빌! 빌 말이야, 골드해머와 함께 기소된 은행가 빌 라킨. 위조 채권을 담보로 받은 사람."

"그런데 왜 그 사람이 기소된 거지? 골드해머한테 채권을 받아서 당한 건데."

"왜냐하면, 이 새대가리야, 기사를 봐도 뭔 뜻인지 이해 못해? 빌은 골드해머에게서 주당 6달러 하는 레카트라이드를 1달러씩에 샀어. 커너 얘기도 못 들어봤나? 대배심이며 재판이며 아무것도? 하긴 넌 다른 사람들이 그런 일로 무너진들 아무 관심이 없지. 경멸할 뿐. 넌 거만해, 시트린. 넌 우리를 멸시한다고."

"우리가 누구지?"

"우리! 세상 사람들……" 칸타빌레가 말했다. 그의 말투가 거칠었다. 논쟁할 때가 아니었다. 나는 그를 존경하고 두려워해야 했다. 내가 자신을 두려워한다는 생각이 들지 않으면 그건 그에 대한 도발이다. 그가 나를 쏠 것 같지는 않았지만 때리는 건 분명 가능할 테고, 어쩌면 다리 한쪽을 부러뜨릴지도 모른다. 플레이보이 클럽을 나오면서 그는 다시 내 손에 돈을 들이밀었다.

"다시 시작하는 건가?" 내가 물었다. 그는 아무 설명도 하지 않았다. 선더버드를 가져올 때까지 그는 화난 모습으로 목을 앞으로 빼고서 있었다. 나는 다시 차에 타야 했다.

다음에 간 곳은 핸콕빌딩* 60층인가 70층 어디였다. 개인 아파트처

---

* 시카고 중심가의 100층짜리 건물.

럼 보였지만, 사무를 보는 곳 같기도 했다. 실내장식가가 꾸민 듯 벽에는 사업가들이 무척 흥미를 느낄 것 같은 플라스틱제 *트롱프뢰유** 트릭 아트 작품들이 기하학적 형태로 걸려 있었다. 사업가들은 특히 예술품 사기꾼들에게 잘 속았다. 이곳에 사는 나이 지긋한 신사는 금사가 섞인 갈색의 거친 면직 스포츠재킷을 입고 탄탄하지 않은 배를 줄무늬 셔츠로 덮고 있었다. 좁은 두상 위로 백발을 뒤로 넘겼다. 손에는 커다란 검버섯이 있었다. 눈 밑과 코 주변은 전혀 건강해 보이지 않았다. 그가 앉은 낮은 소파는 그의 무게에 눌린 모양으로 보아 속이 깃털로 채워진 듯했고, 그의 악어가죽 로퍼는 상아색 장모 카펫에 깊이 파고들어 있었다. 배에 눌린 허벅지 위로 음경의 윤곽이 도드라졌다. 긴 코, 벌어진 입술, 늘어진 턱살은 이곳의 벨벳들, 금사가 들어간 거친 면직, 양단, 새틴, 악어가죽, *트롱프뢰유* 작품들과 잘 어울렸다. 대화로 짐작건대 그는 보석 전문이고 암흑가와도 관계가 있는 듯했다. 그 또한 장물아비일지도 모른다—내가 어떻게 알겠는가? 곧 결혼기념일이라서 리날도 칸타빌레는 아내의 팔찌를 사려 했다. 일본인 심부름꾼 소년이 마실 것을 내왔다. 나는 술을 많이 마시는 편이 아니지만 오늘은 당연히 마시고 싶었고, 블랙라벨 위스키를 더블로 한 잔 더 마셨다. 해가 짧은 12월 오후 나는 이 고층건물에서 시카고의 대기를 감상할 수 있었다. 서쪽에서 울룩불룩한 태양이 도시 중심가의 어두운 형체들 위로, 강의 지류 위로, 검은 교각 위로 주황색 빛을 퍼뜨렸다. 은과 자수정 빛으로 도금된 호수는 겨울의 얼음으로 뒤덮일 준비가 되어 있었다. 문득 나

* 착시 현상을 이용한 예술.

는 나무에게서는 아무것도 배울 수 없다고 한 소크라테스의 말이 맞는다면, 거리에서 우연히 마주친 사람만이 나에 대해 가르쳐줄 수 있다는 생각이 들었고, 인간 동료들 말을 듣지 않고 풍경 속으로 도망치는 나는 어딘가 잘못된 게 틀림없었다. 분명 나는 인간 동료들과 잘 어울리지 못한다. 불편하고 무거운 마음에서 벗어나기 위해 물에 대해 곰곰이 생각했다. 소크라테스는 나에게 낮은 점수를 줬을 것이다. 나는 아무래도 나무, 꽃, 물의 워즈워스 쪽이다. 하지만 건축, 공학, 전기, 기술이 나를 이곳 64층으로 데려왔다. 스칸디나비아가 내 손에 이 유리잔을 쥐여주었고, 스코틀랜드가 이 잔을 위스키로 채웠고, 나는 여기 앉아 태양에 관한 경이로운 사실들을, 다른 별들의 광선이 태양의 중력장에 진입할 때 휘어진다는 사실을 떠올렸다. 태양은 우주의 광선을 숄처럼 두르고 있다. 그리고 생각에 잠겨 앉아 있던 아인슈타인은 가설을 세웠다. 그리고 아서 에딩턴*은 일식을 관찰하다가 그것을 증명했다. 탐색하기 전의 발견이다.

그러는 내내 전화벨이 울렸는데 이 지역에서 걸려온 전화는 하나도 없는 것 같았다. 라스베이거스, 마이애미, 로스앤젤레스, 뉴욕에서 온 것들이었다. "티파니에 사람을 보내서 그 정도면 얼마나 받을 수 있는지 알아봐." 집주인이 말했다. 이어서 나는 유산으로 물려받은 보석과 원래 가진 보석을 모두 미국에서 팔려고 경매에 부쳤다는 인도 고위층 누군가에 대한 이야기를 들었다.

그사이 칸타빌레가 다이아몬드들이 담긴 진열판을 보고(내 눈에는

---

* 영국 천문학자, 물리학자.

그 하얀 것들이 형편없어 보였지만) 수선을 떨 때, 노신사가 나에게 말을 걸었다. "어디서 만나본 것 같은데, 아닌가요?"

"맞아요," 내가 말했다. "다운타운 헬스클럽 월풀 욕장에서, 그런 것 같습니다."

"아 그래요, 그 변호사 분하고 함께 만났죠. 그 말 많은 분."

"서트머르 말인가요?"

"앨릭 서트머르."

칸타빌레가 벨벳 진열판의 눈부신 빛에서 고개도 들지 않고 다이아몬드를 만지작거리며 말했다. "그 개자식 서트머르는 나도 알지. 그자가 너하고 오랜 친구 사이라고 주장하던데."

"맞아," 내가 말했다. "같은 학교에 다녔어. 조지 스위벨까지."

"구석기시대까지 거슬러올라가겠군." 칸타빌레가 말했다.

그렇다, 나는 그 노신사를 화학약품을 푼 뜨거운 탕, 둥근 거품이 소용돌이치는 그 탕 속에 사람들이 땀을 흘리며 앉아 스포츠와 세금, 텔레비전 프로그램과 베스트셀러, 아카풀코나 케이맨제도*의 은행 구좌에 대해 떠드는 클럽에서 만났다. 나는 몰랐지만 이 늙은 장물아비는 젊은 여자들을 불러 낮잠을 즐기는 수영장 옆 악명 높은 *카바나*도 하나 가지고 있었다. 이에 대해 약간의 추문과 항의가 있었다. 물론 *카바나*에 드리운 커튼 뒤에서 일어나는 일은 누구도 상관할 바가 아니지만, 일부 노출증이 심한 노인들은 일광욕 테라스에서 자신이 불러들인 작은 인형을 애무하는 모습을 일부러 보이기도 했다. 한 노인은 젊은

* 카리브해 연안, 조세 도피지로 유명하다.

여자에게 영혼의 키스를 한다며 남들이 보는 앞에서 틀니를 빼기도 했다. 나는 이 문제에 대해 누군가 〈트리뷴〉에 투고한 흥미로운 편지를 읽은 적이 있다. 이 클럽 건물 고층에 사는 은퇴한 역사 교사가 쓴 것으로—나이든 그녀는 자신의 지식을 뽐냈다—카프리섬 동굴의 티베리우스*도 이 기괴한 호색가들 같진 않았다는 내용이었다. 그러나 부정한 돈벌이나 제1선거구 정치 속에서 살아온 이 노인들이 분개한 그 교사나 고전적 비유 따위에 무슨 관심이 있겠는가. 만약 그들이 펠리니의 〈사티리콘〉**을 보러 우즈극장에 간다면, 로마제국을 공부하기 위해서가 아니라 섹스 아이디어를 더 얻기 위해서다. 나도 거미 같은 배불뚝이 늙다리들이 일광욕장에서 십대 매춘부의 젖가슴을 움켜쥔 장면을 몇 번 보았다. 이 아파트에는 값나가는 물건이 너무 많아서 나는 일본인 심부름꾼 소년이 〈007〉 영화에서처럼 유도나 가라테 전문가일지도 모른다고 생각했다. 리날도가 아큐트론 시계들을 좀더 보고 싶다고 하자, 노인은 웨이퍼 과자처럼 납작한 시계를 수십 개 더 가져왔다. 장물일 수도 아닐 수도 있었다. 나의 열뜬 상상력을 여기서 멈춰 세울 지침은 없었다. 이런 범죄의 흐름에 내가 흥분했었음을 부인할 수 없다. 웃고 싶은 충동이 점점 더 커져갔는데, 그것은 선정적인 것에 대한 나의 취약함, 강한 자극, 부조화나 극단에 대한 나의 미국적이고 시카고적인 (그리고 개인적이기도 한) 갈망이 일깨워졌다는 신호였다. 나는 고급 도둑질이 시카고에서 성행한다는 것을 알았다. 이런 고층 아파트

---

* 로마 황제 티베리우스는 해안절벽의 동굴을 개인 수영장으로 썼다.

** 로마시대 저술가 페트로니우스의 소설을 원작으로 한 영화로, 동성애를 비롯해 방탕하고 기괴하고 충격적인 장면들로 유명하다.

에 사는 아주 부유한 페긴* 같은 인물을 알면 명품을 소매가의 절반에 살 수 있다고 들었다. 실제로 가게를 터는 일은 마약중독자들이 했다. 그들은 헤로인으로 보상을 받았다. 경찰은 돈으로 매수한다고 했다. 그들은 상인들이 너무 시끄럽게 떠들지 못하게 입막음을 했다. 그나마 보험이 있었다. 그리고 국세청에는 연간 손실, 그리고 잘 알려진 '축소' 신고가 들어간다. 시카고에서 성장했다면, 부패에 대한 정보는 쉽게 납득이 된다. 심지어 어떤 필요성을 충족시키기도 한다. 사회에 대한 시카고 사람들의 견해와 조화를 이룬다. 순수함은 감당할 수 없는 것이었다.

나는 스카치 온더록스를 들고 부드러운 천을 씌운 소파에 앉아, 칸타빌레가 걸치고 있는 모자와 코트와 정장과 부츠(태중 송아지로 만들었을지도 모른다)와 승마장갑의 가격을 따져보려 했고, 그가 어떤 범죄 경로를 통해 마셜필즈에서, 피프스 애비뉴의 색스백화점에서, 아베크롬비에서 입수했을지 상상해보았다. 내 판단이긴 하지만 늙은 장물아비는 그를 절대 진지하게 여기지 않았다.

리날도는 시계들 중 하나에 관심이 가는지 손목에 차보았다. 차고 있던 시계는 일본인 아이에게 던졌다. 나는 대사를 읊어야 할 순간이 왔음을 느끼고 입을 열었다. "아, 그런데 로널드, 며칠 전 밤에 내가 빚진 돈이 있어."

"어디서?" 칸타빌레가 말했다.

"조지 스위벨네 집에서 포커를 하다가. 잊어버렸나보군."

---

* 디킨스의 소설 『올리버 트위스트』에 등장하는 장물아비.

"아, 그 근육질 스위벨이라면 나도 알지." 노신사가 말했다. "대단한 사람이야. 부야베스도 기가 막히게 만들어, 내가 인정하지."

"포커를 치자고 로널드와 그의 사촌 에밀을 제가 꾀었죠." 내가 말했다. "제 잘못이에요. 어쨌든 로널드가 우리 돈을 싹 쓸어갔어요. 포커 실력이 대단하더군요. 전 600달러를 잃고 약식 차용증을 써줬습니다. 지금 돈 가지고 있어, 로널드. 우리 둘 다 기억하니 생각난 김에 갚아버리는 게 좋겠어."

"좋아." 칸타빌레는 이번에도 눈길조차 주지 않고 지폐를 재킷 주머니에 쑤셔넣었다. 나는 최선을 다하고 있었지만 그의 연기가 나보다 나았다. 그는 이 거래에서 명예로운 쪽, 즉 창피를 주는 역할이었다. 화를 내는 것은 그의 권리이자 대단한 이점이었다.

다시 건물 밖으로 나온 후 내가 말했다. "이번엔 괜찮지 않았나?"

"괜찮았어—그래! 괜찮았어!" 그가 큰 소리로 씁쓸하게 말했다. 아직 나를 놓아줄 마음이 없는 게 명백했다. 아직은 아니다.

"저 욕심쟁이 노인이 내가 당신에게 돈을 갚았다는 말을 퍼뜨리겠지. 그게 목적 아니었어?"

그러고는 혼잣말처럼 덧붙였다. "노인이 입고 있던 그런 바지는 누가 만드나 몰라. 앞여밈만 석 자는 되겠던데."

그러나 칸타빌레는 아직도 분노의 불을 지피고 있었다. "제기랄!" 나는 그가 곧은 돗바늘 같은 눈썹 아래 두 눈으로 나를 응시하는 것이 마음에 들지 않았다. "자, 그럼, 이제 된 것 같으니까," 내가 말했다. "난 택시 잡을게."

칸타빌레가 내 소매를 붙잡았다. "기다려." 그가 말했다. 나는 어떻게 해야 할지 정말 알 수 없었다. 아무튼 그는 총을 가지고 있었다. 시카고 사정이 그렇다보니, 나도 총기 소지에 대해 오랫동안 고민했었다. 하지만 허가를 얻지 못했을 것이다. 칸타빌레는 허가증도 없이 권총을 차고 있었다. 우리 사이에 지표가 되는 한 가지 차이점이었다. 그런 차이가 어떤 결과를 가져올지는 신만이 아실 것이다. "이런 오후에 같이 돌아다니니까 즐겁지 않나?" 칸타빌레가 말하고 히죽 웃었다.

나는 웃어넘기려 했으나 실패했다. 히스테리구*가 방해했다. 목구멍이 꽉 메었다.

"타, 찰리."

나는 또다시 진홍색 좌석(부드럽고 향기로운 가죽은 피, 각혈을 연상시켰다)에 앉아 안전벨트를 더듬어 찾았다. 망할 버클을 도무지 찾을 수 없다.

"그렇게 주물럭대지 마, 멀리 안 가."

이 정보는 나에게 일말의 안도감을 주었다. 우리는 미시간 대로를 타고 남쪽으로 갔다. 건설중인 고층건물 옆에 차를 세우자, 불빛들이 부유하는 머리 없는 몸통이 우리를 덮치는 것 같았다. 아래서는 반짝이는 서쪽 하늘을 12월의 이른 어둠이 덮어갔고, 태양은 털이 곤두선 여우처럼 지평선 아래로 뛰어들었다. 진홍색 잔광만이 남아 있었다. 엘 철도 기둥 사이로 그 빛이 보였다. 완공되지 않은 고층건물의 거대한 버팀대들이 검게 변하고, 텅 빈 안쪽은 샴페인 거품을 닮은 전깃불 수천 점으로 채워졌다. 완공된 건물은 이렇게 아름다울 수 없다. 우리

---

* 아무것도 없는데 목에 뭔가가 걸리거나 조이는 느낌이 드는 히스테리성 증상.

는 차 문을 쾅 닫고 내렸고 나는 트럭을 위해 깔아놓은 널빤지 위로 칸타빌레를 따라갔다. 그는 길을 아는 듯했다. 안전모를 쓴 사람들 가운데 그의 고객이 있었는지도 모른다. 만약 그가 고리대금업을 하고 있다면. 하지만 그가 고리대금업자라면 날이 어두워진 후에 이곳에 와서 거친 사내들 중 하나에게 들보에서 밀려 떨어지는 위험을 무릅쓰진 않을 것이다. 그들은 틀림없이 무모할 것이다. 술을 퍼마시고 무모하게 돈을 써댄다. 나는 이렇게 높은 데서 일하는 사람들이 다른 이의 발길이 닿지 않을 대들보에 여자친구 이름을 쓰는 것이 마음에 든다. 아래쪽에서도 '도나'니 '수'니 하는 이름들이 종종 보였다. 그들은 일요일에 이 800피트 상공으로 여자친구를 데려와서 이 사랑의 봉헌물을 보여줄 것이다. 떨어져서 죽는 이들도 있다. 칸타빌레는 가지고 있던 안전모들을 챙겨왔다. 우리는 안전모를 썼다. 모든 것이 이미 준비되어 있었다. 그는 현장감독 중에 친척이 몇 있다고 말했다. 이곳에서 거래도 많이 한다고 했다. 도급업자나 건축가와 연줄이 있다고도 했다. 그는 내가 건너뛰며 들을 수 없을 정도로 무척 빠르게 말했다. 그러면서 우리는 개방형 엘리베이터를 타고 오르고 또 올랐다.

내 기분을 어떻게 표현해야 할까? 공포, 긴장, 감사, 환희—그렇다, 나는 그의 독창성에 감사한 마음이 들었다. 하지만 내가 보기에 우리는 너무 높이, 너무 멀리 올라가고 있었다. 여기는 어디일까? 그는 어떤 단추를 누른 걸까? 낮에는 끝부분이 오렌지색 페인트로 칠해진 사마귀처럼 생긴 크레인들을 감탄의 눈으로 보았었다. 아래서는 그렇게 빽빽해 보였던 작은 전구들이 막상 드문드문 달려 있었다. 나는 우리가 얼마나 높이 올라왔는지 모르지만, 충분히 높았다. 우리 주위로는 그날의 시간이 남겨놓은 만큼의 빛만 있었고, 빛은 강철 같고 차갑고 날카로웠으며, 바람은 녹슬고 마모되어 상처 같은 색을 띤 텅 빈 사각 공간에서 늘어진 캔버스천을 휘날리며 울부짖고 있었다. 동쪽에는 얼음이 끼고, 할퀴어지고 세차게도 견고한 물이 단단한 바위고원처럼 있었고, 다른 한쪽에는 시카고 저녁의 아름다움에 산업의 독극물이 이바지한 최후의 빛, 그 탁한 빛이 엄청나게 퍼져나가고 있었다. 우리는 엘리베이터에서 내렸다. 안전모를 쓴 인부 열 명 정도가 기다리다가 우르르 엘리베이터에 올랐다. 나는 그들에게 "기다려줘요!"라고 외치고 싶었지만, 그들은 우리를 내버려두고 무리 지어 내려가버렸다. 칸타빌레는 어디로 가는지 아는 것 같았지만 나는 그를 믿지 않았다. 그는 뭐든 속일 수 있는 사람이었다. "이리로." 그가 말했다. 나는 그를 따라갔지만 천천히 걸었다. 그는 나를 기다렸다. 50층인지 60층인지 모를 그곳에 바람막이들이 있었지만, 바람은 거세게 불어댔다. 눈물이 났다. 그가 기둥을 잡고 선 나에게 말했다. "얼른 와, 할멈, 이리 오라고, 이 수표 지급 정지잽이야."

"구두 굽이 가죽이야. 미끄러워." 내가 말했다.

"겁내지 않는 게 좋을 텐데."

"아니, 더는 못 가." 내가 말했다. 나는 기둥을 끌어안았다. 움직이기 싫었다.

사실 우리는 그가 적당하다고 생각할 만큼 이미 충분히 멀리 와 있었다. "그럼 이제," 그가 말했다. "네 돈이 나에게 어떤 의미인지 보여주지. 이거 보이나?" 그가 50달러짜리 지폐들을 꺼내 들었다. 그러고는 강철 기둥에 등을 기대더니 멋진 승마용 장갑을 벗고 지폐를 접기 시작했다. 처음에는 이해할 수 없었다. 그러나 곧 깨달았다. 그는 아이처럼 종이비행기를 접고 있었다. 그가 래글런 코트 소매를 젖히면서 종이비행기를 두 손가락으로 집어 날렸다. 종이비행기가 뒤에서 부는 바람을 타고 속도를 내며 매달린 전구들 사이를 지나 점점 더 어두워지는 저 아래 대기 속으로 빨려들어가는 모습이 보였다. 미시간 대로변 가로수들에는 벌써 작은 유리 전구 크리스마스 장식들이 나무에서 나무로 칭칭 감겨 있었다. 현미경으로 보는 세포 같은 그것들은 아래로 흘러내리는 듯했다.

이제 나에게 가장 큰 걱정은 어떻게 내려가느냐였다. 비록 신문에서는 큰 사고로 다루지 않지만 사람들은 언제나 추락한다. 아무리 겁이 나고 시달렸어도, 자극을 사랑하는 내 영혼은 만족감을 느꼈다. 나 자신을 만족시키는 데는 너무나 많은 것이 필요하다는 것을 깨달았다. 내 영혼을 만족시키는 문턱이 너무 높아졌다. 다시 낮춰야 한다. 너무 과했다. 나는 모든 것이 달려져야 한다고 느꼈다.

그는 50달러짜리 지폐를 좀더 접어 날렸다. 작은 종이비행기들. 오리가미는 일본의 종이접기 예술이다(지칠 줄 모르고 현학성을 유지하려는 박식한 내 머리—어휘를 찾아대느라 분주한 내 머리!). 종이비행기광들을 위한 국제대회가 작년인가 열렸던 것 같다. 작년이었을 것이다. 종이접기가 취미인 사람들은 대개 수학자나 기술자였다.

칸타빌레의 초록색 지폐들은 모두 율리시스 S. 그랜트*의 얼굴을 태우고 참새처럼, 제비처럼, 나비처럼 날아갔다. 땅거미가 진 길을 건던

* 미국 18대 대통령.

사람들에게 날아든 거금이었다.

“마지막 두 장은 내가 갖지.” 칸타빌레가 말했다. “저녁도 먹고 술도 마시면서 몽땅 날려버리게.”

“내가 살아서 내려간다면.”

“여기까지도 잘 왔잖아. 앞장서, 되돌아가자고.”

“가죽 굽 때문에 너무 힘들어. 저번에 길에서 흔한 포장지를 밟고도 미끄러졌어. 구두를 벗어야 할 것 같아.”

“미친 소리 마. 발끝으로 걸어.”

떨어질까봐 불안해하지만 않는다면 통로는 넓은 편이었다. 나는 종아리와 허벅지가 마비되는 듯한 감각과 싸우며 슬금슬금 움직였다. 마지막 기둥을 붙잡았을 때 내 얼굴은 바람에 마를 틈도 없을 만큼 땀을 쏟고 있었다. 칸타빌레가 내 뒤에 너무 바짝 붙어 걷는 것 같았다. 안전모를 쓰고 엘리베이터를 기다리는 사람들은 우리가 노동조합원이거나 건축사무소에서 나온 사람이라 여기는 듯했다. 어느새 밤이었고, 멕시코만까지 반구가 얼어붙어 있었다. 마침내 내려온 나는 선더버드로 기꺼이 뛰어들어 앉았다. 칸타빌레는 안전모를 벗고 내 것도 벗겼다. 그는 운전대를 잡고 시동을 걸었다. 이제는 정말이지 나를 보내줘야 한다. 나는 그에게 충분한 만족을 주었다.

그러나 그는 다시 출발해 빠르게 차를 몰았다. 다음 신호등까지 속도를 냈다. 내 머리가 코피를 멈추려 할 때처럼 좌석 꼭대기로 젖혀졌다. 나는 우리가 정확히 어디 있는지 몰랐다. “저, 리날도,” 내가 말했다. “이만하면 자네 기분 알겠어. 내 차를 박살냈고, 날 하루종일 끌고 다녔고, 인생 최악의 공포도 느끼게 했어. 그래, 자네가 화난 게 돈 때문이 아니란 걸 알겠어. 이제 남은 돈은 하수구에 버려버리고 날 집에 보내줘."

"있을 만큼 있었단 건가?"

"온종일 속죄의 시간을 보냈어."

"이런저런 꼴 실컷 봤다는 건가? — 포커게임에서 너한테 새로운 단어들을 좀 배웠지."

"어떤 단어들이지?"

"프롤 그거," 그가 말했다. "*룸프. 룸펜프롤레타리아트*[*]." 우리한테 카를 마르크스에 대해 좀 떠들더군."

"맙소사, 내가 그랬나, 제정신이 아니었군. 나사가 완전히 풀렸었어. 뭐에 홀리기라도 했나!"

"넌 하층민이나 범죄자들과 어울리고 싶었던 거야. 빈민굴을 방문했던 거라고, 찰리, 우리 같은 멍청이들, 사회의 낙오자들과 카드를 치면서 즐긴 거지."

"알겠어. 내가 모욕을 줬어."

"말하자면 그렇지. 그래도 사회질서라든가 중산층이 *룸펜프롤레타리아트*에 얼마나 집착하는가 하는 얘기는 흥미로웠어. 다른 놈들은 네가 하는 얘길 알아듣지 못했지만." 칸타빌레가 나에게 처음으로 부드러운 어조로 말했다. 나는 꼿꼿이 앉아 오른쪽으로 밤의 불빛이 번쩍거리는 풍경과 머천다이즈마트[**]의 크리스마스 장식을 보았다. 우리는 엘 철도 지선 부근에 있는 오래된 스테이크 하우스 진 앤드 조르제티로 향

---

* 노동자계급에서도 탈락한 극빈층을 경멸적으로 일컫는 용어.

** 세계 최대 가구 및 가정용품 도매센터로, 시카고 상공회의소 소유다.

했다. 또다른 불길하고 호화로운 차들 사이에 주차를 하고 낡고 칙칙한 건물로 들어가자—어찌나 친근한 분위기던지!—주크박스 음악이 태평양 파도처럼 우리를 덮쳤다. 고급스러운 바는 술 마시는 상류층 사람들과 그들의 사랑스러운 일행으로 붐볐다. 화려한 거울은 술병들만 가득 비추고 있었는데, 마치 하늘의 졸업식 단체사진 같았다.

"줄리오," 리날도가 웨이터에게 말했다. "조용한 테이블로 줘, 화장실 옆에 앉고 싶진 않아."

"위층 괜찮습니까, 칸타빌레 씨?"

"나는 좋아." 내가 말했다. 다리가 휘청거리는데 자리가 날 때까지 바에 앉아 기다리고 싶지 않았다. 게다가 그러면 저녁이 더 길어질 터였다.

칸타빌레는 누가 너한테 물어봤어! 하는 눈길로 나를 노려봤지만 동의했다. "그러지, 위층으로. 그리고 파이퍼 하이직* 두 병."

"바로 갖다드리죠, 칸타빌레 씨."

카포네 시절 깡패들은 연회에서 샴페인으로 전쟁놀이를 했다. 병을 아래위로 흔들어 상대에게 코르크마개와 거품 이는 샴페인 줄기를 쏘아대며 검정 넥타이 정장 차림으로 우스꽝스러운 학살 장면을 연출했다.

"그런데 한 가지 더 할 얘기가 있어." 리날도 칸타빌레가 말했다. "완전히 다른 얘긴데. 나 결혼했어, 너도 알겠지만."

"응, 그건 알아."

"아름답고 지적인 멋진 여자야."

"시카고 남부에 아내가 있다고 했잖아. 그날 밤에…… 아이도 있

* 고급 샴페인.

어? 아내는 뭘 하지?"

"내 아내는 주부가 아니야, 친구, 알아두라고. 내가 집에 들어앉아 머리에 롤을 감고 텔레비전이나 보는 엉덩이 펑퍼짐한 여자하고 결혼했을 거 같아? 내 아내는 진짜야, 머리 좋고 지적인 여자. 먼델라인칼리지*에서 강의하고, 박사논문도 쓰고 있어. 어느 학교인지 아나?"

"아니."

"래드클리프**야, 하버드."

"대단하군." 나는 샴페인 잔을 비우고 다시 채웠다.

"그냥 넘기지 마. 내 아내가 무슨 공부를 하는지 물어봐. 논문 주제 말이야."

"좋아, 뭔데?"

"네 친구였던 그 시인에 대한 논문을 쓰고 있어."

"농담이겠지. 폰 험볼트 플라이셔? 그가 내 친구였는지 어떻게 알았지? ……알겠어. 조지네 집에서 내가 그 얘길 했나보군. 그날 밤 누가 날 옷장에 가둬놨어야 했는데."

"너한텐 속임수를 쓸 필요도 없었어, 찰리. 자기가 뭘 하는지도 몰랐으니까. 아홉 살 꼬마처럼 소송이니 변호사니 회계사니 잘못된 투자니, 듣자니 꼭 손해만 볼 것 같은 잡지를 창간한다며 떠들어댔어. 너는 네 사상을 위해 네 돈을 쓸 거라고 했어."

"모르는 사람하고는 절대 그런 얘기 안 하는데. 시카고가 나에게 극

* 시카고에 있던 가톨릭계 여자대학.

** 하버드가 남학교였던 시절 협력관계이던 여자 문리과대학.

지방의 광기*를 주나보군."

"자, 들어봐, 나는 아내가 무척 자랑스러워. 부유한 집안이고, 상류층이고……" 자랑할 때는 혈색이 좋아진다고 하는데, 칸타빌레의 뺨에서도 빛이 났다. 그가 말했다. "그런 여자가 나 같은 남자랑 뭘 하겠냐고 생각하겠지."

나는 "아니, 아니"라고 중얼거렸지만, 그건 분명 자연스레 드는 의문이었다. 그러나 고등교육을 받은 여자들이 악당이나 범죄자나 미치광이에게 빠지고 이런 악당 등이 문화나 사상에 끌리는 것이 새로운 이야기는 아니다. 디드로**와 도스토옙스키를 통해 우리는 이미 이런 것에 익숙하다.

"나는 아내가 박사학위를 받았으면 해." 칸타빌레가 말했다. "알겠어? 무지 원한다고. 그런데 네가 그 플라이셔라는 사람의 친구라잖아. 네가 루시에게 정보를 줘야겠어."

"잠깐—"

"이걸 검토해봐." 그가 봉투를 건넸고, 나는 안경을 쓰고 안에 든 문서를 훑어보았다. 루시 윌킨스 칸타빌레라고 서명된, 예의바르고 세밀하고 잘 정돈되고 통상적인 학술적 완곡 표현으로 이루어진 모범적인 대학원생의 질문들로, 고통스러운 질문들로 가득찬 석 장짜리 편지였다. 내가 읽는 동안 그녀의 남편이 나를 유심히 지켜보았다. "어떻게 생각해?"

"대단하군." 내가 대답했다. 이 편지를 보고 나는 절망에 사로잡혔

---

* 프랑스 인류학자 피에르 델레아주가 쓴 극지방 원주민에 관한 책 제목.

** 프랑스 사상가, 소설가.

다. "두 사람이 나한테 원하는 게 뭔데?"

"답. 정보. 네가 답을 써줘야겠어. 아내의 논문 계획은 어때 보여?"

"죽은 사람이 우리에게 고마워하겠어."

"장난칠 생각 마, 찰리. 그런 농담은 맘에 안 들어."

"나하고는 상관없어." 내가 말했다. "불쌍한 험볼트, 나의 친구, 그는 파괴된 하나의 거대한 정신이었어…… 그런 건 상관없지. 박사학위논문은 훌륭한 일이지만 난 끼고 싶지 않아. 게다가 질문서에 답을 쓰는 일은 절대로 안 해. 바보들이나 이런 문서를 타인에게 들이밀지. 난 이런 건 참을 수가 없어."

"내 아내가 바보라는 건가?"

"아직 자네 아내를 만나보는 영광을 누리지 못해서."

"돈은 낼게. 네 메르세데스를 박살낸데다 못살게 몰아붙여서 열받았겠지. 그렇다고 내 아내까지 불쾌하게 여기진 마."

"내가 하지 않는 일이 있어. 이게 그중 하나지. 난 답을 쓰지 않을 거야. 몇 주는 걸릴 텐데."

"이봐!"

"선이란 게 있어."

"잠깐만!"

"차라리 날 죽이지. 빌어먹을."

"알았어, 좀 진정해. 절대 건드릴 수 없는 일도 있지. 이해해. 하지만 우리가 다 해결할 수 있어. 포커 치던 날, 나는 너에게 곤란한 문제가 많다는 걸 알았어. 네 일을 처리해줄 강하고 능숙한 사람이 필요할 거야. 많이 생각해봤는데 네 일을 처리할 수 있는 아이디어가 나에게 많

아. 상부상조하자고."

"아니, 그러고 싶지 않아. 충분히 참았어. 죽을 지경이라 집에 가고 싶을 뿐이야."

"스테이크도 먹고 술도 마저 마셔. 넌 붉은 고기를 좀 먹어야 해. 그냥 피곤한 거야. 내 말대로 해."

"싫어."

"주문 받아, 줄리오." 그가 말했다.

* * *

내가 고인에게 왜 그렇게 충성심을 느끼는지는 나도 알고 싶다. 누군가의 사망 소식을 들으면 나는 그들이 하던 일을 이어받아 마무리해야 한다는 생각이 들곤 했다. 물론 나는 그 일을 할 수 없었다. 대신 그들의 특성 중 어떤 것이 나에게 달라붙기 시작했다는 걸 알게 됐다. 예를 들어, 시간이 흐르면서 나는 폰 험볼트 플라이셔처럼 모순적인 인간이 되었다. 얼마 후 그가 나의 대리인 역할을 했다는 것이 조금씩 명백해졌다. 나는 나를 침착한 사람으로, 험볼트를 야생적인 사람으로 표현함으로써 내 갈망의 일부를 해소했다. 내가 험볼트나 조지 스위벨, 심지어 칸타빌레 같은 특정한 개인을 좋아하는 이유가 여기 있었다. 이런 유형의 심리적 대리성은 대의제도에서 유래하는지도 모른다. 그러나 표현력이 뛰어난 친구가 사망한 후에는 대리 역할이 나에게 돌아왔다. 그런데 나 또한 다른 사람들의 대리자로서 표현해오던 사람이었기 때문에 결국 생지옥이 되고 말았다.

험볼트를 위해 이어받을 것인가? 험볼트는 세계를 광휘로 휘감고자 했으나 재료가 충분치 않았다. 그의 시도는 배에서 끝났다. 그 아래에는 우리가 잘 아는 털북숭이 알몸이 늘어져 있었다. 그는 사랑스럽고, 관대하고, 고결한 마음을 지닌 사람이었다. 그러나 그의 선함은 사람들이 현시대에 뒤떨어졌다 여기는 종류의 선함이었다. 그가 다루던 광휘는 낡은 광휘였고, 이제는 부족하기까지 했다. 우리에게 필요한 것은 완전히 새로운 광휘였다.

그리고 이제 칸타빌레와 그의 박사과정중인 아내가, 저 빌리지에서의 정다웠던 지나간 날들을, 그 지성인을, 시인을, 신경쇠약과 자살과 연애사건을 회상하라고 나를 졸랐다. 나는 별로 신경쓰지 않았다. 칸타빌레의 아내에 대한 느낌이 뚜렷하지는 않았지만, 나는 리날도를 현명한 세상에 등장한 새로운 정신적 낙오자로 보았고, 어쨌든 지금은 그에게 팔이 비틀리고 싶지 않았다. 나는 정직한 학자들에게는 물론 아직 성공 못한 젊은이들에게도 거리낌없이 정보를 주었지만, 당시에는 무척 고통스러울 만큼 사적으로도 공적으로도 바빴다. 사적으로는 레나타와 데니즈, 회계사 머라, 변호사와 판사, 온갖 짜증나는 일로 바빴고, 공적으로는 내 나라와 서구 문명과 글로벌 사회(현실과 허구의 혼합체로서의)의 일에 참여하느라 바빴다. 아마도 절대 발행되지 못할 중요한 잡지 〈아크〉의 편집인으로서 나는 세상에 천명해야 할 발언과 깨우쳐줘야 할 진리를 늘 생각하고 있었다. 일련의 연도(1789-1914-1917-1939*)와 키워드(혁명, 기술, 과학 등)로 규정되는 세계는 나를

* 프랑스혁명, 1차세계대전, 러시아혁명, 2차세계대전 발발 연도.

분주하게 만드는 또다른 원인이었다. 이 연대들과 단어에 대해 사람들은 의무를 진다. 그 모든 일이 너무도 중대하고 압도적이고 비극적이어서, 종국에 내가 정말로 원한 건 드러누워 자는 것이었다. 뻗어버리는 데 나는 특출한 재능이 있었다. 인류에게 가장 사악했던 시기에 찍은 사진들을 보면 나는 머리숱 많고 매력적이고 젊었다는 것을 알게 된다. 1930년대와 1940년대에는 잘 맞지도 않는 더블 정장을 입고, 파이프 담배를 피우고, 통통하고 예쁘지만 맹한 여자의 손을 잡고 나무 아래 서 있다—선 채 기절한 듯 잠들어 있다. 나는 많은 위기의 순간(수백만이 죽어가는)을 잠이 든 채 보냈다.

이 모든 일은 대단히 관련이 깊다. 우선은 내가 중요한 작품을 쓰고 싶다는 은밀한 동기를 품고 시카고에 정착하기 위해 돌아왔음을 인정해야 할 것이다. 나의 무기력함은 이 계획과 관계가 있다—나는 인간 본성에서 계속되는 수면과 의식 사이의 만성적인 전쟁에 대해 뭔가 해야 한다는 생각을 갖게 되었다. 아이젠하워시대 말기 나의 주제는 권태였다. 시카고는 나의 명작 에세이—'권태'—를 쓰기에 이상적인 장소였다. 거친 시카고의 산업주의 아래서 인간 정신을 검토할 수 있었다. 만일 누가 믿음, 사랑, 소망이라는 새로운 이상을 품고 일어선다면, 그는 그것이 누구에게 필요한지 알고 싶을 것이다. 그러므로 그는 우리가 권태라고 부르는 깊은 고통을 이해해야 한다. 나는 맬서스, 애덤 스미스, 존 스튜어트 밀, 혹은 뒤르켐이 인구와 부, 또는 노동의 분업에 대해 수행한 작업을 권태에 대하여 시도하려 했다. 역사와 기질이 나를 독특한 위치에 올려놓았고, 나는 이를 이점으로 만들 생각이었다. 내가 괜히 현대의 위대한 권태 전문가들인 스탕달, 키르케고르,

보들레르를 읽은 것이 아니었다. 수년간 나는 이 에세이에 많은 노력을 기울였다. 어려운 점은, 광부가 독가스에 당하듯이 나는 끊임없이 자료에 압도당한다는 것이었다. 그러나 멈추지 않았다. 립 밴 윙클*은 겨우 이십 년 동안 잤지만, 나는 그보다 적어도 이십 년은 더 잤다는 생각이 들었고 그 잃어버린 시간을 빛나는 시간으로 만들겠노라 다짐했다. 그래서 시카고에서 수준 높은 정신노동을 이어갔고, 의식의 힘을 단련하기 위해 스포츠클럽에 등록해서 상품중개인이나 신사 깡패들과 공을 쳤다. 그런데 내가 존경하는 친구 던월드가 농담처럼 말하길, 유명하지만 오해받는 루돌프 슈타이너** 박사는 수면의 심오한 면에 대한 많은 글을 남겼다고 했다. 나는 슈타이너의 책을 누워서 읽기 시작했는데, 읽다보니 일어나고 싶어졌다. 그는 행위의 개념과 의지에 의한 실행 사이에 잠이라는 틈이 생긴다고 주장했다. 간단하지만 심오한 이야기였다. 인간의 영혼 중 하나는 잠자는 영혼이기 때문이다. 이런 점에서 인간은 존재 전체가 잠인 식물과 닮았다. 나는 아주 깊은 인상을 받았다. 잠의 진리는 불멸의 정신이라는 관점에서만 파악할 수 있었다. 그런 것이 나에게 있는지는 따져본 적 없었다. 그러나 나는 이 사실을 아주 일찌감치 제쳐두었다. 완전히 덮어버린 것이다. 이렇게 덮어둔 것들도 머리를 짓누르며 인간을 식물의 영역으로 가라앉힌다. 아직까지도 나는 던월드 같은 지성인에게 정신에 대해 얘기하는 것을 망설인다. 그는 물론 슈타이너에게 관심이 없었다. 던월드는 혈색

* 미국 작가 워싱턴 어빙의 단편 제목이자 주인공 이름. 네덜란드인인 그는 술을 마시고 이십 년간 잠들었다가 독립한 미국에서 깨어난다.

** 오스트리아 철학자, 인지학 창시자, 신비사상가.

이 좋고, 나이가 많아도 힘이 세고, 땅딸막한 체구에 대머리이고, 괴팍한 습성이 있었지만 친절한 사람이었다. 독단적이고 무뚝뚝하고 막무가내인데다 위협적인 태도까지 있었지만, 그가 누군가를 꾸짖는다는 건 그 사람을 좋아한다는 것이었고, 그렇지 않다면 거들떠보지도 않았을 것이다. 훌륭한 학자, 지구상에서 가장 박식한 사람 중 하나였던 그는 합리주의자였다. 어떤 면에서도 편협한 합리주의자는 절대 아니었다. 그럼에도 나는 그에게 육체와 분리된 정신의 힘에 대해 얘기할 수 없었다. 그는 듣지도 않을 것이었다. 슈타이너에 대해 말한 것도 순전히 단순한 농담이었을 것이다. 나는 농담할 생각이 없었고 괴짜 취급을 받고 싶지도 않았다.

나는 불멸의 정신에 대해 많이 생각했다. 그러면서도 밤마다 내가 클럽 최고의 선수, 라켓볼의 귀재가 되어 백핸드로 때린 공이 몹시 틀어 쳤기 때문에 코트 왼쪽 벽을 스쳐 구석에 떨어지며 끝나는 꿈을 꾸었다. 내가 최고의 선수들, 즉 마르고 털이 많고 날렵한 사람들을, 현실에서는 내가 너무 못해서 같이 경기도 하지 않으려는 사람들을 모두 이기는 꿈을 꾸었다. 나는 그런 꿈이 드러내는 부박한 흥미에 크게 실망했다. 내 꿈조차 잠들어 있었다. 돈은 또 어떤가? 돈은 잠을 보호하기 위해 필요하다. 돈을 쓰려면 잠에서 깨어야 한다. 눈 안쪽의 막을 제거하고 더 높은 의식 상태로 올라간다면 돈은 덜 필요해진다.

그런 상황에서(이제 그 상황이 의미가 좀더 명확해진다. 즉 레나타, 데니즈, 아이들, 법정, 변호사들, 월스트리트, 잠, 죽음, 형이상학, 카르마, 우리 안에 존재하는 우주, 우주 안에 존재하는 우리) 나는 죽음의 날짜 없는 밤 속에 숨은 소중한 친구, (거의) 전생의 동지라고 할 수 있는, 사랑받았지만 죽어버린 험볼트에 대한 생각을 멈추지 않았다. 나는 때때로 다음 생에서 내 어머니, 아버지와 더불어 그를 만나리라 상상했다. 그리고 데미 퐁헬도. 데미는 매일 생각나는 가장 중요한 고인들 중 하나다. 그러나 나는 험볼트가 생전에 그랬던 것처럼 구멍 장식이 네 개인 뷰익을 시속 90마일로 몰아 나에게 달려오리라 기대하진 않았다. 처음에는 웃음이 났다. 그다음에는 비명을 질렀다. 꼼짝할 수가 없었다. 그는 나를 위압했다. 내게 축복을 쏟아부었다. 험볼트의 선물은 여러 즉각적인 문제를 쓸어가버렸다.

여기서 로널드와 루시 칸타빌레가 한 역할은 또다른 문제다.

친구들이여, 도시를 떠날 때가 가까웠고 할일도 많았지만 나는 하루아침에 모든 활동을 중단하기로 결정했다. 긴장감에 무너지지 않기 위해서였다. 나는 『더 높은 세계에 대한 지식과 그 성취』라는 저서에서 루돌프 슈타이너가 추천한 명상 훈련을 실천하고 있었다. 아직까지는 많은 것을 얻지 못했지만, 나의 영혼은 꽤 오래 버텨왔고 많이 더럽혀졌고 거칠게 다루어졌으므로 인내심을 가져야 했다. 나는 타고난 성격대로 무척 애를 썼고, 프랑스 사상가의 훌륭한 충고가 다시금 생각났다. *찾기 전에 발견하라* — 발레리였다. 아니 피카소였나. 가만히 누워 있는 것이 때로는 가장 실용적이다.

그래서 칸타빌레와 하루를 보낸 다음날 아침을 휴일로 삼았다. 맑고 쾌청한 날이었다. 나는 시카고의 세세한 모습들을 가리는 커튼을 젖혀 (적선하듯 이런 도시 위로도 우뚝 솟은) 밝은 태양과 짙은 푸름을 받아들였다. 기분좋게 험볼트에 대한 자료들을 꺼냈다. 공책과 편지와 일기와 원고를 커피 테이블과 소파 뒤의 덮개를 씌운 라디에이터 위에 쌓았다. 그런 다음 한숨을 쉬고, 신발을 벗고, 소파에 누웠다. 머리 밑에는 내가 이따금 자문을 구하던 인지학자의 딸인 젊은 여자(내 인생은 얼마나 여자로 가득했던가. 아, 성으로 혼란한 이 세기여!) 도리스 셸트가 수놓은 바늘뜨개 레이스 쿠션을 받쳤다. 이 수제품은 그녀가 작년 크리스마스 선물로 준 것이었다. 작고 사랑스럽고 똑똑하고 예쁜 여자치고 옆모습은 무척이나 강인해 보이는 그녀는 릴리언 기시나 메리 픽퍼드* 같은 인상을 주는 구식 드레스를 즐겨 입었다. 그러나 신발은 도발적이고, 상당히 파격적이었다. 나의 사적인 어휘로 표현하자면 그녀는 작은 *놀리 메 탄게레***였다. 그녀는 누가 자신을 만지기를 원하기도 하고 원하지 않기도 했다. 그녀도 인지학에 대한 지식이 상당했는데, 그래서 레나타와 사이가 좋지 않았던 작년 그녀와 오랜 시간을 함께 보냈다. 나는 나무를 구부려 만든 흔들의자에 앉아 있었고, 그녀는 작은 에나멜가죽 부츠를 무릎방석에 올린 채 심심한 풀과 뜨거운 깜부기불을 연상시키는 빨강과 초록을 쿠션에 수놓았다. 우리는 이런저런 잡담도 했다. 기분좋은 관계였지만, 끝이 났다. 나는 레나타와 다시 함께였다.

그날 아침 내가 폰 험볼트 플라이셔를 명상의 주제로 삼았다는 것을 설명하려다 이 이야기를 하게 되었다. 그런 명상은 의지를 강화시킨다고 했다. 훈련으로 강화된 의지는 지각 능력이 될 수 있다.

험볼트가 마지막으로 보낸 것들 중 하나인 구겨진 우편엽서가 바닥

---

* 미국의 배우들.

** '날 만지지 말라'는 뜻의 라틴어로, 예수그리스도가 부활할 때 막달라 마리아에게 한 말이다.

에 떨어졌다. 나는 북극 오로라의 희뿌연 도표 같은 유령 글자들을 읽었다.

쥐는 매가 날면 숨고
매는 비행기를 피하고
비행기는 고사포를 두려워하고
누구나 누군가를 두려워한다.
불루나무 아래
부주의한 사자들만
서로 품에 안겨 낮잠을 잔다
피의 점심을 먹은 후에—
나는 그것을 좋은 삶이라 한다!

팔구 년 전 나는 이 시를 읽으면서 불쌍한 험볼트, 충격요법을 쓰는 의사들이 그를 멍하게 만들어서 사람을 망쳐놓았군 하고 생각했다. 하지만 지금은 이것을 시가 아니라 소통으로 본다. 상상력이 시들면 안 된다는 것이 험볼트의 메시지였다. 예술은 자연에 내재된 힘을 드러낸다는 것을 다시금 주장해야 한다는 것이다. 상상력의 구원자에게, 잠은 잠이고 깨어남은 진정한 깨어남이었다. 이것이 험볼트가 진정 하려던 이야기 같았다. 그것이 사실이라면, 험볼트는 인생의 마지막 순간보다 더 정신이 또렷하고 용감한 적이 없었다. 그리고 그가 나에게 할 말이 가장 많았을 때, 나는 포티식스스 스트리트에서 그를 보고 달아났다. 말했듯이, 나는 그날 아침 멋지게 차려입고 연방 상원의원 두 명과 시장, 워싱턴과 올바니에서 온 관료들, 일류 언론인들과 해안경비대 헬리콥터에 올라 좌석벨트를 매고 뉴욕 상공을 비행했고, 모두가 칼집에 칼이 든 부풀린 구명조끼를 입고 있었다(나는 아직도 그 칼들을 잊을 수가 없다). 그리고 센트럴파크에서 오찬을 마치고(이야기를 반복할 수밖에 없다) 밖으로 나와 걸어가다가 무덤의 흙이 이미 얼굴에 뿌려진 듯한, 길가 연석에서 막대형 프레첼을 먹고 있던, 죽어가는 험볼트를 보았다. 나는 서둘러 그 자리를 떴다. 가만히 있을 수 없을 만큼 극도로 고통스러운 순간이었다. 달려야 했다. 나는 말했다. "오, 친구여, 잘 가요. 다음 세상에서 만납시다!"

이 세상에서는 더이상 그를 위해 해줄 수 있는 일이 없다고 나는 단정했다. 하지만 정말 그랬을까? 구겨진 우편엽서가 다시 생각해보게 만들었다. 험볼트에게 죄를 지은 것 같았다. 명상을 하기 위해 거위털 소파에 누운 나는 자기비판과 수치심에 얼굴이 붉게 달아오르고 식은땀이 났다. 나는 머리 밑에 있던 도리스 셸트의 쿠션을 빼서 얼굴을 문질렀다. 포티식스스 스트리트에 주차된 차들 뒤에 숨었던 내 모습이 다시 떠올랐다. 험볼트는 도롱이벌레가 천막처럼 뒤덮어 시들어가는 덤불 같았다. 나는 죽어가는 옛친구를 보고 도망쳤다. 플라자호텔로 돌아가서 케네디 상원의원 사무실에 전화를 걸어 갑자기 시카고에 가야 할 일이 생겼다고 말했다. 워싱턴에는 다음주에 돌아오겠다고 했다. 그러고는 택시를 타고 라과디아공항에 가서 오헤어공항으로 가는 첫 비행기에 올랐다. 기내에서 허용되는 한도인 술 두 잔을 마셨지만 아무 도움도 되지 않았다 — 전혀! 착륙 후에는 기운을 차리기 위해 오헤어 바에서 잭 다니엘을 더블로 몇 잔 마셨다. 무척 더운 저녁이었다.

나는 데니즈에게 전화를 걸어 말했다. "나 돌아왔어."

"며칠이나 일찍 왔네. 무슨 일 있어, 찰스?"

"충격적인 일이 있었어." 내가 말했다.

"상원의원은 어디 있어?"

"아직 뉴욕에. 하루나 이틀 뒤에 다시 워싱턴으로 돌아갈 거야."

"그러면 집으로 와."

〈라이프〉에서 로버트 케네디에 대한 기사를 청탁해왔었다. 나는 상원의원과 함께, 혹은 그의 주변에서, 상원의원들의 사무실이 있는 건물의 소파에 앉아 그를 관찰하며 닷새를 보냈다. 어느 관점으로 보나 그것은 특이한 일이었지만 상원의원은 내 마음이 끌리도록 행동했고 심지어 나를 좋아하는 것 같았었다. 자신에 대한 글을 쓸 언론인에게 그런 인상을 주는 것이 그의 임무였으므로 '같았었다'고 하는 것이다. 나 또한 더 나은 내 판단과는 어긋나게도 그를 좋아했다. 그는 사람을 보는 시선이 묘했다. 눈은 공허한 듯 파랗고, 눈꺼풀이 약간 늘어져 또 한 줄을 만들었다. 헬리콥터에서 내린 우리는 리무진을 타고 라과디아 공항에서 브롱크스로 가 함께 머물렀다. 브롱크스의 더위는 끔찍했지만 우리는 일종의 크리스털 캐비닛에 들어가 있었다. 그는 계속해서 브리핑을 원했다. 일행 모두에게 질문을 했다. 나에게는 역사적인 정보를 원했다—"윌리엄 제닝스 브라이언*에 대해 알아야 하는 게 무엇입니까?" 혹은 "헨리 루이 멩켄**에 대해 말해주세요."—그는 자신의 생각이 어떤지, 그런 정보를 어떻게 이용할 수 있는지, 아무것도 말해

* 1890년대 미국 민주당의 지도적 정치인.

** 미국 평론가.

주지 않고 그저 일종의 내면적인 번득임으로 내 이야기를 받아들였다. 우리는 할렘의 놀이터에 차를 세웠다. 캐딜락들, 오토바이 경찰들, 경호원들, 텔레비전 촬영팀이 있었다. 두 공동주택 사이 공터에 울타리를 두르고 바닥을 포장하고 미끄럼틀과 모래놀이터를 갖춰놓은 곳이었다. 아프로 머리에 다시키*를 입고 비즈 목걸이를 한 놀이터 책임자가 두 상원의원을 맞이했다. 우리 머리 위 가대 위에 카메라들이 설치되었다. 흑인 책임자는 화색을 띤 채 정중하게 두 상원의원 사이에 서더니 농구공을 건넸다. 사람들이 물러섰다. 날씬한 케네디는 무심한 듯 우아하게 공을 두 번 던졌다. 그는 섹시한 붉은 머리를 찰랑거리며 고개를 높이 들어 끄덕였다가 공이 들어가지 않자 미소를 지었다. 재비츠 상원의원은 기회를 놓칠 수 없었다. 단단한 체구에 머리가 벗어진 그 역시 미소는 지었지만, 공을 가슴으로 끌어당기고 목표를 향해 의지력으로 집중하며 바스켓을 똑바로 바라보았다. 그는 두 번 다 멋진 슛을 날렸다. 공은 곡선을 그리지 않았다. 바스켓에 거의 직선으로 날아들어갔다. 박수가 나왔다. 바비**를 따라잡느라 얼마나 괴롭고 힘들겠는가. 그러나 공화당 상원의원은 아주 잘해냈다.

그리고 이것은 데니즈가 나에게 바라던 일이었다. 데니즈는 나를 위해 이 모든 것을 준비했고, 〈라이프〉에 전화를 걸었고, 그 일 전체를 감독했다. "집으로 와." 그녀는 말했다. 그러나 기분이 좋지 않았다. 그녀는 내가 지금 시카고에 있는 걸 원하지 않았다.

우리는 시카고 남부 켄우드에 있는 웅장한 집에 살았다. 20세기 초

* 아프리카 남자들이 입는 화려한 무늬의 헐렁한 셔츠.

** 로버트의 애칭.

부유한 독일계 유대인들이 빅토리아풍과 에드워드풍이 조화된 저택들을 지었다. 우편판매로 큰 부자가 된 사람들이나 다른 상류층 인사들이 떠나자 이곳에 대학교수, 정신과의사, 변호사, 흑인 무슬림들이 이사왔다. 내가 권태 분야의 맬서스가 되기 위해 돌아가야 한다고 고집부렸을 때, 데니즈는 칸하임 대령의 집을 샀다. 그녀는 불평했다. "왜 시카고야! 어디서든 살 수 있는데, 안 그래? 세상에!" 그녀는 댈라웨어주 조지타운, 로마 혹은 영국 런던 SW3를 염두에 두고 있었다. 그러나 나는 완고했고, 데니즈는 이것이 내가 신경쇠약으로 가고 있는 조짐이 아니길 바란다고 말했다. 연방판사인 그녀의 아버지는 예리한 법률가였다. 나는 데니즈가 재산권과 공동소유, 일리노이주의 미망인 재산권에 대해 시내에서 아버지와 만나 자주 상의했다는 것을 안다. 우리에게 칸하임 대령의 저택을 사라고 조언한 것도 그였다. 매일 아침식사 때마다 데니즈는 나에게 언제 유언장을 만들 거냐고 물었다.

밤이 되었고, 그녀는 부부 침실에서 나를 기다리고 있었다. 나는 에어컨을 싫어한다. 에어컨을 설치하자는 것도 내가 말렸다. 32도였고, 더운 밤이면 시카고 사람들은 도시를 몸과 영혼으로 느낀다. 도축장은 철거되어 시카고도 이제 더는 도축의 도시가 아니지만, 밤의 열기 속에서 옛 냄새가 되살아난다. 길가 철도를 따라 수 마일에 걸쳐 늘어선 판자벽 안은 한때 붉은색 가죽 찻간으로 가득했었고, 도축장 마당에 들어오려고 기다리는 동물들이 울부짖고 악취를 풍겼다. 옛 악취가 여전히 그 자리에서 떠돌고 있다. 그 냄새는 텅 빈 터로 되돌아와 한숨처럼 뿜어져나오면서 시카고가 한때 도축 기술에서 세계를 선도했고 거기서 수십억 동물이 죽어나갔다는 사실을 우리 모두에게 상기시킨다. 그날 저녁 창문들은 활짝 열려 있었고, 고기와 동물기름, 혈분, 골분, 가죽, 비누, 두툼한 훈제고기 덩어리, 그슬린 털 냄새가 층층으로 뒤엉킨 익숙하고도 우울한 악취가 흘러들었다. 옛 시카고가 나뭇잎들과 방충망들 사이에서 다시 숨쉬었다. 소방차 소리와 깊은 뱃속에서부터 발작적으로 헐떡거리는 듯한 구급차 소리가 들렸다. 여름이 되면 주변의 흑인 슬럼가에서 정신병리학적 지표가 된다는 방화 행위가 빈번해진다. 불꽃에 대한 사랑은 종교적이기도 하건만. 데니즈는 알몸으로 침대에 앉아 빠르고 힘차게 머리를 빗고 있었다. 호수 위로 제철소들이 반짝였다. 벌써 담쟁이 잎들에 내려앉은 검댕 위에 불빛이 드리웠다. 그해는 이른 가뭄이 닥쳤다. 그날 밤 시카고는 숨을 헐떡거렸고, 큰 도시의 엔진이 돌아가고, 오크우드의 아파트들은 거대한 불꽃을 숄처럼 너울거렸으며, 소방차와 구급차와 경찰차 사이렌이 기괴하게 울려퍼졌다—미친개, 칼부림을 하게 하는 날씨, 강간과 살인의 밤, 소방전 수천 개가 열려 양쪽 꼭지에서 물을 뿜었다. 엔지니어들은 수 톤의 엄청난 물이 흘러나오면서 미시간호 수위가 떨어지는 것을 보고 깜짝 놀랐다. 아이들 무리가 권총과 칼을 들고 돌아다녔다.* 그런데 이 마음 약한—딱하게도—찰리 시트린 씨는 뉴욕에서 프레첼을 먹고 있던 죽어가는 옛 친구를 보고는 〈라이프〉와 해안경비대와 헬리콥터와 상원의원 둘을 버리고 위로받기 위해 집으로 달려왔다. 그 목적을 이뤄주기 위해 그의 아내는 모든 것을 벗어버리고 숱이 무척 많은 머리를 빗고 있었다. 회색이 도는 보랏빛 큰 눈은 참을성을 잃었고, 부드러운 눈길에 노여움이

---

* 1919년 여름 시카고에서 백인들이 일으킨 인종 폭동.

섞여 있었다. 양말도 벗지 않은 채 긴 의자에 앉아 언제까지 케케묵은 감상에 젖어 상심하고 있을 거냐고 내게 말없이 묻고 있었다. 신경질적이고 따지기 좋아하는 그녀는 내가 슬픔에 병적으로 집착하며, 죽음에 대한 나의 태도는 전근대적이거나 바로크적이라고 생각했다. 그리고 내가 시카고로 돌아온 것이 나의 부모님이 여기 묻혀 있기 때문이라고 종종 단언하듯 말했다. 갑자기 정색하며 이렇게 말하기도 했다. "아, 또 묘지 분위기야!" 더구나 그녀의 말이 종종 맞기도 했다. 그러면 나는 곧 사슬을 질질 끄는 듯한 단조롭고 낮은 내 목소리를 들을 수 있었다. 죽음에서 비롯된 이런 기분의 가장 좋은 치료제는 사랑이다. 데니즈는 인내심이 바닥났지만 의무를 다하고자 알몸으로 침대에 걸터앉았고, 나는 넥타이조차 풀지 않은 채였다. 나는 이런 슬픔이 사람을 미치게 할 수 있다는 것을 안다. 그리고 나를 감정적으로 지탱해주는 것이 데니즈를 지치게 했다. 그녀는 내 감정에 별로 신경쓰지 않았다. "아, 당신 또 그거구나. 그 과장스러운 허튼짓 좀 그만해. 정신과의사랑 상담을 해봐. 왜 그렇게 맨날 과거에 집착하고 죽은 사람들을 생각하며 슬퍼하는 거야?" 데니즈는 통찰을 얻었다는 표시 같은 환한 표정으로, 내가 죽은 이들을 위해 눈물을 흘리면서도 그들의 무덤을 삽으로 툭툭 다듬고 있다는 걸 안다고 지적했다. 내가 전기를 썼고, 그럼으로써 죽은 사람들이 내 밥벌이가 되었기 때문이다. 그들이 나에게 프랑스 훈장을 받게 해주었고, 백악관에 가게 해주었다. (JFK 사망 후 백악관과의 연결이 끊어진 것이 데니즈에게는 가장 씁쓸한 불만이었다.) 오해 말길, 나는 사랑과 꾸짖음이 종종 하나라는 것을 안다. 던월드도 그런 말을 했었다. 주님은 사랑하는 자를 꾸짖으신다. 모든 것이 애정과 뒤섞였다. 험볼트 일로 엉망이 되어 집에 돌아왔을 때, 그녀는 나를 위로할 준비가 되어 있었다. 그러나 그녀의 혀는 날카로웠고, 이날 역시 그랬다. (나는 종종 그녀를 리뷰카*라고 불렀다.) 물론 내가 그렇게 처량하게 슬퍼하며 누워 있는 것은 그녀에게 도발이었다. 게다가 그녀는 내가 〈라이프〉 기사를 절대 끝내지 못할 거라 생각했다. 그것도 옳았다.

죽음에 대해 그렇게 많은 것을 느끼면서 왜 그것으로 아무것도 하지 않았던가. 그 끝없는 감상은 끔찍한 것이었다. 데니즈의 의견은 그랬다. 나도 동의했다.

"그래서 당신은 친구 험볼트 때문에 기분이 좋지 않았구나!" 그녀가 말했다. "그런데 왜 진작 찾아가지 않았어? 그럴 기회가 몇 년이나 있었잖아. 그리고 왜 오늘은 말도 안 걸었어?"

아주 영리하고도 어려운 질문이었다. 그녀는 어떤 일에서도 내가 빠져나갈 틈을 주지 않았다.

"'험볼트, 나 찰리예요. 우리 제대로 된 점심을 먹을까요? 블루리본 받은 식당이 모퉁이만 돌면 있어요.' 이런 말 정도는 할 수 있었을 거야. 하지만 그랬다면 아마 노발대발했을걸. 두어 해 전에는 어느 학장 비서를 망치로 때리려 했어. 그 여자가 자기 침대에 누드 잡지를 잔뜩 뒀다고 화를 내면서. 자신에 대한 성적인 음모라는 거지. 그래서 다시 쫓겨났어. 그 불쌍한 사람은 미친 거야. 성 쥘리앵을 흉내내 나환자를 껴안아봐야 소용없어.**"

---

* 여자 이름 리베카(Rebecca)가 '나무라는 사람'이라는 뜻의 리뷰커(rebuker)와 비슷하게 들리는 것을 이용한 말장난.

** 속죄를 위해 세운 병원에 나환자로 변장해 찾아온 예수를 껴안아서 죄를 용서받았다.

"누가 나환자에 대해 뭐라 했어? 당신은 항상 아무도 생각하지 않는 얘기를 해."

"그럼 알았어, 아무튼 험볼트는 끔찍한 꼴이었고 나는 잘 차려입고 있었지. 이상한 우연도 있었어. 오늘 아침 헬리콥터에서 나는 롱스태프 박사 옆에 앉았거든. 그래서 자연스럽게 험볼트를 떠올렸지. 험볼트에게 벨리샤재단의 상당한 보조금을 약조한 게 롱스태프였거든. 우리가 아직 프린스턴에 있을 때였어. 그 재난에 대해 내가 당신한테 말한 적 있던가?"

"없는 것 같은데."

"그 일들이 다 생각난 거야."

"롱스태프는 지금도 그렇게 잘생기고 출중해? 그래도 이젠 노인이겠네. 당신이 옛날 얘기로 그 사람 귀찮게 했겠지."

"응, 기억나게 했지."

"당신이라면 그랬을 거야. 그 사람은 불쾌해했을 테고."

"거리낄 게 전혀 없는 사람에게는 과거가 불쾌하지 않아."

"워싱턴 사교계에서 롱스태프는 대체 뭘 하고 있었을까?"

"자기 자선활동을 위한 모금이나 했겠지."

* * *

초록색 소파에서의 명상은 계속되었다. 책에서 추천한 여러 명상법 중 나는 이 새로운 방법이 가장 마음에 든다. 일과를 마치고 앉아 내가 오늘 보고, 행동하고, 말한 모든 것을 세세하게 떠올리는 것이다. 하루를 거슬러올라가면서 신체적으로 다른 사람들과 전혀 다르지 않은 나를 뒤나 옆에서 관찰한다. 노점에서 레나타에게 치자꽃을 사주었다면, 그걸 75센트에 샀다는 걸 기억해내는 것이다. 은도금한 25센트짜리 동전 세 닢의 깔쭉깔쭉한 청동 테두리가 보였다. 레나타가 입은 외투의 깃, 기다란 핀의 하얀 윗부분도 보였다. 그 핀이 옷에 두 번 꿰어진 것, 레나타의 여성스럽고 둥근 얼굴과 꽃을 바라보는 기쁜 시선, 치자꽃 향기까지 기억났다. 초월이 이런 것이라면 너무나 쉬워서 나는 시간의 시작까지 계속 거슬러올라가고 싶었다. 그래서 나는 소파에 누워 〈타임스〉의 사망 기사를 떠올렸다.

〈타임스〉는 험볼트의 사망에 크게 동요한 듯 펼침면에 2단을 할애했다. 사진도 컸다. 우둔한 미국 시인들이 못하는 일을 험볼트가 했기 때문이다. 여자들을 쫓아다닌 것보다 훨씬 열심히 파멸과 죽음을 쫓아다녔기 때문이다. 그는 자신의 재능과 건강을 망치고는 더러운 미끄럼틀을 타고 무덤이라는 집에 도달했다. 그는 스스로를 파묻었다. 그렇다. 볼티모어의 시궁창에서 발견됐던 에드거 앨런 포도 마찬가지였다. 뱃전에서 투신한 하트 크레인*도. 재럴**은 자동차 앞에 쓰러졌다. 불운한 존 베리먼***은 다리에서 뛰어내렸다. 기업과 기술의 나라 미국은 무슨 이유에선지 이런 비극을 특별히 높게 평가한다. 이 나라는 죽은 시인들을 자랑스러워한다. 미합중국이 너무 거칠고, 너무 크고, 너무 심하고, 너무 험하다고, 미국의 현실이 압도적이라고 말하는 시인

---

* 미국 시인.

** 고속도로를 걸어가다가 교통사고로 사망한 미국 시인.

*** 어린 시절 아버지의 죽음으로 감정적 불안을 겪었던 미국 시인.

들의 증언에 그들은 대단히 만족한다. 시인이 된다는 것은 학교의 일이고, 여자의 일이며, 교회의 일이다. 정신적 나약함이 이 순교자들의 유치함, 광기, 취기, 절망으로 증명된다. 오르페우스는 돌과 나무를 움직였다. 그러나 시인은 자궁적출수술을 집도하지도, 태양계에 우주선을 보내지도 못한다. 기적과 힘이 이제 그에게는 없다. 그래서 시인은 사랑받지만, 무능하기 때문에 사랑받는 것이다. 그들은 끔찍하게 뒤엉킨 극악함을 밝히고 "내가 이렇게 부패하고 무자비하고 변덕스럽지 않았다면, 도둑질을 하거나 남을 등쳐먹지 않았다면, 나 역시 여기서 버티지 못했을 거야. 그 선량하고 다정하고 섬세한 사람들, 우리 중에 가장 나은 사람들을 봐. 그 불쌍한 미치광이들은 굴복했어"라고 말하는 사람들의 냉소를 정당화하기 위해 존재한다. 바로 이것이 내가 명상한 것이고, 회의적이고 딱딱하게 굳은 얼굴로 인간을 먹어치우는 식인종족과도 같은 성공한 자들이 기뻐하는 방식이다. 이러한 태도는 〈타임스〉가 선택한 험볼트의 사진에서도 보였다. 음산하고, 유머라곤 찾아볼 수 없고, 꽉 다문 입술에 뚱한 표정, 부스럼이 난 부루퉁한 뺨, 상처 난 이마, 황폐해지고 분노하고 유치한 표정으로 사납게 노려보는, 미치고 파멸해버린 장엄한 사진이었다. 그것은 음모와 반란, 고발, 울분에 휩싸인 험볼트, 벨뷰병원의 험볼트, 소송의 험볼트였다. 험볼트는 소송을 좋아했다. 소송은 그를 위해 만들어진 단어 같았다. 나를 고소한다고 협박한 것도 여러 번이었다.

그렇다, 그의 부고는 끔찍했다. 오려둔 기사가 나를 둘러싼 종이들 사이 어딘가에 있지만 보고 싶지 않았다. 나는 〈타임스〉의 기사를 글자 하나하나까지 기억한다. 마디와 막대기로 된 집짓기 장난감 같은 문체로, 폰 험볼트 플라이셔의 출발이 눈부셨다고 쓰여 있었다. 뉴욕 어퍼 웨스트사이드에서 태어났다. 스물두 살에 미국 시詩의 새로운 양식을 제시했다. (그를 집밖으로 쫓아내려고 경찰을 부른 일이 있는) 콘래드 에이킨에게 인정받았다. (그가 정신이 온전하지 않았을 때 매우 선정적이고 말도 안 되는 성적 추문을 퍼뜨렸던) T. S. 엘리엇도 인정했다. 플라이셔 씨는 비평가, 수필가, 소설가, 교수, 문학계의 뛰어난 지성인, 살롱의 인사였다. 가까운 이들은 그의 대화를 높이 평가했다. 달변가에 재치 있는 사람이었다.

여기서 나는 명상을 멈추고 정신을 차렸다. 태양은 아직도 아름답게 빛났고, 겨울의 푸른빛은 에머슨*의 거만함으로 가득했지만, 나는 기분이 나빴다. 하늘이 얼어붙을 듯 푸른빛으로 가득했듯이 내 마음은 거친 생각으로 가득했다. 잘했어요, 험볼트, 당신은 하트 섀프너 앤드 마르크스**가 외투와 정장으로, 사르노프 장군***이 통신으로, 버나드 바루크****가 공원 벤치에서 성공을 이루었듯 미국 문화계에서 성공했어요. 존슨 박사의 말처럼, 개가 뒷다리로 서거나 숙녀가 설교단에 올라가***** 얻은 것 같은, 타고난 한계를 묘하게 넘어서는 명성을 얻었죠. 이민자의 아들 오르페우스가 자신이 쓴 담시를 들고 그리니치빌리지에 나타났다. 그는 문학과 지적 대화와 논쟁을 좋아했고, 사상의 역사

---

* 미국 사상가, 시인.

** 미국 남성 맞춤복 회사.

*** 러시아 태생 미국 기업가. 2차세계대전 당시 통신 장교로 복무했다.

**** 미국 기업가. 공원 벤치에 앉아 아이디어를 구상했다.

***** 영국 시인이자 평론가인 새뮤얼 존슨은 "여자가 설교하는 것은 개가 뒷다리로 걷는 것과 같다. 잘되지는 않지만 한다는 자체가 놀랍다"고 말했다.

를 사랑했다. 몸집이 크고 온화한 인상의 미남 소년은 상징주의와 거리의 언어를 조합했다. 예이츠, 아폴리네르*, 레닌, 프로이트, 모리스 R. 코언**, 거트루드 스타인, 야구 통계, 할리우드 가십을 섞었다. 그는 코니아일랜드를 에게해로 옮겨놓았고, 버펄로 빌***과 라스푸틴****을 통합했다. 그는 신성한 예술과 산업적 미국을 동등한 힘을 지닌 것으로 결합하려 했다. 그의 어머니는 뉴욕 IRT 노선 전차 안에서 진통을 시작했고, (그의 말대로라면) 콜럼버스서클역 플랫폼에서 태어난 그는 예지적이고 마법적이며 플라톤적 자질을 갖춘 신성한 예술가가 되고자 했다. 그는 뉴욕시립대에서 합리주의적이고 자연주의적인 교육을 받았다. 이것은 그의 오르페우스적 측면과 조화를 이루기 쉽지 않았다. 그러나 그의 욕망은 전부 모순적이었다. 그는 마술적이고 우주적으로 표현력이 풍부하고 명료하고, 무엇이든 말할 수 있길 바랐다. 또한 시와 과학의 공통 기반을 찾기 위해 현명하고 철학적이길 바랐고, 상상력이 기계만큼 강력하다는 것을 증명하게 되길, 인류를 해방시키고 축복할 수 있게 되길 바랐다. 그러나 그는 또한 부자가 되고 유명해지길 바랐다. 물론 여자들도 있었다. 프로이트도 명예란 여자들을 얻기 위해 추구하는 거라 믿었다. 그러나 여자들도 나름대로 무언가를 추구한다. 험볼트는 이렇게 말했다. "여자들은 항상 진실한 것을 찾아. 가짜들에게 여러 번 속아서, 기원하던 진짜가 나타나면 기뻐하지. 그래

* 프랑스 시인, 평론가.

** 벨라루스 태생 미국 철학자, 법학자.

*** 미국 서부의 개척자이자 극단주.

**** 제정러시아 말기 파계 수도승, 예언자.

서 여자들이 시인을 사랑하는 거야. 이것이 여자들에 대한 진실이지." 물론 험볼트는 확실히 진짜였다. 그러나 그는 곧 아름다운 청년, 대화의 왕자에서 멀어졌다. 배가 나오기 시작하고 얼굴이 두둑해졌다. 눈 밑에 실망과 의심의 표정이 드러났다.

또한 갈색 그림자가 짙어지고, 뺨은 멍든 것처럼 파리했다. 그의 '광적인 직업'이 그를 그렇게 만들었다. 시를 쓴다는 건 자기 자신에 대한 의견에 성공이 좌우되는 광적인 직업 중 하나라고 그는 늘 말했었다. 자신을 좋게 생각하면 이기는 거야. 자부심을 잃으면 끝이지. 그런 까닭에 피해망상이 시작돼서, 자신을 좋게 말해주지 않는 사람들로 인해 괴로움을 느낀다. 이를 알거나 의식하기 때문에 비평가들과 지성인들도 시인들을 멋대로 다루었다. 그는 좋든 싫든 권력투쟁으로 끌려들어간다. 그러자 험볼트의 광란이 심해지면서 그의 예술도 시들었다. 그에게는 여자들이 소중했다. 그는 여자들이 더이상 진실하지 않고 자신을 부담스러워한다는 사실을 깨달은 후에도, 자신을 진짜라 여겨주던 여자들에게 의지하려 했다. 그는 더 많은 알약을 삼키고 진을 마셨다. 조증과 울증이 그를 정신병원으로 몰아갔다. 그는 병원을 들락날락했다. 벽지의 대학에서 영문학을 가르쳤다. 그곳에서는 문학계 저명인사였다. 다른 곳에서는, 그의 표현을 빌리자면, 아무개였다. 그러다 죽자 좋은 평판을 얻었다. 그는 언제나 눈에 띄는 것을 가치 있게 여겼는데, 그런 면에서는 〈타임스〉가 최고였다. 재능을 잃고, 정신이 무너지고, 파멸 속에서 죽은 그는 문화계 다우존스지수에 다시 올라 잠시 의미심장한 실패의 명성을 누렸다.

* * *

1952년 아이젠하워가 압승한 것은 험볼트 개인에게는 재난이었다. 다음날 아침 나를 만났을 때 그는 심각한 울증 상태였다. 금발의 큰 얼굴이 너무나 침울해 보였다. 그는 자신의 사무실로, 그러니까 책으로 가득한 슈얼의 사무실로 나를 데리고 들어갔는데, 나는 그 옆방을 쓰고 있었다. 그는 선거 결과가 실린 〈타임스〉가 펼쳐진 작은 책상에 기대어 담배를 꺼내들었고 손도 절망적으로 꽉 움켜쥐고 있었다. 재떨이로 사용하는 사바랭 커피 깡통은 이미 꽉 차 있었다. 단순히 그의 희망이 좌절되거나 미국의 문화적 진화가 멈춘 정도가 아니었다. 험볼트는 두려워했다. "우리 어떻게 하지?" 그가 말했다.

"기다려봐야죠." 내가 말했다. "다음 행정부가 우리를 백악관에 불러들일지도 몰라요."

그날 아침 험볼트는 가벼운 대화를 나눌 기분이 전혀 아니었을 것이다.

"하지만 생각해봐요," 내가 말했다. "당신은 〈아르크투루스〉의 시부문 편집자이고, 힐데브란트사社 간부, 벨리샤재단의 유급 고문에다 프린스턴에서 강의도 하잖아요. 현대시 교과서를 집필할 계약도 했고요. 캐슬린은 당신이 백오십 세까지 살아도 출판사에서 받은 계약금만큼의 일을 다 못해낼 거라던데요."

"내 입장이 얼마나 곤란한지 안다면 시샘도 못할 거야, 찰리. 일이 많은 것처럼 보이지만 다 거품이라고. 난 위기야. 아무 전망도 없는 자네가 훨씬 수월한 입장이지. 게다가 이제 정치적 재앙까지 겹쳤어." 나는 그가 이 벽지의 이웃들을 두려워하고 있다고 느꼈다. 그의 악몽 속에서 그들은 그의 집을 불살랐고, 그와 총질을 벌였으며, 그를 린치하고 아내를 끌고 갔다. 험볼트가 말했다. "이제 어떡해야 하지? 우리가 다음에 해야 할 행동이 뭘까?"

이 질문은 그가 이미 염두에 둔 계획을 끄집어내기 위한 포석이었다.

"우리 행동요?"

"이번 행정부 동안 미국을 떠나든가, 아니면 파고들어야겠지."

"해리 트루먼에게 부탁해서 미주리주에 도피처*를 마련해달라고 할 수도 있죠."

"농담 말게, 찰리. 나는 베를린자유대학에서 미국 문학 강의 초청을 받았어."

"거참 멋지군요."

그가 재빨리 말했다. "아니, 아니야! 독일은 위험해. 독일에 가는 위험을 무릅쓰진 않을 거야."

"그러면 파고드는 것만 남았네요. 어디를 파고들 생각인데요?"

"'우리'라고 했잖아. 상황이 무척 심각해. 지각이 있다면 자네도 느낄 수 있을 텐데. 자넨 자신이 잘생기고 밝고 커다란 눈을 가져서 아무도 자넬 해치지 않을 거라고 생각하는 건가."

이제 험볼트는 슈얼을 공격하기 시작했다. "슈얼은 정말 쥐새끼 같은 자야." 그가 말했다.

"두 분이 오랜 친구인 줄 알았는데요."

"오래 만났다고 친한 건 아니야. 자네는 그 사람 좋아했나? 그 사람

---

* 트루먼은 미주리주의 대표 공화당 상원의원이었다.

이 자네를 받아주긴 했지. 은혜라도 베푸는 것처럼, 오만하게 굴었고 자네를 하찮게 취급했어. 자네한테는 말도 안 걸고 나하고만 이야기했지. 나는 그게 불쾌했어."

"그런 말은 한 적 없잖아요."

"당장 자네를 기분 나쁘게 하거나 화나게 하고 싶지 않아서 그랬지, 그런 기분으로 시작하길 바라지 않았으니까. 그 사람이 훌륭한 비평가라고 생각하나?"

"귀머거리가 피아노를 조율할 수 있나요?"

"적어도 섬세하긴 하지. 하지만 지저분한 데서 섬세해. 쉽게 보면 안 돼. 그 사람은 거친 인파이터*야. 학사학위도 없이 교수가 된 것만 봐도…… 그 사실 자체가 말해주지. 그 사람 아버지는 새우잡이였어. 어머니는 세탁부였고. 케임브리지**에서 키트리지***의 셔츠 깃을 세탁해주다가 아들을 위해 도서관 출입 허가를 받아냈지. 그 아들은 하버드 서가로 들어갈 때는 약자였지만, 당당한 티탄이 되어서 나타났어. 그리고 이제는 앵글로색슨계 신교도 신사로서 우리에게 큰소리치지. 자네와 내가 그 사람 위상을 높여줬어. 그가 거물과 왕자, 두 유대인을 데리고 나타났으니까."

"왜 슈얼에게 나쁜 감정을 품게 하려는 겁니까?"

"자네 같은 오만한 친구는 화도 나지 않겠지. 슈얼보다 더한 속물이야. 내 생각에 자네는 심리나 내적인 영감에만 관심을 쏟고 실제 세계

* 복싱에서 상대방에게 깊숙이 접근해서 공격하는 유형의 선수.

** 보스턴의 위성도시로, 하버드대학과 매사추세츠공대가 있다.

*** 미국의 셰익스피어 학자, 교육자.

와는 아무 관계도 맺지 않는 악셀 유형*이랄까. 실제 세계는 내 엉덩이나 핥아라 하면서 말이야." 험볼트가 거칠게 말했다. "돈과 지위, 성공과 실패, 사회문제와 정치에 대해 생각하는 건 나 같은 불운한 놈들에게 맡겨버리지. 자네는 그런 일에 아무 관심이 없어."

"그 말이 사실이라 해도, 그게 그렇게 나쁜 건가요?"

"그 시적이지 않은 모든 책임을 나한테 떠넘기기 때문이야. 자네는 왕처럼 속 편히 기대고 앉아 온갖 인간 문제는 그냥 내버려두고 있지. 예수한테는 파리가 달려들지 않을 테니까. 찰리, 자네는 장소에도 시간에도 얽매이지 않고 유대인과 비유대인에 대한 제약도 받지 않아. 자네를 얽매는 것이 있나? 다른 이들은 우리의 문제를 감당해. 자네는 자유롭고! 슈얼은 자네에게 고약하게 굴었어. 자네를 무시했고, 자네도 불쾌해했지, 그건 부인하지 말게. 하지만 자네는 그런 일에 신경쓸 수가 없어. 언제나 마음속으로 어떤 우주적 운명만 생각하니까. 말해주게, 자네가 항상 열심인 그 위대한 것이 뭔가?"

매섭게 춥고 푸른 12월의 아침에 나는 여전히 브로콜리색 폭신한 소파에 누워 명상에 잠겨 있었다. 거대한 시카고 빌딩들의 난방기들이 우렁찬 소리를 울렸다. 이 소리는 없는 편이 좋았을 것이다. 나 역시 현대 기술의 혜택을 보고 있지만. 프린스턴대학 사무실의 험볼트가 내 앞에 서 있었고, 나의 집중력은 강렬했다.

"요점을 말해줘요." 내가 그에게 말했다.

---

* 프랑스 상징주의 작가 빌리에 드 릴아당의 희곡 『악셀』에 등장하는 악셀 백작과 같은 유형이라는 뜻으로, 낭만주의적이고 비현실적이며 반과학주의적인 사람을 말한다. 비평가 에드먼드 윌슨의 비평서 『악셀의 성』에서도 그 인물이 언급된다.

그는 목이 말라 보였지만 마실 것이 없었다. 알약은 목을 마르게 한다. 그는 대신 담배를 좀더 피우며 말했다. "자네와 나는 친구지. 슈얼이 나를 여기로 데려왔어. 그리고 내가 자네를 데려왔고."

"그래서 당신에게 고맙게 생각해요. 그런데 당신은 그 사람한테 고마워하지 않네요."

"개자식이니까."

"그럴지도 모르죠." 나는 슈얼이 그렇게 불리는 데 개의치 않았다. 그는 나를 무시한 사람이었다. 성긴 머리, 시리얼처럼 건조한 콧수염, 술꾼의 얼굴, 프루프록* 같은 섬세함, 우아하게 보이려고 깍지 낀 손과 꼰 다리를 하고 문학에 대해 복잡한 이야기를 늘어놓지만 그는 그래도 사악한 적은 아니었다. 내가 험볼트를 제지하는 듯 보이긴 했지만. 나는 그가 슈얼을 헐뜯는 방식이 마음에 들었다. 자제하지 않는 험볼트의 제멋대로이고 미친 듯한 발산에 나의 부끄러운 욕망 하나가 충족됐다는 건 의심의 여지가 없다.

"슈얼은 우릴 이용하고 있어." 험볼트가 말했다.

"왜 그렇게 생각해요?"

"돌아오면 우릴 쫓아낼 거야."

"하지만 이 일자리가 일 년짜리라는 건 알고 있었는데요."

"흥, 허츠**에서 빌린 차처럼, 바퀴 달린 침대나 아기 변기처럼 취급받아도 괜찮단 말인가?" 험볼트가 말했다.

체크무늬에 담요만큼이나 넓은 양치기 재킷을 입은 그의 등이 구부

---

* 엘리엇의 시 「J. 앨프리드 프루프록의 연가」에 등장하는 소심한 연인.

** 렌터카 회사.

정해졌다(익숙한 조짐이었다). 등에 들소 같은 힘이 모인다는 것은 그가 좋지 않은 일을 하려 한다는 뜻이었다. 입가와 눈가에 험악한 표정이 떠올랐고 정수리의 머리카락 두 가닥이 평소보다 더 곤두서 있었다. 그의 얼굴에 창백하고 뜨겁고 빛나는 파장이 나타났다. 회색과 크림색 깃털의 비둘기들이 진홍색 발로 사암석 창턱을 걸어다녔다. 험볼트는 비둘기를 좋아하지 않았다. 프린스턴의 비둘기, 슈얼의 비둘기라고 생각했다. 그것들이 슈얼에게 구구거렸다. 때로 험볼트는 그것들을 슈얼의 대리인이나 첩자로 여기는 듯했다. 어쨌든 이곳은 슈얼의 사무실이었고, 험볼트는 그의 책상에 앉아 있었다. 책장의 책들도 슈얼의 것이었다. 최근 험볼트는 그 책들을 상자에 처넣었다. 토인비 전집을 밀어내고 자신의 릴케와 카프카를 꽂아놓았다. 토인비를 타도하라. 슈얼도 타도하라. "여기서 자네와 나는 소모품이야, 찰리," 험볼트가 말했다. "왜냐고? 말해주지. 우리는 유대인이고, 쇼니커, 카이크*니까. 여기 프린스턴에서 우리는 슈얼에게 아무런 위협이 되지 않아."

나는 이 말을 듣고 이마를 찌푸리며 고민했던 기억이 난다. "아직도 요점을 모르겠어요." 내가 말했다.

"그럼 자신을 시니 솔로몬 레비**라고 생각해봐. 시니 솔로몬을 앉혀두면 『포인턴의 전리품』***을 논하러 일 년 동안 다마스쿠스에 가더라도 걱정 없어. 돌아와서도 멋진 교수 자리가 기다리고 있을 테니까. 자네나 나는 위협이 안 돼."

---

* 유대인을 경멸적으로 부르는 말들.

** 임의로 지은 유대인 이름.

*** 헨리 제임스의 소설.

"하지만 난 그 사람에게 위협이 되고 싶지 않아요. 그리고 슈얼이 왜 그런 걱정을 해야 하죠?"

"그 친구가 자신을 절대 받아들이지 않는 해밀턴 라이트 메이비* 같은 노인들, 염소수염을 기른 고상한 쓰레기들과 전쟁중이기 때문이지. 그는 그리스어도 앵글로색슨어도 몰라. 그 노인들에게 그 친구는 하루아침에 출세한 거슬리는 놈일 뿐이야."

"그래서요? 그 사람은 자수성가한 겁니다. 나는 그 사람 편을 들고 싶은데요."

"그 친구는 썩었어, 잡놈이야, 자네와 날 경멸해. 난 여기서 길을 걸을 때면 기분이 묘해져. 프린스턴에서 자네와 나는 이드** 보드빌에 등장하는 모와 조***야. 농담 같은 존재—애비 캐비블****과 그의 친구들 같은. 프린스턴 공동체의 구성원으로 생각할 수 없는 존재라고."

"누가 그 공동체에 들어가고 싶대요?"

"아무도 그 하찮은 사기꾼을 믿지 않아. 인간적인 데가 없어. 그 친구를 가장 잘 아는 사람인 아내도 그를 떠날 때 자기 새들을 데려갔어. 자네도 그 새장들 다 봤잖아. 빈 새장을 보고 남편을 떠올리는 것조차 싫었던 거야."

"그럼 새들을 머리와 팔에 앉히고 가겠어요? 그만해요, 험볼트, 원

---

* 미국 수필가, 비평가.

** 유대인을 경멸적으로 부르는 말.

*** 동성애자인 노동자 계층 남성 커플.

**** 미국 만화에 처음으로 등장한 유대인 주인공.

하는 게 뭐예요?"

"자네도 나만큼 모욕감을 느꼈으면 좋겠어, 나한테 모든 짐을 지우지 말고. 왜 화를 내지 않나, 찰리—아! 자네는 진짜 미국인이 아니야. 자네는 감사해하지. 자네는 외국인이야. 엘리스섬 흙에 입맞춤하는 유대인 이민자들이 품는 감사인 거라고. 자네는 공황의 소산이기도 하지. 사무실과 책상, 개인 서랍이 있는 직업을 가질 거라고 생각해본 적도 없어. 그게 아직도 너무나 즐거워서 웃음을 멈출 수 없는 거야. 자네는 이 거대한 기독교도 가정들 속에 낀 유대인 쥐야. 그런 주제에 너무 거만해서 다른 사람들을 쳐다보지도 않지."

"그런 사회적 전쟁은 나에게 아무 의미 없어요, 험볼트. 그리고 당신이 아이비리그 유대인들에 대해 했던 거친 말들을 잊으면 안 되죠. 지난주만 해도 당신은 톨스토이 편이었어요. 이제는 우리가 역사로 뛰어들어 역사의 희극인 해로운 사회적 경쟁을 그만둘 때가 됐어요."

논쟁해도 소용없었다. 톨스토이? 톨스토이는 지난주 우리의 화제였다. 험볼트의 크고 지적이고 흐트러진 얼굴은 격렬하고 신비적인 감정과 영감으로 하얘지고 뜨거워졌다. 나는 우리 둘에 대해, 우리 모두에 대해, 태양 아래서 살아가는 그 이상한 유기체들에 대해 안타까움을 느꼈다. 부풀어오르는 영혼에 너무 가까이 접촉하고 있는 거대한 정신들에 대해. 그리고 고향을 그리워하는 추방당한 영혼들에 대해. 살아 있는 모든 사람은 고향 세계의 상실을 애도했다.

초록색 소파에 앉아 쿠션에 파묻혀 있던 나에게 그 모든 것이 명료해졌다. 아, 존재란 무엇인가! 인간이란 무엇인가!

험볼트의 어리석음에 대한 연민은 나를 협조적으로 만들었다. "그래서 밤새도록 생각만 했던 거군요." 내가 말했다.

험볼트는 이상할 정도로 강조했다. "찰리, 자네는 나를 믿잖아?"

"맙소사, 험볼트! 멕시코만류를 믿느냐고 물어보지 그래요? 당신의 뭘 믿으란 거죠?"

"내가 자네를 얼마나 가깝게 느끼는지 알잖나. 우리는 얽혀 있어. 형제처럼."

"나를 다독일 필요 없어요. 털어놔요, 험볼트, 제발."

그의 옆에서는 책상이 작아 보였다. 그보다 체구가 작은 사람들을 위한 책상이었다. 그의 상반신이 불쑥 솟아 있었다. 어린이용 자동차 옆에 선 체중 300파운드의 프로 라인배커* 같았다. 손톱을 물어뜯어놓은 손가락들에 타다 남은 꽁초가 끼여 있었다. "우선은 내가 여기서 임명받도록 해야지."

"프린스턴 교수가 되고 싶은 거예요?"

"현대문학 교수 자리, 그게 내가 원하는 거야. 자네가 도와줘야 해. 슈얼이 돌아올 때쯤엔 내 자리가 확정돼 있도록. 종신 교수여야 해. 미국 정부는 『포인턴의 전리품』으로 불쌍한 시리아 유대인들을 현혹하고 억압하라고 그 친구를 보낸 거야. 그래, 일 년 동안 술에 취해 긴 문장을 웅얼거리다가 돌아온 그 친구가 여태까지 자신은 아는 척도 안 하던 늙은 멍청이들이 나를 정교수로 만들어 앉힌 걸 보게 되는 거야. 어떤가?"

"별로인데요. 그게 당신을 밤새 잠 못 들게 하던 이유였어요?"

"상상력을 발휘해봐, 찰리. 자네는 너무 물러터졌어. 모욕을 포착하

---

* 미식축구에서 상대 팀의 공격을 막는 선수.

라고. 화를 내. 그 친구는 자네를 타구唾具닦이처럼 고용했어. 자네는 자신을 여전히 중산층에 묶어놓는 그 오래된 노예 윤리의 미덕을 버려야 해. 자네가 단단해지게 내가 쇳덩이라도 좀 넣어줘야겠어."

"쇳덩이요? 이게 당신의 다섯번째 직업이 되겠네요—내가 아는 것만으로도 다섯번째 직업요. 내가 단단해진다고 쳐요—그러면 나는 뭘 얻게 되는지 알고 싶군요. 나한테 뭐가 떨어지죠?"

"찰리!" 그는 미소 지으려 했다. 하지만 미소가 아니었다. "나한테 청사진이 있어."

"그건 알겠어요. 당신은 그 사람 같아요, 누구더라, 차 한 잔도 전략 없이는 마시지 않았다는 그 알렉산더 포프*요."

험볼트는 칭찬으로 받아들인 듯 조용히 이를 드러내고 웃었다. 그러고는 말했다. "자네 할일은 이거야. 리키츠한테 가서 말해. '험볼트는 시인이고 학자에 비평가, 교수, 편집자로 무척 유명한 사람입니다. 국제적인 명성이 있고, 아마도 미국 문학사에서 한자리할 겁니다.' 그리고 이건 전부 사실이지. '리키츠 교수님, 이건 당신에게 기회입니다. 저는 험볼트가 입에 겨우 풀칠하는 보헤미안처럼 사는 데 지쳤다는 걸 압니다. 문학계는 빠르게 변화합니다. 아방가르드는 이미 추억이 됐죠. 험볼트는 지금보다 품위 있고 안정된 삶을 살아야 합니다. 이제 결혼도 했으니까요. 저는 험볼트가 프린스턴을 사랑한다는 걸 알고 있고, 교수님이 자리를 제안하시면 그는 분명 마다하지 않을 겁니다. 제가 설득할 수도 있습니다. 리키츠 교수님, 이 기회를 놓치지 마십시오.

* 18세기 초 영국 시인, 번역가.

프린스턴에는 아인슈타인과 파놉스키*가 있습니다. 하지만 문학 창작 쪽으론 약하죠. 캠퍼스에 예술가들을 유치하는 것이 앞으로의 추세입이다. 애머스트에는 로버트 프로스트가 있죠. 뒤처지지 마십시오. 플라이셔를 잡으세요. 그를 떠나게 두시면 안 됩니다. 그를 놓치면 삼류만 남을 겁니다.' 이렇게 말하라고."

"아인슈타인과 파놉스키 얘기는 안 할 겁니다. 차라리 모세와 예언자들 얘기를 하죠. 참으로 확실한 계획이군요! 아이크가 영감을 줬군요. 나는 그런 걸 고귀한 정신의 저열한 교활함이라 부르죠."

그러나 그는 웃지 않았다. 눈이 충혈되어 있었다. 밤새 깨어 있었던 것이다. 먼저 그는 개표 결과를 지켜보았다. 그러고는 절망에 사로잡혀 집안과 마당을 돌아다니며 어떻게 할지 생각했다. 그러다가 이 반란을 계획했다. 영감으로 가득찬 그는 뷰익을 타고 학교로 향했고, 고장난 머플러가 시골길에서 요란한 소리를 울리고 크고 기다란 차가 커브길을 위험하게 돌며 질주했다. 마르모트들이 벌써 동면에 들어간 게 다행이었다. 어떤 인물들이 그의 생각 속에 우글거리는지 나는 알았다. 월폴**, 모스카 백작***, 디즈레일리****, 레닌. 그는 시대를 초월한 숭고함을 품고 영생에 대해서도 생각했다. 에스겔*****과 플라톤이 빠지지 않았다. 그는 고귀했다. 그러나 노여움이 쌓여 있었고, 광기가 그

---

* 독일계 미국인 예술사학자.

** 영국 소설가, 정치인.

*** 스탕달의 소설 『파르마의 수도원』에서 정치적 음모와 연애 사건에 연루되지만 극복하는 인물.

**** 영국 보수당 정치인, 소설가.

***** 기원전 6세기경 유대인 예언자, 사제.

를 비열하고 이상한 사람으로 만들었다. 피로로 손이 무겁고 얼굴이 굳은 그는 서류가방에서 약병을 꺼내 손바닥에 몇 알 덜어 삼켰다. 진정제 같았다. 아니면 더 빠른 암페타민인지도 모른다. 그는 그것을 물 없이 삼켰다. 그는 스스로 의사 역할을 했다. 데미 퐁헬처럼. 그녀는 화장실 문을 잠그고 많은 약을 먹었다.

"그러니까 리키츠에게 가라고." 험볼트가 나에게 말했다.

"그 사람은 그냥 간판 같은 인물인 듯하던데요."

"맞아. 그 사람은 꼭두각시야. 하지만 영감들은 그를 포기 못하지. 우리가 그를 설득하면 그들도 따라서 지지할 거야."

"그런데 리키츠가 내 말에 귀를 기울여줄까요?"

"물론이지, 이 친구야, 내가 자네 희곡이 연극으로 공연될 거라고 말해두었거든."

"뭐라고요?"

"내년에 브로드웨이에서 한다고. 저들은 자네를 성공한 극작가로 여기고 있어."

"대체 왜 그랬어요? 내가 사기꾼 같잖아요."

"그렇지 않아. 그 얘긴 사실이 될 테니까. 〈케니언〉에 실린 자네 마지막 에세이를 읽어보라고 리키츠에게 줬고, 그는 자네가 유망하다고 생각해. 나에게 아닌 척하지 말게. 난 자네를 알아. 자네는 음모와 장난을 좋아하지. 지금 기뻐서 이빨이 곤두선 게 다 보이는군. 게다가 이건 단순한 음모가 아냐……"

"뭐요? 그럼 마법입니까! 망할 주술이냐고요!"

"주술이 아니야. 서로 돕는 거지."

"그런 말도 안 되는 소리 하지 마세요."

"먼저 내 일부터 하고, 그다음이 자네 차례야." 그가 말했다.

내 언성이 높아졌던 것을 또렷이 기억한다. 나는 소리쳤다. "뭐라고요!" 그러고는 웃음을 터뜨렸다. "당신이 나까지 프린스턴 교수로 만들겠다고요? 당신은 내가 평생 술이나 마시면서 그 지루함, 잡담, 아첨을 견딜 수 있다고 생각해요? 워싱턴에서 실패하니까 학계의 뮤직박스 같은 게 되기로 재빨리 결정했군요. 고맙지만 나는 불행도 내 방식대로 찾겠습니다. 유대인은 누리지 못할 이 특권을 나 대신 이 년 동안 누리시길."

험볼트는 손을 저었다. "내 기분을 해치지 말게. 찰리, 자네 혀는 참 대단해. 그런 말 하지 마. 그러면 정말 그런 일이 일어나리라 기대하게 된다고. 그걸로 내 미래가 물들 거야."

나는 말을 멈추고 그의 이상한 제안을 따져보았다. 그러고는 험볼트를 바라보았다. 그의 정신은 진지하면서도 묘한 노동을 하고 있었다. 부풀어올라 이상하고 고통스럽게 맥동하고 있었다. 그는 거의 소리도 내지 않고 헐떡거리며 웃어넘기려 했다. 숨소리도 간신히 들렸다.

"리키츠한테 할 얘기가 다 거짓말은 아냐." 그가 말했다. "저들이 나 같은 사람을 어디서 구하겠나?"

"좋아요, 험볼트. 어려운 질문이네요."

"그래, 난 이 나라를 대표하는 문인 중 한 사람이야."

"물론 그렇죠, 최상일 때는."

"난 자네 도움이 필요해. 특히 땅에 어둠이 내리는 이 아이크 시대에는 말이야."

"그런데 왜 이래야 하죠?"

"글쎄, 사실은, 찰리, 난 지금 일시적이긴 해도 사정이 안 좋아. 다시 시를 쓸 수 있는 상태로 돌아가야 해. 그런데 내 마음의 평정은 어디로 갔지? 걱정거리가 너무 많아. 그것들이 나를 고갈시켜. 세상은 계속 나를 가로막고. 나는 마법에 걸린 상태로 돌아가야 해. 지금은 현실의 외곽에서 출퇴근하며 사는 느낌이야. 멈춰야 해. 내 자리를 찾아야 한다고. 난 여기 있어(여기, 이 세상이라는 뜻이었다). 뭔가 하려고, 뭔가 좋은 일을."

"알아요, 험볼트. 여기가 꼭 프린스턴만은 아닐 거고, 좋은 일은 누구나 기다리죠."

눈이 더욱 충혈된 험볼트가 말했다. "찰리, 자네가 날 좋아한다는 거 알아."

"사실이에요. 하지만 그 얘긴 한 번만 하죠."

"자네 말이 옳아. 하지만 난 자네의 형제이기도 해. 캐슬린도 알지. 데미 퐁헬을 포함해서 우리가 서로를 어떻게 느끼는지는 명백해. 내 기분 좀 맞춰줘, 찰리. 얼마나 어리석게 보이는지는 신경쓰지 마. 내 기분을 맞춰줘, 그게 중요해. 리키츠에게 전화를 걸어서 할말이 있다고 하게."

"좋아요. 그러죠."

험볼트가 슈얼의 노란색 작은 책상에 손을 얹고 의자의 쇠바퀴가 기분 나쁘게 삐걱댈 때까지 등을 기대어 밀었다. 담배 연기에 그의 머리카락 끝이 흐릿해 보였다. 그는 고개를 숙였다. 그러더니 마치 저 깊은 물속에서 막 떠오른 것처럼 나를 살펴보았다.

"자네 예금 계좌 있나, 찰리? 돈을 어디에 넣어두지?"

"무슨 돈요?"

"계좌 없어?"

"체이스맨해튼은행요. 12달러쯤 있습니다. "

"나는 콘익스체인지야." 그가 말했다. "자, 자네 수표책은 어디 있지?"

"트렌치코트에 있어요."

"보여줘봐."

나는 끝이 말린 초록색 수표책을 펄럭거리며 꺼냈다. "잔액이 8달러뿐이군요." 내가 말했다.

그러자 험볼트가 체크무늬 재킷에서 자기 수표책을 꺼내더니 많은 펜 중 하나를 뽑았다. 그는 만년필과 볼펜을 탄띠를 두르다시피 달고 다녔다.

"뭐하는 거예요, 험볼트?"

"내 계좌에서 인출할 수 있는 *백지 위임장*을 줄게. 자네 이름으로 백지 수표를 써준다고. 자네도 내게 하나 써주게. 날짜나 액수 없이 '폰 험볼트 플라이셔에게 지급할 것'이라고만 써. 앉아, 찰리, 어서 적어줘."

"그게 뭡니까? 내키지 않는데요. 왜 이러는지 알아야겠습니다."

"은행에 8달러밖에 없으면서 왜 야단인가?"

"액수가 문제가 아니라……"

그는 매우 감동한 듯 말했다. "바로 그거야. 액수가 문제가 아니지. 그게 요점이야. 필요해지는 순간이 오면, 필요한 액수를 마음대로 써넣고 현금화해. 나도 그러겠네. 친구이자 형제로서 이걸 남용하지 않겠다고 맹세하자고. 최악의 사태를 위해 유보해둔다고. 아까 내가 서로 돕는다고 말했을 때 자네는 진지하게 받아들이지 않았어. 자, 이젠 알겠지." 그는 체중을 실어 책상에 기대더니 손을 떨며 내 이름을 깨알같이 적어넣었다.

나의 자제력도 그보다 나을 것이 없었다. 팔에 온통 신경만 있는 듯 서명하는 내내 움찔움찔했다. 덩치 크고 섬세하고 지저분한 험볼트가 회전의자에서 몸을 일으켜 콘익스체인지은행 수표를 건넸다. "아니, 아무렇게나 주머니에 넣으면 안 돼." 그가 말했다. "따로 잘 보관하면 좋겠어. 위험하니까. 소중한 거란 뜻이지."

우리는 악수했다 — 네 개의 손으로. 험볼트가 말했다. "이로써 우린 의형제가 되는 거야. 신성한 계약을 맺었어. 이건 서약이야."

일 년 후 나는 브로드웨이에서 성공을 거두었고, 그는 나의 백지수표에 액수를 기입해 돈을 꺼내갔다. 그는 내가 자신을 배신했고, 의형제라는 신성한 계약을 어겼고, 캐슬린과 공모했고, 그에게 경찰을 붙였고, 그를 속였다고 말했다. 그에게 구속복*을 입히고 벨뷰병원에 감금시킨 것도 다 내가 한 일이라고 했다. 그 죄에 대해서 나는 벌을 받아야 했다. 그는 나에게 벌금을 물렸다. 체이스맨해튼은행 내 계좌에서 6763달러 58센트를 인출했던 것이다.

그가 나에게 준 수표는 서랍 속 셔츠들 밑에 두었다. 몇 주 후 그 수표는 사라졌고 다시는 볼 수 없었다.

---

* 정신이상자나 폭력적인 사람의 행동을 제한하거나 진정시키기 위해 입히는 옷.

* * *

여기에 이르자 명상하기가 정말 힘들어졌다. 왜일까? 험볼트의 욕설과 비난이 극심한 혼란, 공격적인 불안과 함께 대공포처럼 나에게 되돌아왔기 때문이다. 나는 왜 여기 누워 있었지? 나는 밀라노로 날아갈 준비를 해야 했다. 레나타와 이탈리아에 가기로 했다. 밀라노에서의 크리스마스! 그전에 나는 데니즈가 마지막 한푼까지 나에게서 긁어가려고 제기한 소송에 대비해 변호사 포러스트 톰체크와 의논한 후, 우르바노비치 판사 사무실에서 있을 심리에 참석해야 했다. 회계사 머라에게 가서, 정부가 나에게 건 세금 소송 건도 의논해야 했다. 또한 피어 댁스터가 〈아크〉에 대해 이야기하러 캘리포니아에서 오기로 했다— 사실은 내 담보가 들어간 대출금을 왜 똑바로 갚지 않았는지 설명하기 위해서였다. 자기 속을 드러내고 그럼으로써 내 속도 드러내게 하려는 것이었다. 내가 누구에게 속을 감추는 인간인가? 메르세데스를 팔아버릴지, 돈을 들여 수리할지의 문제도 있었다. 폐차할 준비도 되어 있었다. 새로운 영혼을 대변한다 자처하는 로널드 칸타빌레로 말할 것 같으면, 지금이라도 당장 그가 연락해올 것 같았다.

그러나 나는 끊임없이 밀려들어 심란하게 하는 이 모든 것으로부터 나를 지킬 수 있었다. 일어나고 싶은 충동을 마치 사악한 유혹이라도 되는 양 싸워 이겼다. 거위들에게서 탈취한 깃털로 채운 소파에 푹 파묻혀 험볼트 생각에 매달렸다. 그동안 했던 의지강화훈련이 헛되지는 않았다. 보통은 식물을 주제로 삼았다. 과거에서 소환한 어느 특정한 장미 덤불이나 식물해부학 같은 것. 나는 에서*라는 여성이 쓴 방대한 식물학 책을 구해 형태학, 원형질체, 원형질활동의 죽은 부산물 등에 몰두함으로써 내 훈련에 실제적인 내용이 담길 수 있도록 했다. 게으르고 되는대로 하는 공상가가 되고 싶진 않았다.

슈얼이 반유대주의자라고? 터무니없는 소리다. 험볼트다운 날조다. 의형제니 서약이니 하는 건 그나마 진정성이 있었다. 의형제는 현실적인 욕망의 과장이었다. 그러나 진정성이 충분하지 않았다. 지금 나는 리키츠를 찾아가기 전에 우리가 했던 끝없던 논의와 설명을 떠올리려 애쓰고 있다. 마침내 나는 험볼트에게 말했다. "됐어요. 어떻게 할지 알겠어요. 그만 얘기해도 돼요." 데미 퐁헬도 나를 지도했다. 그녀는 험볼트가 무척 우습다고 생각했다. 만남이 있던 날 아침에 그녀는 내가 제대로 옷을 갖춰 입었는지 확인하고 택시로 나를 펜역**에 데려다주었다.

오늘 아침 시카고에서 나는 리키츠를 떠올리는 데 별 어려움이 없었다. 그는 팔팔했지만 백발이었다. 크루컷*** 스타일 머리가 이마에 살짝 내려와 있었다. 그는 건장하고 튼튼하고 목에 혈기가 돌았으며, 잘생긴 가구배달원 같았다. 전쟁이 끝난 지 여러 해가 흘렀지만 이 건장하고 매력적인 남자는 아직도 군대 속어에 집착했다. 진회색 모직 정장을 입은 그는 농담하며 어울리기에는 조금 진지해 보였지만, 나를 무겁지 않은 태도로 대하려고 애썼다. "두 사람이 슈얼의 강의 계획을 멋지게 진행하고 있다고 들었습니다. 소문이 그래요."

---

* 독일계 미국인 식물학자 캐서린 애서. 『식물해부학』을 썼다.

** 펜실베이니아역의 줄임말.

*** 운동선수나 군인 등이 주로 하는 짧은 컷.

“아, 험볼트가 「비잔티움으로의 항해」*에 대해 강의하는 걸 들으셨어야 하는데 말입니다.”

“다들 그러더군요. 나는 갈 수가 없었습니다. 행정 사무 때문에. 골치 아픈 일이죠. 당신은 어떤가요, 찰리?”

“이곳에서의 매 순간을 즐기고 있습니다.”

“훌륭하군요. 당신 일도 계속하고 있겠죠? 험볼트 말이, 당신 작품이 내년 브로드웨이에 올라간다고요.”

“늘 그렇게 앞서서 말하는 사람입니다.”

“아, 험볼트는 대단한 사람이죠. 우리 모두에게 좋은 일입니다. 학과장에 취임한 첫해인 나에게도요.”

“아, 올해가요?”

“네, 시험항해 기간이기도 하고요. 두 사람 다 와줘서 기쁩니다. 그건 그렇고, 당신은 기분이 무척 좋아 보이는군요.”

“언제나 그런 편입니다. 그래서 뭐라는 사람들도 있지만요. 지난주에는 술 취한 어떤 여자가 도대체 왜 그러느냐고 묻더군요. 제가 강박적인 *하이미셔*** 타입이라면서요.”

“그래요? 그런 표현은 못 들어본 것 같은데.”

“저도 새로웠습니다. 그녀는 제가 실존적으로 길을 잃은 사람이라고 하더군요. 그러더니 마지막에 ‘당신은 정말 잘 지내는 것 같아 보이지만, 삶이 당신을 빈 맥주캔처럼 찌그러뜨릴 거예요’라고 말했습니다.”

---

* 예이츠의 시.

** ‘고향의, 친숙한, 능통한’이라는 뜻을 가진 독일어 ‘heimisch’로 만든 조어로, 두렵고 낯선 상황을 친숙한 것으로 받아들이는 사람이라는 의미다.

크루컷 머리 아래로 리키츠의 눈은 부끄러워 당황한 듯했다. 내 유쾌하기만 한 기분이 부담스러웠는지 모른다. 나는 그저 이 만남을 부드럽게 이어가려 했을 뿐이었다. 그러나 이내 리키츠가 괴로워하고 있다는 것을 깨달았다. 그는 내게 뭔가 속셈이 있다는 것을 눈치챘다. 나는 여기 왜 왔으며, 이건 대체 어떤 방문인가? 내가 험볼트가 보낸 사절인 건 명백했다. 나는 전언을 가져왔고, 험볼트의 전언이라면 골칫거리일 터였다.

리키츠한테 미안했지만 나는 최대한 빨리 용건을 이야기했다. 험볼트와 나는 친구이고, 이곳에서 그와 많은 시간을 보낼 수 있다는 것은 나에게 큰 특권이다. 아, 험볼트! 현명하고 따뜻하고 재능 있는 험볼트! 시인, 비평가, 학자, 교수, 편집자, 독창적이고……

나를 도우려는 듯 리키츠가 끼어들었다. "한마디로 천재죠."

"고맙습니다. 결국 그렇습니다. 제가 말씀드리고 싶었던 이야기가. 험볼트가 스스로 말하지는 않겠죠. 전적으로 제 생각입니다. 전 그냥 지나쳐갈 사람이지만, 험볼트를 잡지 않으시는 건 잘못입니다. 그 사람을 놓치면 안 됩니다. "

"괜찮은 생각이군요."

"시에 대해서는 시인만이 말할 수 있는 것들이 있습니다."

"그래요, 드라이든도 콜리지*도, 포도 그랬죠. 그런데 험볼트가 학교에 매여 있으려는 이유가 있을까요?"

"험볼트는 그렇게 생각하지 않습니다. 그는 지성 공동체를 필요로

---

* 영국 시인, 평론가들.

하는 것 같아요. 교수님은 험볼트처럼 영감을 지닌 사람에게 이 나라의 거대한 사회구조가 얼마나 압박감을 주는지 아실 겁니다. 어디로 향해야 하는가가 문제죠. 최근 대학에서는 시인들을 임용하는 추세고, 조만간 여기서도 그러시겠지요. 최고의 시인을 얻을 수 있는 기회입니다."

아주 작은 사실 하나도 넘겨버리지 않도록 가능한 한 세세하게 명상하다보니, 험볼트가 리키츠를 어떻게 다뤄야 하는지 나를 지도하던 모습까지 떠올릴 수 있었다. 설득력 있는 우쭐한 미소를 띤 험볼트의 얼굴이 내 얼굴에 너무 가까워서 그의 뺨의 온기 혹은 열기까지 느껴질 정도였다. 험볼트가 말했다. "자네는 이런 유의 심부름에 재능이 있어. 내가 알지." 내가 참견하는 데 타고났다는 뜻이었을까? "리키츠 같은 사람은 신교도들 기성 사회에서 크게 성공 못했어. 기업 회장, 이사장, 대형 은행, 공화당 전국위원회, 합동참모본부, 의회예산국, 연방준비제도 이사회 등등 중요한 역할을 맡기에는 능력이 부족해. 그런 사람이 교수가 되면 어리고 약한 남동생 혹은 여동생처럼 도움이 필요하지. 그는 아마도 센추리클럽 회원일 거야. 파이어스톤 가문이나 포드 가문 젊은 사람들에게 「늙은 뱃사람」*을 가르치는 일도 괜찮지. 인본주의자에 학자, 보이스카우트 단장, 사람 좋은 얼간이지."

험볼트가 옳았을 수도 있다. 리키츠가 나를 버거워하는 것을 알 수 있었다. 진지한 갈색 눈은 고통스러워 보였다. 그는 내가 할말을 마치고 면담이 끝나기만 기다렸다. 그를 몰아세우고 싶지 않았지만 내 뒤

* 콜리지가 쓴 625행의 담시.

에는 험볼트가 있었다. 아이크가 당선된 날 험볼트는 잠을 못 잤기 때문에, 약과 술에 취했거나 대사성 중독을 일으켰거나 정신이 꿈의 작용에서부터 회복되지 못했기 때문에, 자기 재능을 부정했거나 정신력이 부족했거나 혹은 시와는 거리가 먼 미합중국의 힘에 맞설 수 없을 정도로 나약했기 때문에, 내가 여기서 리키츠를 괴롭히게 된 것이었다. 나는 리키츠에게 연민을 느꼈다. 게다가 험볼트처럼 프린스턴이 그리 대단하다는 생각도 들지 않았다. 이곳은 시끄러운 뉴어크와 불결한 트렌턴 사이에 위치한 성역이자, 칙칙폭폭 지나다니는 지역 기차와 느릅나무들과 사랑스러운 초록빛 울이 있는 동물원*이요 온천이었다. 훗날 내가 관광차 방문했던 브르냐치카 바냐라는 세르비아 온천지대와 비슷했다. 그러나 프린스턴이 무엇인지는 중요하지 않을 수도 있었다. 그곳은 공장이나 백화점, 대기업 사무실도, 관료적 기관도, 일상의 직업 세계도 아니었다. 일상의 직업 세계를 피할 수 있다면 그는 지성인이나 예술가라는 뜻이었다. 가만히 있을 수 없고, 그러면 몸이 떨리고, 흥분되고, 너무 화가 나서 하루 여덟 시간씩 책상 앞에 앉아 있을 수 없는 사람에게는 기관이, 좀더 고차원적인 기관이 필요하다.

"험볼트에게 시를 위해 일할 수 있는 자리를 주세요." 내가 말했다.

"시를 위해 일할 수 있는 자리라고요! 자리! 아!—참으로 멋진 생각이군요." 리키츠가 말했다. "그러면 다 좋겠죠. 난 모두를 대변해서 말하는 겁니다. 우리 모두 찬성표를 던지겠죠. 하지만 돈이 문제예요! 돈만 충분하다면야! 찰리, 우리는 정말 돈이 없습니다. 게다가 이 조직도

* 미국에서는 프린스턴을 희귀종 지성인들이 모인 동물원에 비유하곤 한다.

다른 조직과 마찬가지로 정원이란 게 있습니다."

"정원요? 설명해주시겠습니까."

"자리를 새로 만들어야 하는 겁니다. 큰일이죠."

"자리는 어떻게 만들죠?"

"원칙적으로 특별기금이 필요합니다. 이십 년 동안 연간 1만 5천에서 2만 달러가 필요해요. 퇴직금까지 합치면 50만 달러나 되죠. 우리에게는 그만한 돈이 없습니다, 찰리. 오, 우리도 정말 험볼트를 잡고 싶습니다. 가슴 아픈 일이죠, 당신도 알겠지만." 리키츠는 이제 놀라울 정도로 유쾌해졌다. 특별히 애쓰지 않아도 나의 세밀한 관찰력이 그때 그의 띠처럼 둘린 짧고 건강한 백발, 갈색이 도는 체리색 눈동자, 생기 있는 얼굴, 행복해 보이는 뺨을 떠올려주었다. 그와 악수했을 때 나는 다 끝났다고 생각했다. 우리를 처리한 리키츠는 뛸듯이 기뻐하며 다정하게 말했다. "그럴 돈만 있다면 얼마나 좋겠습니까!" 그가 되풀이했다.

험볼트가 들떠서 기다리고 있었지만, 나는 신선한 공기 속에서 잠시 자신을 위한 시간을 가졌다. 내가 갈색 사암석 아치 아래, 사람들 발길에 움푹 팬 돌 위에 잠시 서 있는데, 먹이를 찾는 다람쥐들이 산책하기 좋은 평탄한 중정의 사방에서 내 쪽으로 몰려들었다. 쌀쌀하고 안개 자욱한 11월의 흐릿한 금빛 햇살이 나뭇가지들을 둥근 원들로 묶고 있었다. 데미 퐁헬의 얼굴에도 그런 금빛 창백함이 어려 있었다. 담비 깃이 달린 코트, 내 몸에 닿은 우아하고 선정적인 무릎, 공주처럼 뾰족한 발, 눈만큼이나 감정이 넘치는 벌어진 콧구멍, 굶주린 듯 숨을 몰아쉬며 그녀는 따듯한 얼굴을 나에게 맞대어 키스해주었고, 꼭 맞는 장갑을 낀 손으로 나를 다독이며 말했다. "당신은 잘해낼 거야, 찰리. 정말 잘해낼 거야." 우리는 그날 아침 펜역에서 헤어졌다. 택시가 그녀를 기다리고 있었다.

나는 험볼트가 동의하리라곤 생각지 않았다.

그러나 놀랍게도 내 생각이 틀렸다. 내가 사무실에 도착하자 그는 학생들을 내보냈다. 그는 그 학생들 모두를 문학에 열광하도록 만들었다. 그들은 항상 그의 주변을 맴돌았고 습작을 들고 복도에서 기다렸다. "여러분," 그가 알렸다. "일이 좀 생겨서 말이야. 약속을 한 시간 뒤로 미뤄야겠어. 열한시 약속은 열두시로. 두시 반은 세시 반으로." 나는 들어갔다. 그가 책과 담배 연기가 가득한 사무실 문을 잠갔다. "어떻게 됐나?"

"돈이 없다는데요."

"안 된다고 하지는 않고?"

"당신은 유명한 사람이고, 그 사람은 당신을 좋아하고 존경하고 원하지만, 돈 없이는 자리를 만들 수 없대요."

"그렇게 말했다고?"

"정확히 그렇게요."

"그렇다면 성공한 것 같은데! 찰리, 우리가 성공했어! 우리가 해냈다고!"

"뭐가 성공했단 거죠? 뭘 어떻게 해냈단 거예요?"

"왜냐하면 하, 하! 그가 예산 뒤로 숨었으니까. '소용없는 일'이라든가 '절대 안 된다'고 하지 않았잖아. '여기서 당장 나가'라고도." 험볼트는 주위로 담배 연기가 스카프처럼 날리는 동안 작은 치아들 사이로 거의 소리도 내지 않고 헐떡거리는 특유의 웃음을 지었다. 그럴 때 그는 머더구스 같았다. 암소가 달을 뛰어넘었다. 작은 개가 그걸 보고 재밌다고 웃었다.* 험볼트는 말했다. "독점자본주의는 창조적인 인간들을 쥐새끼로 취급했어. 그런데 역사에서 그런 국면은 끝나가고 있어……" 그의 말이 사실일지라도 나는 그것이 이 일과 무슨 관련이 있는지 알 수 없었다. "우리는 어딘가로 가고 있어."

"그러면, 나한테도 말해줘요."

"나중에 말해줄게. 어쨌든 아주 잘했어." 험볼트는 모든 결정적인 순간에 그랬듯이 서류가방을 꾸리기 시작했다. 버클을 풀고 늘어진 덮개를 젖히더니 책 몇 권과 원고, 약통을 꺼냈다. 고양이가 바짓단을 발톱으로 잡아채기라도 한 듯 요상한 발동작을 해 보였다. 그는 긁힌 자국들이 있는 가죽가방을 다른 책들과 서류들로 새로 채워넣었다. 그러고는 챙이 넓은 모자를 코트걸이에서 내렸다. 자기 발명품을 대도시로 가져가는 무성영화 주인공처럼, 그는 뉴욕으로 떠났다. "학생들이 볼 수 있게 안내문 좀 붙여주게. 내일 돌아온다고." 그가 말했다.

나는 기차역까지 그를 바래다주었지만 그는 아무 말도 더 해주지 않았다. 그는 낡은 소형 전차에 올라탔다. 지저분한 창문 너머로 나에게 손가락을 흔들었다. 그리고 떠났다.

나는 오직 리키츠와의 면담을 위해 이곳에 왔기 때문에 그와 함께 뉴욕으로 돌아갈 수도 있었다. 하지만 그가 조증 상태일 때는 그냥 내버려두는 것이 상책이었다.

---

* 머더구스가 지은 동요집에 나오는 가사.

* * *

그래서 나 시트린은, 삶의 한가운데에서, (매장된 자들의 발—험볼트의 발—이 담뱃잎처럼 너덜너덜해지는 것을 감안할 때) 캐시미어 양말을 신고 소파에 편안하게 누워 나의 건장하고 영감 넘치는 동료가 쇠락해서 파멸해간 과정을 재구성해보았다. 그의 재능은 망가졌다. 그리고 이제 나는 이 시대에 재능을 어떻게 해야 할지 생각해야 했다. 영혼의 나병을 어떻게 예방할 것인지. 왠지 그 일이 나에게 달린 것만 같았다.

나는 막무가내로 명상을 했다. 마음속으로 험볼트를 따라갔다. 그는 기차에서 담배를 피우고 있었다. 그가 먼지 낀 단색 유리돔 아래 펜역의 거대한 홀을 재빠르게, 조증 상태로 지나가는 모습이 보였다. 그리고 택시에 타는 것이 보였다—보통은 지하철로 충분했다. 그러나 이 날은 움직임 하나하나가 전에 없이 독특했다. 이성에 의지할 수 없었기 때문이다. 그의 이성은 더 짧은 주기로 돌아왔다 사라졌고, 어느 날 영원히 사라질 수도 있었다. 그러면 어떻게 해야 할까? 이성을 단번에 잃는다면 그와 캐슬린은 많은 돈이 필요해질 것이다. 또한 그가 나에게 말했듯이, 프린스턴 종신 교수더라도 누가 신경이나 쓰겠는가? 아, 가엾은 험볼트! 그는 훌륭할 수 있었다—아니, 그는 훌륭했다!

이제 그는 솟아오르고 있었다. 지금 그의 생각은 곧바로 정상에게 가는 것이었다. 이 손상된 영혼이 그곳에 다다랐을 때, 정상은 그의 의도를 이해했다. 험볼트는 관심과 배려를 받았다.

험볼트가 만나러 간 사람은 유명한 롱스태프, 미국 고등교육의 대공大公인 월무어 롱스태프였다. 롱스태프는 새로운 벨리샤재단의 첫번째 책임자로 임명되었다. 벨리샤재단은 카네기나 록펠러보다 돈이 많았고, 롱스태프에게는 과학과 학문, 예술, 사회개선을 위해 쓸 수 있는 수억 달러가 있었다. 험볼트는 이미 이 재단에서 명예직을 얻었다. 그의 좋은 친구 힐데브란트가 그 자리를 얻어주었다. 자신이 시인이면서 아방가르드 시인들의 작품을 출간하는 난봉꾼 출판업자 힐데브란트는 험볼트의 후원자였다. 힐데브란트는 뉴욕시립대에서 험볼트를 발견했고, 그의 작품에 감탄했고, 그와 하는 대화를 좋아했고, 그를 보호했으며, 그를 힐데브란트출판사에 편집자로 앉히고 월급도 주었다. 그래서 험볼트는 힐데브란트를 비방할 때는 목소리를 낮췄다. "그 사람은 맹인들 돈을 떼어먹어, 찰리. 맹인협회에서 연필을 보내면 그 자선 연필들을 그냥 가져버리지. 돈은 한푼도 보내지 않고."

"부자가 인색한 법이에요." 내가 이렇게 말했던 기억이 난다.

"그래, 그런데 그 사람은 과해. 그의 집에서 저녁을 먹어봐. 배고파 죽을걸. 그리고 왜 롱스태프가 작가들을 위한 프로그램을 기획하라고 3만 달러에 힐데브란트를 고용했는지 아나? 나 때문이었어. 재단은 시인들을 직접 상대하지 않고 시인 마구간을 소유한 사람과 일을 처리하지. 그래서 일은 내가 다 하고도 8천 달러를 받는 게 고작이야."

"시간제 근무치고 8천이면 나쁘진 않잖아요?"

"찰리, 그렇게 공평한 척하는 건 천박해. 내가 나를 약자라고 말하는데, 마치 내가 특혜라도 누린다는 듯이 은근슬쩍 말하는 자네는 그럼 약자의 약자겠군. 힐데브란트는 나한테서 최대한의 가치를 뽑아내. 그는 원고를 절대 읽지 않아. 항상 크루즈 여행을 하거나 선밸리에서 스키를 탈 뿐이지. 내가 조언해주지 않으면 아마 화장지를 출판할걸. 내 덕분에 백만장자 속물이 되지 않은 거야. 거트루드 스타인도 내가 연결시켜줬고. 엘리엇도 마찬가지야. 내 덕분에 롱스태프 앞에 뭔가 내놓을 게 생긴 거라고. 하지만 내가 롱스태프와 직접 대화하는 건 절대 금지야."

"설마요."

"정말이야! 내가 말해주지." 험볼트가 말했다. "롱스태프 전용 엘리베이터가 있어. 직책이 낮은 사람들은 아무도 그의 펜트하우스에 못 가. 나는 그가 오갈 때 멀리서 봤는데 그에게 접근하지 말란 지시를 받았지."

수년 후, 나 시트린은 해안경비대 헬리콥터에서 월무어 롱스태프 옆에 앉아 있었다. 그때 그는 나이들었고, 영광에서 추락해 끝을 향해가고 있었다. 잘나가던 시절의 그는 영화배우나 오성 장군, 마키아벨리의 군주, 혹은 아리스토텔레스의 위대한 영혼을 지닌 사람처럼 보였다. 롱스태프는 고전을 무기 삼아 기술주의와 금권정치에 대항했다. 그는 이 나라에서 가장 영향력 있는 사람들에게 플라톤과 홉스에 대해 토론하도록 강요했다. 항공사 사장들, 회장들, 증권거래소 소장들이 회의실에서 『안티고네』*를 공연하도록 만들었다. 그러나 진실은 진실이고, 롱스태프는 여러 면에서 일류였다. 그는 뛰어난 교육자였고 고귀하기까지 했다. 그토록 눈에 띄는 외모가 아니었다면 그의 삶은 좀 더 쉬웠을지도 모른다.

---

* 고대 그리스 작가 소포클레스의 비극.

어쨌든, 험볼트는 옛 영화에 나오는 수완 좋은 인물처럼 대담한 짓을 저질렀다. 허락도 없이 롱스태프 전용 엘리베이터에 올라 버튼을 누른 것이다. 웅장하고 섬세한 펜트하우스가 나타나자 그는 접수원에게 가서 이름을 알렸다. 그렇다, 약속도 없이 나타났지만(고층건물의 더 맑은 공기 속에서 빛나는 태양이 그의 뺨과 더러워진 옷을 비추는 장면이 눈에 보이는 듯했다), 그는 폰 험볼트 플라이셔였다. 그 이름이면 충분했다. 롱스태프는 그를 들어오게 해주었다. 게다가 무척이나 반겨주었다. 비행을 하는 동안 롱스태프가 나에게 그런 이야기를 들려주었는데, 나는 그를 믿었다. 우리는 오렌지색 부풀린 구명조끼를 입고, 벨트를 매고, 긴 칼을 찬 채 헬리콥터에 앉아 있었다. 칼은 왜 찼을까? 항구 근처 바다에 떨어지면 상어와 싸워야 할 수도 있을 터였다. "그 친구가 쓴 시를 읽어봤죠." 롱스태프가 말했다. "대단한 재능이라고 생각했습니다." 물론 나는 그가 『실낙원』*을 영어로 쓰인 마지막 시작품이라고 생각한다는 것을 알고 있었다. 롱스태프는 위대함에 열광하는 인물이었다. 그의 말은 험볼트가 의심의 여지가 없는 시인이고 매력적인 사람이라는 뜻이었다. 물론 험볼트는 그런 사람이었다. 롱스태프의 집무실에 나타난 험볼트는 사악함과 독창성에 휘청거리고, 조증의 에너지가 부풀고, 눈앞에 반점이 떠돌고 마음은 얼룩져 있었을 것이다. 그는 롱스태프를 설득하고, 슈얼을 제거하고, 리키츠의 꾀를 이기고, 힐데브란트를 압박해 운명을 뒤집을 작정이었다. 그 순간 그는 뱀처럼 생긴 도구로 하수구를 뚫으러 온 로토루터** 직원처럼 보였다. 그러나 그는 프린

* 영국 시인 밀턴의 대서사시.

** 배관 수리 및 청소 등의 서비스를 제공하는 회사.

스턴 교수 자리를 노리고 있었다. 아이크는 승리했고, 스티븐슨은 물러났지만, 험볼트는 펜트하우스와 그 너머를 향해 뛰어들었다.

롱스태프도 잘나가고 있었다. 그는 플라톤, 아리스토텔레스, 아퀴나스를 들먹이며 재단 이사진을 괴롭히고 그들에게 타격을 주었다. 롱스태프는 프린스턴과 해결해야 할 해묵은 원한이라도 있는 듯 그 교육계의 콘크리트 기득권 진지에 과격한 화염방사기를 조준하고 있었다. 나는 롱스태프가 루스벨트에게 잘 보이려 했다는 것을 이키스*의 『일기』를 읽고 알았다. 그는 대통령 선거의 동반자로서 월리스의 자리를, 이후에는 트루먼의 자리를 노렸다. 부통령에 이어 대통령이 되기를 꿈꾸었다. 루스벨트는 그를 옆에 두어 발끝으로 서서 기다리게 해놓고는 끝내 키스해주지 않았다. 모든 게 루스벨트다웠다. 나는 이 점에서 롱스태프(내 비밀스러운 마음속에서 야심가이자 절대군주, 차르**이던)를 동정했다.

그래서 헬리콥터가 뉴욕 상공에서 앞뒤로 기울며 나는 동안, 나는 험볼트가 그에게 어떻게 보였을지 이해해보기 위해 이 잘생기고 나이 든 롱스태프 박사를 관찰했다. 그는 아마도 험볼트에게서 들썩거리고 사납게 울부짖으며 생선가게 기름종이에 송가를 쓰는 미국의 캘러밴***을 보았을 것이다. 롱스태프는 문학에 대한 감수성이 없었기 때문이다. 그러나 험볼트가 프린스턴 교수로 채용될 수 있도록 벨리샤재단에서 기금을 마련해주길 원한다고 설명하자 그는 기뻐했다. "아주 좋

* 미국 32대 내무장관, 루스벨트의 조언자.

** 제정러시아 시대에 '황제'를 이르던 말.

*** 셰익스피어의 『템페스트』에 등장하는 반인반수 노예.

습니다! 바로 그거예요!" 그가 벨을 눌러 비서에게 편지를 받아쓰게 했다. 그리고 그 자리에서 윌무어 롱스태프는 재단에서 보조금을 더 내기로 약속했다. 험볼트는 두근거리는 가슴으로 그가 서명한 편지를 받아들었고, 롱스태프와 함께 60층에서 맨해튼을 내려다보며 마티니를 마시고 단테의 새를 사용한 은유*에 대해 이야기했다.

험볼트는 그곳에서 나오자마자 전에 데미 폰헬과 내가 소개해줬던 베닝턴칼리지에 다니는 지니라는 여자를 만나기 위해 택시를 잡아타고 빌리지로 갔다. 그는 그녀의 집 대문을 두드리며 말했다. "폰 험볼트 플라이셔야. 지금 좀 봐야겠어." 현관으로 들어서자 그는 다짜고짜 같이 자자고 했다. 나중에 지니는 이렇게 말했다. "아파트 안에서 막 쫓아다니고 정말 난리가 났었어요. 난 강아지들이 밟힐까봐 걱정이었어요." 그녀의 닥스훈트가 그때 막 새끼들을 낳았던 것이다. 지니는 욕실로 들어가 문을 잠갔다. 험볼트가 소리쳤다. "네가 뭘 놓치고 있는지 아나. 난 시인이야. 거시기도 크다고." 나중에 지니가 데미에게 말했다. "어쨌든 난 너무 웃어대느라 제대로 하지도 못했을 거예요."

나중에 험볼트에게 그 일에 대해 묻자 그는 이렇게 말했다. "축하를 하고 싶었고, 베닝턴 여자들이 시인이라면 좋아죽는다고 생각했거든. 지니는 많이 아쉬웠어. 아주 예쁘긴 하지만 냉장고에서 꺼내온 꿀 같았어. 무슨 뜻인지 알까 모르겠지만. 차가운 꿀은 잘 발리지 않아."

"다른 데도 갔어요?"

"성욕 발산은 포기했지. 여기저기 돌아다니면서 사람들을 많이 만

* 『신곡』에는 새로 변한 영혼들, 인간의 얼굴 오십 개를 지닌 독수리 등이 등장한다.

났어."

"롱스태프의 편지를 보여줬겠죠."

"물론이지."

어쨌거나 그 계획은 성공이었다. 프린스턴은 벨리샤재단의 기부를 거부할 수 없었다. 리키츠를 한 수 앞질렀다. 험볼트는 임용되었다. 〈타임스〉와 〈헤럴드 트리뷴〉*이 모두 그 소식을 실었다. 두세 달 동안 분위기는 벨벳이나 캐시미어처럼 부드러웠다. 험볼트의 새 동료들은 그를 위해 칵테일파티와 디너파티를 열어주었다. 험볼트는 행복한 와중에도 우리가 의형제라는 것을 잊지 않았다. 그는 거의 매일같이 나에게 이런 이야기를 했다. "찰리, 오늘 자네를 위한 멋진 아이디어가 떠올랐어. 자네 연극 주연 말인데…… 빅터 매클라글렌**은 물론 파시스트야. 그 친구는 안 돼. 하지만…… 자넬 위해서 오슨 웰스***에게 연락해보지……"

그러나 2월에 롱스태프의 이사들이 반란을 일으켰다. 참을 만큼 참았던 그들은 미국 독점자본주의의 명예를 걸고 집결했다. 롱스태프가 제안한 예산은 거부되었고, 그는 사임할 수밖에 없었다. 빈손으로 쫓겨나지는 않았다. 그는 자신의 작은 재단을 설립하기 위해 2천만 달러쯤 되는 돈을 받아냈다. 그러나 사실상 그들이 그의 목을 친 것이었다. 험볼트의 종신 교수 자리에 필요한 돈은 거부된 예산에서 지극히 작은 일부에 불과했다. 그러나 롱스태프가 몰락하자 험볼트도 따라서 몰

---

* 〈뉴욕 타임스〉와 경쟁한 조간으로, 작가들의 신문으로 여겨졌다.

** 영국 태생 할리우드 배우.

*** 미국 배우, 영화감독.

락했다. "찰리," 그 일에 대해 마침내 이야기할 수 있게 됐을 때 험볼트가 말했다. "플로리다 부동산 거품 사태 때 빈털터리로 밀려난 아버지의 경우와 똑같았어. 시간이 일 년만 더 있었다면 우린 해냈을 거야. 난 의문이 들어서 스스로에게 묻기도 했어, 롱스태프가 그 편지를 써주었을 때 자신이 곧 밀려나리란 걸 알고 있었던 게 아닌지……"

"그건 아닐 겁니다." 내가 말했다. "롱스태프는 확실히 짓궂긴 하지만 비열하진 않아요."

이후 프린스턴 사람들은 잘 처신했고, 신사적으로 제안했다. 리키츠가 말했다. "당신은 이제 우리 일원입니다, 흠, 아시죠? 걱정 마요, 당신 자리를 위한 돈은 어떻게든 마련해볼 테니까." 그러나 험볼트는 사표를 제출했다. 그런 다음 3월에 뉴저지의 어느 뒷골목에서 캐슬린을 뷰익에서 밀어 떨어뜨리려 했다. 그녀는 살기 위해 도랑으로 뛰어내렸다.

* * *

여기서 나는 어떤 이론도 따지지 않고, 거의 선언하듯이, 나라는 첫 존재가 나의 탄생에서 비롯되었다는 것을 믿지 않는다고 말해야겠다. 험볼트도 마찬가지다. 누구나 마찬가지다. 다른 근거가 아니더라도, 심미적인 근거에서 나는 우리 대부분이 받아들이고 나 자신도 생애 거의 모든 기간에 받아들여온 죽음에 대한 관점을 인정할 수 없고, 따라서 심미적인 근거에서 나는 인간의 영혼처럼 특별한 것이 영구히 사라질 수 있다는 것을 부인한다. 아니다, 죽은 자들은 우리의 형이상학적 부정에 갇힌 채 우리 주변에 있다. 수십억 명이 밤마다 우리의 반구에 누워 잠들어 있는 동안, 죽은 자들이 우리에게 다가온다. 우리의 생각이 그들의 자양분이다. 우리는 그들의 곡식이 자라는 밭이다. 그러나 우리가 불모지라서 그들은 굶주린다. 하지만 착각 마라, 죽은 자들이 우리를 지켜보고, 우리에게 자유를 가르치는 지구라는 학교에서 지켜보고 있다. 사물이 좀더 명료한 다음 영역에서는 명료함이 자유를 잠식한다. 우리는 흐릿함 때문에, 오류 때문에, 놀라운 한계 때문에, 맹목과 악만큼이나 아름다움 때문에 지상에서 자유롭다. 이것들은 항상 자유의 축복을 동반한다. 하지만 지금 이 문제에 대해 내가 말할 수 있는 건 여기까지가 전부다. 나는 지금 바쁘고, 일에 쫓기고, 마무리짓지 못한 모든 일로 인해 압박감을 느끼고 있기 때문이다!

험볼트에 대한 명상에 빠져 있을 때, 복도 초인종이 울렸다. 좁고 어두운 복도에서는 버튼을 누르면 인터폰을 통해 아래층에서 외치는 소리가 먹먹하게 들려온다. 경비인 롤런드 스타일스였다. 스타일스에게는 나의 방식, 내 삶의 방식이 흥밋거리였다. 그는 깡마르고 재치 있는 흑인 노인이었다. 말하자면 인생의 준결승전에 들어선 사람이었다. 그가 생각하기에는 나도 그랬다. 그러나 나는 이상한 백인 사고방식이 발동해 그렇게 생각하지 않았고, 아직 죽음을 생각할 때가 아닌 듯 삶을 이어갔다. "전화선을 꽂으세요, 시트린 씨. 제 말 들립니까? 당신의 일순위 여자친구가 통화하고 싶어합니다." 어제는 내 차가 박살났다. 오늘은 내 아름다운 정부와 연락이 닿지 않았다. 스타일스에게 나는 서커스나 마찬가지였을 것이다. 스타일스의 아내는 밤에 텔레비전을 보는 것보다 내 이야기를 듣는 것을 더 좋아했다. 스타일스가 그렇게 말했었다.

나는 레나타에게 전화를 걸었다. "무슨 일이야?"

"무슨 일이라니요! 세상에! 열 번이나 전화했어. 한시 반에 우르바노비치 판사를 만나야 하잖아요. 당신 변호사도 당신한테 연락하려고 애썼고요. 변호사가 결국 서트머르에게 전화했고, 서트머르가 나한테 전화했어요."

"한시 반? 시간을 바꿨나보군! 몇 달 동안 나를 무시하더니 두 시간 전에야 알려주네, 빌어먹을." 내 정신은 펄펄 날뛰기 시작했다. "오, 망할, 그놈들 정말 싫어, 쓰레기 같은 사기꾼들."

"어쩌면 이제 전부 끝낼 수 있을지도 몰라요. 오늘."

"어떻게? 나는 이미 다섯 번이나 승복했어. 그때마다 데니즈와 그 변호사가 요구 사항을 더 추가해댄다고."

"며칠 안에 난 당신을 여기서 끌어낼 거야. 당신은 가고 싶지 않아서 미적거리지만, 내 말 믿어요, 찰리, 다시 유럽에 가면 당신 나한테 정말 고마워할 거야."

"포러스트 톰체크는 이 소송에 대해 나하고 의논할 시간조차 없다고 하지. 서트머르가 퍽이나 훌륭한 변호사를 추천했어."

"근데 찰리, 차도 없이 어떻게 시내에 가려고요? 데니즈가 법원까지 태워다주지도 않는다는 게 놀랍네요."

"택시 탈 거야."

"난 패니 선덜랜드를 마트에 데려가야 해요. 그 망할 소파커버 하나 맞추는 데 벌써 열번째 가는 거야." 실소하며 말했지만, 그녀는 평소 고객에 대해 인내심이 유별났다. "유럽에 가기 전에 이 일을 처리해야겠어요. 한시 정각에 데리러 갈게. 준비하고 기다려요, 찰리."

오래전 『그들은 나를 잡지 못할 것이다』라는 책을 읽은 뒤로 나는 종종 "*그들은 나를 잡지 못할 거야*"라고 혼잣말을 했다. 그리고 지금, 명상이나 정신적 회상(영혼의 심저까지 다다라 자아와 신적인 힘 사이의 연결을 인식하기 위해 시작했던) 훈련을 끝내기로 결심하며 나는 다시 그 말을 중얼거렸다. 다시 소파에 누웠다. 눕는다는 것은 결코 사소하지 않은, 대단한 자유의 몸짓이다. 나는 사실대로 말하는 것이다. 열한 시 십오 분 전이었고, 요구르트 한 통 마시는 데 오 분, 면도하는 데 오 분만 남겨두면 험볼트에 대해 생각할 수 있는 시간이 아직 두 시간이나 있었다. 알맞은 시간이었다.

그렇다, 험볼트는 캐슬린을 차에서 밀어 떨어뜨리려고 했다. 두 사람은 프린스턴에서 파티에 참석했다가 집으로 돌아가는 길이었고, 그는 왼손으로 운전대를 잡고 그녀를 가격했다. 주류판매점 부근에서 신호에 멈춘 사이 캐슬린은 차문을 열고 스타킹만 신은 발로 내렸다. 신발은 프린스턴에서 잃어버렸다. 그런 그녀를 그가 뷰익으로 쫓았다. 그녀는 도랑으로 뛰어들었고, 그의 차는 나무를 들이받았다. 그 충돌로 문이 망가져서 주 경찰들이 와서 그를 꺼내주어야 했다.

어쨌든 롱스태프에 반대해 이사들이 들고일어났고, 시를 가르치는 종신 교수 자리는 없던 일이 되었다. 캐슬린이 나중에 말해주길, 험볼트는 이 사실을 그날 종일 숨겼었다. 그는 수화기를 내려놓고 발을 질질 끌며 씨름선수 같은 배를 내밀고 부엌으로 들어와 커다란 잼병에 진을 가득 따랐다. 그리고 운동화를 신은 채 더러운 싱크대 옆에 서서

진을 우유처럼 들이켰다.

"무슨 전화였어요?" 캐슬린이 말했다.

"리키츠가 전화했어."

"왜요?"

"아무것도 아니야. 그냥 건 거야." 험볼트가 말했다.

"진을 다 마시자 눈 밑 색깔이 이상해졌어요." 캐슬린이 나에게 말했었다. "연둣빛이 도는 자주색같이. 솜엉겅퀴 속대에서 가끔 보이는 그런 색요."

그날 아침 그는 리키츠와 다시 한번 그 이야기를 나눈 것 같았다. 리키츠가 프린스턴은 그를 저버리지 않을 거라 말했을 때였다. 돈을 마련할 수 있을 거라고. 그 덕분에 리키츠는 도덕적으로 우위에 섰다. 시인은 관료가 자신을 앞서가는 것을 허용할 수 없었다. 험볼트는 진을 한 병 가지고 서재에 들어가 문을 잠그고 하루종일 긴 사표를 썼다.

그러나 그날 저녁, 리틀우드네 파티에 참석하러 가던 길에 그가 캐슬린을 괴롭히기 시작했다. 왜 네 아비가 널 록펠러 가문에 팔아먹으려 했는데도 가만있었지? 그래, 그 늙은이는 그저 쾌활한 사람처럼 보이지만, 파리의 닳아빠진 보헤미안, 클로즈리 데 릴라* 무리의 한 사람이었고, 국제 범죄자, 모리아티 박사**, 루시퍼, 뚜쟁이였지, 어쩌면 제 딸과 성관계하려 했을지도 모르지 않나? 그래, 록펠러와는 어땠나? 그자 성기에 흥분했나? 끝도 없이 들어오던가? 록펠러는 자기 걸 세우려

---

* 파리 몽파르나스에 있는 레스토랑으로, 헤밍웨이와 베를렌, 아폴리네르 같은 문인들이 드나들었다.

** 셜록 홈즈와 대적하는 범죄자.

고 시인의 여자를 뺏었어야 했대? 그들은 뷰익을 몰고 먼지구름 속 자갈길을 달렸다. 그는 그녀의 침착하고 사랑스러운 연기에 전혀 속지 않는다며 소리치기 시작했다. 그는 이 모든 일에 대해 알고 있었다. 읽은 책으로 따지자면 그는 실제로 아는 것이 많았다. 그는 『겨울 이야기』*에 나오는 레온테스왕**의 질투를 알았고, 마리오 프라츠***도 알았다. 프루스트도 알았다—우리에 갇혀 고문당하다 죽는 쥐들, 살인자 관리인, 도축장의 짐승 같은 인물에게 못이 달린 채찍으로 매질당하는 샤를뤼스. "난 정욕에 눈먼 온갖 쓰레기를 알아." 그가 말했다. "그런 짓은 너처럼 얌전한 얼굴로 해야 하는 것도 알지. 여자들의 마조히즘 같은 건 나도 다 안다고. 난 너의 그런 흥분을 이해하지, 넌 다만 날 이용하고 있어!"

그렇게 그들은 리틀우드의 집에 도착했고, 데미와 나도 거기 있었다. 캐슬린의 얼굴이 창백했다. 분을 많은 바른 것처럼 보였다. 험볼트는 조용히 걸어들어왔다. 말을 하지 않았다. 그때가 사실상 그가 프린스턴에서 시를 강의하는 벨리샤재단 교수로서 보내는 마지막 밤이었다. 다음날 소식이 알려질 것이었다. 벌써 알려졌을 수도 있었다. 리키츠는 예의바르게 처신하는 사람이지만 모두에게 그 말을 안 하곤 배길 수 없었을지도 모른다. 그러나 리틀우드는 아무것도 모르는 것 같았다. 그저 자신의 파티를 성공시키기 위해 열심히 노력하고 있었다.

---

* 셰익스피어의 희곡.

** 시칠리아의 왕. 친구인 보헤미아의 왕과 자신의 아내를 불륜관계로 의심한다.

*** 이탈리아 태생 영문학자, 비평가. 음산하고 비이성적이고 미스터리한 분위기의 예술 작품을 연구하며 '검은 낭만주의'라는 용어를 처음 사용했다.

빰이 발그레하고 유쾌해 보였다. 주스 광고에 나오는 실크해트를 쓴 미스터 토마토 같았다. 그는 곱슬머리에, 뛰어난 세속적 매너를 지녔다. 그가 숙녀의 손을 잡을 때면 사람들은 그가 어떤 행동을 할지 궁금해했다. 리틀우드는 상류사회의 악동, 목사의 음탕한 아들이었다. 그는 런던과 로마를 잘 알았다. 특히 카이로에 있는 유명한 바 셰피어드를 알았고, 그곳에서 영국 군인들의 은어를 습득했다. 그의 치아들은 친근하고 사랑스러운 간격으로 벌어져 있었다. 빙긋 웃기를 좋아했고, 모든 파티에서 루디 밸리* 흉내를 냈다. 험볼트와 캐슬린의 기분을 돋우기 위해 나는 그에게 〈방랑자 연인〉이라는 노래를 부르도록 했다. 하지만 별 효과가 없었다.

캐슬린이 심각한 실수를 했을 때 나는 부엌에 있었다. 술잔과 불붙이지 않은 담배를 든 캐슬린은 한 남자의 호주머니에 손을 넣어 성냥을 꺼내려 했다. 낯선 남자가 아니라 유뱅크스라는 흑인 작곡가로, 우리 모두가 잘 아는 사람이었다. 그의 아내도 가까이에 서 있었다. 캐슬린은 조금씩 기분이 나아졌고 약간 취해 있었다. 그러나 그녀가 유뱅크스의 호주머니에서 성냥을 꺼내려던 순간 험볼트가 들어왔다. 나는 그가 오는 것을 보았다. 먼저 그는 숨을 멈췄다. 그다음 놀랄 만큼 난폭하게 캐슬린을 움켜잡았다. 그는 그녀의 팔을 등뒤로 비틀어 부엌에서 마당으로 끌고 나갔다. 리틀우드네 파티에서는 드문 일도 아니었기에 다들 못 본 척했지만, 데미와 나는 서둘러 창가로 갔다. 험볼트가 캐슬린의 배를 주먹으로 때리자 그녀가 웅크렸다. 그는 그녀의 머리채

---

* 프랑스계 미국인 음악가, 배우.

를 잡아끌어 뷰익에 태웠다. 뒤에 다른 차가 있어서 후진할 수 없었다. 그는 잔디밭을 가로질러 보도로 갔고, 내려가며 연석에 부딪혀 머플러가 떨어져나갔다. 다음날 아침에 보니 녹슬고 파이프가 삐져나온 커다란 곤충 같은 머플러가 그 자리에 있었다. 또한 캐슬린의 벗겨진 구두가 눈 속에 굽이 박힌 채 있는 것을 발견했다. 안개와 얼음, 더러운 추위, 유리 같은 덤불, 느릅나무 가지들은 잿빛이고 3월의 눈은 검댕으로 얼룩져 있었다.

데미와 나는 그날 밤 그 집에서 자고 가기로 했는데, 남은 밤은 끝까지 골치 아픈 일뿐이었던 기억이 난다. 파티가 끝났을 때 리틀우드가 나를 한쪽으로 데려가더니 서로의 아내를 바꿔 자자고 제안했다. "에스키모의 아내 교환. 한번 놀아보는 게 어때." 그가 말했다. "난리법석으로."

"고맙지만, 사양할게요. 에스키모의 풍습을 따를 만큼 춥지도 않으니까."

"혼자 거절하깁니까? 데미한테 물어보지도 않고?"

"데미는 다 듣지도 않고 한 대 칠걸요. 한번 직접 말해보시든가요. 데미 주먹이 얼마나 센지 짐작도 못할 겁니다. 멋부리는 우아한 여자처럼 보이겠지만 실은 덩치 크고 순진한 시골뜨기예요."

내가 그에게 부드럽게 대답한 데는 나름대로 이유가 있었다. 우리는 그 집에서 하룻밤 묵는 손님이었다. 새벽 두시에 펜실베이니아역 대합실에 앉아 있고 싶지는 않았다. 나는 여덟 시간 동안 망각할 권리를 누리기 위해, 파티가 소용돌이치고 지나간 연기 자욱한 서재에서 잠자리에 들었다. 잠옷을 갈아입은 데미는 완전히 딴사람이 되었다.

한 시간 전만 해도 검정 시폰 드레스를 입고 빗질한 긴 금발을 내려뜨리고 머리 장신구로 고정한 그녀는 교양 있는 젊은 여성이었다. 정신이 안정된 상태일 때 험볼트는 미국 사회의 범주에 관해 즐겨 말했는데, 데미는 모든 범주에 속했다. "데미는 순수한 주류야. 퀘이커학파에, 브린모어를 졸업했지. 진짜 상류야." 험볼트가 말했다. 그녀와 리틀우드는 플라우투스*를 주제로 라틴어 번역과 신약의 그리스어에 대해 이야기를 나눴다. 나는 사교계 여자 데미를 사랑하는 만큼 농부의 딸 데미를 사랑했다. 이제 그녀는 침대에 앉았다. 그녀의 발가락은 싸구려 신발 때문에 변형되었다. 커다란 쇄골은 움푹 패었다. 체격이 비슷한 데미와 그녀의 여동생은 어린 시절 쇄골에 물을 채우고 달리는 게임을 했었다.

데미는 잠을 쫓을 수 있다면 뭐든 하려 했다. 약을 먹었지만 잠드는 것을 몹시 두려워했다. 거스러미가 일었다며 침대에 걸터앉아 기다랗고 유연한 줄로 지그재그 줄질을 했다. 그러더니 갑자기 활기찬 모습으로 둥근 무릎과 허벅지를 드러내며 책상다리로 앉았다. 그 자세로 그녀는 깊숙한 사랑의 세균성 배경인 염분 섞인 여자 냄새를 풍겼다. 그녀가 말했다. "캐슬린이 유뱅크스의 성냥을 꺼내지 말았어야 했어. 험볼트가 손찌검을 안 했으면 좋았겠지만, 어쨌든 캐슬린이 그러지 말았어야 해."

"유뱅크스는 오랜 친구야."

"험볼트의 오랜 친구라고? 두 사람은 오랫동안 알고 지냈지—거기

* 고대 로마 희극 작가.

엔 차이가 있어. 여자가 남자 호주머니에 손을 넣는 것엔 어떤 의미가 있어. 우린 캐슬린의 행동을 봤잖아…… 난 험볼트만 비난하진 못하겠어."

데미는 종종 이랬다. 나의 의식과 자아가 충분히 작동한 뒤 밤에 자려고 눈을 감으려는 순간, 데미는 이야기를 하고 싶어했다. 이 시간이면 그녀는 질병, 살인, 자살, 영원한 형벌, 지옥불 같은 자극적인 화제를 좋아했다. 그녀는 어떤 상태에 돌입했다. 머리카락이 곤두서고 눈에 공포의 빛이 짙어지고 변형된 발가락들이 이리저리 꼼지락거렸다. 기다란 두 손을 자그마한 가슴에 모았다. 아이같이 입술을 떨면서 말을 배우기 전 옹알이하는 아기 같은 상태가 되었다. 새벽 세시였고, 나는 우리 머리 위 침실에서 타락한 리틀우드 부부가 마치 우리에게 무엇을 놓쳤는지 알려주려는 듯 행위를 하는 소리를 들은 것 같았다. 어쩌면 나의 상상이었을 수도 있다.

어쨌든 나는 일어나서 데미의 손톱줄을 치웠다. 그녀를 자리에 눕혔다. 손톱줄을 포기하면서 그녀가 천진하게 입을 벌렸다. 내가 눕히려 할 때 그녀는 무척 불안해했다. 나는 알 수 있었다. 그녀가 베개를 모로 베고는 크고 사랑스러운 눈 한쪽으로 나를 아이처럼 바라보았다. "이제 자." 내가 말했다. 그녀가 바라보던 눈을 감았다. 곧바로 깊은 잠이 든 것 같았다.

그러나 몇 분 되지 않아 내가 기대했던 그녀의 밤 목소리가 들려왔다. 낮고 쉰 목소리, 거의 남자 목소리 같았다. 그녀는 신음했다. 조각난 단어들을 웅얼거렸다. 거의 매일 밤 그랬다. 그 목소리는 이 이상한 장소, 지구, 그리고 이 이상한 존재 상태에 대한 그녀의 공포를 드러냈다. 그녀는 거기서 빠져나오려 애쓰며 신음했다. 이 여자가 바로 농부의 딸, 선생, 승마하는 우아한 여자, 라틴어 학자, 검정 시폰 드레스를 입은 센스 있는 여자, 살짝 들창코에 유행을 선도하는 대화를 할 수 있는 여자 아래 감추어진 원시적인 데미였다. 나는 생각에 잠겨 그 소리를 들었다. 이해하려고 애쓰며 잠시 그녀를 내버려두었다. 나는 그녀를 연민했고, 사랑했다. 그러나 하루를 끝내기로 했다. 나는 그녀에게 키스했다. 그녀는 누가 키스하는지 알았다. 발가락을 내 정강이에 대고 누르며 강한 여자의 두 팔로 나를 안았다. 그러고는 여전히 굵은 목소리로 "사랑해"라고 외쳤지만 눈은 꼭 감겨 있었다. 나는 그녀가 실제로는 깨지 않았다고 생각한다.

* * *

5월에 프린스턴에서의 임기가 끝나자 험볼트와 나는 의형제로서 마지막으로 만났다.

내 등뒤로 태양열을 굴절시키는 창문을 통해 12월의 푸른 햇빛이 깊숙이 비쳐들어오는 만큼이나, 나는 시카고의 소파에 깊숙이 누워 지난 일을 모두 돌이켜보았다. 이런 일은 마음을 아프게 한다. 인간의 온갖 어리석음이 우리를 거대한 진실에서 멀어지게 하니 참으로 슬프다는 생각이 들었다. 하지만 지금 내가 하고 있는 일을 해서 단번에 극복할 수 있을지도 몰랐다.

좋아, 브로드웨이가 답이었다. 나에게는 제작자와 연출가, 에이전트가 있었다. 험볼트가 보기에 나는 연극계의 일원이었다. 만나면 "달링" 하며 키스해주는 여자 배우들이 있었다. 허슈펠드*가 나를 그린 만화도 〈타임스〉에 실렸다. 이 일에는 험볼트가 꽤 기여한 것 같았다. 그는 나를 프린스턴으로 데려옴으로써 주류로 끌어들여주었다. 나는 그를 통해 아이비리그에서 도움이 될 만한 사람들을 만났다. 게다가 그는 내 작품에 등장하는 프로이센인 주인공 폰 트렌크의 모델이 자신이라고 생각했다. "하지만 조심해야 해, 찰리." 그가 말했다. "브로드웨이의 화려함과 상업주의에 현혹되지 말게."

험볼트와 캐슬린은 수리한 뷰익을 타고 불시에 나를 찾아왔다. 나는 코네티컷 해안에 있는 작은 집에서, 근처에 묵고 있던 연출가 램프턴의 지도에 따라 수정 작업을 하고 있었다—결국은 그가 원하는 희곡을 쓰고 있었다. 데미는 주말마다 와서 나와 함께 지냈는데, 플라이셔 부부는 내가 혼자 있는 수요일에 도착했다. 험볼트는 방금 예일에서 낭독회를 마치고 귀가하던 길이었다. 우리는 돌로 지은 작은 부엌에서 커피와 진을 마시며 재회를 즐겼다. 험볼트는 '선한' 상태, 진지하고 고상한 상태였다. 그는 『영혼』**을 읽고 있었고 생각의 기원에 대한 사유로 머릿속이 가득했다. 나는 그가 그러면서도 캐슬린을 시야에서 벗어나게 두지 않는다는 것을 알아챘다. 어디를 가려면 그녀는 그에게 말해야 했다. "카디건 좀 가져올게요." 화장실에 갈 때도 허락이 필요했다. 험볼트에게 눈을 맞은 모양이었다. 팔짱을 끼고 긴 다리를 꼬고서 의자에 낮고 조용히 앉아 있는 그녀의 눈이 멍들어 있었다. 결국 험볼트 스스로 이것에 대해 입을 열었다. "이번엔 내가 그런 게 아니었

* 미국 풍자만화가.

** 아리스토텔레스의 저서.

어." 그가 말했다. "자네는 안 믿겠지만 급정거했을 때 대시보드에 부딪힌 거야. 어떤 놈 트럭이 굉음을 내며 갑자기 튀어나와서 급브레이크를 밟아야 했거든."

그가 때리지 않았을지는 모르지만, 그녀를 지켜보는 건 분명했다. 이 감옥에서 저 감옥으로 죄수를 호송하는 교도관처럼 지켜보았다. 그는 『영혼』에 대해 강의하는 내내 우리가 눈짓이라도 주고받을까봐 의자를 이리저리 옮겨댔다. 너무 심해서 그를 속여보고 싶은 마음이 들 정도였다. 우리는 그렇게 했다. 정원의 빨랫줄 근처에서 우리는 겨우 몇 마디 나눌 수 있었다. 캐슬린은 빨래한 스타킹을 널기 위해 햇볕이 있는 곳으로 나왔다. 험볼트는 생리적 욕구를 해결하러 간 것 같았다.

"맞은 거예요?"

"아니에요, 대시보드에 부딪혔어요. 하지만 지옥 같아요, 찰리. 더 심해졌어요."

빨랫줄은 낡아서 짙은 회색이었다. 여기저기 터져서 하얀 속이 드러나 있었다.

"그이는 내가 마냐스코라는 무명의 젊은 비평가랑, 정말 무고한 그 사람이랑 관계를 맺고 있다고 말해요. 그래요, 좋아요, 하지만 세상에! 나를 무슨 암캐처럼 취급하면서 내가 틈만 나면 비상계단에서 뭘 한다는 둥 작은 옷방에서 서서 한다는 둥 말하는 데 지쳤어요. 예일에서는 낭독하는 동안 나를 연단에 앉혀놨죠. 그래놓고는 내가 다리를 드러냈다고 비난했어요. 주유소에서도 꼭 여자 화장실까지 따라와요. 난 저 사람과 함께 뉴저지로 돌아갈 수 없어요."

"어쩌려고요?" 열성적이고 애가 탈 듯 걱정하는 시트린이 말했다.

"내일 뉴욕으로 돌아가는 도중에 사라질 생각이에요. 그이를 사랑하지만 더는 못 견디겠어요. 당신과 그이는 서로 아끼는 사이이고, 당신이 도와줘야 할 테니까 준비할 시간을 주려고 말하는 거예요. 그이에게 돈이 좀 있어요. 힐데브란트는 그이를 해고했죠. 하지만 당신도 알다시피 그이는 구겐하임 지원금을 받았어요."

"신청했는지도 몰랐는데요."

"아, 그이는 닥치는 대로 신청해요…… 지금 부엌에서 우릴 지켜보고 있어요." 험볼트는 정말로 문에 달린 구리 방충망에 얼굴을 들이대고 방충망을 기이한 물고기가 낚인 어부의 그물처럼 불룩하게 만들며 내다보고 있었다.

"잘되길 빕니다."

집으로 들어온 그녀의 다리는 5월의 풀잎들에 마구 긁혀 있었다. 관목과 시골 햇살이 만든 줄무늬 그늘 속으로 고양이가 돌아다녔다. 빨랫줄은 영혼의 속살을 캐슬린의 스타킹에 내주었고, 넓은 쪽을 펴서 널어놓은 그 스타킹은 이제 색정을 암시했다. 험볼트가 초래한 효과였다. 그는 곧장 빨랫줄 쪽으로 오더니 뭐라고 했는지 말하라고 나를 닦달했다.

"아, 이제 그만해요, 험볼트. 이 신경증적인 막장극에 나까지 끌어들이지 말라고요." 앞으로 일어날 일을 생각하자 소름이 끼쳤다. 나는 그들이 떠나기를—그들이 뷰익(어느 때보다 더 플랑드르 전장의 참모 차량같이 진흙투성이였던)을 타고 이곳을 떠나서, 트렌크 문제와 램프턴의 횡포와 깨끗한 대서양 해안을 남겨두고 나에게서 멀어지길 바랐다.

그러나 그들은 머물렀다. 험볼트는 잠을 자지 않았다. 뒤쪽 현관의 나무 계단이 그의 무게로 밤새 삐걱거렸다. 수도꼭지에서 물이 흐르고 냉장고 문이 쾅쾅 닫혔다. 아침에 부엌에 가보니 그들이 선물로 가져온 1쿼터짜리 비피터 진 술병이 비워진 채 식탁에 놓여 있었다. 약병에 든 솜뭉치들이 토끼 똥처럼 사방에 흩어져 있었다.

그래서 캐슬린은 톰프슨 스트리트의 로코 레스토랑에서 사라졌고, 험볼트는 미쳐 날뛰었다. 그는 그녀가 마냐스코와 같이 있고, 마냐스코가 그녀를 얼호텔 방에 숨겨놓았다고 했다. 어디선가 권총을 구해와서는 개머리판으로 합판이 너덜너덜해지도록 문을 두들겼다. 마냐스코가 데스크에 전화했고, 데스크에서 경찰을 부르자 험볼트는 물러났다. 그러나 다음날 그는 식스스 스트리트의 하워드존슨즈호텔 앞에서 마냐스코를 덮쳤다. 부두 노동자로 보이는 레즈비언 무리가 젊은이를 구해줬다. 그들은 소다 아이스크림을 먹고 있다가 나와서는 험볼트의 팔을 뒤로 비틀어 꺾으며 싸움을 말렸다. 뜨거운 오후였고 그리니치 애비뉴 구치소 여자 수감자들이 열린 창문 밖으로 두루마리 휴지를 풀어 던지며 날카롭게 소리를 질러댔다.

험볼트는 시골에서 나에게 전화를 걸어 말했다. "찰리, 캐슬린 어디 있나?"

"모르는데요."

"찰리, 자네는 알잖아. 두 사람이 얘기하는 거 봤어."

"하지만 나한테는 말해주지 않았어요."

그는 전화를 끊었다. 그후 마냐스코에게 전화가 걸려왔다. "시트린 씨? 당신 친구가 나를 해치려고 합니다. 구속시켜야 할 판이에요."

"정말 그 정도인가요?"

"아시잖습니까, 사람들은 작정했던 것보다 더 저지르기 마련인데, 그럼 어떡할 겁니까? 내 말은, 내가 어떡하느냐는 겁니다. 내가 당신에게 전화한 건, 그 사람이 당신 이름으로 나를 협박하기 때문입니다. 자기가 실패하더라도 의형제인 당신이 처리할 거라고요."

"나는 당신을 해치지 않을 겁니다." 내가 대답했다. "당분간 떠나 있는 건 어떻습니까?"

"떠나요?" 마냐스코가 말했다. "여기 온 지 얼마 되지도 않았어요. 예일에서 왔죠."

나는 이해했다. 그는 출세를 위해 오랫동안 경력을 쌓아온 것이다.

"〈트리뷴〉에서 내게 서평을 맡기려고 테스트를 하는 중이라고요."

"사정은 알겠습니다. 나도 브로드웨이에서 곧 연극을 올리거든요. 첫 공연이죠."

마냐스코를 만나보니, 뚱뚱하고 얼굴이 둥글고 숫자상의 나이만 젊은, 침착하고 흔들림 없는, 뉴욕의 문화 발전을 위해 태어난 듯한 사람이었다. "나는 쫓겨나고 싶지 않습니다." 그가 말했다. "나는 위해방지 명령*을 요청할 겁니다."

"그런데 내 허락이 필요한가요?" 내가 말했다.

"시인에게 그런 짓을 했다간 뉴욕에서 좋은 평판을 얻지 못하겠죠."

그래서 나는 데미에게 말했다. "마냐스코는 경찰에 신고했다가 뉴

---

* 아직 피해가 발생하지는 않았으나 특정인으로부터 신체적 상해나 재산상 피해가 예상되는 사람을 보호하기 위한 형사법원의 명령. 보증금을 내고 제시된 약속을 이행해야 한다.

욕 문화계의 미움을 살까봐 두려워해."

밤이면 신음하고 지옥을 두려워하고 약에 중독되지만 데미는 가장 현실적이고 천부적인 감독관이자 기획자였다. 한창 바쁘거나 나를 좌지우지하고 보호할 때의 그녀를 보면, 어린 시절 인형들에게 사령관 노릇깨나 했을 거란 생각이 들기도 했다. "난 당신하고 관계되는 일에서는," 그녀는 이렇게 말하곤 했다. "호랑이 엄마이자 분노의 화신이지. 험볼트를 본 지 한 달쯤 되지 않았어? 그 사람이 거리를 두는 거야. 당신을 원망하기 시작했다는 뜻이지. 불쌍한 험볼트, 완전히 돌아버린 거 아니겠어! 우리가 도와줘야 해. 그가 그 마냐스코라는 사람을 계속 공격한다면 결국 구속될 거야. 경찰이 그를 벨뷰병원에 잡아넣으면 당신이 할 일이라곤 보석금 내줄 준비나 하는 거겠지. 험볼트는 정신을 차리고, 흥분을 가라앉히고 진정해야 해. 그러려면 페인휘트니*가 가장 좋아. 들어봐, 찰리, 지니의 사촌 앨버트가 페인휘트니병원의 입원 담당 의사잖아. 벨뷰는 지옥 같은 곳이야. 우리가 돈을 좀 모아서 그 사람을 페인휘트니병원으로 옮겨줘야 해. 어쩌면 일종의 지원금 같은 걸 주선할 수 있을지도 모르지."

그녀는 지니의 사촌인 앨버트와 이 일을 추진했고, 〈폰 트렌크〉 때문에 바쁜 나를 대신해 내 이름으로 사람들에게 전화를 걸어 험볼트를 위한 모금을 했다. 우리는 코네티컷에서 돌아와 벨라스코극장에서 시작될 연습에 들어가려던 참이었다. 유능한 데미는 곧 3천 달러에 가까운 돈을 마련했다. 힐데브란트 혼자서 2천 달러를 냈지만, 그는 아직도

* 미국 사업가 페인휘트니의 사후 기부금으로 맨해튼에 설립된 정신병원.

험볼트에게 화가 나 있었다. 그는 그 돈을 정신과 치료비와 필수품 구입에만 써야 한다고 못박았다. 피프스 애비뉴의 변호사 심킨은 이 기금을 제삼자예탁에 맡겼다. 힐데브란트는 우리 모두가 알았듯이, 험볼트가 고용했던 스카챠라는 사립탐정이 그가 받은 구겐하임 기금 대부분을 가져갔다는 것을 알았다. 캐슬린은 그녀답지 않은 일을 했다. 이혼소송을 하기 위해 곧장 뉴욕에서 네바다주로 갔던 것이다. 그러나 스카챠는 험볼트에게 그녀가 아직 뉴욕에 있고, 음탕한 짓을 하고 다닌다고 보고했다. 그러자 험볼트가 이번에는 월스트리트의 매춘 조직에 관련된 프루스트풍의 새로운 선정적 추문을 정교하게 만들어냈다. 간통 현장을 잡는다면, 올랜도 허긴스가 나에게 말했듯이, 뉴저지에 있는 아직 대출금이 5천 달러 남긴 했지만 약 8천 달러 상당의 '재산'인 오두막집을 차지할 수 있을 터였다 — 올랜도는 돈을 잘 아는 급진적인 보헤미안이었다. 아방가르드 뉴욕에서는 모두가 돈을 잘 알았다.

여름은 빨리 지나갔다. 8월에 연극 연습이 시작되었다. 밤은 더웠고, 긴장되고 피곤했다. 아침마다 이미 지친 채로 일어난 나에게 데미가 커피를 여러 번 따라주고 아침식사 자리에서 극장과 험볼트, 삶의 처세에 관해 조언을 했다. 작고 흰 테리어 케이토는 빵부스러기를 얻어먹으려고 뒷발로 서서 춤을 추고 뒤로 물러서며 이를 딱딱 부딪쳤다. 벨라스코극장의 고풍스러운 지저분함 속에서 형편없는 배우들의 대사를 듣느니, 데미가 키우는 베고니아가 있는 창가 옆 케이토의 쿠션에 누워 하루종일 자는 게 더 낫겠다고 생각했다. 나는 극장이, 모든 구식 몸짓이, 움켜쥐기, 눈물, 애걸복걸 같은 신파조의 사악하게 팽창된 감정이 싫어지기 시작했다. 게다가 〈폰 트렌크〉는 더이상 내 희곡이 아니었다. 내가 탈의실에서 기꺼이 대사를 고쳐써준, 안경잡이 해럴드 램프턴의 것이었다. 그의 배우들은 막대기 묶음 같았다. 뉴욕의 재능은 모두 열뜨고 정신이 혼미한 험볼트가 연기하는 멜로드라마 속에 있는 것 같았다. 허드슨 스트리트의 화이트호스 술집에 있는 동료와 팬들이 그의 관객이었다. 그곳에서 그는 강연을 하고 고함을 질렀다. 또한 변호사들을 만나 상담하고 정신과의사도 한두 명 만났다.

나는 데미도 험볼트처럼 뭔지 모를 약을 먹기 때문에 나보다 그를 더 잘 이해하리라 생각했다. (다른 유사점들도 있었다.) 어린 시절 그녀는 비만이었고, 열네 살 때 280파운드*였다. 그녀가 내게 보고도 믿지 못할 사진을 보여줬었다. 그녀는 호르몬주사와 약을 처방받고 날씬해졌다. 안구가 돌출된 것으로 보아 티록신**이었던 것 같다. 그녀는 급격한 체중 감소로 예쁜 가슴이 망가졌다고 생각했다. 가슴에 있는 별것 아닌 주름들이 그녀에게는 슬픔이었다. 때때로 이렇게 울먹이기도 했다. "그 사람들이 망할 약을 먹여서 내 가슴을 망가뜨렸어." 마운트 콥틱 약국에서는 아직도 갈색 종이로 포장한 약꾸러미들이 배달되었다. "그래도 난 매력적이야." 실제로 그녀는 그랬다. 네덜란드식 머리는 실로 밝은 분위기를 풍겼다. 그녀가 손톱으로 머리를 어떻게 하느냐에 따라 옆으로 흘러내기도 하고 앞머리가 생기기도 했다. 그녀는 종종 몸을 긁었다. 얼굴은 어린애같이 둥글기도 하고 개척자 여인처럼 수척하기도 했다. 판 데르 베이던***의 미녀가 될 때도 있고 모티머 스

* 약 127킬로그램.

** 갑상선호르몬의 하나.

*** 네덜란드 화가.

너드*나 지그펠드 걸**이 될 때도 있었다. 그녀가 빠르게 걸을 때 무릎의 실크가 스치는 소리는, 다시 말하지만 내가 무척 소중하게 여기는 것이다. 내가 메뚜기라면 그 소리에 산맥을 날아 뛰어넘었을 것이다. 보기 좋은 들창코가 있는 그녀의 얼굴에 두꺼운 화장이 발리면 그만큼 그 커다란 눈은 더 바삐 움직이는 것 같고 더 맑아 보였고, 그것은 두 가지 사실을 드러냈다. 하나는 그녀가 진실하다는 것이었고, 또하나는 그녀가 역동적인 고통의 감수자라는 것이었다. 데미를 세인트빈센트병원 응급실로 데려가기 위해 택시를 잡으러 배로 스트리트로 달려간 적도 여러 번이었다. 옥상에서 일광욕을 하다가 심한 화상을 입고 의식이 혼미해졌었다. 송아지고기를 자르다가 엄지 뼈가 드러날 정도로 베인 적도 있었다. 소각장에 쓰레기를 넣다가 열린 통로로 올라온 불꽃에 그슬리기도 했었다. 착한 사람으로서의 그녀는 한 학기 동안의 라틴어 강의 계획을 세웠고, 스카프와 장갑은 라벨이 붙은 상자에 보관했으며, 집안 곳곳을 청소했다. 악한 사람으로서의 그녀는 위스키를 마셨고, 히스테리를 부렸고, 도둑이나 범법자와 어울렸다. 그녀는 요정 공주처럼 나를 쓰다듬기도 하고, 소몰이꾼처럼 내 갈비뼈를 후려치기도 했다. 더운 날은 발가벗은 채 마룻바닥에 엎드려 왁스를 칠했다. 그러면 굵은 힘줄과 가느다란 팔, 노동하는 발이 보였다. 뒤에서 보면 내가 다른 맥락에서 사랑했던 작고, 섬세하고, 복잡하고, 다가가기 어렵다는 점이 주는 기쁨으로 가득한 그녀의 그곳이 원시적인 팔다리처럼 도드라졌다. 그러나 땀 흘리며 왁스를 칠하는 발작과 같은 노동 후

* 미국 복화술사 에드거 버건의 꼭두각시인형.

** 미국 뮤지컬 영화 제목. 한국에서는 〈미인극장〉으로 상영되었다.

에는, 파란 드레스를 입고 아름다운 다리를 드러내고 앉아 마티니를 마셨다. 근본주의자인 아버지 퐁헬은 마운트 콥틱 약국의 주인이었다. 그는 난폭한 사람이었다. 데미의 머리에는 아버지 때문에 라디에이터에 부딪힌 상처가 있었고, 얼굴에는 아버지가 그녀의 머리에 쓰레기통을 덮어씌웠을 때 생긴 또다른 상처가 있었다 — 쓰레기통은 양철공이 와서 잘라야 했다. 그런 일들을 당하면서 그녀는 복음서를 외웠고, 필드하키 스타 선수로 뛰었고, 서부의 말들을 길들일 수 있었고, 티파니 종이*에 매력적이고도 짧은 감사 편지를 쓰는 여자가 되었다. 그녀는 자신이 가장 좋아하는 바닐라 커스터드를 한입 먹을 때마다 다시 뚱뚱한 아이로 돌아간 듯했다. 한여름 바닷빛처럼 푸르고 멋진 눈은 황홀경에 빠진 채 입을 벌려 혀끝으로만 디저트를 음미하다가 내가 "푸딩 삼켜"라고 말한 뒤에야 비로소 먹기 시작했다. 저녁에는 백개먼**을 했고, 함께 루크레티우스***를 번역하거나, 그녀가 내게 플라톤을 강의했다. "사람들은 미덕을 지녔다는 데 자긍심을 느껴. 하지만 플라톤의 관점에서 보면, 인간은 미덕을 지닐 수밖에 없는 존재 아니겠어?**** 다른 건 없어."

노동절 직전 험볼트는 다시 마냐스코를 위협했고, 마냐스코는 경찰서에 가서 사복형사 한 명을 설득해 호텔로 데리고 왔다. 그들은 로비

---

* 보석상 티파니에서 파는 고급 편지지.

** 주사위놀이의 일종.

*** 고대 로마 시인, 철학자.

**** 플라톤은 『메논』에서 미덕은 타고나거나 배울 수 있는 것이 아니며, 지성과 무관하게 신의 섭리에 따라 인간에게 주어지는 것이라고 정의했다.

에서 기다렸다. 험볼트가 고성을 지르며 마냐스코에게 달려들었다. 형사가 둘 사이에 끼어들자 험볼트가 말했다. "경관님, 이 사람 방에 내 아내가 있습니다." 수색해보는 것이 합당했으므로 세 사람은 함께 위층으로 갔다. 험볼트는 옷장을 샅샅이 뒤지고, 아내의 잠옷을 감췄을까봐 베개 밑도 뒤지고, 서랍 속에 깐 종이 밑으로도 손을 넣어 더듬었다. 속옷은 없었다. 하나도.

사복형사가 말했다. "그래서 그 여자는 어디 있죠? 권총 개머리판으로 이 문을 부순 게 당신입니까?"

"총은 없습니다. 수색해보겠습니까?" 험볼트가 두 팔을 쳐들며 말했다. "원한다면 내 방으로 가서 봐도 좋아요. 직접 찾아봐요."

그러나 그들이 그리니치 스트리트에 도착했을 때 험볼트는 열쇠를 자물통에 넣고 외쳤다. "들어올 수 없습니다. 수색영장 있습니까?" 그는 휙 돌아서 들어가더니 문을 쾅 닫고 잠가버렸다.

이렇게 되자 마냐스코는 불만을 제기했든가 위해방지명령 요청을 한 것 같았고 — 어느 쪽인지 나는 모르지만 — 스모그가 자욱한 숨막히는 밤 경찰이 험볼트를 찾아왔다. 그는 황소처럼 싸웠다. 경찰서에서도 몸부림을 쳤다. 성유를 끼얹었던 머리가 더러운 바닥에서 굴렀다. 구속복을 입혔나? 마냐스코는 아니라고 단언했다. 그러나 수갑이 채워졌고, 험볼트는 울었다. 벨뷰병원으로 가는 길에 그는 설사를 지렸고, 그들은 그를 밤새 불결한 상태로 가두었다.

마냐스코는 험볼트가 범죄를 저지르는 것을 막기 위해, 내가 그와 함께 험볼트를 그렇게 하기로 결정했다고 말하고 다녔다. 그러자 모두가 험볼트의 의형제이자 *제자*인 찰스 시트린이 이 사태의 책임자라고 말했다. 갑자기 내가 알지도 못하는 비방자들과 적들이 생겼다.

그리고 벨라스코극장의 사치스러운 부패와 열기 가득한 어둠 속에서 내가 본 건 이런 모습이었다. 나는 험볼트가 오클라호마주 토지점유자*들처럼 노새들을 채찍질하면서 기괴한 마차 위에 올라서 있는 모습을 보았다. 그는 자기 권리를 주장하기 위해 너무 거대한 영토로 돌진했다. 그의 주장은 부풀어오르고 흔들리는 마음의 신기루였다.

그 시인이 미쳤다는 뜻이 아니다…… 경찰이 오고 *뻔한* 일이 끝나고. 그것이 아니다, 경찰이 그에게 손을 대자 나는 괴로웠고, 그 일이 나를 절망으로 몰아넣었다. 그럼 무슨 뜻이었는가? 아마도 이런 뜻이었을 것이다. 시인이 경찰에게 제압당해 바닥에 쓰러지고, 구속복이 입혀지거나 수갑이 채워진 채로 미친개처럼 저항하다 호송차에 급히 실려가, 더러운 꼴로 길길이 날뛰다가 갇혔다고 해보자! 예술과 미국의 대결이었나? 나에게 벨뷰병원은 바워리 지역과 비슷했다. 이는 부정적인 증언이다. 잔혹한 월스트리트는 권력을 상징했고, 인접한 바워리는 나약함을 고발하는 상징이었다. 가난한 사람과 파멸한 사람이 가는 벨뷰병원도 그랬다. 돈 많은 낙오자들이 가는 페인휘트니병원도 마찬가지였다. 그리고 돈이 많건 가난하건 시인들도 주정뱅이, 부적응자, 사이코패스, 불행한 자처럼 나약함에 빠져 몰락한다—그런 이야기였나? 보잉이나 스페리랜드, IBM, RCA에 비견할 만한 기계도 혁신적인 지식도 없었다는 이야기인가? 시詩가 시카고에서 사람을 태워 두 시간 만에 뉴욕에 내려줄 수 있을까? 혹은 시가 우주선 발사와 관련된 계산을

---

* 미국 서부 개척 시대에 중서부에 인구를 정착시키기 위해 사람들을 경쟁적으로 달리게 해 토지를 나눠주었다.

할 수 있을까? 시는 그런 힘이 없다. 힘이 있는 곳에 흥미가 있었다. 고대에는 시가 힘이었고, 시인은 물질세계에서 진정한 힘을 가졌다. 물론 그 시절의 물질세계는 지금과 달랐다. 그런데 험볼트가 어떤 흥미를 유발할 수 있었을까? 그는 나약함에 자신을 내던지고 비참함의 영웅이 되었다. 돈, 정치, 법, 합리성, 기술이 가진 권력과 이익의 독점에 동의한 셈이었다. 시인이 해야 할 다음 것, 새로운 것, 필요한 것을 찾지 못했기 때문이다. 대신 그는 전에 하던 일을 했다. 베를렌처럼 권총을 구해들고 마냐스코를 쫓아다녔다.

벨뷰에서 그는 벨라스코극장에 있는 나에게 전화를 걸었다. 그의 목소리는 떨리고, 화나 있고, 빨랐다. 그가 외쳤다. "찰리, 내가 어디 있는 줄 알지? 좋아, 찰리, 이건 문학이 아냐. 인생이야."

나는 극장 안 환상의 세계에 있고 그는 그 세계로부터 뛰쳐나갔다 —그런 이야기였나?

그러나 아니다, 그는 시인이 아니라 시인의 형상일 뿐이었다. 그는 '미국 예술가의 고뇌'를 연기하고 있었다. 그리고 그것은 험볼트가 아니라 미합중국이 주장하는 것이었다. "친애하는 미국인들이여, 들어라. 당신들이 물질주의와 정상적인 삶의 추구를 저버린다면 저 불쌍한 미치광이처럼 결국 벨뷰에 가게 될 것이다."

험볼트는 벨뷰병원에다 법정을 열어 광기어린 장면을 연출했다. 그는 공개적으로 나를 비난했다. 추문을 좋아하는 사람들은 내 이름이 언급되자 솔깃해했다.

그후 사립탐정 스카챠가 험볼트의 쪽지를 들고 벨라스코극장으로 나를 찾아왔다. 그는 내가 모금한 돈을 당장 원했다. 우리는 극장 뒷문 앞 음산하고 퀴퀴한 시멘트 골목에서 만났다. 그는 샌들에 매우 더러워진 흰색 실크양말을 신고 있었다. 입가에도 지저분한 뭔가가 묻어 있었다.

"그 돈은 피프스 애비뉴에 있는 변호사 심킨 씨가 제삼자예탁에 넣어두었습니다. 치료비로만 쓸 수 있고요." 내가 말했다.

"정신과 치료 말이군요. 당신은 플라이셔 씨가 미쳤다고 생각합니까?"

"진단은 내가 하는 게 아니죠. 험볼트에게 심킨과 직접 얘기하라고 전해주세요."

"우리는 지금 천재에 대해 얘기하고 있습니다. 천재에게 무슨 치료가 필요합니까?"

"그가 쓴 시를 읽어봤어요?" 내가 물었다.

"젠장, 그래요. 날 깔아뭉갤 생각 마요. 당신은 그 사람 친구라면서요? 그는 아직도 당신을 좋아합니다. 당신도 그렇습니까?"

"그게 당신과 무슨 상관이죠?"

"그 사람이 날 고용했습니다. 난 고객을 위해 최선을 다하고요."

돈을 내놓지 않으면 탐정은 벨뷰병원으로 가서 험볼트에게 내가 그를 미쳤다고 생각한다고 전할 터였다. 나는 그 뒷골목에서 그를 죽이고 싶은 충동을 느꼈다. 자연의 정의는 내 편이었다. 이 협박자의 멱살을 잡고 목을 졸라버릴 수도 있었다. 아, 그러면 얼마나 기분좋을까! 그리고 누가 나를 비난하겠는가! 돌풍 같은 살인 충동이 나로 하여금 조용히 바닥을 내려다보게 했다. "그 돈을 어디에 쓰려는지 플라이셔 씨가 직접 심킨을 납득시켜야 해요" 내가 말했다. "당신한테 주려고 모은 돈이 아니니까요."

그후 험볼트에게서 여러 번 전화가 왔다. "경찰이 구속복을 입혔어. 자네가 그 일에 관여했나? 내 형제가? 게다가 그놈들이 나를 거칠게 다룬다고, 이 빌어먹을 토머스 홉스* 같은 놈아!"

나는 그의 비유를 이해했다. 내가 권력에만 관심 있다는 뜻이었다.

"도우려는 거예요." 내가 말했다. 그는 전화를 끊어버렸다. 그러나 곧바로 다시 걸려왔다.

"캐슬린 어디 있나?" 그가 말했다.

"몰라요."

"빨랫줄 있는 데서 둘이 얘기했잖아. 자네는 분명 어디 있는지 알 텐데. 내 말 잘 들어, 잘생긴 친구, 자네는 돈을 깔고 앉아 있어. 그런데 그건 내 거야. 흰 가운 입은 꼬마 자식들 시켜서 나를 쫓아버리고 싶은 건가?"

"좀 진정할 필요가 있어요, 그뿐이에요."

무덥고 우중충한 그날 오후 길 건너 그리스 식당에서 깡통 냄새가 나고 잘게 부스러지는 축축한 참치가 든 샌드위치를 먹고 있는데, 그에게서 전화가 왔다고 누군가 알리러 왔다. 나는 배우 탈의실에서 전화를 받았다.

"변호사와 얘기했어." 험볼트가 소리쳤다. "난 그 돈을 받기 위해 자넬 고소할 생각이야. 자넨 사기꾼이야. 배신자, 거짓말쟁이, 위선자, 유다. 매춘부 같은 캐슬린이 난교파티를 하고 다니는 동안 자넨 사람

* 개인의 권리 보호를 위해 국가에 통치를 위임해야 한다고 주장한 영국 철학자, 법학자.

들을 시켜 날 가둬놨어. 자넬 횡령죄로 고소할 거야."

"험볼트, 나는 모금을 도왔을 뿐이에요. 그 돈은 나한테 없어요. 내가 가지고 있지 않다고요."

"캐슬린이 어디 있는지 알려주면 고소는 포기하지."

"어디로 가는지 말해주지 않았어요."

"자넨 나와 한 맹세를 어겼어, 시트린. 그리고 이제는 날 쫓아버리려 하지. 자넨 날 질투해. 항상 그랬어. 할 수만 있다면 감방에 처넣고 싶어. 경찰이 찾아오면 어떤 기분인지, 구속복이 어떤 느낌인지 알 수 있게." 그러고는 쾅! 전화를 끊었고 나는 어느 배우의 지저분한 탈의실에 땀을 흘리며 앉아 있는데, 상한 듯한 참치 샐러드가 역류하고 초록색 프토마인에 중독된 느낌이 들더니 경련이 시작되며 옆구리에 극심한 통증이 느껴졌다. 그날 의상을 입어보던 배우들은 속바지, 드레스, 젖힌 모자를 착용하고 지나다녔다. 나는 도움을 원했지만 작은 배에 탄 북극 생존자, 수평선에 보이는 배를 향해 소리치다가 빙산임을 깨달은 아문센 같았다. 트렌크와 셸 중위가 검을 차고 가발을 쓰고 지나갔다. 그들은 나에게 내가 명백한 위선자, 사기꾼, 유다가 아니라고 말해줄 수 없었다. 나는 그들에게 내가 정말 무엇이 잘못되었는지 말해줄 수 없었다. 즉 나는 내가 어떤 환상, 일종의 영감의 힘으로 공중부양해서 곧장 진리에 도달할 수 있을 거란 경탄할 만한, 혹은 게으른 환상에 시달리고 있다는 것을 말해줄 수 없었다. 진리를 향해 똑바로 말이다. 마르크스주의, 프로이트주의, 모더니즘, 아방가르드, 혹은 문화유대인으로서 험볼트가 그렇게도 소중하게 여기는 것들에 관심을 가지기에 나는 너무 거만했기 때문이다.

"병원에 가서 험볼트를 만나봐야겠어." 나는 데미에게 말했다.

"그러지 마. 그건 당신이 할 수 있는 최악의 일이야."

"하지만 그 사람 상태를 봐. 내가 가봐야 해, 데미."

"내가 허락하지 않을 거야. 그 사람은 당신을 공격할 거야. 당신이 싸우는 건 내가 못 견뎌. 게다가 당신 연극 일에 방해되는 것도 싫고. 내 말 들어봐." 그녀가 목소리를 낮췄다. "내가 해결할게. 내가 간다고. 당신은 가면 안 돼."

그러나 그녀는 험볼트를 만나러 가지 않았다. 이제 이 일에 십여 명이 등장하게 되었다. 벨뷰병원에서 벌어지는 드라마는 그리니치빌리지와 모닝사이드하이츠의 군중을 끌어모았다. 내가 보기에 그들은 불런 전투*를 구경하러 마차를 타고 나갔다가 북군의 활동을 방해했던 워싱턴 주민들 같았다. 내가 더이상 그의 의형제가 아니었기 때문에, 턱수염을 기르고 말을 더듬는 올랜도 허긴스가 험볼트의 가장 친한 친구가 되었다. 허긴스가 험볼트의 석방 허가를 받아냈다. 그러자 험볼트는 마운트시나이병원으로 가서 스스로 입원했다. 심킨 변호사는 내 지시에 따라 그의 치료 명목으로 일주일 치 병원비를 선불로 냈다. 그러나 험볼트는 다음날 바로 퇴원해서 남은 800달러를 받아냈다. 그는 이 돈으로 스카챠가 최근 청구한 경비를 지불했다. 그러고는 캐슬린, 마냐스코, 경찰과 벨뷰병원에 대한 법적 조치를 취하기 시작했다. 그는 계속해서 나를 위협했지만 실제로 소송을 제기하진 않았다. 그는 내가 〈폰 트렌크〉로 돈을 벌 수 있을지 기다리고 있었다.

---

* 워싱턴 근교에서 벌어진 남북전쟁의 전투. 남군이 승리했다.

나는 아직도 돈에 대한 이해가 초보 수준이었다. 나는 내 돈을 모두 자기가 가져야 한다고 당연하게 생각하는 사람들이, 끈질기고 비상하고 열정적인 사람들이 있다는 것을 알지 못했다. 험볼트에게는 이 세상에 부가—그의 것이 아닌—있으며, 그것에 대한 주권적 권리가 자기에게 있고 결국 자기가 그것을 얻으리란 확신이 있었다. 자신은 100만 달러가 걸린 큰 소송에서 이길 운명이라고 나에게 말한 적도 있다. "100만 달러가 있으면," 그가 말했다. "난 시 말고 아무것도 생각하지 않는 자유를 얻을 거야."

"어떻게 그런 일이 일어나죠?"

"누군가 나한테 잘못을 저지를 거야."

"당신에게 100만 달러짜리 잘못을 저지른다고요?"

"시인이 그래선 안 되겠지만, 만일 내가 돈에 집착한다면 그만한 이유가 있겠지." 험볼트가 나에게 말했다. "그건 우리가 결국 미국인이기 때문이야. 내가 돈에 아무 관심이 없다면, 나는 어떤 미국인일까, 자네에게 묻고 싶은데? 월리스 스티븐스가 말한 것처럼 사물들은 결합되어야 해. 대체 누가 '돈은 악의 근원'이라고 했지? 면죄부 파는 사람* 이 그랬나? 초서의 인물 중에는 면죄부 파는 사람이 가장 악한 인간이었지. 아니, 난 호러스 월폴**에게 동감해. 월폴은 자유인이 돈에 대해 생각하는 건 자연스러운 일이라고 했어. 왜냐고? 돈이 자유니까, 그게 이유야."

황홀했던 시절, 조울증과 편집증의 영향을 약간 받긴 했지만 그래도

* 제프리 초서 『캔터베리 이야기』의 주인공.

** 영국 작가, 정치인.

우리는 그런 멋진 이야기를 나눴었다. 그러나 이제 빛은 어두워지고 어둠은 더 짙어졌다.

나는 여전히 푹신한 소파에 꼭 붙어 누운 채 그 화려했던 몇 주를 되돌아보았다.

험볼트는 〈폰 트렌크〉에 대해 요란하게 비난하고 피켓 시위를 했지만, 연극은 성공했다. 벨라스코극장과 나의 명성에 더 가까이 있기 위해 나는 세인트레지스호텔에 스위트룸을 잡았다. *아르누보풍* 엘리베이터의 문은 도금이 되어 있었다. 데미 퐁헬은 베르길리우스를 가르쳤다. 캐슬린은 네바다에서 블랙잭을 했다. 험볼트는 화이트호스 술집 사령부로 돌아왔다. 거기서 밤늦도록 문학적, 예술적, 성적, 철학적 훈련을 했다. 그가 그곳에서 지어낸 새로운 경구들이 부유층 지역에 있던 내 귀에까지 들려왔다. "내가 손댄 무화과 잎사귀는 하나도 빠짐없이 정가표로 변했지."* 이것은 나에게 희망을 주었다. 그는 아직도 그럴듯한 경구를 만들어낼 수 있었다. 정상으로 돌아온 것 같았다.

그러나 아니었다. 험볼트는 매일 대충대충 면도하고, 커피를 마시고, 약을 삼키고, 자기가 쓴 메모를 살펴보고는 변호사들을 만나러 시내로 갔다. 그에게는 변호사가 많았다—그는 변호사와 정신분석가를 수집했다. 치료 목적으로 분석가들을 만나는 것이 아니었다. 그는 말하고 싶어했고 자신을 표현하고 싶어했다. 그들의 사무실이 풍기는 이론적인 분위기가 그를 자극했다. 변호사들로 말할 것 같으면, 험볼트

* 「누가복음」 13장 6~9절에서 인용. 무화과나무는 참신앙을 가르치는 예수의 교훈을 받아들이지 못하는 이스라엘 백성을 상징한다. 험볼트는 자신이 무화과 잎사귀조차 일종의 결실인 정가표로 변하게 할 수 있다고 호언장담하는 것이다.

는 그들 모두에게 서류와 변론 전략을 준비하게 했다. 변호사들은 작가를 만나는 일이 별로 없다. 무슨 일이 벌어지고 있는지 그들이 어떻게 알 수 있었겠는가? 한 유명한 시인이 전화를 걸어 만나자고 한다. 누구누구에게 소개받았다고 말한다. 사무실이 온통 흥분에 휩싸이고, 타자수들은 화장을 한다. 그리고 시인이 도착한다. 건장하고, 병들었지만 여전히 미남이고, 창백하고 상처받은 표정에 무척 초조해 보이고 약간은 주눅든 듯 한 시인이 커다란 체구에 어울리지 않게 놀랍도록 작은 몸짓과 떨림을 보이며 도착한다. 그는 앉아서도 다리를 떨고 몸을 떤다. 처음에는 그의 목소리가 다른 세상에서 들려오는 것 같다. 웃으려 하지만 움찔거릴 뿐이다. 이상하게 작고 변색된 치아가 떨리는 입술을 제어한다. 덩치가 있는, 사실 거구의 난폭한 남자지만, 동시에 섬세한 식물이자 에어리얼*이다. 주먹을 움켜쥐지도 못한다. 공격성과는 거리가 멀다. 그리고 그가 이야기를 시작한다—마치 햄릿의 아버지가 하는 이야기 같다. 사기, 속임수, 맹세의 배신. 마침내 그가 정원에서 잠들었는데 누군가 물약병을 들고 살금살금 다가와 귀에 부으려 한다.** 처음에 그는 자신의 기만적인 친구들과 자신을 죽이려는 자들의 이름을 대지 않는다. 그들은 다만 X거나 Y일 뿐이다. 그러다가 '이 사람'을 언급한다. "나는 이 X라는 사람과 같이 지냈습니다"라고 그는 말한다. 무구한 그는 이 클로디어스*** 같은 X와 맹세를 주고받는다. 그는 모든 말에 동의했다. 뉴저지에 있는 집의 공동소유권에 관한 서류를

* 셰익스피어의 『템페스트』에 등장하는 정령.

** 햄릿왕이 그렇게 살해되었다.

*** 햄릿왕의 동생으로, 왕이 죽자 그의 아내인 거투르드와 결혼한다.

읽지도 않고 서명했다. 또한 나중에 배신자가 된 자신의 의형제에게도 실망했다. 셰익스피어가 옳았다. 얼굴만 보고 마음 생김새를 알아볼 재주는 없다. 그 사람은 그가 절대적으로 신뢰하던 신사였다. 그러나 이제 충격에서 회복해가는 그는 이 신사를 상대로 소송을 제기하려 한다. 소송은 인간들이 가장 몰두하는 일들 중 하나다. 그는 시트린의 현장을 잡았다—시트린이 돈을 가로챘다. 그러나 그의 요구는 돈을 돌려달라는 것뿐이다. 그리고 그는 치솟는 분노를 억누른다, 혹은 억누르려는 듯이 보인다. 시트린이라는 자는 말이 안 될 정도로 잘생겼다. 그러나 외면은 보이는 내면이라고 했던 야코프 뵈메*의 말은 틀렸다. 험볼트는 품위를 지키기 위해 분투하고 있다고 말한다. 그의 아버지는 친구가 없었고, 그에게도 친구가 없다—인격에 대해선 그만하자. 충실성이란 축음기에게나 기대할 수 있는 것이다. 그러나 자제하자. 모든 사람이 서로서로 물어뜯는 독 먹은 쥐가 되는 건 아니다. "나는 그 개자식을 해칠 생각은 없습니다. 내가 바라는 건 공정함뿐입니다." 공정함! 그는 그자의 내장을 쇼핑백에 담길 원했다.

그렇다, 그는 많은 시간을 변호사들, 의사들과 보냈다. 변호사들과 의사들은 부당함의 드라마, 질병의 드라마를 가장 잘 이해하는 사람들일 것이다. 그는 이제 시인이고 싶지 않았다. 그의 유파인 상징주의는 소진되었다. 아니, 그 시절 그는 현실의 공연 예술가였다. 직접 경험의 세계로 돌아왔다. 넓은 세상 속으로. 이제 더는 현실 생활을 예술로 치환할 필요가 없었다. 소송과 정신분석은 현실이었다.

* 독일 신비주의자.

변호사들과 정신분석가들은 험볼트가 현실 세계를 나타내서가 아니라 시인이라서 그를 보고 즐거워했다. 그는 돈을 지불하지 않았다—청구서를 버렸다. 그러나 이 사람들은 천재(그들이 프로이트 혹은 〈물랭루주〉 〈달과 6펜스〉 같은 영화에서 엿보았던)에 대해 호기심이 많고 문화에 굶주려 있었다. 그들은 그가 불행과 박해에 대해 말하자 즐겁게 들었다. 그는 오물을 흘리고 추문을 퍼뜨리고 강력한 은유를 사용했다. 멋들어진 조합이었다! 명성 가십 망상 오물 시적 창조.

그때도 기민했던 험볼트는 전문적인 도시 뉴욕에서 자신의 가치를 알았다. 질병과 송사의 끝없는 컨베이어 벨트가 롱아일랜드의 따분한 감자를 나르듯 고객과 환자를 이 시내의 사무실들로 날랐다. 둔한 감자들은 지루한 성격 문제를 들먹이며 정신분석가의 심장을 짓눌렀다. 그때 갑자기 험볼트가 나타났다. 아, 험볼트! 그는 감자가 아니었다. 그는 파파야, 시트론, 패션프루트였다. 아름답고 심오하고 웅변적이고 향기롭고 독창적이었다—얼굴에 멍이 들고 눈 밑은 그늘지고 반쯤은 망가진 사람처럼 보였음에도. 그의 레퍼토리는 또 어땠는가, 그 스타일과 템포의 변화는. 그는 처음에는 온순했고, 수줍어했다. 그러더니 어린애처럼 믿고 속이야기를 털어놓았다. 그는 남편과 아내가 다툴 때 자신들에게는 아주 중요해도 다른 사람들이 들으면 너무 넌더리 나는 말만 늘어놓는다는 것을 자기도 안다고 말했다. 그런 일이 시작되면 사람들은 흐흠 하며 천장이나 쳐다보았다. 사랑에 대해, 가정의 비극에 대해 어리석은 생각만 하는 미국인들! 최악의 전쟁과 가장 격렬했던 혁명과 파괴, 죽음의 수용소, 피에 젖은 땅과 아직도 유럽의 대기에 떠 있는 화장火葬의 연기를 겪어놓고도 어떻게 그들의 말에 귀기울일 수 있겠는가. 미국인들의 개인적인 고민이라봐야 뭐 얼마나 되겠는가? 그들이 정말로 고통을 겪기는 할까? 세계는 미국인들의 얼굴을 보고 말했다. "이 명랑하고 잘사는 사람들이 고통받고 있다는 말은 하지 마시오!" 그러나 민주적 풍요에도 그 나름의 어려움이 있었다. 미국은 신神의 실험이었다. 인류의 수많은 옛 고통이 제거되자, 새로운 고통들이 더욱 이상하고 불가사의해졌다. 미국은 특별한 가치를 좋아하지 않았다. 특별한 가치를 대표하는 사람들을 혐오했다. 하지만 이 특별한 가치들이 없다면—내 말이 무슨 뜻인지 알 겁니다, 라고 험볼트는 말했다. 인간의 오래된 위대함은 물질적 결핍 속에서 창조되었습니다. 그러나 우리는 풍요로움에서 무엇을 기대할 수 있을까요? 바그너의 작품에서 거인 파프니르는—용이었던가?—마법의 반지 위에서 잠을 잡니다.* 그러면 미국은 공평한 정의와 사랑을 꿈꾸면서 잠들어 있을까요? 어쨌거나 지금 나는 미숙한 미국의 사랑 신화를 논하러 온 게 아닙니다—이것이 험볼트가 말하는 방식이었다. 그러나 그는, 이 이야기를 들어줬으면 좋겠습니다, 라고 말했다. 그러고는 특유의 스타일로 서술하기 시작했다. 그는 묘사하고, 정교하게 수를 놓았다. 그는 이혼을 말하기 위해 밀턴을, 여자를 말하기 위해 존 스튜어트 밀을 끌어왔다. 그후에는 폭로와 고백이 뒤따랐다. 그다음에는 비난하고, 호통치고, 말을 더듬고, 격분하고, 고함을 질렀다. 그는 빛처럼 우주를 횡단했다. 진정한 사실들의 엑스레이 필름을 제시했다. 나약함, 거짓, 모함, 수치스러운 도착, 광적인 욕정, 어느 억만장자들의 사악함(이름이

* 오페라 〈니벨룽겐의 반지〉에 대한 언급.

언급되었다). 진실! 그리고 이 모든 부도덕의 멜로드라마, 이 모든 발기한 진홍빛 젖꼭지, 드러난 치아, 울부짖음, 사정射精! 변호사들은 이 이야기를 수천 번 들었지만 천재에게서 다시 듣고 싶어했다. 험볼트가 그들의 포르노 작가가 되었던가?

아, 험볼트는 위대했었다—미남이고, 기개가 있고, 활기차고, 독창적이며, 감동을 주고, 고귀했다. 그와 있으면 삶의 달콤함을 맛볼 수 있었다. 우리는 디오티마*가 소크라테스에게 사랑에 대해 말한 것, 스피노자가 말한 *신에 대한 지적인 사랑*이 의미하는 것 등 가장 고결한 것들에 대해 토론하곤 했다. 그와의 대화는 기운을 북돋워주고 영양분을 공급해주었다. 그러나 나는 그가 친구였던 사람들에 대해 언급할 때, 내가 친구에서 탈락하는 것도 시간문제일 뿐이라고 생각하곤 했다. 그에게는 오랜 친구들이 없었고, 한때 친구였던 사람들이 있을 뿐이었다. 그는 아무 경고도 없이 역주행해 지독하게 굴 수 있었다. 그럴 때면 터널 안에서 급행열차를 마주치는 것 같았다. 벽에 달라붙거나 철로 사이에 엎드려 기도하는 수밖에 없었다.

명상을 하고 외양 너머에서 진실을 찾으려면 침착해야 한다. 나는 험볼트에 대한 이러한 개괄을 파악하고도 마음이 진정되지 않았지만, 대신에 그가 기분이 좋은 날, 저녁식사를 끝내고 우리 사이에 어질러진 접시들과 병들을 그대로 둔 채 그가 즐겨 언급하던 이야기를 떠올렸다. 뉴욕시립대학 철학교수였던 작고한 모리스 R. 코언은 형이상학 수업시간에 한 학생에게 질문을 받았다. "코언 교수님, 제가 존재한다

* 플라톤의 「대화편」에 나오는 고대 그리스 만티네이아의 여자 제사장.

는 사실을 어떻게 알 수 있습니까?" 예리한 노교수가 대답했다. "그런데 누가 질문을 하는 거지?"

나는 이 질문을 나에게 했다. 험볼트의 성격과 생애를 깊이 파고들었으니, 이제 아무것도 바꿀 수 없고 죽을 운명인 존재 대 존재로서 보조를 맞출 수도 없는 죽은 사람을 판단하는 대신 나 자신을 더 깊이 들여다보는 것이 옳은 일이었다. 무슨 말인지 이해할지 모르겠지만. 내가 그를 사랑했다는 뜻이다. 좋다, 〈폰 트렌크〉는 승리였고(나는 그것이 부끄러워 움츠러들었다), 나는 유명인사였다. 험볼트는 악의적인 친구들이 환호하는 동안 머큐로크롬으로 쓴 피켓을 들고 술에 취해 시위하던 미친 *상퀼로트**였을 뿐이었다. 허드슨 스트리트의 화이트호스 술집에서는 험볼트가 쉽게 승리했다. 하지만 신문에 난 이름은, 험볼트가 질투로 숨막혀하며 레너드 라이언스의 칼럼에서 본 이름은 시트린이었다. 이제 내가 유명해져 돈을 벌고, 묵직한 우편물을 받고, 영향력 있는 사람들에게 인정받고, 사르디 레스토랑에서 저녁을 대접받으며 푹신한 부스에서 머스크 향수를 뿌린 여자들에게 구애받고, 시아일랜드산 면으로 만든 팬티와 가죽가방을 사고, 설욕이 주는 복받치는 흥분 속에서 살아갈 차례였다(내가 내내 옳았던 거다)! 나는 지명도知名度라는 고압전류를 경험했다. 보통사람에게는 치명적으로 위험한 전깃줄을 집어든 기분이었다. 마치 남부 촌놈들이 종교적 황홀경에 빠져서 다루는 방울뱀 같았다.

줄곧 나에게 조언을 해주던 데미 퐁헬은 이제 나의 트레이너, 매니

---

* 프랑스혁명 당시 파리의 하층민 공화당원으로, 보통 과격파를 일컫는다.

저, 요리사, 연인, 그리고 실권 없는 보스 노릇을 하며 나를 이끌었다. 자기가 할 일은 스스로 골라서 했고 몹시 바빴다. 그녀는 내가 험볼트를 보러 벨뷰병원에 가려는 것을 막았다. 우리는 이 일로 말다툼을 했다. 그녀는 이 일련의 일들에 대해 약간의 도움이 필요했고, 나도 정신분석가의 상담을 받는 게 좋겠다고 생각했다. 그녀가 말했다. "당신이 무너지고 흥분으로 죽어가는 걸 내가 아는데, 그렇게 말짱해 보인다는 건 좋은 게 아냐." 그녀는 토크쇼에 출연하고 섹스 해방에 관한 책을 쓴 엘렌보겐이라는 남자에게 나를 보냈다. 길고 마른 얼굴은 웃으면 큰 힘줄이 도드라지고, 홍인종* 같은 광대뼈에, 피카소의 〈게르니카〉에 나오는 비명 지르는 말의 이빨 같은 치아를 가진 남자였다. 그는 환자를 해방시킬 목적으로 세게 때렸다. 쾌락의 합리성은 그의 이념적 망치였다. 그는 거칠었고, 뉴욕식으로 거칠었지만, 미소를 지으면서 모든 것이 어떻게 귀결되는지 뉴욕식 강조를 곁들여 말해주었다. 인간에게 주어진 시간은 짧고 우리는 그 짧은 삶을 빈번하고 강렬한 성적 만족으로 보상받아야 한다는 것이었다. 그는 화를 내는 법이 없었고 불쾌해하지도 않았으며 분노나 앙갚음, 양심의 속박 따위를 거부했다. 그런 것들은 성교에 방해되었다. 사랑을 나누는 커플 청동상을 북엔드로 쓰고 있었다. 사무실 공기는 답답했다. 어두운 벽널, 깊숙이 파묻히는 가죽의 안락함. 상담 시간 동안 그는 신발을 벗은 발을 발쿠션 위에 올려놓고 몸을 쭉 뻗은 채 기다란 손은 허리춤에 넣고 있었다. 자신의 국부를 만지고 있었을까? 완전히 긴장을 푼 채 그는 방귀를 많이 뀌었고 그

* 북아메리카 원주민을 경멸적으로 부르는 말.

냄새가 밀폐된 공기에 스며들었다. 그가 키우는 식물들은 그것 덕분에 잘 자랐다.

그가 나에게 설교했다. "당신은 죄책감에 시달리는 사람입니다. 우울증이죠. 메뚜기가 되고 싶어하는 개미입니다. 성공을 견뎌내질 못하죠. 유머감각의 폭발에 의해 간간히 중단되는 우울증이라고 할까요. 여자들이 당신을 쫓아다니겠군요. 나도 그런 기회가 있으면 좋겠습니다. 여자 배우들요. 음, 그 여자들이 바라는 대로, 당신에게 기쁨을 줄 기회를 주세요. 그들에게는 행위 자체보다 부드러움을 느끼는 순간이 훨씬 중요합니다." 그는 내 자신감을 강화하려는 듯 자신의 놀라운 경험을 말해주었다. 디프사우스*에 사는 한 여자가 텔레비전에서 그를 보고 그와 자려고 곧장 북부로 왔고, 원하는 것을 얻은 후 만족한 한숨을 내쉬며 말했다. "텔레비전에서 봤을 때부터 당신이 잘할 거라 생각했어요. 그리고 정말 잘해요." 엘렌보겐은 데미 퐁헬의 생활방식에 대해 듣자 그녀에 대해 전혀 친밀감을 느끼지 못했다. 그는 숨을 급히 들이마시며 말했다. "나빠요, 나쁜 경우예요. 안됐군요. 결혼하려고 안달이 났어요. 발달 미숙. 예쁜 아이. 열세 살 때 280파운드였다고요. 욕심 많은 여자군요. 지배하려는 성격. 그 여자가 당신을 집어삼킬 겁니다."

데미는 자신이 나를 적에게 보냈다는 것을 몰랐다. 그녀는 매일 말했다. "우린 결혼해야 해, 찰리." 그러고는 성대한 교회 결혼식을 계획했다. 근본주의자 데미는 뉴욕에서 성공회 신도가 되었다. 그녀는 나

---

* 미국 남부 지역으로, 특히 루이지애나, 미시시피, 앨라배마, 조지아, 사우스캐롤라이나 주를 가리킨다.

에게 웨딩드레스와 베일, 캘러 백합들, 안내인, 사진, 청첩장, 예복에 대해 이야기했다. 신랑신부 들러리로는 리틀우드 부부를 원했다. 나는 그녀에게 리틀우드가 프린스턴에서 제안했던 은밀한 에스키모식 파티에 대해 말하지 않았다. "우리는 멋진 예식을 보여줄 수 있을 거야, 찰리." 내가 만약 말해줬더라면, 데미는 충격을 받기보다 리틀우드에게 화를 냈을 것이다. 이제 그녀는 뉴욕에 적응했다. 선善의 기적적인 생존이 그녀 인생의 주제가 되었다. 위험한 항로에서 그녀의 끝없는 여성적 자력에 이끌리는 괴물들로부터 그녀를 지켜주는 것은 내면의 힘과 순수한 마음에 의해 확보되는 마술과 주문과 기도와 신의 가호였고 이것이 그녀가 사물을 보는 방식이었다. 그녀의 발길이 지날 때마다 문턱에서 지옥이 숨쉬었으나, 그녀는 무사히 통과했다. 고향의 약국에서 아직도 약상자들이 우편으로 왔다. 세븐스 애비뉴 배달부가 블랙라벨 조니워커를 가지고 점점 더 자주 왔다. 그녀는 최상품을 마셨다. 누가 뭐래도 상속녀였다. 마운트 콥틱 약국이 그녀 아버지의 것이었다. 그녀는 술을 좋아하는 근본주의 신도 공주였다. 하이볼을 몇 잔 마시면 더 위엄 있고 당당해지고 두 눈은 파란색 커다란 원이 되고 사랑은 더욱 강해졌다. 그녀는 루이 암스트롱 스타일로 그르렁거리며 "당신은 내 남자야"라고 말했다. 그러고는 진지하게 덧붙였다. "진심으로 당신을 사랑해. 다른 남자는 날 건드리지 않는 게 좋을걸." 그녀가 주먹을 쥐었는데 놀라울 정도로 컸다.

그녀를 건드리려는 시도는 종종 있었다. 치과의사가 충전 치료 도중 그녀의 손을 잡더니 그녀가 의자 팔걸이라고 생각한 곳에 올려놓았다. 하지만 팔걸이가 아니었다. 흥분한 그의 성기였다. 의사는 닿는 곳

어디에나 격정적으로 키스하는 것으로 진료를 마무리했다. "그 남자가 제정신을 잃었다고 탓할 수도 없어, 데미. 당신 엉덩이는 새하얀 밸런타인카드 같으니까.*"

"난 그 사람 목을 바로 때려줬어." 그녀가 말했다.

어느 더운 날 에어컨이 고장났을 때 그녀의 정신과의사는 이렇게 말했다. "옷을 벗지그래요, 미스 퐁헬." 롱아일랜드의 어느 백만장자는 그녀가 자기 집 욕실에 있을 때 환기구에 대고 말했다. "당신을 원해. 당신 몸을 줘……" 그가 숨넘어가는 듯한 목소리로 말했다. "줘! 죽을 것 같아. 살려, 살려…… 살려줘!" 그러나 그는 자기 비행기를 손수 운전하는 건장하고 튼튼하고 유쾌한 사람이었다.

성적인 생각은 사실상 성직자 같은 맹세를 한 사람들의 마음을 비뚤어지게 했다. 광기와 범죄와 재앙이 이 비열한 세기를 사는 인간의 운명이라고 믿는가? 데미는 자신이 가진 순수함과 아름다움과 미덕으로 그 가정을 뒷받침하는 많은 증거를 주변에서 끌어냈다. 이상한 악마주의가 그녀에게 모습을 드러냈다. 그러나 그녀는 겁먹지 않았다. 자신은 성적으로 두려움이 없다고 말했다. "그 사람들은 나에게 별의별 수단을 다 썼지." 그녀가 말했다. 나는 그녀를 믿었다.

엘렌보겐 박사는 그녀가 결혼하기엔 위험한 상대라고 말했다. 내가 그녀의 어머니와 아버지에 대해 들려주었을 때도 재미있어하지 않았다. 퐁헬 가족은 버스를 타고 성지 여행을 했다. 비만인 어머니 퐁헬은 피넛버터병을 들고 왔고, 아버지는 엘버타산産 복숭아 통조림을 가

---

* 하트 모양이라는 뜻.

지고 왔다. 나사로의 무덤에 겨우 몸을 욱여넣었던 어머니는 다시 나올 수가 없었다. 그녀를 빼내기 위해 아랍인들을 불러와야 했다. 그러나 나는 엘렌보겐의 경고에도 불구하고 데미와 그녀 가족들의 괴벽을 재미있어했다. 고통스러워하며 누워 있을 때 그녀의 깊은 눈망울은 눈물로 가득차고 왼손 중지를 다른 손가락들로 경련하듯 움켜잡았다. 그녀는 병상, 병원, 말기 암, 장례식에 강렬하게 이끌렸다. 그러나 그녀의 선함은 순수하고 깊었다. 그녀는 나에게 우표와 통근 승차권을 사주었고, 소고기 갈빗살 요리나 파에야를 냄비 가득 만들어주었으며, 서랍장 서랍들 바닥에 얇은 종이를 깔아주었고, 내 스카프들 사이에 좀약을 넣어주었다. 기본적인 산수는 못했지만 복잡한 기계는 수리할 수 있었다. 색색의 전선들과 튜브를 직감으로 뒤지면서 라디오를 고쳐놓았다. 그 라디오에서는 힐빌리 음악*과 온갖 예배 방송이 거의 그치지 않았다. 그녀는 집에서 이달의 묵상 '그리스도의 부흥의 힘'이 포함되어 있는 〈다락방, 가족과 개인을 위한 신앙 안내〉라는 간행물을 받아보았다. '읽고 생각하기: 「하박국」 2:2~4' 같은 것이 포함되어 있었다. 나도 읽어보았다. 「아가」 8:7: "사랑은 바닷물로도 끌 수 없고 굽이치는 물살도 쓸어갈 수 없는 것." 나는 그녀의 투박한 손마디, 금발이 자라는 긴 두상을 사랑했다. 우리는 배로 스트리트에 앉아 진 러미를 하고 있었다. 그녀가 카드를 쥐고 섞으며 그르렁거리듯 말했다. "빈털터리로 만들어주지, 이 풋내기야." 그녀는 카드들을 내려놓으며 소리쳤다. "진**! 세어봐!" 그녀의 무릎이 벌어져 있었다.

---

* 컨트리뮤직의 원형으로, '촌뜨기'라는 뜻.

** 진 러미에서 열 장의 카드 모두 짝이 맞을 때 '진'이라고 외치고 게임을 끝낼 수 있다.

"데미, 환히 열린 샹그릴라* 풍경 때문에 카드에 집중을 못하겠어." 내가 말했다.

우리는 더블 솔리테어를 하고 다이아몬드게임도 했다. 그녀는 골동품 보석상으로 나를 데려갔다. 그녀는 과거의 부인들이 착용했다는 이유로 오래된 브로치와 반지를 좋아했지만, 가장 원한 것은 당연히 약혼반지였다. 그리고 그 소망을 감추지 않았다. "이 반지 사줘, 찰리. 그러면 가족들에게 우리 관계가 잘되어간다는 걸 보여줄 수 있어."

"당신이 아무리 큰 오팔을 받아도 그분들은 날 좋아하지 않을 거야." 내가 말했다.

"그래, 그 말이 맞아. 길길이 뛰실 거야. 당신은 온갖 죄를 지었으니까. 우리 가족은 브로드웨이에도 감동받지 않을걸. 당신이 쓰는 건 감동적이지 않으니까. 성경만이 진리지. 하지만 아빠는 크리스마스를 선교본부에서 보내기 위해 비행기를 타고 남아메리카로 갈 예정이셔. 베네수엘라 근처, 콜롬비아에 있는데 거기 꽤 크게 기부를 하셨거든. 나도 같이 가서 우리가 결혼할 거라고 말할 거야."

"아, 가지 마, 데미." 내가 말했다.

"사방이 야만인들인 정글에 있다보면 아버지도 당신을 훨씬 더 정상이라 여기게 될 거야." 그녀가 말했다.

"내가 얼마나 버는지 말씀드려. 그 돈이면 다 도움이 될 거야." 내가 말했다. "하지만 난 당신이 안 가면 좋겠어. 어머니도 오시나?"

"여기는 안 와. 내가 싫어. 아니, 엄마는 마운트 콥틱에 남아서 병원

---

* 제임스 힐턴의 소설 『잃어버린 지평선』에 나오는 유토피아.

에 있는 아이들에게 크리스마스 파티를 열어주실 거야. 그애들이 섭섭해하거든."

보통 이런 명상은 사람을 평온하게 만들어준다. 외양의 이면을 살피려면, 절대적인 평온에 도달해야 한다. 그러나 나는 별로 평온하지 못했다. 미드웨이공항에서 날아오른 제트기의 무거운 그림자가 방을 가로지르는 순간 데미 퐁헬의 죽음이 떠올랐다. 내가 성공한 그해 크리스마스 직전 그녀와 그 아버지는 남미에서 비행기 추락사고로 사망했다. 데미는 내 브로드웨이 활동을 모은 스크랩북을 가지고 있었다. 사고가 났을 때 아버지에게 그것을 보여주던 참이었는지도 모른다. 아무도 정확한 사고 위치를 몰랐고 오리노코강 부근이라고만 했다. 나는 그녀를 찾으려고 정글에서 수개월을 보냈다.

험볼트가 나에게서 받은 의형제 수표를 현금화한 것이 이때였다. 6763달러 58센트는 큰돈이었다. 하지만 중요한 것은 돈이 아니었다. 험볼트가 나의 슬픔을 존중했어야 한다는 것이 중요했다. 참으로 때를 잘도 골랐구나! 나는 생각했다. 어떻게 그럴 수 있을까! 돈이 뭐라고. 그러나 그는 신문을 본다. 그녀가 실종된 것을 알았다!

* * *

나는 슬픔에 잠겨 누워 있다. 또다시! 누워서 찾고 있던 건 이런 것이 아니었다. 청동 고리로 문을 쾅쾅 두드리는 소리에 몸을 일으키며 나는 오히려 고마움을 느꼈다. 내 안식처에 쳐들어와 현관문 고리를 두드린 사람은 칸타빌레였다. 나는 늙은 롤런드 스타일스에게 짜증이 치밀었다. 명상하는 동안 방해꾼과 귀찮은 사람들을 들이지 않기 위해 돈을 쥐여주었지만, 그는 오늘 경비실 자기 자리에 없었다. 크리스마스 직전이면 거주자들은 트리 옮기기 같은 일을 도와달라고 그를 불러댔다. 그를 부르는 곳이 많았던 것 같다.

칸타빌레는 젊은 여자를 데리고 왔다.

"아내인가?"

"넘겨짚지 마. 아내는 아냐. 폴리 팔로미노. 집안 친구지. 그린즈버러에 있는 여자대학에 있을 때 루시의 룸메이트였어. 래드클리프로 가기 전에."

피부가 하얗고 노브라인 폴리는 빛 속으로 들어와 내 거실을 서성이기 시작했다. 그녀의 붉은 머리는 완전히 천연이었다. 스타킹도 신지 않고(12월의 시카고에서) 최소한의 옷만 걸친 그녀는 최대 굽 높이의 플랫폼 슈즈를 신고 걸어다녔다. 우리 세대 남자들은 전에는 가려져 있던 여성의 다리 힘과 크기, 아름다움에 결코 익숙해지지 않았다.

칸타빌레와 폴리는 내 아파트를 훑어보았다. 그는 가구를 만졌고, 그녀는 카펫을 만지려고 몸을 굽히더니 라벨이 있는 모서리를 젖혔다. 그렇다, 진짜 케르만*제였다. 그녀는 그림들을 살펴보았다. 칸타빌레가 부드러운 플러시천 덧베개가 있는 소파에 앉으며 말했다. "여긴 창녀집처럼 요란하군."

"눌러앉을 생각은 마. 난 법원에 가봐야 해."

칸타빌레가 폴리에게 말했다. "이 사람 전처가 계속 소송을 걸고 있

* 카펫 산지로 유명한 이란의 도시.

거든."

"왜?"

"전부 내놓으란 거지. 그 여자에게 벌써 많이 줬지, 찰리?"

"많이 줬지."

"수줍어서 이래. 얼마라고 말하기가 부끄러워서." 칸타빌레가 폴리에게 말했다.

내가 폴리에게 말했다. "포커를 치면서 내 인생 얘기를 몽땅 리날도에게 털어놨나봅니다."

"폴리도 알아. 어제 일 얘기해줬어. 포커가 끝나고도 너는 거의 혼자 말하다시피 했어." 그가 폴리 쪽으로 몸을 돌렸다. "찰리는 너무 취해서 280SL을 운전할 수 없었어. 그래서 내가 데려갔고 에밀이 선더버드를 끌고 따라왔지. 너는 나한테 많은 걸 얘기했어. 이런 멋진 거위 깃대 이쑤시개는 어디서 구해? 사방에 흩어져 있군. 이에 음식물 끼는 데 신경과민인가."

"런던에서 보내준 거야."

"캐시미어 양말이나 플로리스* 세안비누처럼?"

그렇다, 그날 나는 무척이나 얘기를 하고 싶었나보다. 나는 칸타빌레에게 많은 정보를 주었고, 그는 분명 나와의 관계를 발전시키려는 의도로 광범위한 질문을 했다. "왜 전처가 그렇게 못살게 구는데 그냥 두지? 너는 큰소리만 칠 뿐이지 별것도 아닌 변호사를 고용했잖아. 포러스트 톰체크. 내가 사람들한테 물어봤어. 톰체크는 이혼 분야에선

---

* 영국의 향수 및 세제 제조업체.

일류지. 기업의 거물들을 이혼시키는 데는. 하지만 너 같은 사람은 그 변호사한테 아무것도 아니야. 그 사람을 소개한 게 네 친구 서트머르 아냐? 그런데 네 전처 변호사는 누구지?"

"맥시 핀스커란 친구야."

"어휴! 핀스커, 그 사람 잡아먹는 유대인! 최악을 골랐군. 그 자식은 네 간을 빼서 달걀이랑 양파랑 같이 다질 거야. 허, 찰리! 너의 이쪽 삶엔 구역질이 나. 자기 이해관계인데 경각심이라고는 없으니까. 사람들이 문제를 떠넘겨도 내버려두잖아. 네 친구들부터 그렇지. 내가 네 친구 서트머르를 좀 알아. 너는 저녁식사 초대를 받지도 않는데 서트머르는 초대받고 가서 네 얼굴에 먹칠하는 얘기를 지껄여대. 가십 쓰는 자들에게 네 비밀을 불어댄다고. 그자는 항상 슈나이더만의 엉덩이를 핥아대, 너무 바닥에 가까워서 거기 닿으려면 구덩이를 파고 들어가야 하지. 아마 톰체크에게 뇌물을 받고 있을 거야. 톰체크는 그 식인종 핀스커에게 너를 팔 거고. 핀스커는 너를 판사들에게 던져줄걸. 판사는 네 아내에게 줄 거고…… 아내 이름이 뭐지?"

"데니즈." 도움을 주는 것이 습관이 된 내가 말했다.

"판사는 데니즈에게 네 가죽을 벗겨주고 그 여자는 그걸 자기 소굴에 걸어놓겠지—이봐 폴리, 찰리 모습이 상상한 그대로야?"

당연하게도 칸타빌레는 의기양양한 기분을 그냥 덮어둘 수 없었다. 지난밤 그는 자신이 한 일을 누구에게든 지껄여야 했다. 험볼트가 롱스태프를 상대로 승리한 후 지니에게 올라타려고 빌리지로 곧장 달려갔듯, 칸타빌레는 자신의 승리와 나의 굴욕을 축하하며 폴리와 밤을 보내기 위해 선더버드를 부르릉거리며 달려갔던 것이다. 민주주의 미합중국에서는 흥미를 끌려는 욕구가 얼마나 엄청난 힘을 갖는지 생각하게 하는 일이다. 이것이 미국인들이 비밀을 지킬 수 없는 이유다. 2차 세계대전 때는 입을 닥치지 못했던 우리 때문에 영국인들이 절망했다. 운좋게도, 독일인들은 우리가 그렇게 수다스럽다는 것을 믿지 못했다. 그들은 우리가 일부러 잘못된 정보를 흘린다고 생각했다. 그리고 그 모든 일은 우리가 보이는 것처럼 지루하지 않으며 매력과 내부정보가 넘치는 사람들임을 증명하기 위해 자행되었다. 그래서 나는 혼잣말을 했다. 좋아, 기분 내라, 이 밍크 콧수염 자식아. 네가 나와 내 280SL에 무슨 짓을 했는지 자랑하라고. 내가 곧 갚아주지. 동시에 나는 레나타가 나를 데리고 떠나는 것이, 다시 해외로 가자고 강요하는 것이 기뻤다. 레나타의 생각이 옳았다. 칸타빌레가 분명 나와 자신에 대한 계획을 세우고 있었기 때문이다. 그의 독특한 공격으로부터 나 자신을 방어할 수 있을지 전혀 확신할 수 없었다.

폴리는 칸타빌레의 질문에 어떻게 대답할지 곰곰이 생각했고, 창백하고 잘생긴 그 자신은 거의 애정어린 눈길로 나를 관찰하고 있었다. 그는 아직도 래글런 코트의 단추를 채우고 중절모를 쓰고 멋진 부츠를 내 중국산 옻칠 커피테이블에 올려놓은 채, 짙은 수염이 돋은 얼굴에 피곤하면서도 만족스러운 표정을 짓고 있었다. 그는 이제 산뜻하지 않고 냄새가 났지만 아주 들떠 있었다.

"시트린 씨는 여전히 잘생긴 남자라고 생각해." 폴리가 말했다.

"고마워요, 아가씨."

"한때는 그랬겠지. 날씬하지만 단단하고, 동양적인 큰 눈에 두툼한 거시기. 지금은 한물간 미남이지만." 칸타빌레가 말했다. "그래서 죽을 맛일걸. 매끈한 턱선은 사라지고 있지. 군턱과 목주름을 봐. 콧구멍은 점점 커져 굶주린 듯 넓어지고, 흰털도 났어. 비글이나 말도 주둥이 부분이 하얗게 변하면 그 표시잖아. 아, 독특한 사람이긴 하지. 희귀동물이야. 마지막 남은 오렌지색 플라밍고처럼. 국가자원으로 보호돼야 해. 섹스도 밝히는 남자야. 세상에 안 자본 여자가 없다고. 허영심도 대단하고. 찰리와 친구 조지는 청소년 운동선수들처럼 단련을 해. 물구나무서기를 하고 비타민 E를 먹고 라켓볼을 치지. 그자들은 네가 코트에서 영 형편없다고 하던데, 찰리."

"올림픽에 나가기엔 좀 늦었지."

"앉아서만 일을 하니까 운동이 필요하겠지." 폴리가 말했다. 그녀의 코는 약간 굽고 붉은 머리는 생기 있게 반짝였다. 나는 그녀의 인간적인 면모에 사심 없이 조금씩 마음이 끌리기 시작했다.

"몸 만드는 데 그렇게 신경쓰는 건 젊은 여자 때문이고, 젊은 여자애들은 유머감각이 뛰어나지 않은 한 똥배 나온 남자에게 안기는 걸 싫어해."

나는 폴리에게 설명했다. "목 관절염 때문에 운동하는 겁니다. 아니, 했습니다. 나이들수록 머리는 무거워지고 목의 힘은 빠져서."

부담은 주로 꼭대기에서 왔다. 현대의 자율적인 인간이 감시를 서는 망대에서. 물론 칸타빌레의 말이 옳았다. 나는 허영심이 있고, 아직 포기할 나이에 도달한 건 아니었다. 포기하는 게 무엇이든 간에. 하지만 전적으로 허영심 때문만은 아니었다. 운동 부족으로 몸이 아팠다. 나는 나이들면서 내 신경증에 쓰이는 에너지가 줄어들길 바랐다. 톨스토이는 사람들이 육식을 하고 보드카와 커피를 마시고 담배를 피우기 때문에 문제가 생긴다고 했다. 칼로리 과잉에 자극제가 넘쳐나고 쓸모 있는 노동을 하지 않아 육욕과 다른 죄에 빠진다는 것이다. 이 지점에서 언제나 나는 히틀러도 채식주의자였으니 꼭 육식 탓은 아니라고 생각했다. 감정 에너지, 혹은 사악한 영혼, 혹은 카르마—전생에서 저지른 악의 대가를 치르는 것일 수도 있다. 요즘 내가 열심히 읽고 있는 슈타이너에 따르면, 물질적인 육체는 정신에 저항하고 반대하며, 정신은 저항으로부터 세계를 배운다. 그 과정에서 육체는 쇠퇴한다. 하지만 나는 나의 퇴화에 걸맞은 이득을 얻지 못했다. 내가 어린 딸들과 있을 때 어리석은 사람들은 나에게 아이들의 할아버지냐고 물었다. 내가? 그럴 수가 있나! 그런데 나는 내 얼굴을 보면서, 내가 늘 노화와 관련지어 생각하던 서툴게 박제한 사냥 전리품이나 벽에 걸린 표본 같다는 걸 깨닫고 소름이 끼쳤다. 사진 속 내가 예전의 내가 아니라는 것도 깨달았다. 나는 이렇게 말할 수 있었어야 했다. "그래, 무너진 것 같아 보이지만, 내 정신의 대차대조표를 봐야지." 하지만 아직은 그런 말을 할 입장이 아니었다. 물론 죽은 사람보다야 나아 보이지만, 때로는 살짝 나은 정도일 뿐이다.

나는 폴리에게 말했다. "그래요, 와줘서 고마워요, 팔로미노 부인. 하지만 실례해야겠네요. 약속이 있는데 아직 면도도 못하고 점심도 못 먹었거든요."

"면도는 뭐로 해? 전기면도기로, 면도칼로?"

"레밍턴 면도기."

"쓸 만한 건 아베크롬비 전기면도기뿐이야. 나도 면도해야겠네. 점심은 뭘 먹지?"

"요구르트 먹을 거야. 자네 줄 건 없어."

"우린 방금 먹었어. 플레인 요구르트인가? 거기 뭘 넣어? 삶은 달걀은 어때? 폴리가 달걀을 삶아줄 수도 있어. 폴리, 부엌에 가서 찰리에게 달걀을 삶아줘. 시내에는 어떻게 갈 생각인데?"

"누가 데리러 올 거야."

"메르세데스 일은 너무 화내지 마. 내가 280SL 석 대를 갖게 해주지. 차 때문에 내게 반감을 가지기에 넌 너무 큰 인물이지. 이제 상황이 달라질 거야. 이봐, 법원 다녀와서 한잔 어때? 술이 필요할 거야. 게다가 넌 말을 좀더 해야 해. 너무 듣기만 한다고. 그건 좋지 않아."

그는 내가 쉬이 쫓아낼 수 있는 사람이 아니란 걸 보여주려는 듯이 소파의 둥근 등받이에 두 팔을 얹고 더욱 눈에 띄게 긴장을 풀었다. 또한 완전히 만족한 예쁜 폴리에게 더 편안한 친밀함을 보이길 바랐다. "이런 삶은 너에게 아주 나빠." 그가 말했다. "독방에 갇혔다 나온 자들을 봐서 난 그 징후를 알아. 왜 남쪽 이 슬럼가 한가운데 살지? 미드웨이에 지식인 친구들이 있어서? 리처드 뭔가 하는 교수 얘기를 했었지?"

"던윌드."

"응, 그 사람. 그리고 어떤 바보 같은 놈이 길 한복판에서 너를 쫓아왔다는 얘기도 했었어. 지하차고가 있고 경비가 잘되는 북쪽 지구 건물에 세를 얻는 게 좋을 거야. 아니면 교수 부인들 때문에 여기 사는 건가? 하이드파크에 사는 숙녀들은 자빠뜨리기가 쉽지." 그러고는 말했다. "그래도 총은 있겠지?"

"아니, 없어."

"저런, 내가 말하는 그런 사람이 여기 또 있군. 너 같은 자들은 모두 현실에 너무 유약해. 지금 여기 상황이 디어본 요새* 같단 걸 모르나? 홍인종들만 총과 토마호크**를 가졌어. 지난주에 택시기사가 엽총에 맞아 얼굴이 날아갔다는 기사 못 봤어? 성형수술로 얼굴을 되돌리려면 일 년은 걸릴 거야. 그런 얘기 들으면 복수하고 싶지 않아? 아니면 정말 그렇게 기가 죽은 건가? 만일 그렇다면 성생활은 보나마나 형편없겠군! 너를 쫓아오는 들소를 박살내도 속이 시원할 것 같지 않다는 말은 하지 마—그냥 돌아서서 망할 놈의 그 대가리를 총으로 갈겨. 내가 총 주면 가지고 다닐 거야? 아니라고? 너 같은 자유주의 예수 같은 자들을 보면 구역질이 나. 오늘 시내에 가면 그 포러스트 톰체크나 식인종 핀스커가 또 똑같은 일을 하겠군. 그자들은 너를 잡아먹으려려 들 거야. 그러면 너는 그들은 저속하고 자신은 고상하다고 생각하면서 넘기겠지. 총 줄까?" 그는 래글런 코트 속으로 재빠르게 손을 집어넣었다. "총 여기 있어."

나는 칸타빌레 같은 인물에게 약하다. 브로드웨이에서 히트하고 영화 판권 판매로 내게 수익금을 가져다준 원천인—지금 시내에서 나를 기다리는 시카고 상어들을 끌어당긴 피비린내 같은—폰 트렌크 남작이 과시적이고 활기차고 충동적이고 파괴적이며 외고집인 건 우연이 아니었다. 충동적이고 외골수인 유형이 지금의 중산층에게 인기가 있었다. 리날도는 나의 퇴폐성을 고발하고 있었다. 손상된 본능. 나는 나

---

* 초기 시카고 지역 정착민들을 보호하기 위해 지어진 요새로, 백인과 원주민의 치열한 전투가 벌어졌다.

** 북아메리카 원주민의 도끼.

자신을 방어하려 하지 않았다. 그의 생각은 아마도 소렐*(헌신적인 관념론자들이 부르주아 계층에게 충격을 주고 그들의 죽어가는 신경을 재생시키기 위해 행하는 고양된 폭력)로 거슬러올라갔을 것이다. 그는 소렐이 누군지 몰랐지만, 이 이론들은 유포되고 이것을 행동으로 입증하는 사람들을 찾아낸다—비행기 탈취범, 납치범, 인질들을 살해하고 군중에게 총질하는 정치 테러리스트, 신문이나 텔레비전에 나오는 아라파트들. 칸타빌레는 자기도 뭔지 모르는 어떤 인간적 원칙을 광적으로 찬양하면서 시카고에서 그 성향을 대변하고 있었다. 나도 뭘 모르긴 마찬가지였다. 나는 왜 나와 지적 수준이 비슷한 누구와의 관계에서도 즐거움을 느끼지 못할까? 대신에 나는 이 시끄럽고 오만한 자들에게 끌렸다. 그들은 나를 위해 뭔가를 했다. 아마도 이것은 슘페터**가 말했듯이, 진정한 혹은 날조된 고통에 적극적으로 공감하고, 특이한 성격상의 왜곡이나 장애를 받아들일 준비가 되어 있고, 지도층의 숙적까지도 동정하고 심지어 협조할 준비까지 되어 있는, 모든 사람에게 개인적 자유를 약속하는 현대 자본주의 사회의 부분적 현상인지도 모른다. 범죄자와 사이코패스에 대해 인내심을 갖는 것이 도덕적 우월함의 증명이라고 느낀다는 것도. 이해한다는 것! 우리는 이해하는 것, 연민하는 것을 좋아한다! 나도 그랬다. 대중으로 말할 것 같으면, 가난하게 태어난 수백만이 이제는 집이 있고 전동 공구와 가전제품과 다른 편리한 도구들을 갖추고 살게 되었고, 그들은 자신들의 속된 재물에 매달려, 그 앞에 엎드린 채 사회적 격동을 견뎌냈다. 마음속으로는 분

* 『적과 흑』에 나오는 야망에 찬 젊은이.

** 모라비아 태생 미국 경제학자. '창조적 파괴'라는 용어를 널리 퍼뜨렸다.

노하면서도 무질서를 참았고 길거리로 나가 폭도가 되지 않았다. 모욕을 견디며 끈질기게 기다렸다. 배를 흔들어대는 일은 없었다. 분명 나도 그들과 같은 상태였다. 그러나 나는 총을 쏘는 것이 나에게 무슨 소용이 있을지 알 수 없었다. 총을 쏘면 골치 아픈 상황에서 벗어날 수라도 있단 말인가—가장 골치 아픈 건 내 성격인데!

칸타빌레는 나에게 대담함과 독창성을 쏟아부었고 이제 우리가 절대 헤어져선 안 된다고 생각하는 듯했다. 또한 그는 내가 자기를 더 높은 차원으로 이끌어주길 원했다. 그는 18세기 프랑스의 건달, 사기꾼, 식객, 범죄자가 도달했던 지적이고 창조적인 인간이자 이론가의 단계에 이르렀다. 아마도 자신이 라모의 조카*나 장 주네**라도 되는 줄 알았을 것이다. 나는 이것을 미래의 흐름으로 보지 않았다. 그중 어떤 부분도 원치 않았다. 물론 나는 폰 트렌크를 창조하며 내 몫의 기여를 했다. 〈레이트 레이트 쇼〉에서 폰 트렌크는 아직도 결투를 벌이고, 감옥에서 탈출하고, 여자를 유혹하고, 거짓말을 하고, 허풍을 떨고, 처남의 별장에 불을 지르려 한다. 그렇다, 나는 내 할일을 했다. 또한 아마도 내가 더 차원 높은 것들에 대한 새로운 흥미를, 정신적 진보에 대한 열망을 계속해서 불러일으켰을 테니 칸타빌레가 나에게 이런 것들에 대해 말해주고 공유해주길, 하다못해 힌트라도 주길 바란 건 당연했다. 그는 나에게 좋은 일을 하러 여기 왔다고 말했다. 그는 나를 돕고 싶어 했다. "난 너를 좋은 일에 끌어들일 수 있어." 그가 말했다. 그는 자기가 손대고 있는 일들에 대해 설명하기 시작했다. 여기저기에 돈이 있

* 디드로의 소설 『라모의 조카』에 등장하는 매력적이고 회의적인 건달이자 난봉꾼.

** 프랑스 소설가로, 어린 시절 경범죄를 저질렀다.

었다. 그는 전세기 회사의 사장이기도 했는데, 어쩌면 지난여름 유럽에서 승객 수천 명을 오도 가도 못하게 만들었던 그 회사인지도 몰랐다. 소규모의 낙태상담소도 운영했는데, 미국 전역 대학신문에 마치 사심 없는 친구처럼 이런 광고를 냈다. "이 불행이 찾아오면 연락 주세요. 무료로 상담하고 도와드립니다." 칸타빌레는 이 말이 아주 정확하다고 했다. 무료는 맞지만, 그들은 의사들에게 일정 비율의 수수료를 받았다. 정상적인 사업이었다.

폴리는 그의 일에는 신경쓰지 않는 것 같았다. 내 생각에 칸타빌레에게는 과분한 여자였다. 그러나 모든 커플에게는 대비 이득을 느끼게 하는 사람이 있다. 하얀 피부에 붉은 머리, 멋진 다리를 가진 폴리는 그와 있는 것이 즐거워 보였다. 이것이 그와 함께하는 이유였다. 그는 정말로 그녀를 즐겁게 해주었다. 그는 내가 그녀를 좋아하도록 압박했다. 또한 아내의 교육수준을 자랑했고—그녀는 대단한 성취가였다—폴리에게는 나를 자랑했다. 그는 우리 모두를 자랑스러워했다. "찰리 입을 봐." 그가 폴리에게 말했다. "말을 하지 않을 때도 움직이는 게 보일 거야. 생각을 하기 때문이지. 이 사람은 언제나 생각을 해. 자, 무슨 말인지 보여줄게." 그는 책상 위에서 가장 두꺼운 책을 집어들었다. "이 괴물을 예로 들어보지—『종교와 윤리에 대한 헤이스팅스 백과사전』—맙소사, 이게 대체 뭐야! 자, 찰리, 여기서 뭘 읽고 있었지?"

"알렉산드리아의 오리게네스*에 대해서 확인할 게 있었어. 오리게네스는 성경이 단순한 이야기 모음집이 될 수 없다고 생각했지. 선선한

---

* 알렉산드리아학파를 대표하는 기독교의 교부. 독창적인 신학 체계로 이단과 논쟁했고 교회와도 마찰을 일으켰다.

날 하느님이 동산을 거니시는 동안 아담과 이브는 정말 나무 아래 숨었을까? 천사들은 정말로 사다리를 오르내렸을까? 사탄이 예수를 높은 산꼭대기로 데려가 유혹했을까? 분명 이 이야기들에는 더 깊은 의미가 있을 거야. '하느님이 걸으셨다'는 건 무슨 뜻일까? 하느님에게 발이 있나? 사상가들이 여기서 개입하기 시작했고, 그리고—"

"됐어, 됐어. 그럼 이 책엔 뭐가 쓰여 있나, 『치료법의 승리』?"

나 나름의 이유가 있었기에 이런 식의 시험이 싫지 않았다. 나는 실제로 방대한 독서를 했다. 나는 내가 읽은 것을 이해하고 있었는가? 곧 알게 될 것이다. 나는 눈을 감고 암송했다. "심리치료사들이 인류의 새로운 영적 지도자가 될 수도 있다고 쓰여 있어. 재앙이지. 괴테는 현대 세계가 병원으로 변할지 모른다고 두려워했어. 모든 시민이 병든 사회 말이야. 쥘 로맹*의 『두드림』도 같은 취지야. 건강염려증은 의료계가 만들어낸 걸까? 그에 따르면, 문화가 공허와 공포에 노출된(저자는 '노출된'이라고 표현하지) 인간이 느끼는 감정을 처리해주지 못할 때, 다른 행위자들이 나서서 접착제나 슬로건이나 침을 발라 다시 붙여놓거나, 혹은 예술평론가 검바인이 말했듯, 불행한 인간들이 긴 의자 위에서 재생된다는 거야. 인간은 약하고, 빵이 필요하고, 자유를 견딜 수 없지만 기적과 신비와 권위를 원한다고 한 도스토옙스키 소설 속 종교재판소장의 견해보다 훨씬 더 비관적이지. 공허와 공포를 느끼는 성향을 타고났다면 그보다 더 나빠. 훨씬 나쁘지. 이 책에서 정말로 말하려는 건 우리 인간이 미쳤다는 거야. 그런 광기를 통제한 마지막 기관이

* 프랑스 소설가, 극작가.

(이런 관점에서 보면) 교회였고—"

그는 다시 내 말을 중단시켰다. "폴리, 내 이야기가 뭔지 알겠지. 그럼 이건 뭐지, 『죽음과 환생 사이』?"

"슈타이너? 죽음의 문을 지나는 영혼의 여정을 다룬 매혹적인 책이지. 플라톤 신화와는 다른—"

"와, 잠깐만," 칸타빌레가 가로막고는 폴리에게 말했다. "묻기만 하면 술술 나와. 나이트클럽 공연도 할 수 있지 않을까? 미스터 켈리스 나이트클럽에 출연할 수도 있겠어."

폴리는 크고 붉은빛이 도는 갈색 눈으로 그를 지나쳐 나를 흘끗 보며 말했다. "이분이 안 하려고 하겠지."

"오늘 시내에서 이 사람이 어떻게 한방 먹느냐에 달렸지. 찰리, 여기 오는 길에 또다른 아이디어가 떠올랐어. 네가 쓴 에세이와 기사를 낭독하면 테이프에 녹음해서 대학들에 대여하는 거야. 수입이 꽤 괜찮을 것 같거든. 레븐워스*에 있을 때 나도 읽어봤는데 〈에스콰이어〉에 실린 보비 케네디 기사나 '해리 후디니에게 보내는 경의' 같은 거 말이야. 그런데 '현대 세계의 대단히 권태로운 인물들' 같은 건 안 돼. 통 읽을 수가 없었어."

"글쎄, 너무 앞서가지 마, 칸타빌레." 내가 말했다.

장삿속 밝은 시카고에서 누군가 돈벌이를 함께하자고 제안하는 것은 진정한 애정 표현임을 나는 아주 잘 알았다. 그러나 지금 기분으로는 칸타빌레를 파악할 수도, 사방으로 뻗어나가는 그의 머릿속을 읽지

* 캔자스주에 있는 교도소.

도 못했고, 항행하려는 위치도 알 수 없었다. 그는 무척 흥분했고, 괴테가 말하는 병원의 병든 시민이었다. 나도 별로 좋은 상태는 아니었을 것이다. 어제 칸타빌레가 나를 높은 장소로 데리고 간 것이 나를 꾀기 위해서가 아니라 50달러짜리 지폐들을 날려보내기 위해서였을지도 모른다는 생각이 들었다. 지금 그는 상상력의 도전을 받고 있는 것이 아닐까? 다시 말하면 이렇다. 그가 이다음에 무슨 일을 할까? 그러나 그는 어제의 사건이 우리를 거의 신비롭기까지 한 유대감으로 결속시켰다고 느끼는 듯했다. *필리아**나 *아가페* 등 이런 경우에 사용하는 그리스어가 있다(나는 유명한 신학자이자 고행자인 틸리히가 그런 어휘의 다양한 의미를 설명하는 것을 들었고, 그때부터 오히려 끊임없이 혼란을 겪고 있다). 이 말인즉, 인류가 쌓아온 경력이 현시점에 이른 미국에서 *필리아*는 흥행 아이디어나 상업적 거래 형태로 표현되고 있다는 것이다. 그 테두리에 나는 나만의 독특한 자수를 놓았다. 나는 사람들의 동기를 너무 과하게 설명했다.

나는 시계를 보았다. 레나타가 오려면 아직 사십 분이 남았다. 그녀는 새로 화장을 하고 커다랗고 부드러운 모자를 쓰고 위엄 있기까지 한 모습으로 향수 냄새를 풍기며 도착할 것이다. 나는 칸타빌레가 그녀를 보는 것을 원치 않았다. 그녀가 칸타빌레를 보는 것도 좋은 생각 같지 않았다. 그녀는 흥미를 끄는 남자에게서는 눈길을 천천히 떼는 버릇이 있었다. 별 의미는 없었다. 양육 방식 때문이었다. 그녀는 어머니 *세뇨라*에게서 매력을 발휘하는 교육을 받았다. 그렇게 아름다운 눈

---

* 우애, 형제애.

으로 태어났으면 스스로도 방법을 강구할 수 있었겠지만. 레나타의 여성적인 소통 방법에서는 충성심과 열정이 중요했다. 그러나 요점은 칸타빌레가 젊은 여자와 늙은 남자의 관계를 알게 된다는 것이고, 그러면 사람들이 흔히 말하듯이, 그 점을 어떤 일의 지렛대로 이용하려 할지도 모른다는 것이었다.

그러나 나는 최근에 빛을 받고 경험한 사람으로서 말하고 있음을 명백히 하고 싶다. 그냥 '빛'을 뜻하는 것이 아니다. 존재 안의 빛을 말하는데, 특히 이런 경우에는 너무나 많은 심술궂고 잘못되고 어리석고 현혹하는 사물과 행위와 현상이 전면을 가리기 때문에 정확히 설명하기가 어렵다. 그런데 이 빛은 어떻게 묘사하든 간에, 생명의 숨결처럼 내 안에 있는 참된 요소였다. 나는 그것을 잠깐 경험했을 뿐이지만 실감이 될 만큼, 또한 전혀 터무니없는 듯한 기쁨을 자아낼 만큼 오래 지속되었다. 게다가 나의 신경질적이고 기괴한 성격, 거친 입버릇, 불공정함, 또 내가 기꺼이 적극적으로 참여하던 그 광기, 그리고 슬픔은 이제 대조되는 요소를 발견했다. 나는 '이제'라고 말하지만 오래전에 이 빛이 무엇인지 알았다. 생의 첫 십 년 동안 이 빛을 알았고 그 안에서 숨쉬는 법도 알았다는 사실을 나만 잊어버린 것 같았다. 하지만 성숙이나 현실주의(실용성, 자기보존, 생존을 위한 투쟁)를 위해 포기했던 초기의 재능 혹은 자질 혹은 영감이 이제 조금씩 돌아오고 있었다. 아마도 평범한 자기보존의 헛됨이 결국 부정하기에는 너무 명백해졌기 때문일 것이다. 무엇을 위한 보존?

그 순간 칸타빌레와 폴리는 나에게 별 관심을 기울이고 있지 않았다. 그는 내 수입을 지킬 작은 회사를 어떻게 설립할 수 있는지 폴리에게 설명하는 중이었다. 얼굴 한쪽을 찡그리면서 '재산 관리'에 대해 이야기했다. 스페인 노동자 계층 여성들은 심한 아이러니를 표현할 때 세 손가락으로 뺨을 누르고 얼굴을 찡그린다. 칸타빌레도 그렇게 찡그렸다. 문제는 적들인 데니즈, 그녀의 변호사, 식인종 핀스커, 심지어 우르바노비치 판사로부터 어떻게 재산을 지키느냐였다.

"내 정보원은 그 판사가 여자 편이라고 하더군. 그 판사가 뇌물을 받지 않는지 어떻게 알아? 교차로*에서는 수상한 교섭이 많이 일어나는 법이야. 쿡카운티**에 그런 거 말고 다른 게 있나? 찰리, 케이맨제도로 이주할 생각 없어? 거긴 알다시피 새로운 스위스야. 나는 스위스 은행에 돈을 넣진 않을 거야. 러시아인들은 이 *데탕트****에서 우리에게 원하는 것을 얻고 나면 유럽으로 손을 뻗을 테니까. 그러면 스위스에 숨겨둔 베트남 돈, 이탈리아 돈, 그리스 대령들 돈, 아랍 석유 장사꾼들 돈에 무슨 일이 일어날지 뻔하지 않나. 아니야, 케이맨제도에 에어컨이 설치된 아파트를 구해. 겨드랑이 땀 억제제를 잔뜩 사두고 행복하게 살라고."

"그럴 돈이 어디서 나는데?" 폴리가 말했다. "이분에게 그럴 돈이 있어?"

"그건 나도 몰라. 그런데 돈이 없다면 왜 시내에 있는 그놈들이 찰리를 벗겨먹으려고 하겠어? 마취제도 없이 말이지. 내가 좋은 일을 만들어줄 수 있어, 찰리. 선물거래를 해. 나는 이미 한바탕 벌었어."

---

* '결정의 순간, 중요한 고비'를 뜻하는 관용어.

** 일리노이주 북동부의 카운티로, 행정중심지이자 가장 큰 도시가 시카고다.

*** '긴장이 완화되어 화해 분위기가 조성되는 상태'를 뜻하는 프랑스어.

"서류상으로만 그런 거잖아. 그 스트론슨이란 자가 정직하다면." 폴리가 말했다.

"무슨 소리를 하는 거야, 스트론슨? 그 사람은 수백만장자야. 케닐워스*에 있는 큰 집 못 봤어? 벽에 걸린 하버드비즈니스스쿨 마케팅 학위증 못 봤냐고? 게다가 그 사람은 마피아와 거래해왔는데, 마피아들을 속이면 어떻게 되는지 알잖아. 마피아만으로도 그는 꼼짝 못해. 어쨌든 그 사람은 깨끗해. 미국 중부 선물거래소에서도 한자리하고 있고. 내가 다섯 달 전에 준 2만 달러도 두 배로 불려줬어. 그 회사 안내책자를 가져다주지. 어쨌든 찰리는 손가락만 놀리면 큰돈을 벌 수 있어. 브로드웨이에서 히트하고 영화로도 돈을 벌었다는 걸 기억해. 그걸 왜 또 못해? 여기 널린 종이들 좀 봐. 이 원고랑 나부랭이들이 아주 값나가는 것일 수 있어. 여기 바로 금광이 있는지도 모른다고, 내기할까? 예를 들면, 나는 네가 네 친구 험볼트와 한때 영화 시나리오를 함께 썼다는 걸 알아."

"누가 그런 소릴 했어?"

"연구자인 내 아내가."

나는 이 대답에 아주 크게 웃었다. 영화 시나리오라!

"기억나나?" 칸타빌레가 말했다.

"그래, 기억나지. 자네 아내가 그 얘길 어떻게 들었지? 캐슬린인가……?"

"네바다에 있는 티글러 부인한테 들었어. 루시는 지금 네바다에서

---

* 시카고 북쪽 유타주의 도시로, 미국 중서부에서 가장 부유한 지역이다.

그 여자를 인터뷰하고 있어. 티글러 부인이 운영하는 관광목장에 머문지 일주일 됐거든. 그 부인 혼자서 거길 운영한대."

"왜, 티글러는 어디 있는데, 도망갔나?"

"영원히 도망갔지. 죽었어."

"죽어? 과부가 됐군. 불쌍한 캐슬린. 운도 없지, 불쌍한 여자. 난 캐슬린이 가엾어."

"그 여자도 너에 대해 감상적이던데. 루시가 그 부인에게 내가 너를 안다고 했더니 안부를 전해달래. 그 부인에게 전할 말 있나? 루시와 난 매일 통화해."

"티글러는 어떻게 죽었지?"

"사냥하다가 사고로 총에 맞았어."

"알 만하군. 스포츠를 좋아하는 사람이었지. 그전엔 카우보이였고."

"그리고 골칫거리였지?" 칸타빌레가 말했다.

"그랬을지도."

"그 사람과 개인적으로 아는 사이였군. 별로 섭섭하지는 않나봐, 엉? 불쌍한 캐슬린이라고만 했잖아. 자, 너와 플라이셔가 썼다는 시나리오는 어떻게 됐어?"

"아, 그래요, 말해줘요." 폴리가 말했다. "어떻게 그런 거예요? 당신들처럼 머리 좋은 분들이 공동 작업을 하다니—우와!"

"실없는 짓이었어요. 아무것도 아니에요. 프린스턴에서 우리는 그런 식으로 기분전환을 했어요. 단순한 장난이에요."

"사본 있나? 그 시나리오에 상업적 가능성이 있다는 걸 본인이 가장 늦게 아는 수도 있어." 칸타빌레가 말했다.

"상업적? 할리우드에서 큰돈을 벌던 시절은 끝났어. 그런 엄청난 기회는 더이상 없어."

"그쪽 방면은 나한테 맡겨." 칸타빌레가 말했다. "진짜 물건만 있다면, 어떻게 팔아야 하는지는 내가 알아—감독, 배우, 자금 조달, 전부. 너에게는 실적이 있고, 그걸 잊지 마, 플라이셔는 아직 완전히 잊히지 않았어. 루시가 논문을 출간하면, 그 사람 명성도 되살아나겠지."

"그런데 어떤 이야기였어요?" 코가 굽은 폴리가 다리를 흔들고 향수 냄새를 풍기며 말했다.

"나 면도해야 해. 점심도 먹어야 하고. 법원에 가야 한다니까. 캘리포니아에서 친구가 오기로 했어."

"누구?"

"피어 댁스터라는 사람인데, 〈아크〉라는 잡지를 같이 만들고 있어. 어쨌든 자네가 상관할 일이 아니야……"

그러나 악당이자 혼란스러운 중개자인 그에게는 이것 역시 자신의 일이었다. 그의 일이란 시끄럽게 굴고 빗나가게 하고 잘못된 방향으로 인도해 나를 수렁에 빠뜨리는 것이었다.

"그러지 말고 영화 얘기 조금만 해줘." 칸타빌레가 말했다.

"해보지. 내 기억력이 얼마나 좋은지 보게." 내가 말했다. "극지방 탐험가 아문센과 움베르토 노빌레*의 이야기로 시작돼. 무솔리니 시대에 노빌레는 공군 장교, 엔지니어, 비행선 사령관이고 용감한 사람이었어. 1920년대에 그와 아문센은 북극 탐험대를 이끌었고, 노르웨이

* 이탈리아 항공기 조종사, 북극 탐험가.

에서 시애틀까지 비행도 했지. 하지만 두 사람은 경쟁자였고 서로를 싫어했어. 다음 탐험은 무솔리니의 지원을 받은 노빌레가 가게 돼. 하지만 공기보다 가벼운 비행선이 북극해에 추락해서 대원들이 유빙 위로 흩어졌어. 이 소식을 들은 아문센은 '내 동료인 움베르토 노빌레가—그를 싫어했다는 걸 기억해—바다에 있다. 내가 그를 구할 것이다'라고 하지. 그는 프랑스 비행기를 세내어 장비를 실었어. 조종사는 짐이 너무 많아서 비행을 못할 거라고 경고했어. 패트릭 스펜스 경* 같다고 내가 험볼트에게 말했던 기억이 나는군."

"무슨 스펜스?"

"그냥 시야." 폴리가 칸타빌레에게 말했다. "그리고 아문센은 남극탐험에서 스콧을 이긴 사람이고."

요점을 말해주는 교양 있는 예쁜 여자친구를 둔 게 기쁜 칸타빌레는 자신에게 필요한 사소한 역사적 지식을 막일하는 사람들과 책벌레들에게서 듣는 귀족 같은 태도를 취했다.

"프랑스인 조종사는 경고했지만 아문센은 '구조 탐험에 대해선 날 가르치려 하지 말라'고 하지. 비행기는 활주로에서 떴지만 결국 바다에 추락했어. 모두 죽어."

"그게 다야? 얼음 위에 있던 사람들은?"

"얼음 위에 있던 사람들이 보낸 무전을 러시아인들이 받아. 크라신이라는 쇄빙선이 구조하러 가지. 이 배는 부빙 사이를 돌며 두 명을 구조해. 이탈리아인 한 명과 스웨덴인 한 명. 분명 세번째 생존자가 있

---

* 구전되는 동명의 담시에 등장하는 전설적 선장으로, 왕의 명령으로 무리한 항해를 하다 바다에 빠져 죽는다.

었어—그는 대체 어디 있지? 구출된 사람들이 하는 설명은 어딘가 의심스러웠고, 결국 이탈리아인은 식인 혐의를 받게 돼. 크라신호에 탔던 러시아인 의사가 이탈리아인을 게워내게 해 위의 내용물을 현미경으로 들여다보니, 인간의 조직이 있었어. 무시무시한 소문이 돌지. 그 사람의 위장에서 나온 것을 담은 병이 커다란 표지판과 함께 붉은광장에 전시돼. '파시스트 제국주의자 자본주의자 개들이 서로를 잡아먹는 법. 프롤레타리아만이 형제애와 자기희생의 미덕을 안다!'"

"대체 그게 무슨 영화가 된다는 거야." 칸타빌레가 말했다. "여기까지는 정말 한심한 스토리군."

"내가 말했잖아."

"그래, 그런데 지금 나한테 화를 내고 노려본 건가. 내가 네 분야를 모른다고 병신 취급하는 거냐고. 나는 예술적이지도 않고, 의견 낼 자격도 없다는 거야 뭐야."

"지금까진 배경일 뿐이야." 내가 말했다. "험볼트와 내가 계획한 영화는 시칠리아의 어느 마을에서 시작돼. 우리가 시뇨르 칼도프레도라고 이름 붙인 그 식인을 했던 남자는 이제 친절한 노인이 되어 아이스크림을 팔고, 아이들은 그를 사랑하고, 그에게는 사랑스럽고 아름다운 외동딸도 있어. 그곳에선 아무도 노빌레 탐험대 얘기를 몰라. 그런데 덴마크인 기자가 그 노인을 인터뷰하러 와. 크라신호 구조에 대한 책을 쓰고 있거든. 노인은 기자를 비밀리에 만나서 말해. '날 내버려두시오. 오십 년 동안 채식주의자로 지냈소. 지금은 아이스크림을 만든다오. 난 늙은이요. 이제 와서 날 망신시키지 말아주시오. 다른 주제를 찾아요. 인생은 병적인 일들로 가득하다오. 꼭 내 얘기가 필요한 건 아니잖소.

주님, 이제 당신의 종이 평화롭게 떠날 수 있도록 해주소서'라고."

"그러니까, 아문센과 노빌레 이야기는 스토리의 주변일 뿐이라는 건가요?" 폴리가 말했다.

"험볼트는 프레스턴 스터지스*를 높이 평가했어. 〈모건 크리크의 기적〉**과 브라이언 돈레비, 에이킴 태미로프가 나오는 〈위대한 맥긴티〉***도 좋아했고 무솔리니, 스탈린, 히틀러에 교황까지 등장시킬 계획이었어."

"교황을 어떻게?" 칸타빌레가 물었다.

"교황이 노빌레에게 북극에 떨어뜨리라고 커다란 십자가를 주었지. 우리는 이 영화를 『콜로누스의 오이디푸스』****와 유사한 보드빌이자 익살극으로 봤어. 난폭하고 극단적인 죄인들이 노년에 마술적인 속성을 획득하고, 죽을 때쯤엔 저주나 축복을 내릴 수 있는 힘을 갖는 거지."

"이야기가 웃기려면 교황은 빼는 게 좋겠어." 칸타빌레가 말했다.

"구석으로 몰리자 늙은 칼도프레도는 격분해. 기자를 죽이려고 마음먹지. 노인은 산허리에 있는 바위를 굴리려고 밑을 파냈는데 굴리기 직전 마음이 바뀌어서 바위에 몸을 던져 받치고는 기자가 탄 차가 아래쪽 길을 무사히 지나갈 때까지 버텨. 그러고선 광장으로 내려가서

---

* 오스카상을 받은 미국 극작가.

** 로맨틱 코미디의 원형이라 할 수 있는 스크루볼 코미디영화.

*** 정치 풍자 코미디영화.

**** 소포클레스의 테베 3부작 중 마지막으로, 오이디푸스의 비극적이나 위엄 있는 최후를 그린다.

아이스크림 팔 때 부는 나팔을 불어 마을 사람들을 모두 불러놓고는 공개적으로 고백해. 울면서, 자신은 인육을 먹었다고……"

"그 일 때문에 노인의 딸이 사랑에 실패하겠네요." 폴리가 말했다.

"그 반대예요." 내가 말했다. "마을 사람들은 공청회를 열어요. 딸의 애인이 말하죠. '우리 조상들이 무얼 먹고 살았는지 생각해보세요. 유인원으로서, 하등동물로서, 물고기로서. 세상이 열린 후 동물이 무얼 먹었는지 생각해보시란 말입니다. 그리고 우리 모두 그들 덕분에 여기 살아 있습니다'라고."

"그런 얘기는 안 먹힐 것 같은데." 칸타빌레가 말했다.

내가 이제 면도할 거라고 하니 둘 다 욕실로 따라왔다.

"그래," 칸타빌레가 다시 말했다. "진짜 별로야. 어쨌든, 그 사본이 있어?"

내가 전기면도기를 켜자 칸타빌레가 낚아챘다. 그러고는 폴리에게 말했다. "앉지 마. 가서 찰리 점심으로 달걀을 준비해줘. 자, 지금, 부엌으로 가." 그리고 다시 나에게 말했다. "면도는 내가 먼저 해야겠어. 열 오른 면도기 쓰는 건 싫거든. 다른 사람 체온은 불쾌해." 그는 피부를 잡아당기고 비틀어가며 윙윙거리고 윤이 나는 기계를 위아래로 움직였다. "폴리가 네 점심을 준비할 거야. 저 여자 예쁘지? 어떻게 생각해, 찰리?"

"멋진 여자군. 지적인 면도 있고. 왼손을 보니 결혼했나보던데."

"맞아. 텔레비전 광고나 만드는 시시한 놈하고. 일은 열심히 해. 집에 거의 없지. 나는 폴리를 자주 봐. 매일 아침 루시가 먼들린에 있는 직장에 출근하면 폴리가 와서 내 침대에 들지. 너는 물론 나쁜 인상을 받겠지. 하지만 잘난 척 마, 너도 폴리를 봤을 때 얼굴이 환해졌고, 잘 보이고 싶어했잖아. 애깨나 쓰던데. 남자들하고 있을 땐 그러지 않더니만."

"여자들에게 잘 보이려고 한다는 건 인정하지."

그가 목을 면도하려고 턱을 쳐들었다. 창백한 콧방울 바깥쪽은 거무스름했다. "폴리와 해보고 싶어?" 그가 물었다.

"내가? 추상적인 질문인가?"

"추상적인 거 없어. 너는 날 위해 일하고, 나는 널 위해 일하는 거지. 어제 내가 네 차도 부쉈고, 온종일 너를 여기저기 끌고 다녔잖아. 이제 우리는 다른 토대에 서 있어. 네게 예쁜 애인이 있다는 건 알아. 하지만 난 그 여자가 누군지, 머리에 뭐가 들었는지 아무 상관 없어. 폴리에 비하면 마이너리거지. 폴리는 다른 여자들을 시시하게 만들어버리거든."

"그렇다니 내가 고마워해야겠군."

"원하지 않는다는 얘긴가. 거절한단 말이지. 자, 여기 면도기, 나는 끝났어." 그가 내 손바닥에 열이 오른 면도기를 탁 쥐여주었다. 그런 다음 세면대에서 물러나 팔짱을 끼고 한쪽 엄지발가락으로 다른 쪽 발등을 짚은 채 욕실 벽에 기대섰다. 그가 말했다. "거절하지 않는 게 좋을 텐데."

"왜지?"

창백하고 강렬한 그의 얼굴에 열이 가득 올랐다. 그가 말했다. "우리 셋이서 할 수 있는 게 있거든. 너는 드러누워. 폴리가 그 위에 타는 동시에 내게로 내려오는 거야."

"추잡한 소리 관둬. 그만하라고. 그런 건 상상도 못하겠어."

"깔보지 마. 잘난 체 말라고." 그가 다시 설명했다. "나는 침대 머리맡에 몸을 세우고 너는 누워. 폴리가 네 위에 올라타서 내 쪽으로 몸을 내미는 거야."

"그런 역겨운 제안은 그만하게. 난 그런 서커스 같은 섹스에 끼고 싶지 않아."

그는 잡아먹을 듯한 표정을 지었지만 나는 괘념치 않았다. 그보다 먼저 나를 못 잡아먹어서 안달인 존재는 많았다—데니즈, 핀스커, 톰체크, 법원, 국세청. "청교도도 아니면서." 칸타빌레가 말했다. 그러나 내 기분을 눈치채고는 화제를 돌렸다. "네 친구 조지 스위벨이 카드게임 할 때 동아프리카에 있는 베릴륨광산에 대해 얘기했는데—베릴륨이 뭐지?"

"우주선에 사용하는 강화합금을 만드는 재료야. 조지는 케냐에 친구들이 있다면서……"

"아, 그자는 아프리카 정글 흑인들하고도 연줄이 있겠지. 그자라면 모두가 좋아할 거야. 자연스럽고 건강하고 인간적이니까. 하지만 내가 장담하는데, 사업가로선 형편없을 거야. 너는 스트론슨을 통해 선물거래를 하는 게 훨씬 나아. 네가 못 믿는다는 건 알지만, 난 널 도우려는 거야. 너는 법정에서 너덜너덜해질 거야. 어디 숨겨둔 돈 없나? 그 정도로 바보는 아닐 텐데. 그런 쪽으로 뒷일 봐주는 사람 없어?"

"그런 건 생각도 안 해봤네."

"너는 네가 사다리 위 천사니 불멸의 영혼이니 하는 것만 생각하고 있다고 내가 믿어주길 바라는 모양이지만, 사는 꼴을 보니 그럴 리 없단 걸 알겠군. 첫째로, 너는 멋을 부리는 사람이야. 난 네 재단사를 알아. 둘째, 너는 성적으로 무척 매력적인 늙은이고……"

"그날 밤 내가 불멸의 영혼에 대해서도 말했나?"

"말했고말고. 죽음의 문을 통과한 후에—인용하는 거야—영혼이 퍼져나가 세상을 뒤돌아본다고 했어. 찰리, 오늘 아침 네 생각이 나더군—문 닫아봐. 어서, 닫으라고. 이제 들어봐, 난 네 아이들 중 하나를 납치하는 척할 수도 있어. 너는 몸값을 내고, 나는 그 돈을 케이맨제도에 숨기는 거지. 너를 위해서."

"그 총 좀 보여주겠나." 내가 말했다.

그가 총을 건네자 나는 그를 겨누고 말했다. "그따위 짓 하기만 해봐, 내가 이걸로 정말 쏴죽일 거야."

"매그넘은 내려놔. 그냥 생각만 했다고. 너무 화내지 마."

나는 총알을 빼서 휴지통에 던져버린 뒤 권총을 돌려줬다. 그러나 나는 그가 그런 제안을 한 것이 나 때문이라는 것을 깨달았다. 제멋대로 구는 사람이 합리적인 사람의 마음에 들 수도 있다. 어떤 의미에서 그는 이 기대에 부응했다. 미친 짓을 하기보다는 남의 마음에 들면서 제멋대로 구는 게 나을지도 모른다. 하지만 내가 그렇게 합리적이었나?

"납치는 너무 요란하지. 네 말이 옳아." 그가 말했다. "그럼 판사에게 접근하는 건 어때? 카운티 판사는 재임용되려면 일단 투표용지에 이름을 올려야 해. 판사도 정치계와 연결되어 있다는 걸 알아두는 게 좋을 거야. 조직 내 아랫사람들이 판사들 이름을 투표용지에 넣기도 하고 빼기도 해. 3만이나 4만 달러만 주면 우르바노비치에게 닿는 사람을 알려줄 거야."

나는 볼을 부풀려 면도기에 붙은 수염찌꺼기를 입바람으로 날려보냈다.

"그것도 싫어?"

"싫어."

"저쪽에선 벌써 판사에게 접근했을지도 몰라. 왜 그렇게 신사인 척해? 그건 일종의 마비야. 절대적으로 비현실적이지. 필드박물관 유리 진열장 속에나 있어야 하는 거라고. 너는 아마도 어릴 때 그렇게 굳어져버렸을 거야. 내가 '다 청산하고 해외로 가라'고 하면 뭐라고 대답할 거야?"

"돈 때문에 미국을 떠나고 싶지는 않다고 하겠지."

"맞아. 넌 베스코*가 아니니까. 넌 이 나라를 사랑하지. 그래, 넌 그런 돈을 갖기에 알맞은 사람이 아니야. 아마도 다른 자들이 너 대신 갖게 되겠지. 〈새터데이 이브닝 포스트〉에 나오는 훌륭하고 깨끗한 미국인인 척하는 대통령 같은 사람들이 말이야. 보이스카우트였고, 새벽 신문 배달을 하는 사람들. 하지만 그들은 가짜였어. 진짜 미국인은 시카고 웨스트사이드 출신 유대인 지식인인 너 같은 괴짜들이지. 백악관에는 네가 알맞아."

"나도 동의해."

"넌 특별 경호를 받는다고 좋아하겠지." 칸타빌레는 욕실 문을 열어 폴리를 살펴보았다. 그녀는 엿듣고 있지 않았다. 그가 다시 문을 닫고 낮은 목소리로 말했다. "네 전처를 처리할 수도 있어. 그 여자는 끝장

---

* 불법 금융거래로 악명을 떨친 금융인으로, 해외로 도피했다.

을 보려고 하지? 그러라고 해. 자동차 사고사로 꾸밀 수 있어. 거리에서 죽을 수도 있지. 기차 앞으로 떠밀리거나 골목으로 끌려가 칼에 찔릴 수도 있어. 미친 들소 같은 놈들이 여기저기서 여자들을 해치는데, 누가 알겠어. 너를 죽도록 괴롭히잖아—그래, 그 여자가 죽으면 어떨 것 같아? 넌 물론 안 된다고 하고 농담으로 넘기겠지—미친놈 칸타빌레가 농담한다고."

"농담이길 바라지."

"여기가 결국은 시카고란 걸 일깨워주려는 것뿐이야."

"98퍼센트가 악몽이니 나더러 나머지를 채우라는 건가? 그냥 농담한 거라고 생각하겠네. 폴리가 못 들은 게 유감이군. 좋아, 자네가 그렇게 날 신경써주는 건 고맙네. 하지만 더이상 아무 제안도 하지 말게. 끔찍한 크리스마스선물도 주지 말고, 칸타빌레. 자네는 강한 인상을 주려고 애쓰는군. 불법적인 제안은 이제 그만해, 알겠나? 그런 소리 한 번만 더 했다간 강력계에 신고할 거야."

"흥분하지 마. 난 손가락 하나 까딱하지 않을 거야. 그저 가능한 선택지 전부를 알려주려 했을 뿐이라고. 끝에서 끝까지 다 알아두는 게 도움이 되니까. 그럼 머리가 맑아지지. 네가 죽으면 그 여자가 아주 기뻐하리란 걸 알잖아, 이 악당 같은 인간아."

"난 그런 거 몰라." 내가 말했다.

나는 거짓말을 하고 있었다. 그녀는 나에게 정확히 그렇게 말했었다. 그런 말을 하게 된 건 나 때문이었다. 내가 자초한 일이었다. 나는 사람들 틈바구니를 헤집고 나의 길을 찾으면서 실망에 실망을 거듭해왔다. 무엇에 실망했는가? 나는 셰익스피어 같은 욕구와 지각이 나에게 있다고 믿어왔다. 그러나 그런 차원 높은 욕구와 지각은 너무나 드물었다. 그래서 나는 지금 칸타빌레의 멍한 눈을 들여다보는 나 자신을 발견한다. 아, 나의 고상한 삶! 젊은 시절엔 지성인이 되면 고상한 삶이 보장된다고 믿었었다. 이 점에서 험볼트와 나는 똑같았다. 그는 리처드 던월드 같은 사람의 학식과 합리성과 분석력을 존경하고 숭배했을 것이다. 던월드에게 유일하게 용감하고, 유일하게 열정적이며 남성적인 삶은 사유하는 삶이었다. 나도 동의했지만, 생각하는 바는 달랐다. 나는 내 안에서 울리는, 내 깊은 곳에서 들려오는 마음의 목소리에 귀기울이기로 했고, 이 목소리는 자연 속에 내 육체가 있고 내 존재가 있다고 말했다. 나는 내 육체를 통해 자연과 연결되어 있었지만, 내 전체가 그 속에 담겨 있지는 않았다.

그런 생각 때문에 나는 지금 칸타빌레의 시선 아래 놓여 있다. 그는 나를 살폈다. 그는 다정하고 근심스럽고 위협적이고 벌을 주려는 듯하고 심지어 죽이려는 것 같기도 했다.

내가 그에게 말했다. "오래전 어느 만화에 절박한 앰브로즈*라고 불리는 꼬마가 나왔었어. 자네가 태어나기도 전일 거야. 나한테 절박한 앰브로즈처럼 굴지 말게. 나를 나가게 해줘."

"잠깐만. 루시의 논문은 어떻게 하지?"

"알 게 뭐야."

"며칠 후면 네바다에서 돌아오는데."

나는 대답하지 않았다. 며칠 후면 나는 안전한 외국에 있을 것이다

* 찰스 페인의 만화 캐릭터로, 절박한 나머지 뜨거운 난로를 훔친다.

—비록 다른 놈들이 얽혀들지는 몰라도 이 미친놈과는 멀리 떨어질 것이다.

"한 가지 더," 칸타빌레가 말했다. "폴리와 어떻게 해보려면 날 통해야 해. 반드시. 혼자 멋대로 하지 마."

"안심해." 내가 말했다.

그는 욕실에 남았다. 휴지통을 뒤져 총알을 꺼낼 것 같았다.

폴리가 나를 위해 요구르트와 달걀을 준비해놓았다.

"있잖아요," 그녀가 말했다. "선물거래에는 말려들지 마요. 저 사람 실은 돈을 잃고 있어요."

"저 친구도 알아요?"

"어떤 것 같은데요?" 그녀가 말했다.

"그럼 손실을 메꾸려고 새로운 투자자들을 끌어들이려는 거예요?"

"그건 모르겠어요. 내가 잘 모르는 분야라서." 그녀가 말했다. "저이는 정말 복잡한 사람이에요. 저 벽에 걸린 아름다운 메달은 뭐예요?"

"프랑스 훈장인데 여자친구가 액자에 넣어줬죠. 여자친구는 실내장식가예요. 사실 저 메달은 좀 가짜 같아요. 알아주는 훈장은 대개 초록색이 아니라 빨간색이거든요. 돼지 사육사나 쓰레기통을 개량한 사람에게나 주는 것 같은 훈장을 받았어요. 작년에 어느 프랑스인이 저 초록 리본은 레지옹 도뇌르 중에서도 최하급이라고 말하더군요. 사실 초록 리본은 본 적도 없다면서요. 그 사람은 농업공로훈장인 줄 알았대요."

"그런 말을 하다니 그 사람 별론데요."

* * *

레나타는 제시간에 왔고, 낡은 노란색 폰티액에 시동을 건 채 기다렸다. 나는 폴리와 악수하고 칸타빌레에게 또 만나자고 말했다. 그들을 레나타에게 소개하지는 않았다. 그들은 그녀를 보려고 무척 애를 썼지만, 나는 차에 올라 문을 쾅 닫고 말했다. "가지!" 그녀는 출발했다. 레나타가 쓴 커다란 모자가 차 천장에 닿았다. 프란스 할스*의 초상화에서나 볼 법한 17세기 스타일 자수정색 펠트 모자였다. 긴 머리는 풀어 내린 상태였다. 나는 그녀가 머리를 틀어올려 목을 드러내는 걸 더 좋아했다.

"당신 친구들인가봐요, 그런데 무슨 급한 일이라도 있어요?"

"칸타빌레야, 내 차를 부순."

"그 사람? 미리 말해주지. 그 여자는 아내예요?"

"아니, 아내는 다른 도시에 가 있어."

"세 사람이 로비에서 나올 때 봤어요. 그 여자 괜찮던데. 남자도 잘생겼고."

"그 녀석은 당신이 궁금해서 죽을 지경이었나봐—창문 너머로라도 보려고 애를 쓰더군."

"그런다고 뭘 그렇게 신경써요?"

"방금 그 녀석이 날 위해 데니즈를 처리해주겠다고 제안했거든."

레나타가 웃으며 소리쳤다. "뭐요?"

---

* 네덜란드 화가.

"살인 청부업자, 전문가, 그러면서 계약을 제안했어. 요새는 누구든 그런 용어를 알지."

"그냥 그런 척한 거겠지."

"나는 확신해. 내 280SL이 공장에 들어가 있잖아."

"데니즈가 그런 일을 당할 만하지 않다는 건 아네요." 레나타가 말했다.

"사람 미치게 하는 골칫거리인 건 사실이지. 나는 카라마조프 씨가 아내가 죽었다는 얘길 듣고 거리로 뛰쳐나와서 '그년이 죽었어!'라고 외치는 대목을 읽을 때마다 웃음을 터뜨렸지," 강연자 시트린이 말했다. "하지만 데니즈는 비극적이 아니라 희극적인 인물이야. 게다가 그녀는 나를 기쁘게 하려면 죽어선 안 돼. 무엇보다 중요한 건 딸들이야. 애들에겐 엄마가 필요해. 그리고 나는 죽인다느니, 살해한다느니, 죽는다느니, 죽음이니 하는 말을 하는 사람들을 보면 한심해—그들은 자신이 무슨 말을 하고 있는지 전혀 몰라. 죽음에 대해서 조금이라도 이해하는 사람은 만의 하나도 안 돼."

"오늘 시내에서 무슨 일이 있을 것 같아요?"

"아, 여전하겠지. 떼로 덤벼들어서, 우리가 초등학교 때 말하던 것처럼 날 짓뭉개겠지. 나는 인간의 존엄성을 대변하고, 그들은 나를 괴롭히고."

"그런데 당신은 왜 존엄 같은 걸 맡아야 해요? 그 사람들이 재미를 보는 동안 당신은 그 역할에 묶여 있잖아. 그 사람들을 밟아 으깨버릴 방법이 있다면 참 좋을 텐데…… 아, 저기 모퉁이에 내 고객이 있네요. 저 여자 체격이 나이트클럽 경비원 같지 않아요? 저 여자한테 응수

해줄 필요 없어요, 나 한 사람 질리게 하고 못살게 구는 것만으로도 충분하니까. 당신은 그냥 안 들리는 척 명상이나 해요. 오늘도 커버를 안 고르면 저 여자 목을 따버릴 거야."

체구가 거대하고 실크 상의의 커다란 흑백 물방울무늬가 가슴을(눈에 그려지고, 또 보이는 듯한) 뒤덮은 패니 선덜랜드가 향수 냄새를 풍기며 차에 올라탔다. 나는 네모난 양철조각으로 막아놓은 바닥의 구멍을 조심하라고 일러주면서 뒷좌석으로 물러났다. 레나타의 전남편이 영업사원으로 일하면서 가지고 다녔던 무거운 견본들 때문에 실제로 폰티액의 금속이 마모되었다. "안타깝게도," 레나타가 말했다. "우리 메르세데스가 수리중이라 공장에 있어요."

나는 최근 시작한 정신 훈련에서 이미 효과를 보고 있었는데, 이 훈련은 안정과 균형, 평온이 전제조건이었다. 나는 자신에게 말했다. "평온, 평온." 라켓볼 코트에 서서도 말했다. "춤춰라, 춤춰라, 춤을 춰라!" 그럴 때마다 소정의 결과가 있었다. 의지는 영혼과 현실의 세계를 연결하는 고리다. 의지를 통해 영혼은 산만함과 단순한 꿈에서 자유로워진다. 하지만 안 들리는 척 명상이나 하라는 레나타의 말에서는 악의가 느껴졌다. 그녀는 나를 지도하는 인지학자 셸트 박사의 딸 도리스를 두고 그런 말을 했었다. 레나타는 도리스를 끔찍이도 질투했다. "어린 암캐 같으니라고!" 레나타가 소리쳤다. "그년이 당신 침대로 뛰어들지 못해 안달인 거 다 알아." 그러나 그 일은 레나타의 잘못으로 벌어졌고, 그녀가 저지른 일이었다. 레나타와 그녀의 어머니 *세뇨라*가 나에게 본때를 보이기로 했다. 두 사람은 내 면전에서 문을 닫아버렸다. 어느 날, 저녁 초대를 받아 레나타의 아파트로 갔는데, 문이 잠겨

들어갈 수 없었다. 다른 사람이 그녀와 함께 있었다. 나는 몇 달 동안 너무 낙담해서 혼자 있을 수가 없었다. 나는 조지 스위벨의 집으로 옮겨가 그 집 소파에서 잤다. 한밤중에 깨어 발작적으로 울음을 터뜨렸고, 때때로 잠이 깬 조지가 구겨진 파자마 아래로 튼튼한 다리를 드러내며 나타나 전등을 켰다. 조지가 진지하게 선언했다. "난 오십대가 돼서도 여자와 헤어졌다고 울 수 있는 남자를 존경해."

나는 말했다. "오 젠장! 무슨 소릴 하는 거야! 나는 바보야. 이건 부끄러운 일이라고."

레나타는 플론제일리라는 남자와 만나기 시작했다……

이야기가 빗나가버렸다. 나는 향수 냄새를 풍기며 대화하는 두 여자 뒤에 앉아 있었다. 우리는 부자들이 사는 켄우드와 빈자들이 사는 오크우드를 나누는 경계인 포티세븐스 스트리트로 접어들었고, 8달러 때문에 사람이 스무 군데나 칼에 찔리는 사건이 벌어지는 바람에 허가가 취소되어 문을 닫은 술집 앞을 지나갔다. 이런 것이 칸타빌레가 말한 "미친 들소들"이었다. 피해자는 어디에 있는가? 땅에 묻혔다. 그는 누구였는가? 아무도 대답하지 못한다. 이제 사람들은 아무렇지도 않게 바라보고, 여전히 '자신'을, '자신'의 과거와 미래만 생각하며 자동차를 타고 그 앞을 지나다녔다. 우스꽝스러운 이기주의, 운명을 속일 수 있다는 환상, 무덤의 현실을 피하는 것뿐이라면, 그렇게 애쓸 필요도 없다. 그러나 두고 볼 일이다.

조지 스위벨, 이 생명력의 숭배자는 노년에 접어든 사람이 여전히 능동적이고, 성적이고, 생생하고 유연한 감정생활을 하는 것을 멋진 일이라고 생각했다. 나는 동의하지 않았다. 그러나 레나타가 울면서 전화를 걸어 플론제일리를 좋아한 적이 없으며, 내가 돌아와주길 바란다고 말했을 때 나는 "오, 하느님, 감사합니다, 감사합니다" 하고는 곧바로 부리나케 달려갔다. 그것이 내가 아주 좋아했던 도리스 셸트 양과의 끝이었다. 하지만 좋아하는 것만으로는 충분하지 않았다. 나는 여자문제가 있는 남자고 광적인 갈망을 품은 사람이었다. 아름다운 여자에게만 특정되는 갈망은 아니었을지도 모른다. 그러나 그것이 무엇이든, 갈망은 레나타 같은 여자로 인해 생겨났다. 다른 여자들은 그녀에 대해 비판적이었다. 더러는 그녀가 저속하다고 했다. 그런지도 모르지만, 그녀는 매력적인 여자였다. 그리고 사랑의 광선이 나 같은 사람의 심장에 도달하기 위해서는 묘한 각도나 기울기여야 한다는 것을 염두에 두어야 한다. 조지 스위벨의 집에서 포커를 할 때 나는 술에 너무 취해 수다를 떨다가 유용한 생각을 하나 얻었다—기형적인 발에는 기형적인 신발이 필요하다는 것. 기형적인데다 까다롭기까지 하다면 어떨까—글쎄, 그렇다면 무척 힘들어질 것이다. 그런데 정상적인 발이라는 게 지금도 존재할까? 내가 하려는 말은, 성적인 면을 강조하다 보니 영혼의 기이함이 모두 발에 쏟아졌다는 뜻이다. 그 효과가 너무 왜곡되어, 육체는 그 어느 것도 맞지 않을 만큼 화려한 변화를 일으켰다. 그래서 기형은 사랑을 따라잡았고, 사랑은 우리를 가만히 내버려두지 않는 힘이 되었다. 우리는 우리가 존재하기 전에 행해진 사랑의 행위로 인해 존재하게 되었고, 사랑은 영혼의 영구한 빚이기 때문이다. 이것이 내 입장이었다. 점성술사에 가까운 레나타의 해석에 따르면, 나의 문제들은 내 별자리 때문이었다. 그녀는 나처럼 자신을 주체 못해서 분열되고 망가진 고통받는 쌍둥이자리는 본 적이 없다고 했다.

"별자리 얘기 할 때 웃지 마요. 당신이 날 반반한 멍청이, 어리석은 여자라고 생각하는 건 안다고요. 당신은 내가 『카마수트라』 속 미녀이길 바라지."

그러나 나는 그녀를 보고 웃은 게 아니었다. 아주 정확하지는 못한 레나타의 점성술 책들을 아직 읽기 전이라 쌍둥이자리에 대한 설명을 읽을 생각에 미소 지은 것이었다. 그중 특히 한 권이 깊은 인상을 남겼는데, 쌍둥이자리를 영혼이 깎이고 갈기갈기 찢긴 정신적 감정 방앗간이라 묘사하고 있었다. 나의 『카마수트라』 여자라는 점에서 레나타는 무척이나 근사한 여자였다고 지금도 말할 수 있지만, 섹스에서는 그리 편한 상대가 아니었다. 그녀는 슬퍼하거나 침묵할 때가 있었고 자신의 '강박관념'에 대해 말할 때도 있었다. 우리는 금요일에 유럽으로 올해의 두번째 여행을 떠날 예정이었다. 이 유럽여행에는 진지하고 개인적인 이유가 있었다. 내가 젊은 여자에게 성숙한 공감을 보일 수 없다면, 무엇을 줄 수 있을까? 어쩌다보니 나는 그녀의 문제에 진정으로 관심을 느꼈고, 전적으로 공감하게 되었다.

그럼에도 나는 상식적인 사실주의자였던 덕분에 이 일을 다른 사람들의 시각으로도, 문제 많은 늙은 호색가가 돈을 뜯어내려는 헤픈 여자를 즐겁게 해주려고 유럽으로 데려간다는 시각으로도 볼 수 있었다. 그 뒤에는 고전적인 그림을 완성하기 위해 음모를 꾸미는 그녀의 늙은 엄마, 스테이트 스트리트에 있는 비서학교에서 상업 스페인어를 가르치는 *세뇨라*가 있었다. *세뇨라*는 외국인이고 별난 덕분에 중서부에서 잘살아가는 사람들 중 하나인 매력적인 여성이었다. 레나타의 미모는 물려받은 것이 아니었다. 생물학적 혹은 진화적 측면에서 레나타는 완벽했다. 표범이나 경주마처럼 '고귀한 동물'이었다(산타야나가 쓴 『미의식』을 보라). 그녀의 불가사의한 아버지는(우리의 유럽여행은 그가 누구인지 알아보기 위한 것이기도 했는데) 쇠막대기를 구부리고, 이로 기관차를 끌고, 등에 얹은 널빤지에 스무 명을 올리고도 버틸 수 있는 옛 시절의 힘센 장사이거나, 로댕의 모델처럼 풍채가 당당한 남자였을 것이다. 나는 *세뇨라*가 실제로는 헝가리인이라 생각했다. 그녀가 가족 일화를 이야기하면서 발칸을 스페인으로 바꿔 말한다는 것을 눈치챘다. 하지만 나는 그녀를 이해한다고 확신했고, 이 확신에 대해 내가 내 어머니의 싱거 재봉틀을 이해하기 때문이라는 이상한 이유를 가져다 댔다. 열 살 때 나는 그 기계를 분해했다가 다시 조립했다. 무쇠 발판을 밟아보았다. 부드러운 벨트 바퀴가 돌아가며 바늘이 위아래로 움직였다. 작고 매끈한 강철판을 비집어 올리면, 기계기름 냄새가 나는 작고 복잡한 부품들이 있었다. 나에게 *세뇨라*는 복잡한 부품으로 이루어지고 약간의 기름 냄새가 나는 사람이었다. 전반적으로는 긍정적인 연상 작용이었다. 그러나 그녀의 마음에는 어떤 부분들이 빠져 있었다. 바늘이 위아래로 움직이고 실감개에 실이 있지만 바느질이 되지 않았다.

자신이 정상이라는 *세뇨라*의 주장은 주로 모성에 근거했다. 그녀는 레나타에 대한 많은 계획이 있었다. 멀리서 보면 허황되지만, 가까이서 보면 꽤 현실적이었다. 그녀는 레나타를 양육하며 많은 투자를 했다. 치열 교정에도 큰돈을 들인 것이 틀림없다. 결과는 무척이나 좋았다. 레나타가 입을 벌리는 걸 보는 건 특권이었고, 그녀가 나를 놀리고 환하게 웃을 때는 감탄을 금할 수 없었다. 무식했던 옛날, 치통을 앓는 나를 위해 어머니가 할 수 있던 일이라곤 석탄난로 뚜껑을 플란넬로 감싸거나, 불 더럼* 잎담배 자루에 뜨겁고 마른 메밀을 담아 내 얼굴에 대어주는 것뿐이었다. 그랬기 때문에 나는 아름다운 치아를 동경했다. 또한 레나타는 큰 체구에 비해 목소리는 가벼웠다. 그녀가 웃을 때면 그 존재 전체에, 자궁에까지 바람이 통한다고 나는 생각했다. 실크 스카프로 머리를 묶어 멋지고 우아한 여성의 목선을 드러내고 다니는 그녀의 모습이란! 그녀의 어머니가 이중턱에 프랑스 훈장을 가진 나에게 딸을 줘버리고 싶어하지 않았던 건 놀랍지도 않다. 그런 레나타가 나에게 사족을 못 쓰는데 왜 가정을 꾸리지 않았는가? *세뇨라*는 그러길 원했다. 레나타는 서른이 되어가고, 이혼한 몸인데다 내가 아주 좋아하는 로저라는 착하고 어린 아들이 있었다. 노부인은(이제 와 생각해보니 칸타빌레처럼) 나에게 노스사이드의 아파트를 사라고 부추겼다. 그녀가 제안한 계획에 자신은 포함되어 있지 않았다. "나도 사생활이 필요해. 내 *연애사업*이 있으니까. 하지만," *세뇨라*가 말했다. "로저에겐 성인 남자가 있는 가정이 필요하지."

레나타와 *세뇨라*는 젊은 여자와 늙은 남자의 결혼에 대한 기사를 수집했다. 그리고 늙은 신랑과 그의 신부가 한 인터뷰 기사들을 오려 내게 보냈다. 그들은 어느 해에 스타이컨**, 피카소, 카살스***를 잃었다. 그러나 그들에게는 아직 채플린과 서먼드 상원의원, 더글러스 판사가 있었다. *세뇨라*는 〈뉴스〉의 섹스 칼럼에서 노년층 섹스에 관한 과학적 진술까지 추렸다. 조지 스위벨마저 이렇게 말했다. "어쩌면 네게 좋은 일

* 미국의 담배 상표.

** 룩셈부르크 출신 미국 사진가. 80세에 27세 신부와 세번째 결혼을 했다.

*** 스페인 첼리스트, 지휘자.

일지도 몰라. 레나타는 정착하고 싶은 거야. 이런저런 일을 많이 보고 겪었으니까. 이제 지쳤겠지. 준비가 된 거야."

"그래, *날 만지지 말라*는 어린 여자는 아니지." 내가 말했다.

"레나타는 요리를 잘해. 생기가 넘치고. 식물들과 작은 장식품들이 있고 전등을 켜놓은 주방에선 김이 오르고 이교도의 음악이 흐르지. 널 보면 젖어? 네가 손대면 거기가 축축해지느냐고? 메마른 이성적인 여자들은 가까이하지 마. 너한텐 근본적인 이야기부터 해야 해, 안 그러면 우유부단해지니까. 너는 네 정신적 관심사를 공유한다거나 좀더 높은 목표를 이해한다는 여자에게 다시 걸려들 거야. 그런 여자들이 이미 네 수명을 단축시켰지. 한번 더 그러면 넌 죽을 거야! 어쨌든, 네가 레나타와 잘해볼 생각이란 건 알겠어."

확실히 그랬다! 그녀에 대한 칭찬을 멈추기는 어렵다. 그녀는 모자를 쓰고 모피 코트를 입고, 연극소품 가게에서 구입한 스팽글 팬티스타킹을 신은 다리를 드러내고 폰티액을 몰았다. 그녀에게서 발산되는 기운은 코트 소재인 동물 가죽에까지 영향을 미쳤다. 그것은 그녀의 몸을 덮을 뿐만 아니라 그 안에서 여전히 애쓰는 듯했다. 여기에는 어떤 유사성이 있다. 나 또한 애쓰고 있었다. 그렇다, 나는 레나타와 잘해보고 싶었다. 그녀는 내가 지상에서 이번 생의 주기를 완성하도록 돕고 있었다. 간혹 비이성적인 순간도 있지만 그녀는 다정했다. 사실, 육체의 예술가로서 그녀는 황홀감과 낙담을 동시에 주었다. 아냇감으로 따지면 나는 그녀가 그 모든 것을 어디서 배웠는지, 그 방면으로 단번에 박사학위라도 딴 건 아닌지 자문하지 않을 수 없었기 때문이다. 게다가 우리의 관계는 나에게 헛되고 품위 없는 생각을 품게 만들었다.

다운타운 클럽에서 한 안과의사가 간단한 절개로 내 눈밑 꺼짐을 없앨 수 있다고 말했다. "작은 근육 하나가 이탈한 것뿐입니다." 클로스터먼 박사는 성형수술을 할 때 피부를 어떻게 절개하고 접어넣고 꿰매는지도 설명해주었다. 그리고 나에게 정수리에 옮겨 심을 수 있는 뒷머리가 아직 충분하다고 덧붙였다. 프록스마이어 상원의원도 그 시술을 하고 한동안 의회에서 터번을 쓰고 다녔다. 그는 국세청에 세액 공제를 요청했으나 받아들여지지 않았다고 하는데, 다시 시도해볼 수도 있을 것이다. 나는 의사의 제안을 고려해보았지만 곧 그런 바보 같은 생각은 그만해야 한다는 걸 깨달았다! 나는 수십 년 동안 나를 잠들게 했던 중대하고 끔찍한 일들에 온 정신을 집중해야 했다. 게다가 앞쪽에는 뭔가를 할 수 있다고 해도, 뒤쪽은 어쩔 것인가? 눈밑 꺼짐을 해결하고 머리카락 문제를 해결한다 해도, 목뒤는 그대로일 것 아닌가? 최근 색스백화점에서 화려한 체크무늬 코트를 입고 삼면거울에 내 뒷모습을 비춰보았다가, 두 귀 사이가 얼마나 깊게 주름졌는지 깨달았다.

레나타가 권해서 그 코트를 사긴 샀고, 오늘 입고 있었다. 카운티청사 앞에 도착해 차에서 내리자, 거구의 선덜랜드 부인이 말했다. "어머나, 코트 한번 화려하네!"

* * *

레나타와 나는 새 카운티청사인 이 고층건물에서 배심원의 임무를 수행하다가 만났다.

그러나 우리는 이미 간접적으로 연결점이 있었다. 조지 스위벨의 아버지인 늙은 마이런이 레나타의 전남편인 게일로드 코프리츠를 알았다. 디비전 스트리트에 있는 러시아 목욕탕에서 두 사람이 만난 것은 예사롭지 않았다. 조지가 나에게 말해주었다.

조지의 아버지는 소박하고 겸손한 인물이었다. 그가 원한 건 영원한 삶뿐이었다. 조지는 그에게서 생기론*을 직접 접했다. 아버지에게서 좀 더 원시적인 형태의 생기론을 전수받았다. 마이런은 자신이 장수하는 것이 열과 증기, 흑빵 생양파 버번위스키 청어 소시지 카드게임 당구 경마 그리고 여자 덕분이라고 선언했다.

나무의자와 지글지글하는 돌맹이들과 얼음물 양동이가 있는 한증탕에서는 시야가 상당히 왜곡되었다. 엉덩이가 작은 왜소한 몸을 보고 어린아이인 줄 알지만 이곳에 아이들은 없고, 앞으로 가서 보면 몸이 벌게진 쪼그라든 노인이었다. 깔끔하게 면도를 했고 뒤에서 보면 어린 소년처럼 보이는 아버지 스위벨은 증기 속에서 턱수염을 기른 한 남자를 만났는데, 수염이 물기에 반짝거려서 그가 훨씬 나이 많은 사람인 줄 알았다. 그러나 남자는 삼십대에 불과했고 체격이 아주 좋았다. 두 사람은 온몸에 물방울이 가득 덮인 채 나무 가대에 앉았고, 아버지 스위벨이 말했다. "무슨 일을 하는 분이신가요?"

턱수염 기른 남자는 자신이 무슨 일을 하는지 밝히려 하지 않았다. 아버지 스위벨이 채근했다. 그것은 잘못이었다. 교양 있는 자들의 바보 같은 전문용어를 빌려 말하면, 이곳 '기풍'에 어긋나는 일이었다. 이곳에서도 다운타운 클럽에서와 마찬가지로 일 이야기는 하지 않았

* 생명현상은 물질적 요인과 자연법칙만으로는 설명할 수 없는 독자적인 원리에 의해 지배된다는 이론.

다. 조지는 한증탕이 적대적인 동물들이 휴전을 준수하고 송곳니와 발톱의 법칙이 유예되는, 불타는 숲의 마지막 피난처 같다고 말하곤 했다. 나는 월트디즈니에서 배운 말 같다고 생각했다. 그가 나에게 일깨워주려 한 요점은 한증탕에서 거래를 하거나 일을 추진하면 안 된다는 것이었다. 아버지 스위벨은 잘못을 했고, 인정했다. "턱수염 난 그 친구는 말하고 싶어하지 않았어. 내가 채근했지. 그랬더니 알려주더구나."

남자들이 석기시대 아드리아해안 동굴의 혈거인穴居人들처럼 벌거벗고 물을 뚝뚝 흘리면서 안개 속 노을처럼 벌게진 채 함께 앉아 있는 곳에서는, 그리고 이 경우와 같이 한 사람이 숱 많고 윤기 나는 갈색 수염을 기르고 있고, 흘러내리는 땀과 증기 사이로 서로 눈이 마주치는 곳에서는 이상한 이야기들이 오가기 쉽다. 알고 보니 낯선 남자는 납골당과 영묘를 취급하는 영업사원이었다. 아버지 스위벨은 그 말을 듣고 물러나고 싶었다. 그러나 이미 늦어버렸다. 아치형 눈썹, 하얀 치아, 빽빽한 턱수염 안에 살아 있는 입술로 그는 이렇게 말했다.

마지막 휴식은 정하셨습니까? 가족묘가 있습니까? 준비해두셨나요? 아니라고요? 왜요? 그렇게 방치하셔서 되겠습니까? 당신이 어떻게 묻힐지 아십니까? 기가 막히죠! 새 공동묘지 상태가 어떻단 이야기를 들어보셨습니까? 정말이지, 거긴 빈민굴이나 마찬가지입니다. 죽음은 위엄 있어야 합니다. 그런데 거기는 지독하게 등쳐먹는 데지요. 부동산 사기들 가운데서도 가장 지독한 사기가 벌어지지요. 그들은 당신을 속입니다. 법정 면적을 다 내주지 않아요. 그러면 당신은 영원히 쪼그린 채 묻혀 있어야 합니다. 그런 불경스러움은 흉포하지요. 하지만 당신은 정치와 뒷거래가 어떤 건지 아실 겁니다. 높으나 낮으나 모두가 갈취하려 달려들죠. 조만간 대배심 수사가 이뤄지고 추문이 드러날 겁니다. 감옥에 가는 사람들도 있을 거고요. 그러나 죽은 사람에게는 너무 늦은 거지요. 그들이 무덤에서 꺼내 다시 묻어주진 않을 테니까요. 그러니 당신은 옹색한 시트에 계속 누워 있을 겁니다. 개구리 모양으로. 아이들이 여름캠프에서 서로에게 하는 것처럼* 말이죠. 그렇게 무릎도 펴지 못한 채 평평한 죽음의 셋집에서 수백수천의 시신과 함께 누워 있을 겁니다. 당신에게 완전히 몸을 펼 권리가 있지 않을까요? 게다가 그런 묘지에는 비석을 세울 수도 없습니다. 이름과 사망일이 적힌 놋쇠 표지로 만족해야 하죠. 그러고는 기계로 풀을 깎습니다. 예초기들을 연결한 광폭예초기로요. 공공 골프장 코스에 묻히는 거나 마찬가지예요. 글자를 새긴 놋쇠 표지는 예초기 날에 갈리죠. 곧 지워져버려요. 그러면 사람들이 찾지도 못합니다. 당신 자손들이 그 자리를 찾을 수가 없어서, 당신은 영영 잊히는 거죠—

"그만!" 마이런이 말했다. 그러나 그는 계속했다.

영묘는 다릅니다. 생각보다 비용도 비싸지 않아요. 새로 만든 것들은 조립식이긴 하지만 에트루리아** 무덤에서 시작해 베르니니***를 거쳐 마침내 루이스 설리번****의 아르누보까지, 최고를 본떴습니다. 사람들은 지금 아르누보에 열광합니다. 티파니 스탠드나 천장등에 수천 달

---

* 넉넉해 보이지만 막상 누워보면 다리를 뻗을 수 없게 시트를 접어놓는 장난.

** 고대 에트루리아인이 살던 지역으로 지금의 토스카나 지방이다.

*** 이탈리아의 바로크양식 조각가, 건축가.

**** 미국 건축가.

러를 지불하지요. 이에 비하면 아르누보 조립식 무덤은 저렴합니다. 게다가 무더기로 누워 있지 않아도 됩니다. 자기 땅에 묻히는 거니까요. 고속도로의 교통체증이나 지하철 러시에 영원히 붙들려 있긴 싫으시겠지요.

아버지 스위벨은 증기 속에서 대단히 진지하고 오로지 정중하고 인정 있고 걱정이 많을 뿐인, 턱수염 난 코프리츠의 얼굴을 보았다—공정하고 분별 있는 권위자, 숙련가를. 그러나 곁들인 암시는 충격적이었다. 죽은 자들이 나무 한 그루 없는 골프장 잔디 아래 들끓고, 이름이 지워지고 광택이 사라진 놋쇠 표지가 있는 상상 속 그 광경에 나도 정신이 팔렸다. 악마와 같은 영업의 시詩로 코프리츠는 아버지 스위벨의 마음을 움켜잡았다. 그는 내 마음도 움켜잡았다. 이 이야기를 들을 당시 나는 혹독한 죽음의 불안에 시달리고 있었기 때문이다. 나는 장례식에도 가지 않았다. 관이 닫히는 광경을 견딜 수 없을 것 같았고 상자에 갇혀 못이 박힌다는 생각에 정신이 혼미해졌다. 묘지 화장터에서 속이 텅텅 빈 관을 한 무더기 발견했다는 시카고 아이들에 관한 신문기사를 봤을 때 이 증상은 더욱 악화되었다. 아이들은 관들을 연못으로 끌고 가 배처럼 탔다. 학교에서 『아이반호』*를 읽고 있었기 때문에 기사가 창을 들고 싸우듯 막대기로 찌르는 시늉을 했다. 관 하나가 뒤집혀 한 아이가 빠졌지만 관 안쪽에 덧대는 실크에 몸이 걸렸다. 아이들이 친구를 구출했다. 그러나 내 마음속에는 부풀어오른 장미색 태피터**와 옅은 초록색 새틴을 덧댄 관들이 악어 아가리처럼 열린 광경이

* 월터 스콧이 쓴 모험소설.

** 얇고 광택이 나는 평직 견직물.

펼쳐졌다. 진흙과 돌 밑에 짓눌려 질식하고 썩어가는 내 모습이 보였다—아니, 모래 밑인가. 시카고는 빙하기의 해변과 (홍적세 후기) 늪지대 위에 서 있으니까. 나는 불안을 덜기 위해 진지한 지적 주제로 전환하려 노력했다. 나는 이런 일에 비교적 익숙했는데, 죽음이라는 문제가 물질적 번영과 삶이 쾌적하고 안락하다는 인식과 관련된 소위 부르주아의 문제라고 생각했고, 또한 막스 베버가 현대 삶의 개념에 대해, 현대의 삶이란 획득할 수 있고 이득이 되는 '쾌적한' 단편들의 무한한 연속이므로 인생이 순환한다는 느낌을 받을 수 없고 그러므로 인간은 '천수를 채우고' 죽을 수 없다고 썼던 글도 생각했다. 그러나 이러한 수준 높은 지적 훈련도 나에게서 죽음의 저주를 떼어내지는 못했다. 무덤 속에서의 질식에 그렇게 신경과민인 것이 얼마나 부르주아적인가 하는 결론을 내릴 수 있을 뿐이었다. 그리고 이것에 대해 너무도 사실적인 글을 썼던 에드거 앨런 포에게 분노했다. 강직증과 생매장에 관한 그의 이야기는 어린 시절 나를 중독시켰고, 여전히 나를 죽을 지경으로 괴롭히고 있었다.* 밤에는 얼굴에 이불을 덮는 것도, 그 속으로 발을 집어넣는 것도 견딜 수 없었다. 나는 어떻게 죽을지 궁리하며 많은 시간을 보냈다. 바다에 수장되는 것이 답일 수도 있다고 생각했다.

레나타의 폰티액에 구멍을 낸 그의 견본들은 그렇다면 납골당과 무덤 모형들이었다. 그녀를 만났을 무렵 나는 죽음에 대해 깊이 생각하고 있었을 뿐만 아니라(무덤 안에 나무 칸막이를 두면, 나무 널이 맞바로 짓누르는 무게를 줄여주는 데 도움이 될까?) 묘한 버릇이 새로 생겼

* 포의 단편 「때 이른 죽음」은 산 채 매장당한 사람들의 이야기로, 강직증에 걸려 매장되었던 주인공이 살아돌아온다.

다. 라살 스트리트에서 볼일을 보며 속도가 빠른 엘리베이터를 타고 올라가거나 내려갈 때마다 속도가 줄고 문이 열리려는 순간 내 마음이 외쳤다. 순전히 저절로. "내 운명!" 어떤 여자가 거기 서 있기를 기대하는 듯이 말이다. "마침내! 너!" 엘리베이터를 탈 때 나타나는 이 게걸스럽고 품격 없는 현상을 의식한 나는 이를 바로잡아 다시 성숙한 사람으로 돌아가고자 노력했다. 심지어 과학적이 되려고도 해보았다. 그러나 과학이 해줄 수 있는 것이란 자연의 필연성으로 이런 일이 일어난다는 사실을 재확인하는 것뿐이었다. 이렇듯 분별력 있게 행동하려던 노력은 아무 효과가 없었다. 내가 믿었던 대로 신이 내 영혼을 이 땅으로 보내주기를 내가 수천 년 동안 기다렸다면, 대체 무슨 분별력을 찾아야 한단 말인가? 인간으로서의 내 나날이 끝나기 전에, 돌아가기 전에 나는 참되고 분명한 말을 찾아야 한다. 나는 빈손으로 돌아가기가 두려웠다. 분별력을 찾아봤자 기회를 놓친 게 아닌가 하는 두려움을 누그러뜨리는 데는 아무 도움도 되지 않았다. 누구라도 그것은 알 수 있다.

배심원이 되어 불려갔을 때 나는 처음에는 시간낭비라고 투덜거렸다. 그러나 곧 행복하고 열성적인 배심원이 되었다. 다른 사람들처럼 아침에 집을 나서는 것은 더없는 행복이었다. 나는 숫자가 새겨진 강철 배지를 달고 새로운 카운티청사의 높은 층에 있는 배심원실에 시민의 한 사람으로 다른 수백 명과 함께 기쁜 마음으로 앉아 있었다. 유리벽, 황갈색과 자주색 강철 들보들은 무척 훌륭했다—넓은 하늘, 정돈된 공간, 저멀리 실패처럼 보이는 저장탱크들, 멀리 떨어진 지저분한 빈민가의 미세한 오렌지빛, 검은 다리들의 띠로 묶인 강의 초록빛. 배심원실에서 밖을 내다보던 나는 생각이 떠오르기 시작했다. 책과 서류를 시내로 가져왔다(한시도 허투루 보내지 않기 위해). 처음으로 내 동료 피어 댁스터가 캘리포니아에서 보내온 편지들도 읽었다.

나는 편지를 꼼꼼히 읽는 사람이 아닌데, 댁스터의 편지는 무척 길었다. 그는 팰로앨토 인근 자신의 작은 오렌지 과수원에서 장교용 야전의자에 앉아 내용을 구상하고 누군가에게 받아 적게 했다. 그는 검은색 *카라비니에리** 망토를 걸치고, 맨발에, 펩시콜라를 마시고, 아이가 여덟인가 열 명 있고, 누구에게나 빚을 지는, 문화정치인이었다. 그를 숭배하는 여자들은 그를 천재로 여겼고, 그의 말을 전부 믿었고, 원고를 타이핑해주었고, 그의 아이를 낳아주었고, 그가 마실 펩시콜라를 가져다주었다. 〈아크〉(삼 년째 기획중이고 엄청난 비용이 들어간) 창간호에 대한 그의 수많은 계획을 읽으면서 나는 그가 '현대 세계의 대단히 권태로운 인물들'에 대한 연구를 끝내라고 나를 압박하고 있음을 깨달았다. 그는 가능한 연구 방법들을 거듭 제안했다. 정치, 철학, 사상, 교육, 치료 분야의 따분한 인물들 유형은 명백하지만, 창의적이지만 지루한 인물들처럼 지나쳐버리기 쉬운 다른 유형도 있다는 것이었다. 그러나 나는 범주 구분에 흥미를 잃었고 이제 관심은 이 기획의 일반적이고 이론적인 측면뿐이었다.

나는 널찍한 배심원실에서 권태에 관한 노트들을 살펴보며 활기찬 시간을 보냈다. 나는 정의를 내리는 문제를 회피하고 있었음을 깨달았다. 잘한 일이었다. *아치디아*와 *테디움 비타이*** 같은 신학적 문제에는 얽히고 싶지 않았다. 다만 인류가 처음부터 권태를 경험했지만 아무도

---

* 이탈리아 헌병.

** 냉담과 권태.

그 문제를 전면에서 중심으로 제대로 파고든 적이 없었다는 것을 밝혀 둘 필요가 있었다. 현대에서 이 문제는 자본주의적 노동 조건의 영향으로, 대중사회의 평준화 결과로, 종교에서 신앙의 쇠퇴나, 카리스마적 혹은 예언적 요소의 점진적인 소모의 귀결로, 혹은 잠재적 힘의 무시로, 과학기술 사회에서의 합리성 증가로, 혹은 관료주의 성장에 따른 *아노미* 또는 소외라는 이름으로 다루어져왔다. 그러나 나는 인간은 불타거나 썩어 없어진다는 믿음, 현대 세계에 대한 우리의 믿음에서 시작할 수 있을 것 같았다. 나는 이것을 히스테리성 인간들은 발작을 일으켰을 때 평소보다 오십 배의 에너지와 지구력, 행동력, 민첩함, 창조력을 보인다는 심리학자 비네*의 발견과 연결지었다. 또는 윌리엄 제임스**가 말했듯이, 인간은 에너지가 최고조에 이르렀을 때만 진정으로 사는 것이었다. *권력에의 의지*와 같은 것이다. 그렇다면 권태가 사용되지 않은 힘, 낭비된 가능성과 재능으로 인한 고통이며 능력이 최적으로 활용된다는 기대를 수반한다는 명제에서 시작된다고 가정해보자. (나는 이러한 정신적 계기들에 대해 사회과학적 경향으로 빠지는 것을 경계하려고 노력한다.) 실제적인 것은 순수한 기대에 들어맞을 수 없고, 그러한 기대의 순수성은 권태의 커다란 원천이다. 능력과 성적 감성이 풍부하고 정신과 창의력이 풍요로운 사람들은 모두 수십 년 동안 권태로운 한쪽 귀퉁이로 밀려나고 추방되고 유형당하고 닭장 속에 갇혔다고 스스로 여긴다. 상상력은 권태에 흥미를 유발하도록 강요해서 문제들을 극복하려고도 했다. 나는 제임스 조이스가 이것

---

* 지능검사의 기초를 세운 프랑스 심리학자, 의사.

** 미국 심리학자, 철학자.

을 어떻게 수행했는지 알려준 폰 험볼트 플라이셔에게 이 통찰을 빚졌지만, 책을 읽는 사람이라면 누구나 쉽게 스스로 발견할 수 있다. 현대 프랑스 문학은 특히 권태라는 주제에 몰두한다. 스탕달은 매 페이지에 권태를 언급하고, 플로베르는 권태에 책들을 바쳤고, 보들레르는 권태를 다룬 시인들의 대표다. 프랑스가 권태에 특히 민감한 이유는 무엇일까? *앙시앵레짐*이 또다른 프롱드의 난*을 두려워해 지방의 재능을 말살시키는 궁정을 만들었기 때문일까? 예술 철학 과학 예절 대화가 꽃을 피운 중심부 바깥에는 아무것도 없었다. 루이 14세 치하에서 상류층은 세련된 사교를 즐겼고, 무엇보다 사람들은 혼자 있을 필요가 없었다. 루소 같은 괴짜들은 고독을 매혹적인 것으로 만들었지만, 분별 있는 사람들은 고독이 정말 끔찍하다는 데 동의했다. 그리고 18세기에 들어서자 감옥에 갇히는 일이 현대적 의미를 획득하기 시작했다. 마농과 데그리외**가 얼마나 자주 감옥에 갔는지 생각해보라. 그리고 미라보***와 내 친구 폰 트렌크, 물론 사드 백작****도. 유럽의 지적인 미래를 결정한 건 권태에 물든 사람들, 즉 수인들이 남긴 글이었다. 1789년 흥미의 중심을 공격해 점령한 것은 시골 출신 젊은이들, 지방 법률가들과 글쟁이들과 연설가들이었다. 현대의 정치혁명은 정의보다 권태와 더 큰 관련이 있다. 지루한 소책자와 조직 문제에 대한 편지를 그렇게

* 앙시앵레짐은 프랑스혁명 때 타도의 대상이었던 구체제, 혹은 넓은 의미로 근대사회 성립 이전의 제도를 가리킨다. 프롱드의 난은 프랑스 부르봉 왕권에 대항해 귀족들이 일으킨 내란이다.

** 아베 프레보의 『마농 레스코』에서 사랑의 도피 끝에 불행한 최후를 맞는 연인들.

*** 프랑스 경제학자로 국가의 직접세 징수를 주장했다가 감옥에 갇혔다.

**** 프랑스 소설가로 방탕과 신성모독으로 투옥됐다.

도 많이 썼던 레닌은, 1917년에는 단적으로 말해 열정과 빛나는 흥미로 가득했다. 러시아혁명은 인류에게 영구적으로 흥미로운 삶을 약속했다. 트로츠키가 영구적 혁명에 대해 이야기했을 때 그것은 사실 영구적인 흥미를 뜻했다. 초기에 혁명은 영감으로 이루어진 작업이었다. 노동자 농민 병사는 흥분과 시의 상태에 있었다. 이 짧고 눈부신 국면이 끝난 다음에는 무엇이 왔는가? 역사상 가장 권태로운 사회가 왔다. 누추함 초라함 단조로움 단조로운 상품 지루한 건물 지루한 불편함 지루한 감독 단조로운 언론 단조로운 교육 지루한 관료체제 강제노역 영구한 경찰의 존재 형벌의 존재, 지루한 정당대회 등등. 영구적인 것은 흥미의 패배였다.

질라스*가 묘사한 스탈린의 긴 만찬보다 더 권태로운 것이 있을까? 시카고에서 보낸 수년 동안 권태에 단련되고, 미합중국에 의해 절고, 만능해독제를 얻은 나 같은 사람조차 열두 코스의 철야 연회에 대한 질라스의 기술에는 질리지 않을 수 없었다. 손님들은 먹고 마시고, 또 먹고 마신 후에도 새벽 두시에 미국 서부영화를 보기 위해 앉아야 했다. 그들은 엉덩이가 아팠다. 마음속에 공포가 있었다. 스탈린은 담소를 나누고 농담을 하는 와중에도 내심 다음번에 목을 날릴 사람들을 고르고 있었고, 손님들은 코를 킁킁대며 음식을 씹고 삼키면서도 그것을 알고 곧 총살당하리라 예상했다.

다시 말해 공포가 없다면 현대의 권태는 무엇이 될까? 온 시대를 통틀어 가장 지루한 기록 중 하나는 히틀러의 두툼한 책 『식탁에서의 대

---

* 공산주의에 환멸을 느낀 유고슬라비아 공산당 관리, 저술가.

화』다. 그 또한 이야기하고 이론화하고 설명하면서 사람들을 지루하게 하는 동안 그들에게 페이스트리를 먹게 하고 *슐라그** 없은 커피를 마시게 하고 영화를 보게 했다. 모든 사람이 진부함과 공포로 죽어갔고, 화장실 가기조차 두려워했다. 이러한 권력과 권태의 결합은 제대로 검토된 적이 없다. 권태는 사회를 통제하는 도구다. 권력은 권태를 부과하고 정체를 명령하고 이 정체를 고통과 결합시키는 힘이다. 진정한 권태는, 깊은 권태는 공포와 죽음으로 가미된다.

좀더 심오한 문제들도 있었다. 예를 들어 우주의 역사는 인간이 경험하는 평범한 방식으로 생각하려고 한다면 무척 지루할 것이다. 아무 사건도 없는 그 기나긴 세월! 기체에 또 기체가 있고, 열과 물질 입자들, 태양 조수와 바람, 또다시 서서히 전개되는 변화들, 조금씩 첨가되는 것들, 우연한 화학 작용들—거의 아무 일도 일어나지 않는 시대들, 생명 없는 바다, 몇 개의 결정체와 단백질 화합물이 발생될 뿐이다. 진화의 느린 속도는 생각만 해도 너무 짜증스럽다. 박물관 화석에서 보이는 서투른 실수들. 그런 뼈들이 어떻게 기고 걷고 뛸 수 있었을까? 종들의 암중모색을 생각하면 고통스럽다—그 모든 더듬거리기, 늪지 기어다니기, 와삭와삭 씹기, 잡아먹기, 그리고 번식하기, 조직과 기관과 부분이 발달하는 지루하고도 느린 속도. 그리고 또 고등동물로 변화하는 과정의 지루함을 거쳐 드디어 인류가 나타나고, 구석기시대 숲 속의 지루한 삶, 이성이 배양되는 기나긴 과정, 발명의 느림, 농경시대의 저능함. 이것들은 검토할 때만, 생각할 때만 흥미롭다. 이것을 겪어

* 설탕을 넣지 않은 휘핑크림.

야 한다면 아무도 견딜 수 없을 것이다. 현재가 요구하는 것은 빠른 진전, 요약, 집약된 사고의 속도로 삶을 사는 것이다. 우리가 기술을 통해 인간의 영원한 욕망이나 환상의 실현, 시간과 공간의 초월의 즉각적 실현에 다가갈수록 권태의 문제는 더 심해지기만 한다. 독특한 존재 조건—한 사람당 한 번, 한 고객당 한 번뿐인 삶—에 점점 더 압박받는 인간은 죽음의 권태를 생각해야 한다. 오, 비존재의 영원성이여! 지속적인 흥미와 다양성을 갈망하는 사람들에게 오! 죽음은 얼마나 권태로울까! 무덤에, 한자리에 눕는 것은 얼마나 무서울까!

소크라테스가 우리를 달래주려 했다는 것은 사실이다. 그는 두 가지 가능성만 있다고 말했다. 영혼이 불멸하거나, 죽은 후 태어나기 전처럼 다시 공백 상태가 되거나. 이것 역시 완전히 위안이 되지는 않는다. 어쨌든 신학과 철학이 여기에 가장 깊은 관심을 갖는 건 당연했다. 인간에게 신학과 철학은 지루하지 않을 의무가 있다. 이 의무를 항상 제대로 해냈던 것은 아니다. 그러나 키르케고르는 권태로운 인물이 아니었다. 나는 석사논문에서 그가 기여한 바를 검토하려 했다. 그는 균형을 회복하기 위해서는 미적 방식보다 윤리적 방식이 우선시되어야 한다고 보았다. 하지만 이제 이 이야기는 충분히 했다. 나는 나 자신에게서 다음과 같은 권태의 원천을 관찰할 수 있었다. 1) 외부 세계와의 개인적 연결 부족. 지난봄 나는 기차를 타고 프랑스를 여행하던 중 창밖을 보고 마야의 베일이 얇아지고 있다고 메모했다. 왜 그랬을까? 나는 거기에 있는 것을 보지 못하고 남들이 모두 공통된 지시에 따라 보는 것만 보았기 때문이다. 이것은 우리의 세계관이 본질을 소진했다는 암시였다. 이 관점의 법칙은 주체인 내가 대상의 세계인 현상을 본다는 것이다. 그러나 그 대상들은 현대의 합리성이 대상이라고 정의하는 것만은 아니다. 슈타이너에 따르면, 인간은 정신적으로 자아를 벗어나 대상이 그 자신에 대해 말하도록 할 수 있고, 자신뿐 아니라 대상 자체에게도 의미 있는 것에 대해 말할 수 있다고 했다. 그래서 해와 달과 별은, 천문학자가 아닌 과학에 무지한 사람들에게도 말을 한다. 사실 이런 일이 일어날 때가 되었다. 과학에 대한 무지가 사람을 존재의 가장 낮고 지루한 영토에 가두어서 창조 전체와 독립적인 관계를 맺지 못하게 금지해서는 안 된다. 교육받은 사람들은 실망스러운(지루한) 세계에 대해 이야기한다. 그러나 실망스러운 것은 세계가 아니라 나 자신의 머리다. 세계는 실망스러울 수 없다. 2) 나에게 자의식적인 자아는 권태의 요람이다. 증가하고, 부풀어오르고, 지배하고, 고통스러운 자의식은 내 삶을 운영하는 정치적 사회적인 힘(사업, 기술-관료적 권력, 국가)의 유일한 경쟁자다. 우리는 삶을 운영하는 위대하고 조직적인 움직임을 지닌, 독립적으로 의식하고, 자신의 분리와 절대적인 면역성을 자랑스러워하고, 다른 사람의 고통과 사회나 정치나 외적 혼란의 영향을 받지 않는 안정성과 힘을 지닌 단 하나의 자아를 가지고 있다. 어떤 의미에서 그것은 무관심이다. 관심을 갖도록 요구받고 종종 관심을 가지려 하지만, 무관심의 저주는 이 고통스러울 만큼 자유로운 의식 저변에 깔려 있다. 이것은 신념 혹은 다른 영혼들에 대한 애착으로부터 자유롭다. 우주론에는? 윤리 체계에는? 무관심은 이런 것을 수십 개도 빠져나간다. 개인으로서 자신을 완전하게 의식한다는 것은 다른 모든 것으로부터 분리되는 것을 뜻하기 때문이다. 이것은 "말, 말, 말"로 이루어진 "덴마크 감옥", 요컨대 무한한 공간인 햄릿 왕국이다.*

이것이 내가 발전시켜 쓰길 원하며 댁스터가 적은 요지 중 몇 개다. 그러나 나의 상태가 너무 불안정했다. 일주일에 몇 번씩 변호사와 상의하기 위해 시내로 나갔다. 그들은 내가 얼마나 복잡한 곤경에 처했는지 설명해주었다. 그들이 전하는 소식은 점점 더 나빠졌다. 나는 엘리베이터를 타고 올라가며 문이 열릴 때마다 여성의 형태를 갖춘 구원이 나타나길 빌었다. 나 같은 처지의 사람은 방안에 틀어박혀 있어야 하고, 가만히 있으라는 파스칼의 충고**를 받아들일 의지력이 없다면 방을 잠그고 열쇠를 밖으로 던져버려야 한다. 그런데 카운티청사의 문이 열리고 레나타 코프리츠가 나타났다. 그녀도 번호가 새겨진 강철 배지를 달고 있었다. 우리 둘 다 납세자이고 유권자, 시민이었다. 아, 그러나 어떤 시민들인가! "내 운명!"이라 외치던 목소리는 어디 있는가? 그 목소리는 침묵했다. 그럼 그녀가 그것이 맞는가? 그녀는 미니스커트를 입고 끈 하나로 조이는 유치원 신발을 신은 부드럽고 아름답고 풍만함이 있는, 전적으로 여성적인 사람이었다. 나는 신이 나를 돕는다고 생각했다. 다시 한번 생각해보는 게 좋겠다고 느꼈다. 내 나이의 불교도라면 벌써 숲속으로 영원히 사라질 생각을 하고 있을 거라고도 느꼈다. 그러나 아무 소용 없었다. 그녀는 내가 찾던 운명이 아닐지 모르지만 그럼에도 운명이었다. 그녀는 내 이름까지 알았다. "시트린 씨 맞으시죠." 그녀가 말했다.

---

* 햄릿은 덴마크를 감옥에 비유했고, 책을 읽는 그에게 무엇을 읽느냐고 묻자 "말, 말, 말일세"라고 대답한다.

** "인간의 모든 불행은 방안에 가만히 있지 못하는 데서 비롯된다"라고 말했다.

그 전해에 나는 시카고 은행 임원과 주식중개인으로 구성된 시카고 문화단체인 지그재그클럽에서 상을 받았었다. 회원으로 초대되지는 않았다. 그러나 나는 해리 홉킨스*에 대해 쓴 책으로 상패를 받았고, 그 사진이 〈데일리 뉴스〉에 실렸다. 그녀는 거기서 내 사진을 보았을 것이다. 그런데 그녀가 이렇게 말했다. "당신 친구인 서트머르 씨가 제 이혼 담당 변호사인데, 그 사람이 우리가 만나보면 좋겠다고 했어요."

아, 그녀는 나를 장악했다. 이혼한다는 사실을 얼마나 빨리 나에게 알렸는가. 사랑에 충실한 눈은 벌써 사랑과 타락의 메시지를 내 영혼 속 시카고 소년에게 보내고 있었다. 옛 웨스트사이드에 퍼졌던 섹스 열병이 돌풍처럼 나를 엄습했다.

"서트머르 씨는 당신에게 헌신적이에요. 당신을 좋아하죠. 당신 이야기를 할 때는 눈을 지그시 감는데 무척 시적으로 보여요. 강건해 보여서 안 그럴 것 같지만요. 정글에서 비행기 사고를 당한 연인 이야기도 해주셨어요. 당신 첫사랑 이야기도요—의사의 딸이라는."

"나오미 루츠요."

"괴상한 이름이네요."

"네, 그렇긴 하죠."

어린 시절 친구 서트머르가 나를 좋아하는 건 사실이지만, 그는 중매를 서거나 여자를 연결해주는 것도 좋아했다. 특히 여자를 소개하는 데 열심이었다. 이런 일은 많은 고객과 연을 맺을 수 있기 때문에 직업적으로도 유용했다. 특별한 경우 그는 실질적이고 세부적인 일까지 모두 도

* 뉴딜 정책에 관여했던 미국 민주당 정치인.

맡아 정부情婦의 아파트 임대료, 자동차, 외상, 치과 청구서까지 처리했다. 자살 기도에도 관여했다. 심지어 장례식에도. 법이 아니라 사람들을 맺어주는 것이 그의 진짜 소명이었다. 그리고 그가 자기 의지대로 움직일 수 있는 한 어린 시절 친구인 우리 두 사람은 언제까지나 색욕을 추구할 것이다. 그는 그 일에도 품위를 곁들였다. 그 모든 일을 철학과 시, 사상으로 해냈다. 그는 인용을 하고, 레코드를 틀고, 여성에 대한 이론을 전개했다. 다음 세대들이 사용하는 급변하는 성적 속어들을 따라잡으려고 노력했다. 그러니 우리는 골도니*의 익살극 인물들처럼 여자에게 빠져 비틀거리며 애걸하는 구애자로 생을 마치게 될까? 아니면 발자크의 윌로 데르비 남작**처럼 임종을 앞둔 아내 옆에서 소리가 들리도록 하녀에게 구애하는 노인이 될까?

앨릭 서트머르는 몇 년 전 심한 스트레스로 인해 퍼스트내셔널은행 금고실에서 심장마비를 일으켰다. 나는 바보 같은 서트머르를 좋아했다. 그가 몹시 걱정되었다. 나는 그가 중환자실에서 나오자마자 보러 달려갔는데, 이미 성적인 행동을 하고 있었다. 심장마비 후에 흔히 그러는 모양이었다. 유행하는 스타일로 정수리에서 광대뼈 위까지 덥수룩하게 덮은 강렬한 백발 사이로, 여전히 자줏빛이던 그의 얼굴이 병실에 들어오는 간호사에게 향했고, 우울했던 눈이 커다래졌다. 건강을 되찾은 육중한 나의 옛친구는 침대에서 안절부절못했다. 그는 몸을 이리저리 뒤치며 이불을 걷어차고 짜증이 나서 그러는 것처럼 몸을 노출했다. 나는 동정하는 마음에 병문안을 갔지만 그는 내 망할 동정이 필

---

* 이탈리아 극작가.

** 발자크의 소설 『종매 베트』 속 인물로, 방탕으로 가정을 파탄에 빠뜨린다.

요하지 않았다. 그의 눈은 냉혹하고 기민했다. 결국 내가 말했다. "앨릭, 이제 노출증은 고쳐. 무슨 말인지 알잖아—불쌍한 할머니가 침대 밑을 걸레질하러 올 때마다 네 그걸 드러내는 짓 좀 그만하라고."

그가 나를 노려보며 말했다. "뭐? 이 멍청한 놈이!"

"욕해도 상관없어. 가운이나 쳐들지 말라고."

나쁜 본보기는 사람을 고양시키기도 해서, 갑자기 취향이 고상하게 바뀐 듯 이런 말을 할 수도 있다. "가엾은 앨릭, 또 노출이군. 하느님 덕분에 난 그 정도는 아니지." 그러나 나는 여기 배심원석에 레나타를 원하며 발기한 상태로 앉아 있었다. 나는 흥분했고, 즐거웠고, 약간 억울했다. 우리 앞에서 개인 상해 사건 재판이 열리고 있었다. 공정하려면 판사에게 가서 내 자격을 박탈해달라고 요청해야 했을 것이다. "판사님, 저는 제 옆에 앉은 멋진 여자 배심원 때문에 재판에 집중할 수 없습니다. 사춘기 소년처럼 굴어서 죄송합니다……" (죄송하다니! 나는 최고의 행복을 맛보고 있었다.) 게다가 그 사건은 택시 충돌 사고로 여자 승객이 보험회사에 제기한, 공연한 분풀이용 소송에 불과했다. 내 개인적인 일이 더 중요했다. 재판은 배경음악일 뿐이었다. 나는 메트로놈 같은 맥박으로 박자를 맞추고 있었다.

두 층 아래에서 나는 내 돈을 몽땅 빼앗으려는 소송의 피고였다. 그러니 이 일로 내가 정신을 차렸을 거라고 생각할 수도 있다. 천만의 말씀!

점심시간을 허락받은 사이 나는 앨릭 서트머르에게 이 멋진 여자에 대한 정보를 얻기 위해 서둘러 라살 스트리트로 갔다. 시카고 군중과 마주칠 때마다 나는 현이 줄감개에서 풀려나가며 느슨해지는 것처럼 내 음조가 낮아지는 것을 느꼈다. 그러나 온 세상을 장악한 힘에 내가 혼자서 무엇을 할 수 있겠는가?

앨릭은 야간대학 출신 변호사지만, 사무실은 우아했고 거의 하버드 같은 분위기를 풍겼다. 위법과 법령에 관한 문헌들로 공간이 품위 있게 나뉘어 있고, 고상한 법학적 분위기에, 홈스 판사*와 러니드 핸드** 의 사진이 걸려 있었다. 대공황 이전 앨릭의 집은 부유했다. 대단하진 않았지만 그 지역에서는 부자였다. 하지만 나는 진짜 부유한 아이들을 알았다. 보비 케네디 같은 사회 최상층의 부유한 아이들을 눈여겨봐온 터였다. 늘 부자임을 자처하던 폰 험볼트 플라이셔는 진짜 부자가 아니었고, 부자였던 앨릭 서트머르는 모든 사람에게 자기가 시인이라고 말했다. 대학에서 그는 자신이 가진 것들로 그 사실을 증명했다. 그는 엘리엇, 파운드, 예이츠의 작품들을 가지고 있었다. 「프루프록」을 외웠는데, 그것은 그의 자산 중 하나가 되었다. 그러나 공황이 서트머르 집안에 큰 타격을 주었고, 계획 세우기에 급급했던 늙은 아버지가 해주려고 했던 상류층 교육은 받지 못했다. 하지만 어린 시절 자전거와 화학실험 세트, 비비탄총, 펜싱 검, 테니스 라켓, 권투장갑, 스케이트, 우쿨렐레를 소유했던 것처럼 지금의 그는 최신의 IBM 장비들, 회의용 전화기, 데스크톱, 트랜지스터 손목시계, 제록스 복사기, 녹음기, 그리고 두꺼운 법률 서적 수백 권을 소유하고 있었다.

그는 심장동맥 질환 이후 체중을 줄여야 했는데 오히려 늘었다. 항상 보수적으로 옷을 입던 그가 뒤트임이 들어간 재킷으로 펑퍼짐해진 엉덩이를 가리려 했다. 그래서 거대한 지빠귀처럼 보였다. 이 새의 지나

---

* 미국의 가장 위대한 법사상가로 꼽히기도 하는 미국 대법관.

** 미국 판사, 법철학자.

치게 인간적인 얼굴은 마구 일어선 하얀 구레나룻으로 둘러싸여 있었다. 사랑과 우정이 가득한 따뜻한 갈색 눈동자는 특별히 정직해 보이지는 않았다. C. G. 융이 했던 관찰 중 하나가 서트머르를 이해하는 데 도움이 되었다. 융이 말하길, 어떤 마음은 인류 역사의 초기에 속한다고 했다. 우리 동시대인들 중에도 바빌로니아인이나 카르타고인, 중세인 같은 유형이 있다. 나에게 서트머르는 18세기 기마병이자, 나의 운좋은 트렌크의 사촌인 판두르 폰 트렌크의 추종자였다. 그의 두툼하고 거무스름한 뺨, 로마인 같은 코, 넓게 기른 구레나룻, 실팍한 가슴과 넓적한 엉덩이와 깔끔한 발과 남성적으로 갈라진 턱에 여자들은 끌렸다. 여자들이 누구를 포옹할 것이냐는 헤아릴 수 없는 신비 중 하나다. 물론 경주는 계속되어야 한다. 어쨌든, 서트머르가 나를 맞이하기 위해 기다리고 있었다. 의자에 앉은 그의 자세는 어설프지만 예쁜 여자 위에 올라탄 흔들림 없는 성적 기마술을 연상시켰다. 그는 로댕의 〈발자크〉처럼 팔짱을 끼고 있었다. 불행하게도 여전히 조금 아파 보였다. 요즘은 시내의 거의 모든 사람이 어딘가 조금 아파 보였다.

"앨릭, 레나타 코프리츠가 누구지? 간단하게 말해줘." 서트머르는 고객들, 특히 매력적인 여자들에게 열띤 관심을 보였다. 여자 고객들은 그에게서 연민, 정신과적 지도와 실질적 조언, 예술과 철학의 손길까지 받았다. 그가 나에게 요약해주었다. 외동딸, 괴짜 엄마, 아버지는 보이지 않음, 고등학생 때 미술 교사와 멕시코로 달아남, 끌려옴, 나중에 버클리로 도망, 캘리포니아 접촉 요법* 무리에서 발견, 납골당과 영

* 마사지를 통해 고통을 완화하고 질병을 치료하는 대체 요법.

묘를 판매하는 코프리츠와 결혼—

"잠깐. 그 사람을 봤었나? 키 큰 친구지? 갈색 턱수염이고? 그래, 그 디비전 스트리트 러시아 목욕탕에서 마이런 스위벨 노인에게 영업했던 사람이야!"

서트머르는 그 우연에 별 감흥이 없었다. 그가 말했다. "내가 이혼시켜준 가장 아름다운 작품이지. 그 여자에게는 아주 귀여운 어린 아들이 있어. 네가 생각나더군. 그 여자하고라면 뭘 좀 해볼 수 있을 거야."

"넌 벌써 뭘 좀 해봤어?"

"뭐, 난 그 여자의 변호사인데?"

"내 앞에서 윤리 찾기는. 네가 아직 수작을 걸지 않았다면, 그건 수임료가 지불되지 않아서겠지."

"네가 내 일을 어떻게 생각하는지는 알아. 네 눈에는 모든 일이 다 사기지."

"데니즈가 전쟁터에 나선 뒤로 이쪽 일은 충분히 봤어. 넌 이 법조계에서 가장 유명한 사람 중 하나라는 포러스트 톰체크를 내게 붙여주었지. 그건 대형 진공청소기 앞에 색종이 조각을 놓는 것과 같았어."

서트머르가 거인처럼 노려보며 소리 냈다. "푸우!" 그는 상징적으로 숨을 옆으로 내뱉었다. "바보 같은 놈, 나는 톰체크에게 그 사건을 맡아달라고 애걸해야 했어. 그 사람은 동료로서 호의를 베푼 거야. 그 정도 인물이라고! 너 같은 사람은 장식으로라도 어항에 넣지 않으려고 하더란 말이야. 이사장들과 은행장들이 그 사람한테 시간 좀 내달라고 빈다고, 이 바보 같은 놈아. 톰체크! 톰체크는 법조계에서도 정치인 집안 출신이야. 태평양전쟁 때는 우수한 전투기 조종사였고."

"그런데도 사기꾼에다 무능해. 데니즈가 천배는 똑똑하지. 데니즈가 서류를 검토하고선 그자를 일 분 만에 꼼짝도 못하게 했어. 그자는 누가 무엇을 법적으로 소유했는지, 소유권에 대한 기본적인 확인도 하지 않고 나왔어. 이 친구야, 변호사의 권위에 대해선 나한테 말도 꺼내지 마! 그래도 이런 다툼은 집어치우지. 그 여자 얘기나 해줘."

그는 사무용 의자에서 일어났다. 나는 백악관에 가보고 타원형으로 생긴 대통령 집무실의 대통령 의자에도 앉아보았지만, 단언컨대 서트머르의 의자 가죽이 더 고급이었다. 벽에 걸린 그의 아버지와 할아버지 사진 액자들은 예전 웨스트사이드 시절을 떠올리게 했다. 서트머르에 대한 내 감정은 결국 가족적인 감정이었다.

"그 여자가 저 문으로 들어오는 순간 널 위해 점찍어뒀었지. 찰리, 난 너를 늘 마음에 두고 있어. 네 삶은 행복하지 않았으니까."

"과장하지 마."

"불행했어." 그는 주장했다. "재능과 이점을 낭비했고, 지독하게 고집 세고, 비뚤어지고 교만하고 뭐든 쫓아내버리고. 뉴욕 워싱턴 파리 런던 로마에 있는 네 모든 인맥, 모든 성취, 말재주, 재능, 운—넌 운이 있었어. 나한테 그런 운이 있었다면 어떤 일을 했을까! 그리고 넌 구의원과 펀치보드* 도박꾼과 사탕 가게 유대인과 하수도 검사관 집안의 수다스러운 웨스트사이드 출신 여자와 결혼해야 했지. 그 가식적인 바사칼리지 출신 여자랑! 그 여자는 강의록 읊듯이 말을 했고, 넌 그런 이해와 대화에 목말랐고 그 여자한테는 교양이 있었으니까. 그런데 이

* 숫자 등이 인쇄된 종이에 구멍을 뚫어놓은 작은 도박용 판.

바보 같은 놈아, 너를 좋아하는 나는, 언제나 너를 좋아해온 나는, 우리가 열 살이던 때부터 너만 생각하면 속이 타들어갔던 나는 밤마다 뜬눈으로 생각해. 이제 찰리를 어떻게 구해주나. 찰리의 돈을 지켜주고 세금을 면할 길을 알려주자, 최상의 법률적 방어책을 마련해주자, 멋진 여자를 붙여주자, 이 멍청한 놈, 저질 병신아, 넌 그런 사랑이 무슨 의미인지도 모르잖아."

나는 그런 관점을 가진 서트머르를 즐겼다고 말해야겠다. 그는 말하며 시선을 계속 왼쪽으로 돌렸지만, 거긴 아무도 없었다. 만약 거기에 누군가 객관적인 증인이 서 있었다면, 아마도 분개한 서트머르를 지지했을 것이다. 서트머르의 다정한 어머니도 그와 똑같은 특징이 있었다. 그녀도 분하면 그처럼 양손을 가슴에 얹고 빈 공간에서 정의를 구했다. 서트머르의 가슴에는 크고 참되고 남성적인 심장이 있는 반면, 나에게는 심장이 없고 겁쟁이의 창자가 있을 뿐이었다—그가 보기엔 그랬다. 그는 자신을 영웅적 활력을 지닌 성숙하고 현명하고 이교도적인 트리톤*풍 인물로 상상했다. 그러나 그의 진짜 생각은 올라타기, 삽입, 그리고 그가 성의 자유라고 부르는 온갖 더러운 짓에 관한 것이었다. 하지만 매달 수입을 올릴 궁리도 해야 했다. 지출이 많았다. 그 다양한 욕구를 어떻게 결합하느냐가 문제였다. 그가 한번은 나에게 이렇게 말했다. "나는 아직 누구도 들어보지 못했을 때 이미 성 혁명에 뛰어들었어."

그러나 해둬야 하는 이야기가 또하나 있다. 나는 우리 두 사람이 다

* 그리스신화에 나오는 반인반어의 바다 신.

부끄러웠다. 내가 서트머르를 얕잡아볼 이유는 전혀 없었다. 어쨌든 그 동안의 독서가 나에게 가르쳐준 것이 한두 가지 있다. 나는 두 세기 동안 중산층이 멋진 모습을 보이고 사랑스러운 순수함을 유지하기 위해 노력해왔다는 것을 조금은 이해한다—러블리스의 방탕함에 맞서 자신을 방어하는 클라리사*의 순수함을. 희망이 없다! 그보다 나쁜 건 중산층의 미덕이라는 리본을 가슴에 달고 축하인사 카드 같은 감정에 따라 살아왔다는 사실을 발견하는 것이다. 이런 유의 혐오스러운 미국식 순수함은 1919년 우드로 윌슨에게서 처음 느껴졌던 후로 온 세계가 당연히 혐오했다. 학창 시절 우리는 보이스카우트의 명예와 선함과 예의를 배웠다. 빅토리아시대의 고상함이라는 이상한 유령이 오십대, 육십대가 된 시카고 아이들의 마음속에 아직도 출몰한다. 이 유령은 자신의 관대함과 넓은 마음을 믿는 서트머르에게도 나타났고, 앨릭 서트머르처럼 저속하지는 않다고 하느님에게 감사하는 나의 마음속에도 나타났다. 속죄하는 뜻에서 나는 그가 계속 욕하도록 내버려두었다. 그러나 그가 오랫동안 실컷 소리질렀다는 생각이 들자 말했다. "몸은 어때?"

그는 이 질문을 좋아하지 않았다. 그는 자신의 약점을 인정하지 않았다. "괜찮아," 그가 말했다. "그걸 물어보려고 법정에서 달려온 건 아니겠지. 살만 좀 빼면 돼."

"몸이 좋아지면 구레나룻도 밀어버려. 그것 때문에 옛날 서부극에 나오는 악당처럼 보여—홍인종들에게 총과 화주火酒를 파는 사람들."

"그래, 찰리, 나는 방탕아일 뿐이지. 난 타락한 스쿼맨**인데, 넌 고

* 18세기 영국 작가 새뮤얼 리처드슨의 소설 『클라리사 할로』의 남녀 주인공.

** 북아메리카 원주민 아내를 둔 남자를 경멸적으로 이르는 말.

상한 생각만 하는구나. 넌 고상하지. 난 불쾌하고. 그런데 너, 계집에 대해서 물어보러 온 거 아니었나!"

"그래, 그러려고 왔지." 내가 말했다.

"이번엔 스스로 나가떨어지지 마. 이러는 건 적어도 생명력의 징후야. 너는 그게 많지도 않으니까. 젖통이 끝내주는 펠리시아를 거절했을 때 난 널 거의 포기했었어. 펠리시아는 근사한 중년 여자고, 네게 고마워했을 거야. 남편이 밖으로만 나돌거든. 그 여자는 널 숭배해. 네가 제대로 받아줬다면 죽을 때까지 널 축복했을 거야. 머리끝부터 발끝까지 보살펴주고, 빨래하고 요리하고 빵을 굽고 장을 보고, 돈 관리까지 해주고, 잠자리도 잘하는 품위 있는 주부이자 엄마가 됐겠지. 결혼한 몸이니 떠들고 다니지도 않았을 거고. 하지만 넌 그때도 내가 또 추잡한 생각을 한다고 여길 뿐이었어." 그는 화가 나서 노려보았다. 그러고는 말했다. "알았어, 이번 여자는 내가 알아서 해주지. 내일 파머하우스호텔에서 그 여자 데리고 술 한잔 해. 세부적인 건 내가 준비할게."

내가 웨스트사이드의 섹스 열병에 취약했다면, 서트머르는 주선하려는 열정을 억누를 수 없었다. 이제 그의 목표 중 하나는 레나타와 나를 한 침대에 눕히고 자기도 정신적으로 함께하는 것이었다. 어쩌면 결국 스리섬으로 발전되길 바랐을 것이다. 그도 칸타빌레처럼 가끔 그런 환상 속 조합을 제안했다. "자, 들어봐," 서트머르가 말했다. "낮시간엔 회의실 대여비로 방을 잡을 수 있어. 내가 예약하지. 네 돈을 에스크로계정에 넣어놨으니까 청구서는 나한테 보내라고 할게."

"만나서 술 마실 건데 방까지 가게 될지 어떻게 알겠어?"

"그건 너한테 달렸지. 바텐더한테 방 열쇠를 맡겨놓을게. 5달러 주면 봉투를 내줄 거야."

"봉투에 누구 이름이 적히는데?"

"대놓고 시트린이라고 하면 안 되겠지, 응?"

"크롤리는 어때."

"우리 라틴어 선생이었잖아. 늙은 크롤리! *에스트 아비스 인 덱스트라 멜리오르 콰 콰튀르 엑스트라.*[*]"

그래서 다음날 레나타와 만나 지하에 있는 어두운 바에서 술을 마셨다. 바보짓은 이번이 마지막이라고 다짐했다. 나의 모든 행동을 되도록 이성적으로 나 자신에게 설명했다. 즉 인간은 역사를 회피할 수 없고, 역사가 우리 모두에게 이런 일을 시키는 것이다. 역사는 남녀가 이런 포옹을 통해 서로를 알게 되어야 한다고 선언했다. 나는 레나타가 정말 나의 운명인지, 융이 말한 진정한 아니마[**]가 그녀 안에 있는지 알아보려 했다. 그녀는 전혀 다른 걸로 판명될 수도 있었다. 여자들은 나에게 특별한 영향력을 미쳐서 나를 황홀하게 하거나 언짢게 했고, 나는 단 한 번의 성적 접촉으로도 이를 알아낼 수 있었다. 그 방법이 두 가지일 수는 없었다.

날은 습하고 음울했고 워배시 애비뉴를 지나는 엘 철도에서 물이 뚝뚝 떨어졌지만, 레나타 덕분에 날씨는 상관없어졌다. 그녀는 빨간색, 흰색, 검은색으로 나뉜 로스코[***] 그림 같은 레인코트를 입고 있었다. 반짝이는 딱딱한 코트를 입은 그녀는 단추를 끝까지 채우고 칸막이가

---

* '오른손에 쥔 새 한 마리가 바깥의 네 마리보다 낫다'는 뜻의 라틴어 경구.

** 남성의 무의식 속에 있는 여성적 요소.

*** 러시아 태생 미국 추상표현주의 화가.

있는 어두운 자리에 앉아 있었다. 넓은 챙을 구부린 모자가 코트에 달려 있었다. 아름다운 입술에 바른 바나나향 립스틱은 로스코의 빨간색과 잘 어울렸다. 그녀는 별 의미 없는 말을 했고, 그마저도 거의 하지 않았다. 그녀는 많이 웃었고 그러다가도 금세 얼굴이 극도로 창백해졌다. 둥근 유리 받침에 그물망 같은 것으로 감싼 촛불이 희미한 빛을 발했다. 이내 그녀의 얼굴이 딱딱하고 화사한 불거진 비닐 레인코트 위로 내려왔고 아주 둥글어졌다. 나는 서트머르가 얘기하던 부류의 여자가, 늘 행동할 준비가 되어 있다는 경험 많은 여자가 마티니 넉 잔에 새벽 세시의 달보다 더 얼굴이 창백해졌다는 게 믿기지 않았다. 처음에는 나이 많은 남자 앞에서 예의를 차리느라 소심한 척하나 싶었지만, 그녀의 아름다운 얼굴에 차가운 진의 수분이 어리면서 나에게 무언가 해달라고 호소하는 것처럼 보였다. 지금까지의 모든 것에는 데자뷔의 요소가 있었다. 이런 일은 여러 번 겪었다. 차이가 있다면 이 젊은 여자의 예상치 못한 취약함에 동정심을 느끼다못해 지켜주고 싶은 마음까지 들었다는 것이다. 나는 내가 왜 이 어두운 지하 2층 바에 있는지 충분히 안다고 생각했다. 상황이 아주 고약했다. 사랑 없이는 헤쳐나갈 수가 없었다. 왜 안 될까? 나는 이 믿음을 버릴 수 없었다. 아마도 그 안에 어리석음이라는 대단한 무게가 실려서인지도 모른다. 사랑의 욕망은(이렇게 막연한 상태에서는) 끔찍한 짐이었다. 엘리베이터 문이 열릴 때마다 "내 운명!" 하고 중얼거렸다는 사실이 알려진다면 레지옹 도뇌르 훈장을 반납하라고 당당하게 요구해올지도 모른다. 그리고 그때 내가 찾을 수 있었던 가장 건설적인 해석은, 에로스가 난처한 입장에 있던 나를 지혜로 인도하기 위해 내 욕망을 사용했다는 플라톤적

해석이었다. 그럴듯하고 고상한 해석이었지만 조금도 사실이 아니란 생각이 들었다(일단 에로스가 그리 많이 남아 있지도 않았을 것이다). 뭔가 거창한 이름이 있어야 한다면, 어떤 초자연적인 힘이 나에 대해 걱정했다면, 그것은 에로스가 아니라 어둠의 주요 세력인 아리만*이었을 것이다. 어쨌든 이제 레나타를 이곳에서 데리고 나갈 시간이었다.

나는 바로 가서 슬그머니 몸을 기댔다. 술 마시는 사람들 틈에 끼어들었다. 다른 날 같았으면 그들을 술귀신이니 술고래이니 하며 넘겨버렸겠지만, 지금 그들의 눈은 모두 현창만큼 크고 도덕의 빛을 발하는 것처럼 보였다. 바텐더가 왔다. 내 왼손가락 사이에 접힌 5달러짜리 지폐가 있었다. 서트머르가 이 작업을 어떻게 하면 되는지 정확히 일러주었었다. 나는 바텐더에게 크롤리 앞으로 맡겨진 봉투가 있는지 물어보았다. 그는 재빠르게 5달러를 가져갔다. 대도시에서만 볼 수 있는 기민함이었다. "지금, 무슨 봉투라고 하셨죠?" 그가 말했다.

"크롤리 앞으로 맡겨진 봉투요."

"크롤리는 없는데요."

"틀림없이 있을 겁니다. 미안하지만, 다시 한번 찾아봐줘요."

그가 다시 봉투들을 뒤적거렸다. 봉투마다 방 열쇠가 들어 있었다.

"손님, 성 말고 이름은요? 하나 더 알려주세요."

나는 괴로워하며 낮은 목소리로 말했다. "찰스."

"좋아요. 이게 손님 건가요—C-I-T-R-I-N-E?"

"철자까지 안 알려줘도 안다고요, 젠장." 나는 약하게, 그러나 분노

* 조로아스터교의 악신(惡神)으로, 암흑과 악의 근원이다.

에 차서 말했다. 그러고는 중얼거렸다. "멍청한 놈, 망할 개코원숭이 서트머르. 평생 뭐 하나 제대로 하는 일이 없지. 나도 그렇지!—아직도 내 일을 해결하는 데 그놈에게 의지하고 있으니." 그때 등뒤에서 누군가 내 주의를 끌려고 하는 것을 느끼고 돌아섰다. 중년 여자가 미소짓고 있었다. 분명 나를 알아보고 한껏 기뻐하는 것 같았다. 여자는 통통하고 가슴이 우뚝 솟고 들창코에 온화해 보였다. 그녀는 내가 알아보기를 간절히 바라면서도 세월이 흘러 제 모습이 변했음을 암묵적으로 고백하는 듯했다. 하지만 그녀가 이 정도로 변했다고? "네?" 내가 말했다.

"그래, 날 못 알아보는구나. 넌 옛날과 똑같은 찰리인데."

"술집은 왜 이렇게까지 어두워야 하는지 모르겠어요."

"근데 찰리, 나, 나오미야—학창 시절 네 여자친구."

"나오미 루츠!"

"이렇게 만나다니 정말 반가워, 찰리."

"이 호텔 바엔 어떻게 왔어?"

술집에 혼자 나타나는 여자는 보통 매춘부다. 나오미는 그 일을 하기에 너무 나이가 많았다. 게다가 열다섯 살에 내 애인이었던 나오미가 술집 매춘부가 되었다는 건 상상도 할 수 없는 일이었다.

"아, 아니야," 그녀가 말했다. "아빠하고 왔어. 금방 돌아오실 거야. 일주일에 적어도 한 번은 요양소에 있는 아빠를 시내로 모시고 나와서 술을 사드리거든. 우리 아빠가 루프에 가는 걸 얼마나 좋아했는지 기억하지?"

"그 옛날의 루츠 선생님이라니—놀랍다!"

"응, 살아 계셔. 무척 늙으셨지만. 우린 너랑 예쁜 여자가 저기 칸막이 자리에 있는 거 지켜보고 있었어. 미안한데, 찰리, 너희 남자들이 아직 그렇게 재미 보며 사는 거 여자들한테는 불공평한 일이야. 네게는 참 좋은 일이지만. 아빠는 그때 당신이 우리 풋사랑에 끼어들지 말았어야 했다고 말씀하셔."

"나한테는 풋사랑 이상이었어." 내가 말했다. "난 내 영혼을 다 바쳐서 사랑했어, 나오미." 이렇게 말하면서 나는 여자를 술집에 데리고 온 내가 다른 여자에게 열정적인 고백을 하고 있다는 걸 깨달았다. 그러나 그것은 진실, 나도 모르게 즉흥적으로 나온 진실이었다. "난 너와 일생을 함께할 수 없게 되어서 내 개성을 완전히 잃어버렸다고 종종 생각했어. 그 일이 나를 온통 비뚤어지게 했고, 욕심 많고 교활하고 까다롭고 어리석고 복수심에 찬 사람으로 만들었지. 열다섯 살 때부터 매일 밤 널 품에 안을 수 있었다면 난 결코 무덤을 두려워하지 않았을 거야."

"오, 찰리, 해병대에게나 말해*. 넌 언제나 말을 잘했지. 늘 어리둥절하게 만들었고. 아마 여자 경험이 많겠지. 저 자리에서 하는 행동을 보니까 알겠더라고."

"아, 그래—해병대에게나 해!" 나는 이 낡은 은어가 고마웠다. 첫째, 그 표현은 아무런 결과도 얻지 못할 내 감정의 토로를 억눌러주었다. 둘째, 어두운 바에서 형성되어가던 또다른 인상의 무게를 덜어주었다. 죽음 직후 생명 없는 육체가 썩어서 다시 광물로 변하면 영혼은 새로운 존재로 깨어날 거라는 생각이, 그리고 내가 죽은 직후 이 바처

* 믿기지 않거나 과장된 이야기에 '그런 말을 누가 믿느냐'는 뜻으로 하는 관용적 표현.

럼 어두운 장소에 있으리라는 생각이 그런 인상을 주었던 것 같다. 한때 사랑했던 모든 사람이 이런 곳에서 다시 만나지 않을까 하는 생각도 했다. 이것이 바로 이 바에서 내가 받은 인상이었다. 고리가 딸랑거리는 '회의실' 열쇠를 손에 쥐고 있던 나는 레나타에게 돌아가야 한다는 것을 알았다. 그러나 그녀가 아직도 마티니를 마시고 있다면, 많이 취해 칸막이 밖으로 나올 수 없을지도 모른다. 지금 나는 닥터 루츠를 기다려야 했다. 아주 허약하고 대머리에 딸처럼 들창코인 남자가 화장실에서 나왔다. 1920년대 중산층의 전형 같던 모습은 구식의 정중함으로 변해 있었다. 그는 우리에게 이상한 대우를 요구했었는데, 사실은 진짜 의사가 아니라 족부 치료사에 불과했지만(시내와 집에 사무실이 있었다) 닥터라고 부르라는 것이었고 루츠 씨라고 부르면 화를 냈다. 의사 노릇에 매료된 그는 무릎까지 치료했다. 발이 되는데 다리는 왜 안 되겠는가? 내셔널비스킷 공장에서 일하던 한 여자가 다리가 뚫리는 끔찍한 사고로 왔을 때, 그가 그 구멍에 자신이 만든 자주색 젤을 바르는 걸 도와달라고 했었다. 나는 그를 위해 약병과 도포 도구를 들고 있었고, 그는 상처 구멍을 메우면서 자신만만하게 돌팔이 대화를 했다. 올 때마다 신발 상자 한가득 초콜릿 마시멜로 슈크림과 초콜릿 케이크바를 가져왔던 그 환자를 나는 소중하게 생각했었다. 그 기억을 떠올릴 때마다 입천장에 초콜릿의 단맛이 맴돌았다. 그리고 병원처럼 새하얗게 칠한 작은 사무실이 눈보라 속에서 어둠에 잠겨가는 동안 닥터 루츠의 진료의자에 앉아 『헤로디아』*를 읽으며 몰아의 경지에 빠졌

* 플로베르의 소설. 군주 헤롯의 아내 헤로디아는 세례 요한의 목을 베기 위한 음모를 꾸민다.

던 내 모습도 떠오른다. 세례 요한의 참수에 감동한 나는 나오미의 방으로 들어갔다. 우리는 눈보라가 치는 동안 단둘이 있었다. 나는 그녀가 입은 파란색 포근한 테리직 파자마를 벗겨 알몸을 보았다. 이런 기억들이 내 마음속에 있었다. 나오미는 나에게 이질적인 존재가 아니었다. 그것이 전부다. 나오미에게는 전혀 이질성이 느껴지지 않았다. 그녀에 대한 나의 감정은 그녀의 세포 속으로, 그녀의 속성을 모두 가진 바로 그 분자들 속으로 들어갔다. 나오미를 타자성 없이 마음에 품었기 때문에, 이 열정 때문에 닥터 루츠는 나와 자신의 관계를 야곱과 라반*의 관계에 매어둘 수 있었던 것이다. 나는 타이어에 하얀 테두리가 둘린 하늘색 오번을 닦는 일을 도와야 했다. 닥터가 하얀색 리넨 골프 반바지를 입고 서서 크리모 시가를 피우는 동안 나는 호스로 물을 뿌리며 섀미가죽으로 자동차를 문질렀다.

"오, 찰리 시트린, 자네 정말 여러 곳을 다녔더구먼." 노신사가 말했다. 그의 목소리는 여전히 서정적이고, 높고, 아주 공허했다. 나는 그가 말할 때 뭔가 중요한 말을 하고 있다는 느낌을 받은 적이 한 번도 없었다. "나도 쿨리지와 후버** 때부터 공화당 지지자네만, 케네디 부부가 자네를 백악관에 초대했을 땐 너무나 자랑스러웠네."

"저 젊은 여자가 네가 좋아하는 사람?" 나오미가 물었다.

"솔직히 아직은 잘 모르겠어. 근데 나오미 너는 어떻게 지냈어?"

---

* 야곱은 구약에 등장하는 이삭의 아들로, 야곱의 외삼촌 라반은 칠 년 동안 일하면 딸 라헬을 주기로 야곱에게 약속해놓고는 라헬의 언니 레아를 준다. 이후 야곱은 칠 년을 더 봉사한 후에야 라헬을 아내로 맞는다.

** 미국의 30대, 31대 대통령.

"결혼생활은 정말 형편없었고 남편은 떠났어. 너도 아는 줄 알았는데. 어쨌든 아이 둘을 키웠어. 〈사우스웨스트 타운십 헤럴드〉에 내 아들이 쓴 기사가 실렸는데, 혹시 읽어봤어?"

"아니. 읽었더라도 네 아들인지는 몰랐을 거야."

"개인적인 경험을 바탕으로 마약을 끊는 일에 대해 썼어. 네가 그애 글에 대해 의견을 주면 좋겠다. 딸은 귀여운데, 아들은 골치야."

"그리고 나오미, 너는?"

"이젠 별로 하는 것도 없어. 남자친구는 있지. 낮에는 잠시 초등학교 앞 건널목 지킴이로 일해."

닥터 루츠 노인은 우리의 대화를 전혀 듣지 못하는 것 같았다.

"아쉬워." 내가 말했다.

"너와 나? 아니, 그렇지 않아. 너나 네 정신적 삶은 나한테 부담스러웠을 거야. 난 스포츠를 좋아해. 정말 좋아하는 건 풋볼 관람이지. 솔저스필드 경기장이나 하키 경기 입장권이라도 생기면 신바람이 나서 외출하고. 코모호텔에서 이른 저녁식사를 한 다음 버스 타고 경기장으로 가지. 빙판 위에서 싸움이 일어나길 고대하다가 어느 선수가 이라도 부러뜨리면 소리소리 치는 거야. 난 정말 평범한 여자 같아."

나오미가 말한 '평범'과 닥터 루츠가 말한 '공화당 지지자'는 그들이 위대한 미국 대중에 어울리며 만족과 성취를 찾았다는 뜻이었다. 1930년대 루프에서 족부 치료사로 일한 것은 이 노인에게 기쁨이었다. 그의 딸도 자신에 대해 비슷한 말을 했다. 그들은 자족했고, 서로에게 만족했고, 서로가 닮았다는 데서도 행복을 느꼈다. 나만이 묘하게도 소외되어 그들 사이에서 열쇠를 들고 서 있었다. 나를 고민에 빠뜨린 건 분명 그들과 나의 닮지 않음이었다. 나는 그들의 오래된 친구지만, 완전히 미국인은 아니었다.

"가야겠어." 내가 말했다.

"언제 맥주 한잔 할까? 또 만나고 싶어." 나오미가 말했다. "너는 우리 루이에게 누구보다도 좋은 충고를 해줄 수 있을 것 같아. 너는 히피 자식은 없지?" 그녀가 전화번호를 불러주며 말을 이었다. "아, 보세요, 아빠, 이 사람이 쓰는 노트, 정말 작고 깔끔하네요. 찰리는 모든 게 고상해요. 넌 정말 멋진 노신사가 되어가는구나. 하지만 너는 어떤 여자든 붙잡는 타입이 아니잖아." 두 사람이 지켜보는 가운데 자리로 돌아가 레나타를 일으켜세웠다. 나는 모자를 쓰고 코트를 걸치고 밖으로 나가는 척했다. 모두에게 부끄러웠다.

회의실 명목으로 빌려주는 방은 호색가나 간통하는 사람에게 적당한 곳이었다. 청소 도구를 넣어두는 창고만한 방에 환기구 쪽으로 창이 나 있었다. 레나타는 의자에 걸터앉아 룸서비스로 마티니를 두 잔 더 주문했다. 나는 차양을 내렸다. 사생활을 위해서거나 여자를 유혹하기 위해서가 아니라—맞은편 건물 이쪽에는 창문이 없었다—그저 벽돌로 된 환기구를 들여다보고 싶지 않았기 때문이다. 초록색 셔닐 천이 덮인 소파베드가 벽에 붙어 놓여 있었다. 이걸 보자마자 나는 자신이 없어졌다. 절대 그걸 펼칠 수 없을 것 같았다. 일단 걱정이 든 뒤로는 그 생각이 머릿속에서 떠나지 않았다. 당장 해치워버려야 했다. 사다리꼴 스펀지고무로 된 덧베개는 조금도 무겁지 않았다. 나는 그것들을 밀어내고 덮개를 벗겼다. 그 아래 시트는 완벽하게 깨끗했다. 나는 접고 펼치는 레버를 찾기 위해 무릎을 꿇고 소파 밑을 더듬었다. 레나타는 내 얼굴이 굳고 벌게지는 것을 조용히 지켜보고 있었다. 나는 이런 쓰레기 같은 물건을 만드는 업자들과, 오후에 회의실을 빌린 손님들에게 돈을 받고 그들을 정신적 십자가에 못박는 호텔업자들에게 분노하면서 웅크린 채 레버를 잡아당겼다.

"이거 꼭 아이큐테스트 같군." 내가 말했다.

"그래서요?"

"난 낙제야. 못 펼치겠어."

"그래요? 그럼 놔둬요."

침대는 한 사람이 누울 공간뿐이었다. 그러나 사실 나는 눕고 싶은 마음이 전혀 들지 않았다.

레나타는 욕실로 들어갔다. 의자가 두 개 있었다. 나는 *안락의자*에 앉았다. 팔걸이가 있었다. 내 신발 사이에는 식민지 시대 미국식 훅트 러그*가 깔려 있었다. 고막 위로 피가 바스락거리며 돌았다. 퉁명스러운 룸서비스 담당자가 마티니를 가져왔다. 팁 1달러를 고맙단 말도 없이 받아 갔다. 그런 후 반짝이는 코트의 단추를 여전히 끝까지 채운 레나타가 욕실에서 나왔다. 그녀는 소파베드에 앉아 마티니를 한두 모금 홀짝이더니 그대로 정신을 잃었다. 비닐 코트 위로 심장박동을 들어보려 했다. 심장병이 있는 건 아니겠지? 심각한 상태면 어쩐다. 앰뷸런스를 부를 수 있을까? 나는 내 시계를 보며 그녀의 맥박을 재다가 바보같이 숫자를 잊어버렸다. 비교하기 위해 내 맥박도 짚어보았다. 결과를 연결 지을 수가 없었다. 그녀의 맥박이 나보다 나쁜 것 같지는 않았

---

* 삼베 따위에 털실, 천조각으로 수놓듯 꿰어 만든 깔개.

다. 의식을 잃은 그녀의 맥박이 오히려 나았다. 그녀는 땀에 젖고 차가웠다. 나는 시트 한 귀퉁이로 오한에 떠는 그녀를 닦아주고, 내 건강을 상담해주는 조지 스위벨이라면 이런 응급상황에서 어떻게 할지 생각해보려 했다. 나는 그가 정확히 어떻게 할지 알고 있었다—다리를 똑바로 펴주고 신발을 벗기고 호흡을 돕기 위해 코트 단추를 푼다. 난 바로 그렇게 했다.

코트 속 레나타는 알몸이었다. 욕실에 들어가서 옷을 벗었던 것이다. 맨 위 단추를 풀고서 멈출 수도 있었지만 나는 그러지 않았다. 물론 나는 레나타를 평가하고 어떤 사람인지 짐작해보려 했다. 나의 관대한 짐작은 사실보다 훨씬 뒤처져 있었다. 모든 것이 그렇게 크고 무결하리라곤 기대하지 않았던 것이다. 나는 배심원석에 앉아 있을 때 그녀의 손가락 첫 마디가 통통하고 약간 부푼 듯하다가 끝으로 갈수록 가늘어지는 것을 관찰했었다. 그녀의 양허벅지도 그렇게 조화롭게 서로를 향해 부풀어 있을 거라 짐작했었다. 나는 그 짐작이 완전히 맞았다는 것을 발견했고, 마치 내가 유혹자라기보다 예술 애호가처럼 느껴졌다. 그녀를 벗긴 채로 오래 두진 않았지만, 잠깐 사이 내가 받은 인상에 따르면 그녀는 모든 조직이 완벽했고, 체모에는 윤기가 흘렀다. 그녀에게서 짙은 여자 냄새가 풍겼다. 나는 그녀의 벗은 모습을 본 뒤 순수한 존중심에서 다시 단추를 채웠다. 할 수 있는 한 모든 것을 제자리로 돌려놓았다. 그러고는 창문을 열었다. 그러자 불행하게도 그녀의 멋진 체취가 날아갔지만 그녀에게는 신선한 공기가 필요했다. 나는 욕실 문 안쪽에서 그녀의 옷을 가져와 배심원 배지가 떨어지지 않았는지 확인하고는 그녀의 커다란 핸드백에 넣었다. 그리고 외투를 입고 모자와 장갑을 손에 쥐고 그녀가 정신을 차리기를 기다렸다.

끔찍한 예측을 하면서도 우리는 똑같은 일을 자꾸자꾸 반복한다. 이런 관점에서 보면, 아름다움과 가까워지고 싶은 인간의 바람은 용서받을 수 있을 것이다.

* * *

그리고 지금, 모피 코트를 입고, 부드럽고 유연하고 다양한 활용이 가능한 멋진 자수정색 모자를 쓰고, 실크 소재 외출복에 배와 허벅지가 덮인 레나타가 나를 카운티청사 앞에 내려주었다. 그녀와 그 고객인 강렬한 물방울무늬 포플린 옷을 입은 체구가 큰 부인이 "*차오*, 잘 가요"라고 말했다. 그리고 멋진 황갈색 유리의 고층건물이 보였고, 피카소가 만든, 버팀대와 철판만으로 이루어지고 날개도 없고 승리도 없는, 단지 상징이자 기념물, 예술작품이라는 명분만 있는 보잘것없는 조각상이 있었다. 내 생각에 그 조각상은 우리가 의존하며 살아가는 다른 관념이나 기념물, 즉 더이상 사과가 아니라 사과라는 관념, 한때 사과였던 것에 대한 과수 재배자의 복원물, 더이상 아이스크림이 아니라 아이스크림이라는 관념, 전분과 포도당과 이런저런 화학물질로 만들어진 맛있는 것에 대한 기억, 더이상 섹스가 아니라 섹스의 관념과 추억, 그리고 사랑, 믿음, 사유 등과 아주 유사한 것 같았다. 나는 이런 생각을 하면서 공정과 정의의 유령들이 존재하는 법정이 나에게 뭘 원하는지 보기 위해 엘리베이터를 타고 올라갔다. 엘리베이터 문이 열렸지만, "내 운명!"이라고 말하는 목소리는 들리지 않았다. 레나타가 정말로 내 소망을 충족시켰거나, 그 목소리가 너무 낙담해서 입을 열지 못했기 때문일 것이다.

나는 엘리베이터에서 내려 나의 변호사인 포러스트 톰체크와 그의 후배 동료인 빌리 스롤이 우르바노비치 판사 사무실 밖 넓고 확 트인 밝은 회색 복도 끝에서 기다리고 있는 것을 보았다. 서트머르에 따르면(그는 크롤리 같은 쉬운 이름조차 기억 못하지만), 시카고 법조계 최고의 인재가 나를 변호하고 있었다.

"그런데 왜 톰체크가 나를 제대로 변호해준다는 기분이 들지 않을까?" 내가 서트머르에게 말했다.

"네가 지나치게 비판적이고, 신경과민에 망할 바보니까." 서트머르가 말했다. "그 분야에서 톰체크보다 더 존경받고 영향력 있는 사람은 없어. 법조계에서 가장 영향력 있는 인물 중 하나라고. 이혼과 판결 후의 문제를 다루는 변호사들이 클럽을 만들었어. 그들은 함께 출퇴근하고, 골프를 치고, 아카풀코로 날아가지. 톰체크는 막후에서 다른 사람들에게 일을 어떻게 처리해야 할지 알려주는 거야. 이해돼? 비용과 세금 문제까지 포함해서. 전부."

"그 말은," 내가 말했다. "그들이 내 세금 신고 같은 걸 조사해서 나를 어떻게 난도질할지 결정한단 말인가."

"맙소사!" 서트머르가 말했다. "변호사에 대한 네 의견은 속으로만 생각해." 그는 자기 직업에 대한 내 불신에 크게 마음이 상했고 분노했다. 아, 나는 속으로만 생각하라는 그의 말에 동의했다. 나는 톰체크에게 친절하고 공손하게 대하려고 갖은 애를 썼지만, 그런 일에는 재주가 없었다. 내가 애쓸수록, 톰체크의 요구에 투덜거리면서도 부응하려고 노력할수록 그는 점점 더 나를 불신하고 싫어했다. 그는 점수를 매겼다. 나는 결국 내가 큰 비용, 엄청난 대가를 지불하게 되리란 것을 알았다. 그런 톰체크가 저기 서 있었다. 동료 빌리 스롤과 함께. 동료란 훌륭한 단어, 훌륭한 범주다. 스롤은 통통하고 얼굴이 하얗고, 태도가 무척 전문적이었다. 늘어뜨린 긴 머리를 묵직하고 하얀 손바닥으로 쓸어 귀 뒤로 넘겼다. 손가락은 끝이 뒤로 휜 형태였다. 그는 약자를 괴롭히는 자였다. 세련된 불한당이다. 나는 이런 자들을 잘 안다.

"무슨 일입니까?" 내가 물었다.

톰체크는 내 어깨에 손을 올렸고, 우리는 짧은 작전회의를 했다.

"걱정할 것 없습니다." 톰체크가 말했다. "우르바노비치 판사가 시간이 났는지 갑자기 양측을 함께 만나겠다는군요."

"그는 일을 마무리짓고 싶어합니다. 협상가로서의 경력을 자랑스러워하죠." 스롤이 나에게 말했다.

"들어봐요, 찰리." 톰체크가 말했다. "우르바노비치가 쓰는 수법이 있습니다. 당신에게 겁을 줄 겁니다. 자기가 당신에게 얼마나 피해를 줄 수 있는지 말하고 합의를 이끌어내려 할 거예요. 겁먹으면 안 됩니다. 우리가 당신을 법적으로 유리한 위치에 올려놓았으니까요."

나는 깔끔하게 면도된 건강하고 단호한 그의 주름진 얼굴을 보았다. 그의 입김은 시큼할 만큼 남성적이었다. 구식 전차 브레이크, 신진대사, 남성 호르몬을 연상시키는 냄새였다. "그렇죠, 더는 양보 못합니다." 내가 말했다. "다 소용없어요. 해달라는 대로 해줘도 데니즈는 또 새로운 요구를 내놓으니까요. 노예해방 선언 이후 이 나라에서는 다른 방법으로 노예제도를 되돌리려는 비밀스러운 투쟁이 있어왔죠." 톰체크와 스롤이 나를 믿지 못하게 된 건 내가 이런 말을 하기 때문이었다.

"좋습니다, 선을 긋고 그 선을 지키세요." 스롤이 말했다. "그리고 나머지는 우리에게 맡겨요. 데니즈는 자기 변호사를 힘들게 해요. 핀스커는 귀찮은 일을 원하지 않아요. 돈을 원할 뿐이죠. 그 사람도 이 상황이 달갑지 않을 겁니다. 데니즈는 슈비르너라는 사람에게서도 법적 조언을 받고 있어요. 그건 전적으로 윤리에 어긋나는 일입니다."

"난 슈비르너가 싫어요! 그 개자식." 톰체크가 격렬하게 말했다. "그놈이 원고를 부추겨서 내 사건을 방해하고 있다는 걸 증명할 수만 있다면 그놈 끝장날 날도 정해줄 수 있을 텐데. 그놈을 윤리위원회에 세울 겁니다."

"검볼스 슈비르너가 아직도 찰리 씨 아내와 관계를 갖습니까?" 스롤이 말했다. "그 남자 갓 결혼한 줄 알았는데요."

"결혼한 게 무슨 상관이야? 그 미친 여자하고 요즘도 계속해서 모텔에서 만나는데. 그 여자는 침대에서 그자에게 작전 아이디어를 얻고, 그걸로 핀스커를 괴롭히는 거야. 그 사람들이 핀스커를 혼란스럽게 해. 슈비르너를 정말 어떻게 해버리고 싶은데."

나는 아무 말도 보태지 않고 그들이 하는 말을 거의 듣지 않는 척했다. 톰체크는 사립탐정을 고용해 슈비르너에 관한 정보를 얻자고 내가 제안하길 바랐다. 나는 폰 험볼트 플라이셔와 사립탐정 스카차를 떠올렸다. 그런 일은 내키지 않았다. "당신들이 핀스커를 제어해줄 거라 기대합니다." 내가 말했다. "그 사람이 내 내장을 찢어발기지 못하게요."

"판사실에서요? 그자는 예의 있게 행동할 겁니다. 증인석에 있을 땐 당신을 누더기로 만들겠지만 협의를 할 때는 다르죠."

"그자는 짐승이에요." 내가 말했다.

그들은 아무 대답도 하지 않았다.

"짐승, 식인종이죠."

이 말이 불쾌한 인상을 남긴 듯했다. 톰체크와 스롤은 서트머르처럼 자신들의 직업에 대해 민감했다. 톰체크는 침묵했다. 까다로운 시트린을 처리하는 건 동료이자 앞잡이인 스롤 몫이었다. 스롤은 부드럽게, 거리를 두고 말했다. "핀스커는 아주 거친 사람입니다. 힘든 상대죠. 만만치 않은 투사입니다."

그래 좋다, 그들은 내가 변호사를 공격하도록 내버려두지 않을 것이다. 핀스커는 클럽에 속해 있다. 그런데 나는 누구인가? 엷은 안개처럼 일시적으로 스쳐지나갈 괴팍하고 오만한 인물. 그들은 내 방식을 전적으로 싫어했다. 증오했다. 하지만 그들이 좋아해야 할 이유도 없지 않나? 문득 나는 이 사태를 그들의 관점에서 보았다. 그러자 무척 즐거워졌다. 사실 깨달음을 얻었다. 이 갑작스러운 깨달음은 어쩌면 내가 겪고 있던 형이상학적 변화의 결과였을 수도 있다. 최근 나는 슈타이너의 영향으로 죽음을 예전처럼 끔찍하게 생각하지 않았다. 숨막히는 무덤이나 영원한 권태에 대한 두려움을 느끼지도 않았다. 마치 무중력 자전거를 타고 별나라를 질주하는 듯 유난히 가볍고 빠르게 느껴질 때가 많았다. 때로는 나 자신을 문자 그대로 물질적 우주의 물체들 중 하나의 물체로서 상쾌한 객관성을 가지고 바라보았다. 어느 날 그 물체는 더이상 움직이지 않게 될 것이고, 육체가 쓰러지면 영혼은 저절로 사라질 것이다. 그래서 다시 변호사들에 대해서 이야기하자면, 나는 그 둘 사이에 서 있었고, 거기에는 우리 세 사람의 벌거벗은 자아, 즉 현대의 합리성과 타산이라는 하위 영역에 속하는 세 피조물이 있었다. 과거에는 자아가 신분의 의복, 고귀함이나 열등함의 의복을 입고 있었고, 자아마다 자신만의 몸가짐이 있고, 어울리는 외피가 있었다. 이제 그 외피는 없어지고, 벌거벗은 자아는 견딜 수 없을 정도로 불타오르며 공포를 야기했다. 나는 객관성의 발작 속에서 지금 그것을 보았다. 황홀했다.

어쨌든 나는 이 사람들에게 어떤 존재일까? 괴짜에 흥밋거리였다. 서트머르는 자신을 돋보이려고 나를 자랑했고, 마구 팔았고, 그가 책에서 내 이름을 찾아보고 내가 받은 상들과 훈장들과 지그재그클럽 상에 대해 읽어보라고 하자 사람들은 몹시 짜증스러워했다. 그가 이런 이야기를 계속 퍼부어대며 나 같은 사람을 고객으로 맞는 것을 자랑스러워해야 한다고 말했으니, 사람들이 나를 보기도 전에 싫어한 것도 당연했다. 그들이 갖게 된 편견의 핵심은, 언젠가 서트머르가 화를 내며 고함칠 때 본인의 입을 통해 나왔다. "넌 펜을 든 얼간이일 뿐이야!" 그는 너무 화가 나 자신을 주체하지 못하고 더 크게 소리쳤다. "펜을 들었든 안 들었든 넌 얼간이야!" 그러나 나는 기분이 상하지 않았다. 엄청난 수식이라는 생각에 웃음이 나왔다. 나를 올바르게 표현하기만 한다면 누구든 나에게 마음대로 말할 수 있다. 그러나 나는 톰체크와 스톨이 나 때문에 어떤 기분이 되었는지 정확히 알고 있었다. 그들의 입장이 나에게 특별한 영감을 주었다. 역사가 미합중국에서 자존심을 지닌 부정직성 혹은 명예로운 이중성이라는 새로운 것을 만들어냈다는 생각이었다. 미국은 언제나 정직하고 도덕적이어서 전 세계의 모범이었고, 그래서 위선이라는 개념 자체를 소멸시키고 성실이라는 새로운 명령에 따라 살도록 스스로를 강요했고, 이 점에서 인상적인 성과를 올렸다. 톰체크와 스롤만 보아도 그렇다. 그들은 권위 있고 명예로운 직업에 종사한다. 그 직업에는 나름대로 높은 기준이 있고, 나처럼 아내조차 제대로 다루지 못하는 대책 없는 이국적인 인물, 문장들을 잘 꿰는 재주밖에 없는 백치가 나타나서 잘못된 일의 느낌을 퍼뜨리기 전까지는 모든 것이 완벽했다. 나는 비난이라는 묵은 냄새를 풍겼다. 내 말이 무슨 뜻인지 안다면, 그것은 아주 비역사적인 일이었다. 그렇기 때문에 빌리 스롤은 내가 선을 벗어날 경우 그가 나에게 합법적으로든 거의 합법적으로든 할 수 있는 모든 일에 흥미를 느낀 듯, 나를 흐릿하게 곁눈질했다. 조심해! 그는 법이라는 큰 식칼로 나를 난도질하고 다질지도 모른다. 스롤과 달리 톰체크의 눈은 흐릿함을 필요로 하지 않았는데, 깊은 곳에 숨은 그것이 시선까지 떠오르지 않았기 때문이다. 나는 이 무서운 한 쌍에게 전적으로 의지하고 있었다. 사실 이것은 나에게 황홀한 일이었다. 대단했다. 톰체크와 스롤은 나에게 적격인 사람들이었다. 이 덜 순수한 사람들에게, 타락한 세상에 완전히 안주한 이들에게 보호를 기대하며 그토록 순진하게 찾아간 나는 대가를 치러야 마땅했다. 타락한 세상을 다른 모든 사람에게 덮어씌운 나는 어떻게 면죄되었는가! 험볼트는 더이상 시인이 아니었을 때, 오로지 책략에 미쳤을 때 시인이라는 명성을 이용했다. 나도 똑같은 일을 하고 있었다. 비세속적이라고 주장하기엔 내가 너무 영리하기 때문이었다. 나는 그 단어가 정직하지 않다고 생각한다. 그러나 톰체크와 스롤이 나를 바로잡아주고 있었다. 그들은 데니즈, 핀스커, 우르바노비치, 그리고 수천 명의 도움을 받았다.

"대체 뭐 때문에 그렇게 기분이 좋으신지 알고 싶네요." 스롤이 말했다.

"그저 어떤 생각 때문이죠."

"좋겠습니다, 훌륭한 생각들을 할 수 있어서."

"그런데 우린 언제 들어가요?" 내가 물었다.

"상대편이 나오면요."

"아, 지금 데니즈와 핀스커가 우르바노비치와 얘기중인가요? 그럼 난 발도 아프고 하니 법정에 가서 좀 쉬겠습니다." 톰체크와 스롤과는 잠깐 같이 있었을 뿐이지만 시간이 오래 지난 것 같았다. 호출을 받을 때까지 그들과 한담이나 나눌 생각은 없었다. 내 의식은 그들을 더이상 감당할 수 없었다. 그들과 있으면 금세 피곤해졌다.

나는 나무 벤치에 앉아 숨을 돌렸다. 읽을 책이 없어서 이참에 잠시 명상을 했다. 명상을 위해 선택한 대상은 장미로 뒤덮인 덤불이었다. 나는 종종 이 덤불을 기억 속에서 소환해야 볼 수 있었지만, 때로는 관계없이 나타나기도 했다. 덤불은 짙은 석류 빛깔의 작은 장미들과 새로 돋은 건강한 잎들로 빽빽했다. 그래서 나는 잠시 '장미'를 생각했고—'장미' 외에는 아무것도 생각하지 않았다. 나는 가지와 뿌리, 새로 자라서 가시로 굳어가는 까슬까슬한 솜털, 그리고 기억이 나는 모든 식물학을 떠올려보았다. 체관부 목질부 형성층 엽록체 토양 태양 물 화학작용, 나 자신을 식물에 투사해 녹색 피가 어떻게 빨간 꽃을 피우는지 생각해보려 애쓰면서. 아, 하지만 장미 덤불의 새순은 초록이 되기 전에도 언제나 붉었다. 나는 장미꽃잎이 박힌 나선형의 순서와, 빨간색 위의 흰빛이 도는 가냘픈 꽃봉오리와, 발아의 중심을 드러내는 느릿느릿한 개화를 아주 세세하게 기억했다. 나는 이 환상에 내 영혼의 모든 능력을 집중하고 꽃 속에 담갔다. 그러다가 꽃들 옆에 서 있는 한 인간을 발견했다. 루돌프 슈타이너에 따르면 식물은 순수하고 열정으로 작동하지 않는 성장 법칙을 보이지만 인간은 좀더 고차원적인 완성을 목표로 하기에 본능, 욕망, 감정이라는 더 큰 부담을 짊어진다. 그러므로 덤불은 잠자는 생명이었다. 그러나 인류는 열정에 운을 건다. 내기의 대상은 영혼의 고차원적인 능력이 이 열정들을 정화할 수 있다는 것이었다. 정화되면 열정은 더욱 훌륭한 형태로 다시 태어날 수 있다. 피의 빨간색은 이 정화 과정의 상징이었다. 하지만 이것이 전부 옳지 않다고 해도, 장미를 생각하는 일은 내게 언제나 일종의 환희를 안겨주었다.

잠시 후에는 다른 것을 생각했다. 사십 년 전, 투우사의 모자나 심벌즈처럼 뚜껑이 달린 시카고의 검은 가로등 기둥을 떠올렸다. 밤이었고, 눈보라가 쳤다. 어린 나는 내 침실 창문에서 내다보고 있었다. 겨울의 강풍이었고, 바람과 눈이 쇠기둥을 두들겼고, 장미들은 불빛 아래서 빙빙 돌았다. 슈타이너는 장미로 장식된 십자가로 명상하라고 권했지만, 나는 가로등 기둥이 더 좋았다. 아마도 내가 유대인이기 때문일 것이다. 감각의 세계를 벗어나기만 한다면 대상은 중요하지 않았다. 감각의 세계를 벗어나면 이전에는 결코 깨어난 적 없었던 영혼의 일부가 깨어나는 것을 느낄 수도 있다.

내가 그 훈련 명상에 상당히 빠져들었을 때, 판사실을 나온 데니즈가 회전문을 통과해 나에게 다가왔다.

내 아이들의 어머니인 이 여자는 나에게 많은 골칫거리를 안겼지만,

새뮤얼 존슨이 아름다운 여자들에 대해 했던 말을 종종 떠올리게 했다. 그녀들은 어리석을 수도 있고 사악할 수도 있지만 아름다움은 그 자체로 아주 고귀하다. 데니즈도 그런 면으로 평가할 수 있는 여자였다. 그녀는 보랏빛 눈을 가졌고, 코는 가느다랬다. 피부에 솜털이 약간 있었는데, 빛이 적절할 때는 솜털을 볼 수 있었다. 정수리에 틀어올린 머리는 너무 무거워 보였다. 그녀가 아름답지 않았다면 그런 불균형은 눈에 띄지도 않았을 것이다. 자신의 *머리 모양*이 얼마나 가분수로 보이는지 깨닫지 못한다는 사실 자체가 때로 그녀가 좀 모자라다는 증거처럼 보였다. 소송으로 나를 여기까지 끌고 온 그녀는 법정에 서면 언제나 사이가 좋은 척했다. 그리고 오늘 유난히 유쾌한 것으로 보아 우르바노비치와 협의가 잘된 모양이었다. 나를 개처럼 두들겨팰 수 있다고 생각하는 그녀가 나에게 애정을 베풀었다. 나를 좋아했기 때문이다. 그녀가 말했다. "아, 기다리고 있었어?" 그녀의 목소리는 높고 떨리고 약간 갈라졌지만 호전적이었다. 약한 자들은 전쟁을 할 때 자신이 상대를 얼마나 세게 때릴 수 있는지 모른다. 물론 그녀는 그렇게 약한 사람은 아니었다. 사회질서의 힘은 그녀 편이었다. 하지만 그녀는 항상 자신이 약하다고 느꼈다. 짐을 진 여자였으니까. 아침을 준비하기 위해 침대에서 나오는 것도 자신이 감당하기에는 힘에 부친다고 생각했다. 택시를 타고 미용실에 가는 것도 힘든 일이었다. 아름다운 머리는 아름다운 목에 짐이 되었다. 그래선지 그녀가 한숨을 쉬며 내 옆에 앉았다. 최근에는 미용실에 가지 않은 듯했다. 미용사가 머리를 다듬어주면 눈이 그 정도로 크고 얼빠지게 보이지는 않았다. 그녀는 법원에 올 때마다 누더기 같은 옷차림이었고, 오늘은 스타킹에 구멍이

나 있었다. "완전히 지쳤어." 그녀가 말했다. "재판을 앞둔 전날 밤은 한숨도 못 자."

"정말 미안하게 됐군." 내가 중얼거렸다.

"당신도 별로 좋아 보이지 않는데."

"딸애들이 가끔 나한테 '아빠, 100만 달러짜리 지폐처럼 보여요—시퍼렇고 구겨졌어요' 그러잖아. 애들은 어떻게 지내, 데니즈?"

"아주 잘 지내. 당신을 그리워하고."

"그게 정상인 것 같은데."

"애들에게 정상인 건 하나도 없어. 고통스러울 정도로 당신을 그리워해."

"당신과 슬픔의 관계는 버몬트*와 시럽의 관계와 같지."

"내가 무슨 말을 하길 바라?"

"그냥 '괜찮아' 혹은 '괜찮지 않아'지." 내가 말했다.

"시럽이라니! 당신은 머릿속에 떠오르는 대로 불쑥 내뱉지. 그게 당신의 가장 큰 약점이자, 최악의 유혹이야."

오늘은 상대방의 관점에서 바라보는 날이었다. 사람들은 어떻게 힘을 단련할까? 알다시피, 데니즈는 끈질긴 유혹을 극복함으로써 그렇게 했다. 입을 꾹 다물고 생각을 말하지 않는 것만으로도 힘이 솟는 것을 느낄 때가 있었다. 그러나 나는 말로 뱉기 전까지는 내가 무슨 생각을 하는지 모르는 것 같다.

"애들은 크리스마스 계획을 세우고 있어. 당신이 굿맨극장 가장행

* 버몬트주는 메이플시럽 산지로 가장 유명하다.

렬 하는 데 애들을 데려다줘야 할 거야."

"아니, 안 돼. 그건 당신 생각이잖아."

"다른 아버지들처럼 애들을 극장에 데려가기엔 너무 대단한 사람이라서? 그러겠다고 당신이 애들한테 말했다는데."

"내가? 절대 아니야. 당신이 그래놓고 나였다고 착각하는 거야."

"당신, 시내에 있을 거잖아?"

사실 그렇지 않다. 나는 금요일에 떠날 예정이었다. 데니즈에게는 알릴 기회가 없었고, 지금도 아무 말 하지 않았다.

"아니면 젖소가슴 레나타하고 여행이라도 가?"

이 차원에서라면 나는 데니즈의 상대가 되지 못했다. 또 레나타 얘기! 그녀는 딸아이들이 레나타의 아들 로저 코프리츠와 노는 것도 허락하지 않았다. 어느 날인가는 이렇게 말했다. "나중에는 애들에게 그 창녀의 영향에 대한 면역이 생길 거야. 그렇지만 지난번에 애들이 그 작은 엉덩이를 흔들면서 집에 들어오는 걸 보고 알았어, 당신이 애들과 레나타를 만나게 하지 않겠다는 약속을 깬 걸." 데니즈의 정보망은 보통 이상으로 훌륭했다. 그녀는 해럴드 플론제일리에 대해서도 전부 알았다. "당신 라이벌인 그 장의사는 잘 지내?" 나에게 가끔 물었었다. 레나타에게 구애하는 플론제일리가 장례식장 체인을 소유했기 때문이다. 그녀의 전남편의 사업 관련자이기도 한 플론제일리는 돈이 많았지만, 그가 주립대학에서 받은 학위가 시체 방부 보호라는 건 부인할 수 없는 사실이었다. 이것이 우리 로맨스에 우울한 그늘을 드리웠다. 레나타의 아파트가 꽃으로 가득한 것을 보고 그녀와 말다툼한 적이 있었다. 상심한 애도자들이 버리고 간 꽃들을 플론제일리가 특별 캐딜락

꽃차로 배달한 것이었기 때문이다. 나는 그 꽃들을 쓰레기 활송구에 버리도록 했다. 여전히 플론제일리는 그녀에게 구애중이었다.

"당신, 일은 하는 거야?" 데니즈가 물었다.

"많이 하진 않아."

"랑고바르디랑 패들볼이나 하고 마피아랑 어울리는 거야? 미드웨이에 사는 진지한 친구들은 전혀 안 만난다는 거 알아. 던월드가 있었다면 당신을 꾸짖었을 텐데 그 사람 스코틀랜드에 있잖아. 정말 유감이야. 그 사람은 나만큼이나 그 젖소가슴을 좋아하지 않는데. 나한테 당신 친구 댁스터가 마음에 들지 않고, 당신이 〈아크〉에 관여하는 것도 꺼림칙하다고 말했었어. 당신, 그 잡지에 돈을 한 보따리 썼을 텐데, 창간호는 언제 나와? *아무도 모르지*." 데니즈는 오페라를 좋아해서 시카고 리릭오페라극장 시즌 티켓을 샀고 모차르트나 베르디를 종종 인용했다. "*아무도 모르지*"는 〈코시 판 투테*〉에서 인용한 것이다. 모차르트의 이 오페라에서 세속적인 현자가 여성의 정절을 어디서 찾을 수 있느냐고 노래한다—*어디서? 어디서? 아무도 모르지!* 데니즈는 또다시 레나타의 기이한 행실들을 끄집어냈고, 그건 내가 너무도 잘 아는 이야기였다.

"사실은 댁스터가 오기로 했어. 아마도 오늘."

"그렇겠지, 〈한여름 밤의 꿈〉에 나오는 배우들이 한꺼번에 몰려오는 것처럼 도시를 휩쓸며 오겠지. 당신은 당신 아이들에게 돈을 주기보다 그 사람이 내미는 청구서를 받아들 거고."

* '여자는 다 그래'라는 뜻.

“우리 애들한테 돈은 충분해. 그리고 당신은 집과 수십만 달러가 있잖아. 〈트렌크〉로 번 돈은 당신과 당신 변호사들이 다 가져갔어.”

“난 덩치만 큰 그 집을 유지할 수가 없어. 천장이 14피트도 넘는다고. 당신, 연료비 청구서 못 봤지? 그런데도 당신은 댁스터만도 못한 자들에게 돈을 뿌려댈 사람이고, 실제로도 그러고 있지. 댁스터는 품위라도 있지. 우리를 윔블던에 데려갔을 때는 정말 품위 있었어. 기억나? 바구니가 있었잖아. 샴페인에 해로즈백화점 훈제연어에. 그때 난 그 사람이 쓰는 돈을 CIA에서 대준다고 생각했는데. CIA에게 〈아크〉 비용도 대달라면 어때?”

“왜 CIA야?”

“당신 제안서를 읽었거든. CIA가 해외 선전용으로 쓸 만한 진지하고 지적인 잡지 같아서. 당신은 자신이 문화정치인이라도 된다고 생각하잖아.”

“내가 제안서에서 말하고 싶었던 건, 미국은 궁핍과 싸울 필요가 없으며, 아직도 옛날 방식으로 빵과 자유를 얻기 위해, 오래된 기본 문제를 해결하기 위해 투쟁해야 하는 사람들 앞에서 우리 모두 죄의식을 느낀다는 것이었어. 우리는 굶주리지도 않았고, 사상적 이유로 경찰 감시를 당하거나 정신병원에 갇히지도 않았고, 체포되거나 추방되지도 않았고, 노예처럼 일하다 죽으러 집단수용소로 끌려가지도 않았어. 우리는 홀로코스트와 공포의 밤을 겪지 않았다고. 이런 혜택을 입은 우리가 인류를 위한 새로운 기본적 문제들을 정리해야 해. 그런데도 우리는 잠만 자지. 그저 자고 또 자고, 먹고 놀고 소란을 피우고 다시 잠을 자지.”

"당신도 엄숙할 때는 대단한 사람 같아, 찰리. 하지만 지금은 신비주의에 빠지고, 뚱뚱한 계집과 놀아나고, 선수라도 될 것처럼 운동하고, 애들처럼 옷이나 차려입잖아—그게 모두 당신이 정신적으로도 육체적으로도 쇠퇴한다는 조짐이지. 정말 유감이야. 내가 당신 애들의 엄마라서가 아니라, 한때 당신한테 머리와 재능이 있었기 때문에 하는 말이야. 케네디 형제가 살아 있었다면, 당신이 좀더 생산적으로 지냈을지도 몰라. 그 사람들의 활동이 당신에게 책임감과 건전한 이성을 유지하게 해줬을 텐데."

"죽은 험볼트처럼 말하는군. 험볼트는 스티븐슨 아래서 문화계의 차르가 되려고 했지."

"험볼트에 집착하는 것도 그래. 아직도 못 벗어났어. 그 사람이 당신이 마지막으로 사귄 진지한 친구였으니까." 그녀가 말했다.

조금은 몽상 같은 이런 대화를 할 때면 데니즈는 자신이 나를 걱정하고, 배려하고, 심지어 사랑한다고까지 믿었다. 그녀가 판사실에서 나를 상대로 또다른 법적 함정을 팠다는 것은 별개의 문제였다. 그녀의 관점에서 보면 우리는 영국과 프랑스처럼 친애하는 적수였다. 그녀에게 우리는 지적인 교류가 허용되는 특별한 관계였다.

"당신이 존경하는 인지학자 셸트 박사 이야기를 들었어. 아주 친절하고 상냥한 사람이라지. 그 사람 딸은 젊고 아주 깜찍하다던데. 어린 기회주의자라고. 그 여자가 당신과 결혼하길 원한대. 당신을 두고 영광스러운 꿈을 꾸는 여자들에게 당신은 두려운 도전이지. 하지만 당신은 언제라도 그 가엾은 데미 퐁헬을 방패막이로 쓸 수 있겠지."

데니즈는 매일 머릿속과 가슴속에 쌓아두었던 탄약으로 나를 공격하기 시작했다. 그러나 어쨌든 이번에도 그녀의 정보는 정확했다. 레나타와 늙은 *세뇨라*처럼 셸트 양도 젊은 여자와 늙은 남자의 결혼에 대해, 피카소와 카살스, 찰리 채플린, 그리고 더글러스 판사가 노년에 누렸던 행복과 창조적 활동에 대해 이야기했었다.

"레나타도 당신이 신비주의자가 되는 건 바라지 않지?"

"레나타는 그런 간섭 안 해. 나는 신비주의자도 아니고. 어쨌든 신비주의를 왜 그렇게 부정적인 말로 생각하는지 모르겠어. 일부 사람들이 지금도 여전히 존경심을 품고 말하는 '종교'보다 훨씬 많은 의미가 있지 않나? 종교에선 뭐라고 그러지? 인간의 육체와 두뇌를 초월하는 뭔가가 있고, 유기체와 감각을 넘어서는 어떤 것을 알 수 있는 방법이 있다고 말하지. 나는 그 말을 언제나 믿었어. 내 불행은 나의 형이상학적 직관을 무시하는 데서 오는 것 같아. 대학을 다녔으니 학문적인 해답은 알고 있어. 과학적 세계관에 대해 시험을 친다면 난 아마 높은 점수를 받겠지. 하지만 그건 그저 머리가 하는 일이야."

"당신은 타고난 괴짜야, 찰리. 권태에 대한 글을 쓰겠다고 했을 때 난, 또 시작이네! 했어. 이젠 나도 없으니까 당신은 더 빠르게 쇠퇴하겠지. 때로는 당신이 보증할 만하고, 책임을 지울 만한 사람이라고 느껴져. 1960년대 워싱턴에 대한 책으로 다시 돌아가면 어때? 잡지에 실린 글들은 훌륭했어. 당신은 실제로 인쇄됐던 것보다 더 많은 이야기를 나에게 들려줬었어. 기록해둔 걸 잃어버렸다면 내가 알려줄 수도 있어. 나는 아직도 당신을 바로잡아줄 수 있어, 찰리."

"그럴 수 있다고 생각해?"

"나는 우리가 함께 저지른 실수가 뭔지 알아. 그리고 당신의 생활방식은 너무 기괴해—여자들, 운동에 여행, 이제는 인지학까지. 당신 친구 던월드가 당신 때문에 화가 났어. 당신 형 줄리어스도 걱정하고. 있지, 찰리, 나랑 다시 결혼하는 건 어때? 우선은 법적 다툼을 중단하는 데서 시작하는 거야. 우리는 재결합해야 해."

"진심으로 하는 말이야?"

"아이들이 무엇보다 그걸 원해. 생각해봐. 당신도 지금 사는 게 꼭 즐겁진 않잖아. 당신 상태가 좋지 않아. 내가 위험부담을 안는 거지." 그녀는 자리에서 일어나 핸드백을 열었다. "이전 주소로 온 편지가 몇 통 있어."

나는 소인을 보았다. "몇 달 된 거네. 좀 일찍 줄 수도 있었잖아, 데니즈."

"그럼 뭐가 달라져? 당신한테는 우편물이 너무 많이 와. 당신은 답장도 거의 안 하잖아. 그러니 일찍 주는 게 무슨 소용이야?"

"뜯어서 보고 다시 봉했군. 험볼트의 미망인이 보낸 편지네."

"캐슬린? 두 사람은 험볼트가 죽기 수년 전에 이혼했어. 어쨌든, 저기 당신의 법적 인재들이 오시네."

톰체크와 스롤이 법정에 들어섰고, 다른 쪽에서 식인종 핀스커가 밝고 요란한 노란색 더블 니트 정장을 입고 셔츠 위에 치즈오믈렛 같은 커다란 노란 넥타이를 매고, 두 가지 색조를 띠는 황갈색 구두를 신고 왔다. 무서울 정도로 머리숱이 많았다. 머리는 희끗희끗하게 세어가고, 몸의 움직임은 나이든 프로 권투선수 같았다. 그가 전생에 무엇이었을지 궁금했다. 나는 우리 모두의 전생이 궁금했다.

* * *

우리는 데니즈와 핀스커가 아니라 판사하고만 만나는 것이었다. 톰체크, 스톨, 그리고 내가 그의 사무실로 들어갔다. 크로아티아인, 어쩌면 세르비아인일지도 모르는 우르바노비치 판사는 통통하고 대머리에 뚱보였으며 얼굴이 약간 납작했다. 그러나 친절하고 무척 정중했다. 그는 우리에게 커피를 권했다. 나는 그의 친절함을 경계 부서에 조회시켰다. "고맙지만, 괜찮습니다." 내가 말했다.

"우리는 지금까지 법정에서 다섯 차례 만났습니다." 우르바노비치가 입을 열었다. "소송을 하다보면 변호사들은 괜찮지만, 당사자들은 피해를 입기 마련입니다. 시트린 씨처럼 예민하고 창조적인 일을 하는 분에게 증인대에 서는 것은 끔찍한 일이고……" 판사는 나에게 이 말의 아이러니한 무게를 느끼라고 하는 것 같았다. 성숙한 시카고 사람의 예민함은, 물론 진짜 시카고 사람이라면, 치료할 수 있는 병리현상이지만, 전성기에 매년 20만 달러 이상을 번 남자에게 예민함은 어딘가 어울리지 않았다. 예민한 식물은 그만한 돈을 벌지 못한다. "핀스커 씨의 심문은 당신에게 유쾌할 리 없겠죠." 우르바노비치 판사가 말을 이었다. "그는 하드에지* 스타일이에요. 당신이 쓴 책의 제목도, 당신과 관계있는 프랑스, 이탈리아, 심지어 영국 회사 이름도 발음하지 못합니다. 게다가 당신은 그 사람의 양복도 셔츠도 넥타이 취향도 마음에 들지 않을 테고……"

---

* 원래 기하학적 도형과 선명한 윤곽의 추상회화를 이르는 미술 용어로, '냉철한, 강경한, 철저히 현실적인' 등의 뜻으로 사용한다.

다시 말해 흉측하고 난폭한 멍청이 핀스커를 내 앞에 풀어놓는 건 참으로 안타까운 일이지만, 내가 계속 비협조적으로 나온다면 그를 멋대로 하게 놔두겠다는 뜻이었다.

"우리는 세 번인가 네 번인가 다섯 번에 걸쳐 시트린 부인과 협의했습니다." 톰체크가 말했다.

"당신들이 제시한 조건이 만족스럽지 않았습니다."

"판사님, 시트린 부인은 막대한 돈을 받았습니다." 내가 말했다. "우리가 제시할수록 더 많은 금액을 요구해왔단 말입니다. 제가 지금 제안을 받아들이면, 내년에는 더이상 법정에 오지 않아도 된다고 보장하실 수 있습니까?"

"아니요, 보장은 못하지만 노력할 수는 있죠. *기판력**도 가능합니다. 시트린 씨, 당신의 문제는 큰돈을 벌 수 있는 능력이 이미 증명됐다는 것입니다."

"최근엔 그렇지 않습니다."

"소송으로 심란한 상태니까요. 내가 이 소송을 마무리지어서 당신을 자유롭게 해준다면 얼마든 벌 수 있을 겁니다. 당신은 나한테 고마워할……"

"판사님, 저는 한물간 사람이고 어쩌면 이미 끝났는지도 모릅니다. 대량생산 기술 같은 건 배우지 못했습니다."

"너무 초조해하지 마세요, 시트린 씨. 우리는 당신을 믿습니다. 〈룩〉과 〈라이프〉에 실린 당신 글을 봤습니다."

---

* 확정판결을 받은 사항에 대해서는 이후 다른 법원에서 그 사건이 다시 제소되더라도 이전 재판 내용과 모순되는 판단을 할 수 없도록 구속하는 소송법상 효력.

"하지만 〈라이프〉와 〈룩〉은 폐간됐죠. 그것들 역시 이미 끝났습니다."

"우린 당신의 소득세 신고 서류도 가지고 있습니다. 그걸 보면 이야기가 다르죠."

"그렇지만," 포러스트 톰체크가 말했다. "신뢰할 수 있는 사업 전망이라는 측면에서 봐야 합니다. 제 의뢰인이 생산을 계속할 수 있을지 어떻게 알죠?"

우르바노비치가 말했다. "어떤 일이 일어나든 시트린 씨 소득에 대한 세율이 50퍼센트 이하가 되는 일은 생각할 수 없습니다. 시트린 부인에게 연간 3만 달러를 지급하더라도 실제로는 1만 5천 달러인 셈이지요. 작은딸이 성인이 될 때까지요."

"그러니까 저는 앞으로 십사 년 동안, 일흔 살이 될 때까지 연간 10만 달러를 벌어야 하는군요. 판사님, 그 생각을 하니 웃지 않을 수가 없군요. 하 하! 제 유일한 자산인 제 두뇌는 그만큼 튼튼하지 못합니다. 다른 사람들에겐 땅이 있거나 임대수입, 재고자산, 자본소득, 금융소득, 각종 지원금에 수당, 연방 보조금이라도 있죠. 저는 그런 것도 없습니다."

"아, 하지만 영리한 분이잖습니까, 시트린 씨. 시카고에서만 봐도 명백하죠. 그러니 특수 상황으로 간주할 필요가 없습니다. 이혼 당시 재산 분할에서 시트린 부인은 재산의 절반 미만을 받았고 서류가 위조되었다고 주장합니다. 당신은 다소 몽상적인 분이니 아마 인지하지 못했을 겁니다. 다른 사람이 서류를 위조했을 수도 있고요. 그렇다 해도 법적 책임은 당신에게 있습니다."

스롤이 말했다. "우리는 일체의 위조 행위 혐의를 부인합니다."

"글쎄요, 여기서 위조는 중요한 문제가 아닙니다." 판사는 이렇게 말하더니, 두 손바닥을 펼쳐 던져버리는 몸짓을 했다. 그는 분명 물고기자리일 것이다. 꼬리부터 머리까지 작은 물고기 모양을 갖춘 커프스 단추도 하고 있었다.

"최근 몇 년간 시트린 씨가 보인 생산성 저하는 원고를 골탕 먹이려고 의도한 것일 수도 있습니다. 아니면 실제로 정신적인 과도기일 수도 있고요." 나는 판사가 이 시간을 즐기고 있다는 것을 알 수 있었다. 그는 분명 이혼 분야 수완가인 톰체크를 싫어했고, 스롤이 그의 앞잡이에 불과하다는 데 동의했고, 그래서 나를 가지고 기분전환을 하고 있었다. "나는 지성인들이 겪는 문제에 공감하며, 당신이 돈이 되지 않는 특이한 일에 뛰어들 수도 있다는 걸 압니다. 하지만 마하리시*라는 사람이 혀를 목구멍 뒤쪽으로 말아올려 입천장을 지나 혀끝이 부비강으로 들어가게 하는 방법을 가르치는 일로 수백만장자가 됐다는 것도 알고 있습니다. 많은 아이디어에 시장성이 있고, 당신의 특별한 관심사가 당신이 생각하는 것보다 큰 수익을 가져올 수도 있습니다." 그가 말했다.

인지학이 구체적인 효과를 발휘하고 있었다. 나는 그것을 조금도 힘들이지 않고 받아들였다. 현실의 속된 것들이 모든 것을 물들였지만, 나의 정신은 매 순간 스스로를 분리하는 듯했다. 내 정신은 나를 떠나 창밖으로 나가서는 시민광장 위를 얼마간 떠다녔다. 그게 아니면 명상

* 초월명상법을 창시한 힌두교의 정신적 지도자.

속 장미들이 머릿속에서 이슬을 머금은 초록색으로 빛나기 시작할 것이었다. 그러나 판사는 내가 잊어버리지 않도록 나를 위해 20세기를 재해석해주면서, 내가 여생을 어떻게 보내야 하는지 나 대신 결정해주면서 나를 꾸짖고 있었다. 나는 예전의 수공업자가 아니라 영혼 없는 제조업자(러스킨*)가 되어야 했다. 책상 양쪽에 앉은 톰체크와 스롤은 속으로 그의 말에 동의하고 찬성했다. 그들은 거의 아무 말도 하지 않았다. 버림받았다는 느낌에 화가 나서 나는 나 자신을 변호했다.

"그러니까 50만 달러를 더 내야겠군요. 그 여자가 재혼하더라도 1만 달러는 보장하란 거고요?"

"맞습니다."

"그리고 핀스커 씨가 이 소송에 매달 1만 달러를 지출했으니까 합해서 3만 달러를 내야 한다는 거고요?"

"부당한 정도는 아닙니다." 판사가 말했다. "수수료 때문에 큰 손해를 보진 않았으니까요."

"시간당 500달러 이상은 안 됩니다. 그게 제가 생각하는 제 시간의 가치죠, 싫어하는 일을 해야 할 때는 더욱 그렇고요." 내가 말했다.

"시트린 씨," 판사가 나에게 말했다. "당신은 어느 정도 보헤미안처럼 살았습니다. 그러다 결혼, 가정, 중산층의 삶을 맛보았고, 이젠 거기서 빠져나오려 하죠. 하지만 우리는 당신이 그렇게 장난처럼 손댔다가 떼는 걸 용납할 수 없습니다."

순식간에 초연함은 사라지고 나는 감정에 휘말렸다. 그들이 험볼트

* 영국 미술평론가, 사회사상가. 기계문명과 공리주의 사상을 비판했다.

를 붙잡아 꽁꽁 묶어서 벨뷰병원으로 끌고 갔을 때 어떤 감정이 그의 가슴을 찢어놓았을지 알 수 있었다. 재능 있는 인간은 경찰과 병원 잡역부와 싸웠다. 그리고 그는 사회질서에 대항하고자 하는 셰익스피어적인 갈망—열정적인 웅변에 대한 갈망과도 싸워야 했다. 그것에 저항해야 했다. 나는 큰 소리로 외칠 수 있었다. 웅변적이고 감동적일 수 있었다. 그러나 리어왕이 딸들에게 했듯, 샤일록*이 기독교도들에게 잔소리했듯 감정을 폭발시켜서 어쩌겠다는 것인가? 불타오르는 말을 내뱉어봤자 아무 소용도 없었을 것이다. 딸들과 기독교도들은 이해했다. 톰체크와 스롤과 판사는 이해하지 못했다. 내가 도덕성에 대해, 피와 살과 공정과 악에 대해, 그리고 나, 찰스 시트린의 느낌에 대해 외친다면? 이곳은 공정한 법정, 양심의 토론장이 아니었던가? 그리고 나는 혼란스럽긴 하나 나름의 방식으로 세상에 선을 불어넣으려고 노력하지 않았던가? 그렇다, 더 높은 목표를 추구했지만 가까이 다가가지도 못한 채 이제 늙어가고, 힘이 빠지고, 낙담하고, 내 인내심과 심지어 정신 상태까지 의심하게 되자, 그들은 나에게 마지막 남은 십여 년을 더 무거운 짐을 지고 살아가게 하려고 했다. 내가 머릿속에 떠오르는 대로 불쑥 내뱉는다고 했던 데니즈의 말은 정확하지 않다. 그렇지 않다. 나는 가슴 앞에 팔짱을 끼고 입을 다물고는 가슴이 터져나갈 것 같더라도 혀를 놀리지 않기로 했다. 게다가 고통으로 따지자면 나는 중간이나 그 이하였다. 그러므로 진정한 고통에 대한 존경심을 품고 침묵을 지켰다. 나는 생각을 다른 쪽으로 돌렸다. 적어도 그렇게 하려

* 셰익스피어의 희곡 『베니스의 상인』에 나오는 욕심 많은 고리대금업자.

고 노력했다. 나는 캐슬린 플라이셔 티글러가 나에게 보낸 편지에 무슨 이야기를 썼는지 궁금해했다.

그들은 매우 거친 사람들이었다. 나는 내가 가진 세속적인 재산 때문에 그들의 주목을 받았다. 그렇지 않았다면 나는 이미 카운티 교도소 철망 안쪽에 갇혔을 것이다. 멋진 보랏빛 눈, 가느다랗고 솜털이 난 코, 도전적이고 까랑까랑한 목소리를 지닌 희한한 미치광이 데니즈에게—만일 내가 그녀에게 내 돈 전부를 줘버린다면? 그래도 달라지는 건 전혀 없을 테고, 그녀는 더 많이 달라고 요구할 것이다. 그리고 판사는? 판사는 시카고 사람이고 정치인이었으며 그의 협박은 법 아래 평등한 정의였다. 법의 통치? 그 말은 변호사들의 통치를 의미했다. 그러나 아니, 아니다, 가슴속 격노와 불타오르는 말은 사태를 악화할 뿐이다. 아니다, 게임의 이름은 침묵, 무정함과 침묵이다. 나는 말을 하지 않을 것이다. 장미가, 혹은 장미처럼 반짝이는 뭔가가 나타나 두개골 속에서 잠깐 꺼덕거렸고, 나는 내 결정이 승인되었음을 느꼈다.

판사는 이제 본격적으로 나를 공격하기 시작했다. "시트린 씨는 자주 외국에 나갔고, 앞으로도 나갈 계획이 있다고 하던데요."

"처음 듣는 얘기입니다." 톰체크가 말했다. "어디 가시는데요?"

"크리스마스 휴가를 갑니다." 내가 말했다. "가면 안 되는 이유라도 있습니까?"

"없습니다." 판사가 말했다. "관할권에서 벗어나려는 게 아니라면요. 원고와 핀스커 씨는 시트린 씨가 이 나라를 영원히 떠나려 한다고 말하더군요. 아파트 임대계약을 갱신하지 않았고, 수집했던 값비싼 동양의 카펫들을 팔고 있다고요. 스위스 은행에 무기명 예금 계좌가 있다고 생각하진 않습니다. 그런데 가장 큰 자산인 머리를 우리 미국과 상호협정을 맺지 않은 아일랜드나 스페인 같은 나라로 가져가는 것을 어떻게 막을 수 있을까요?"

"이런 이야기를 할 만한 근거가 있습니까, 판사님?" 내가 말했다.

변호사들이 그 문제에 대해 논의하기 시작했고, 나는 데니즈가 내가 떠나는 것을 어떻게 알았는지 궁금했다. 물론 레나타는 *세뇨라*에게 모든 이야기를 했을 것이고, 온 시카고를 돌아다니며 저녁을 먹고 수다를 떠는 *세뇨라*에게는 유쾌한 이야깃거리가 필요했을 것이다. 저녁식사 자리에서 할 만한 흥미로운 이야기가 없으면 그녀는 죽은 사람 같았다. 그러나 데니즈의 정보망이 폴리아코프여행사까지 닿았을 수도 있다.

"빈번한 유럽 여행에는 다른 목적이 있었다고 볼 수도 있죠." 이제 우르바노비치 판사는 밸브에 손을 얹고 열기를 더 올렸다. 그가 온화한 눈빛으로 환하게 말했다. "조심했어야죠!" 그러자 순식간에 시카고는 나의 도시가 전혀 아니었다. 조금도 알 수 없는 곳이었다. 내가 이곳에서 자랐고, 이곳을 알고 있고, 이곳 역시 나를 안다고 상상만 했을 뿐이었다. 시카고에서 나의 개인적인 목표는 허술했고, 나의 세계관은 외국의 사상이었으며, 그리고 나는 판사가 하는 말을 알아들었다. 그는 내가 모든 식인종 핀스커들을 피해 불쾌한 현실에서 나를 해방시켰다고 말하고 있었다. 우르바노비치는 나만큼 영리하고, 나만큼 감수성이 풍부하고, 대머리든 아니든 나보다 잘생겼고, 핀스커 같은 사람들과 골프를 치고 함께 식사를 하며 충실히 사회적 의무를 다했다. 그가 인간이자 시민으로서 그것을 참아내는 동안, 나는 엘리베이터나 타고 오르내리면서 다음번 문이 열리면 미소 짓는 아름다운 존재가, "내 운명!"이 나타나기만을 기다렸다. 내 운명은 그들이 줄 것이다.

"원고가 출국 금지 명령을 요청했습니다. 저는 보증금을 걸어야 하지 않나 고려중입니다. 20만 달러 정도로 하시죠." 우르바노비치가 말했다.

톰체크가 분개하며 말했다. "제 의뢰인이 도주한다는 근거도 없는데 말입니까?"

"판사님, 시트린 씨는 원래 건망증이 심한 분입니다." 스롤이 말했다. "임대계약 갱신을 잊은 것도 이분에겐 흔한 과실입니다."

"시트린 씨가 작은 소매업체나 공장을 운영하거나, 어느 기관에서 전문직으로 일하거나 직책을 맡은 상태라면," 우르바노비치가 말했다. "갑작스럽게 도주하는 일은 없겠죠." 그는 둥그런 눈에 소름 끼치는 민첩함을 담은 채, 뭔가를 알아내려는 듯이 나를 바라보았다.

톰체크가 주장했다. "시트린 씨는 평생 시카고에서 살아갈, 이 도시의 사람입니다."

"올해 큰돈이 빠져나갔더군요. '낭비했다'는 표현은 삼가겠습니다—시트린 씨 돈이니까요." 우르바노비치가 메모를 들춰보았다. "〈아크〉 발행 부분에서 큰 손실을 입었군요. 동료 댁스터 씨는…… 지급 불능 부채가."

"부득이한 손실이 아니라 돈을 빼돌렸다는 뜻으로 하시는 말입니까? 그건 시트린 부인의 의혹이고 주장입니다." 톰체크가 말했다. "그 말을 사실이라고 판단하시는 겁니까?"

판사가 대답했다. "판사실에서 나눈 사적인 대화였을 뿐입니다. 그러나 그렇게 많은 돈이 갑자기 빠져나갔다는 부정할 수 없는 사실로 미루어 보더라도, 향후 필요하다고 판단될 경우 보증금 액수를 결정할 수 있도록 현재 시트린 씨 재정 상태를 자세히 제출해주셔야 할 것 같은데요. 그걸 거부하진 않으시겠죠, 시트린 씨?"

아, 고약하다! 너무 고약하다! 결국 칸타빌레가 한 말이 옳았나—그년을 트럭으로 치어 죽여버려야 했을까.

"회계사와 의논해봐야겠습니다, 판사님." 내가 말했다.

"시트린 씨, 박해라도 받는 듯한 표정이군요. 내가 불편부당해야 한다는 것, 쌍방에 공정해야 한다는 것을 이해해주시기 바랍니다." 판사가 미소 짓자, 순수한 사람들에게서는 볼 수 없는 근육들이 두드러졌다. 신기했다. 자연은 저 근육들을 무슨 목적으로 만들었을까? "나도 당신에게 도주 의사가 있다고 생각하진 않습니다. 시트린 부인도 당신이 아주 다정한 아버지라고 인정합니다. 그러나 절박한 상황에 처하면 누구나 충동에 이끌려 경솔한 행동을 할 수 있습니다."

그는 레나타와 나의 관계가 비밀이 아님을 알려주고 싶은 것이었다.

"당신과 데니즈와 핀스커 씨가 제가 살아갈 수 있는 돈을 조금은 남겨주시길 바랍니다, 판사님."

그뒤 우리 피고측 일행은 판사실에서 바닥에 옅은 잿빛 얼룩이 있고 두껍고 반짝거리는 돌로 된 복도로 나왔고, 스롤이 말했다. "찰스, 우리가 얘기했듯이, 이게 저 사람 수법이에요. 아마도 지금 당신은 겁에 질려 도살당하고 산산조각나지 않게 해결하고 구해달라고 우리에게 간청하고 싶은 마음일 겁니다."

"네, 그렇게 되어가는군요." 내가 말했다. 나는 수많은 사각형으로 이루어진 이 초고층 청사를 뛰쳐나가 다시는 아무도 나를 볼 수 없는 다른 삶으로 뛰어들고 싶었다. "겁이 납니다." 내가 말했다. "그냥 합의해버리고 싶어 죽을 지경이에요."

"그러시겠죠, 하지만 그럴 수가 없습니다. 저쪽에서 받아들이지 않을 테니까요." 톰체크가 말했다. "부인은 그러는 시늉만 할 겁니다. 합의라는 말 자체를 들으려 하지 않아요. 책에 나오는 공식 같은 것이고, 만찬에서 내가 만나는 정신분석가들도 다 똑같은 말을 해요—여자가 돈을 쫓으면, 목적은 거세뿐이라고요."

"우르바노비치가 왜 그렇게 데니즈를 도와주려고 열심인지 잘 모르겠어요."

"그 사람에게는 무척 신나는 일이니까요." 스롤이 말했다. "종종 그런 생각이 들어요."

"그리고 결국 대부분의 돈은 법률 비용으로 나가겠죠." 내가 말했다. "가끔 스스로 묻죠, 난 왜 그냥 포기하고 가난하게 살겠다고 서약하지 못할까……" 그러나 이것은 무의미한 이론화였다. 그렇다, 얼마 되지도 않는 재산을 포기하고 험볼트처럼 호텔에서 살다 죽을 수도 있다. 조울증은 아니니까 험볼트보다 정신적인 삶을 영위할 준비가 잘되어 있고, 어쩌면 그런 삶이 나에게 아주 잘 맞을 수도 있다. 다만 충분하지 않을 수는 있다. 그렇게 된다면 레나타 같은 여자들도, 성적인 삶도, 성적인 삶과 관련된, 어쩌면 나에게 섹스 그 자체보다 더 중요한 흥분되는 걱정거리도 더는 없을 것이기 때문이다. 가난하게 살겠다는 서약이 레나타가 바라는 서약은 아니었다.

"보증금 얘기는, 보증금을 들먹인 건 고약했어요. 저열한 공격이었죠." 내가 말했다. "나는 두 사람이 더 반발했어야 한다고 생각합니다.

싸웠어야죠."

"싸울 일이 뭐가 있었죠?" 빌리 스롤이 말했다. "다 허세예요. 판사에게는 아무 근거도 없었으니까요. 당신은 임대계약 갱신을 잊었습니다. 그리고 유럽으로 여행을 떠나죠. 업무 차원의 여행일 수도 있겠지만. 그런데 부인은 어떻게 당신의 일거일동을 전부 알고 있죠?"

나는 여행사에 근무하는 페이즐리 터번을 쓴 다 신트라 부인이 데니즈에게 정보를 주었다고 확신하는데, 레나타가 그녀에게 무례했고 고압적이기까지 했기 때문이다. 나에 대한 데니즈의 지식에 대해 말하자면, 적당한 사례가 있다. 작년에 나는 어린 딸들을 데리고 대평원 서쪽 지역으로 캠핑을 가서 비버들이 서식하는 호수에 들렀다. 호숫가에는 산림청에서 게시해놓은 비버의 생애 주기 정보가 있었다. 비버들은 그 사실을 모른 채 계속 갉아대고 둑을 쌓고 먹고 번식했다. 내 경우도 꽤 비슷했다. 데니즈가 좋아하는 모차르트의 말을 빌리면 이탈리아어로 *투토 투토 지아 시 사**였다. 나에 관한 모든 것, 모든 것을 이미 알고 있었다.

나는 보증금 문제에 대한 나의 지적 때문에 톰체크가 기분이 상했음을 알아차렸다. 아니, 그는 나 때문에 분노했다. 그러나 의뢰인과의 관계를 유지할 필요가 있어서인지 데니즈에게 화살을 돌렸다. "어쩌다 그런 나쁜 년과 결혼을 했습니까!" 그가 말했다. "판단력은 대체 어디 뒀던 겁니까! 영리한 분이잖아요. 그런 여자가 당신을 죽도록 물고늘어지기로 마음먹었는데 고작 변호사 두 명으로 뭘 어떻게 해주길 바라

* 〈돈 조반니〉에 나오는 노래로, '모두 이미 안다'는 뜻.

죠?" 그는 분노로 숨이 차올라 더 말을 잇지 못하더니 겨드랑이에 끼고 있던 *서류가방*을 닫고는 가버렸다. 나는 스롤도 가길 바랐지만, 그는 (자기 덕분에) 법적으로 내 입장이 실제로 얼마나 유리해졌는지 말해줄 필요가 있다고 느끼는 듯했다. 그는 내 앞을 가로막고 우르바노비치가 내 돈을 압류할 순 없다고 반복해서 말했다. 그럴 수 있는 근거가 없다는 것이었다. "하지만 최악의 상황이 발생해서 판사가 당신에게 보증금을 부과한다면, 제가 면세 가능한 지방채를 실제로 구매해줄 수 있는 사람을 아니까, 동결된 자산에 대한 수입은 잃지 않게 될 것입니다."

"그거 좋은 생각이군요." 내가 말했다.

그에게서 놓여나려고 나는 화장실로 들어갔다. 그가 거기까지 쫓아왔으므로 화장실 칸에 들어가서야 마침내 캐슬린의 편지를 읽을 수 있었다.

* * *

예상했던 대로, 캐슬린은 두번째 남편 프랭크 티글러가 사냥 사고로 사망했다는 소식을 알렸다. 그녀가 이혼 수속을 위해 네바다에서 여섯 주를 보내는 동안, 나는 티글러의 관광목장을 찾아가 돈을 내고 손님으로 머물렀기 때문에 그를 잘 알았다. 볼케이노호수 근처, 신조차 버린 듯한 황폐하고 적막한 곳이었다. 나와 티글러의 관계는 기억에 남을 만했다. 내가 그의 목숨을 구했다고 주장할 수도 있는데, 보트를 타다 물에 빠진 그를 구하려고 내가 뛰어들었기 때문이다. 구했던가? 그런 표현을 쓸 만큼 대단한 사건은 아니었다. 그러나 그는 수영을 못하는 카우보이였고, 말을 타지 않을 때는 장애인이나 다름없었다. 부츠를 신고 카우보이모자를 쓴 그는 땅 위에서는 무릎을 다친 사람처럼 보였다. 구릿빛 얼굴에 옅은 적갈색 무성한 눈썹, 말을 타느라 다리가 휘고 구부러진 그에게는 물이 익숙지 않았기 때문에 그가 물에 빠지자 나는 당장 뒤따라 뛰어들었다. 그는 극단적이라 할 만큼 마른땅에서만 사는 사람이었다. 그런데 우리가 왜 보트를 탔던가? 티글러가 물고기를 무척 잡고 싶어했기 때문이다. 낚시꾼이라기보다는 늘 공짜로 뭔가 얻으려고 애쓰는 사람이었다. 봄이었고, *토비* 물고기가 많았다. 볼케이노호수에 서식하는 *토비*는 인도양에 서식하는 실러캔스 계통으로, 생물학적으로 고대 어종이고 아주 깊은 곳에서 올라와 산란을 했다. 많은 사람이, 주로 원주민들이 작살로 이 물고기를 잡아 올렸다. *토비*는 보기 흉하고 이상하게 생긴, 살아 있는 화석이었다. 잡은 물고기를 햇볕에 말리면 원주민 마을에서는 악취가 풍겼다. 볼케이노호수의 물은 '투명하다'든가 '전기가 흐른다'는 말에 어울렸다. 티글러가 물에 빠졌을 때 나는 그를 다시 보지 못하게 될까 두려웠는데, 호수 깊이가 수 마일이나 되고 익사하면 시신도 거의 찾을 수 없다는 이야기를 원주민들에게 들었기 때문이었다. 그래서 호수에 뛰어들었고, 냉기가 전기처럼 흘렀다. 나는 티글러를 보트로 밀어올렸다. 그는 수영할 줄 모른다는 사실을 인정하지 않았다. 아무것도 인정하지 않고 아무 말도 하지 않고 작살로 물에 떠 있던 모자를 찍어 올렸다. 그의 카우보이부츠에 물이 가득했다. 감사는 바라지도 않았고, 그도 하지 않았다. 두 남자 사이에 있었던 사건이었다. 그러니까, 남자다운 서부의 침묵이었다는 말이다. 원주민들이라면 틀림없이 그가 익사하게 내버려두었을 것이다. 그들은 백인들이 뭐든 공짜로 손에 넣으려고 열을 올리며 보트를 타고 와서 그들의 *토비*를 잡는 것을 싫어했다. 게다가 티글러가 값을 후려치고 속임수를 쓰고 말들을 아무데나 풀어놓고 풀을 뜯게 하는 것도 싫어했다. 티글러는 나에게 홍인종들은 죽음을 막지 않고 그냥 내버려둔다고 말했었다. 언젠가 윈네무카라는 원주민이 우체국 앞에서 총을 맞고 쓰러졌을 때, 그도 그곳에 있었다고 했다. 아무도 의사를 부르지 않았다. 그는 남자들, 여자들, 아이들이 벤치나 낡은 자동차에 앉아 말없이 지켜보는 가운데 길에서 피를 흘리며 죽어갔다. 그러나 이 순간 나는 카운티청사 높은 곳에서, 마치 청동으로 주조한 듯한 죽은 서부인 티글러의 형상이 전기가 흐르는 듯한 차가운 물속에서 돌고 도는 모습을 보았고, 어린 시절 시카고의 염소처리가 된 작은 물탱크에서 수영을 배운 내가 수달처럼 그를 쫓아가는 모습도 보았다.

캐슬린의 편지에서 나는 그가 일하다가 죽었다는 것을 알게 되었다. "캘리포니아 밀밸리에서 온 두 남자가 석궁으로 사슴 사냥을 하고 싶다고 했어요." 캐슬린은 썼다. "프랭크가 안내해서 그들을 산으로 데려갔죠. 수렵 관리인과 충돌이 있었어요. 당신도 이 관리인을 본 적 있을 텐데, 한국전에 참전했었다는 토니 캘리코라는 원주민이죠. 그러다 사냥을 하던 중 한 남자가 전과자라는 사실이 밝혀졌어요. 당신도 알다시피, 불쌍한 프랭크는 법의 테두리를 슬쩍 벗어나는 걸 좋아했어요. 그때 그랬다는 건 아니지만, 아무튼 그런 경향이 있었답니다. 랜드로버에 엽총 몇 자루가 있었어요. 너무 고통스러우니까 자세히 설명하지는 않을게요. 프랭크는 총을 쏘지 않았지만 그 혼자만 총에 맞았어요. 토니가 병원에 데려갔는데 도착하기도 전에 출혈이 심해서 죽었어요."

"난 정말이지 충격이 컸어요, 찰리." 편지는 이어졌다. "알다시피, 우리는 결혼한 지 십이 년이나 되었으니까요. 긴 이야기는 그만두고, 어쨌든 장례식은 성대하게 치러졌어요. 쿼터호스*를 사육하는 사람들이 세 개 주에서 왔으니까요. 라스베이거스와 리노에서는 거래하던 사람들이 왔고요. 사람들은 그를 좋아했죠."

티글러가 야생마를 길들이는 카우보이고, 로데오 선수로서 상도 많이 탔고 그 세계에서 꽤 인정받았다는 건 알고 있었지만, 캐슬린과 그의 노모 외에 그를 사랑하는 사람이 있었을지는 의심스러웠다. 그는 관광목장에서 얻은 얼마 안 되는 수입을 그 4분의 1마일 경주용 말들에게 투자했다. 그중 일부는 종마가 약물이나 마약 사용으로 출전 금지를 당했기 때문에 가짜 서류로 등록되어 있었다. 종마로 인한 권리 박탈도 규칙이 매우 엄격했다. 티글러는 위조한 서류로 이 규칙을 피해보려 했다. 그래서 그는 여러 경마장을 옮겨다녔고 목장 운영은 캐슬린에게 맡겼다. 일은 많지 않았다. 그는 사료와 트레일러들을 사기 위해 수입을 짜냈다. 숙박 사업은 실패해서 접었다. 나는 험볼트의 양계농장이 생각났다. 캐슬린은 네바다에서도 똑같은 처지였던 것이다. 그녀의 운명은—내면의 운명은—그녀에 비해 너무도 강했다. 티글러는 그녀에게 목장을 맡기면서 말과 관련된 청구서만 처리하라고, 그것도 아주 지독한 요구가 있을 때만 지불하라고 했다.

* 영국의 서러브레드와 북아메리카 원주민의 말을 교잡해 개량한 품종으로, 주로 단거리 경주마로 사육된다.

나도 많은 어려움을 겪었지만, 캐슬린이 두번째로 또다시 혼자가 되었다고 하자—처음에는 뉴저지에서, 그리고 서부에서—마음이 무척 아팠다. 낡은 타자기로 친 글씨가 흐릿해서 빛에 비춰보기 위해 카운티청사 화장실 칸막이에 기댔다. "당신이 티글러를 좋아했다는 걸 알아요, 찰리. 그이랑 송어낚시도 하고 포커도 치면서 많이 즐거워했잖아요. 그럴 때 당신은 근심을 잊은 것 같았어요."

그랬다, 내가 먼저 송어를 낚으면 그는 화를 냈지만. 우리는 그의 보트에서 트롤 낚시를 하고 있었고, 내가 사용한 미끼도 그의 것이었기 때문에 그는 그 송어가 자기 거라고 주장했다. 그가 난리를 피우자 나는 그의 무릎에 송어를 던졌다. 주변 환경은 다른 세계 같았다. 물고기가 사는 곳 같지 않게 맨 바위들에, 나무 한 그루 없고, 자극적인 향을 풍기는 산쑥만 가득하고, 트럭이 지나가면 이회토 먼지가 날렸다.

그러나 캐슬린이 나에게 편지를 쓴 것은 티글러 이야기를 하기 위해서가 아니었다. 올랜도 허긴스가 나에 대해 물었기 때문이었다. 험볼트가 나에게 뭔가를 남겼다. 허긴스는 그의 유언집행자였다. 허긴스, 그 늙은 좌파 바람둥이는 근본적으로는 명예를 중시하는 꽤 점잖은 사람이었다. 그도 험볼트를 소중하게 생각했다. 가짜 의형제라며 나를 비난한 뒤 험볼트는 일의 뒤처리를 맡기기 위해 허긴스를 불렀다. 그는 열정적으로 그 일에 매진했다. 그런데도 험볼트는 그가 자기를 부정하게 속인다고 비난하며 고소하겠다고 협박했다. 그러나 마지막이 다가오자 험볼트의 머리가 맑아진 것이 분명하다. 그는 진정한 친구들을 알아보았고, 허긴스를 유언집행자로 지명했다. 캐슬린과 나는 그의 유언장에서 기억되었다. 그녀는 자신이 무엇을 받았는지 말하지 않았지만, 아마 그는 줄 것이 별로 없었을 것이다. 캐슬린은 험볼트가 자신이 죽은 뒤 전해달라고 남긴 편지를 허긴스에게서 받았다고 했다. "사랑에 대한, 그 사람이 놓친 인간의 기회에 대한 이야기였어요." 캐슬린은 편지에 이렇게 썼다. "옛친구들, 데미와 당신에 대해, 그리고 빌리지와 시골에서 보낸 좋았던 시절에 대해 적었더군요."

옛 시절이 왜 그렇게 좋았는지 나는 잘 모르겠다. 험볼트의 일생에서 하루라도 좋은 날이 있었는지 의심스럽다. 조증과 울증의 파동, 어두운 불안 사이사이 좋은 순간도 있었을 것이다. 그러나 그 평화로움은 두 시간도 채 못 갔을 것이다. 이십오 년 전의 험볼트라면, 아직 너무 미성숙했던 나는 이해할 수 없는 방식으로 캐슬린에게 애원했을 것이다. 체구가 크고 튼튼했던 그녀는 깊은 감정을 드러내지 않는 조용한 여자였다. 험볼트는 미쳤을 때도 어느 정도 고상함이 있었다. 그때도 그는 뭔가 아주 중요한 일을 하느라 바빴다. 곧 살인을 저지르려는 사람이 했다는 "다시 불을 켠다"라는 말을 낮게 읊조리거나, "내 안에는 불멸의 갈망이 있어" 하고 클레오파트라의 대사를 읊을 때 그의 눈이 빛나던 것을 기억한다. 험볼트는 예술을 깊이 사랑했다. 그래서 우리는 그를 사랑했다. 극도로 황폐해졌을 때도 험볼트 안에는 부패할 수 없는, 썩지 않는 곳이 있었다. 그러나 시인이어서 처해야 했던 어떤 상태에 들어가면, 그는 캐슬린이 자신을 보호해주길 바랐던 것 같다. 언제나 미국의 비난에 구멍이 뚫리고 찢어지던 그 꿈꾸듯 고양된 상태를 캐슬린이 지켜주었으면 했던 것이다. 황홀. 캐슬린은 험볼트가 황홀 상태에 있도록 최선을 다했다. 그러나 그는 자신이 완전히 빠질 만큼 충분한 황홀이나 꿈의 소재를 단 한 번도 찾을 수 없었다. 그는 보호받지 못했다. 그러나 나는 캐슬린이 노력하는 모습을 보았고, 그런 그녀를 존경했다.

편지는 계속되었다. 그녀는 티글러의 목장 나무 아래서 나누었던 우리의 긴 대화를 소환했다. 그때 나는 데니즈에 대해 이야기하면서 자기합리화에 바빴던 것 같다. 그녀가 말했던 네군도단풍나무와 미루나무도 기억한다. 티글러는 자기 휴양지가 쾌적한 곳이라고 광고했지만, 숙소의 빛바랜 판자들이 튕겨나와 떨어지고, 여기저기 갈라진 수영장은 낙엽과 더껑이로 뒤덮여 있었다. 울타리는 무너지고, 티글러의 암말들은 벌거벗은 아름다운 부인처럼 멋대로 돌아다녔다. 캐슬린은 거친 무명 작업복을 입고 있었고, 체크무늬 셔츠는 너무 빨아서 너덜너덜했다. 티글러가 쭈그리고 앉아서 사냥감 유인용 오리 모형에 다시 페인트칠을 하던 것도 기억난다. 그는 그때 말이 없었는데, 사료비 때문에 화가 난 사람에게 얻어맞아 부러진 턱뼈를 철사로 고정해놨기 때문이었다. 그주에 전기나 가스 공급이 모두 끊겨 손님들은 추위에 떨었고 물도 나오지 않았다. 티글러는 이곳이 바로 동부 관광객들이 사랑하는 서부라고 말했다. 그들은 안락함을 기대하고 온 것이 아니라고. 그들은 거칠고 서툰 것을 원한다는 것이었다. 하지만 캐슬린은 나에게 이렇게 말했다. "이 상태라면 하루이틀밖에 못 견디겠어요."

운좋게도, 한 영화사가 몽골족에 대한 영화를 찍는다며 티글러를 말 전문가로 고용했다. 그는 아시아식 누비옷을 입고 소리를 지르며 말안장 위에서 곡예를 펼칠 원주민들을 모았다. 볼케이노호수에서는 대단한 일이었다. 이 뜻밖의 횡재는, 젊은 시절 무성영화 배우였고 지금은 성공회 목사인 미남 에드먼드 덕분이었다. 강단에서 그는 낡고 멋진 네

글리제를 걸쳤다. 원주민들은 모두 영화팬이었다. 그들은 매리언 데이비스나 글로리아 스완슨 같은 배우가 기부한 네글리제일 거라고 수군거렸다. 에드먼드 목사는 자신이 할리우드 인맥을 동원해 영화사가 볼케이노호수로 오도록 유도했다고 말했다. 어쨌든 캐슬린은 영화인들과 알게 되었다. 내가 이 이야기를 꺼낸 이유는, 그녀가 목장을 팔고 어머니 티글러는 텅스텐시티로 보내 집을 구해주고 자신은 영화사에서 일자리를 얻는다고 편지에 썼기 때문이다. 인생의 전환기에 사람들은 종종 영화에 흥미를 갖는다. 아니면 다시 학교로 돌아가 학위를 따겠다고 말한다. 대학으로 돌아가기를 꿈꾸는 미국인이 2천만 명은 될 것이다. 레나타도 드폴대학에 등록할 생각을 늘 했다.

쾌락의 길에 걸맞은 젊어 보이는 체크무늬 코트를 가지러 법정으로 돌아가면서 나는 우르바노비치가 보증금을 요구하면 돈 문제를 어떻게 할지 곰곰이 생각했다. 이 크로아티아계 미국인인 대머리 판사는 정말 나쁜 놈이었다. 내 아이들도 데니즈도 나도 잘 모르면서 무슨 권리로 내가 내 두뇌를 독특하게 굴리며 사상과 열병 속에서 벌어들인 돈에 손댈 생각을 한단 말인가! 아, 그래, 나도 돈에 대해 고상하게 굴 수 있다. 그래, 몽땅 가져가라고 해라! 그들 중에서도 가장 우수한 자들과 내가 심리 테스트를 한다면, 나는 관대함 면에서 상위 10퍼센트에 들 거라고 자신한다. 그러나 험볼트는—오늘 내 머릿속은 험볼트로 가득했다—내가 평생을 차원 높은 의식의 위층에서만 살려 한다고 비난하곤 했다. 험볼트는 나를 훈계하면서 차원 높은 의식이란 "악 그 자체를 알지 못하며 무구"하다고 말했다. 완전히 차원 높은 의식 속에서 순전히 합리적으로 살려고 노력하다보면, 다른 사람들에게서는 악을 보지만 자기 안의 악은 보지 못한다고 그는 말했다. 여기서 발전시켜 험볼트는 무의식 속에서는, 사물의 비합리적인 핵심에서는, 돈이 뇌조직을 씻어내는 체액이나 피처럼 중요한 물질이라고 했다. 그럼 이렇게 고차원적인 돈의 의미에 열중했던 험볼트가 마지막에 유언장에서 내게서 가져간 6760여 달러를 돌려준다고 썼는가? 물론 그러지 않았고, 또 그가 어떻게 그럴 수 있었겠는가? 그는 싸구려 호텔에서 무일푼으로 죽었다. 그러나 지금의 나는 그 6천 달러를 돌려받는다 한들 얼마 가지도 못할 것이다. 서트머르 혼자서 꾸어간 돈만 해도 그 이상이다. 나는 서트머르에게 아파트 구입비를 빌려주었다. 댁스터도 있다. 댁스터가 대출금을 갚지 못해 담보로 잡혔던 내 IBM 주식 오십 주를 날렸다. 은행은 경고장을 여러 번 보낸 끝에 결국 나를 찾아왔고, 무책임한 친구 때문에 잔인한 변을 당한 나를 보며 눈물이라도 흘릴 것처럼 미안한 몸짓, 윤리적인 몸짓을 해대더니 그 주식을 빼앗아갔다. 댁스터는 이 손실로 세액 공제를 받을 수 있다고 말했다. 그와 서트머르는 종종 이런 식으로 나를 위로했다. 존엄성과 절대적 가치에 호소하면서. (나도 관대함을 추구하고 돈보다 우정이 훨씬 가치 있다 여기지 않았는가?) 사람들이 나를 빈털터리로 만들었다. 이제 나는 무엇을 해야 하는가? 나는 선금을 받았으나 넋이 나가 쓰지 못했던 책들로 출판사에 7만여 달러를 빚졌다. 책을 쓰는 일에 완전히 흥미를 잃었다. 내가 수집한 동양산 카펫들을 팔 수 있었다. 레나타에게 그것들이 싫증났다고 말했고, 그녀는 수수료를 받고 팔아줄 아르메니아인 판매상을 알았다. 외화가 넘치고 석유로 돈을 버는 페르시아인들은 이제 더이상 직조기 앞에서 일하지 않았다. 독일과 일본의 바이어, 아랍인들까지도 중동에서 카펫들을 휩쓸어 갔다. 메르세데스도 팔아버리는 편이 나을 것이다. 돈 걱정을 해야 할 때 나는 언제나 크게 흔들렸다. 겨드랑이 아래 맨 안전띠에 의지한 채 배 삭구나 창문을 닦는 사람이라도 된 것 같았다. 심장이 뭉치는 듯하고 산소도 부족한 것 같았다. 그 정도로 큰 걱정이 닥칠 때를 대비해 산소통을 옷장에 넣어두는 것까지 고려했었다. 스위스 은행에 무기명 계좌를 개설해두었어야 했다. 생애 대부분을 시카고에서 살았으면서도 재산을 관리해줄 누군가를 둘 생각을 왜 전혀 못했을까? 이제 나는 무엇을 더 팔 수 있을까? 댁스터는 내가 쓴 기사 두 편, 워싱턴에서의 케네디에 대한 회상(카푸친수도회* 설립만큼이나 옛일같이 느껴진다)과 미완성 시리즈 '현대 세계의 대단히 권태로운 인물들' 중 한 편을 뭉개고 앉아 있다. 돈이 되지는 않을 것이다. 뛰어난 글이지만, 권태로운 인물에 대한 진지한 연구를 누가 출판하겠는가?

나는 이제 아프리카에서 베릴륨 광산을 하자는 조지 스위벨의 계획까지 기꺼이 고려하고 있었다. 조지가 제안했을 때는 코웃음을 쳤지만 그보다 더 황당한 아이디어들도 상업성이 있는 것 같았고, 조지가 풀어놓으려는 딕 휘팅턴의 고양이**가 어떤 결과를 가져올지는 아무도 몰랐다. 이 년 전 조지에게 올두바이협곡***을 안내했던 에제키엘 카무투라는 사람이 자신에게 베릴륨과 준보석이 묻힌 산이 있다고 주장했

---

* 로마 가톨릭교회의 수도회로 1527년에 설립되었고, '카푸친작은형제회'라고도 불린다.

** 쥐가 출몰하는 지역에서 고양이를 팔아 가난에서 벗어나고 런던 시장까지 되었다는 전설적 요소가 강한 이야기.

*** 아프리카 탄자니아에 있는 협곡.

다. 바로 그 시점에 조지의 침대 밑에는 독특한 광물이 잔뜩 든 이국적인 삼베 자루가 놓여 있었다. 조지는 그 광물들을 채워넣은 두꺼운 양말을 내게 건네면서, 동창이자 현재 필드박물관의 지질학자인 벤 이즈볼스키에게 가서 분석을 요청하라고 했다. 벤은 정신이 번쩍 든 듯 그것들이 진짜라고 말했다. 학자의 태도를 바로 지운 그가 나에게 사업적인 질문을 하기 시작했다. 시장에서 판매할 만한 수량을 정기적으로 확보할 수 있는가? 어떤 장비가 필요한가, 야생 지역에는 어떻게 드나드는가? 카무투라는 사람은 누구인가? 조지는 카무투가 자기를 위해서라면 목숨도 바칠 거라고 말했다. 조지에게 자기 집안 여자와 결혼하라고 청하기까지 했다. 카무투는 여동생을 그에게 팔려고 했다. "그런데," 내가 벤에게 말했다. "조지에게 좋은 친구 콤플렉스가 있다는 거 너도 알잖아. 원주민들도 같이 술 몇 잔 하다가 이 친구가 진실한 사람이고 마음이 미시시피보다 넓단 걸 알았겠지. 정말로 그래. 하지만 카무투란 자가 사기꾼인지 아닌지 어떻게 확신하지? 이 베릴륨 표본들은 훔친 것일 수도 있어. 머리가 이상한 자일지도 모르고. 세상엔 그런 작자들이 널렸어."

이즈볼스키의 집안 사정을 잘 아는 나는 그가 왜 광물로 한밑천 잡으려 하는지 이해했다. "무엇으로든," 그가 나에게 말했다. "잠시라도 위넷카*에서 벗어날 수만 있다면 좋겠어." 그러고는 말했다. "좋아, 찰리, 네가 무슨 생각 하는지 알아. 나를 보러 여기 올 때마다 넌 그 새들을 보고 싶어하잖아." 수십 년간 연구되고 분류된 끝에 기밀 서랍 속에

* 미국 일리노이주의 도시.

보관되어 있는, 박물관의 방대한 조류 컬렉션을 말하는 것이었다. 무대 뒤의 거대한 작업실과 실험실, 창고, 저장고, 지하실에 있는 것들이 박물관에 공개된 전시물보다 훨씬 매혹적이었다. 박제된 새들은 납작하게 접혔고, 다리에 꼬리표가 붙어 있었다. 나는 특히 벌새를 좋아했는데, 수천 개의 작은 몸이 있었고, 어떤 것들은 내 손가락 끝마디보다 작았으며, 헤아릴 수 없을 만큼 다양한 벌새에는 루브르박물관 전체에 드리운 것처럼 찬연한 색채가 미세하게 흩뿌려져 있었다. 그래서 벤은 또다시 나를 그곳으로 데려갔다. 그는 뺨이 통통하고 곱슬머리에 피부가 거칠었지만 인상이 좋았다. 박물관 보물에 이제는 싫증난 그가 말했다. "카무투라는 자에게 정말 베릴륨 광산이 있다면 우린 당장 거기로 가서 기회를 잡아야 해."

"난 곧 유럽으로 떠나." 내가 말했다.

"잘됐네. 조지와 내가 널 데리러 갈게. 거기서 다 같이 나이로비로 날아가는 거야."

베릴륨과 동양산 카펫에 대한 생각은 내가 얼마나 초조하고 비현실적으로 사고하고 있는지 알게 했다. 이런 상태일 때 나를 도와줄 수 있는 사람은 세상에서 오직 하나, 텍사스주 코퍼스크리스티에서 부동산업자로 일하는 친형 줄리어스뿐이었다. 뚱뚱하고 이제는 나이가 든 형을 나는 사랑했다. 아마 형도 나를 사랑했을 것이다. 기본적으로 그는 가족의 강한 유대를 좋아하지 않았다. 형제애를 착취의 시작으로 보았을 수도 있다. 형에 대한 내 감정은 선명하고 거의 병적으로 강렬했지만, 그런 감정을 거부한다고 형을 비난할 수는 없었다. 형은 온전히 오늘을 사는 인간이고자 했고 과거를 잊었거나 잊어버리려 노력했다. 그는 누구의 도움 없이는 아무것도 기억할 수 없다고 말했다. 나로 말할 것 같으면, 잊을 수 있는 것이 없었다. 형은 종종 이렇게 말했다. "넌 아버지의 굉장한 기억력을 물려받았어. 그리고 아버지 전에는 그의 아버지, 그 망할 노인이 있었지. 할아버지는 유대인 지역에서도 바빌로니아 탈무드*를 암송하는 걸로 열 손가락 안에 꼽혔어. 그래서 무슨 덕을 봤을까. 나는 그게 뭔지도 몰라. 하지만 네 기억력은 거기서 온 거야." 순수한 경탄은 아니었다. 내가 그렇게 기억을 잘하는 것에 대해 형이 항상 고마워했던 건 아닌 듯하다. 나는 기억 없는 존재란 형이상학적으로 손상되고 훼손되었다고 믿는다. 또한 나의 형제, 무엇으로도 대체할 수 없는 줄리어스가 나와는 형이상학적으로 다른 개념을 가졌다고 생각할 수도 없었다. 그래서 나는 과거를 이야기했고, 그러면 그는 말했다. "그래? 그게 사실이야? 너도 내가 아무것도 기억 못한다는 걸 알잖아, 심지어 엄마가 어떻게 생겼는지조차 기억 안 나, 나를 가장 사랑해준 사람인데도."

"엄마 모습이야 형도 분명 기억하고 있을 거야. 어떻게 엄마를 잊을 수 있지? 난 그 말 못 믿겠는데." 가족에 대한 나의 감정은 종종 뚱뚱한 형을 괴롭혔다. 그는 나를 일종의 백치라 여겼다. 돈의 마술사인 형은 쇼핑센터와 아파트, 모텔을 지었고, 자신이 사는 텍사스 지역 발전에 크게 이바지했다. 내가 도와달라고 청하면 거절하지는 않을 것이다. 하지만 이건 순전히 이론적인 얘기일 뿐이다. 나는 우리가 서로 도울 수 있다고 늘 생각하면서도 실제로 형에게 도와달라고 청한 적은

* 바빌로니아에서 포로로 지낸 유대인들에게는 필요가 없었던 이스라엘 농업법을 삭제한 탈무드.

없었기 때문이다. 사실 나는 형에게 뭔가 부탁하는 것 자체를 극도로 주저했다. 말하자면 도움을 청하고 싶은 욕구에 사로잡혀 있었을 뿐이었다.

내가 코트를 집어들 때, 우르바노비치의 집행관이 오더니 카디건 주머니에서 쪽지를 꺼냈다. "톰체크 씨 사무실에서 전해달라고 전화가 왔습니다. 외국 이름 같던데요—피에르던가?" 노인이 말했다.

"피어 댁스터요?"

"불러주는 대로 받아 적었습니다. 세시에 시카고미술관에서 만나자고 하셨어요. 어떤 커플도 찾아왔었습니다. 콧수염 기른 남자. 미니스커트 입은 붉은 머리 여자."

"칸타빌레예요." 내가 말했다.

"이름은 말하지 않았습니다."

두시 반이었다. 짧은 시간에 많은 일이 일어났다. 나는 스톱앤드숍에 가서 캐비아와 갓 구운 롤빵, 아침에 곁들일 트와이닝의 브랙퍼스트티와 쿠퍼의 고급 마멀레이드를 샀다. 댁스터가 하룻밤 묵는다면 그에게 익숙한 아침식사를 차려주고 싶었다. 그는 언제나 나를 아주 잘 대접해줬다. 자신이 차린 식탁을 뿌듯해하며 내가 뭘 먹고 있는지 프랑스어로 알려줬다. 그냥 토마토 샐러드가 아니라 *살라드 드 토마트*였고, 빵과 버터가 아니라 *타르틴*이었으며, *부이*, *브륄레*, *파르시*, *퓌메**, 훌륭한 와인까지 함께였다. 그는 최고의 업자하고만 거래했고, 먹고 마시기 불쾌한 것을 내 앞에 내놓은 적은 한 번도 없었다.

* 순서대로 삶은 것, 태우듯 익힌 것, 속을 채운 것, 훈제한 것을 뜻한다.

사실 나는 댁스터의 방문을 고대하고 있었다. 그를 보는 건 언제나 즐거웠다. 비록 사정이 그렇지 않다는 걸 내가 더 잘 알면서도, 내 답답한 심정을 털어놓을 수 있으리라는 환상을 품었다. 그는 스튜어트왕조 사람처럼 긴 머리를 하고 *카라비니에리* 망토 속에 킹스로드에서 맞춘 편안하고 멋진 파란색 벨벳 정장을 입은 모습으로 캘리포니아로부터 나타날 것이다. 챙 넓은 모자는 유행을 좇는 흑인 가게에서 구입한 것이다. 목에는 값비싼 목걸이를 걸고, 때가 탔지만 독특한 빛깔을 띠는 실크를 감았을 것이다. 발목까지 오는 황갈색 부츠에는 캔버스천이 솜씨 좋게 덧대어져 있고, 그 양쪽에 가죽으로 만든 섬세한 *백합 장식*이 달려 있을 것이다. 코는 심하게 비뚤어지고, 검은 얼굴은 이글거렸는데, 표범 같은 그 눈을 보면 나는 속으로 감탄하곤 했다. 집행관에게 그가 시카고에 왔다는 말을 듣고 내가 즉시 캐비아에 5달러를 쓴 데는 이유가 있었다. 나는 댁스터를 무척 좋아했다. 그러나 여기서 중요한 문제가 떠오른다. 그는 과연 자신이 무슨 일을 저질렀는지 알고 있을까? 한마디로, 그는 사기꾼인가? 총명한 사람만 대답할 수 있는 질문이나, 나는 대답할 수 없었다. 나를 미래의 남편으로서 영광스럽게 대접해주며 레나타는 종종 이렇게 말했다. "댁스터에게 더는 돈 쓰지 마요. 매력? 매력덩어리겠죠. 재주? 재주도 넘치겠죠. 하지만 사기꾼이에요."

"그렇지 않아."

"뭐라고요? 자존심 좀 가져요, 찰리, 당하는 거라고요. 자기한테 사교계 인명록이 있다고 그랬죠?"

"아, 그거! 그래, 하지만 자랑도 해야지. 자기 자랑도 못하는 사람은 죽은 거나 마찬가지야. 좋은 건 자랑해야지. 너무 그러지 마."

"그럼 좋아요. 그 사람의 특별한 의상. 그 특별한 우산. 진짜 고급 우산은 손잡이 나무가 자연스럽게 구부러졌죠. 증기로 구부린 손잡이가 달린 우산은 안 사는 게 좋아요. 정말이지, 그렇게 자란 나무여야 한다고요. 그리고 특별한 와인 저장고, 런던의 어느 상점에서만 살 수 있다는 특별한 *서류가방*, 특별한 새틴 시트를 씌운 특별한 물침대, 그 사람은 팰로앨토에서 그 침대에 누워 투시롤 초콜릿캔디를 먹으며 특별한 컬러텔레비전으로 데이비스컵 테니스 경기를 봐요. 그 모든 비용을 대주는 찰리 시트린이라는 특별한 멍청이에 대해선 말할 것도 없죠. 그 사람 참 대단하긴 해요."

댁스터가 프랑스호를 타러 뉴욕으로 가는 길에 시카고에 들러 〈아크〉에 관해 논의하고 싶다고 내게 전화로 알렸을 때 그녀와 나누었던 대화다.

"유럽엔 왜 간대요?" 레나타가 물었다.

"글쎄, 그래도 일류 기자잖아."

"일류 기자가 왜 프랑스호 일등석을 타요? 배로 가면 닷새는 걸릴 텐데. 그렇게 한가하대요?"

"조금은 시간이 있나보지 뭐."

"그리고 우린 비행기 이코노미석을 타고요." 레나타가 말했다.

"그래, 하지만 그 친구 사촌이 프랑스 해운사의 임원이야. 어머니 쪽 사촌. 그래서 그들은 요금을 안 내. 그 노부인은 세상 모든 부호를 알지. 그들의 딸들을 사교계에 데리고 나오고."

"그 부호들한테는 50퍼센트로 나누자는 제안 같은 건 씨알도 안 먹힐걸요. 부자들은 등쳐먹으려는 인간을 한눈에 알아봐요. 당신은 어떻게 그런 바보짓을 할 수 있어요?"

"은행이 며칠만 더 기다려줬으면 됐을 거야. 그 친구가 밀라노 암브로시아노은행에서 발행한 수표가 오고 있었으니까."

"거기서 이탈리아 은행이 왜 나와요? 그 사람은 자기 집 재산이 브뤼셀에 있다고 했잖아요."

"아니, 프랑스야. 숙모에게 받은 그의 몫이 리옹은행에 있다는 거 당신도 알잖아."

"그 사람은 우선 당신을 속이고 나중에야 쓰레기 같은 변명을 늘어놓고, 당신은 그 말만 되풀이해요. 그 사람이 말하는 유럽 고위층 연줄은 전부 히치콕 영화를 보고 지어낸 걸 거예요. 그런 사람이 지금 시카고에 온다고 해요 그는 어떻게 할까요? 사무실 여직원을 시켜서 전화를 걸겠죠. 직접 전화하거나 받는 건 자기 지위에 걸맞지 않으니까. 하지만 당신은 직접 전화를 받고, 그 여자는 '잠시 기다려주세요, 댁스터 씨를 바꿔드리겠습니다' 할 테고, 당신은 전화기에 귀를 대고 서서 기다릴 거예요. 그리고 그 요금은, 잊지 마요, 전부 당신에게 물릴 거예요. 전화를 받은 댁스터는 곧 도착하지만, 언제 만날지는 나중에 알려주겠다고 하겠죠."

전부 사실이었다. 레나타에게 댁스터에 관해 다 얘기한 것은 아니었다. 그는 컨트리클럽에서는 블랙리스트에 오르고, 추문과 절도 소문도 있었다. 사고를 치는 취향이 구식이었다. 옛것에 대한 순수한 사랑으로 댁스터 같은 사람이 그런 수법을 부활시키지 않는 한, 그런 짓을 하는 얼치기는 이제 없었다. 그러나 나는 댁스터의 기벽에 뭔가 심오한 것이 있고 그 특별한 정신적 목적이 언젠가 드러날 거라고 느꼈다. 나는 그가 다른 사람들을 속이는 것을 눈앞에서 보았기 때문에, 담보를 대주면 위험하리란 걸 알았다. 그러나 나한테는 그러지 않으리라 생각했다. 하나의 예외는 있기 마련이니까. 그래서 예외에 도박을 걸었다가 잃은 것이었다. 그는 소중한 친구였다. 나는 댁스터를 좋아했다. 또한 나는 이 세상에서 그만은 나를 절대로 해치지 않으리라 믿었다. 그러나 결국 그렇게 되었다. 그가 해칠 수 있는 사람이 더는 남아 있지 않았던 것이다. 나만 남게 되자, 이제는 우정 대 인생의 원칙의 문제가 되었다. 게다가 나는 댁스터가 추구하는 예술 형식의 옹호를 자처했다. 그런 것은 대가를 치러야 한다.

그는 바로 얼마 전 수영장과 테니스코트가 있고 그가 직접 일군 오렌지밭, 정형식 정원, MG* 스포츠카, 스테이션왜건, 와인 저장고가 있는 샌프란시스코 베이 지역의 집을 잃었다.

지난 9월 나는 우리 잡지 〈아크〉가 왜 나오지 못하는지 알아보기 위해 캘리포니아로 날아갔다. 놀라울 정도로 기분좋고 우정어린 방문이었다. 우리는 캘리포니아의 햇살 아래서 걸으며 그의 사유지를 둘러보았다. 그러면서 태양을 새롭고도 우주적으로 느끼게 되었다. 즉 태양은 부분적으로 우리의 창조주라고 느꼈다. 우리의 정신에는 태양의 주파수대가 있다고. 우리 안에서 빛이 올라와 태양빛을 맞이하러 나선다고 생각했다. 햇빛은 우리의 어두운 감각에 계시처럼 존재하는 외부의 영광으로 그치는 것이 아니며, 눈과 빛의 관계는 마음과 생각의 관계와 같았다. 그렇게 우리는 그곳에 있었다. 축복받은 행복한 날. 하늘

* 영국 자동차 브랜드명.

은 온화하게 맥동하는 경이롭고도 푸른 열기를 내뿜었고, 우리 주위에는 오렌지들이 달려 있었다. 댁스터는 자신이 가장 좋아하는 겉옷인 검은 망토를 입었고, 맨발의 발가락들은 스미르나 무화과처럼 달라붙어 있었다. 정원에 장미를 심고 있었는데, 그는 나에게 우크라이나 출신 정원사에게 말을 걸지 말라고 했다. "강제수용소 경비였는데 아직도 유대인을 미치도록 싫어해. 난 그자가 헛소리 시작하는 걸 걸 듣고 싶지 않아." 그래서 나는 이 아름다운 곳에 악마적-자아, 어리석은-자아, 사랑하는-자아가 뒤섞여 있다고 느꼈다. 댁스터는 자식들 중 가장 최근에 태어난, 티 없고 천진난만한 어린 자식들이 위험한 칼과 유독한 장미 방충제 깡통을 가지고 놀아도 내버려두었다. 하지만 아이들은 아무도 다치지 않았다. 반짝이는 수영장 옆에 차려진 점심은 대단했는데, 망토를 걸치고 구부러진 파이프를 문 댁스터가 맨발가락을 꿈틀거리면서 엄숙하고도 위엄 있게 굉장한 품평을 곁들여 와인 두 잔을 직접 따랐다. 가무잡잡하고 예쁜 젊은 아내는 모든 준비를 기꺼이 도왔고 배후에서 실질적으로 관장했다. 그녀는 자기 삶에 전적으로 만족했지만, 가진 돈은 한푼도 없었다. 모퉁이에 있는 주유소에서는 그가 서명한 5달러짜리 수표를 받아주지 않았다. 내 신용카드로 결제해야 했다. 그리고 막후에서는 그 젊은 여자가 돈을 받으러 찾아오는 테니스코트, 수영장, 와인, 자동차, 그랜드피아노 관련자들과 은행 사람들을 막아내고 있었다.

〈아크〉는 돈이 많이 드는 식자공들 대신에 새로운 IBM 장비로 인쇄될 예정이었다. 어떤 나라도 국민들에게 이토록 많은 장난감을 주거나, 재능이 뛰어난 개인을 빈둥거릴 수밖에 없는 가장 멀고 외진 곳으로, 고통의 경계에 가장 가까운 곳으로 내쫓지는 않는다. 댁스터는 〈아크〉를 수용할 별채를 짓고 있었다. 우리의 잡지는 걸맞은 건물이 있어야 하고, 그의 사생활을 방해해선 안 됐다. 그는 기초를 파기 위해 톰 소여 방식으로 대학생들을 모집했다. MG를 타고 공사장에 찾아가서 일꾼들에게 건축 정보를 얻기도 하고 합판을 슬쩍 집어오기도 했다. 나는 이 공사에 대해 지원을 거절했었다. "이러다가 자네 집이 이 구덩이 속으로 무너져들어가겠어." 내가 말했다. "건축법은 지켰나?" 그러나 댁스터에게는 야전 사령관이나 독재자의 특기인, 기꺼이 도전하려는 의지가 있었다. "여기에 이만 명 정도 투입해보고, 절반 이상 잃으면 다른 전략을 택할 거야."

우리는 〈아크〉에 훌륭한 글들을 싣고 싶었다. 그런 광채를 어디서 찾을 수 있을까? 어딘가에는 틀림없이 있을 거라고 믿었다. 없다고 가정하는 것은 문명국가와 인류에 대한 모욕이었다. 예술의 명성과 권위, 사유의 진지함, 문화의 온전함, 문체의 품격을 회복하기 위해 할 수 있는 모든 일을 해야 했다. 내 허락도 없이 은행 명세를 들여다본 게 틀림없는 레나타는 내가 후원자로서 얼마나 많은 돈을 쓰고 있는지 아는 것 같았다. "당신의 방주*가 필요한 사람이 누군가요? 당신이 구하려는 그 동물들은 대체 또 누구죠? 당신이 정말 그 정도로 이상주의자는 아니잖아요—당신은 악의로 가득한 채 잡지를 통해서 이쪽이든 저쪽이든 온갖 사람을 공격하고 모욕하고 싶어 안달난 거예요. 댁스터의 오만함은 당신에 비하면 아무것도 아니에요. 당신은 그 사람이 살

* 아크(ark)의 뜻.

인을 저질러도 용서받을 거라고 생각하게 만들어요. 그건 당신이 그 사람보다 몇 배나 더 오만하기 때문이죠."

"어떻게 하더라도 내 돈은 바닥날 거니까 차라리 여기 쓰고 싶은 거야—"

"쓰는 게 아니라 낭비죠." 그녀가 말했다. "당신이 캘리포니아 일에 돈을 대는 이유가 대체 뭔데요?"

"변호사나 정부에 주는 것보단 낫잖아."

"당신이 〈아크〉 얘기를 꺼내면 난 알아들을 수가 없어요. 그러니까 마지막으로 간단하게 말해봐요—무엇을, 왜 하는 거죠?"

그런 도전은 사실 고마웠다. 나는 집중하기 위해 눈을 감고 대답했다. "지난 몇 세기 동안 사상은 모두 메말라버렸어."

"누가 그래요! 당신이 오만하다는 게 바로 이런 거라고요." 레나타가 말을 가로막았다.

"아니 정말이야, 메말라버렸어. 사회적, 정치적, 철학적 이론들과 문학적 사상(불쌍한 험볼트!), 성적 사상, 그리고 아마 과학적 개념까지도."

"찰리, 당신이 그런 걸 어떻게 다 알아요? 머릿속이 뜨겁겠네요."

"세계 대중은 의식의 지점에 도달하면, 이미 쇠퇴한 사상을 새로운 것으로 받아들여. 사람들이 어떻게 알겠어? 게다가 그들의 거실이 온통 그런 투사投射로 덮여 있는데."

"당신이 하는 말들은 발음하기조차 어렵고 너무 심각해."

"나는 심각해. 가장 위대한 것, 삶에서 가장 필요한 것들이 움츠러들고 쇠퇴했어. 실제로 사람들이 그 이유로 죽어가고 수백만이, 수백만이

나 되는 사람들이 사생활과 내적 존재를 상실하고 있어. 세계 여러 곳에서 기근이나 경찰 독재 같은 것으로 희망을 잃었다는 건 이해할 수 있지만, 여기 이 자유세계에서 우리는 무슨 핑계를 댈 수 있을까? 공적 위기의 압박으로 사적 영역은 포기되고 있지. 사적 영역이 너무 혐오스러워져서 사람들이 벗어나고 싶어한다는 건 나도 인정해. 하지만 우리는 그 사적 영역의 치욕스러움을 받아들였고, 사람들은 삶을 이른바 '공적인 질문'으로 채웠어. 이런 공적인 질문이 논의될 때 우리는 무슨 이야기를 듣지? 삼 세기 동안 실패해온 사상들 이야기를 듣지. 어쨌든 모두가 경멸하고 혐오하는 개인의 종말은 우리의 파멸, 우리의 강력 폭탄을 쓸모없는 것으로 만들어버려. 내 말은, 어리석은 영혼과, 영혼이 없는 육체뿐이라면 말살시킬 만한 진지한 건 아무것도 없다는 뜻이야. 수십 년 동안, 세계 어디서도, 가장 높은 정부 직책에서 인간 같은 인간을 본 적이 없어. 인류는 상상력을 회복하고, 살아 있는 사고와 진정한 존재를 회복해야 하고, 더이상 영혼에 대한 모욕을 용납해선 안 돼. 하루빨리 그래야 한다고. 안 그랬다간! 바로 이것이, 실패한 사상에 충실했던 험볼트 같은 사람이 시를 잃고 기회를 놓친 이유야."

"하지만 그 사람은 정신이상이었잖아요. 모든 책임을 그에게만 돌릴 순 없어요. 난 그 사람을 전혀 모르지만 당신이 그를 비난할 때는 너무 심하다는 생각이 들어. 나도 알아요." 그녀가 말했다. "당신은 그가 중산층이 기대하고 인정하는 바로 그런 시인의 끔찍한 삶을 살았다고 생각하죠. 하지만 당신은 누구에게도 좋은 점수를 주지 않아요. 댁스터는 당신 개인의 애완동물일 뿐이지. 그도 점수를 얻지 못해."

물론 그녀가 옳았다. 댁스터는 언제나 이렇게 말했다. "우리가 원하는 건 중대 발언이야." 그는 내가 소매 속에 주요한 발언을 감추고 있다고 생각했다.

나는 그에게 말했다. "삶에 대한 경의, 요가 수행자나 코미사르* 같은 것 말이지. 자넨 그런 엉터리에 잘 넘어가지. 말로**가 되어서 서양에 대해 말할 수만 있다면 뭐든 내줄 테지. 자네에게는 그 덜 익은 생각들이 왜 그리 중요한가? 중대 발언이란 건 다 허풍이야. 무질서는 이미 뿌리를 내렸어." 바로 그렇다—무질서는 풍요롭고, 당혹스럽고, 고통스럽고, 다양하다. 예외적이고자 애쓰는 것으로 말할 것 같으면, 모든 것이 이미 충분히 이상했다.

피어 댁스터는 문화에 완전히 미쳐 있었다. 그는 수도사들에게 오랫동안 라틴어와 그리스어 교육을 받은 고전학자였다. 여자 가정교사에게서 프랑스어를 배우고 대학에서도 공부했다. 아랍어를 독학했고 난해한 책들을 읽었으며 핀란드나 터키의 권위 있는 학술지에 글을 발표해 모두를 놀래주고 싶어했다. 파놉스키와 모밀리아노***에 대해 특별한 존경심을 가지고 이야기했다. 자신을 아라비아의 버턴**** 혹은 T. E. 로런스라고 생각하기도 했다. 때때로 그는 기괴하고 열정적이고 희귀하고 뛰어난 글을 쓰는, 형편없이 파산한 베네치아의 코르보 남작***** 같은

* 러시아혁명 후 특정 부문에서 전권을 행사한 위원.

** 프랑스 소설가, 비평가. 저서 『서양의 유혹』에서 중국인은 서양 개인주의에 매료되고 프랑스인은 동양의 혼란스럽고 극적인 상황 속에서 목적의식을 잃을 거라고 예측했다.

*** 이탈리아 사학자.

**** 영국 탐험가, 작가, 동양학자, 군인. 아라비아 지방에 전승되는 이야기들을 『천일야화』로 편찬했다.

***** 영국 작가 프레더릭 롤프의 필명.

타입의 화려한 천재였다. 그는 자신이 손대지 않은 분야가 있다는 것을 참지 못했다. 스트라빈스키의 피아노곡을 연주했고, 발레뤼스 발레단도 무척 잘 알았다. 마티스와 모네에 관해서는 권위자라 할 만했다. 지구라트와 르코르뷔지에에 대해서도 할말이 있었다. 그는 어떤 종류의 물건을 사야 하는지, 어디서 살 수 있는지 말해줄 수 있었고, 종종 제안해주었다. 이것이 레나타가 말하는 것이었다. 예를 들어 좋은 *서류가방*은 위에서 잠그는 방식이 아니라 걸쇠가 옆면에 있어야 했다. 그는 *서류가방*과 우산에 미쳐 있었다. 모로코에 우산 손잡이용으로 적합한 나무가 자라는 농원이 있었다. 게다가 자신이 톨스토이주의자라고 했다. 좀더 부추기면 기독교도 평화주의 무정부주의자라고 말하고 단순함과 순결함에 대한 믿음을 고백할 것이다. 물론 그래서 나는 댁스터를 좋아했다. 어찌 그러지 않을 수 있겠는가? 게다가 그는 불쌍한 머리를 괴롭히는 열광 덕분에 이상적인 편집자가 될 수 있었다. 알다시피, 관심의 다양성과 그의 문화적인 이채로움 얘기다. 그는 훌륭한 언론인이었다. 널리 그렇게 인정받았다. 좋은 잡지사에서 일했다. 그러나 어디를 가나 번번이 해고되었다. 그에게 필요한 건 그의 마음에 맞는 일만 맡기는 창의적이고도 참을성 있는 편집장이었다.

그는 예상한 그대로 망토와 파란색 벨벳 정장, 캔버스천을 옆에 덧댄 부츠 차림으로 시카고미술관 앞 사자 동상들 사이에서 기다리고 있었다. 변한 것은 머리뿐으로, 앞머리가 이마를 덮는 디렉투아르 스타일*이었다. 추운 날씨 때문에 얼굴이 새빨갰다. 기다란 입은 오딧빛이

* 프랑스 집정부 시절 패션, 미술, 건축 등에서 유행한 양식. 짧게 컬한 머리와 헤어밴드가 특징적이었다.

고, 인상적인 장신에, 비뚤어진 코에는 사마귀가 나고, 눈은 표범 같았다. 만나면 우리는 언제나 반가웠고, 그래서 서로를 껴안았다. "이 친구야, 잘 지냈나? 오늘은 시카고 날씨가 좋네. 캘리포니아에 있으면 찬 공기가 그립지. 멋지군! 그렇지 않나? 자, 우리 근사한 모네 그림 보는 것부터 시작하면 어때." 우리는 *서류가방*, 우산, 캐비아, 롤빵, 마멀레이드를 보관소에 맡겼다. 나는 입장료 2달러를 내고 그와 함께 인상파 전시실로 올라갔다. 그가 언제나 곧장 향하는 모네의 〈노르웨이 겨울 풍경〉이 있었다. 집과 다리, 내리는 눈. 쌓이는 눈 사이로 분홍색 집이 보이고, 서리는 탐스러웠다. 눈과 겨울의 무게 전부가 빛의 힘으로 가볍게 떠올랐다. 순수한 장밋빛 눈 속 어스레한 빛을 바라보며 댁스터가 유리알과 은빛으로 반짝이는 코안경을 비뚤어진 억센 콧잔등에 걸치자 안색은 더욱 짙어졌다. 그는 자신이 무엇을 하는지 알았다. 이 그림과 함께 알맞은 분위기로 그의 방문이 시작되는 것이다. 그의 사고 흐름을 훤히 아는 나는 그가 이런 걸작을 어떻게 박물관에서 훔칠 수 있는지 생각하다가, 더블린에서 덴버에 이르기까지 여러 곳에서 일어난 스무 건의 대담한 예술품 절도사건—도주용 자동차와 매입자까지 완벽하게 준비한—으로 재빠르게 생각을 이어가고 있다고 확신했다. 어쩌면 이 풍경화에 수만금을 기꺼이 지불하려는 모네에 미친 대부호가 콘크리트 벙커에 밀실을 지어놓았을지 모른다는 상상까지 했을 수도 있다. 댁스터는 넓은 시야를 갈망했다(나도 마찬가지였다). 그러나 그는 나에게 수수께끼였다. 그는 친절하거나 잔인한 사람이었고, 어느 쪽인가를 결정하는 것은 힘든 일이었다. 이제 그는 사람을 교묘하게 보이게 하는 코안경을 접고 불그스름하고 그을린 얼굴로 나를 향해 돌아셨고, 커다란 고양이 같은 눈빛은 전보다 무겁고, 우울하고, 심지어 약간 사시처럼 보였다.

"가게들이 문 닫기 전에 루프에서 볼일이 있어." 그가 말했다. "나가자. 이 그림을 보고 나면 다른 그림들이 눈에 안 들어와." 그래서 우리는 맡겨둔 물건을 찾아 회전문을 나왔다. 맬러스빌딩에는 골동품 생선용 나이프와 포크를 파는 바텔스타인이라는 상인이 있었다. 댁스터는 한 벌을 사고 싶어했다. "은에 대한 논란이 있지." 그가 단호하게 말했다. "은에 닿으면 생선맛이 떨어진다고 해. 하지만 난 은이 믿음직스러워."

왜 생선용 나이프인가? 무엇을 위해, 누구를 위해? 은행은 그를 팰로앨토의 집에서 쫓아낼 예정이지만, 여전히 그의 주머니는 마르지 않았다. 때로 그는 자신이 소유한 다른 집들에 대해 이야기했는데, 이탈리아 쪽 알프스에 하나, 브르타뉴 지방에 또하나가 있었다.

"맬러스빌딩?" 내가 물었다.

"바텔스타인은 세계적으로 명성이 높아. 우리 어머니도 그를 아시지. 사교계 어느 인사에게 선물할 나이프 한 벌이 필요하시대서."

그 순간 칸타빌레와 폴리가 12월의 추위 속에 입김을 내뿜으며 우리에게 다가왔고, 길가에 시동이 켜진 채 문이 열린 흰색 선더버드의 피 같이 빨간 좌석 시트가 보였다. 칸타빌레는 미소 짓고 있었지만, 다소 부자연스러워 즐거운 기분을 드러내는 것은 아니었다. 어쩌면 댁스터의 망토와 모자, 화려한 부츠와 붉은 얼굴에 대한 반응이었는지도 모른다. 나 역시 얼굴이 붉어지는 것을 느꼈다. 반면에 칸타빌레는 유난히 창백했다. 그는 마치 공기를 도둑질해서 마시는 것처럼 호흡했다. 간절하고 혼란스러운 표정이었다. 배기가스를 내뿜는 선더버드는 차량 통행에 방해가 되기 시작했다. 나는 이날 오래도록 험볼트의 인생에 깊이 몰입했던지라 T. S. 엘리엇에 몰입했던 험볼트라면 그랬을 거라 생각하면서 인간 엔진이 택시처럼 털털대며 기다리는 보랏빛 시간* 을 떠올렸다. 그러나 곧 생각을 접었다. 내가 알아서 나서야 할 순간이었다. 나는 양쪽을 보며 빠르게 소개했다. "팔로미노 부인, 여기는 댁스터 씨, 그리고 칸타빌레."

"서둘러, 빨리, 얼른 타." 상대를 복종시키는 남자 칸타빌레가 말했다.

나는 말려들지 않을 작정이었다. "아니," 내가 말했다. "우리는 할 얘기가 많고, 저 차를 타고 꽉 막힌 도로에 갇히느니, 맬러스빌딩까지는 두 블록이니까 걸어가겠네."

"제발 그냥 타라고." 칸타빌레는 내 위로 몸을 수그리고 있었다. 하지만 몸이 벌떡 펴질 정도로 큰 소리를 질렀다.

폴리가 유쾌한 얼굴을 들었다. 이 모든 상황이 즐거운 듯했다. 일본인 머리 같은 아주 붉은 직모가 마치 폭포가 잘린 듯 늘어뜨려져 있었는데 방수 코트의 초록색과 대비되어 더 숱이 많고 가지런해 보였다. 상쾌해 보이는 뺨을 보면 성적으로 유쾌할 것 같았다. 만족스럽고 훌륭할 것이다. 남자들은 어떻게 자연스럽게 쾌감을 느끼고 쾌감을 주는 여자를 알아볼 수 있는 걸까? 심지어 나도 여자들의 뺨과 미소를 알아볼 수 있었다—남들이 알아본 다음에. 그러는 동안 고층건물 위 보이지 않는 잿빛 공간에서 조금씩 눈이 떨어지기 시작했고 우리 뒤에서 부드러운 천둥 같은 소리가 들려왔다. 천둥이 치면 열기가 느껴지

* 엘리엇의 시 「황무지」에서 인용.

는데, 붉게 언 얼굴에 한기가 스친 걸로 보아 아마도 호수 위를 지나간 초음속 비행기 굉음이거나 제트기 소음이었을 것이다. 짙어가는 어스레한 회색빛 속에서 호수 표면은 진주빛일 것이다. 올겨울 호수는 일찍부터 가장자리가 얼어붙어 하얬다—더럽지만 새하얬다. 시카고의 전반적인 역사적 운명이 도시를 물질적으로 거칠게 만들고, 공기도 토양도 거칠어지게 했지만 그래도 이 도시는 자연의 아름다움에 나름대로 한몫하고 있었다. 문제는 칸타빌레가 나를 계속 선더버드 쪽으로 밀어대면서 최고급 여우 사냥 장갑을 낀 손을 휘저어대는 통에, 가장자리가 얼어붙은 진줏빛 호수와 눈 내리는 회색빛 대기를 제대로 감상할 수 없다는 것이었다. 하지만 실내악이라는 아름다운 배경 속에서 생각에 잠기기 위해 음악회에 가는 사람처럼 칸타빌레를 활용할 수도 있었다. 인간의 미래가 자신의 영적 탐구에 달렸다고 믿고 수년 동안 두문불출하면서 내면 가장 깊은 곳에 있는 자아를 고통스럽고도 반복적으로 탐구해온 남자는, 현대 지성의 대표자들을 이해하고자 온갖 노력을 기울였음에도 완전한 좌절을 맛보았던 남자는, 이제 그 대신 자기 내면에서 발견한 영혼의 실마리를 따라가보기로 작정했고, 칸타빌레 같은 자에게서 특수한 자극을 발견했다.

"가자고!" 칸타빌레가 나에게 소리쳤다.

"못 가. 난 댁스터 씨와 의논할 일이 있어."

"아, 시간은 있어—시간 많아." 댁스터가 말했다.

"그럼 생선용 나이프는? 갑자기 관심이 사라졌나보군." 내가 댁스터에게 말했다.

칸타빌레의 목소리는 분노로 높고 날카로워졌다. "난 좋은 일을 해주려는 거야, 찰리! 십오 분만 시간 내면 그 망할 나이프를 살 수 있게 맬러스빌딩에 바람같이 데려다주겠어. 재판은 어땠나, 친구? 어땠는지 알겠군! 그놈들이 네 피를 뽑아 가려고 잘 씻은 병을 한 상자 준비하고 기다렸겠지. 피가 벌써 다 빠져나간 것처럼 보여. 얼굴이 지랄같이 핼쑥하다고. 점심 이후로 열 살은 더 먹은 것 같아. 하지만 나는 네게 줄 답을 가지고 있고 그걸 증명해주지. 찰리, 오늘 1만 달러를 넣으면 목요일에는 1만 5천이 될 거야—그렇게 안 되면 내가 네 메르세데스에 썼던 방망이로 내 머리를 때리게 해줄게. 스트론슨에게 기다리라고 했어. 현금이 급한가봐."

"그런 일에 끼고 싶지 않아. 난 고리대금업자가 아니야."

"바보 같은 소리 마. 빨리 움직여야 한다고."

나는 폴리를 힐끗 보았다. 그녀는 나에게 칸타빌레와 스트론슨에 대해 경고했었고, 나는 말없이 그녀를 살폈다. 그녀의 미소는 그때의 경고를 확인해주고 있었다. 하지만 그녀는 시동이 걸려 있는 빨간 가죽 시트의 오픈카 선더버드에 우리를 억지로 밀어넣으려는 칸타빌레의 결의를 아주 재미있어하고 있었다. 그의 행동은 납치나 다를 바 없었다. 우리는 시카고미술관 앞 넓은 보도에 있었고, 범죄의 전설을 사랑하는 사람들은 바로 이곳에서 저 유명한 디언 오배니언*이 시속 100마일로 부가티를 몰고 돌아다닐 때마다 보행자들이 몸을 피했다는 이야기를 들려줄 수도 있을 것이다. 나는 실제로 이 이야기를 댁스터에게 했었다. 댁스터는 어디를 가든 특징적인 것, 본질을 경험하고 싶어했

* 1920년대 시카고의 밀주전쟁 당시 알 카포네의 주요 경쟁자였던 갱 단원.

다. 시카고의 본질을 맛보며 즐거워진 그가 웃으며 말했다. "지금 바텔스타인을 못 만나더라도 아침에 공항 가면서 들르면 돼."

"폴리," 칸타빌레가 말했다. "운전석에 앉아. 순찰차가 오고 있어." 버스들이 선더버드 옆을 비집고 지나가려 애를 썼다. 차들이 꽉 막혀 있었다. 경찰은 밴뷰런 스트리트에서부터 벌써 경광등을 밝히고 있었다. 댁스터는 폴리를 따라 차로 갔고, 나는 칸타빌레에게 말했다. "로널드, 이제 가. 나 좀 내버려둬."

그는 노골적으로 끔찍한 폭로라도 하는 듯한 표정을 지었다. 나는 나와 다른 먼 영역에서 나만큼이나 극심하고 복잡한 상황과 씨름하는 영혼을 보았다. "나도 억지로 이러고 싶진 않았어." 그가 말했다. "하지만 네 팔을 비틀지 않을 수 없게 만드는군." 꽉 끼는 승마용 장갑을 낀 손가락들이 내 소매를 잡았다. "네 평생 친구라는 서트머르가 곤란한 꼴을 당하느냐 마느냐가 너한테 달렸어."

"왜? 무슨 일인데?"

"지금 말하잖아. 젊고 예쁜 여자가 하나 있는데—그 여자 남편이 내 동료야—도벽이 있어. 그 여자가 마셜필즈백화점에서 캐시미어 카디건을 훔치다가 잡혔어. 그런데 서트머르가 그 여자 변호를 맡았지, 알겠어? 내가 서트머르를 추천했단 말이야. 그 사람이 법정에서 판사에게 여자를 감옥에 보내면 안 된다고, 정신과 치료가 필요하니까 책임지고 치료받게 하겠다고 말했어. 그래서 법원은 서트머르의 보호 아래 여자를 석방했어. 서트머르는 곧바로 여자를 모텔로 데려가서 옷을 벗겼지만, 일이 벌어지기 직전에 여자는 도망쳤어. 벌거벗은 채 호텔 변기에 둘러놓는 종이 띠만 간신히 두르고 뛰쳐나왔다고. 목격자가 많

아. 정직한 여자야. 모텔에 들락거리지 않는다고. 도벽이 유일한 문제지. 난 너를 생각해서 그 여자 남편을 붙잡아두고 있어."

"자넨 늘 말도 안 되는 소리만 하는군, 칸타빌레, 갈수록 더 그런 소리만 해. 서트머르가 얼간이처럼 굴 때가 있긴 해도 그런 괴물은 아냐."

"좋아, 그럼 그 남편을 풀어주지. 네 친구가 변호사 자격을 박탈당하지 않을 거라고 생각하나? 박탈당할 거야—틀림없이."

"자넨 뭔가 수상한 이유 때문에 이야기를 지어내고 있어." 내가 말했다. "서트머르에 대해 뭔가 잡았다면 바로 협박을 했겠지."

"마음대로 생각해, 돕기 싫으면 그만두라고, 내가 그 새끼를 찢어죽일 거니까."

"상관없어."

"나한테 그런 소리 할 필요 없어. 네가 어떤 사람인 줄 아나? 고립주의자, 그게 진짜 너야. 다른 사람들이 어떻게 되든 상관 안 하지."

모두가 나에게 내 잘못이 무엇인지 끊임없이 지적하는 동안, 나는 크고 허기진 눈을 뜨고 서서 모든 것을 믿고 원망한다. 형이상학적 안정감이 없다면 나 같은 사람은 비판받는 성 세바스티아누스*다. 이상한 것은 내가 가만히 있다는 것이다. 하얀 코에서 음모와 비판의 기운을 내뿜는 칸타빌레에게 체크무늬 코트 소매를 붙잡힌 지금처럼 말이다. 나에게는 모든 상황이 나를 폄훼하는 정보를 제공하는 것보다, 상황을 활용해 숨겨진 정보를 캐내는 것이 중요하다. 최근 캐낸 정보에 따르면 나는 소우주적-대우주적 사상이나 인간에게 일어나는 모든 일은 세

* 3세기 기독교 순교자.

계적 의미를 갖는다는 믿음을 필요로 하는 사람 같다. 그러한 믿음은 내 환경을 따뜻하게 감싸고, 상쾌하고 반짝이는 잎을 틔우고, 때묻지 않은 자아가 순결을 지키며 창조주와 감사의 마음으로 소통하는 숲에 오렌지가 열리게 한다. 이것이 내가 진정한 나 자신이 될 수 있는 유일한 방법일 수도 있다. 그러나 현실의 우리는 미시간 대로의 춥고 넓은 보도 위에 있었고, 시카고미술관을 뒤에 두고, 크리스마스 교통 체증으로 번쩍거리는 불빛들과 피플스가스 회사와 다른 회사들의 하얀 건물 전면들과 마주보고 있었다.

"내가 어떤 사람이든 간에, 칸타빌레, 나하고 내 친구는 자네를 따라가지 않을 거야." 나는 차에 타려는 댁스터를 말리려고 급히 선더버드로 갔다. 그러나 그는 이미 푹신한 좌석에 몸을 묻고는 망토를 여미고 있었다. 무척 기분이 좋아 보였다. 내가 머리를 들이밀고 말했다. "내려. 우린 걸어갈 거야."

하지만 칸타빌레가 나를 댁스터 옆자리로 밀어넣었다. 그는 두 손으로 내 엉덩이를 밀었다. 그러고는 앞좌석을 뒤로 젖혀 꼼짝 못하게 만들었다. 그런 다음 문을 당겨 쾅 닫고는 말했다. "출발해, 폴리." 폴리는 시키는 대로 했다.

"날 여기에 밀어넣고 가둬서 대체 뭘 어쩔 셈인가." 내가 말했다.

"경찰이 코앞에 있었잖아. 따지고 자시고 할 시간이 없었어." 칸타빌레가 말했다.

"이건 말 그대로 납치야." 내가 그에게 말했다. '납치'라는 말을 입밖에 내자마자 내 심장은 무서운 위협을 마주한 아이처럼 부어올랐다. 그러나 댁스터는 커다란 입으로 킬킬 웃었고, 반짝이는 눈에 주름이 잡혔다. 그가 말했다. "히히, 너무 심각하게 받아들이지 마, 찰리. 아주 재밌는 순간이야. 즐겨."

댁스터는 이보다 더 행복할 수 없었다. 그는 정말 시카고적인 경험을 하고 있었다. 그를 위해 이 도시가 제 명성에 부응하고 있었다. 그 모습을 보자 나는 다소 마음이 가라앉았다. 나는 정말 친구에게 훌륭한 대접을 하고 싶었던 것 같다. 댁스터가 시카고에 왔다는 말을 듣자마자 캐비아와 갓 구운 롤빵과 마멀레이드를 사지 않았던가? 나는 스톱앤드숍의 종이봉투를 아직도 들고 있었다.

교통 체증으로 길이 혼잡했지만 폴리의 운전 솜씨는 뛰어났다. 브레이크도 밟지 않고 머뭇거림도 없이, 겁내지 않는 노련함으로 흰색 선더버드를 매끄럽게 왼쪽 차선으로 진입시키는 놀라운 운전사였다.

불안해진 칸타빌레는 우리를 향해 뒤쪽으로 몸을 틀고 말했다. "내가 뭘 갖고 있는지 봐. 내일 조간신문 시쇄 사본이야. 인쇄소에서 일하는 사람한테 샀어. 돈이 많이 들었지. 하나 말해줄까? 우리가 마이크 슈나이더만 칼럼에 나왔어. 들어봐." 그가 읽기 시작했다. "'프랑스 레지옹 쉐보레*이자, 시카고 작가, 영화 〈폰 트렌크〉를 저술한 authored 찰리 시트린이 플레이보이 클럽에서 암흑가 인물에게 포커 빚을 갚았다. 대학에 가서 포커 세미나를 수강하는 게 좋겠네, 찰스.' 어때, 찰리? 마이크가 네 자동차며 우리가 갔던 초고층건물이며 나머지 다른 일들을 모르는 게 아쉽군. 자, 이제 어떻게 생각해?"

"어떻게 생각하느냐고? '저술하다author'를 동사로 쓰는 건 받아들

* '슈발리에(기사)'를 자동차 모델명으로 잘못 읽은 것.

일 수 없어. 그리고 난 워배시 애비뉴에서 내리고 싶어."

신문을 읽지 않는다면 시카고는 좀더 견딜 만한 곳이다. 우리는 매디슨 스트리트에서 서쪽으로 차를 돌려 엘 철도의 검은 골조 아래를 지났다. "세우지 마, 폴리." 칸타빌레가 말했다. 우리는 스테이트 스트리트의 크리스마스 장식과 산타클로스와 사슴이 있는 쪽을 향해 나아갔다. 이 순간 안정감을 주는 유일한 것은 폴리의 기가 막힌 운전 솜씨였다.

"메르세데스 얘기 좀 해봐요." 댁스터가 말했다. "무슨 일이 있었죠? 초고층건물은 또 무슨 얘깁니까. 칸타빌레 씨, 플레이보이 클럽에 있었다는 암흑가 인물이 당신이에요?"

"알 만한 사람은 아는 이야기죠." 칸타빌레가 말했다. "찰리, 그 차 수리비가 얼마지? 차를 판 사람에게 가지고 갔어? 바가지나 씌우는 그런 놈들은 멀리하는 게 좋아. 기름 묻은 원숭이들* 일당이 400달러나 하잖아. 사기꾼들! 나는 싸고 잘하는 정비공장을 알아."

"고맙군." 내가 말했다.

"비꼬지 마. 다른 건 몰라도 최소한 그 비용은 얼마간 해줄 수 있어."

나는 대꾸하지 않았다. 내 마음은 하나의 문제에 사로잡혀 있었다. 당장 여기서 벗어나길 바랐다. 절대 있고 싶지 않았다. 완전한 비참함이었다. 존 스튜어트 밀의 말을 떠올릴 만한 순간은 아니었지만, 어쨌든 떠올렸다. 대강 이런 말이었다. 우리가 해야만 하는 일들이 하잘것없고 경멸스러운 것일 때 고귀한 정신이 할 일은 어쩌고-저쩌고, 어쩌고-저쩌고, 어쩌고-저쩌고. 이 경멸스러운 일에서 참으로 가치 있는 유

---

* '정비사'를 경멸적으로 부르는 말.

일한 것이란 그것을 수행하는 정신이다. 나는 주변 어디에서도 가치를 찾을 수 없었다. 그러나 *조악한 재능의 인간*의 과제들이 초자연적 매개자에 의해 이루어지는 것이고 지혜나 미덕은 필요 없다고 위대한 밀이 말했다면,* 오! 인간이 인간에게서 소중하다고 생각할 만한 건 거의 없을 것이다. 이것이 바로 미국이 스스로 빚어낸 문제다. 선더버드야말로 초자연적인 매개자와 다를 바 없다. 그리고 인간은 또 무엇을 가치 있게 생각하는가? 폴리는 우리를 실어나르고 있었다. 저 붉은 머리다발 아래, 누군가 그녀에게 물어본다면 무엇을 가치 있게 생각하는지 아는 두뇌가 분명히 있다. 그러나 아무도 그녀에게 묻지 않았고, 운전하는 데 두뇌가 많이 필요하지도 않았다.

우리는 윤곽이 곡선을 이루고 있고, 층층이 금빛 불이 켜져 있는 우뚝 솟은 퍼스트내셔널은행을 지나갔다. "저 근사한 건물은 뭐지?" 댁스터가 물었다. 아무도 대답하지 않았다. 우리는 매디슨 스트리트를 달렸다. 이 속도로 곧장 서쪽으로 간다면 약 십오 분 후 외곽의 발트하임공동묘지에 다다를 것이다. 그곳에 나의 부모님이 눈발이 흩어진 풀밭과 비석 아래 누워 있다. 겨울의 어스름 속에서 사물은 희미하게 보일 것이다. 물론 우리는 묘지로 가고 있는 것이 아니었다. 우리는 라살 스트리트로 접어들었고, 택시들과 신문 운송 트럭들, 주식중매인들과 기업 변호사들—더 강한 도둑, 더 고귀한 정치인, 미국 기업의 정신적 엘리트들, 매일 매시간 매 순간 앞에 놓인 인간의 운명 저 위에 아주 높이 떠 있는 독수리 같은 그들의 재규어, 링컨, 롤스로이스 틈바구니에 갇혔다.

* 밀의 『재능론』에서 인용.

“젠장, 스트론슨을 놓치겠어. 그 뚱보 개자식은 사무실 문을 닫자마자 애스턴마틴*을 타고 내빼버린단 말이야.” 칸타빌레가 말했다.

그러나 폴리는 운전석에 조용히 앉아 있었다. 길이 막혔다. 댁스터는 마침내 칸타빌레의 관심을 끄는 데 성공했다. 나는 한숨을 쉬었고, 사람들이 나를 내버려두자 나 역시 신경을 껐다. 어제 러시아 목욕탕 건물 화장실에서 총구에 떠밀려 더러운 칸에 강제로 들어갔을 때와 똑같았다. 나는 생각했다. 이 번쩍거리고, 진동하고, 래커칠이 된 자동차의 따뜻한 어둠 속에 앉아 있는 다른 세 사람도 분명 나만큼이나 묘한 생각을 하고 있을 거라고. 그러나 그들이 나보다 인지하지 못하는 것이 명백했다. 그럼 내가 인지하고 있었던 것은 무엇이었는가? 전에는 나 자신이 어디에 있는지 안다고 생각했었음을 인지하고 있었다(우주를 기준으로). 잘못 알고 있었다. 하지만 적어도 무지에 뭉개지지 않을 만큼 정신적으로 효율적이었다고는 말할 수 있다. 그러나 이제 나는 시카고에 있지도, 그 너머에 있지도 않다는 것을 알았고, 시카고의 물질적이고 일상적인 관심과 현상이 충분히 현실적이거나 생생하지도 않고 상징적으로 명백하지도 않다는 것이 나에게 분명해졌다. 그래서 생생한 현실성도 상징적 명확성도 갖지 못한 채 나는 한동안 어디에도 있지 않았다. 이것이 바로 내가 도리스의 아버지인 셸트 교수를 찾아가 난해한 주제에 관해 길고 신비로운 대화를 나눈 이유였다. 그는 나에게 에테르체와 아스트랄체, 지적 영혼과 의식적 영혼, 그리고 불과 지혜와 사랑으로 이 우주를 창조하고 인도하는 보이지 않는 존재들에

* 영국제 고급 스포츠카.

관한 책들을 읽으라고 주었다.* 나는 그의 딸과의 정사보다 셸트 박사의 이야기에 훨씬 큰 전율을 느꼈다. 사실 도리스는 좋은 사람이었다. 매력적이고 활발하고, 공평하고, 옆모습이 날카롭고, 전체적으로 훌륭한 젊고 자그마한 여자였다. 그녀는 비프웰링턴** 같은 색다른 요리를 고집했는데, 페이스트리도 고기도 언제나 설익었지만 그런 건 문제가 아니었다. 내가 그녀와 가까워진 건 레나타와 그녀의 어머니가 나를 내쫓고 플론제일리를 내 자리에 들여앉혔기 때문이었다. 도리스는 결코 레나타에게 견줄 만한 인물이 못 되었다. 레나타? 그렇다, 레나타는 차에 시동을 걸 때 열쇠가 필요하지 않은 여자였다. 후드에 키스만 해도 시동이 걸렸다. 그녀를 위해 포효했다. 그러나 셸트 양은 사회적으로 야심이 있었다. 시카고에서 지적인 관심이 많은 남편을 찾기란 쉽지 않고, 도리스가 마담 슈발리에 시트린이 되고 싶어하는 건 당연했다. 그녀의 아버지는 아머공과대학***의 물리학자이고 IBM의 중역이었으며, NASA 고문으로서 우주선에 사용되는 금속을 개선하기도 했다. 또한 인지학자이기도 했다. 그는 이것을 신비주의라 부르는 것을 싫어했다. 그는 슈타이너가 보이지 않는 것을 연구한 과학자였다고 주장했다. 도리스는 마지못해 아버지가 괴짜라고 말했다. 그녀는 나에게 그에 관한 많은 사실을 말해주었다. 그는 장미십자회**** 회원이었고,

* 슈타이너에 따르면, 인간은 물질체, 에테르체, 아스트랄체, 영혼(자아)으로 구성되어 있다.

** 스테이크 필레를 푸아그라로 싸고 다시 페이스트리에 말아서 구운 요리.

*** 현 일리노이공과대학.

**** 15세기 독일에서 창설된 신비주의적 비밀 결사.

그노시스파* 사람이었으며, 죽은 사람에게 큰 소리로 글을 읽어주었다. 그리고 최근의 사조가 어떻건, 재주가 있건 없건 여자로서 성적인 활동을 할 나이에 이른 도리스는 나와 있을 때 아주 대담하게 행동했다. 그러나 그 전부가 잘못이었고, 나는 그녀와 있을 때 나 자신이 아니었고, 가장 최악의 순간은 "레나타! 아, 레나타!" 하고 외친 것이었다. 그러고는 나 자신에게 충격을 받고 곤혹스러워하며 누워 있었다. 하지만 도리스는 나의 외침을 전혀 나쁘게 받아들이지 않았다. 전적으로 이해해주었다. 그것이 그녀의 주된 강점이었다. 그리고 내가 교수를 찾아가 대화를 시작했을 때는 내가 스승의 딸과 더이상 잠자리를 하지 않을 것임을 이해한 듯 품위를 지켰다.

교수의 정결한 응접실에 앉은 나는 더없이 행복했다. 투명하게 왁스칠을 한 가벼운 쪽모이 나무 바닥에, 보풀 하나 없는 작은 동양풍 카펫, 깨끗한 공기 속에서 말을 달리는 셔먼 장군**의 기마상이 있는 공원이 내려다보이는 그토록 깨끗한 방에 나는 앉아본 적이 없었다. 나는 셸트 박사를 존경했다. 그가 말하는 이상한 것들은 적어도 심오한 것들이었다. 오늘날 사람들은 더이상 그런 이야기를 하지 않는다. 그는 전적으로 다른 시대 사람이었다. 옷조차 1920년대의 컨트리클럽 회원처럼 입었다. 나는 이런 부류의 사람들을 위해 캐디 노릇을 했었다. 위넷카에 있는 선셋리지에서 나의 단골 중 하나였던 매슨 씨는 셸트 교수를 빼닮았다. 나는 매슨 씨가 오래전에 죽은 자들 무리와 어울

---

* 2세기 무렵 그리스, 로마 등지에서 기독교를 극복하려던 지적이고 신비주의적인 사상의 한 경향. '영지주의'라고도 한다.

** 남북전쟁 당시 북군 장군.

렸다고 생각하는데, 그가 모래 벙커에서 올라오던 모습을 기억하는 사람은 이 우주에서 나 하나뿐일 것이다.

"셸트 박사님……" 태양은 맑게 빛나고, 그 너머 물은 내가 얻지 못한 내면의 평화만큼 잔잔하고 혼란만큼 주름져 있었다. 무한한 힘과 유연한 근육을 가진 그 호수는 강인했다. 응접실에 아네모네를 가득 꽂은 반짝이는 크리스털 화병이 있었다. 그 꽃들에게 있는 것이라곤 우아함뿐이었고, 무한에서 파생된 설명할 수 없는 불꽃의 색을 띠고 있었다. "자, 셸트 박사님," 나는 말한다. 그의 지성이 얼마나 신뢰할 만한지—지금 여기 우리가 진짜인지, 아니면 미친 건지 판단하려고 황소의 얼굴처럼 차분한, 흥미를 보이는 그의 평범한 얼굴을 향해 나는 말한다. "제가 이것들을 조금이라도 이해하는지 알아볼까요—내 머릿속에 있는 생각은 외부 세계의 생각이기도 하다. 자아의 의식은 객체와 주체 사이에 잘못된 구별을 만들어낸다. 제가 올바로 이해하는 걸까요?"

"그래, 그런 것 같네." 강인한 노인이 말했다.

"나의 목마름을 해소하는 것은 내 입에서 시작되는 것이 아니다. 그것은 물에서 시작되고, 물은 저 바깥, 외부 세계에 있다. 진리도 마찬가지다. 진리는 우리 모두가 공유하는 것이다. 둘 더하기 둘은 누구에게나 둘 더하기 둘이며 내 자아와는 아무 상관이 없다. 이것이 제가 이해하는 바입니다. 자리를 떠난 돌에게 의식이 있다면, 마치 돌이 자의로 그런 듯 '나는 공중을 날고 있다'고 생각할 수 있다고 했던 스피노자의 명제에 대한 답이기도 하죠. 그러나 돌에 의식이 있다면, 그것은 단순한 돌이 아닐 것이다. 그 돌은 움직임을 만들어낼 수도 있다. 사유, 생각하고 아는 힘은 자유의 근원이다. 사유하면 정신이 존재한다는 것이 분명해진다. 물리적 육체는 정신의 매개체이며 거울이다. 육체는 정신의 엔진이자 그 반영이다. 그것은 정신이 그 자신에게 보내는 독창적인 전언이며, 내가 거울을 통해 나의 얼굴을 보듯이 정신은 나의 육체를 통해 자신을 본다. 나의 신경은 이것을 반영한다. 지구는 말 그대로 생각의 거울이다. 대상들 그 자체는 생각의 현신이다. 죽음은 거울이 제 기능을 하는 데 필요한 어두운 뒷면과 같다. 모든 인식은 우리 내면에서 어느 정도 죽음을 촉진하며, 이러한 어두움은 필수적이다. 꿰뚫어볼 수 있는 사람은 그런 내면을 보는 시각을 어떻게 얻는지 배울 때 비로소 볼 수 있게 된다. 그러기 위해서는 자신에게서 벗어나 멀리 떨어져 있어야 한다."

"다 책에 있는 내용이군." 셸트 박사가 말한다. "자네가 전부 이해했는지 확신할 순 없지만, 상당히 정확해."

"네, 부분적으로는 이해하는 것 같습니다. 우리의 이해력이 필요로 하면, 신성한 지혜가 우리에게로 흘러옵니다."

그러자 셸트 박사가 성경의 나는 세상의 빛이다* 구절에 대해 말하기 시작한다. 그는 그 빛을 태양이라고도 이해한다. 또한 그는 「요한복음」이 지혜로 가득한 지품천사에 근거하고, 「누가복음」은 치품천사의 뜨거운 사랑에 근거한 거라고 말한다—지품천사와 치품전사와 좌품천사가 아홉 등급의 천사들 중 정신적으로 가장 높은 세 등급이라고도 말한다. 내가 따라가고 있는지 전혀 확신이 없다. "셸트 박사님, 저는

---

* 「요한복음」 8장 12절.

이렇게 차원 높은 내용에 대한 경험은 없지만, 이런 이야기를 들으면 유난히 기분이 좋고 위안이 됩니다. 저는 제가 어디에 있는지 전혀 모르겠습니다. 언젠가 제 삶이 좀 조용해지면, 수련 과정에 들어가 본격적으로 연구해보려 합니다."

"언제 자네 삶이 조용해질까?"

"모르겠습니다. 하지만 이런 대화를 나눈 후에 영혼이 얼마나 강해진 느낌이 드는지 아마 많은 사람에게 들으셨겠죠."

"조용해질 때까지 기다려선 안 되네. 자네가 삶을 잠재울 결심을 해야지."

그는 아직도 내가 상당히 회의적이라는 것을 알았다. 나는 달의 진화, 불의 정령, 생명의 아들, 아틀란티스, 정신적 지각의 연꽃 기관, 혹은 아브라함과 자라투스트라의 기묘한 혼합, 혹은 예수와 부처의 만남 같은 것은 받아들일 수 없었다. 나에게는 너무 벅찼다. 그럼에도 그 이론이 자아나 잠, 죽음에 대해 내가 궁금해하거나 바라거나 아는 것을 다루면 언제나 진실로 들렸다.

게다가 죽은 사람들에 대해서도 생각해볼 것들이 있었다. 내가 죽은 사람들에 대해 완전히 흥미를 잃은 것이 아니라면, 어머니와 아버지, 데미 퐁헬이나 폰 험볼트 플라이셔에 대해 단지 세속적인 슬픔을 느끼는 데서 만족하는 것이 아니라면, 나는 그들의 죽음이 종국적이었다는 것, 죽은 자는 죽었다는 것을 확신하기 위한 탐구를 해야 할 의무가 있었다. 죽음의 종결성을 받아들이고 그 이상의 암시를 거부하거나, 유치한 감상과 갈망을 멈추거나, 완전하고도 적합한 탐구를 수행하는 것이 옳았다. 내가 어떻게 탐구를 거부할 수 있는지 알 수 없었기 때문이다. 그렇다, 나는 이것을 배의 동료들을 모두 집어삼킨 키클롭스에게 당해 돌이킬 수 없이 잃어버린 것[*]이라고 생각하도록 스스로를 강제할 수 있었다. 나는 인간사를 전장이라고 생각할 수 있었다. 쓰러진 자들은 흙구덩이에 던져지거나 불에 타 재가 되었다. 그다음에 너는 너에게 생명을 준 남자와 너를 낳은 여자에 대해, 그리고 화장을 하고 귀걸이를 걸고 아이들와일드[**]에서 멋진 황금색 두 다리를 디뎌 비행기에 오르던 데미 퐁헬에 대해, 마지막으로 웨스트엔드 포티식스스 스트리트에서 프레첼을 먹던 명석한 대화의 대가 폰 험볼트 플라이셔에 대해 더 물어선 안 된다. 너도 언젠가 그렇게 되겠지만, 그들이 영원히 사라졌다고 단순하게 생각할 수 있어야 한다. 그러므로 거리에서 살인을 목격한 군중이 중립적인 증인으로서 일간신문에 제보한다면, 그들의 중립성에 비논리적인 것은 전혀 없다. 세상의 모든 사람이 명백히 도달할 죽음에 대한 형이상학적 가정에 따르면, 죽음은 모든 인간을 낚아채고 범하고 목 졸라 질식시킨다. 이 공포와 살인은 세상에서 가장 자연스러운 것이다. 이와 똑같은 결론이 모든 조직과 정치, 교육, 은행, 법이 있는 사회와 현재의 삶에 적용된다. 이런 확신을 얻었지만, 내가 치품천사와 지품천사와 좌품천사와 주품천사와 능품천사와 권품천사, 천사들과 정령들에 대해 이야기하기 위해 셸트 박사를 찾지 못할 이유가 없었다.

마지막으로 만났을 때 나는 셸트 박사에게 이렇게 말했다. "박사님,

---

* 트로이전쟁에 승리한 후 귀향하던 오디세우스는 거인족 키클롭스에게 공격당해 배에 같이 탔던 동료를 모두 잃었다.

** J. F. 케네디공항이 개발 단계에서 불리던 이름.

『세계사에 나타난 정신적 힘의 추동력』을 읽다가 잠에 관한 매혹적인 구절을 보았습니다. 지금의 인류는 어떻게 잠을 자는지 모른다고 쓰여 있더군요. 잠을 자는 동안 응당 일어나야 할 일이 일어나지 않기 때문에 잠에서 깨어도 찌뿌듯하고, 피로가 가시지 않고, 삭막하고 쓸쓸한 기분을 느끼는 거라고요. 제가 올바로 이해했는지 알고 싶습니다. 육체는 자고, 에테르체는 잠들지만, 영혼은 떠나갑니다."

"그렇지." 셸트 교수가 말했다. "잠이 들면 영혼은 초감각적인 세계 혹은 그 영역 중 한 곳으로 들어가지. 간단히 말하자면 자기 자신을 구성하는 원래의 요소로 들어가는 거야."

"그렇다고 생각하고 싶습니다."

"그러지 못할 이유가 있나?"

"그럼 제가 잘 이해했는지 확인해보겠습니다. 초감각적인 세계에서 영혼은 고대 신비 세계 입문자들에게 알려진, 보이지 않는 힘을 만나죠. 그곳에 있는 모든 존재에게, 살아 있는 자들이 접근할 수 있는 것은 아니며, 일부만 접근할 수 있는데, 그건 불가결한 일입니다. 또한 그 책에서 말하길, 우리가 잠을 잘 때, 그날 하루 동안 우리가 했던 말들이 주변에서 진동하고 메아리친다고 합니다."

"문자 그대로의 말들은 아니지." 셸트 박사가 정정했다.

"네, 말의 목적인 감정 상태, 기쁨이나 고통 같은 것이겠죠. 생각하고 느끼고 말한 것들이 자는 동안 진동하고 메아리치면서 우리는 저 세계 존재들과 소통합니다. 그러나 우리의 일상적인 바보짓이 그렇듯 너무도 저급한 관심사 탓에 언어가 저속해지고, 단어도 타락하고 손상을 입었습니다. 우리가 어리석고 우둔한 이야기를 너무 많이 했기 때문에, 고차원적 존재들은 그저 주절거리는 소리, 투덜거리는 소리, 텔레비전 광고 소리만 듣는 겁니다—개밥 수준의 소리를요. 이런 소리들은 그 존재들에게 아무것도 말해주지 않지요. 이렇듯 차원 높은 생각도 시詩도 없는 물질주의에서 고차원적 존재들이 무슨 즐거움을 찾을 수 있겠습니까? 그 결과, 우리가 자면서 들을 수 있는 소리란 고작 뭔가가 삐걱거리고 쉭쉭거리는 소리와 씻는 소리, 화초가 바스락거리는 소리, 에어컨 소리뿐입니다. 그래서 고차원적 존재들은 우리를 이해할 수 없게 되었습니다. 그들은 우리에게 영향을 미칠 수 없고 그들도 그에 따르는 결핍에 시달립니다. 제가 바르게 이해했나요?"

"그렇군, 대체로."

"그러자 불면증을 호소하던 죽은 친구가 궁금해졌습니다. 시인이었죠. 그 사람이 왜 그렇게 수면장애를 겪었는지 이제 이해가 갑니다. 아마 수치스러웠던 것 같습니다. 잠 속으로 옮겨갈 적당한 말을 찾지 못했다는 뜻입니다. 실제로 그 사람은 밤마다 겪는 수치심과 고뇌보다 불면증을 오히려 더 좋아했을지도 모릅니다."

선더버드는 라살 스트리트의 루커리빌딩 앞에 섰다. 칸타빌레가 뛰어내렸다. 그가 덱스터가 내릴 수 있게 문을 열어주는 동안 내가 폴리에게 말했다. "저, 폴리, 도움이 될 만한 얘기 좀 해줘요."

"스트론슨이란 사람이 지금 아주 난처한 입장에 처했대요." 그녀가 말했다. "아주, 아주, 아주 큰 문제요. 내일 신문을 보세요."

우리는 타일이 깔리고 난간이 세워진 빌딩 로비를 지나 고속 엘리베이터를 타고 올라갔다. 칸타빌레는 마치 최면이라도 걸려는 듯 나에게 반복해서 말했다. "오늘 1만 달러만 내면 목요일까지 1만 5천 달러를 만들어줄 수 있어. 사흘 만에 50퍼센트를 얻는 거지. 50퍼센트." 우리는 하얀 복도로 나와 웨스턴 헤미스피어 투자회사라고 쓰인 커다란 삼나무 문과 마주했다. 칸타빌레는 이미 약속된 듯 암호 같은 노크를 했다. 세 번 두드리고, 쉬고, 한 번 두드리고, 마지막으로 한 번. 이런 게 필요하다는 것이 이상했지만, 그 정도로 돈을 불려주는 사람이라면 투자하려고 몰려오는 자들을 피하나보다고 생각했다. 예쁜 접수원이 우리를 들여보내주었다. 대기실에는 카펫이 두껍게 깔려 있었다. "그 사람이 여기 있어." 칸타빌레가 말했다. "잠깐 기다려줘."

댁스터는 커플소파처럼 보이는 나지막한 오렌지색 소파에 앉았다. 회색 잡역부 재킷을 입은 남자가 우리 주변에서 요란하게 진공청소기를 돌리고 있었다. 댁스터는 챙 넓은 멋쟁이 모자를 벗고 이마 위로 들쭉날쭉 뾰족한 디렉투아르 스타일 앞머리 끝을 자연스러워지도록 매만졌다. 그가 구부러진 파이프의 부리를 가지런한 입술로 물고 나에게 말했다. "앉지." 나는 댁스터에게 캐비아와 마멀레이드가 든 봉투를 건네고 스트론슨의 개인 사무실 문 앞에 선 칸타빌레에게 갔다. 그리고 그의 겨드랑이에서 내일자 신문을 잡아 빼려 했다. 그러자 그가 신문을 붙잡았고, 우리는 실랑이를 벌였다. 그의 코트가 벌어지며 벨트에 찬 권총이 보였지만 더이상 나를 저지하지는 못했다. "원하는 게 뭐야?" 그가 말했다.

"슈나이더만의 칼럼을 보고 싶어."

"그럼, 찢어줄게."

"자네가 그런다면 난 갈 거야."

그러자 그는 나에게 거칠게 신문을 밀어주고 스트론슨의 사무실로 들어갔다. 신문을 재빨리 넘겨 경제면에서 스트론슨과 헤미스피어 투자회사의 재정적 어려움을 다룬 기사를 찾았다. 미국 증권거래위원회가 그에게 소송을 제기했다. 그는 연방 증권거래 규정을 위반한 혐의로 기소되었다. 우편을 이용해 사기를 쳤고, 미등록 증권을 거래했다. 증권거래위원회는 제출한 진술서에서, 귀도 스트론슨은 하버드 졸업생이 아니라 뉴저지의 고등학교 중퇴자이고, 플레인필드에 있는 대리수금 회사에 말단 사원으로 입사하기 전까지 주유소에서 일하던 자로 순 사기꾼이라 주장했다. 그는 아내와 네 자녀를 버렸다. 그들은 지금 동부에서 생계지원금으로 살아가고 있다. 시카고로 온 귀도 스트론슨은 라살 스트리트에 멋진 사무실을 차리고는 하버드 비즈니스스쿨 학위를 포함해 여러 가지 번쩍거리는 증명서를 만들었다. 그는 하트퍼드에서 보험회사 임원으로 상당한 성공을 거뒀다고 말하고 다녔다. 그의 투자회사는 곧 돼지고기, 코코아, 금광석에 투자하려는 많은 고객을 끌어들였다. 노스쇼어에 저택을 샀고, 여우 사냥에 입문해보려 했다. 고객들의 불만 신고가 접수되자 연방정부가 수사를 개시했다. 진술서는 스트론슨의 고객 상당수가 마피아라는, 라살 스트리트에 퍼진 소문으로 마무리되어 있었다. 스트론슨이 그 고객들에게 수백만 달러의 손해를 끼친 게 분명했다.

오늘밤 광역 시카고에 이 사실이 알려질 것이고, 내일 이 사무실로 사기당한 투자자들이 떼로 몰려들 것이며, 스트론슨은 경찰 보호가 필요해질 것이다. 하지만 내일모레는 누가 그를 마피아로부터 보호해줄 것인가? 나는 스트론슨의 사진을 살펴보았다. 신문 사진이 사람의 얼굴을 독특하게 왜곡한다는 것을 개인적인 경험으로 익히 알고 있지만,

이 사진이 어느 정도 스트론슨의 실물을 반영한 것이라면, 일말의 동정심도 일지 않을 것 같았다. 어떤 얼굴은 잘못 찍혀 득을 보기도 한다.

그런데 칸타빌레는 왜 나를 여기로 데려왔을까? 그는 나에게 단기간 내 수익을 약속했지만, 나도 현대 생활에 대해 어느 정도 안다. 내 말은, 미국 도시라는 위대하고 신비한 책을 조금은 읽을 수 있다는 뜻이다. 너무 까다롭고 변덕스러운 내 성미로는 상세히 연구할 수가 없었다—나는 내 생활 조건을 이용해 나의 면역력을 시험했었다. 최고의 의식은 현상을 피하고 그 결과의 영향에 면역이 되도록 스스로를 단련한다. 그럼에도 나는 스트론슨 같은 사기꾼들이 어떻게 작동하는지 조금은 알고 있었다. 그들은 훔친 돈을 상당 부분 감춰놓고, 팔 년에서 십 년쯤 징역형을 선고받고는 출소한 후 서인도제도나 아조레스제도로 조용히 은퇴했다. 칸타빌레는 지금 스트론슨이 아마도 코스타리카 같은 곳에 감춰놓았을 돈에 손대려는 것 같았다. 아니면 2만 달러를(집안사람들 돈도 포함해) 잃은 데 대해 한바탕 난동을 부릴 생각 같았다. 그는 내가 그 난동을 지켜보길 원하는 것이다. 내가 그곳에 있길 바랐다. 그는 내 덕에 마이크 슈나이더만의 칼럼에 언급되었다. 아마도 더 눈에 띄고, 더 놀랍고 창의적인 일을 꾸미고 있는 것이 틀림없었다. 그는 나를 필요로 했다. 그런데 나는 왜 자꾸 이런 일에 얽히는 걸까? 서트머르도 내게 이런 일을 한 것이다. 조지 스위벨은 내게 한두 가지 알려준다며 포커 모임을 준비했다. 오늘 오후에는 우르바노비치 판사까지 나를 위해 행동에 나섰다. 시카고에서 나는 예술과 의미, 특정한 상위의 가치와 연관되는 것이 분명하다. 나는 프랑스 정부와 지그재그클럽에서 영예를 안겨준, 〈폰 트렌크〉(영화)의 원작자가 아니던가? 아직도 지갑 속에는 단춧구멍에 끼우도록 만들어진 가늘고 주름진 실크리본을 가지고 다닌다. 그리고 오! 우리 가엾은 영혼들, 우리 모두 너무나 불안정하고, 무지하고, 혼란스럽고, 너무나 불안하다. 잠을 제대로 잘 수도 없었다. 온기와 사랑과 지혜로 우리에게 기운을 불어넣어주는 재생의 힘을 지닌 자비로운 천사들, 대천사들과 밤에 접촉하는 데 실패했다. 아, 가엾은 우리, 우리는 얼마나 잘못 살아왔는가, 그리고 나는 얼마나 변하고 고치고 바로잡고 싶어했던가. 그 무언가를!

칸타빌레는 스트론슨 씨와 담판을 짓느라 틀어박혔고, 그 스트론슨은, 잔인할 정도로 두툼한 얼굴에 사환 스타일 머리를 한 신문 속 스트론슨은 돌아버릴 지경일 것이다. 칸타빌레가 그에게 거래를 제안했을 것이다—거래에 대한 거래에 대한 거래를. 분노한 마피아 고객들과 어떻게 타협하라고 조언도 했을 것이다.

댁스터는 청소부가 진공청소기를 밀 수 있게 다리를 들고 있었다.

"이제 가는 게 좋겠어." 내가 말했다.

"간다고? 지금?"

"가야 할 것 같아."

"아, 그러지 마, 찰리, 난 가고 싶지 않아. 무슨 일이 일어나는지 보고 싶다고. 이런 기회는 또 없을 거야. 칸타빌레라는 저 친구는 정말 거칠군. 매력적이야."

"나한테 물어보지도 않고 선더버드에 뛰어들지 말았어야지. 걔의 고장 시카고에 흥분돼서 기다릴 수가 없었겠지. 자넨 오늘 이 경험을 〈리더스 다이제스트〉니 뭐 그런 비슷한 시시한 데 기고하고 싶을 테지. 하지만 우린 의논해야 할 일이 많아."

“나중에 해도 돼, 찰스. 난 자네한테 깊은 인상을 받았어. 자네는 항상 자신이 고립되어 있다고 불평했는데, 시카고에 와서 보니 사건 한가운데 들어가 있잖아.” 그는 나에게 아첨했다. 내가 시카고 전문가로 여겨지는 걸 얼마나 좋아하는지 잘 알고 있었다. “칸타빌레도 클럽에서 자네와 함께 공을 치나?”

“랑고바르디가 가입시켜주지 않을 거야. 시답잖은 깡패들이 드나드는 걸 싫어하니까.”

“칸타빌레가 시답잖은 깡패야?”

“정확히 뭔지는 모르겠어. 마피아 보스처럼 굴지만. 어떤 면에서 바보 같은 인간이야. 박사학위논문을 쓰는 아내가 있고.”

“플랫폼 슈즈 신은 아까 그 끝내주는 빨간 머리?”

“그 여자가 아니야.”

“아까 저 친구가 암호처럼 노크하던 거 정말 멋지지 않았나? 그리고 예쁜 접수원이 문을 열어줬지? 콜럼버스 이전 시대 예술품과 일본 부채 컬렉션이 있는 저 유리 진열장 좀 봐. 찰스, 아무도 이 나라를 제대로 몰라. 정말 굉장한 나라야. 미국을 해석하는 권위자들은 다 엉터리야. 교육받은 공식을 주고받을 뿐이지. 자네, 그래, 자네! 찰스, 자네 같은 사람이 미국에 대해서 써야 해, 자네 매일의 삶을 묘사하고, 거기에 자네 사유를 반영하고.”

“댁스터, 내가 딸들을 데리고 콜로라도로 비버 보러 갔었다고 했었지. 산림청에서 거기 호수 일대에 비버의 생애 주기를 설명한 자연사 게시판을 세워놨더군. 비버들은 그런 사실을 전혀 몰라. 그냥 먹고 헤엄치고 비버로서 행동하지. 그러나 우리 인간 비버들은 우리에 대한 기록을 보면 당황해. 우리에 관한 얘기를 들으면 반응을 한단 말이야. 킨제이, 매스터스*, 에릭슨** 같은 사람이 하는 얘기에. 정체성 혼란, 소외 같은 글을 보면 누구나 영향을 받지."

"그러니까 자네는 새로운 것을 입력시켜서 동료 인간들의 기형화에 기여하고 싶지 않단 건가?—세상에, 난 '입력'이란 말이 정말 싫어. 하지만 자네는 줄곧 고차원적인 분석만 하고 있지. 자네가 〈아크〉에 실으라고 나에게 보낸 글은 어떤가—여기 내 *서류가방*에 들어 있네—그 글에서 자네는 개인적인 기괴함을 경제적으로 해석했지. 어디 보자, 분명 가지고 왔는데. 자네는 자본주의의 특정 단계에서 투자 기회 축소와 새로운 역할 추구, 성격적 투자 사이에 연관이 있을 거라고 주장했어. 슘페터까지 인용했잖아, 찰리. 그래, 여기 있군. '이 상황들은 순전히 내적인 것으로 보일 수 있지만 어쩌면 경제적인 요소에 의해 결정되는 것일 수도 있다…… 사람들이 아주 미묘하게 창의적이거나 창조적이라고 생각하는 것이 단순히 경제 성장에 대한 사회의 일반적 요구를 반영한 것일 수도 있다.'"

"그 종이 좀 치우게." 내가 말했다. "제발, 내 어리석은 생각을 내 앞에서 들추지 말라고. 오늘 내가 정말 참을 수 없는 유일한 게 바로 그거야."

나는 그런 유의 어리석은 생각을 해내는 것은 정말 아주 쉬웠다. 댁스터는 나의 그런 허울좋은 약점을 안타까워하기는커녕 부러워했다. 그는 인텔리겐치아의 일원이 되기를 갈망했고, 판테온에 서서 알베르

---

* 인간의 성 행동을 연구하고 저술한 미국 학자.

** 독일 출생 미국 발달심리학자, 정신분석가.

트 슈바이처나 아서 쾨슬러*, 사르트르, 비트겐슈타인처럼 중대 발언을 하고 싶어했다. 그는 내가 왜 그것을 불신하는지 이해하지 못했다. 내가 너무 잘났다고, 너무 속물적이기까지 하다고 그는 원망하듯 날카롭게 말했다. 그러나 나는 단순히 세계 인텔리겐치아의 지도자가 되길 원치 않았을 뿐이다. 험볼트는 온 힘을 다해 그것을 추구했다. 그는 승리에 대한 분석을 믿었고, 시보다 '생각'을 선호했으며, 좀더 높은 문화적 가치를 지닌 하위 세계를 위해 우주 자체를 포기할 준비가 되어 있었다.

"어쨌든 자네는 파리 거리의 레티프 드 라브르톤**처럼 시카고를 돌아다니며 연대기를 써야 해." 댁스터가 말했다. "세상을 떠들썩하게 할 거야."

"댁스터, 나는 자네와 〈아크〉 이야기를 해야겠어. 우린 이 나라의 정신생활에 새로운 자극을 주고 〈아메리칸 머큐리〉***와 〈다이얼〉****, 〈레비스타 데 옥시덴테〉***** 같은 잡지를 능가하려고 했어. 수년간 논의하고 기획했지. 나는 많은 돈을 썼고, 이 년 반 동안 모든 비용을 감당했어. 그런데 〈아크〉는 어디 있지? 난 자네가 훌륭한 편집자, 타고난 편집자라는 걸 알고, 자네를 믿어. 우리는 잡지 창간을 공표했고, 사람들은 원고를 보내왔어. 그런데 그 원고들을 너무 오래 깔고 앉아 있었어.

---

* 헝가리 태생 영국 소설가, 언론인.

** 18세기 프랑스 소설가. 젊은 시절 파리에서 방탕 무위한 생활을 보냈다.

*** 1924년, 미국 사회 전반과 문화를 회의적인 시각으로 비판할 목적으로 발간된 잡지.

**** 초절주의를 표방하는 잡지로 발간되었다가 정치 문학 비평지로 탈바꿈했다.

***** 스페인 철학자 호세 오르테가 이 가세트가 창간한 문화평론지.

난 원망하는 편지를 받았고, 협박까지 받았지. 자네가 날 제물로 만들었어. 그들은 자네가 한 말을 인용하면서 나를 비난하더군. 자네는 시트린 전문가로 자처하면서 내가 어떻게 일을 하는지, 내가 얼마나 여자를 모르는지, 내 성격의 결함이 뭔지 분석하며 어딜 가든 사람들에게 내 얘기를 했어. 너무 기분 나쁘게 생각하진 않겠어. 하지만 나에 대해 그렇게 분석하고 다니지 않으면 좋겠어. 그리고 나한테 옮기는 말들, X가 바보다, Y가 백치다 같은 말도 하지 말아줘. 난 X나 Y에 대해 어떤 편견도 없어. 그들을 못 잡아먹어 안달인 건 자네지."

"솔직히 말하면, 찰스, 아직 창간호가 나오지 못한 건 자네가 인지학에 관한 글을 너무 많이 보내서야. 물론 자네는 바보가 아니니까 그 인지학에 뭔가 있긴 하겠지. 그래도 그렇지 세상에, 영혼에 관한 글들만 실을 순 없어."

"왜? 사람들은 정신psyche에 관해 이야기하잖아, 영혼soul은 왜 안 돼?"

"정신은 과학적이야." 댁스터가 또 말했다. "우리가 사용하는 용어에 사람들이 점차 익숙해지게 만들어야 해."

"종이는 왜 그렇게 많이 샀나?" 내가 물었다.

"종이 공급 걱정 없이 5호까지 연이어 출간하고 싶었어. 게다가 가격이 괜찮았거든."

"몇 톤이나 되는 그걸 다 어디 뒀지?"

"창고에. 그런데 난 자네를 괴롭히는 것이 〈아크〉 같지가 않아. 사실 자네를 속썩이는 건 데니즈지, 재판과 돈, 그리고 모든 슬픔, 괴롭힘."

"아니야, 그게 아니라고." 내가 말했다. "난 가끔 데니즈에게 고마움을 느껴. 자네는 내가 거리를 돌아다니는 레티프 드 라브르톤처럼 되어야 한다고 생각하지? 글쎄, 데니즈가 나에게 소송을 걸지 않았다면, 나는 집에서 절대 나오지 않았을 거야. 데니즈 때문에 나는 시내로 나가야 하지. 현실과 계속 접촉하게 해준다고. 실로 계몽적이야."

"어째서?"

"글쎄, 난 인간이 같은 인간에게 해를 끼치려는 욕망이 얼마나 보편적인지 알게 됐어. 독재사회나 민주주의사회나 그런 면은 다 마찬가지야. 다만 이 나라에는 법과 법률가들이 방어벽을 세워놓았지. 그들도 사람들에게 큰 해를 끼칠 수 있고, 사람들의 삶을 끔찍하게 만들 수 있지만, 죽일 수는 없어."

"자네는 정말 학구열이 대단해, 찰스. 농담이 아니야. 이십 년 우정을 이어온 사람으로서 말할 수 있어." 댁스터가 말했다. "자네는 성격이 무척 특이하지만, 자네에겐 자네만의 어떤—뭐라 불러야 할지 모르겠는데—위엄이 있어. 자네는 영혼이라 하고 나는 정신이라고 말하는 데는 아마 이유가 있을 거야. 찰스 자네에겐 분명 영혼이 있어. 그리고 그건 어떤 이들에겐 아주 놀라운 일이지."

"영혼은 자네에게도 있어. 어쨌든 〈아크〉 출간은 포기하고, 만약 남은 자산이 있다면 현금으로 바꿔두는 게 좋겠어."

"이봐, 찰스, 너무 서두르지 마. 우린 이 문제를 아주 쉽게 해결할 수 있어. 이제 거의 다 왔다고."

"더는 돈을 줄 수 없어. 내가 경제적으로 형편이 안 좋아."

"자네 상황은 내 상황에 비하면 아무것도 아니지." 댁스터가 말했다. "난 캘리포니아에서 완전히 망했어."

"상황이 얼마나 나쁜데?"

"그래도 자네 의무를 최소화하려고 애썼어. 자네는 블로섬에게 월급을 주겠다고 약속했었지. 비서 블로섬 기억하나? 9월에 만났던가?"

"내 의무라니? 9월에 블로섬을 해고하기로 합의했었잖아."

"아, 하지만 그 많은 IBM 기계를 다룰 줄 아는 사람이 블로섬밖에 없었어."

"하지만 그 기계들은 사용한 적도 없었어."

"그건 그 여자 잘못이 아니야. 우리는 준비되어 있었어. 아무때라도 시작할 수 있었다고."

"자네가 진짜로 하고 싶은 말은, 직원을 거느리지 않고 일하기에는 자네가 너무 대단한 인물이라는 거겠지."

"동정심을 가져, 찰스. 자네가 떠난 직후에 그 여자 남편이 교통사고로 죽었어. 자네도 그런 때 그녀를 해고하긴 싫었을 거야. 찰스, 난 자네 마음을 알아, 어떤 경우든. 그래서 나는 자네라면 어떻게 할까 따져보고 그대로 했던 거야. 고작 1500달러야. 말해둬야 할 게 하나 더 있어, 우리가 짓기 시작한 별채에 들어간 목재 비용 말인데."

"난 별채를 지으란 소리는 안 했어. 절대 반대했지."

"사무실이 따로 있어야 한다는 데는 동의했잖아. 내가 온갖 원고 잡동사니를 집으로 싸들고 갈 거라 기대한 건 아니겠지."

"난 그 문제엔 개입하지 않겠다고 분명히 말했어. 게다가 자네 집 옆에 그렇게 큰 구덩이를 파면 기초가 무너질 거란 경고까지 했지."

"뭐, 별로 심각하진 않아. 목재 회사에 전부 해체해서 목재를 다시 가져가라고 할 수 있어. 두 은행 간의 거래 누락은—대단히 미안하지만, 내 잘못이 아니었어. 암브로시아노은행에서 지급이 늦어졌지. 망할 관료주의 때문이야! 게다가 지금 이탈리아는 무정부 상태와 혼돈에 휩싸였어. 어쨌든 자네는 내 수표를 가지고 있으니까……"

"받은 적 없어."

"못 받았다고? 우편으로 갔을 텐데. 우편 서비스가 엉망이군. 팰로앨토 신탁에 지불하는 마지막 1200달러였는데. 내 계좌는 이미 닫혔어. 그 사람들이 자네에게 1200달러를 줘야 해."

"그쪽에서 받지 못했을 수도 있지 않나? 이탈리아에서 돌고래에 실어보냈나보군."

그는 웃지 않았다. 그 순간은 엄숙했다. 우리는 결국 그의 돈에 대해서 이야기하고 있었다. "캘리포니아의 그 쓰레기들이 재발행해서 자네에게 자기앞수표로 보내기로 했었어."

"암브로시아노은행 수표가 아직 승인되지 않은 모양이지." 내가 말했다.

"자, 그럼," 그가 *서류가방*에서 리갈 패드를 꺼내며 말했다. "난 자네가 나 때문에 손해본 돈을 갚을 계획을 세웠어. 주식은 매입가를 알아야 해. 반드시 그래야지. 자네는 400달러에 산 것 같던데. 알겠지만, 너무 비싸게 샀어, 지금은 한참 떨어졌거든. 하지만 자네 잘못이 아니지. 자네가 나 때문에 내놓은 주식 총액을 1만 8천 달러라고 해둘게. 배당금도 빠뜨리면 안 되겠지."

"배당금은 필요 없어, 댁스터."

"아니, 꼭 줄 거야. IBM이 지급하는 배당금이 얼마나 되는지는 알아내기도 쉬워. 액수만 알려주면 수표를 보내겠네."

"자네는 지난 오 년 동안 그 대출금을 천 달러도 못 갚았어. 이자만 겨우 갚았지."

"이율이 터무니없이 높았어."

"오 년 동안 매해 원금은 200달러 정도밖에 못 갚았잖아."

"정확한 액수는 나도 아직 몰라." 댁스터가 말했다. "하지만 은행이 자네 주식을 처분하면 아마 돌려줄 돈이 좀 있을 거야."

"IBM 주식은 지금 한 주에 200달러도 안 돼. 은행도 손해를 입지. 물론 나야 은행이 어떻게 되든 상관없지만."

그러나 댁스터는 앞으로 오 년 동안 자신이 어떻게 돈과 배당금 등을 상환할지 바쁘게 설명했다. 청포도색 기다란 눈 속 갈라진 검은 동공이 숫자 위로 움직였다. 그는 그 모든 일을 훌륭하게, 위엄 있게, 귀족적으로, 전적으로 성실하게 해낼 것이고, 친구에 대한 의무를 조금도 저버리지 않을 것이다. 그의 말이 모두 진심임을 알 수 있었다. 그러나 나는 그가 나에게 옳은 일을 하기 위해 정교한 계획을 세우는 일이 그의 마음속에서는 옳은 일을 한 것이나 마찬가지리란 것 또한 알았다. 숫자, 관대한 상환 조건, 세부 사항에 대한 배려, 우정의 표현으로 가득한 리갈 패드의 길쭉하고 노란 종이가 우리 사이의 거래를 완전하고 영구적으로 해결했다. 그것도 마술처럼 모든 것을 해결했다.

"자네하고는 이런 사소한 사항까지도 꼼꼼하고 정확히 해두는 게 좋아. 자네는 큰 액수보다 적은 액수를 더 중요하게 생각하지. 자네와 내가 사소한 일로 이런다는 사실이 가끔 놀랍기도 해. 자네는 얼마든지 큰돈을 벌 수 있는데 말이지. 자네는 자신의 가능성을 몰라. 이상하지 않나? 손잡이만 돌리면 자네 무릎에 돈이 쏟아질 텐데."

"무슨 손잡이?" 내가 말했다.

"기획을 들고 출판사에 가면 얼마가 됐든 선불금을 부를 수 있잖아."

"나는 이미 많은 선불금을 받았어."

"푼돈이겠지. 자넨 훨씬 더 받을 수 있어. 나도 몇 가지 생각해봤어. 우선, 유럽에 가서 피렌체 가죽과 아일랜드 리넨을 사는 데 싫증난 교양 있는 미국인들을 위해 내가 언제나 자네에게 재촉하던 그거, 문화적 베데커*를 만드는 거야. 그들은 시끄럽고 지루하기만 한 관광에 신물이 났어. 예를 들어, 문화를 사랑하는 미국인들은 빈에 갈까? 이들은 우리 안내서에서 방문할 만한 연구소, 작은 도서관, 개인 소장품, 실내악단, 수학자나 바이올린 연주자를 볼 수 있는 카페와 레스토랑 정보를 얻을 거고, 여기엔 시인과 화가, 심리학자 같은 사람의 주소도 있어. 그들의 작업실과 연구실을 방문하는 거지. 만나서 대화를 나누고."

"그런 정보를 문화에 굶주린 관광객들에게 쥐여주느니 차라리 그 시인들을 전부 총살대로 끌고 가 쏴죽이는 편이 낫겠는데."

"유럽 관광청들은 이 얘기에 전부 흥분할걸. 그들은 힘껏 협력할 거야. 돈을 대줄지도 몰라. 찰리, 우린 유럽의 모든 국가, 모든 주요 도시와 수도를 대상으로 그 일을 할 수 있어. 100만 달러 가치를 가진 아이디어라고. 내가 준비와 조사를 맡을게. 일도 거의 맡아서 하고. 자네는 분위기 조성과 계획을 맡아. 세세한 일을 해줄 직원이 필요할 거야. 런던에서 시작해서 파리, 빈, 로마로 옮겨가는 거야. 말만 하면 내가 큰 출판사를 잡겠네. 자네 이름이면 선불금으로 25만 달러는 받을 수 있

* 1832년부터 발행되기 시작한 독일의 여행안내서 시리즈.

을 거야. 그걸 반씩 나누면 자네 걱정은 끝나는 거지."

"파리와 빈이라고! 왜 몬테비데오나 보고타는 어때서? 거기도 문화는 있을 만큼 있는데. 자네는 왜 유럽에 갈 때 비행기가 아니라 배를 타지?"

"내가 가장 좋아하는 여행 방식이고, 푹 쉴 수 있으니까. 우리 어머니 인생의 남은 즐거움 중 하나는 외아들을 위해 그런 여행을 주선하는 거야. 이번에는 더 많은 일을 해주셨어. 브라질 축구 챔피언들이 유럽 순회를 하는데, 어머니는 내가 축구를 좋아하는 걸 아시거든. 물론 일류 축구에 한해서지만. 어머니가 나를 위해 네 번의 경기 티켓을 사놓으셨어. 게다가 사업상 가야 하는 이유도 있어. 아이들도 보고 싶고."

나는 파산한 주제에 어떻게 프랑스호 일등석을 탈 수 있느냐고 묻고 싶었지만 참았다. 물어봐도 소용없었을 것이다. 나는 그가 하는 설명을 완전히 이해하는 데 성공해본 적이 없다. 그러나 벨벳 정장에 파란 실크스카프를 로널드 콜먼*식으로 매면 야회복으로 손색없다는 설명을 들은 기억이 났다. 사실 검은 나비넥타이를 맨 백만장자들은 그에 비하면 초라해 보일 정도였다. 여자들은 댁스터를 흠모했다. 그의 말이 사실이라면 말이지만, 지난번 항해 때 어느 저녁에는 텍사스에서 온 노부인이 보석이 가득 담긴 섀미가죽 주머니를 테이블보 밑으로 그의 무릎에 놓아주었다. 댁스터는 그것을 정중하게 돌려주었다. 돈이 아무리 많아도 늙고 너저분한 텍사스 여자에게 봉사할 마음은 없었다

* 할리우드에서 성공한 영국 태생 미국 배우.

고 말했다. 동양식 혹은 르네상스식으로 관대한 이들에게도 마찬가지였다. 그런 건 결국 거대한 바다와 위대한 인물에게 적합한 큰 몸짓이기 때문이라고 덧붙였다. 그러나 아내에게는, 자신의 아내들에게는 무척이나 품위 있고 유덕하고 충실했다. 그는 자기 대가족에게, 여러 아내가 낳은 많은 자식에게 따뜻하고 헌신적이었다. 세상을 향해 중대발언을 하지는 못했지만 적어도 자신의 유전자 흔적은 남길 것이다.

"현금이 없으면 난 어머니에게 삼등석을 사달라고 했을 거야. 자네, 프랑스호에서 르아브르에 내릴 때 팁을 얼마나 주나?" 내가 물었다.

"선임 승무원에게 5달러."

"운이 좋아야 살아서 내리겠군."

"딱 적당해." 댁스터가 말했다. "그들은 미국 부자들을 괴롭히고, 비겁하고 무식하다고 경멸하기까지 해."

그러고는 이렇게 말했다. "내가 해외에서 하는 사업이란, 국제출판사협회를 위해 특정 아이디어를 개발하는 일이야. 원래는 찰리 자네에게서 얻은 아이디어지. 한데 자네는 기억 못할 거야. 언젠가 자네가 세계를 돌아다니며 아민 장군, 카다피 같은 이류, 삼류, 사류 독재자를 전부 인터뷰하면 얼마나 흥미로울까 말했었잖아."

"그 사람들은 자네가 자신들을 삼류라고 부른 걸 알면 당장 물고기 밥으로 던져버렸을 거야."

"바보 같은 소리 하긴, 난 그런 짓은 절대 안 해. 그들은 개발도상국의 지도자들이야. 하지만 사실 무척이나 흥미로운 주제지. 몇 년 전만 해도 초라한 유학생 보헤미안들이었고 장차 하찮은 협박꾼이 될 것 같았는데, 지금은 위대한 국가, 혹은 한때 위대했던 국가를 파멸시킨다고 협박하고 있어. 위엄 있는 세계 지도자들이 그들에게 알랑거리고."

"그들이 자네를 만나줄지 어떻게 알아?" 내가 물었다.

"나 같은 사람을 만나고 싶어 죽을 지경일 거거든. 일류와 연이 닿는 걸 좋아하니까. 그리고 내 이력은 나무랄 데가 없지. 그들 모두 옥스퍼드와 케임브리지, 뉴욕과 런던의 사교 시즌에 대해 듣고 싶어하고, 마르크스와 사르트르에 대해 토론하고 싶어해. 골프나 테니스나 탁구를 치자고 해도 난 전부 할 수 있어. 그들에 관한 기사를 쓰기 위해 올바른 논조를 갖추려고 적절한 글들도 읽었어—마르크스가 루이 나폴레옹에 대해서 쓴 글이 훌륭하더군. 수에토니우스*와 생시몽**, 프루스트도 들여다봤어. 그런데 타이완에서 국제시인대회가 열릴 예정이야. 그것도 다룰까 해. 자네는 귀를 쫑긋 세우고 있으라고."

"그래봤자 귀만 아플 뿐이지." 내가 말했다.

"누가 아나, 장제스가 죽기 전에 내가 인터뷰를 하게 될지."

"장제스가 자네에게 할말이 있을 것 같진 않은데."

"아, 그건 내가 해결할 수 있어." 댁스터가 말했다.

"이 사무실에서 나가는 게 어때?" 내가 말했다.

"왜 자네는 한 번도 내가 하자는 걸 내 방식대로 따라주지 못하나. 과보호하지 말게. 재미있는 일 좀 벌어지게 내버려둬. 나빠봐야 얼마나 나쁘겠어? 다른 데 안 가고 여기서도 얼마든지 얘기할 수 있어. 자네 개인적으로 무슨 일이 일어나고 있는지나 말해주게. 대체 무슨 일이야?"

---

* 로마제정시대 역사가, 전기 작가.

** 프랑스 사상가, 과학자.

댁스터와 만나면 언제나 적어도 한 번은 아주 내밀한 이야기를 나누었다. 나는 그에게 자유롭게 이야기했고 거리낌이 없었다. 그의 괴상하고 터무니없는 짓과 나의 성향에도 불구하고, 우리 사이에는 유대감이 있었다. 나는 댁스터와 대화가 통했다. 때로는 그와 대화하는 것이 정신분석가를 만나는 것보다 더 도움이 된다는 생각도 들었다. 지난 몇 년간 쓴 비용을 따지면 양쪽이 거의 같았다. 댁스터는 내가 실제로 무슨 생각을 하는지 끌어낼 수 있었다. 좀더 진지하고 유식한 리처드 던월드 같은 친구는 내가 루돌프 슈타이너의 생각을 논하면 들으려고 하지도 않았다. "헛소리야! 나도 읽어봤어." 지식 세계에서 인지학은 존경받을 만한 것이 아니었다. 던월드는 나에 대한 존경심을 잃기 싫어서 그런 얘기를 날카롭게 일축해버렸다. 하지만 댁스터는 이렇게 말했다. "그 의식 영혼이라는 게 뭔가, 우리 뼈가 우주 자체로부터 결정화되었다는 이론을 어떻게 설명하지?"

"그걸 물어봐주니 기쁘군." 내가 말했다. 그러나 이야기를 시작하기도 전에 칸타빌레가 다가오는 것이 보였다. 아니, 다가온 것이 아니라 마치 카펫 깔린 바닥이 아닌 다른 물질적 발판을 디디는 것처럼 특이한 방식으로 우리에게 왔다.

"이것 좀 빌립시다." 칸타빌레가 댁스터의 챙이 휜 검은 멋쟁이 모자를 집어들며 말했다. "좋군." 그가 가장되고 긴장한 어조로 말했다. "일어나, 찰리. 들어가서 저 사람을 만나자고." 그가 나를 거칠게 일으켰다. 댁스터도 오렌지색 커플소파에서 일어났지만 칸타빌레가 도로 주저앉히며 말했다. "당신은 아냐. 한 번에 한 사람만." 그는 나를 사장실 문 앞까지 데리고 갔다. 그러더니 잠시 머뭇거렸다. "이봐," 그가 말했다. "얘기는 내가 할 거야. 상황이 특수하니까."

"자네가 창의적으로 벌인 상황인 건 알겠네. 하지만 난 돈은 내지 않을 거야."

"아, 그럴 생각 없어. 입장이 아주 난처한 사람이 아니면 누가 두 장 받고 석 장을 내주겠어? 신문에 난 기사 봤지, 엉?"

"물론 봤지." 내가 말했다. "못 봤다면 또 어쩔 건가?"

"너한테 피해 줄 생각은 없어. 넌 내 시험을 통과했으니까. 우린 친구야. 어쨌든 들어가서 저 사람을 만나봐. 난 백악관부터 빈민굴까지 미국 사회 전부를 살펴보는 것이 너 같은 사람의 임무라고 생각해. 지금 내가 원하는 건, 내가 몇 마디 하는 동안 너는 그냥 가만히 있는 거야. 그 정도는 괜찮지 않나?" 그는 말하면서 내 코트 벨트를 단단히 조였고 덱스터의 모자를 내 머리에 씌웠다. 내가 피할 겨를도 없이 스트론슨의 사무실 문이 열렸다.

금융업자는 무솔리니시대에나 썼을 법한 자기 책상 옆에 서 있었다. 신문에 실린 사진은 한 가지 측면에서 오해의 소지가 있었다—나는 좀더 덩치 큰 남자를 예상했던 것이다. 스트론슨은 뚱뚱하고 옅은 갈색 머리에 얼굴색이 누리끼리했다. 체격은 빌리 스롤과 비슷했다. 갈색 고수머리가 짧은 목을 덮고 있었다. 그의 인상이 마음에 들지 않았다. 빰이 어딘가 엉덩이 같은 느낌을 풍겼다. 터틀넥 셔츠를 입었고 가슴에 목걸이와 부적 장식구 같은 것들이 달랑거리고 있었다. 사환 같은 단발머리 때문인지 가발 쓴 돼지처럼 보였다. 플랫폼 슈즈를 신어 키가 커 보였다.

칸타빌레는 이 남자를 협박하기 위해 나를 데려온 것이었다. "내가 어떤 사람하고 다니는지 잘 봐, 스트론슨. 내가 말하던 그 사람이야. 잘 봐둬. 다시 보게 될 테니까. 이 친구가 널 따라붙을 거야. 레스토랑, 차고, 영화관, 엘리베이터, 어디든." 그러고는 나에게 말했다, "이제 됐어. 밖에서 기다려." 그는 나를 문 쪽으로 돌려세웠다.

나는 얼어붙었다. 소름이 끼쳤다. 살인청부업자를 흉내내는 가짜일지라도 끔찍했다. 그러나 내가 분개해서 모자를 벗고 칸타빌레의 말을 부인하며 공갈을 말리기도 전에, 책상 위에 놓인 구멍이 있는 박스에서 접수원의 목소리가 아주 크게 증폭되어 방을 울렸다. "지금요?" 그녀가 말했다.

그러자 스트론슨이 대답했다. "지금!"

그 즉시 회색 재킷을 입은 잡역부가 댁스터를 밀치며 사무실로 들어왔다. 그는 신분증을 펼쳐들고 있었다. "경찰이다, 강력계!" 그가 말하고는 우리 셋을 전부 벽에 밀어붙였다.

"잠깐만. 신분증 좀 봅시다. 강력계라니, 무슨 소리요?" 칸타빌레가 말했다.

"나를 협박하고도 온전할 줄 알았나? 네가 날 죽이겠다고 해서 주검사에게 영장을 청구해달라고 했어." 스트론슨이 말했다. "영장 두 장. 네 친구라는 살인청부업자 아무개씨까지."

"자네, 살인 회사라도 차렸나?" 댁스터가 나에게 말했다. 댁스터는 좀처럼 큰 소리로 웃는 법이 없었다. 가장 기쁜 순간에도 언제나 거의 소리를 내지 않았는데, 지금은 놀랍도록 큰 소리를 냈다.

"누가 살인청부업자라는 겁니까, 나요?" 내가 웃음 지으려 애쓰며 말했다.

아무도 대답하지 않았다.

"스트론슨, 누가 널 협박했다는 거야?" 칸타빌레가 말했다. 도전적인 갈색 눈에 물기가 가득하고 얼굴은 아픈 사람처럼 건조하고 창백했다. "넌 트로이카 사람들 돈을 100만 달러 넘게 날렸고, 이제 끝났어, 자식아. 죽은목숨이라고! 누가 나서주겠나? 넌 이제 똥통 속 생쥐만큼도 기회가 없어. 형사님, 이놈은 가짜예요. 내일 신문에 어떤 기사가 실리는지 봐요. 헤미스피어 투자회사는 끝장났다고요. 이자는 다른 사람들까지 함께 끌어내리려고 하는 겁니다. 찰리, 가서 신문 가져와. 저 사람에게 보여줘."

"찰리는 아무데도 못 갑니다. 다들 벽에 기대요. 총이 있다는 제보가 있었는데, 이름은 칸타빌레라고. 자, 허리 숙이고—그래, 그렇지." 우리는 모두 복종했다. 형사의 무기가 그의 팔 밑에 있었다. 멜빵에 꽂힌 총이 삐걱거렸다. 그는 칸타빌레의 화려한 벨트에서 권총을 뺐다. "평범한 38구경 소형이 아니네. 매그넘이군. 이 정도면 코끼리도 죽일 수 있지."

"거봐요, 내 말이 맞죠. 저자가 저 총을 내 코밑에 들이댔습니다." 스트론슨이 말했다.

"총으로 어리석은 짓을 하는 게 칸타빌레 가풍인가. 어린애 둘을 죽인 자가 네 무치 삼촌 맞지? 빌어먹을, 급도 안 되는 것들이. 병신 같은 놈들. 어디 대마초도 있나 보자. 가석방 불가인 위반 사항까지 있으면 더 좋겠군. 버릇 좀 고쳐주지. 애들이나 죽이는 놈들이."

댁스터는 이제 망토 속을 수색당하고 있었다. 입이 벌어지고 코는 일그러지고 이 멋진 시카고 경험이 주는 기쁨에 콧등이 씰룩거렸다.

나는 칸타빌레 때문에 화가 났다. 부글부글 끓었다. 형사는 내 옆구리와 팔 아래, 다리 사이를 훑고서 말했다. "두 사람은 돌아서도 좋습니다. 옷이 참 멋지네요. 옆이 캔버스천으로 된 그 신발은 어디서 구했어요?" 형사가 댁스터에게 물었다. "이탈리아?"

"킹스로드에서요." 댁스터가 유쾌하게 말했다.

형사가 잡역부용 회색 재킷을 벗더니—안에는 붉은색 터틀넥 셔츠를 입고 있었다—칸타빌레의 검은색 타조가죽 장지갑에 든 것들을 책상 위로 쏟았다. "그럼 누가 살인청부업자일까요? 망토 두른 에롤 플린*, 체크무늬 코트?"

"코트요." 스트론슨이 말했다.

"그 사람을 체포하는 바보짓을 하게 둬야겠군." 아직도 벽을 향해 선 칸타빌레가 말했다. "얼른 하쇼. 제일 먼저 체포해보라고."

"왜, 뭐라도 되나?" 경찰이 말했다. "거물이야?"

"젠장, 그렇다고," 칸타빌레가 말했다. "진짜 유명한 사람이라고. 내일 신문 슈나이더만 칼럼에 나올 거야—찰스 시트린. 시카고의 중요 인물이야."

"그래서 뭐 어쨌다는 거야, 우리는 중요 인물도 수십 명씩 감옥에 보내. 커너 주지사는 뒷일 처리할 똑똑한 놈 하나 구할 머리도 없더라니까." 형사는 즐기고 있었다. 유쾌해하는 평범하고 주름진 그 얼굴은 경험이 풍부한 경찰의 얼굴이었다. 붉은색 셔츠 아래 가슴팍이 두툼했다. 생기 없는 가발은 그의 건강한 피부색과 어울리지 않았고, 유기적

---

* 호주 태생 미국 배우.

인 조화가 부족했다. 게다가 가발이 엉뚱하게 밀려나 있었다. 그런 가발은 다운타운 클럽 탈의실의 유쾌하고 화려한 색깔의 의자에서나 볼 법했다—그 의자에서 스카이 테리어 강아지 같은 가발들이 주인들을 기다렸다.

"칸타빌레가 오늘 아침 터무니없는 제안을 하러 찾아왔습니다." 스트론슨이 말했다. "난 절대 안 된다고 했어요. 그랬더니 날 죽이겠다고 협박하면서 그 총을 보여줬어요. 정말 미친놈입니다. 게다가 살인청부업자를 데리고 다시 오겠다고 했어요. 살인청부업자가 어떻게 할지도 설명하더군요. 여기 이 남자가 몇 주 동안 나를 따라다닐 거라고요. 얼굴 반쪽을 쏴서 썩은 파인애플처럼 만들겠다, 뼈를 박살내서 코에서 골수와 피가 흘러내리게 하겠다는 말도 했습니다. 증거물인 살인 무기는 전기톱으로 자르고 망치로 조각내서 교외 여기저기 맨홀에 버릴 거라는 말까지요. 온갖 세세한 계획을 다!"

"어쨌거나 넌 죽은목숨이야, 뚱보." 칸타빌레가 말했다. "경찰들은 몇 달 후에야 네놈을 하수도에서 발견할 거고, 누군지 알아내려고 네놈 얼굴에 붙은 똥을 1인치는 긁어내야 할 거야."

"총기 소지 허가서도 없군. 잘됐어!"

"여기서 이 사람들을 데리고 나가주십시오." 스트론슨이 말했다.

"모두 고소할 겁니까? 영장은 두 장뿐입니다."

"모두 고소할 겁니다."

내가 끼어들었다. "칸타빌레 씨가 방금 나는 이 일과 아무 상관 없다고 말했잖습니까. 나는 친구 댁스터와 시카고미술관에서 나오던 길이었고, 갑자기 칸타빌레가 투자 건을 의논한다며 우리를 여기로 데려온 겁니다. 나는 스트론슨 씨 기분을 이해합니다. 칸타빌레는 겁을 먹었어요. 일종의 허영심에 사로잡혀 머리가 이상해졌고, 독선적이고 병적일 만큼 자기본위적입니다—다 허세라고요. 그는 원래 하던 짓을 하고 있을 뿐이에요. 스트론슨 씨, 내가 렙케* 같은 살인자가 아니라는 걸 이 형사님이 증명해줄 겁니다. 그런 사람들을 여럿 봐왔을 테니까요."

"살인자처럼 보이진 않는군요." 경찰이 말했다.

"그리고 나는 곧 유럽으로 떠나야 하고, 처리할 일도 많습니다."

마지막 말이 가장 중요했다. 이 상황에서 최악은, 이 일이 나의 복잡한 주체성과 초조한 걱정거리들을 방해한다는 것이었다. 그것은 누구나 쉽게 읽을 수 있고 일리노이주 시카고라는 곳의 특징인 외형적 삶에 대한 나의 내적 대결이었다.

수많은 책에 둘러싸여 높은 창문에서 경찰차나 소방차, 구급차를 내려다보는 데 익숙하고, 수천 개가 넘는 사적인 참고자료와 텍스트를 다루면서 일을 하는 복잡다단한 인간인 나는 T. E. 로런스가 영국 공군에 입대하면서 했던 말에서 타당성을 발견했다—"거친 사람들 속으로 거칠게 뛰어들어 나 자신을 찾는 것……" 그다음은 뭐였더라?…… "내 전성기의 남은 몇 해를 보내기 위해." 난장판, 난폭한 싸움, 병영의 음란함, 지저분한 일들. 그렇다, 로런스가 말하지 않았나, 남자들은 운명의 여신이 다른 한 손에 들고 있는 종신형을 피하기 위해 아무 불평 없이 사형을 받아들일 거라고. 나는 그 말이 무슨 뜻인지 알았다. 그러니까 이제 누군가는—나라고 안 될 게 있겠는가?—이 당혹스럽

* 뉴욕 출신 마피아 암살자 조직의 두목으로 체포되어 처형당했다.

고 절박한 문제에, 먼저 시도했던 다른 훌륭한 사람들보다 더 훌륭하게 부딪쳐야 한다. 이 어처구니없는 순간에도 최악은 내 앞길이 차단되었다는 것이었다. 나는 일곱시에 저녁 약속이 있다. 레나타는 화를 낼 것이다. 바람맞히면 화를 낼 것이다. 성깔이 있는 여자이고, 성질이 나면 묘한 방식으로 분풀이를 했고, 내 짐작이 맞는다면, 플론제일리는 언제나 그녀에게서 멀리 있지 않았다. 사람들의 마음속에는 늘 대체할 무언가가 떠돌고 있다. 가장 안정적이고 균형 잡힌 이들조차 대체할 것을 은밀히 선택해 어딘가에 마련해두며, 레나타는 그리 안정적인 사람도 아니었다. 그녀는 종종 즉흥적으로 운율을 맞추었는데, 한 번은 이런 구절로 나를 놀라게 했다.

사랑하는 이가
사라지면
다른 이들이
가까이서 기다리네.*

레나타의 재치를 나보다 더 깊이 음미하는 이는 아마 없을 것이다. 레나타의 재치는 항상 솔직함에 대한 깜짝 놀랄 만한 전망을 열었다. 오래전 험볼트와 나는 듣기에 멋진 말이라면 무엇이든 내가 받아들인다는 데 동의했었다. 사실이다. 레나타는 나를 웃게 했다. 레나타의 말에 함축된 공포, 갑자기 드러난 적나라한 관점을 다루는 건 나중에 할 용

---

* When the dear/ Disappear/ There are others/ Waiting near. 1, 2, 4행의 각운을 맞췄다.

의가 있었다. 예를 들어 그녀는 이렇게 말했다. "인생에서 가장 좋은 건 공짜지만 가장 마음대로 할 수 없는 것이다."

감옥에 갇힌 연인이 레나타에게 자유로이 행동할 수 있는 고전적인 방탕의 기회를 주었다. 그런 추잡한 생각을 이론적인 수준으로까지 끌어올리는 버릇 때문에 내가 무의식의 무법성과 그 행동 규칙으로부터의 독립성을 생각하기 시작한 것도 놀랄 일은 아니었다. 그러나 그것은 마음대로 하는 자유가 아니라 도덕률로부터의 자유일 뿐이었다. 슈타이너에 따르면 진정한 자유는 순수한 의식 속에 존재한다. 모든 소우주는 각각 대우주로부터 분리되었다. 주체와 객체의 임의적인 구분 속에서 세계는 실종되었다. 제로가 된 자아는 기분전환을 추구했다. 연기자가 된 것이다. 이것이 내가 해석한 의식 영혼의 상황이었다. 그러나 이제 나에게는 루돌프 슈타이너에 대한 불만에서 비롯한 불안이 싹텄다. 이것은 내가 여전히 진지한 지적 작업을 할 수 있다고 생각하고 나를 인지학에서 구하고자 했던 내 친구 던월드가 지적한 카프카의 『일기』에 등장하는 불편한 구절에서 유래한 불안이다. 카프카 또한 슈타이너의 통찰력에 이끌렸고, 그가 묘사한 투시적 상태가 자신과 비슷하다는 것을 발견하면서 자신이 인간 세계 외곽, 그 경계에 있다고 느꼈다. 그는 융만스트라세의 빅토리아호텔에서 슈타이너와 만나기로 약속했다. 『일기』에는 슈타이너가 먼지투성이에 얼룩덜룩한 프린스앨버트*를 입었고, 코감기가 심했다고 쓰여 있었다. 슈타이너는 콧물이 흐르자 손가락으로 손수건을 콧구멍 깊숙이 찔러넣었고, 이를 혐오스

* 남자 예복의 일종으로, 프록코트라고도 불린다.

럽게 지켜보던 카프카는 자신을 보험업에 종사하는 예술가라고 소개했다. 건강과 성격 때문에 문학활동을 계속할 수 없다고도 했다. 만약 카프카가 문학과 보험업에 인지학을 더했다면 어떻게 되었을까? 슈타이너의 대답은 기록되어 있지 않았다.

물론 카프카 자신도 이 절망적이고 까다롭고 조롱하는 듯한 의식 영혼이 머리 꼭대기까지 가득차 있었다. 가엾은 양반, 그가 자신에 대해 진술한 방식은 슈타이너에게 그다지 믿음을 주지 못했다. 보험업이라는 덫에 갇힌 천재? 매우 진부한 불평이고 코감기보다 나을 것이 없었다. 험볼트도 동의했을 것이다. 카프카에 대해 이야기하곤 했기에 나는 그의 견해를 안다. 그러나 이제 카프카와 슈타이너와 험볼트는 죽음 속에 함께 있고, 지금 스트론슨의 사무실에 있는 사람들도 모두 곧 거기에 합류할 것이다. 아마도 몇 세기 후 좀더 반짝이는 세계에 다시 나타날 것이다. 이곳보다 더 반짝거리기 위해 많이 반짝일 필요는 없다. 그러나 슈타이너에 대한 카프카의 묘사가 나는 불쾌했다.

내가 이런 생각에 잠긴 동안 덱스터는 행동을 개시했다. 그는 누구에게도 악감정을 품지 않았다. 누구를 치우치게 편들지도 않고 아주 친절한 태도로 사태를 바로잡으려 했다. "이 영장으로 시트린 씨를 데려갈 생각은 아니겠죠." 그가 엄숙하게 미소 지으며 말했다.

"왜 못 데려가요?" 경찰이 니켈을 입힌 칸타빌레의 묵직한 매그넘을 자기 벨트에 꽂고 말했다.

"당신도 시트린 씨가 살인자 같지는 않다고 했잖아요."

"저 친구는 지쳤고 안색이 창백합니다. 아카풀코에 가서 한 일주일 쉬어야 해요."

"이건 정말 터무니없는 짓입니다." 댁스터가 계속 말했다. 그는 자신이 동료 미국인들을 얼마나 잘 이해하고 다룰 수 있는지, 대중적 친화력의 아름다움을 나에게 보여주고 있었다. 그러나 경관이 댁스터와 그의 우아함, 피터 윔지* 같은 그 태도를 얼마나 이국적으로 보는지는 명백했다. "시트린 씨는 국제적으로 알려진 역사가입니다. 프랑스 정부로부터 진짜로 훈장을 받았고요."

"증명할 수 있습니까?" 경찰이 말했다. "그걸 지금 가지고 있진 않겠죠?"

"훈장을 들고 다니는 사람은 없죠." 내가 말했다.

"그럼 다른 증거가 있습니까?"

"지금 있는 건 이 리본조각뿐입니다. 이걸 단춧구멍에 끼워서 달고 다닐 수 있는 권리가 있죠."

"어디 봅시다." 그가 말했다.

나는 엉키고 색이 바랜, 노란 기가 도는 보잘것없는 녹색 리본을 꺼냈다.

"그겁니까?" 경찰이 말했다. "닭다리에도 못 묶겠군."

나는 경찰의 말에 전적으로 동의했고, 시카고 사람으로서 이런 외국의 가짜 명예를 내심 비웃었다. 나는 자신을 한껏 조롱하는 쇼블리어였다. 프랑스 사람들도 별수없었다. 지금은 그들의 전성기가 아니었다. 그들은 무엇을 하든 형편없었다. 대체 무슨 의미로 저 빈약하고 주름진 녹색 리본을 주는 걸까? 파리에서 레나타가 내게 이 리본을 단춧

* 도로시 세이어즈의 탐정소설에 나오는 취미 탐정이자 한가한 귀족.

구멍에 끼우라며 성화를 부렸고, 그 때문에 나는 만찬에서 장미꽃의 빨간 리본을 단 진짜 *슈발리에*에게, 그의 말대로 하자면 "엄연한 과학자"에게 모욕을 받아야 했다. 나는 그에게 내 생애 가장 큰 무시를 당했다. 그는 "미국의 속어는 부족하다기보다, 아예 있지도 않다"고 말했다. "프랑스어에는 '부츠'라는 뜻을 가진 단어만 해도 스무 가지나 되죠." 그는 행동과학을 경멸했고—그는 나를 행동과학자로 착각했다—내 녹색 리본에 대해 무척 거칠게 대응했다. 그가 말했다. "난 당신이 그럴듯한 책을 꽤 썼으리라 믿지만, 이 리본은 그저 *쓰레기통*을 개량한 사람들에게나 주는 거요." 프랑스인들에게 받은 명예에서 나는 슬픔 말고 아무것도 느낄 수 없었다. 아무튼, 흘려보내야 할 일이다. 인간 역사와 우주 발전이 걸린 이 위기의 순간 훈장이니 리본이니 하는 것의 실질적 구별은 아무 의미 없었다. 잠들지 않는 것은 고귀하다. 나머지는 다 하찮은 것이다.

칸타빌레는 아직도 벽을 보고 서 있었다. 경찰이 그를 힘들게 할 작정인 것 같아 나는 기뻤다. "넌 계속 그렇게 있어." 경찰이 말했다. 이 사무실에서 우리는 마치 거대하고 투명한 파도 아래 있는 것 같았다. 이 거대하고 투명한 것이 수정처럼 반짝이며 우리 위에 가만히 있었다. 우리 모두 그 안에 있었다. 그것이 부서지고 깨지면 우리는 멀리 하얀 해변을 따라 수 마일에 걸쳐 흩어질 것이다. 나는 칸타빌레의 목이 부러지길 바라기까지 했다. 그러나 아니었다, 그 일이 일어났을 때 나는 텅 빈 진줏빛 해변에 따로따로 안전하게 던져진 우리 모습을 보았다.

모두가 각자 행동을 계속하는 동안—하수도에서 시체가 발견되리라는 칸타빌레의 저주에 스트론슨은 돼지 소프라노 목소리로 "어쨌든 너도 그런 꼴이 될 테니까 두고 봐!"라고 소리쳐댔고, 댁스터가 끼어들어 설득하느라 바쁜 동안 나는 신경쓰지 않고 내 이론 중 하나에 정신을 쏟고 있었다. 어떤 사람들은 자기 재능을 감사하며 받아들인다. 또 어떤 사람들은 그 재능을 사용할 줄 모르고 약점을 극복할 생각만 한다. 결함만이 그들의 흥미를 끌고 도전하게 만든다. 그래서 싫어하는 사람의 결함을 찾을 수 있는 것이다. 염세주의자들은 흔히 정신의학을 수행한다. 수줍음 타는 사람이 연기자가 된다. 타고난 도둑은 신뢰받는 지위를 구한다. 겁먹은 사람들은 대담하게 움직인다. 갱스터에게 사기를 치려는 무모한 계획을 세웠던 스트론슨을 보라. 혹은 아름다운 사랑을 하면서 시카고에 살겠다고 고집부렸던 나를 보라. 혹은 강력한 사회적 본능을 지녔으면서 황량한 시골에 파묻혀 살았던 폰 험볼트 플라이셔를 보라.

스트론슨은 일을 끝까지 밀고 나갈 힘이 없었다. 그가 얼마나 자기 왜곡을 했는지 보라. 뚱뚱하지만 우아했고, 짧은 허벅지와 다리 아래 플랫폼 슈즈를 신었고, 꽥꽥거리지만 깊은 목소리를 내는 그가 나는, 미안하지만, 아! 정말 딱했다. 그의 진짜 본성이 재빠르게 돌아오고 있었다. 그날 아침 면도하는 걸 잊은 걸까, 아니면 공포 때문에 수염이 빨리 자란 걸까? 목깃 위쪽까지 길고 흉측한 억센 털이 돋아 있었다. 그가 우드척처럼 보이기 시작했다. 호텔 사환처럼 곱슬곱슬한 머리털은 땀에 젖어 늘어졌다. "이자들 전부 수갑을 채우고 싶네요." 그가 사복형사에게 말했다.

"뭐라고요, 수갑은 하나뿐인데?"

"그럼 칸타빌레에게 채워요. 얼른, 채워요."

나는 말없이 그의 말에 전적으로 동의했다. 그래, 저 망할 놈에게 채우고 팔을 뒤로 비틀어 수갑이 살을 파고들게 해. 그러나 이런 잔인한 일들을 속으로 말하고 나자 그런 일이 일어나는 것을 꼭 보고 싶지는 않았다.

댁스터가 경찰을 한쪽으로 데려가더니 낮은 목소리로 몇 마디 했다. 나는 나중에 이때 그가 CIA의 암호를 준 게 아닌가 생각했다. 댁스터는 종잡을 수가 없었다. 지금도 나는 그가 비밀요원이었는지 아니었는지 확실하게 판단을 내릴 수 없다. 몇 해 전 그가 나를 유카탄에 초대했었다. 그곳에 가기 위해 나는 세 번이나 비행기를 갈아탔고, 비포장 활주로에서 샌들을 신고 나온 일꾼의 마중을 받았으며, 그 일꾼이 나를 새 캐딜락에 태워 원주민 하인들이 여기저기서 일하는 댁스터의 별장으로 데려다주었다. 자동차와 지프가 여러 대 있었고, 아내와 어린 자식들이 있었으며, 댁스터는 이미 익힌 이곳 방언으로 사람들에게 지시를 내리고 있었다. 언어의 천재인 그는 새로운 언어를 빨리 습득했다. 하지만 메리다*에 있는 은행과 무슨 문제가 얽혀 있었고, 무엇보다도 근처에 있는 컨트리클럽에 외상이 있었다. 나는 그가 그 불변의 패턴을 완성할 무렵 도착했다. 둘째 날, 그가 이 망할 장소를 떠나자고 말했다. 우리는 그의 항해용 트렁크에 모피 코트와 테니스 장비, 사원의 보물과 전기 도구 등을 챙겼다. 차를 타고 떠날 때 나는 그의 아기 한 명을 무릎에 앉히고 있었다.

* 멕시코 유카탄주의 주도.

경찰이 우리를 스트론슨의 사무실 밖으로 데리고 나왔다. 스트론슨이 우리 뒤에 대고 외쳤다. "빌어먹을 놈들, 혼쭐을 내주겠어. 장담하지. 내가 어떻게 되건 말건 상관없어. 특히 칸타빌레, 너."

내일이면 그가 혼쭐이 날 것이었다.

엘리베이터를 기다리는 사이 댁스터와 잠시 의논할 짬이 있었다. "아니, 나는 연행되지 않을 거야." 댁스터가 말했다. "그래서 미안할 지경이군. 나도 정말 같이 가고 싶은데."

"빨리 손 좀 써줘." 내가 말했다. "난 칸타빌레가 이런 일을 벌일 줄 알았어. 레나타가 크게 화낼 거야, 무엇보다 그게 최악이지. 날 잊고 그냥 가버리지 마, 댁스터."

"무슨 바보 같은 소리야, 찰스. 당장 변호사를 동원할 거야. 이름하고 전화번호나 알려줘."

"먼저 레나타한테 전화해. 그리고 서트머르의 번호를 받아. 톰체크와 스롤의 번호도."

댁스터는 아메리칸익스프레스 카드 영수증에 번호를 적었다. 그는 아직도 신용카드를 사용할 수 있는 걸까?

"그렇게 얇은 종잇조각은 잃어버려." 내가 말했다.

이 말에 댁스터가 자못 진지하게 말했다. "조심해, 찰리. 너무 초조해 보여. 물론 이건 시험의 순간이 분명해. 그러니까 더더욱 눈을 똑바로 뜨고 봐야지. *그러니까 더더욱*."

댁스터가 프랑스어로 말한다는 건 그가 진지하다는 뜻이다. 조지 스위벨이 언제나 나에게 몸을 혹사하지 말라고 소리치듯이, 댁스터는 늘 나에게 불안의 수위를 경고했다. 댁스터는 선택된 삶을 받아들일 수 있을 만큼 강인한 신경을 지닌 사람이었다. 프랑스어 표현을 좋아한다는 약점이 있지만, 그도 월트 휘트먼처럼 자기 자신을 원형으로 여긴다는 점에서 진정한 미국인이었다—"내가 그렇다고 하면 너도 그렇게 생각할 것이다." 지금으로선 그것이 별 도움이 되지 않았다. 나는 체포되었다. 댁스터에 대해 나는 짐을 잔뜩 든 채 문 열쇠를 찾는데 집고양이가 방해하는 것 같은 감정을 느꼈다. 사실을 말하자면, 내가 도움을 구하려고 한 사람들은 결코 내가 좋아하는 사람들이 아니었다. 댁스터에게는 기대할 것이 없었다. 오히려 그가 나를 도우려고 노력하다가 내가 위험해질 수도 있다는 생각까지 들었다. 내가 물에 빠져서 살려달라고 소리치면 그는 달려와서 단단한 시멘트 구명대를 던져줄 것이다. 기형적인 발에는 기형적인 신발이 필요한 것처럼, 괴상한 영혼은 괴상한 요구를 하고, 애정도 괴상한 방식으로 준다. 도움을 바라는 사람은 아무 도움도 줄 수 없는 사람을 좋아한다.

우리를 기다리고 있던 파랗고 흰 경찰차를 부른 건 접수원이었을 것이다. 아주 젊고 예쁜 여자였다. 사무실을 나올 때 나는 그녀를 보며, 감상적인 아가씨라고 생각했다. 가정교육을 잘 받고 자란. 사랑스러운. 사람들이 체포되는 걸 보며 고통스러워하는. 눈물 흘리는.

"넌 앞에 앉아." 사복형사가 칸타빌레에게 말하자, 중절모를 쓴 머리 옆으로 머리카락이 삐져나온 칸타빌레가 창백한 얼굴로 차에 올랐다. 매무새가 흐트러진 그 순간 그가 처음으로 진정한 이탈리아인처럼 보였다.

"중요한 건 레나타야. 레나타한테 연락해줘." 내가 뒷좌석에 타면서 댁스터에게 말했다. "안 그러면 내가 곤란해져—곤란해진다고!"

"걱정 마. 사람들은 자네가 이대로 영영 사라지게 두지 않을 거야." 댁스터가 말했다.

위로하는 그의 말이 나에게 처음으로 더 깊은 불안을 안겼다.

그는 실제로 레나타와 서트머르에게 연락을 취하려고 애썼다. 하지만 레나타는 아직도 머천다이즈마트에서 고객과 천을 고르는 중이었고, 서트머르는 이미 사무실 문을 닫은 뒤였다. 그러나 어쩐 일인지 톰 체크와 스롤은 잊어버렸다. 그는 시간을 때우기 위해 흑인 쿵후 영화를 보러 랜돌프 스트리트로 갔다. 영화가 끝난 후에야 집에 돌아와 있던 레나타와 연락이 닿았다. 댁스터는 서트머르를 아주 잘 아는 그녀에게 모든 일을 맡기면 되겠다고 생각하고 그녀에게도 그렇게 말했다. 따지고 보면 그 자신은 이 도시에서 낯선 사람이었다. 댁스터는 보스턴 셀틱스와 시카고 불스의 경기를 보기 위해 암표상에게 표를 구했다. 택시를 타고 경기장으로 가다가 지머맨스 앞에 잠시 멈춰 피에스포르테 와인 한 병을 샀다. 제대로 차갑게 해서 먹을 순 없었지만 캐비아 샌드위치와는 잘 어울렸다.

칸타빌레의 어두운 형체가 내 앞에, 경찰차 앞좌석에 있었고, 나는 그에 대해 생각했다. 칸타빌레 같은 사람은 악에 대한 내 부족한 이론을 이용하지 않았을까? 그는 내 이론의 허점을 우기기와 허세라는 연극적 능력으로 메웠다. 그게 아니면, 내가 미국인으로서 악의 이론을 가지고 있었나? 아마도 아닐 것이다. 그는 이 싸움터에 자신의 생각과 독선을 가지고서, 특징도 없고 경계선도 없는 나의 약점을 파고들었다. 이 성가신 작자는 여자들을 기쁘게 하는 듯했다—폴리가 그렇고, 대학원생 아내도 분명 그런 것 같았다. 나는 그가 성적인 측면에서는 경량급일 거라 생각했다. 하지만 결국 여자들에게 가장 중요한 건 상상력이다. 그래서 그는 멋진 승마용 장갑에 송아지가죽 부츠를 신고, 융털이 예리하게 빛나는 트위드를 입고, 허리에 매그넘을 차고 모두를 죽음으로 위협하며 살아왔다. 그가 좋아하는 건 협박이었다. 그는 밤에 나에게 전화를 걸어 협박했다. 어제 디비전 스트리트에서 나를 협박할 때는 그의 장이 꼬였다. 오늘 아침에는 스트론슨을 협박하러 갔다. 오후에는 데니즈를 죽이자고 제안하고, 협박했다. 그렇다, 그는 하얀 얼굴, 교회 밀랍으로 만든 것 같은 긴 코에 콧구멍이 새까만 괴상한 존재였다. 앞좌석에서 그는 무척 초조해 보였다. 나를 돌아보려고 하는 것 같았다. 그는 머리를 돌려 등 깃털을 다듬을 수도 있을 만큼 유연했다. 그가 나를 살인자로 속이려 했던 것은 무슨 의미였을까? 내 안의 뭔가가 그가 그런 제안을 하도록 만들었을까? 아니면 자기 방식대로 나를 끌어내, 내가 도피하려는 환상을 가졌던 세상으로 데리고 나올 생각이었을까? 시카고 수준의 판단으로 나는 그가 정신병원에 갈 상태라는 결론을 내렸다. 그렇다, 그는 분명 정신병원에 갈 만한 상태였다. 우리 둘에 폴리까지 셋이서 하자던 그의 제안에서 약간의 동성애 기미를 알아차릴 만큼은 나도 세상 물정에 어둡지 않지만, 그건 별로 심각한 수준은 아니었다. 나는 그가 감옥으로 다시 잡혀 들어가길 바랐다. 한편으로는 그가 나를 위해 뭔가 하고 있음을 깨달았다. 쐐기풀을 떠올리는 융털이 반짝이는 트위드를 입고 그는 내가 갈 길을 구체화시켰다. 밍크 같은 콧수염에 창백하고 광기어린 그는 수행해야 할 정신적 직무가 있는 듯 보였다. 그는 나를 정중앙에서부터 끌어내기 위해 나타났다. 내가 시카고 출신이기 때문에, 정상적이고 분별력 있는 사람이라면 누구도 나에게 그런 일을 할 수 없다. 나는 정상적이고 분별력 있는 사람들 속에 있을 수가 없었다. 리처드 던윌드 같은 사람과 나의 관계를 보라. 나는 그를 존경하지만 그에게 정신적인 편안함을 느낄 수는 없었다. 인지학자인 셸트 박사와는 좀 나은 편이었지만 그와도 문제가, 시카고적인 문제가 있었다. 그가 심원한 신비에 대해 이야기할 때, 나는 "이것 보세요, 영혼에 대한 그 허튼소리는 그만하시죠!"라고 말하고 싶었다. 그러나 셸트 박사와의 관계는 나에게 대단히 중요했다. 내가 그에게 제기한 질문들은 더없이 심각했다.

이 모든 것이 내 머릿속에 떠올랐거나 흘러들었고, 프린스턴에서 험볼트가 나에게 인용했던 말이 기억났다. "*어지럽다!*" 스몰니전문학교에서 V. I. 레닌이 했던 말이다. 그리고 지금의 상황이 *어지러웠다*. 내가 레닌처럼 경찰국가를 세우려고 했기 때문이었나? 감각과 통찰력, 착안이 흐르고 범람하기 때문이었다.

물론 경찰의 말이 옳았다. 엄밀히 말하면 나는 살인청부업자가 아니었다. 그러나 나는 다른 사람들을 내 안으로 흡수하고 소모했다. 그들이 죽으면 열정적으로 애도했다. 내가 그들의 일과 삶을 이어가겠다고 말했다. 하지만 사실은 그들의 힘을 내 힘에 보탰던 게 아니었을까? 그들에게 생기와 영광이 있을 때 나는 그들을 눈여겨보지 않았던가? 그리고 그들의 여자들을 눈여겨보지 않았던가? 내 영혼이 다음 세계에 들어섰을 때 나는 이미 연옥에서의 내 과업을 볼 수 있었다.

"조심해, 찰리." 댁스터가 나에게 충고했었다. 그는 망토를 걸치고 고급 *서류가방*과 천연 나무 손잡이가 달린 우산, 캐비아 샌드위치를 들고 있었다. 나는 보았다. *그러니까 더더욱* 지켜보았다. 지켜보면서 경찰차에 앉아 험볼트의 발자취를 따라가고 있음을 깨달았다. 이십 년 전 그는 법의 손아귀에 붙들려 경찰과 몸싸움을 벌였다. 그들은 그에게 강제로 구속복을 입혔다. 그는 벨뷰병원으로 급히 이송되는 경찰차 안에서 설사를 했다. 그들은 대처하려고, 그 시인을 어떻게든 해보려고 애썼다. 뉴욕 경찰들이 시인에 대해 뭘 알겠는가! 술주정꾼과 강도, 강간범을 알고, 출산하려는 여자와 마약 하는 여자는 알지만 시인에 대해서는 아무것도 몰랐다. 그 와중에 험볼트는 병원 공중전화로 나에게 전화를 걸었다. 나는 덥고 지저분하고 벽의 칠이 벗어져가던 벨라스코극장 분장실에서 전화를 받았다. 그가 나에게 소리쳤다. "이건 삶이야, 찰리, 문학이 아니라!" 나는 권품천사, 좌품천사, 주품천사, 대천사, 그리고 천사들이 시를 읽는다고 생각하지 않는다. 그들이 뭐하러 그러겠는가? 그들은 우주를 형성한다. 그들은 바쁘다. 그러나 "삶이야!"라고 소리쳤을 때, 험볼트는 좌품천사, 능품천사, 천사들을 말한 것이 아니었다. 다만 현실적이고 자연주의적인 삶을 말한 것이었다. 마치 예술은 진실을 가리고 광인의 고통만이 진실을 드러낸다는 듯이. 이것은 빈약한 상상일까?

도착하자 칸타빌레와 나는 분리되었다. 그들은 그를 책상 앞에 앉혔고, 나는 안으로 들여보냈다.

연옥에서 내가 해야 할 과업을 알고 있던 나는 구치소를 너무 심각하게 받아들일 필요가 없었다. 결국 그것은 무엇이었나? 갖은 소란, 남을 괴롭히는 일이 전문인 사람들. 그들은 나의 전면과 측면 사진을 찍었다. 좋다. 머그샷을 찍은 후에는 지문도 채취했다. 아주 좋다. 그다음은 구금이려니 생각했다. 나를 감방으로 데리고 들어가려고 기다리는 뚱뚱한 가정부처럼 보이는 경찰이 있었다. 내근직 경찰들은 비만해진다. 그는 주부처럼 코트 스웨터에 슬리퍼를 신었고, 퉁퉁한 배에 총을 차고 두툼한 입술을 삐죽 내밀고 있었으며 목덜미에 굵은 주름이 잡혀 있었다. 그가 나를 안으로 밀고 들어갈 때 누군가 말했다. "이봐! 찰스 시트린! 나와!" 나는 다시 중앙 복도로 나왔다. 나는 서트머르가 어떻게 이렇게 빨리 왔는지 의아했다. 그러나 나를 기다리는 사람은 서트머르가 아니라 스트론슨 사무실의 젊은 접수원이었다. 이 아름다운 아가씨가 자신의 고용주가 나에 대한 고소를 취하하기로 결정했다고 전했다. 그는 칸타빌레에게만 집중할 모양이었다.

"그래서 스트론슨이 당신을 보낸 건가요?"

그녀가 설명했다. "네, 저도 정말 오고 싶었고요. 전 당신이 누군지 알아요. 이름을 듣고 바로 알았어요. 그래서 스트론슨 씨에게 설명했어요. 그분은 요즘 제정신이 아닌 것 같아요. 사람들이 와서 하도 죽이겠다고 하니까, 스트론슨 씨만 탓할 수도 없어요. 하지만 제가 당신이 살인청부업자가 아니라 유명한 분이라는 걸 납득시켜드렸어요."

"아, 그렇군요. 예쁘기만 한 게 아니라 착한 분이군요. 정말 고마워요. 그 사람에게 말하는 게 쉽지 않았을 텐데."

"그분은 정말로 겁을 먹었어요. 거의 언제나 우울해하시죠. 그런데 당신 손이 왜 이렇게 지저분해요?" 그녀가 말했다.

"지문 찍느라요. 잉크를 쓰니까."

그녀는 당황했다. "세상에! 당신 같은 분에게 지문을 찍게 하다니요!" 그러고는 가방을 열어 휴지를 꺼내더니 물에 적셔 내 손가락 끝을 닦아주기 시작했다.

"괜찮아요, 고맙습니다. 아니, 아니, 이러지 마요." 내가 말했다. 이런 선심에 나는 늘 이끌리는데, 누가 내게 이렇게 다정한 친절을 베푼 것이 정말 오랜만인 것 같았다. 머리를 자르기 위해서가 아니라(자를 머리도 별로 없지만) 손길을 느끼기 위해서 이발소에 가고 싶은 날도 있다.

"왜요? 저는 당신이 옛날부터 알던 분같이 느껴져요."

"책으로요?"

"책은 아니고요. 유감스럽게도 당신이 쓰신 책은 읽어본 적 없어요. 역사책을 쓰시는 건 알지만, 그쪽으로는 취미가 없어서요. 그게 아니라, 시트린 씨는 제 어머니를 통해서 알았어요."

"어머니가 내가 아는 분인가요?"

"학창 시절 두 분이 연인이었단 얘기를 어릴 적부터 들었거든요."

"설마 어머니가 나오미 루츠는 아니겠죠!"

"맞아요, 어머니와 닥터 할아버지가 시내의 바에서 당신을 만나시곤 얼마나 기뻐했는지 몰라요."

"그래요, 닥터 루츠도 함께 있었죠."

"닥터 할아버지가 돌아가셨을 때 어머니는 당신에게 전화하려고 했었어요. 이젠 과거 이야기를 나눌 수 있는 사람이 당신뿐이라면서요. 어머니는 기억을 되새기고 싶은데 잘 생각나지 않는 것들이 있대요. 며칠 전에는 애셔 삼촌이 살던 마을 이름을 기억 못하셨어요."

"그 삼촌은 켄터키주 퍼듀카에 사셨어요. 어머니한테 내가 전화할게요. 난 당신 어머니를 사랑했어요, 이름이……"

"매기요." 그녀가 말했다.

"매기라고요? 어머니한테 하반신의 곡선을 물려받았네요. 난 당신 등처럼 아름다운 곡선을 가진 등은 본 적이 없어요, 특히 이런 유치장 같은 데서는. 잇몸과 치아도, 치아가 약간 작은 것도, 미소도 어머니 그대로군요. 당신 어머니는 아름다웠어요. 이렇게 말하면 실례가 되겠지만, 정말 감격스러운 순간이고, 사실 나는 지난 사십 년 동안, 당신 어머니를 남편으로서 매일 밤 품을 수 있었다면 내 인생이 이렇지 않고 완전히 충만한 성공적인 인생이 됐을 거라고 생각했어요. 매기, 몇 살이에요?"

"스물다섯요."

"오!" 나는 그녀가 얼음 같은 음용수로 내 손가락을 닦아주는 동안 말했다. 내 손은 여자의 손길에 무척이나 민감하다. 손바닥에 입을 맞추면 머리가 어질어질해진다.

매기는 폭스바겐으로 나를 집까지 데려다주었고, 운전하며 잠시 울기도 했다. 아마도 어머니와 내가 놓쳐버린 행복을 생각했을 것이다. 그리고 나는 내가 언제 이 모든 일을, 우발적이고 그저 현상적이고, 낭비적이고 임의적이며 인간적인 모든 일을 초월해 더 높은 세계에 들어갈 수 있을지 궁금했다.

* * *

그래서 나는 도시를 떠나기 전에 나오미를 찾아갔다. 그녀의 결혼 후 성은 월퍼였다.

곧바로 찾아간 것은 아니었다. 그전에 해야 할 일이 차고 넘쳤다.

시카고에서의 마지막날들은 분주했다. 칸타빌레의 장난으로 날려버린 시간을 만회하려는 듯 나는 바쁘게 움직였다. 회계사 머라는 나를 위해 한 시간을 꼬박 내주었다. 그 유명한 리처드 히멀이 실내장식을 하고 시카고강에서 가장 옅푸른 부분이 내려다보이는 평온한 사무실에서 머라는 나를 소송할 이유가 없다고 국세청을 설득하는 데 실패했다고 알렸다. 그러고는 큰 액수의 청구서를 내밀었다. 나는 아무 득도 보지 못한 일의 대가로 1만 5천 달러를 물게 되었다. 그의 사무실을 나와 미시간 대로 웨커 드라이브 근처 어느 조명 가게 앞 어둠 속에 섰다. 새롭고 기발한 장치들, 전구와 전등이 다양한 색과 형태로 반짝거리는 이곳에 언제나 이끌렸던 나는 300와트짜리 투광반사등을 구입했다. 필요 없는 것이었다. 나는 떠날 예정이었다. 그게 왜 필요하겠는가? 전등을 산 것은 내 상태를 보여주었다. 나는 아직도 나의 도피처, 안식처, (물질적인) 원주민 구역 깊숙이 나의 디어본 요새*를 꾸려놓고 있었다. 또한 떠나는 것에 대한 불안에 사로잡혀 있었다—제트엔진이 시속 수천 마일로 나를 지상에서 떼어놓을 텐데, 나는 대체 어디로, 무엇 때문에 가려는 것인가? 그 엄청난 속도의 이유가 여전히 불분명했다.

그렇다, 전등을 산 것은 별로 도움이 되지 않았다. 나에게 큰 위로가 된 것은 셸트 박사와 나눈 대화였다. 나는 그에게 고대 유대문화에서는 다른 이름으로 알려진, 형상의 정령인 능품천사에 대해 질문했다. 이 운명의 형성자들은 오래전 그들의 기능과 힘을 천사의 위계상 인간에게 한 단계 더 가까운 개성의 정령, 권품천사에게 넘겨주어야 했다.

* 물질주의가 팽배한 시카고를 원주민 영토라 보고, 자신의 집을 원주민의 공격을 방어하기 위해 지어진 디어본 요새에 비유한 것. 즉 물질주의로부터의 도피처라는 뜻.

그러나 반발하는 능품천사들이 세계사에서 후진적인 역할을 하면서 수 세기 동안 이를 거부했다. 그들은 현대 의식의 발전을 가로막았다. 인간 진화의 초기 단계에 속하는 이 까다로운 능품천사들이 농민 혹은 민속 의식의 종족주의를 지속하고, 서구와 새로운 것에 대한 증오를 고집하며 격세유전적인 태도를 양성했다. 나는 1917년 러시아가 반동을 어떻게 혁명이라는 가면으로 위장했는지 이것으로 설명할 수 있지 않을까 생각했다. 또한 이들과 똑같은 세력들 사이의 투쟁이 히틀러가 권력을 잡은 배후에 있지 않을까 생각했다. 나치 또한 현대적인 가면을 썼다. 그러나 러시아인, 독일인, 스페인인, 아시아인만 전적으로 탓할 수는 없다. 자유와 현대성이라는 공포는 두려웠다. 그리고 이것이 바로 세계인들의 눈에 미국이 그토록 현기증나고 괴물처럼 보이게 한 이유였다. 또한 이것이 미국인의 눈에 일부 나라들이 절망적이게, 엄청나게 지루해 보이게 한 이유였다. 러시아인들은 타성을 유지하기 위해 투쟁하며 비할 수 없을 정도로 지루하고 무서운 사회를 만들어냈다. 그리고 미국은 개성의 정령인 권품천사의 지배 아래, 오랜 농민 시대에는 알려지지 않았던 수백 가지 질병에 감염되고, 자유인의 현기증과 절망을 지닌 자주적인 현대적 개인들을 만들어냈다.

셸트 박사를 방문한 후 나는 딸들에게 울먹이며 전화를 걸게 한 데니즈의 술수에 말려들어 결국 어린 두 딸 리시와 메리를 크리스마스 연극 공연장에 데려갔다. 그러나 예상외로 연극은 무척 감동적이었다. 나는 찢어지는 목소리, 놓쳐버린 신호들, 우스꽝스러운 의상이 있는 연극을 정말 좋아한다. 온갖 훌륭한 의상은 관객석에 있었다. 흥분한 아이들 수백 명이 엄마와 함께 와 있었는데, 그녀들 대부분이 아주 치밀한 예의 그 호랑이 엄마들이었다. 그들은 옷을 갖춰 입고, 장신구를 걸고, 향수를 뿌렸다! 립 밴 윙클이 개막을 알렸다. 아주 적절하다는 생각이 들었다. 립을 취하게 한 난쟁이들을 탓하는 것도 좋지만, 그가 기절한 데는 그 나름의 타당한 이유가 있었다. 어떤 사람들에게는 감각의 세계가 너무 무겁고, 그것은 언제나 점점 더 무거워진다. 이십 년 동안 계속된 립의 잠이 내 마음에 곧장 와닿았다는 말을 하고 싶다. 이날 나는 예민했다—근심, 예상되는 문제, 회한으로 마음이 약해지고 상처받기 쉬운 상태였다. 늙고 멍청한 호색가가 두 아이를 남겨놓은 채, 명백히 돈만 좇는 여자를 따라 유럽을 부패시키기 위해 떠나려 한다. 관객들 가운데 몇 안 되는 아버지 중 한 사람으로서 나는 그것이 얼마나 잘못된 일인지 깨달았다. 나는 여자들의 판단에 둘러싸여 있었다. 여자들의 의견은 명확히 드러났다. 예를 들어 이 엄마들은 밴 윙클 부인을 초기 미국 여성상으로 못되게 묘사한 것을 불쾌해했다. 나는 못된 미국 여자들에 대한 그런 모든 생각을 거부한다. 엄마들은 화를 냈고, 웃으면서도 적대적이었다. 하지만 아이들은 그저 순진해서, 아내가 화내며 날뛰다가 뇌졸중으로 쓰러져 죽었다고 립이 말했을 때는 박수를 치며 좋아했다.

당연하게도, 나는 이러한 것들의 좀더 고차원적인 의미를 생각하고 있었다. 내가 진짜 궁금했던 건 난쟁이들이* 립을 잠들게 하지 않았다면 그가 어떻게 시간을 보냈을까 하는 것이었다. 물론 그에게는 허클베리 핀이 미지의 영토**에서 한 것처럼, 개를 데리고 사냥하고 낚시하고 숲을 돌아다닐 수 있는 평범한 미국인의 권리가 있었다. 다음 질문

* 원작의 설정은 유령이다.

** 당시 아직 문명화되지 않은, 가능성이 넘치는 세계로서의 미국 서부를 가리킨다.

은 더 친밀하고 난해했다. 만일 내가 정신적으로 그렇게 오래 잠들어 있지 않았다면, 나는 무엇을 했을까? 너무나 순수한 얼굴, 너무나 향기롭고(아이들이 필연적으로 방출하는 작은 방귀도 부모의 마음으로 들이마시면 즐겁다), 그토록 소중한 아이들의 흥분과 환성, 손뼉과 몸부림 속에 멈춰 서서 나는 스스로에게 대답을 강요했다—나는 대답할 의무가 있었다. 셸트 박사가 읽으라고 준 소책자를 믿는다면, 잠은 사소한 문제가 아니었다. 잠의 상태에서 벗어나길 꺼리는 우리의 의지는 임박한 계시를 피하려는 욕망의 소산이다. 어떤 정신적인 존재들은 인간을 통해서 발전을 이루어야 하는데, 우리는 부재不在로, 잠의 의지로 그들을 배반하고 저버린다. 한 매력적인 소책자에 따르면, 우리의 의무는 천사들과 협력하는 것이다. 그들은 우리 안에 나타난다(마기드* 라는 정령이 위대한 랍비** 요셉 카로 앞에 모습을 드러냈듯이). 형상의 정령의 인도를 받아 천사들은 우리 안에 미래의 씨앗을 뿌린다. 그들은 우리가 '보통은' 인식하지 못하는 어떤 그림들을 우리 안에 심어준다. 무엇보다 그들은 우리가 다른 인간들 속에 숨은 신성을 보길 원한다. 그들은 인간을 정신으로부터 분리하는 심연을 어떻게 생각을 통해 건널 수 있는지 보여준다. 그들은 영혼에는 자유를, 육체에는 사랑을 제공한다. 이러한 사실은 깨어 있는 의식을 통해 파악되어야 한다. 그가 자면 잠자는 이도 자기 때문이다. 거대한 세계적 사건들이 그를 지나쳐간다. 그를 깨울 만큼 중대한 것은 없다. 나뭇잎과 가지가 립의 위로 떨어지듯, 수십 년의 달력 낱장이 그 위로 떨어진다. 게다가 천사

* 유대교 설교자.

** 유대교 율법학자.

들에게도 약점이 있다. 그들의 목적은 지상의 인간들에 의해 실현되어야 한다. 그들이 우리 안에 심어준 형제애는 이미 성적인 기괴함으로 변질되었다. 우리는 침대 속에서 서로에게 무엇을 하고 있는가? 사랑은 치욕스러울 정도로 왜곡되고 있다. 그리고 천사들은 우리에게 빛나는 신선함을 보내지만 우리는 그것을 잠으로 무디게 만든다. 비록 반의식 상태이긴 하지만 우리는 정치 영역에서 지상의 돼지 제국들이 꿀꿀거리는 소리를 듣는다. 돼지 영토들의 악취는 상공으로 올라가 대기를 어둡게 덮는다. 우리가 빨리 잠들어 정신을 봉해버리려 하는 것이 무슨 놀라운 일이겠는가? 그러므로 소책자에 나왔듯, 우리가 깨어 있을 시간에 잠을 자는 것 때문에 천사들은 우리와 하고 싶은 일을 밤에 해야 한다. 하지만 그들이 하는 일은 우리의 감정이나 사고에 닿을 수 없다. 수면 상태에서는 그 모든 것이 부재하기 때문이다. 무의식적인 육체와 생명을 유지하는 원리인 에테르체만이 침대에 누워 있을 뿐이다. 위대한 감정과 사상은 사라졌다. 그래서 인간은 낮에도 몽유 상태다. 우리가 깨어나지 못한다면, 정신적 영혼이 천사들의 일에 참여하지 못한다면, 우리는 가라앉을 것이다. 나에게 가장 결정적이었던 것은 더 높은 사랑에의 충동이 성적 도착으로 타락했다는 주장이었다. 그야말로 정곡을 찌르는 이야기였다. 내가 위험한 시카고에 어린 두 딸을 남겨두고 레나타와 떠나려는 데는 내가 얼핏 느끼는 것보다 훨씬 더 기본적이고 궁극적인 이유가 있는 것 같다. 내가 하고 있는 일을 정당화하는 것인지도 모른다. 『천로역정』*의 크리스천도 구원을 얻기 위

* 영국 작가 존 버니언의 소설로, 한 신도의 고뇌에 찬 신앙 과정을 그렸다.

해 가족을 남겨두고 결국 떠났다. 내가 아이들에게 정말로 좋은 일을 할 수 있으려면 나 자신이 잠에서 깨어나야 했다. 이 침침하고 초점을 맞추지도 못하고 집중하지도 못하는 상태는 매우 고통스러웠다. 나는 삼십 년 전의 내 모습을 볼 수 있었다. 굳이 사진첩을 들출 필요도 없었다. 그 망할 사진은 잊을 수가 없다. 거기에 내가, 나무 아래서 매력적인 소녀와 손을 잡고 있는 예쁘장한 젊은 남자가 있었다. 그러나 나는 젊음이 한창이고 능력이 절정에 이르렀을 때 병에 시달렸기 때문에 아마 줄리어스 형이 선물한 펄럭거리는 더블브레스트 정장 같은 플란넬 파자마를 입고 있었을 것이다.

극장에 있는 동안 나는 가까이에 정령들이 있고, 그들이 우리에게 다가오고 싶어하며, 산소가 불을 밝게 하듯 그들의 호흡이 아이들이 입고 있는 작은 드레스의 붉은색을 더욱 선명하게 해준다고 상상했다.

그때 아이들이 소리를 지르기 시작했다. 립이 몸 위에 쌓인 낙엽더미를 헤치고 비틀비틀 일어나고 있었다. 그가 무슨 일을 겪을지 아는 나는 신음했다. 그가 계속 깨어 있을 수 있느냐가 진짜 문제였다.

막간휴식 시간에 나는 다운타운 클럽에서 알게 된 클로스터먼 박사와 우연히 마주쳤다. 사우나에서 나에게 성형외과에 가서 눈 밑의 처진 살을 어떻게 하라고 권했던 바로 그 사람이다—간단한 수술로 몇 년은 더 젊어 보일 거라고. 그가 자기 아이들을 데리고 다가왔는데, 나는 그저 냉랭하게 고개만 끄덕였다. 그가 말했다. "요즘 통 안 보이시더군요."

그렇다, 최근 나는 통 나다니지 않았다. 그러나 어젯밤만 해도 레나타의 품에 안겨 무의식의 상태에서, 내가 챔피언처럼 패들볼을 치는 꿈을 꾸었다. 꿈속에서 내가 백핸드로 친 공이 코트 왼쪽 벽을 스치고 맹렬하게 회전하며 구석에 떨어졌다. 나는 클럽 선수인 스코티를 이겼고, 털이 많고 안짱다리에 몸이 마른 스포츠맨이자 현실에서는 내가 한 점도 절대 이길 수 없는 무서운 경쟁자인 그리스인 척추교정 지압 전문가도 이겼다. 꿈속 코트에서 나는 호랑이였다. 순수한 각성과 전진하는 격렬함이 있는 꿈속에서 나는 나의 무기력함을, 멍함을, 흐릿함을 극복했다. 어쨌든 꿈속에서는 포기할 생각이 없었다.

내가 로비에서 이런 생각에 빠져 있을 때, 딸 리사가 내게 전해달라고 엄마가 건넨 편지가 있다는 사실을 떠올렸다. 나는 봉투를 열어 읽었다. "찰스: 누가 날 죽인다고 협박했어!"

칸타빌레는 끝이 없었다. 미시간 애비뉴에서 댁스터와 나를 납치하기 전, 우리가 모네가 그린 〈산드비카〉의 아름다운 겨울 풍경을 감상하던 바로 그 순간 칸타빌레는 데니즈에게 전화를 걸어 가장 좋아하는 그 일, 즉 협박을 했던 것 같다.

한번은 조지 스위벨이 데니즈 이야기를 하다가(그의 자연주의적 성향을 알기 때문에 내가 그런 설명을 부추겼겠지만) 이런 설명을 했다. "데니즈에게 성생활은 아마도 너와 다투는 것뿐일 거야. 말도 걸지 말고, 논쟁하지도 마, 아직도 그 여자를 흥분시키고 싶은 게 아니라면." 의심할 나위 없이 그는 칸타빌레의 협박도 똑같은 식으로 설명했을 것이다. "이런 게 그 자식이 희열을 얻는 방법이지." 그러나 칸타빌레의 죽음을 거래한다는 환상은, 죽음의 최상층 대리자라는 상상 속 역할은 나를 깨우기 위한 의도에서 비롯된 것일 수도 있다—"브루투스, 그대는 자고 있소"* 운운. 경찰차에서 이런 생각이 났었다.

그러나 이번에는 정말로 그 일을 한 것이었다. "엄마가 답장 받아오래?" 내가 아이에게 물었다.

리시는 엄마를 닮은 커다란 자수정 같은 둥근 눈으로 나를 보았다. "그런 말은 없었어, 아빠."

데니즈는 분명 우르바노비치에게 살해 협박에 대해 알렸을 것이다. 그러니 판사는 이제 문제를 종결지을 것이다. 어차피 그는 나를 믿지도 좋아하지도 않았고, 내 돈을 몰수할 수도 있었다. 돈이라면 없는 셈 치고 잊을 수도 있다. 이제 어떻게 해야 할까? 나는 평소의 급한 성격대로, 팔아치울 유동자산을 헤아리며 여기서 1200달러, 저기서 1800달러, 아름다운 카펫, 망가져서 판매에 무척 불리할 메르세데스까지 넣어 어림으로 계산해보았다. 내가 아는 한 칸타빌레는 트웬티식스스 스트리트와 캘리포니아 대로가 만나는 지점에 구금되어 있었다. 나는 그의 목이 달아나길 바랐다. 많은 이가 감옥에서 죽었다. 누군가 그를 끝장낼 수도 있었다. 그러나 그가 오래 갇혀 있을 성싶지는 않았다. 요즘은 아주 쉽게들 풀려나니까 그는 또 한번 집행유예를 받을지도 모른다. 지금의 법원은 구세군이 도넛을 나눠주듯 집행유예를 쉽게 내준다. 좋다, 그건 아무래도 상관없다, 나는 밀라노로 떠날 것이다.

그래서 나는 앞에 적었듯이, 지금은 성이 월퍼인 나오미 루츠를 감상적으로 찾아갔다. 임대서비스를 통해 마케트공원으로 나를 데려다줄 리무진을 빌렸다—이제 와서 뭐하러 아끼겠는가? 춥고 습하고 진눈깨

---

* 셰익스피어의 『줄리어스 시저』에서 시저의 절대권력에 반대하는 무리가 브루투스에게 익명으로 보낸 편지에 나오는 대사.

비가 날렸고, 어린 학생이 가방을 들고 추위와 싸우며 등교하면서 스스로를 용감하게 느낄 것 같은 날씨였다. 나오미는 아이들이 달리거나 뒤로 처지거나 비옷을 질질 끌며 물웅덩이를 철벅거리며 지나가는 동안 차량 진행을 막고 서 있었다. 경찰복 안에 스웨터를 몇 겹으로 껴입은 듯했다. 개리슨 캡*을 썼고 샘 브라운 벨트**의 띠가 가슴을 가로지르고 있었다. 양털 부츠에 엄지장갑, 목에 드리운 주황색 해블록***까지 있어 그녀의 모습은 거의 드러나지 않았다. 코트 때문에 걸리적거리는 젖은 팔을 흔들어 아이들을 주변에 모으고, 차들을 멈춰 세우고는 살찐 등을 돌려 밑창이 두툼한 신발로 천천히 보도 쪽으로 걸어갔다. 내가 한때 완전한 사랑을 느꼈던 여자였다. 내가 가장 좋아하는 자세로(여자가 내게 등을 대고 나는 그녀의 가슴을 껴안고) 사십 년 동안 함께 잘 수 있어야 했던 사람이었다. 야만적인 시카고 같은 도시에서 그런 친밀하고도 사적인 위안 없이 어찌 생존을 기대할 수 있겠는가? 그녀에게 다가간 나는 늙은 여자 안에 있는 젊은 여자를 보았다. 가지런하고 짧은 치아, 매력적인 잇몸, 왼쪽 뺨에만 있는 보조개를 보았다. 나는 아직도 그 젊은 여자의 촉촉하고 풍요로운 여자 냄새를 맡을 수 있을 것만 같았고, 미끄러지며 끄는 듯한 그녀의 목소리가, 그녀도 나도 한때 너무나 매력적이라고 생각했던 꾸며낸 목소리가 들려왔다. 그리고 지금도 나는, 안 될 것 없지 않아? 하고 생각했다. 1970년

* 챙이 없고 테두리를 크게 접어서 쓰는 미국 군모의 일종.

** 오른쪽 어깨에서 대각선으로 걸치는 띠가 달린 가죽 허리띠로, 보통 장교들이 사용한다.

*** 군모 등에 햇볕을 가리기 위해 뒤쪽에 붙여 드리우는 천.

대의 빗방울은 사춘기 시절 사랑의 행위로 가는 띠처럼 맺힌 작은 땀방울들이 그녀의 얼굴 중앙을 가로지르는 베네치아 가면 같았던 그때의, 1930년대의 물기처럼 보였다. 그러나 나에게는 그녀를 만지려거나 그녀가 입은 경찰복과 스웨터와 겉옷과 속옷을 벗기려 들지 않을 정도의 상식은 있었다. 그녀도 자기 허벅지와 가슴에 무슨 일이 일어났는지 나에게 보여주고 싶지 않을 것이었다. 그녀의 친구 행크—행크와 나오미는 함께 늙어갔다—에게는 괜찮겠지만, 그녀의 옛 모습을 아는 나에게는 안 될 일이었다. 그런 일이 벌어질 가능성도 없었다. 그런 조짐도, 암시도, 가능성도 없었다. 생각만으로 끝내야 하는 일 중 하나였다.

우리는 그녀의 집 부엌에서 커피를 마셨다. 그녀가 나를 브런치에 초대해 달걀프라이와 훈제 연어, 견과 빵, 벌집 꿀을 차려주었다. 낡은 무쇠 그릇과 직접 뜨개질한 주방장갑을 보자 집처럼 편안한 기분이 들었다. 이 집이 월퍼가 남긴 전부라고 그녀는 말했다. "그 사람이 경마에서 순식간에 돈을 잃는 걸 보고 내가 명의 이전을 해야 한다고 주장했어."

"잘했네."

"그 얼마 후에 빚쟁이들이 경고를 한다며 남편의 코와 발목을 부러뜨렸어. 그때까지 난 월퍼가 갱스터에게 고리대를 얻고 있는 줄도 몰랐어. 온통 시퍼레진 얼굴에 붕대를 감고 병원에서 돌아왔더라고. 그러곤 자기 때문에 집을 팔아선 안 된다고 했어. 울면서 자기는 틀려먹었다고, 그러니까 사라지겠다고. 내가 체코인 동네에 사는 걸 보고 놀랐다는 거 알아. 하지만 현명한 유대인 시아버지가 이 깔끔하고 안전한 동유럽 이민자 거주 지역에 투자용 부동산을 사뒀던 거야. 그래서 결국 여기로 오게 됐어. 아무튼, 월퍼는 유쾌한 사람이었어. 너처럼 날 힘들게 하지 않았지. 결혼 선물로 컨버터블을 사주고 마셜필즈에 외상 거래 계좌도 열어줬어. 그런 게 내가 인생에서 가장 원하던 거였어."

"우리가 결혼했다면 넌 내게 힘이 되었을 거라고 늘 생각했어."

"그렇게 이상화하지 마. 넌 난폭한 아이였어. 내가 어느 농구선수와 춤추러 갔다고 내 목을 졸라서 죽일 뻔했잖아. 한번은 차고에서 내가 네 말을 안 들으면 목을 매고 죽어버리겠다고 날 위협했고. 기억나?"

"유감이지만, 기억나. 아주 절박한 욕구가 내 안에서 들끓고 있었지."

"월퍼는 재혼해서 뉴멕시코에서 자전거 가게를 하고 있어. 국경 근처에 있으면 좀더 안전하다고 느끼나봐. 맞아, 넌 가슴을 뛰게 하는 사람이었지만, 스윈번이나 보들레르, 오스카 와일드나 카를 마르크스 이야기를 할 때는 알아들을 수가 없었어. 찰리, 넌 정말 끝도 없이 얘길 했어."

"그 책들에 심취했고, 아름다움이니 선이니 사상이니 시니 사랑에 미쳐 있었으니까. 그런 게 십대 아냐?"

그녀가 미소 지어 보이며 말했다. "꼭 그런 건 아니지. 닥터가 엄마에게 너희 가족들은 다 풋내기 이방인이고 너무 감정적이라고 말했었어. 닥터는 작년에 돌아가셨어."

"네 딸한테서 들었어."

"응, 마침내 무너지셨지. 노인이 한쪽 발에 양말 두 짝을 신고 욕조에 오줌을 누면 다 끝난 거잖아."

"그렇겠지. 내 생각에 닥터는 미국인 놀음이 지나치셨던 것 같아. 스윈번이 나에게 영감을 주었던 것처럼 당신 아버지에게는 배빗*이 그랬겠지. 유대인 혹은 봉건주의와 결별하길 원하셨지……"

"부탁 하나 할게—난 네가 봉건주의 같은 얘길 꺼내면 아직도 얼어붙어. 그런 게 우리의 문제였어. 넌 매디슨에 달려와서 험볼트 파크인가 뭔가 하는 시인에 대해 들떠서 떠들다가 내가 모아뒀던 돈을 빌려 그레이하운드 버스를 타고 뉴욕에 갔어. 난 정말 널 진심으로 사랑했어, 찰리. 하지만 네가 너의 신을 보기 위해 떠났을 때, 나는 집으로 돌아가서 매니큐어를 칠하고 라디오를 틀었어. 네가 맨해튼에서 풀러 솔 영업사원이 되었다고 했을 때 네 아버지는 분노하셨지. 네가 목재사업을 돕길 바라셨으니까."

"말도 안 되는 소리. 아버지한테는 줄리어스가 있었어."

"아, 네 아버지는 정말 미남이셨어. 여자들이 말하는, 인생을 망쳐버리는 스페인 남자 같았지. 줄리어스는 어떻게 지내?"

"쇼핑센터와 아파트를 지으며 텍사스 남부를 망가뜨리고 있지."

"하지만 네 가족들은 서로를 사랑했지. 그런 면에선 정말 원시적이었어. 아마도 그래서 우리 아버지가 네 가족을 풋내기라고 하셨던 것 같아."

"그런데, 나오미, 우리 아버지는 미국인이 되셨고 형도 그래. 모두가 이민자 사랑 같은 건 관뒀어. 나만 유치한 방식으로 끈질기게 버텼지. 내 감정의 계좌는 언제나 초과 인출이었어. 내가 계단에서 굴렀을 때

---

* 미국 작가 싱클레어 루이스의 소설 『배빗』의 주인공으로, 지배적인 중산층의 표준적 삶에 생각 없이 적응하는 사람의 전형이다.

어머니가 울면서 내 머리에 생긴 혹을 칼날로 누르던 일은 절대 못 잊어. 칼자루가 경찰봉같이 생긴 멋진 은제 러시아 칼이었지. 이제 감이 올 거야. 내 머리의 혹이든, 율리우스의 기하학이든, 아빠가 인상한 임대료든, 불쌍한 엄마의 치통이든, 그런 것들 전부가 우리에겐 지상에서 가장 중요한 일이었던 거야. 나는 서로를 배려하는 그 강렬한 마음을 결코 잃지 않았는데—아니, 그게 아니지. 사실은 잃어버렸는지도 몰라. 응, 난 정말 그걸 잃어버렸어. 하지만 난 아직도 그걸 원해. 그게 항상 문제지. 나는 그런 마음을 원했고 나도 분명히 약속했어. 여자들에게 그랬다는 말이야. 내겐 그런 유토피아적인 정신적 사랑의 아우라가 있었고 여자들은 내가 자신을 아껴줄 남자라고 느꼈어. 물론 난 그들이 꿈꾸는 대로 그들을 아껴줬지."

"하지만 그건 가짜였어." 나오미가 말했다. "네가 그걸 잃었으니까. 넌 여자를 아껴주지 않았어."

"잃었지. 어딘가에 그런 열정적인 힘이 남아 있긴 하겠지만."

"찰리, 넌 많은 여자에게 그런 짓을 했어. 그 여자들은 틀림없이 아주 불행했을 거야."

"그런 애끓는 심장이 예외적인 경우인지는 모르겠어. 물론 비현실적이고 도착적이지. 하지만 그런 게 미국적인 거 아냐? 내가 미국적이라고 말하는 건, 인간 고통의 주류 역사에 의해 교정되지 않았다는 뜻이야."

나오미는 내 말을 듣더니 한숨을 쉬고 말했다. "아, 찰리, 난 네가 어떻게, 어째서 그런 결론에 도달하는지 절대 이해할 수 없을 거야. 네가 그렇게 내 앞에서 강의를 할 때마다 난 결코 따라갈 수 없었어. 그런데 네 작품이 브로드웨이에서 막을 올렸을 때, 사람들은 네게 사랑하는 여자가 있다고 말하더라. 그 여자는 어떻게 됐어?"

"데미 퐁헬 얘기구나. 맞아. 그 여자는 진짜였어. 아버지와 함께 남미에서 죽었지만. 그 아버지는 델라웨어 출신 백만장자였지. 두 사람은 카라카스에서 DC-3*를 타고 이륙했는데 정글에 추락했어."

"아, 너무 슬프고 끔찍하다."

"데미를 찾으러 베네수엘라에 갔었어."

"그랬다니까 기쁘네. 물어보려 했는데."

"카라카스에서 같은 비행기를 탔지. 낡고 누덕누덕했어. 원주민들이 닭과 염소를 싣고 다니는. 기장이 나에게 조종석에 앉으라더군. 앞창에 큰 구멍이 나서 바람이 마구 들어왔어. 산 위를 날아갈 때는 무슨 일이 날 것처럼 무서워져서 나는 기도를 드렸어. 오, 주여, 데미에게 일어난 일이 저에게도 일어나게 하소서. 그 산들을 보면서, 난 솔직히 세상이 만들어진 방식이 마음에 들지 않았어, 나오미."

"그게 무슨 뜻이야?"

"아, 나도 모르겠어, 그런데 자연, 그 모든 기적, 소립자에서 은하계에 이르기까지 위대한 성취라는 것들에 염증이 나. 그것은 인간을 너무 거칠게 다뤄. 너무 세게 부딪쳐와. 정맥을 찌르지. 산을 넘을 때 태평양 물이 해안에서 발작처럼 부서지는 걸 보고 생각했어. 그럼 넌 뒈져버려라. 세상이 만들어진 방식이 늘 마음에 들 순 없겠지. 가끔 이런 생각이 들어, 대체 누가 불멸의 영혼이 되어서 존재를 더 누리고 싶다

* 쌍방 프로펠러 여객기의 일종.

고 했냐! 다 집어치워라! 그러고 보니 네게 비행 얘길 하고 있었지. 열 번쯤 오르락내리락했어. 우리는 맨땅에 착륙했지. 커피농장의 붉은 흙으로 만든 활주로에. 나무 아래서 뱃가죽이 갈색이고 구부러진 고추가 달랑거리는 발가벗은 어린아이들이 우리에게 손을 흔들었어."

"아무것도 못 찾았어? 정글을 수색하지 않았어?"

"물론 수색했지. 비행기도 찾았지만, 사라진 DC-3는 아니었어. 일본인 광산 기술자들을 태우고 추락한 세스나였지. 그들의 유해들 위로 넝쿨과 꽃이 우거졌고, 해골들 속에 거미나 무슨 동물이 살고 있는지 누가 알겠어. 나는 그런 꼴이 된 데미는 발견하고 싶지 않았어."

"정글을 별로 좋아하지 않았구나."

"그래. 난 진을 퍼마셨어. 내 친구 폰 험볼트 플라이셔처럼 스트레이트 진을 좋아하게 됐거든."

"그 시인! 그 사람은 어떻게 됐어?"

"그 사람도 죽었어, 나오미."

"다들 그렇게 죽는다는 게 놀랍지 않아, 찰리?"

"모든 것은 늘 해체되고 재형성되니까. 그래서 우리는 같은 인물들인지, 많은 다른 인물들인지 추측해야 하고."

"결국 전도소傳道所에 갔겠구나." 나오미가 말했다.

"응, 데미라는 이름을 가진 사람이 많았고, 퐁헬이 스무 명쯤 있었지. 전부 친척이었어. 모두 긴 금발에 들창코, 안짱다리, 똑같이 웅얼거리는 말버릇이 있었지. 뉴욕에서 온 데미의 *약혼자*라고 하니 날 미친 사람이라고 생각하는 것 같았어. 원주민들이 기독교인이 아닌 백인 방문자를 이상하게 보는 것 같아서 난 예배에 참석하고 찬송가를 불러야 했지."

"그래서 가슴이 무너지는 와중에 찬송가를 불렀겠구나."

"난 기꺼이 찬송가를 불렀어. 팀 퐁헬 박사가 깔고 앉으라며 내게 보라색 용담꽃 한 양동이를 줬어. *살백선증* 증세가 심해 보인다면서. 그렇게 나는 데미가 나타나기를 기다리며 식인종들과 같이 지냈어."

"그들이 식인종들이었어?"

"그곳에 처음 도착한 선교사들을 잡아먹었다지. 예배소에 앉아 찬송가를 부르면서 아마도 형제를 먹어치웠을 가지런한 이빨을 보고 있자니—티모시 박사의 형제가 잡아먹혔고, 박사는 누가 그랬는지도 알고 있었어—나오미, 사람들에게는 묘한 미덕이 많아. 정글에서의 경험이 나에게 용서하는 마음을 심어주었다 해도 전혀 놀랄 일이 아니지."

"누굴 용서해야 했는데?" 나오미가 물었다.

"내 친구 폰 험볼트 플라이셔. 내가 정글에서 지쳐 쓰러지도록 데미를 찾는 동안 그 사람이 내 계좌에서 수표로 현금을 빼갔어."

"서명을 위조해서?"

"전에 내가 줬던 백지수표로 6천 달러 넘게 바꾼 거야."

"설마! 물론 너는 시인이 돈 때문에 그런 행동을 할 거라곤 예상 못했던 거지? 웃어서 미안해. 하지만 넌 언제나 사람들에게 착한 척하도록 강요해서 오히려 더럽고 본능적인 행동을 하게 자극했어. 그 여자를 그렇게 정글에서 잃은 건 정말 안타까운 일이라고 생각해. 듣고 보니 그 여자도 너 같은 부류였을 것 같아. 그 여자는 너랑 비슷했지? 두 사람이라면 함께 떨어져나와서 완벽하게 행복할 수 있었을 텐데."

"무슨 말인지 알아, 나오미. 나는 인간 본성의 더 깊은 면을 이해하지 못했지. 최근까지 그 사실을 떠올리는 것만으로도 견딜 수 없었어."

"스트론슨을 위협했다는 그 얼빠진 작자에게 얽히는 것도 너라서 가능한 일이야. 매기한테 그 이탈리아인 얘기 들었어."

"네 말이 맞는지도 몰라." 내가 말했다. "칸타빌레 같은 자에게 끌려다니는 이유를 분석해봐야 해. 그런데 네 딸이, 내가 사랑했던 여자의 딸인 그 예쁜 아가씨가 찾아와 나를 구치소에서 꺼내줄 때 내 기분이 어땠을지 생각해봐."

"감상에 빠지지 마, 찰리. 제발!" 그녀가 말했다.

"내가 널 세포 하나하나까지 사랑했다는 말은 해야겠어, 나오미. 나에게 넌 이질적인 면이 하나도 없었어. 네 분자는 나의 분자였어. 네 냄새가 나의 냄새였고. 그리고 네 딸은 너를 떠올리게 했어—내가 아는 한 똑같은 치아, 똑같은 미소, 전부 똑같아."

"너무 흥분하지 마. 혹시 내 딸과 결혼하고 싶은 거 아냐? 섹시한 노인네 같으니라고. 내가 그러라고 할지 시험해보는 거야? 나를 생각나게 해서 그애와 결혼하고 싶다는 건 대단한 칭찬일 테지. 딸애는 정말 좋은 아이지만, 네게 필요한 사람은 마음이 세탁기만큼 큰 여자고, 내 딸은 그렇지 못해. 어쨌든 넌 내가 바에서 봤던 여자—벨리댄서 같은 체격에 크고 검은 눈을 가진 멋진 동양적인 여자와 아직 만나잖아. 안 그래?"

"응, 멋진 여자고 난 여전히 그 여자의 남자친구지."

"남자친구? 난 네가 왜 그러는지 모르겠어—성인이고 중요한 일을 하는 똑똑한 남자가 왜 이 여자 저 여자 떠돌아다니는지. 좀더 중요한 일은 없어? 찰리, 여자들한테 참 많이 속았겠어! 넌 그 여자들이 정말

네가 구하는 유형의 도움과 위로를 줄 거라고 생각해? 네가 드러내 보이는 대로?"

"글쎄, 드러나 보이긴 하잖아, 아냐?"

"여자들한테는 본능 같은 거야. 네가 원하는 것이 뭔지 알려주면 여자들은 자신이 바로 그걸 가지고 있다고 말해, 여태 들어본 적조차 없는 것이어도. 꼭 거짓말이라고 할 수도 없지. 여자들은 남자가 바라는 것이라면 뭐든 줄 수 있다고 생각하는 본능이 있고, 크기니 생김새니 유형이니 가리지 않고 어떤 남자도 받아들일 준비가 돼 있어. 그게 바로 여자라고. 넌 너와 닮은 여자를 찾아 돌아다니지. 그런 동물은 없어. 데미도 그렇진 않았을 거야. 하지만 여자들은 네게 이렇게 말하지. '그만 헤매. 여기서 멈춰. 내가 바로 네가 찾던 여자야.' 그러면 너는 다음 계약을 체결하지. 물론 누구도 만족하지 못하고 모두가 지독하게 화를 내게 될 거야. 그래서, 매기는 네 타입이 아냐. 네 아내 이야기나 해볼까?"

"날 유혹하지 마. 그냥 술이나 한 잔 더 따라줘."

"이게 무슨 유혹이야?"

"아, 유혹? 불평하고 싶은 유혹을 말한 거야. 데니즈가 애들한테 얼마나 잘못하는지, 기회가 될 때마다 어떤 식으로 애들을 방치하는지, 나를 어떻게 재판에 꽁꽁 묶어두고 변호사를 써서 찢어발기는지 하는 얘기나 할 수 있겠지. 그런 게 사례야, 나오미. 사례는 슬픈 삶을 아름답게 그려낸 예술작품이 될 수도 있어. 시인 험볼트는 뉴욕 전역에서 자기 사례를 과시했지. 그러나 대부분의 사례들은 본래 형편없는 예술이야. 영혼이 우주로 흘러나가서, 지상의 고통을 완성된 전체 장면으로 바라본다면 이 모든 불평이 어떻게 보일까?"

"넌 몸만 변했구나." 나오미가 말했다. "전에도 늘 이런 식이었어. '영혼이 우주로 흘러나간다'니 대체 무슨 뜻이야?…… 내가 널 사랑하던 무지한 소녀였을 때, 너는 네 사상으로 날 시험하려고 했었어."

"회고록 대필로 밥벌이를 하면서 나는 성공한 미국인은 진짜 실수를 한 적도 없고, 죄를 지은 적도 없고, 숨길 것 하나 없고, 거짓말도 하지 않는다는 걸 알았어. 그래서 그들이 사용한 방법은 솔직함을 통한 은폐, 말하자면 이중성으로 명예를 보장받는 거였어. 대필 작가는 자신을 고용한 사람에게 교육을 받아, 스스로도 사실이라고 믿게 될 때까지. 예를 들어 린든 존슨* 같은 위대한 미국인의 자서전을 읽어보면, 그에게 세뇌된 작가들이 그의 사례들을 얼마나 충실하게 재현했는지 알게 될 거야. 많은 미국인이—"

"다른 미국인들까지 말할 거 없어." 나오미가 말했다. 슬리퍼를 신고 부엌에 앉아 살찐 팔로 팔짱을 낀 채 미소 지으며 말하는 나오미는 참으로 편안해 보였다. 나는 그녀와 사십 년 동안 함께 잠을 잘 수 있었다면 행복했을 것이고, 죽음마저 물리칠 수 있었으리란 얘기를 되풀이했다. 하지만 내가 정말 그것을 견딜 수 있었을까? 사실 나는 나이 들수록 점점 더 까다로워졌다. 그래서 이제 나는 이 민감한 질문에 대면하는 영광을 누린다: 나는 시들어버린 나오미를 품고 끝까지 사랑할 수 있었을까? 그녀는 사실 좋아 보이지 않았다. 그녀는 생물학적 폭풍우에 시달렸다(광물성 육체는 발달하는 정신에 의해 소모된다). 그러

* 미국의 36대 대통령.

나 이것은 내가 맞아볼 만한 도전이었다. 그렇다, 그럴 수도 있었을 것이다. 그렇다, 해낼 수 있었을 것이다. 그녀의 분자 하나하나가 여전히 나오미였다. 튼튼한 팔의 세포 하나하나가 여전히 나오미의 것이었다. 짧은 치아가 주는 매력이 아직도 마음에 와닿았다. 끄는 듯한 말투도 여전히 효과적이었다. 개성의 정령이 그녀에게 실제적인 일을 했다. 나에게는 C. G. 융이 아니마라고 부른 것이 그대로 있었다. 상대 영혼, 아리스토파네스가 『향연』에서 묘사한 잃어버린 반쪽.*

"그래서 그 젊은 여자랑 유럽으로 떠나는 거야?" 그녀가 물었다.

나는 놀랐다. "누구한테 들었어?"

"조지 스위벨을 우연히 만났어."

"조지가 내 계획을 모두에게 떠들지 않으면 좋겠는데."

"아, 그러지 마, 우린 평생 알고 지낸 사이잖아."

"이런 얘기가 데니즈의 귀에도 들어갈 거야."

"데니즈한테 비밀을 지킬 수 있다고 생각해? 철벽을 뚫고도 볼 것 같던데, 넌 철벽도 아니잖아. 그런데 데니즈는 네가 어떻게 할지 생각할 필요도 없을 거야, 그 젊은 여자가 너에게 뭘 원하는지만 알면 되니까. 그 젊은 여자와 왜 일 년에 두 번씩이나 유럽에 가?"

"아버지를 찾으러 가는 거야. 그 여자의 어머니는 두 남자 가운데 누

---

* 아리스토파네스는 "인간은 본래 머리 둘과 팔 넷, 다리 넷이 달린 생명체였다. 머리가 둘인 인간은 매우 강하고 완전한 생물이어서 신들을 두려워하지 않고 공격하기까지 했다. 그 오만함에 노한 제우스가 벼락을 내리쳐 인간을 반으로 갈랐고, 아폴론은 그 상처를 꿰매 배꼽으로 엮었다. 그리하여 인간은 두 팔과 두 다리만 있을 뿐인 반쪽짜리 생명체로 전락했으며, 다시 완전해지기 위해 에로스를 추구하게 되었다"고 했다. 그러니까 인간은 자신으로부터 분리된 반쪽을 갈구한다.

가 진짜로…… 지난봄에는 내가 런던에 볼일이 있었고. 그래서 우린 파리에도 들렀지."

"넌 파리를 집처럼 느끼겠지. 프랑스인들이 널 기사로 임명했잖아. 신문기사를 오려서 보관해뒀어."

"가장 급이 낮은 싸구려 *슈발리에*야."

"크고 아름답고 멋진 인형하고 여행하니까 허영심이 채워졌어? 그 여자는 유럽에 있는 네 상류층 친구들하고는 어떻게 지냈어?"

"우드로 윌슨이 이디스 볼링과 신혼여행 가던 기차에서 〈오, 아름다운 인형〉이란 노래를 불렀단 거 알아? 특별객차 짐꾼이 아침에 나오다가 그 사람이 춤추고 노래하는 걸 봤대."

"그런 게 네가 앎직한 사실들이지."

"그 사람은 가장 품위 있는 대통령이었어." 내가 덧붙였다. "아니, 레나타는 외국 여자들에게는 별로 호감을 얻지 못했어. 런던에 있을 때 어느 화려한 만찬에 데려갔는데, 여주인이 그녀를 무척 천박하다고 생각했지. 베이지색 레이스가 달리 시스루 드레스 때문이 아니었어. 멋진 화장이나 체격도, 발산하는 활기 때문도 아니었지. 그녀는 하반신 마비 환자들 사이에 있는 슈거 레이 로빈슨*일 뿐이었던 거야. 재무장관이 그녀를 보고 잔뜩 흥분했었지. 프라도미술관에 걸린 스페인 거장의 그림 속 여자와 비교하더군. 그런데 부인들은 그녀에게 무례했고, 나중에 레나타는 울면서 그게 다 우리가 결혼하지 않아서라고 말했어."

* 미국의 흑인 권투 선수.

"그래서 다음날 너는 그 여자에게 수천 달러어치 멋진 옷을 사줬겠지, 그랬을 거야. 하지만 네가 어떤 사람이건 간에, 난 널 만나서 무척 즐거워. 넌 다정한 친구야. 이렇게 가난하고 평범하고 늙은 여자에게 네 방문은 근사한 일이야. 그런데 내 청 하나만 들어줄래?"

"물론이지, 나오미, 내가 할 수 있는 거라면."

"난 너를 사랑했지만 네가 하는 이야기를 전혀 알아들을 수가 없어서 평범한 시카고 남자와 결혼했어. 고작 열여덟 살이었으니까. 쉰세 살이 된 나는 이따금 생각해, 지금이라면 전보다 네가 하는 이야기를 알아들을 수 있을까 하고 말이야. 네 지적인 친구들에게 말하듯이, 아니 그보다 네가 너 자신에게 말하듯이 한번 이야기해볼래? 예를 들면, 어제 무슨 중요한 생각을 했어?"

"나태에 대해, 내가 얼마나 나태했었는지 생각했어."

"말도 안 돼. 넌 열심히 일했어. 난 알아, 찰리."

"진짜 모순은 없어. 나태한 사람들이 가장 열심히 일하니까."

"그 얘길 해봐. 그리고 잊지 마, 찰리, 쉽게 말하려고 해선 안 돼. 나한테도 너 자신에게 말하듯이 말해줘."

"어떤 사람들은 대죄 중 하나인 나태가 단순한 게으름을 뜻한다고 생각해." 나는 시작했다. "진흙 속에 빠진 듯 꼼짝 않는 것. 경비원이 개폐기 앞에서 잠드는 것. 하지만 나태는 상당한 절망을 포괄해야 해. 나태는 사실 과잉행동적인 바쁜 상태야. 그 활동은 시나 예술, 사유 같은 인간의 모든 고차원적 기능의 기본이 되는 훌륭한 휴식과 균형을 몰아내지. 이 나태한 죄인들은 어떤 철학자들이 말했듯이, 그 자신의 존재에 묵종할 줄 모르는 거야. 그들은 휴식이 두려워서 일을 하지. 옛 철학에서는 노력으로 얻은 지식(*라티오*)과 사물의 본질을 듣고 경이로운 것을 이해할 수 있는 경청하는 영혼이 얻은 지식(*인텔렉투스*)을 구별했어. 그러나 여기에는 영혼의 비범한 힘이 요구되지. 사회가 점점 더 인간의 내적 자아를 요구하고 불안에 감염시키기 때문에 더욱 그래. 그것은 인간을 혼란 속에서 훈련시키고, 의식이 발전하는 속도만큼이나 빠르게 의식을 종속시켜버려. 명상이나 상상의 진정한 균형은 바로 잠과 꿈의 경계에 위치하지. 그래서 말인데, 나오미, 내가 미국에 누워서 물질적 이해관계에 저항하기로 결심하고 예술을 통한 구원을 바라자, 나는 수년, 수십 년 계속되는 깊은 잠에 빠지게 됐어. 나에게는 필요한 것이 없었던 게 분명해. 필요한 건 더 많은 힘, 더 많은 용기, 더 많은 성장이었어. 물론 미국은 압도적인 현상이야. 하지만 그건 정말 변명이 못 돼. 다행히 나는 아직 살아 있고, 아마 아직은 시간이 좀 있을 거야."

"지금 말한 게 정말 네 정신적 흐름이야?" 나오미가 물었다.

"그래." 나는 능품천사와 권품천사와 천사들까지는 감히 언급하지 못했다.

"오 세상에, 찰리." 나오미가 가엾다는 듯이 말했다. 그녀는 정말로 동정했고, 가까이 다가와 내 얼굴에 부드러운 숨결을 보내며 내 손을 토닥거렸다. "물론 시간이 지나면서 더 이상해지기도 했겠지. 이제 난 우리가 함께하지 못한 것이 두 사람 모두에게 다행이었단 걸 알겠어. 우리에게는 부조화와 갈등밖에 없었을 거야. 너는 이런 대단한 얘기를 혼자 중얼거려야 했을 거고, 나한테는 매일 알쏭달쏭한 말밖에 할 수 없었겠지. 나의 뭔가가 이해할 수 없는 말을 하도록 널 도발하는지도 몰라. 아무튼 넌 그 여자와 이미 유럽에 한 번 갔지만 아빠를 찾지 못했다고 했어. 그런데 네가 떠나면, 아버지가 사라진 어린 소녀가 둘 더 생기는 거야."

"나도 그 생각은 했어."

"조지는 네가 작은딸을 더 좋아한다고 하던데."

"응, 리시는 제 엄마와 똑같거든. 나는 정말 메리를 더 사랑해. 하지만 그런 편견과 싸우고 있어."

"네가 너만의 우스꽝스러운 방식으로 아이들을 사랑하지 않는다면 난 그게 오히려 이상했을 거야. 나도 다른 사람들처럼 아이 때문에 걱정거리가 있어."

"매기는 아니겠지."

"응, 그애가 스트론슨 사무실에서 일하는 건 맘에 안 들었지만, 이제 그 사람이 끝장났다니까 곧 다른 일자리를 구하겠지. 내 걱정은 아들이야. 내 아들이 마약 중단에 관해 지역신문에 쓴 기사 봤어? 네 의견을 듣고 싶어서 보냈었는데."

"아직 못 읽었어."

"스크랩해놓은 다른 한 부를 줄게. 그애에게 재능이 있는지 없는지 알고 싶어. 말해줄 수 있어?"

"거절은 꿈도 못 꾸겠는데."

"가끔 거절도 해야지. 사람들이 네게 너무 많은 부담을 주잖아. 나도 이러면 안 된다는 거 알아. 너는 이 도시를 떠날 거고 앞으로 할일이 많겠지. 그런데 알고 싶어."

"아들은 자기 누나랑 닮았어?"

"아니, 그애는 아빠를 더 닮았어. 너라면 그애에게 뭔가 해줄 수 있을 것 같아. 괴짜처럼 살아온 선한 사람으로서 넌 그애 마음을 움직일 수 있을 거야. 그애는 이미 괴짜 쪽으로 가고 있거든."

"그애에게 빠진 것이, 사람들이 내가 가졌다고 하는 선함이군."

"글쎄, 넌 괴짜지만 진정한 영혼을 가졌지. 우리 아이는 아빠 없이 자랐어." 나오미가 눈에 눈물이 그렁한 채 말했다. "많은 걸 할 필요는 없어. 그애에게 네가 어떤 사람인지만 알게 해줘. 아프리카로 데려가 주면 좋겠어."

"아, 조지가 베릴륨 광산 이야기도 떠들었어?"

이것이 내 사업과 책무에 새로이 추가해야 할 전부, 즉 데니즈와 우르바노비치, 레나타의 아버지를 찾는 일, 인지학의 탐색적 연구, 댁스터와 〈아크〉 외에 내가 해야 할 일의 전부였다. 케냐나 에티오피아에 가서 가치 있는 광물을 찾는 일. 바로 그거다! 내가 말했다. "그 베릴륨 얘기는 사실 아무것도 아냐, 나오미."

"나도 뭔가 있을 거라고 생각한 건 아냐. 하지만 루이가 너와 사파리에 간다면 얼마나 멋질까? 『솔로몬왕의 광산』* 같은 걸 믿는 건 아니야. 그런데 가기 전에 해두고 싶은 말이 있어, 찰리. 그 거인 같은 여자들에게 뭔가 증명하느라 기운 빼지 마. 기억해, 네 위대한 사랑은 키가 5피트밖에 안 되는 날 위한 거였다는 걸."

---

* 영국 빅토리아시대 대중 소설가 헨리 라이더 해거드의 모험소설.

* * *

우울한 *세뇨라*가 오헤어공항까지 우리를 배웅했다. 그녀는 택시에서 레나타에게 귓속말로 뭔가 지시를 했고, 수속을 하고 납치테러 대비 보안검색을 받는 동안 우리와 같이 있었다. 마침내 우리는 이륙했다. 레나타는 비행기 안에서 나에게 시카고를 떠나는 것에 대해 걱정하지 말라고 말했다. "드디어 당신이 자신을 위해 뭔가 하는 거예요." 그녀가 말했다. "당신은 참 재미있는 사람이야. 자기 일밖에 모르지만 이기심이라곤 전혀 없으니까. 이렇게 생각해봐요. 나 없이는 너도 없고 우리도 없다." 레나타는 운을 맞추는 데 명수였다. 시카고에 대한 그녀의 2행시는 "오헤어가 없다면, 그야말로 절망뿐이다"였다. 내가 그녀에게 어느 매력적인 여성에 대해 어떻게 생각하느냐고 묻자, 그녀는 "파가니니가 파가니니 연주를 듣겠다고 돈을 낼까?"라고 말했다.* 나는 그녀를 그토록 천박하고 무식하다고 여겼던 런던의 부인들이 이렇게 발동 걸린 레나타의 얘기를 들으면 좋겠다고 종종 생각했다. 비행기가 이륙 지점에 이르러 반창고 떼는 소리를 내며 활주로를 따라 내닫기 시작했을 때 그녀가 말했다. "잘 있어라, 시카고. 찰리, 당신은 이 도시를 위해 뭔가 좋은 일을 하길 바랐죠. 뭐하러 그런 천박한 놈들한테 그래요, 시카고는 당신 같은 사람을 가질 자격이 없어. 품격에 대해선 아무것도 몰라요. 신문에는 매일 무식한 사기꾼들 이야기만 나오고. 선한 사람들은 무시당해. 난 당신이 권태에 대한 에세이를 쓸 때 이 도시에 한 방 먹이길 바

---

* 원문은 "without a me, there's neither thee nor we", "Without O'Hare, it's sheer despair", "Would Paganini pay to hear Paganini play?"로, 각운을 맞췄다.

랄 뿐이에요."

727기가 뜨자 몸이 뒤로 젖혀지면서 삐거덕하고 랜딩기어가 접혀 들어가는 소리가 들렸다. 거무스름한 양털 같은 구름떼와 안개가 우리와 집들, 공장들, 자동차들, 공원들 사이로 끼어들었다. 미시간호는 한 번 반짝하더니 보이지 않았다. 내가 말했다. "레나타, 편들어줘서 고마워. 사실 미합중국에 대한 나의 태도는—시카고도 나에겐 미합중국이지만—100퍼센트 믿음은 아니었어. 난 항상 일종의 문화적 보호를 추구했지. 데니즈와 결혼했을 때 난 동지가 생겼다고 생각했어."

"대학 학위 때문이었겠지."

"알고 보니 제5열*의 우두머리였지만. 어쩌다 그렇게 됐는지는 나도 알아. 아름답고 날씬한 여자였는데."

"아름답다고요?" 레나타가 말했다. "마녀같이 생겼던데."

"아름답고 날씬하고 야심 차고 용감하고 책을 좋아하는 젊은 여자였어. 한번은 어머니가 욕실에 있는 데니즈를 보고 '넌 성공한 여자야'라고 외쳤다고 하더군. 그러고는 왈칵 눈물을 쏟았고."

"난 그런 여자들의 실망을 이해해요." 레나타가 말했다. "시카고 중상류층 극성 엄마들의 모습이지. 그 딸들이 다 뭐가 되겠어요? 모두가 잭 케네디나 나폴레옹이나 키신저와 결혼할 수도 없고, 걸작을 쓰거나, 카네기홀 자주색 배경막 앞에서 황금빛 *라메*** 드레스를 입고 하프시코드를 연주할 수도 없어요."

"그래서 데니즈가 밤중에 깨어나 훌쩍거리면서 자신은 아무것도 아

---

* 내부에서 이적 행위를 하는 집단.

** 금실, 은실을 섞어 짠 직물.

니라고 했던 거였군."

"당신은 그 여자를 뭔가로 만들어주어야 했나요?"

"글쎄, 어떤 자질이 부족했어."

"그걸 못 찾았군요." 레나타가 말했다.

"못 찾았어, 그리고 데니즈는 자기 조상들의 신앙으로 돌아갔지."

"조상이 누군데요?"

"정치판에서 심부름이나 하는 앞잡이들과 불량배들. 하지만 난 내가 그렇게 예민한 화초일 필요가 없었단 말을 하고 싶어. 어쨌든 내가 자란 터전은 시카고니까. 견뎌낼 수 있었어야 했어."

"밤중에 깨어나 인생을 낭비했다며 운 건 데니즈고, 그러다 일이 그렇게 된 거라고요. 당신은 잠을 자야 해요. 자기가 고민 때문에 못 잔다고 남까지 못 자게 하는 여자는 절대 용서하면 안 돼."

"기업적인 미국에서 살아가는 예민한 화초에 대해 생각하는 중이야, 우린 험볼트의 유언장을 보려고 뉴욕에 가고 있으니까."

"완전한 시간낭비예요."

"그리고 나 자신에게 묻지, 속물주의가 그렇게 해롭기만 한 걸까?"

"난 당신에게 말을 하는데, 당신은 나에게 설교를 하는군요. 밀라노 계획을 전부 바꿔야 했어요. 대체 뭐 때문에! 그 사람은 당신한테 남겨줄 게 아무것도 없었어요. 허름한 호텔에서 정신이 나간 채 죽었다고요."

"죽기 전에는 다시 정신이 온전했어. 캐슬린에게서 들었어. 속 좁게 굴지 마."

"당신이 아는 사람들 중에 나만큼 속 넓은 사람도 없을걸요. 당신을 법정으로 끌고 다니는 그 고집스러운 심술쟁이와 나를 혼동하는군요."

"하던 이야기로 돌아가면, 미국인들은 정복해야 할 빈 대륙이 있었어. 그들이 철학이나 예술에도 집중하리라 기대할 순 없었지. 늙은 닥터 루츠는 내가 자기 딸에게 시를 읽어줬다고 빌어먹을 외국인이랬어. 루프에 있는 사무실에서 옥수수나 벗기는 게 미국인의 천직이지."

"내 코트나 잘 개어서 선반에 넣어줘요. 스튜어디스가 그만 떠들고 음료 주문이나 받으면 좋겠네."

"알았어, 내 사랑. 그런데 험볼트 얘긴 끝내게 해줘. 당신은 내가 말이 너무 많다고 생각하겠지만 지금 나는 흥분한 상태고, 게다가 아이들 때문에 마음이 편치 않아."

"바로 그게 데니즈가 바라는 모습이죠." 레나타가 말했다. "당신이 떠나면서 연락처를 남기지 않으면 그 여자는 이렇게 말하죠. '좋아, 애들이 죽으면 신문으로나 알게 될 거야.' 너무 그렇게 비극적으로 얽매이지 마요, 찰리. 분명 아이들은 크리스마스를 즐겁게 보낼 거고, 로저도 밀워키에서 할머니 할아버지와 좋은 시간 보낼 거예요. 아이들이 정상적인 가정을 얼마나 좋아하는데."

"로저가 잘 지내면 좋겠어." 내가 말했다. "난 로저를 아주 좋아해. 매력적인 아이지."

"그애도 당신을 사랑해요, 찰리."

"그럼 험볼트 얘기로 돌아가지."

레나타가 똑바로-알게-해주겠어, 라는 표정으로 말했다. "찰리, 그 유언장은 무덤에서 보내온 장난일 뿐이에요. 당신도 사후의 장난일지도 모른다고 했었잖아. 그 사람은 미쳐서 죽었다고요."

"레나타, 나는 교과서들을 읽었어. 임상심리학자들이 조울증에 대해서 뭐라는지 알아. 하지만 그들은 험볼트를 몰랐어. 결국 험볼트는 시인이었어. 험볼트는 고결했어. 임상심리학자들이 예술과 진리에 대해서 뭘 알아?"

무슨 까닭인지 이 질문이 레나타를 자극했다. 그녀는 화를 냈다. "그 사람이 살아 있었다면 당신은 이렇게까지 그를 훌륭하다고 생각하지 않았을 거예요. 단지 그가 죽었기 때문에 이러는 거라고요. 코프리츠는 영묘를 팔았기 때문에 죽음에 대해 강박관념을 가졌을 수 있어요. 그런데 당신은 왜 그래요?"

나는 대꾸하고 싶었다. "당신은 어떻고? 지금까지 당신 인생에 있었거나 있는 남자는 영묘 코프리츠, 장의사 플론제일리, 우울증 시트린이야." 그러나 나는 말을 삼켰다.

"당신이 하려는 일은," 그녀가 말했다. "그 사람이 살아 있을 때는 없었던 관계를 만들어내려는 거예요. 그들이 허락해주지 않았거나, 당신으로선 가질 수 없었던 연줄을 만들어내려는 거라고요. 전에 당신이 어떤 사람들에게는 죽음이 좋은 일이라고 말하는 걸 들은 적 있어요. 아마도 그로부터 무슨 덕을 본다는 뜻으로 한 말이었겠죠."

그 말에 나는 생각에 잠겼다. "나도 그런 생각을 했었어. 하지만 죽은 사람들은 우리 안에 살아 있어, 우리가 그들을 살려두기로 하면 말이야. 당신이 뭐라든 난 험볼트 플라이셔를 사랑했어. 그의 담시에 깊이 감동했다고."

"당신은 소년에 불과했어요." 그녀가 말했다. "그 사람 삶의 영광스러운 순간이었죠. 그런데 그가 쓴 시는 고작 열 편인가 열다섯 편뿐이었어요."

"많이 쓰지 않은 건 사실이야. 하지만 너무나 아름다웠어. 어떤 경우엔 하나도 많은 거야. 당신은 그걸 알아야 해. 그의 실패도 생각해볼 과제지. 어떤 사람들은 미국에서는 실패가 유일한 현실적 성공이고, '성공한 사람'은 누구도 자국인들의 마음을 사로잡지 못한다고 말해. 자국인들에 중점을 둔 말이지. 아마도 험볼트가 잘못한 건 이런 면이었을 거야."

"동료 시민들에 대한 의식요?" 레나타가 말했다. "그런데 우리 음료는 언제 가져다줄까?"

"참고 기다리면 가져올 때까지 내가 즐겁게 해줄게. 험볼트에 대해 내가 가슴에서 내려놓아야 할 게 몇 가지 있어. 왜 험볼트는 그토록 자신을 괴롭혔을까? 시인이란 있는 그대로의 자신이야. 거트루드 스타인은 '실체' 인간과 '정체성' 인간을 구별했어. 중요한 건 실체 인간이지. 정체성이란 사회적으로 부여받는 거니까. 당신의 작은 개가 당신을 알아보면 당신에게는 정체성이 있는 거야. 대조적으로 실체는 비개인적인 힘이고, 무서운 것일 수도 있어. T. S. 엘리엇이 윌리엄 블레이크에 대해 한 말 그대로지. 테니슨 같은 사람은 자신의 환경에 융합되었고 기생적인 사상의 껍질에 덮여 있지만, 블레이크는 벌거벗었고, 그 자신의 결정結晶 중심에서 벌거벗은 인간을 보았어. 그에게는 '우월한 인간'의 흔적이 없었고, 그래서 두려운 존재가 되었던 거야. 그것이 실체지. 정체성은 그 자신에게 좀더 관대해. 정체성은 술을 따르고, 담배에 불을 붙이고, 인간적인 쾌락을 추구하고, 가혹한 조건은 피하지. 눕고 싶다는 욕망은 무척 강렬하고. 험볼트는 약해지는 실체였어. 시인은 꿈을 꾸어야 하는데, 미국에서 꿈을 꾸는 건 쉬운 일이 아니야. 「욥기」에서는 하느님이 '밤에 노래를 주신다'고 하지. 나는 이 모든 문제에 대해 많이 생각했고, 험볼트의 그 유명한 불면증에도 온전히 집중했어. 그러나 나는 험볼트의 불면증이란 세상의 힘, 인간 세상과 그것의 모든 찬란한 업적에 대한 증언이었다고 생각해. 세상은 흥미로웠지, 정말로 흥미로웠어. 세상에는 돈, 과학, 전쟁, 정치, 불안, 질병, 혼란이 있었어. 모든 전류가 흘렀고. 누군가 고압선을 택한다면, 그런데 그가 중요한 인물, 즉 알려진 인물이라면 전류에서 놓여날 수가 없는 거야. 거기에 고착되는 거지. 좋아, 레나타, 요약하자면, 세상에는 권력이 있고, 관심은 권력을 따라가. 시인의 권력과 흥미는 어디 있는 거지? 그건 꿈의 상태에서 생겨. 시인은 그 자신으로서의 존재니까. 사회나 국가, 정권의 권력에 필적하는 권력을 지닌 그 영혼에서부터 목소리가 나오기 때문이지. 인간은 광기나 기벽, 혹은 그 비슷한 것들 때문에 흥미로운 게 아니라, 세상의 번잡함, 활동, 소음을 소멸시키고 사물의 진수를 듣기에 적합해질 수 있기 때문에 흥미로운 거야. 마지막으로 봤을 때 그가 얼마나 끔찍했는지 말도 못해."

"말해줬잖아요."

"난 감당할 수가 없어. 당신, 이스트강이나 템스강, 센강처럼 도시를 가로질러 흐르는 강물 빛깔 알지? 그 사람은 그런 잿빛이었어."

레나타는 할말이 없는 듯했다. 그녀는 보통 자신의 생각만으로 완전히 만족했고, 나와의 대화는 그 생각의 배경으로 사용했다. 그 생각들은 내가 아는 한 시트린 부인, 퓰리처 수상자 *슈발리에*의 아내가 되는 것과 관련있었다. 그래서 나도 역으로 그녀의 생각을 내 생각의 배경으로 사용했다. 보잉기는 숄처럼 드리운 구름 속을 관통하며 질주했고, 위험과 죽음이 함께하는 돌진의 순간은 음악 같은 딩동! 소리로 끝나고 우리는 머리 위로 펼쳐진 평화와 빛 속으로 들어갔다. 나는 머리를 좌석 가운데 머리받침에 기댔고, 잭 다니엘을 받아들고 구멍이 난 큰 얼음조각들을 붙들기 위해 검지를 잔 위에다 구부린 채—언제나 얼음이 너무 많았다—여러 가지 색깔의 들쭉날쭉한 치아 사이로 홀짝였다. 위스키 줄기가 식도를 기분좋게 태웠고, 위는 바깥의 태양처럼 달아올랐으며, 자유의 기쁨이 내 안에 퍼지기 시작했다. 레나타의 말마따나, 나는 떠난 것이었다! 가끔 느껴지는 충격에 나는 반짝 깨어났고, 그 순간을 넘기고 바다를 바라보면 가슴이 행복감으로 차올랐다—얼마나 자유로운가! 그러고는 내가 저쪽을 보듯 저쪽에서도 나를 보고 있으며, 나는 분리된 객체가 아니라 보편적인 사파이어빛, 청보랏빛에 나머지 것들과 함께 융화되어 있다는 생각을 했다. 이 바다, 이 대기가 8인치 남짓한 네 해골 속에서 무엇을 하고 있는가? (나는 거기에 있는 태양과 은하계에 대해서는 아무 말도 하지 않는다.) 보는 사람의 중심에는 전체를 위한 공간이 틀림없이 있을 것이고, 이 무의 공간은 텅 빈 무가 아니라 모든 것을 내포한 무다. 무인 동시에 모든 것인 이 능력을 황홀하게 느낄 수 있고, 이것이 내가 실제로 제트기 안에서 느낀 것이었다. 위스키를 홀짝거리며, 내 안에서 일어나는 빛나는 열기와 함께 광기가 아니라고 확신하는 환희를 느꼈다. 거기서는 톰체크와 핀스커와 데니즈, 우르바노비치가 나를 파괴시키지 못했다. 나는 그들에게서 벗어났다. 내가 정말로 무엇을 하고 있는지 안다고 말할 수는 없지만, 뭐 그게 그리 대수인가? 오히려 머릿속이 맑아졌다. 탐욕스러운 열망의 그림자, 회한이나 불안의 그림자는 찾을 수 없었다. 나는 행실이 나쁜 아름다운 여자와 함께 있었다. 그녀는 비잔티움의 궁정만큼이나 음모와 비밀로 가득했다. 뭐 그게 그리 나쁜가? 나는 여자를 쫓아다니는 얼빠진 늙은이였다. 그래서 뭐 어떻단 말인가?

시카고를 떠나기 전 나는 조지 스위벨과 레나타에 대해 오래 이야기를 나누었다. 우리는 동갑이고, 신체 상태도 거의 비슷했다. 조지는 놀랍도록 다정했다. 그가 말했다. "넌 이제 벗어나야 해. 여길 떠나. 세세한 일은 내가 처리할게. 그냥 비행기에서 신발 벗고 앉아 음료나 주문하며 휙 사라져버리는 거야. 괜찮을 거야. 걱정 마." 그가 4천 달러에 내 메르세데스를 팔아주었다. 페르시아 카펫을 가져가면서 선불로 4천 달러를 더 주었다. 보험회사에서 1만 달러라고 감정했으니까 1만 5천 달러 가치는 됐을 것이다. 조지는 비록 건물 보수 일을 하고 있지만, 아주 양심적인 친구였다. 그의 마음에서는 한 가닥의 속임수도 찾을 수 없었다.

우리는 위스키 한 병을 나눠 마셨고, 그는 고별 연설을 하며 레나타에 대해 말했다. 그 고유의 자연의 지혜로 가득한 연설이었다. 그가 말했다. "좋아, 친구, 이제 멋진 여자와 떠난다 이거지. 그 여자는 유쾌한 신세대에 몸은 무척 성숙하지만 아직 성인이 아니야. 찰리, 그 여자는 자지와 아이스캔디도 구별 못해. 그 어머니는 음울하고 사악한 늙은이에 진정한 낚시꾼이고. 나하곤 완전히 다른 부류야. 그 여자는 널 보지에 미친 늙은이로 생각해. 한때 너는 대단한 명성을 얻은 승자였지. 지금은 좀 휘청거리는데, 그래서 그 여자가 너와 결혼할 수 있는 기회를 잡을 수 있었고, 데니즈가 몽땅 가져가기 전에 부스러기라도 얻어내려는 거야. 어쩌면 명성과 돈벌이 능력을 되돌릴 기회로 볼 수도 있겠지. 너 같은 사람이 흔하지 않으니까 그들은 너를 다소 신비롭게 생각해. 레나타는 그 어머니에게 과학적인 조건에 따라 재배된 완벽한 위내치 산 사과, 워싱턴주 박람회에 나와 상을 받은 무지막지하게 큰 사과 같은 존재이고, 그 여자는 딸이 한창일 때 팔고 싶어 안달이지." 흥분 상태가 고조되면서 조지는 일어섰다. 떡 벌어진 건장한 체격의 그는 장밋빛 혈색에 생기가 넘쳤고, 코는 아메리카 원주민처럼 구부러졌으며 얇은 머리카락은 원주민이 머리가죽에 남기는 타래처럼 정수리 가운데 나 있었다. 자연의 철학을 설명할 때 늘 그랬듯 조지가 목청을 높이기 시작했다. "보통 계집이 아니야. 모험을 걸 만한 가치가 있지. 좋아, 넌 모욕을 당하거나 숱한 굴욕을 감수해야 할 수도 있고, 도둑질이나 약탈을 당할 수도 있고, 돌봐주는 사람 없이 앓아누울 수도 있고, 심장동맥 질환에 걸리거나 다리를 잃을 수도 있어. 좋아, 하지만 넌 살아 있고, 살과 피와 용감한 본능을 지닌 인간이야. 배짱도 있고. 내가 네 옆을 지킬게. 어디서든 전보를 치면 내가 갈게. 더 젊었을 때 난 너를 좋아했지만, 지금 같은 방식은 아니었어. 더 젊었을 때 너는 만들어지는 중이었어. 너는 깨닫지 못할지 모르지만 네 경력에 대해 몹시 영리하고 빈틈없었지. 그러나 지금은, 고맙게도, 너는 진짜 꿈속에 있고 젊은 여자 때문에 열병에 들떴어. 넌 네가 무슨 일을 하고 있는지 몰라. 그런데 그게 바로 멋진 점이야."

"너무 낭만적으로 들리네, 조지."

"신경쓰지 마." 그가 말했다. "레나타의 '진짜 아버지' 얘긴 개수작이야. 같이 생각해보자고. 그런 여자에게 왜 진짜 아버지가 필요할까?

늙은 뚜쟁이 엄마가 있는데. 레나타는 아버지가 있어도 어찌해야 할지 모를걸. 자기에게 꼭 필요한 아빠, 잠자리 아빠는 이미 있으니까. 그래, 그건 유럽 여행을 위해 다 꾸민 수작이야. 그러나 그게 가장 좋은 일이지. 어서 가서 돈을 날려버려. 파산하고 법원 후레자식들을 지옥으로 보내버리라고. 레나타와 파리에 있던 4월에 무슨 일이 있었다고 저번에 말한 거 같은데, 다시 해봐."

"그러지," 내가 말했다. "레나타는 열두 살 때까지 밀라노 비아 몬테 나폴레오네의 고급 가죽제품 상인 *시뇨르* 비페르노가 아버지인 줄 알았어. 그곳은 사치품 판매가 성행하는 거리야. 그런데 그 늙은 여자가 딸이 열세 살쯤 됐을 때 비페르노가 아버지가 아닌지도 모른다고 말했어. 전에 코르티나에서 스키를 타다가 *세뇨라*의 발목이 부러져 깁스를 했는데 비페르노가 그녀와 다툰 후 아내와 아이들이 있는 집으로 돌아가버렸대. *세뇨라*는 그 분풀이로 젊은 프랑스 남자와 어울렸어. 레나타가 열 살 때 *세뇨라*는 그녀를 데리고 비페르노를 만나러 밀라노에 갔어. 잘 차려입은 두 여자는 비아 몬테 나폴레오네에서 난장판을 벌였지."

"그 할망구 참 대단한 말썽쟁이군."

"결국 진짜 비페르노 부인이 경찰에 신고했어. 그리고 한참 후 시카고에 돌아와 어머니가 레나타에게 '비페르노는 네 아버지가 아닐지도 모른다'고 말했던 거야."

"그래서 이제 노인이 됐을 그 젊은 프랑스 남자를 만나러 파리로 갔던 건가? 막 사춘기에 접어든 딸에게 어머니가 그런 말을 하다니."

"어쨌든 나는 런던에 갈 일이 있었고, 우리는 리츠호텔에 머물렀어.

그런데 레나타가 진짜 아버지일지도 모르는 그 남자를 만나봐야겠다며 혼자 파리에 가겠다는 거야. 사흘 후 돌아올 계획이었지. 그래서 내가 히스로공항에 데려다줬어. 레나타는 커다란 가방을 들었는데, 열려 있었어. 거기 맨 위에 커다란 분첩같이 생긴 다이어프램 상자가 놓여 있더라고."

"피임 기구는 왜 챙긴 거야?"

"일생의 기회가 언제 나타날지 모르니까."

"전략이야, 찰리, 그냥 어리석은 전략. 남자를 계속 안달하게 만들려는 전략. 균형을 무너뜨리는 거지. 난 정말 괜찮은 여자라고 생각해. 가끔 어리석은 일을 하지만. 하나 말하고 싶은 건, 찰리, 네 습관이 어떤지 모르지만 구강섹스는 해주지 마. 그런 걸 했다간 일 년 안에 죽을 거야. 이제 파리 얘길 마저 해줘."

"그런데 찾고 보니 그 남자는 나이들고 따분하고 수다스러운 동성애자였어. 그녀가 나흘째에도 런던으로 돌아오지 않자 난 파리 뫼리스 호텔로 찾아갔지. 레나타는 아직 아버지와 대면할 용기가 나지 않아서 쇼핑을 하고 루브르에 가고 〈나는 호기심이 많아 옐로〉*인가 뭔가 하는 스웨덴 영화를 봤대. 그 노인은 그녀의 어머니를 기억했고, 자신에게 딸이 있을 수도 있다는 사실을 알고 기뻐했지만, 신중을 기하면서 법적인 인정은 절대 안 된다고 말했어. 가족이 상속권을 박탈해버릴 거라면서. 하지만 어쨌든 그 노인도 아버지가 아니었어. 레나타는 자신과 그가 닮은 데가 전혀 없다고 하더군. 나도 살펴봤지. 그녀 말이 맞

---

* 1967년작 에로영화. 옐로(yellow) 편과 블루(blue) 편이 있다.

았어. 물론 세월이 어떻게 작용했는지 알 도리는 없지만. 발목에 깁스를 한 화난 여자가 스키를 타던 동성애자를 데려와 돌발 행동을 하게 부추기고, 둘이 완벽한 피부와 검은 눈과 눈썹을 가진 아름다운 딸을 얻었어. 엘 그레코*가 그린, 천국을 올려다보는 미녀를 생각해봐. 그리고 천국을 섹스로 대치해봐. 그게 레나타의 경건한 얼굴이야."

"글쎄, 네가 그 여자를 사랑한다는 건 알아." 조지가 말했다. "다른 남자와 함께 있다며 문을 열어주지 않았을 때, 너는 나를 찾아와 울었지—그때 내가 한 말 기억나나? 나는 그 나이에도 여자 때문에 울 수 있는 남자를 존경해. 게다가 넌 아직 힘이 남아 있지."

"그렇겠지, 하나도 쓰지 않았으니까."

"그래, 좋아, 넌 힘을 비축해뒀지. 이제 거의 다 왔으니까, 앞으로 나아갈 때가 됐어. 어쩌면 레나타와 결혼해야 할지도 몰라. 혼인 신고를 하러 가다 기절하지나 말게. 일 전체를 남자답게 처리해. 안 그러면 레나타가 용서하지 않을 거야. 늙은 심부름꾼으로 만들어버릴지도 모르지. 마누라 시가를 사려고 눈물 머금은 눈을 하고서 심부름 가는 불쌍한 노인 찰리."

* * *

우리는 저녁 습기에 젖은 강철같이 단단한 활주로로 진입해 황갈색 일몰 속 라과디아공항에 착륙했다. 그러고는 뉴욕에서나 볼 법한 떠돌이

* 그리스 태생 스페인 화가.

개 포획용 차량처럼 생긴 택시의 낮은 좌석에 갇히듯이 앉아 플라자호텔로 갔다. 그러고 있다보면 누군가를 문 죄로 거품을 뿜으며 도살장으로 끌려가는 광견병 걸린 유기견이 된 느낌이 든다. 레나타에게 이 말을 하자 그녀는 내 상상이 즐거움을 망친다고 느끼는 듯했는데, 사실 그녀는 우리가 결혼도 하지 않고 가짜 부부로 여행중이라는 사실에 이미 조금 기분이 상해 있었다. 플라자호텔 도어맨이 굽 높은 부츠를 신은 그녀가 차에서 내리는 것을 도왔고, 그녀는 주황색 막대기로 받쳐놓은 덥혀진 차양 아래로 성큼성큼 걸어갔다. 그녀는 미니스커트에 양가죽 안감을 댄 폴란드제 스웨이드 롱코트를 입고 있었다. 내가 체펠리아*에서 사다준 것이었다. 17세기 네덜란드 초상화에서 영감을 얻은 아름답고 부드러운 벨벳 모자는 이마 뒤로 젖혀져 있었다. 말끔하고 고르게 하얀 얼굴은 하관으로 갈수록 넓어졌다. 이 조롱박 같은 투실함이 그녀의 유일한 결점이었다. 목은 풍요로운 여성적 침전물로 조금 부풀고 주름져 있었다. 엉덩이와 허벅지 안쪽도 이런 식으로 조금 부풀어 있었다. 손가락 첫마디도 이와 똑같이 육감적이고 과잉풍요의 징후를 드러냈다. 나는 체크무늬 코트를 입고 그녀를 뒤따라 걸으며 감탄했고, 생각에 잠겼다. 칸타빌레와 스트론슨은 이 코트 때문에 내가 살인청부업자처럼 보인다고 했다. 그러나 지금보다 더 살인청부업자와 거리가 먼 인상을 줄 순 없을 것 같았다. 머리카락이 바람에 흩날려 머리가 벗어진 부분에 천막의 복사열이 느껴졌다. 겨울 공기가 얼굴에 몰아쳐 코가 빨개졌다. 눈 밑 지방주머니는 묵직했다. 호텔 팜코

* 폴란드 예술 및 공예 재단으로, 전통 기념품 등을 판매한다.

트의 티타임 연주자들이 맥없고 간지럽고 알랑거리는 음악을 연주했다. 나는 가짜 시카고 주소에 시트린 부부로 숙박계를 적었고, 휴가를 보내러 온 매력적인 여자 대학생 무리와 함께 엘리베이터를 타고 올라갔다. 그들에게서 설익은 푸른 바나나 같은 미성숙한 멋진 향기가 풍겼다.

"당신, 예쁜 애들 잔뜩 보겠네." 완전히 기분이 풀린 레나타가 말했다. 우리는 검은색 꽃무늬가 이리저리 휘어지고 말리는 금색 카펫이 깔린 끝도 없는 듯한 복도에 있었다. 레나타는 사람을 관찰하는 내 태도를 재미있어했다. "참 열심히도 봐." 그녀가 말했다.

그렇다, 하지만 나는 수십 년 동안 내 주관적인 관찰, 내 본능적인 관찰 방식을 묵혀뒀었다. 하지만 그걸 되찾지 말아야 할 이유가 없었다. 누가 상관하랴?

"그런데 뭐지?" 벨보이가 문을 열자 레나타가 말했다. "대체 무슨 방을 준 거야?"

"망사르지붕*이 있는 방이야. 호텔 맨 꼭대기. 이 호텔에서 가장 전망이 좋아." 내가 말했다.

"지난번엔 멋진 스위트룸에 묵었잖아요. 다락방에서 뭘 하라고? 스위트룸은 어디 있는데?"

"오, 그러지 말고, 자, 내 사랑. 다를 게 뭐야? 당신, 꼭 내 형 줄리어스처럼 말하네. 호텔에서 최고의 방을 주지 않으면 형이 이러거든—화내고 거만하게 굴고."

---

* 경사가 완만하다가 급하게 꺾인 이중 경사 지붕. 아래 지붕에 채광창을 내어 다락방으로 쓴다.

"찰스, 당신 인색함이 폭발하기라도 했어요? 전에 당신이 전망차*에 대해 나한테 했던 말 잊지 마요."

돈이란 기차 뒤에서 뿌리는 물건이라던 진 파울러**의 말을 그녀에게 알려준 것이 이제 와 새삼 유감스러웠다. 황금기 저널리즘의 할리우드, 1920년대 술에 흥청대는 나이트클럽식 화려함, 큰손 증후군에 맞는 표현이었다. "그들이 틀린 말을 한 게 아냐, 레나타. 이 호텔 전체에서 피프스 애비뉴를 내려다보기에 여기보다 좋은 방이 없어."

전망을 중요하게 생각한다면, 사실 이 방의 전망은 훌륭했다. 나는 상황을 모면할 목적으로 사람들에게 볼거리를 마련해주는 데 능숙했다. 아래 피프스 애비뉴는 크리스마스 장식들, 세븐티스 스트리트와 서티스 스트리트 사이를 빼곡히 메운 정체된 차량들의 헤드라이트들, 그리고 가게 조명들까지 모두 색색의 수정 혹은 현미경으로 관찰한 모세혈관 세포처럼 유연하게 모습을 바꾸며 서로 부딪치고 꿈틀대고 있었다. 나는 이 모든 것을 일시에 보았다. 공이 되튀어오기 전에 바닥의 모든 잭을 움켜쥐는*** 솜씨 좋은 소녀 같았다. 지난봄 우리가 샤르트르행 기차를 타고 갔을 때도 그런 일이 있었다. "저기 정말 아름답지 않아요?" 그녀가 말했었다. 내다보았더니, 그랬다, 정말 아름다웠다. 한번 힐끗 보는 것으로 충분했다. 그러면 시간이 많이 절약된다. 문제는 그런 경제성으로 획득한 시간에 무엇을 하느냐였다. 이것은 다 슈타이너가 말한 의식 영혼의 작용 때문이라 말할 수 있다.

---

* 경치를 즐길 수 있도록 큰 창과 발코니를 만든 버스나 기차.

** 미국 저널리스트, 작가.

*** 공기놀이와 비슷한 '잭과 공' 게임을 가리킨다.

레나타는 우르바노비치가 내 돈을 몰수하기 위해 곧 판결을 내리리란 것을 몰랐다. 눈의 움직임을 보고 나는 그녀가 돈을 생각하고 있다는 것을 알았다. 사랑을 느끼면 그녀의 눈썹은 하늘을 향하는데, 가끔은 무척이나 현실적인 표정이 스쳤고, 나는 그런 표정도 아주 좋아했다. 그녀가 재빨리 고개를 들더니 말했다. "뉴욕에 있는 동안 편집자들을 만나서 당신 에세이를 팔면 좋을 거 같아. 댁스터가 돌려줬죠?"

"마지못해 그랬지. 그 친구는 아직도 〈아크〉를 만들길 바라."

"그렇겠죠. 그 사람이야말로 온갖 동물이니까.*"

"어제 그 친구가 전화해서 우리를 프랑스호 *봉 보이지*** 선상파티에 초대했어."

"나이든 어머니가 아들에게 파티까지 열어줘요? 무척 늙은 부인일 텐데."

"멋을 아는 분이지. 몇 세대에 걸쳐 사교계에 여자들을 데뷔시키는 일을 했고, 부자들과 연줄이 있어. 아들이 원하면 *비어 있는 별장*이니 사냥터 오두막이니 요트가 어디 있는지 언제든 찾아내지. 아들 건강이 안 좋아 보이면 바하마나 에게해로 보내고. 직접 봐야 알아. 마르고 영리하고 유능한 분인데, 나를 노려보지, 내가 피어와 어울릴 급이 아니라서. 술에 빠져 죽음에 이를 권리, 아무것도 될 필요가 없는 오랜 특권을 비호하는 돈 많은 집안의 호위무사야."

레나타가 웃으면서 말했다. "그 파티에서 난 빼줘요. 당신 그 험볼트 일이 끝나면 밀라노로 가요. 난 무척 걱정된단 말이야."

---

* 노아의 방주(아크)에 오른 동물들을 빗댄 표현.

** '좋은 여행 하세요'라는 뜻의 프랑스어.

"당신은 비페르노가 정말 진짜 아버지라고 생각해? 하기야 동성애자 앙리보다는 그 사람이 낫겠군."

"솔직히 말해서 우리가 결혼했다면 아버지 생각은 하지 않았을 거예요. 내 처지가 불안하니까 단단한 바탕을 찾는 거죠. 당신은 내가 결혼을 안 해본 것도 아니면서 뭘 그러느냐고 하겠지만, 코프리츠는 단단한 바탕이 아니었어. 그리고 이제 나는 로저를 책임져야 해요. 아이들은 FAO 슈워츠* 장난감을 빠짐없이 선물로 받아야 하는데, 난 한 푼도 없다고요. 코프리츠가 여섯 달째 돈을 주지 않고 있어요. 내게 부자 남자친구가 있다고 그런 거겠죠. 하지만 난 그 사람을 법정에 세우거나 구치소에 보내진 않아요. 게다가 당신은, 당신에게는 군식구가 많은데 나까지 그중 하나가 되고 싶지 않다고요. 하지만 적어도 난 당신을 걱정하고 당신에게 좋은 일을 하고 있다고 말할 수 있어. 그 여우 같은 금발 여자, 인지학자의 딸이라는 그 여자에게 걸려들었다면 당신도 내가 뭐가 다른지 금세 알았을 텐데. 그 여자는 보통내기가 아니에요."

"도리스 셸트가 무슨 상관이야?"

"뭐라고요? 당신, 시카고를 떠나기 전에 그 여자에게 편지 썼잖아. 공책에 글씨 자국이 남아 있어서 읽어봤죠. 그렇게 솔직한 표정 짓지 마요, 찰리. 당신은 세상에서 가장 거짓말을 못하는 사람이야. 당신이 대비해둔 여자가 몇 명이나 있는지 알고 싶어."

나는 그녀의 염탐질에 분개하지 않았다. 일을 더 키우지 않았다. 그

---

* 1862년 개장한 뉴욕의 대형 장난감 가게.

자체로 즐거운 유럽 여행은 나를 셸트 양에게서 멀어지게 했다. 레나타는 셸트 양을 위험한 사람이라고 생각했고 *세뇨라*도 그녀를 두고 나를 질책했다.

"하지만 *세뇨라*," 내가 대답했다. "셸트 양은 플론제일리 일이 터지기 전까진 등장하지도 않았죠."

"찰스, 플론제일리 씨 일은 이제 그만 언급하게. 자네는 그냥 시골 중산층이 아니라 학식 있는 사람이야." 늙은 스페인 여자가 말했다. "플론제일리는 과거에 속해. 레나타는 고통에 무척 민감한 앤데, 그 사람이 괴로워하는데 얘가 어쩔 수 있었겠나? 그 사람이 온 날 레나타는 밤새 울었어. 천한 일을 하는 사람이라 자네와는 비교도 할 수 없지. 레나타는 다만 그를 배려해야 한다고 느꼈을 뿐이야. 자네는 *학식 있는 사람*이고 그 사람은 장의사니까, 높은 사람이 좀더 관대해야지."

나는 *세뇨라*와 논쟁할 수 없었다. 어느 아침, *세뇨라*가 화장을 하기 전에 서둘러 욕실로 가는 걸 보았는데, 이목구비가 거의 보이지 않고, 바나나 껍질처럼 노랗고 처진 피부에, 눈썹도 속눈썹도 없고, 입술도 거의 없었다. 그 광경의 슬픔이 내 가슴을 쳤고, 나는 다시는 *세뇨라*를 이기고 싶지 않았다. 그녀와 주사위놀이를 할 때는 지려고 속임수를 썼다.

"셸트 양 문제에서 중요한 건," 플라자호텔에서 내가 레나타에게 말했다. "그 여자의 아버지야. 내게 그렇게 많은 가르침을 주는 분의 딸과 연애를 할 순 없었어."

"그 사람은 당신을 허풍으로 채우죠." 그녀가 말했다.

"레나타, 글을 인용할게. '너는 살아 있다고 하지만 사실은 죽은 것이다. 그러므로 깨어나거라. 너에게 아직 남아 있는 것이 완전히 숨지기 전에 힘을 북돋아주어라.'「요한계시록」* 이야, 그 비슷해."

레나타는 너그러운 미소를 지으며 일어나 미니스커트를 쓸어 펴면서 말했다. "'당신은-어디에서-영원을-보내겠습니까'라고 쓴 표지판을 들고 루프에서 맨발로 서 있게 될 사람이야, 당신은. 제발이지 전화나 걸어요, 험볼트의 유언집행자라는 허긴스와 얘기를 해보라고요. 그리고 저녁때 또다시 날 럼펠메이어**로 데려갈 생각은 하지 마요."

허긴스에게 전화해 용무가 있다고 알리자, 그는 쿠츠갤러리 개관식에 간다며 그곳에서 만나자고 나를 초대했다.

"뭐가 있긴 한 건가. 유산이라니 대체 무슨 얘기지?" 내가 물었다.

"뭔가 있지." 허긴스가 말했다.

허긴스가 그리니치빌리지에서 유명 인사였던 1940년대 후반, 나는 그의 아파트에서 정치, 문학, 철학을 토론하는 모임의 아주 보잘것없는 구성원이었다. 그 모임에는 키아로몬테, 라브, 에이블, 폴 굿맨***, 그리고 폰 험볼트 플라이셔가 있었다. 허긴스와 나의 공통점은 험볼트에 대한 사랑이었다. 그것 말고는 거의 없었다. 여러 면에서 우리는 서로를 못마땅해했다. 수년 전, 그 오래된 쾌락의 슬럼가 애틀랜틱시티에서 열린 민주당 전당대회에서 존슨 대통령이 휴버트 험프리를 애타게

---

* 3장 1~2절 일부.

** 1933년 뉴욕 세인트모리츠호텔에 문을 연 제과점으로, 오스트리아의 안톤 럼펠메이어가 창업한 체인의 하나다.

*** 키아로몬테는 1941년 미국으로 이주한 이탈리아 작가, 필립 라브와 라이어널 에이블, 폴 굿맨은 미국의 작가이자 평론가다.

하는 동안*, 우리는 험프리가 그의 대표단과 함께 긴장하지 않은 척 가장하는 모습을 지켜보았고, 그 잠깐의 처량함, 휴일 흥겨움의 터져버린 실밥 같은 모습이 허긴스가 내게 반감을 느끼게 했던 것 같다. 우리는 판자가 깔린 산책로로 걸어갔고, 청소부의 빗자루에 쓸린 거품 같은 팝콘과 솔트워터 태피**에 길이 든 진저리나는 대서양을 마주했을 때, 허긴스가 나에게 불쾌하게 굴기 시작했다. 누구도 두려워하지 않고 하얀 염소수염 사이로 자신의 주장을 뿜어내면서 그는 그해 봄 내가 출간했던 해리 홉킨스에 대한 책에 대해 적대적으로 비평했다. 허긴스는 〈위민스 웨어 데일리〉***를 위해 전당대회를 취재하고 있었다. 그는 평생 나보다 나은 언론인이었고, 반체제 인사이자 보헤미안 혁명가였다. 왜 나는 뉴딜정책에 그렇게 호의적이었고 홉킨스에게서 그렇게 많은 장점을 보았는가? 나는 언제나 미국 정부 체제에 대한 찬사를 내 책 속에 슬쩍 집어넣어왔다. 나는 변명자이고 앞잡이에 꼭두각시였고, 실질적인 안드레이 비신스키****였다. 다른 곳에서와 마찬가지로 애틀랜틱시티에서도 그는 빨아 입는 치노팬츠에 테니스화를 신은 캐주얼한 차림이었고, 키 크고 혈색 좋고 턱수염을 길렀으며, 말을 더듬고 논쟁을 좋아했다.

판자 깔린 그 길 위에서 그를 관찰하며 나는 사실 나 자신을 볼 수

* 존슨은 민주당 전당대회에서 차기 대통령 후보가 될 것이 확실했으나 아직 러닝메이트를 결정하지 않은 상태였고, 험프리가 유력한 부통령 후보로 거론되고 있었다.

** 바닷물이나 식염수를 넣어 만든 무른 사탕.

*** 패션의 성서로 불리던 전문 일간지.

**** 우크라이나 출신 소련 법률가, 외교관. 스탈린 치하 검찰총장으로 잘 알려졌고, 트로츠키 재판을 담당했다.

있었다. 그는 초록색과 호박색 작은 점들이 있는 내 눈 속에서 영겁의 잠과 깨어남의 세월을 보았을지도 모른다. 내가 그를 싫어한다고 생각했다면, 그는 틀렸다. 시간이 갈수록 나는 그가 좋아졌다. 그는 이제 꽤 늙었고 인간 정수역학의 불친절한 힘이 얼굴을 혹사당한 주름투성이 주머니로 만들었지만 여전히 혈색이 좋았고, 여전히 존 리드* 같은 하버드 급진주의자였고, 마르크스, 바쿠닌**, 이사도라, 랜돌프 본***, 레닌, 트로츠키, 이스트먼****, 콕토, 지드, 발레뤼스, 예이젠시테인***** 같은 좋았던 옛 시절의 아름답고 전위적인 범신전汎神殿에 충실한, 언제나 젊고 가볍고 혈기왕성한 미국 지식인 중 하나였다. 그는 자신의 유쾌한 이념적 자산도, 아버지로부터 물려받은 채권도 포기할 수 없었다.

그는 붐비는 쿠츠갤러리 실내에서 몇 사람과 이야기를 나누고 있었다. 시끄러운 칵테일파티에서 대화를 끌어가는 방법을 잘 아는 사람이었다. 소음과 술이 그를 자극했다. 그의 머릿속이 아주 맑지 않았을지도 모르지만 나는 언제나 그 머리의 가치를 인정했다. 두상이 길고 정수리가 높은 머리가 빗질 잘된 은색 머리카락에 덮여 있었고, 머리카락 길이가 고르지 않아 뒤에서 보면 들쭉날쭉했다. 키가 큰 그는 배 부분에 오월제 기둥에 다는 리본처럼 진홍색과 야단스러운 보라색 넓은

---

* 미국 언론인, 사회주의자.

** 제정러시아 혁명가, 무정부주의자.

*** 미국 진보주의 작가.

**** 미국 작가, 정치운동가.

***** 소련 영화감독, 영화이론가.

줄이 그어진 메리마운트 줄무늬 셔츠를 입고 있었다.* 이십 년도 더 전에 롱아일랜드 몬타우크 해변에서 열린 파티에 참석했을 때, 허긴스가 나체로 통나무 한쪽 끝에 앉아 맞은편에 역시 나체로 앉은 여성과 육군 매카시 청문회**에 관해 토론하던 모습을 보았던 기억이 떠올랐다. 허긴스는 파이프 담배를 피우며 이야기하고 있었고, 물기로 부드러워진 나무 위에 걸쳐진 그의 성기는 온갖 관심의 파동을 표현하는 듯했다. 그가 담배 연기를 내뿜고 더듬거리면서 견해를 피력하는 동안, 그것은 트롬본의 관처럼 앞뒤로 움직거렸다. 그런 모습을 기억하는 사람에게 그가 비우호적으로 느껴질 리 없다.

갤러리에서 그는 나를 불편해하는 듯했다. 그는 내 관점의 특이함을 감지하고 있었다. 나는 그 점이 자랑스럽지 않았다. 게다가 나는 그가 바라는 것보다 더 따뜻하고 우호적이었다. 그의 머리가 그다지 맑지 않았다면, 나 역시 마찬가지였다. 나는 완전히 파악되지 않는 암시와 지나가는 생각으로 가득했고, 누구에 대해서도 판단하지 않았다. 사실 나는 경솔했던 시절의 내 판단들과 싸우고 있었다. 나는 그를 다시 만나서 반갑고 그가 잘 지내는 것 같아 기쁘다고 말했다. 거짓말이 아니었다. 그는 혈색이 싱그러웠고, 나이들어가며 코는 더 거칠어지고 구부러지고 입술은 벌에 쏘인 것처럼 부풀었지만 그래도 내게는 여전히

* 오월제(메이데이)는 영국 태생 미국 사회개혁가 토머스 모튼이 1627년 메리마운트(현 매사추세츠주 퀸시)에서 원주민들과 함께 시작한 행사로, '5월의 기둥(메이폴)'에 적색, 녹색, 보라색 등의 리본을 달았다.

** 미국 육군 내 공산주의자가 득세한다는 매카시의 주장으로 청문회가 열렸으나 이후 민주당이 주류를 차지하면서 국가 안보보다 사상과 표현의 자유를 중시하는 판결이 내려지기 시작했다.

인상이 좋았다. 촌뜨기 순경 같은 턱수염은 없어도 좋을 것 같았다.

"아, 시트린, 시카고 사람들이 당신을 놓아주던가? 어딜 가려고?"

"외국에." 내가 말했다.

"멋진 아가씨와 함께 왔더군. 아주 매-매-력적인." 허긴스는 말더듬에 구애받지 않고 오히려 더 유창하게 말했다. 산속 개울물이 바위들 덕분에 얼마나 빨리 흘러가는지 알 수 있는 것처럼. "그래, 당신의 그걸 받으려고, 그 유-유……"

"응, 그런데 난 당신이 왜 이렇게 내게 딱딱하게 구는지부터 알고 싶어. 우린 삼십 년 넘게 알고 지냈잖아."

"글쎄, 당신의 정치적 견해와는 별개로—"

"대부분의 정치적 견해는 말벌이 씹어 먹는 오래된 신문 같지—낡은 상투어들과 잡소리들."

허긴스가 말했다. "어떤 사람들은 인류가 어디로 가고 있는지 관심을 갖지. 그런데 당신은 나에게 그런 식으로 말하면서 나한테 치-치-친근하길 바라는군. 당신은 나에게 좌파 토미 맨빌*이라면서, 그 친구가 여자들과 겨-결혼하는 식으로 내가 며-명분을 신봉한다고 말했었어. 두어 해 전에는 내가 항의 배지를 달고 다닌다며 매디슨 애비뉴에서 나를 모욕했고. 전에는 나에게 사-사-사상이라도 있었는데 이제는 배지밖에 없다면서." 그는 분노하고 격앙된 채 나 못지않은 뻔뻔함으로 눈을 마주보면서 내가 뭐라고 변명할지 들으려고 기다렸다.

"내 말을 그렇게 똑똑히 기억할 정도라니 미안하군. 내 천박한 악덕

---

* 미국 부호이자 사교계 인사. 열세 번에 걸쳐 열한 명의 여자와 결혼했다.

을 인정하지. 동부 활동무대에서 떨어진 시골에서, 나는 악의적인 말을 생각해냈지. 1940년대에 험볼트가 나를 당신들에게로 데려가주었지만 나는 한 번도 모임의 일원이 될 수 없었어. 모두가 버넘*이니 쾨슬러 얘기에 빠져 있는 동안 난 늘 딴생각을 했지. 『통합과학 백과사전』, 트로츠키의 종합 발전의 법칙, 키아로몬테의 플라톤에 대한 견해, 라이어널 에이블의 극장에 대한 견해, 프루동**에 대한 폴 굿맨의 견해, 혹은 거의 모두가 견해를 내놓았던 카프카나 키르케고르도 마찬가지였어. 늙고 불쌍한 험볼트가 여자들에 대해 늘어놓는 불평 같았지. 그 사람은 여자들에게 좋은 일을 하려고 했지만 여자들이 가만있지 않았어. 나도 가만있고 싶지 않았고. 가장 빛나던 그 시절 그리니치빌리지의 문화적 삶에 들어갈 기회를 얻은 데 감사하는 대신에 난—"

"당신은 유보적이었지." 허긴스가 말했다. "그런데 뭘 위해서 자신을 그렇게 유-유-유보했던 건가? 스타라도 되는 듯이 굴었지만, 그건 어디 있었나? 그 바-바-반짝……"

"유보적이었다는 말이 딱 맞는군. 다른 사람들이 나쁜 내용물을 가지고 있었다고 한다면, 나는 우월하지만 비어 있었지. 나의 죄는 1789년, 1848년, 1870년, 1917년***에 열광하는 당신들 전부보다 내가 더 똑똑하다고 몰래 생각했다는 거야. 하지만 당신들은 파티와 밤샘토론을 하며 나보다 훨씬 멋지고 즐거운 시간을 보냈지. 나한테 있는 거라곤 나 자신이 아주 똑똑하다고 생각하는 주관적이고 불안한 즐거움

* 미국 건축가, 도시설계자.

** 프랑스 사회주의자. 스스로를 아나키스트라고 칭한 최초의 인물.

*** 프랑스혁명, 유럽 자유주의 혁명, 보불전쟁, 러시아혁명 발발 연도.

뿐이었어.”

“지금도 그렇게 생각하는 거 아닌가?” 허긴스가 말했다.

“아니, 그렇지 않아. 그 생각은 버렸어.”

“하긴, 당신은 사람들이 지구가 평평하고 달은 초록 치즈로 이루어졌다고 생각하는 시카고에 살지. 당신은 정신적 고향으로 돌아간 거야.” 그가 말했다.

“마음대로 생각해. 당신을 보러 온 건 그 때문이 아니야. 어쨌든 우리에게는 아직 하나의 유대가 남아 있어. 우리는 둘 다 험볼트를 사랑했지. 어쩌면 또다른 공통점이 있을지도 몰라, 둘 다 호색적인 늙은 개라는 점에서. 우린 서로를 진지하게 받아들이지 않아. 하지만 여자들은 아직도 그러는 것 같더군. 자, 그 유언이란 게 뭔가?”

“뭔지 몰라도 ‘시트린’이라고 표지를 붙인 봉투에 들어 있었는데, 험볼트의 삼촌이라는 발데-발데마르가 가져가버려서 난 보지도 못했어. 내가 어떻게 유-유언집행자가 됐는지도 모르겠어.”

“당신이 벨뷰 무리에 합류하고, 험볼트가 내가 자기 돈을 훔쳤다고 말한 뒤로 당신도 아마 꽤 시달렸을 거야. 험볼트가 벨라스코극장에서 나를 향해 피켓을 들었을 때 당신도 거기 있었나 모르겠군.”

“없었어. 하지만 그러는 것도 어딘가 매-매-매력이 있었지.”

허긴스는 웃으면서 파이프 담배를 빼끔거렸다. 1930년대에 이런 파이프 담배를 유행시킨 사람이 러시아의 나이든 여자 배우 우스펜스카야였나, 아니면 루스벨트였나, 그도 아니면 존 헬드 주니어였나? 험볼트와 마찬가지로 나도 허긴스도 옛날 영화 팬이었다. 험볼트는 피켓 시위나 백악관에서 자신이 했던 행동을 르네 클레르 영화의 장면들처럼 생각할지도 모른다.

"당신이 험볼트의 돈을 가로챘다고 생각한 적은 결코 없어." 허긴스가 말했다. "그 사람이 당신 돈을 2천인가 3천 달러 꺼내 썼다는 건 알아. 수표를 위조했던 건가?"

"아니야. 한때 감상에 빠져 서로 백지수표를 교환했었거든. 그때 받은 수표를 쓴 거지." 내가 말했다. "그리고 2천인가 3천이 아니라 거의 7천이었어."

"내가 그의 재정을 관리했었어. 캐슬린에게는 권리를 포-포기하도록 했고. 하지만 험볼트는 내가 뒷돈을 챙겼다고 주장했어. 종기처럼 쓰라리더군. 그래서 다시는 그를 보지 않았어, 불쌍한 험볼트. 언젠가는 어느 호텔 저-전화교환수가 침대를 〈플레이보이〉 누드 삽지 화보로 뒤덮어놨다고 비난했지. 망치로 그 늙은 여자를 때리려고 했다니까. 잡혀갔어. 그래서 또 저-전기충격요법을! 그가 얼마나 새-생기 있고, 미남이고, 훌륭하고, 걸작이었는지 생각하면 눈물이 나올 지경이야. 아! 이 사회는 채-책임져야 할 게 너무 많아."

"맞아, 험볼트는 훌륭하고 관대했지. 난 그를 사랑했어. 선한 사람이었네." 시끄러운 칵테일파티에서 나누기엔 이상한 대화였다. "그는 온 마음을 다해 우리에게 뭔가 정교하고 섬세한 것을 주고 싶어했어. 자기 자신에게도 많은 요구를 했지. 그런데 아까 경마꾼 삼촌이 그 서류 대부분을 가져갔다고 했나?"

"옷과 귀중품도."

"조카를 잃고 충격이 컸나보군, 겁도 났을 거고."

"코-코니아일랜드에서 달려왔더군. 험볼트가 거기 요양원에 보냈었거든. 그 늙은 마권업자는 〈타임스〉에 그렇게 길게 사망 기사가 나는 사람의 서-서류니까 큰 가치가 있을 거라고 지-짐작한 게 틀림없어."

"험볼트가 삼촌에게는 돈을 좀 남겼나?"

"보험이 하나 있었어. 경마로 돈을 다 날리지만 않았다면 지낼 만할 거야."

"죽을 때가 되니까 험볼트가 제정신이 돌아왔었나? 아니면 내가 잘못 생각하는 건가?"

"나에게는 아-아름-아름다운 편지를 남겼어. 나를 위해 좋은 종이에 시를 베껴 보내줬지. 판초를 잡으려고 퍼싱 기병대와 말을 달리던 헝가리인 아버지에 대한 시였어."

"이빨을 드러낸 말들, 방울뱀이 딸랑거리는 소리, 선인장 가시, 탕탕거리는 총소리……"

"똑바로 외우지 못하는군." 허긴스가 말했다.

"캐슬린에게 험볼트의 유품을 전한 게 당신이었어?"

"그랬지. 그 여자는 지금 뉴욕에 있어."

"그래? 어디? 만나보고 싶어."

"당신처럼 유럽에 가는 길이라더군. 어디에 머-머무는지는 몰라."

"알아내야겠어. 하지만 그보다 먼저 코니아일랜드로 발데마르 삼촌을 만나러 가야겠지."

"아무것도 안 내줄지 몰라." 허긴스가 말했다. "심술궂은 사람이야. 나도 그 사람에게 편지를 쓰고 전화도 해봤지만 다 소용없었어."

"전화만으론 부족할 수도 있지. 직접 찾아오길 기다리는 거야. 아무도 찾아오는 사람이 없다면, 뭐라 할 수도 없지. 험볼트의 어머니가 그 사람의 막내 누나지? 분명 누군가가 코니아일랜드로 찾아와주길 바라는 거야. 험볼트의 서류를 미끼로 쓰는 거지. 내가 가면 그 서류를 돌려줄지도 몰라."

"당신이 가면 거-거, 거부할 수 없겠지." 허긴스가 말했다.

* * *

레나타는 내가 코니아일랜드로 가야 한다고 말하자 몹시 짜증스러워했다.

"뭐라고? 요양원? 지하철을 타고? 난 끌어들이지 마요. 혼자 가."

"같이 가야 해. 당신이 필요해, 레나타."

"당신은 지금 내 하루를 망치고 있어요. 나도 해야 할 일이 있는데. 사업상의 일을 해야 한다고요. 노인들 사는 데 가면 우울해져. 지난번 그런 데 갔을 땐 히스테리를 일으켰다고요. 적어도 지하철만은 타지 않게 해줘요."

"다른 교통편이 없어. 그리고 발데마르 노인을 너그럽게 생각해줘. 도박을 좋아했지만, 당신 같은 여자는 생전 본 적도 없을 거야."

"사탕 발린 말 집어치워요. 전화교환수가 나를 시트린 부인이라고 부를 때는 아무 소리도 안 하더니. 당신은 입을 꾹 다물었죠."

판자 깔린 길에 이르러서도 그녀는 여전히 짜증을 내며 앞장서서 성큼성큼 걸었다. 지하철은 끔찍했고, 오물과 스프레이 페인트 그라피티가 믿을 수 없을 정도로 많았다. 그녀는 맥시코트 자락을 차면서 걸었고, 밑단에 늘어진 양털이 다리 앞에서 펄럭거렸다. 운두가 높은 네덜란드 모자는 뒤로 젖혀져 있었다. 파리에 있는 *세뇨라*의 옛친구이자 레나타의 아버지가 아닌 앙리는 그녀의 이마에 감탄했었다. "*아름다운 이마야!*" 그는 반복해서 말했다. "*오, 정말 아름다운 이마야!*" 멋진 이마. 그런데 그 뒤에서 무슨 일이 있었을까? 내겐 보이지 않았다. 그녀는 기분이 상하고 심란해서 성큼성큼 걷고 있었다. 나에게 벌을 주고 싶어했다. 그러나 나는 절대 레나타를 잃을 수 없었다. 그녀가 화를 낼 때도 나는 그녀가 좋았다. 그녀가 지나가면 사람들이 그녀를 눈으로 좇았다. 뒤에서 걸으며 나는 그녀의 엉덩이에 감탄했다. 나는 그녀의 *아름다운 이마* 뒤에서 무슨 일이 일어나는지 알고 싶지 않았다. 그녀의 꿈은 나에게 충격을 주었을지 모르지만 밤에는 그녀의 체취만으로도 큰 위안을 받았다. 그녀와 잠을 자는 즐거움은 침대를 나누어 쓰는 일상적인 즐거움을 훨씬 능가했다. 심지어 무의식의 상태로 그녀 옆에 누워 있는 것조차 각별한 사건이었다. 험볼트에게는 불만이었던 불면증까지도 그녀는 기분좋은 것으로 만들었다. 밤새 원기를 북돋워주는 영향력이 그녀의 가슴에서 내 손으로 전달되었다. 나는 이런 영향력이 백색 전기처럼 내 손가락뼈로 들어와 치아 뿌리까지 솟아오른다고 상상했다.

12월의 하얀 하늘이 대서양의 음울함 위로 드리웠다. 자연은 상황이 심각하고, 그래서 힘들다고, 아주 힘들다고, 그래서 사람들이 서로를 위로해야 한다는 메시지를 보내는 것 같았다. 그런 면에서 레나타는 내가 내 역할에 충실하지 않다고 생각했는데, 플라자호텔 전화교환수가 시트린 부인이라고 불렀을 때 레나타는 수화기를 내려놓고 나에게 돌아서서 밝은 얼굴로 말했다. "나를 시트린 부인이라고 불렀어!" 나는 아무 대꾸도 못했다. 사람들은 우리가 일반적으로 생각하는 것보다 훨씬 더 순진하고 단순하다. 그들을 행복으로 빛나게 하는 데는 많은 것이 필요치 않다. 나도 그렇다. 그렇게 빛나는 모습을 보며 그들에게 친절을 베풀지 못할 이유가 뭐 있겠는가? 레나타의 행복을 더해주기 위해 "당연하지, 레나타. 당신은 훌륭한 시트린 부인이 될 거야. 안 될 이유가 없잖아?"라고 말할 수도 있었다. 그런다고 어떤 대가를 치렀을까……? 나의 자유 외에는 아무 대가도 없었을 것이다. 그리고 나는 그 소중한 자유를 그리 많이 누리지도 않았다. 훗날 자유를 누릴 세상과 시간이 얼마든지 있다고 생각했다. 그런데 사용하지 않은 자유의 총체가 더 중요할까, 아니면 마치 유쾌하게 매를 맞듯이 무의식까지도 특별하게 만드는, 레나타 옆에 눕는 밤의 행복이 중요할까? 그 고약한 전화교환수가 그녀를 '부인'이라고 불렀을 때, 나의 침묵은 레나타가 결코 부인이 아니라 매춘부일 뿐이라고 비난하는 듯 보였을 것이다. 그래서 레나타는 노여움에 불탔다. 이상에 대한 추구는 레나타를 몹시 감정적으로 만들었다. 하지만 나 또한 이상을 추구했다—자유, 사랑을. 나는 있는 그대로 사랑받고 싶었다. 말하자면 비자본주의적으로. 이것은 애플턴 태생에 시카고 거리에서 자란 내가 지나치게 가지고 있던 미국적 욕구와 기대 중 하나였다. 내가 어느 정도 고통을 느낀 것은, 오직 있는 그대로의 나로서 사랑받을 수 있는 시기는 이미 지나지 않았나 하는 의혹이 들었기 때문이다. 아, 상황이 참으로 빠른 속도로 나빠졌다!

나는 레나타에게 데니즈와의 소송이 결판날 때까지 결혼은 미뤄야 한다고 말했었다.

"아, 그러지 마요, 그 여자는 당신이 발트하임에 있는 어머니 아버지 옆에 누워야 멈출 거야. 이 세기가 끝날 때까지 그럴 거라고요." 레나타가 말했다. "당신 그럴 수 있어요?"

"물론 고독한 노년은 끔찍하겠지." 내가 말했다. 그리고 감히 덧붙였다. "하지만 내가 탄 휠체어를 미는 당신을 상상할 수 있겠어?"

"당신은 진짜 여자를 몰라." 레나타가 말했다. "데니즈는 당신이 아무 활동도 할 수 없게 하고 싶은 거예요. 나 때문에 실패했지만. 메리 픽퍼드처럼 옷을 입은 창백한 어린 여우 도리스가 아니고요.* 다 내 덕분이에요—내가 당신 정력을 살아 있게 했어. 난 어떻게 하는지 알거든. 나랑 결혼하면 여든 살까지 할 수 있어요. 아흔이 되어서 당신이 못하게 되어도, 나는 여전히 당신을 사랑할 거예요."

그러면서 우리는 코니아일랜드의 산책로를 걸었다. 내가 어렸을 때 울타리에 막대기를 덜걱덜걱 그으면서 지나갔던 것처럼, 레나타는 팝콘 상인, 캐러멜 팝콘 상인, 핫도그 상인들을 발기시키며 지나갔다. 나는 나이들었지만 씩씩하게, 근심으로 주름졌지만 미소 지으며 그녀를 따라갔다. 사실 나는 유별나게 기분이 고조되어 있었다. 왜 이렇게 고양된 상태인지 통 알 수 없었다. 신체적 양호함, 레나타와의 잠자리, 괜찮은 화학작용의 결과만은 아니었다. 일시적으로 어려움이 줄어든 결과일 수만도 없었다, 어떤 무자비한 전문가들은 그런 것이 사람이 행복해지는 데 필요한 전부이고 유일한 행복의 원천이라지만. 아니다, 나는 레나타 뒤에서 힘차게 걸으면서, 죽음에 대한 나의 태도가 바뀌었기 때문이라는 쪽으로 생각이 기울었다. 다른 가능성들도 생각해보

* 1910년대와 1920년대 무성영화 시대에 소녀 같은 이미지로 '미국의 연인'이라 불리며 큰 사랑을 받았던 배우. 〈도로시 버넌〉의 주연을 맡았다.

왔다. 이것만으로도 기분이 날아오를 것 같았다. 그러나 사용되지 않고 방치된 공간, 날아오를 곳이 있을지도 모른다는 가능성이 더욱 큰 기쁨을 주었다. 그동안 전체의 가장 큰 부분이 상실되었었다. 인간이 미치는 것도 이상한 일이 아니다. 우리가 이 물질적인 세상에서 있는 그대로의 모든 존재 가운데 가장 높은 존재라고 가정해보자. 존재의 연쇄가 우리에게서 끝나고 우리 너머에는 더이상 없다고 가정해보자. 그런 가정을 한다면 우리가 발작을 일으킨다고 누가 우리를 탓할 수 있겠는가! 그러나 우주를 가정하면, 형이상학적으로 더 넓은 상황이 된다.

그때 레나타가 돌아서서 말했다. "그 얼간이 노인네가 당신이 찾아간다는 걸 확실히 알아요?"

"물론이지. 우릴 기다리고 있어. 전화해뒀거든." 내가 말했다.

우리는 의류 공장 노동자들이 여름휴가를 보내곤 하는 뒷골목 같은 거리로 접어들어 주소를 찾았다. 낡은 벽돌 건물. 현관 앞 계단에 휠체어들과 뇌졸중환자를 위한 보행 보조기들이 놓여 있었다.

다른 때 같으면 다음에 일어난 일에 놀랐을 수도 있다. 그러나 이제 세상의 모든 것이 재구성되어가고, 옛 건물이나 죽음 같은 것은 일본의 전통 초롱보다 견고하지 못했으므로 나에게 인간사는 가장 생생하고 자연스럽고 유쾌하기까지 했다—유쾌함을 빼놓을 순 없다. 가장 슬픈 광경조차 유쾌함을 띨 수 있다. 어쨌든 그들은 우리가 오는 것을 알고 있었다. 누군가가 지팡이에 기대어 요양원 문과 방풍 덧문 사이에서 지켜보다가, 우리가 계단 앞에 도착하자마자 나와서 "찰리, 찰리" 하고 소리쳤다.

내가 그 사람에게 말했다. "당신은 발데마르 발트가 아니신데요?"

"아니지, 발데마르는 여기 있어. 난 발데마르가 아니지만, 찰리. 나를 봐. 내 목소리를 들어봐." 그가 늙은 까마귀 같은 테너 목소리로 노래하기 시작했다. 그는 내 손을 붙잡고 〈여자의 마음〉을 카루소 스타일로, 형편없이 불렀다. 불쌍한 늙은이. 나는 그를 데리고 들어가서, 한때 꼬불거리고 붉은빛이었던 머리카락, 뭉그러진 코와 벌렁대는 콧구멍, 군턱과 목젖과 앙상하고 굽은 체형을 자세히 보았다. 그러고는 말했다. "아, 그래요, 메나샤군요! 메나샤 클링어! 일리노이주 시카고, 1927년."

"맞아," 그에게는 감격스러운 일이었다. "나야. 날 알아보았군!"

"아 세상에! 정말 기쁩니다! 이런 기쁜 일이 다 있군요." 험볼트의 삼촌을 찾는 일을 미룸으로써 나는 행운, 멋진 일, 기적에 가까운 일을 피하고 있었던 것 같았다. 오자마자 내가 옛날에 아주 좋아했던 사람을 만난 것이었다. "꿈같군요." 내가 말했다.

"아니," 메나샤가 말했다. "보통 사람이라면 그럴 만도 하지. 하지만 유명인이 되면 말이지, 찰리, 네가 생각하는 것만큼 우연은 많지 않아. 널 전부터 알았지만 쑥스러워서 다가가 아는 체 못하는 나 같은 친구와 지인이 여기저기 수두룩할걸. 너를 알지만 찾아가기는 너무 쑥스러운 사람들이. 네가 내 친구 발데마르를 보러오지 않았다면 나도 너무 쑥스러웠을 거야." 메나샤가 레나타를 보았다. "시트린 부인이신가?" 그가 말했다.

"네," 내가 그녀의 얼굴을 보며 말했다. "제 아내예요."

"난 당신 남편을 꼬마일 때부터 알았죠. 웨스턴 전기회사에서 천공기 기사로 일하기 위해 미시간주 입실랜티에서 왔을 때 찰리네 집에서 하숙을 했어요. 사실은 성악을 공부하러 온 거였지만. 찰리는 훌륭한 소년이었죠. 노스웨스트사이드를 통틀어 제일 착한 아이였어요. 이 친구가 아홉 살인가 열 살이었을 때부터 이야기를 나눴고, 내 유일한 친구였어요. 토요일마다 성악 교습을 받으러 시내에 갈 때 데리고 가기도 하고."

"그때 그 선생님이," 내가 말했다. "프세벨로트 콜로드니였죠, 파인아츠빌딩 816호. 페테르부르크 임페리얼오페라 바소 프로폰도*, 대머리, 키 4피트 10인치, 코르셋을 입고 쿠반 힐**을 신었던."

"그 사람도 날 알아보더군." 메나샤가 무척이나 즐거워하며 말했다.

"아저씨는 드라마틱 테너였어요." 내가 말했다. 이 말을 하자 그가 발돋움을 하고 서서는 천공기 때문에 굳은살이 박인 두 손을 맞잡고 〈이 어두운 무덤에〉를 불렀다. 열정의 눈물이 차올랐고, 감정이 차오르고 수탉 같은 껄껄한 목소리는 음조가 맞지 않고 감정과 용기와 외침과 희망으로 가득했다. 어릴 때도 나는 그가 결코 스타가 되지 못하리라는 것을 알았다. 그러나 입실랜티 YMCA 권투팀에 있을 때 코를 맞지만 않았다면 가수가 될 수도 있었으리라 생각한다. 코가 망가지면 노래가 제대로 나올 리 없을 테니까.

"더 말해봐, 친구, 또 무슨 기억이 나지?"

"티토 스키파, 티타 루포, 웨런래스, 매코맥, 슈만하잉크, 아멜리타 갈리쿠르치***, 베르디, 보이토****를 기억합니다. 그리고 카루소가 부

---

* 남자 목소리의 가장 깊고 낮은 음역.

** 3~5센티미터의 굵고 안정적인 수직 힐.

*** 당대 성악가들.

**** 이탈리아 시인, 작곡가.

르는 〈팔리아치〉를 들었을 때, 아저씨 인생이 완전히 달라졌다는 것도요, 그렇죠?"

"오, 맞아!"

사랑이 이런 것들을 잊을 수 없게 한다. 오십 년 전 시카고에서 우리는 잭슨 대로를 통해 루프로 가는 천장 없는 이층버스를 타고 있었고, 메나샤는 빛나는 얼굴로 나에게 벨칸토에 대해, 사제나 전사의 양단 제복을 입은 자신을 상상하며 〈아이다〉에 대해 설명해주었다. 성악 교습이 끝나고 나서는 크란츠로 데려가 초콜릿퍼지 선디 아이스크림을 사주었다. 폴 애시 악단의 흥겨운 연주를 들으러 갔고, 곡마단 물개들이 자동차 경적기의 둥근 고무를 물고 〈양키 두들〉을 연주하는 것도 들었다. 클래런던비치에서 수영을 했고, 거기서는 누구나 물속에서 오줌을 누었다. 밤에는 천문학을 가르쳐주었다. 다윈도 설명해주었다. 그는 고교 시절 사귄 입실랜티 여자와 결혼했다. 이름은 마샤였다. 비만인 여자였다. 그녀는 고향을 그리워했고, 침대에 누워 울곤 했다. 한번은 욕실에서 그녀가 머리 감는 모습을 보았는데, 손에 물을 떴지만 팔이 너무 뚱뚱해서 머리까지 올리지 못했다. 이 사랑스러운 여자는 죽었다. 메나샤는 거의 평생을 브루클린에서 전기공으로 일했다. 드라마틱 테너에게 남아 있는 것은, 무척 감격한 늙은이의 외침소리뿐이었다. 뻣뻣하고 붉은 머리카락은 주황빛 도는 희끗한 새털구름 모양만 남아 있었다. "시트린 가족은 아주 친절했지. 줄리어스를 제외하고. 그 친구는 거칠었어. 아직도 그래? 네 어머니가 마샤를 많이 도와주셨지. 참 다정하고 가엾은 분이었는데······ 그럼 이제 가서 발데마르를 만나게. 나는 환영위원으로 나왔을 뿐이고, 그 사람이 기다리고 있어. 부엌

뒷방에 갇혀 지내."

우리는 침대 끝에 걸터앉아 있는 어깨가 넓고, 험볼트처럼 적셔서 빗어 넘긴 머리에, 얼굴 생김새가 똑같고, 회색 눈에 미간이 넓은 발데마르를 보았다. 코니아일랜드 주변 10마일 이내에 엄청난 양의 물을 빨아들이고 걸러내며 이마에서 증기를 뿜는 그처럼 사이가 넓은 눈을 가진 고래가 있었을 것이다.

"그래, 자네가 내 조카의 친구였단 말이지." 늙은 도박꾼이 말했다.

"이 사람은 찰리 시트린이야." 메나샤가 말했다. "이봐 발데마르, 이 친구가 나를 알아봤어. 나를 알아보더라니까. 그럼, 찰리, 그게 당연하지. 내가 소다수에 이것저것 간식 사주느라 쓴 돈이 얼만데. 그래야 마땅하지."

물론 나는 험볼트에게 발데마르 삼촌 이야기를 들어 알고 있었다. 그는 누나 넷과 그를 끔찍이 사랑해주는 어머니와 살았고 게으른 응석받이 외아들, 당구장 놈팡이에 중퇴자였고, 누나들에게 돈을 뜯어내고 지갑에서 훔치기도 했다. 결국 험볼트도 그보다 어른스러워졌다. 삼촌이라기보다 형제 같았다. 발데마르가 이해하는 유일한 역할은 아이 역할이었다.

나는 내가 아는 것보다 인생은 훨씬 더 풍요로운 거라고 생각했다. 인생은 우리의 감각과 판단력으로 감당할 수 없을 정도로 풍요롭게 덮쳐온다. 연애, 오페라에 대한 야망, 돈과 경마, 결혼 계획, 양로원으로 이루어진 한 인생은, 결국 그 풍요로움을 한 국자 가득 담은 데 불과하다. 그것은 내부로부터도 몰려온다. 발데마르 삼촌의 방을 예로 들면, 점심에 먹을 비엔나소시지 삶는 냄새가 나고, 방문객을 맞이하기 위해 옷을 차려입고 침대 끝에 웅크리고 있는 발데마르의 얼굴은, 머리는 언뜻 험볼트와 비슷하지만, 마치 흩날리는 민들레처럼 금색이 회색으로 변해 있다. 깃까지 채운 노신사의 초록색 셔츠를 보라. 저 구석 철사 옷걸이에 걸린 좋은 양복을 보라(그의 장례식에선 멋진 복장을 볼 수 있을 것이다). 침대 밑에 있는 손가방들, 말과 권투선수 포스터, 믿을 수 없을 만큼 아름다웠던 시절의 험볼트가 쓴 책 표지 사진을 보라. 이것이 문자 그대로 인생의 전부라면, 시카고에 대한 레나타의 운문은 딱 들어맞는다. "오헤어가 없다면, 그야말로 절망뿐이다." 그런데 오헤어가 할 수 있는 것이라곤 장면을 바꾸어 음울한 장소에서 또다른 음울한 장소로, 지루한 장소에서 또다른 지루한 장소로 데려가는 것뿐이다. 그런데 메나샤와 레나타와 함께 발데마르 삼촌을 마주하자 어째서 현기증이 날 것 같은 기분이 엄습했을까? 경험이나 연출이나 관계에는 자아의 일상생활인 평범한 의식만으로는 미처 다 파악할 수 없을 만큼 훨씬 많은 것이 존재하기 때문이다. 그렇다. 우리가 알다시피, 영혼은 외부의 좀더 거대하고 모든 것을 포괄하는 삶에 속한다. 그래야만 한다. 존재를 존재의 연쇄 중 하나인 현재의 존재로 생각하는 것을 배웠기에 나는 메나샤 클링어를 만나도 별로 놀라지 않았다. 그와 나는 분명히 더 크고 더 확장된 인간 조직의 영원한 구성원이라는 자격을 가지고 있었고, 양단 옷을 입고 〈아이다〉에서 라다메스를 노래하려는 메나샤의 욕망은 상상적 영혼을 잃어버린 우리 세대 동료 지성인들을 훨씬 뛰어넘어 더 멀리 나아가려는 나의 열망과 같았다. 아, 나는 그 지성인들 중 몇몇을 한없이 존경했다. 특히 과학, 천체물리학, 순수수학의 왕자들을. 그러나 주된 질문에 대해서는 어떤 시도도 하지 않았다. 월트 휘트먼이 지적했듯이 주된 질문이란 죽음의 문제였다. 그리고 음악이 나를 메나샤에게 이끌었다. 음악을 통해서 인간은 논리적으로 답할 수 없는 문제를 다른 형태로 답할 수도 있음을 확인했다. 음악이 위대할수록, 명확한 의미가 없는 소리는 점점 더 의미에 적절해진다. 이것이 그런 사람의 과제였다. 나 또한 무기력하고 나약한데도 여기에 온 데는 큰 이유가 있었다. 이것이 대체 무엇인지는 훗날 20세기의 내 삶을 되돌아볼 때 생각해볼 것이다. 정신이 응시하는 가운데 달력은 해체될 것이다. 그러나 젊은 패거리가 망가뜨린 지하철 차량을 탄 일, 사격연습장의 격렬한 타격 소리를 들으며, 팝콘과 핫도그 냄새를 맡으며, 레나타의 육감적인 몸매와 의복의 상업주의를 생각하며 산책로를 뒤따라갔던 일, 나를 코니아일랜드로 오게 한 폰 험볼트 플라이셔에 대한 우정, 이 모든 것을 위한 12월의 한 지점이 있을 것이다. 내 회상의 연옥에서 나는 이 모든 것을 다른 관점에서 볼 것이고, 그 특이점들이 어떻게 합쳐졌는지 알게 될 것이다—발데마르 발트를 보았을 때 왜 내 감정의 어귀가 열려야 했는지 알게 될 것이다.

발데마르가 말했다. "누가 찾아온 건 정말 오랜만이군. 나는 잊혔지. 험볼트는 절대 나를 이런 쓰레기장 같은 데 처박아둘 애가 아니야. 잠깐 지내기로 했었다고. 음식은 끔찍하고, 도우미들은 거칠어. '닥쳐요, 얼빠진 영감' 그런단 말이지. 모두 카리브해 출신이야. 다른 놈들은 다 독일놈이고. 메나샤와 나만 사실상 미국인이지. 험볼트가 언젠가 '둘이면 친구가 되고 셋이면 독일놈이 된다'고 농담했었어."*

"하지만 그 사람이 당신을 여기로 보냈잖아요." 레나타가 말했다.

---

* Two is company, three is a crowd(둘은 친구가 되지만 셋은 너무 많다)라는 표현에서 'crowd'를 'kraut'로 바꿔 말장난한 것.

"그애가 몇 가지 문제를 해결할 때까지만 있기로 한 거야. 죽기 전 일주일 내내 우리는 같이 살 아파트를 찾고 있었어. 전에 석 달 같이 살았었는데 천국 같았거든. 진짜 가족처럼 아침에 일어나서 베이컨이랑 달걀을 먹고 야구 얘기를 하고. 난 그 녀석을 진정한 야구팬으로 만들었어. 자네도 알지 않나? 오십 년 전 내가 그애에게 일루수 장갑을 사줬었어. 땅볼을 수비하고 주자를 아웃시키는 방법도 가르쳐줬지. 풋볼도 가르쳤어. 전진 패스를 어떻게 해야 하는지. 기찻길 옆 우리 어머니 아파트에 있던 길고 긴 복도에서 둘이 놀았어. 그애 아버지가 떠나자 집안은 여자만 득시글했고, 그애를 미국 소년으로 만드는 건 나에게 달려 있었어. 여자들은 크게 방해만 됐어. 우리 이름을 봐—발데마르라니! 아이들은 나를 발라-발라라고 불렀어. 그 녀석도 놀림깨나 당했지. 험볼트라니! 내 엉뚱한 누나 하나가 센트럴파크 동상에 붙은 이름을 따서 지은 거야."

이 모든 이야기는 험볼트의 매력적인 시 「할리퀸 삼촌」을 통해 내게 이미 익숙한 것들이었다. 할리퀸 발데마르는 예전에 웨스트엔드 애비뉴에 살았고, 돈벌이를 하는 누나들이 일터로 나간 뒤인 열한시쯤 일어나 한 시간 동안 목욕을 하고, 새 질레트 면도날로 면도하고 점심을 먹었다. 그가 신문을 보는 동안 그의 어머니는 옆에서 롤빵에 버터를 발라주고 흰살생선 껍질을 벗겨 가시를 발라주고 커피를 따라주었다. 그런 다음 그는 어머니에게 몇 푼 얻어 밖으로 나갔다. 저녁식사 자리에서는 지미 워커와 앨 스미스*에 대해 이야기했다. 험볼트의 견해에

* 당시 뉴욕 시장과 주지사.

따르면, 그가 그 가족 중에서 유일한 미국인이었다. 그것이 여자들과 조카에 대한 그의 역할이었다. 라디오에서 전당대회가 방송되면 그는 아나운서와 함께 모든 주의 이름을 읊을 수 있었다—"아이다호, 일리노이, 인디애나, 아이오와"—그의 눈에 애국의 눈물이 가득 고였다.

"발트 씨, 저는 험볼트가 남긴 서류 때문에 왔습니다. 전화로 말씀드렸죠. 올랜도 허긴스의 편지도 있습니다."

"응, 허긴스 알지, 그 키 크고 마른 친구. 나야말로 그 서류에 대해 물어보고 싶네. 그게 가치가 있는 건가 없는 건가?"

"〈타임스〉를 보다보면," 메나샤가 말했다. "로버트 프로스트의 편지가 8500달러에 팔렸다는 기사가 나와. 에드거 앨런 포는 말할 것도 없고."

"그 서류에 뭐라고 쓰여 있나요, 발트 씨?" 레나타가 물었다.

"글쎄, 말해두는데," 발데마르가 말했다. "나는 뭔 말인지 당최 이해 못하겠더라고. 물론 내가 대단한 독서가는 아니지. 그애가 쓴 건 내 머리로는 못 따라가. 험볼트는 공터에서 악당처럼 주먹을 휘두를 수 있었지. 그런 어깨로, 그런 근육으로 휘두르는 힘이 어느 정도였을지 상상해봐. 내 맘대로 할 수 있었다면 그애를 메이저 리거로 만들었을 텐데. 하지만 포티세컨드 스트리트 도서관 주변을 어슬렁거리며 그 앞 계단에서 놈팡이들하고 쓸데없는 이야기나 지껄이더군. 그러다가 그애가 웬 고상한 잡지에 시를 발표한다는 걸 알게 됐어. 왜, 사진도 없는 그런 잡지 말이야."

"이봐, 발데마르," 메나샤가 말했다. 그의 가슴은 감동으로 부풀고 목소리는 높아졌다. "나는 이 찰리를 어릴 때부터 알았어. 믿을 수 있는 친구지. 오래전 이 친구를 처음 보자마자 생각했어, 이 아이의 마음은 얼굴에 바로 나타난다고. 찰리도 이제 나이가 들어가고 있어. 우리에 비하면 아직 짱짱하겠지만. 그러니까, 발데마르, 마음에 있는 걸 그냥 솔직하게 말하지 그래?"

"험볼트의 서류는 그 자체로는 돈이 될 만한 게 없을 겁니다." 내가 말했다. "수집가에게 팔아볼 수는 있겠죠. 어쩌면 출판할 만한 게 남아 있을지도 모르고요."

"대부분 감상적인 얘기일 거예요." 레나타가 말했다. "저세상에 간 옛친구가 보낸 편지 같은 거요."

발데마르는 고집스럽게 그녀를 쳐다보았다. "하지만 만일 그게 값나가는 거라면 내가 내줄 이유가 없지 않나? 나도 뭔가 받을 자격이 있나, 없나? 내 말은, 내가 왜 이 형편없는 곳에서 썩어야 하느냔 거지. 여기 사람들이 〈타임스〉에 실린 험볼트의 사망 기사를 보여주자마자 —세상에! 내가 어땠을지 상상해봐! 험볼트는 내 자식 같았어, 내 피와 살 같은 마지막 가족이었어! 나는 최대한 빨리, BMT 노선을 타고 그애가 살던 방으로 올라갔어. 물건들 절반이 이미 사라졌더군. 경찰과 호텔측에서 마구 집어갔어. 현금, 시계, 만년필, 타자기도 사라졌지."

"그걸 깔고 앉아 돈을 벌려고 꿈꿔봐야 무슨 소용이 있겠어?" 메나샤가 말했다. "내용을 아는 사람에게 넘겨주게."

"농간하지 마." 발데마르가 메나샤에게 말했다.

"우린 여기서 같이 살잖아. 나도 이 정도는 할 만하지. 정직하게 말하겠네, 시트린 선생. 난 이걸 오래전에 팔았을 수도 있어. 내가 정말 이것이 값어치가 있다고 생각했다면."

"그럼 읽어보신 거군요." 내가 말했다.

"젠장, 물론 읽었지. 그것 말고 할일이 뭐가 있겠어? 무슨 말인지 도통 알 수가 없었지만."

"어떤 것도 속여서 뺏을 생각은 없습니다." 내가 말했다. "정말로 가치가 있다면 정직하게 말씀드릴게요."

"변호사를 불러서 법적으로 유효한 서류를 만드는 게 어떤가?" 발데마르가 말했다.

역시 험볼트의 삼촌다웠다. 나는 대단한 설득력을 발휘했다. 뭔가를 절실히 원할 때 나는 무척 합리적이 된다. 그 서류를 내가 갖는 것이 자연스럽고 정의로운 일인 것처럼 보이게 할 수 있다. "원하시면 뭐든 법적으로 진행할 수 있습니다." 내가 말했다. "하지만 제가 먼저 전부 읽어봐야 하지 않을까요? 검토하지 않으면 가치를 알 수 없잖아요?"

"그렇다면 여기서 읽게." 발데마르가 말했다.

"찰리는 전에도 늘 내기를 좋아했어. 도박을 해보지." 메나샤가 말했다.

"난 그쪽에 영 운이 없어서." 발데마르가 말했다. 그의 목소리가 떨려서 나는 그가 울려나 했다. 그와 죽음 사이에는 이제 거의 아무것도 없는 것 같았다. 낡고 군데군데 털이 빠진 진홍색 카펫 위로 12월의 약하고 창백한 온기 조각이 이렇게 말했다. "노인이여, 울지 마라." 9300만 마일 떨어진 곳에서 소리 없는 빛의 폭풍이 요양원의 더러운 창문을 지나 인간이 만든 낡아빠진 액스민스터 카펫을 통해 말을 전달하고 있었다. 내 마음도 감상적이 되었다. 나는 중요한 것을 전달하고 싶었다. 우리는 죽음이라는 씁쓸한 문을 지나야 한다고, 우리를 구성하는 광물들,

빌려온 광물들을 돌려주어야 한다고, 하지만 발데마르 형제여, 나는 모든 것이 여기서 끝나지는 않으리라 생각한다고 말하고 싶었다. 죽음에 대한 생각이 지금 우리에게 고통을 주는 만큼이나 우리가 지금 영위하는 삶에 대한 생각이 나중에 우리에게 고통을 줄지도 모른다.

나는 분별력과 정직함으로 마침내 그를 설득했고, 우리는 모두 무릎을 꿇고 앉아 그의 침대 밑에서 온갖 물건을 끌어내기 시작했다—침실 슬리퍼, 낡은 볼링공, 야구놀이 장난감, 트럼프 카드, 짝 잃은 주사위, 골판지 상자, 여행용 손가방, 그리고 나는 험볼트의 유품인 서류가방을 알아보았다. 험볼트의 끈이 다 해진 낡은 가방, 언제나 책과 약병이 가득 든 채 뷰익 뒷좌석에 실려 있었다.

"잠깐만, 거기 내 서류들이 들어 있어." 발데마르가 수선을 떨며 말했다. "몽땅 못쓰게 만들지 마. 내가 할 거야."

레나타는 우리와 함께 바닥에 앉아 휴지로 먼지를 닦았다. 그녀는 늘 "크리넥스 여기 있어요" 하면서 휴지를 내밀었다. 발데마르는 보험증서 몇 장과 전자 인식 구멍이 있는 사회보장 카드 뭉치를 꺼냈다. 말 사진도 몇 장 보였는데, 켄터키 더비* 우승마들을 거의 다 모은 거라고 했다. 그러더니 눈먼 우편배달부처럼 수많은 봉투를 뒤졌다. '좀 빨리요!'라고 나는 말하고 싶었다.

"이거야." 그가 말했다. 촘촘하게 휘갈겨쓰는 험볼트의 글씨로 적힌 내 이름이 보였다.

"그 안에 뭐가 있어요? 보여줘요." 레나타가 말했다.

---

* 영국 더비를 모방해 1875년 창설된 미국 경마 레이스.

나는 그에게서 아주 크고 묵직한 마닐라지 봉투를 건네받았다.

"수령증 줘야 해." 발데마르가 말했다.

"물론 드리죠. 레나타, 하나 만들어줄 수 있어? 폰 험볼트 플라이셔가 나에게 유언으로 남긴 문서를 발데마르 발트 씨에게서 수령함, 하는 식으로. 내가 서명할게."

"어떤 문서죠? 뭐가 들어 있는 거예요?"

"뭐가 들었냐고?" 발데마르가 말했다. "하나는 시트린 씨에게 보내는 길고 사적인 편지야. 밀봉한 봉투도 두 개 있는데, 그걸 열면 저작권이 잘못되고 어쩌고 하는 경고가 있어서 절대 뜯지 않았어. 사본이거나, 사본의 사본일 거야. 모르긴 몰라도. 나한텐 거의 아무 의미 없는 거지. 어쩌면 자네에게는 의미가 있겠지. 어쨌든 이 집안 마지막 일원인 내 속마음을 말하자면, 우리 가족들은 다 죽어서 여기저기 흩어져 있네. 여기에 무덤이 하나 있는 건 아는데, 다른 덴 모르겠어. 누나는 독일계 유대인들을 위한 발할라*에 있고, 조카는 무연고자 묘지에 있어. 내가 정말 원하는 건 가족들이 다시 한곳에 모이는 거야."

메나샤가 말했다. "험볼트가 형편없는 곳에 묻힌 게 마음에 걸리는 거로군. 사람이 살지 않는 땅에 묻혀 있으니까."

"이 유품에 어떤 가치가 있다면, 그 돈을 그애를 이장하는 데 써야 해. 꼭 발할라일 필요는 없어. 누나는 지지 않으려고 거기 묻힌 거야. 독일 유대인들에 대해 뭔가 감정이 있었거든. 하지만 난 가족을 전부 한곳에 모으고 싶어. 나의 사자死者들을 모으는 거지." 늙은 경마꾼이

---

* 원래 '발할라'는 북유럽신화에서 사후 영웅들이 머무는 궁전을 가리킨다.

말했다.

이 숙연함은 예상치 못한 것이었다. 레나타와 나는 서로의 얼굴을 바라보았다.

"찰리가 전부 제대로 해줄 거라 믿게." 메나샤가 말했다.

"이 서류에 뭐가 있는지 찾아서 편지 드릴게요." 내가 말했다. "그리고 유럽에서 돌아오자마자 모든 일을 직접 처리하겠다고 약속하죠. 묘지 자리부터 물색해두세요. 설령 이 문서에 상업적인 가치가 전혀 없다 해도 매장하는 데 드는 비용은 제가 기꺼이 부담할 마음이 있어요."

"내가 뭐랬어." 메나샤가 발데마르에게 말했다. "그런 아이는 당연히 신사로 자란다니까."

우리는 밖으로 나갔다. 나는 두 노인의 노쇠한 팔꿈치를, 요골과 척골이 만나는 마디 쪽을 잡았고 계속 연락하겠다고 약속했다. 하얀 얼굴에 커다란 모자를 쓰고 우리 뒤에서 한가로이 걷는 레나타가 우리 중 누구와도 비교가 안 되게 실했다. 그녀가 불쑥 말했다. "찰스는 말하면 지키는 사람이에요. 우린 이제 떠나지만 이이는 당신 생각을 할 거예요."

차가운 현관 한구석에 가볍고 반짝이는 스테인리스 파이프와 박쥐처럼 접힌 부분이 있는 휠체어 몇 대가 놓여 있었다. "제가 이 휠체어에 앉으면 누가 뭐라고 할까요?" 내가 말했다.

나는 휠체어 한 대에 앉아 레나타에게 말했다. "좀 밀어봐."

현관에서 큰 체구의 눈부신 여자가 멋진 이를 드러내고 웃으며 내가 탄 휠체어를 앞뒤로 굴려대는 모습을 보자 노인들은 어떻게 생각해야 할지 모르는 듯했다. "너무 이러지 마. 저분들이 기분 나빠할 거야, 레나타," 내가 말했다. "그냥 밀기만 해."

"거지같은 손잡이 한번 더럽게 차갑네." 그녀가 말했다.

그녀가 긴 장갑을 매력적으로 거들먹거리며 끼었다는 말은 해야겠다.

* * *

울부짖고 고함치는 듯 요란하게 내달리는 지하철에서 나는 험볼트가 남긴 선물의 서문인 긴 편지를 읽기 시작했고, 얇은 타자지들을 레나타에게 차례로 건넸다. 레나타가 몇 장 훑어보더니 궁금해하며 말했다. "이야기가 나오면 알려줘요. 철학은 관심 없어." 나는 그녀를 탓할 수 없었다. 험볼트는 죽음의 날짜 없는 밤에 숨어 있던 그녀의 소중한 친구가 아니었다. 그녀가 나처럼 감동해야 할 이유가 없었다. 그녀는 내 감정을 나누려 애쓰지 않았고, 나도 원치 않았다.

"친애하는 쇼블리어," 험볼트가 썼다. "내 처지는 지금 좋지 않고, 몸이 약해질수록 정신은 맑아지고 있어. 빌어먹을 기묘한 계획 때문에, 광인들은 언제나 불태울 수 있는 에너지를 얻지. 늙은 윌리엄 제임스가 옳았다면, 그리고 에너지가 최고로 넘치는 상태에서 사는 것이 행복이고 우리가 행복을 추구하기 위해 여기 존재하는 거라면, 광기야말로 순수한 환희이고, 최고의 정치적 재가도 받는 셈이지." 레나타는 이런 것이 싫다는 것이었다. 나도 이것이 마음에 평온을 주는 습관은 아니라는 데 동의한다. "나는 형편없는 곳에서 지내고 있네." 그가 계속 썼다. "그리고 형편없는 음식을 먹지. 예순 번인가 일흔 번 연달아 델리커트슨 조리식품으로 저녁을 먹었어. 이런 식사를 하면서 숭엄한 예술을 얻을 순 없네. 반면에 파스트라미와 후추를 뿌린 감자샐러드는 차분한 판단력을 키워주는 듯해. 나는 저녁을 먹으러 나가지 않아. 방에 머물러 있지. 저녁식사와 취침 시간 사이에 엄청난 간격이 있어서 나는 발을 내린 창가에 앉아(누가 하루에 열여덟 시간 동안 바깥을 바라볼 수 있겠나?) 지난날의 과오를 되새기네. 내가 좋은 일을 열심히 하고 있으니까 죽음에게 잠깐 물러나달라고 부탁해볼까, 그런 생각을 종종 해. 성행위를 할 때처럼 죽음에서도 주도권을 잡길 바라는 걸까? —이렇게 해, 저렇게 해, 가만히 있어, 좀 움직여봐, 내 귀에 키스해, 손톱으로 내 등을 할퀴어봐, 불알은 건드리지 말고. 하지만 이 경우에는 죽음이 열정을 가진 쪽이지."

"불쌍한 사람, 이제 그 사람을 좀 알겠어. 나는 이런 유형을 이해해." 레나타가 말했다.

"그래서 찰리, 몸은 약해지고 정신은 맑아지는 날들이 지나면서 나는 자주 자네를 생각하고, 마지막 순간의 명료한 정신으로 생각을 한다네. 내가 자네에게 잘못했다는 건 명백한 사실이야. 내가 자네를 그토록 집요하고 맹렬하게 망쳐놓았을 때도 자네는 시카고에서 날 도우려 애썼고, 나 몰래 내 일자리를 구해주려고 사람들과 상의하곤 했다는 걸 알고 있었어. 나는 자네를 배신자, 유다, 밀고자, 아첨꾼, 출세주의자, 위선자라고 불렀지. 처음에는 자네에게 깊고 검은 분노를 느꼈고, 다음에는 뜨겁고 붉은 분노를 느꼈어. 둘 다 무척 사치스러운 감정이었지. 사실 피로 형제를 맺으며 나눈 수표 때문에 가책을 느꼈네. 나는 자네가 데미 퐁헬의 죽음을 슬퍼한다는 걸 알고 있었어. 나는 교활함에 헐떡거리며 자네를 골탕 먹이려 했지. 자네는 성공했어. 그것으로 충분치 않아서 위대하고 도덕적인 인물이 되기를 원한다니, 그럼 지옥에 떨어져봐라 하고 수천 달러를 치르게 해본 거지. 함정이었네. 난 자네에게 나를 용서할 기회를 주려 했어. 나를 용서하려면 스스로를 엄청 기만해야 했을 테니까. 그 바보 같은 친절함이 현실감을 훼손하고, 현실감이 훼손되면 자네도 나와 같은 증상을 겪게 되리라 생각한 거지. 물론 이 미친 복잡함은 필요도 없었네. 자네는 영광과 황금을 뒤집어썼기 때문에 어차피 고통을 느낄 운명이었으니까. 찬란한 성공이라는 천국을 아찔하게 날아다니는 등등! 그런 것이 아니더라도 자네의 그 천성적인 진실감이 자넬 병들게 했겠지. 하지만 강의실 칠판에 적힌 화학공식처럼 끝없는 공식을 적용한 나의 '추론'이 나를 황홀경에 빠뜨렸어. 나는 조증 상태였지. 나는 돌아버린 내 머리 꼭대기, 혼탁함 속에서 지껄여댔어. 그후에는 우울해져서 기나긴 나날을 말없이 보냈지. 나는 우리 안에 누워 있었어. 음울한 고릴라 시절이었지.

내 집착과 고착에 왜 자네가 그렇게 두드러지게 나타나는지 자문해봤네. 자네는 가족의 감정을 불러일으키는 사람인 것 같아, 아들이나 형제 같은. 알아둬야 할 건, 자네는 그런 감정을 불러일으키지만 되돌려주는 법은 절대 없단 거야. 그 감정이 자네 쪽으로만 흐른단 거지. 의형제 맹세를 하도록 자극한 것도 자네였어. 나도 확실히 제멋대로 굴었지만 나는 자네가 유발한 암시에 이끌려 행동했던 거야. 그럼에도, 부드러운 어느 노래 가사처럼, 난 '네 모든 결점에도 불구하고, 아직도 널 사랑해'야. 자네는 약속어음 같은 미친놈*이야, 그게 다야.

---

* 원문은 'promissory nut'로, 발음이 유사한 promissory note(약속어음)로 말장난한 것이다.

돈에 대해 한마디하지. 자네가 써준 의형제 수표를 사용했을 때, 난 그게 은행에서 진짜로 처리되리라곤 기대 안 했어. 자네가 나를 만나러 벨뷰에 오지 않았기 때문에 화가 나서 그런 거야. 나는 고통받고 있는데, 사랑하는 친구라면 응당 찾아와야 하는데 자네는 오지 않았어. 나는 자네를 벌하고 상처주고 벌금을 물리기로 마음먹었어. 자네는 그 벌을 받아들였고, 따라서 죄도 인정한 거지. 자네는 내 영혼을 빌려가 트렌크에 집어넣었어. 내 유령이 브로드웨이 스타가 됐지. 금가고 망가지고 더러운, 백일몽 같은 그 모든 망상이! 달리 어떻게 표현해야 할지 모르겠네. 자네 여자는 정글에서 죽었지. 그 여자가 자네를 벨뷰로 오지 못하게 했겠지—그걸 이제 알았네! 오! 돈의 힘과 그것에 얽힌 예술—영혼의 남편이 된 달러. 어느 누구에게도 연구하고픈 호기심을 일으키지 않았던 결혼.

내가 그 6천 달러로 뭘 했는지 아나? 그 돈 일부로 올즈모빌을 한 대 샀어. 그 크고 힘 좋은 차로 그리니치 스트리트에서 뭘 하려고 했는지는 말해줄 수 없네. 차고에 보관하는 데만도 만만치 않은 돈이 들었어, 5층 내 방 방세보다 많이. 그 차를 어떻게 했냐고? 나는 강제 입원을 당했고, 충격요법 치료를 받고 퇴원했는데 그걸 어디다 뒀는지 기억이 안 났어. 보관증이나 등록증도 찾을 수 없었어. 그래서 그냥 잊어버려야 했지. 하지만 한동안 대단한 차를 몰고 다녔어. 나는 내 증상을 관찰할 수 있게 되었네. 내 눈꺼풀은 조증으로 인한 불면증 탓에 짙은 보라색으로 변했어. 늦은 밤 친구들과 차를 타고 벨라스코극장을 지나가며 내가 말했지. '이 대단한 자동차 값을 치르게 해준 히트작이 여기 있군.' 자네는 내가 금세기의 위대한 미국 시인이 되리라 생각했고 바로 그 때문에 나는 자네를 혼내주려 했다고 선언하겠네. 자네는 위스콘신주 매디슨에서 와서 내게 그렇게 말했었지. 하지만 난 그렇게 되지 못했어! 얼마나 많은 사람이 그 시인을 기다렸던가! 얼마나 많은 영혼이 그들 양심의 썩은 때를 깨끗이 씻어내고, 명백히 사라져버린 삶의 4분의 3에 무슨 일이 일어났는지 시인에게서 배우기 위해 환상적인 단어의 힘과 감미로움을 바랐던가! 하지만 지난 몇 년 동안 나는 시를 쓰기는커녕 읽을 수도 없었어. 몇 달 전 『파이드로스』*를 펼쳤지만 도저히 읽을 수 없었지. 나는 고장났어. 변속기가 떨어져나갔네. 배선도 망가졌어. 모두 산산조각났어. 나는 플라톤의 아름다운 단어들을 감당할 힘이 없어 울기 시작했네. 생생했던 본래의 자아는 더이상 없어. 하지만 회복할 수 있을지도 모른다고 생각하네. 내가 현명하게 군다면. 현명하게 군다는 건 좀더 단순한 즐거움을 누린다는 뜻이네. 향유가 지성의 음식이라던 블레이크의 말이 옳아. 지성이 고기(『파이드로스』)를 소화하지 못하면 츠비바크**와 따뜻한 우유를 넣어 삶아 먹으면 돼."

생생했던 본래의 자아 대목부터 나는 울기 시작했고, 그런 내 모습에 체구가 크고 상냥한 레나타가 '남자들이란!' 하는 듯 고개를 저었다. 마치 이렇게 말하는 것 같았다. "가엾고 신비로운 괴물들이여. 미궁으로 애써 내려가면, 거기서 편지를 읽고 마음이 무너진 미노타우로스***를 만나게 되는군요." 하지만 나는 무지개로 덮이고, 다정하고 총명하고

---

* 플라톤이 쓴 파이드로스와 소크라테스의 대화. 인간 영혼의 편력, 참된 에로스, 문학의 본질에 대한 통찰이 담겼다.

** 바삭하게 두 번 구운 독일식 러스크.

*** 그리스신화에서 아버지 미노스왕에 의해 영원히 빠져나올 수 없는 미궁에 갇힌 반인반우(半人半牛)의 괴물.

영감을 주는 말을 하던 젊은 시절의 험볼트를 알았다. 그 시절 그의 악은 아주 작고 검은 점 하나, 아메바에 불과했다. 또한 츠비바크는 그 더운 날 보도에서 그가 먹고 있던 프레첼을 떠오르게 했다. 그날 나는 형편없는 모습을 보였다. 매정하게 행동했다. 그에게 다가갔어야 했다. 그의 손을 잡았어야 했다. 그의 얼굴에 키스했어야 했다. 그러나 그런 행동이 효과적이란 게 사실일까? 그는 끔찍했다. 머리는 벌레가 들끓는 관목처럼, 거미줄처럼 온통 회색이었다. 눈은 충혈되고 회색 정장 속에서 거구가 허우적거리고 있었다. 그는 마지막 힘으로 서 있는 늙은 황소 같았고, 그래서 나는 회피했다. 어쩌면 그가 이 아름다운 편지를 나에게 쓴 바로 그날이었는지도 모른다. "그러지 마, 자기." 레나타가 다정하게 말했다. "눈물 닦아요." 그녀가 향내나는 손수건을 건넸는데, 지갑에 넣어둔 게 아니라 다리 사이에 끼워두었던 것처럼 묘하게 향기로웠다. 손수건을 얼굴에 대자 신기하게도 효과가 있는지, 나에게 약간의 위안을 주었다. 이 젊은 여자는 기본적인 것들을 잘 이해하고 있었다.

"오늘 아침에는," 나는 험볼트의 편지를 계속 읽었다. "해가 밝았어. 살아 있는 어떤 이들에게는 무척 훌륭한 날이었겠지. 며칠 동안 잠을 못 잤어도 목욕하고 면도하고 아침을 먹고 세상으로 나가는 것이 어떤 것이었는지 떠올렸어. 은은한 레몬빛이 거리를 씻어냈어. (미국이라 불리는 거칠고 집합적인 인간활동을 위한 희망일까?) 브렌타노 서점으로 산책을 가서 키츠의 『서한집』을 들여다볼까 생각했어. 밤 동안 키츠가 로버트 번스*에 대해서 했던 말을 생각했거든. 호사스러운

* 영국 시인.

상상력은 천박함이나 획득할 수 있는 것 때문에 그 섬세함을 잃어버린다. 첫번째 미국인들은 울창한 숲에 둘러싸였고, 그후에는 소유할 수 있는 것들에 둘러싸였는데, 그것도 숲만큼이나 빽빽했지. 신념이, 상상력의 평등한 주권에 대한 신념이 문제가 되었어. 나는 브렌타노서점에 서서 이 문장을 베껴쓰기 시작했는데, 점원이 와서 키츠의 『서한집』을 가져가버렸어. 내가 바워리에서 왔다고 생각하더군. 그래서 나는 밖으로 나왔고, 그것이 그 멋진 날의 끝이었어. 나는 영화 속 에밀 야닝스*가 된 것 같았네. 술과 매춘으로 망가진 실업계 옛 거물이 부랑자 신세로 집에 돌아와 딸의 결혼식이 열리고 있는 집안을 창문으로 들여다보려 하지. 경찰이 쫓아내자 그는 발을 끌면서 떠났고, 첼로가 마스네의 〈애가〉를 연주했어.

이제, 찰스, 츠비바크와 따뜻한 우유 얘기로 돌아오지. 거대한 일은 명백히 내 능력 밖이지만, 이상하게도 나의 기지는 아직 온전해. 이 기지는, 현실이든 상상이든 삶의 치욕을 견디느라 개발된 이 기지는 요즘 나에겐 동반자와도 같지. 내 곁에 있고, 우린 사이가 좋아. 요컨대 내 유머감각은 사라지지 않았고, 더 야심 찬 열정이 지쳐버린 지금 그것은 몰리에르** 극에 나오는 구식 절을 하면서 내 앞에 나타나. 유대가 형성된 거야.

우리가 프린스턴에서 아문센과 노빌레, 식인종 칼도프레도가 등장하는 영화 시나리오를 재미삼아 썼던 거 기억나나? 나는 언제나 그것이 고전이 될 거라고 생각했어. 그것을 RCA빌딩에 있는 오토 클린스

---

* 독일 배우로, 최초로 아카데미상 남우주연상을 수상했다.

** 프랑스 극작가.

키라는 사람에게 주었어. 그는 그것을 로런스 올리비에 경의 머리를 해주는 미용사의 사촌에게 주기로 약속했고, 그 미용사의 사촌은 클린스키 부인의 미용사의 어머니인데, 타임앤드라이프에서 일하는 잡역부의 언니이기도 해. 그 경로 어디선가 우리 대본은 분실됐어. 나한테 그 사본이 있긴 하지. 이 서류들 속에 있을 거야." 정말로 나는 그것을 찾아냈다. 궁금해서 다시 읽어보고 싶은 마음이 들었다. "하지만 이게 내가 자네에게 주는 선물은 아니야. 어쨌든 우리는 합작을 했으니까, 이걸 선물이라고 한다면 뻔뻔하지. 아니야, 나는 또다른 이야기를 꿈꿔왔고 그게 큰돈이 될 거라고 믿어. 이 짧은 작품이 나에게는 중요했어. 어떤 밤에는 몇 시간씩 건전한 즐거움을 줬고 숙명에 대한 생각에서 숨통을 틔워주었지. 부분을 끼워맞추는 복잡한 일이 썩 훌륭해서 즐거웠다네. 기쁨요법이지. 작가로서 자네에게 말하는데, 우리는 우리가 가진 이상한 미국적 육신을 예술이라는 옷에 맞춰야 해. 마법은 그렇게도 조잡한 팔다리를 가진 이 괴물 같은 거대한 육신을 가릴 만한 옷감을 제공하지 못했어. 그런데 서문이 너무 길어졌군. 다음 장에 나의 원고가 시작되네. 나는 이것을 팔려고 몇몇 사람에게 제안해봤지만 흥미를 보이지 않더군. 나는 이 일을 추진할 기운이 없어. 사람들은 나를 보고 싶어하지 않아. 자네는 내가 어떻게 롱스태프에게 갔었는지 기억하나? 더이상은 안 돼. 접수원이 나를 돌려보내. 내가 로마 거리에서 꺽꺽 우는 소리를 내며 뜻 모를 말을 지껄이는 수의 두른 시체처럼 보이나봐. 그래, 찰리 자네는 여전히 삶의 한가운데에 있고 아는 사람도 무척 많지. 쇼블리어이자 『트렌크』의 저자, 우드로 윌슨과 해리 홉킨스의 전기를 쓴 자에게는 사람들이 주의를 기울일 거야. 이 글은 내가 죽기 전에는 자네에게 전달되지 않을 거네. 하지만 그때가 되면 대단한 유품이 될 거고, 난 자네가 가지길 바라. 자네는 아주 쓸모없는 동시에 사랑스러운 사람이기 때문이야.

헨리 애덤스의 부인이 말하길 베어물기보다는 씹기를 더 많이 한다는 그 착한 노인 헨리 제임스는 이렇게 말하지. 창조적인 마음에는 방대한 지식보다 암시가 이롭다고. 나는 지식이 부족해서 고통받은 적은 없어. 이 구상의 원천은 내가 항상 열심히 읽어왔던 가십 칼럼이야. *지혜의 말*—이게 여격이라고 생각하네. 원래 사건은 명백히 사실에 근거하지."

개요

I.

코코란이라는 성공한 작가가 수년 동안 작품을 내지 못하고 있었다. 그는 스킨다이빙과 패러글라이딩을 주제로 시도하지만 아무 결과도 얻지 못했다. 코코란은 정신력이 강한 여자와 결혼했다. 그런 여자라면 베토벤에게도 강한 아내가 되었을 수 있겠지만, 베토벤도 그런 여자는 원치 않았다. 코코란 역에 마스트로이안니* 같은 배우를 염두에 두고 있다.

---

* 이탈리아 배우.

II.

코코란은 아름답고 젊은 여자를 만나 정사를 벌인다. 가엾은 매릴린 먼로가 살아 있었다면 이 역할에 적격이었을 것이다. 코코란은 수년 만에 처음으로 행복을 맛본다. 그후 모험심과 독창성, 대담성의 발작으로 그녀와 함께 멀리 도망친다. 마음에 들지 않는 아내는 아픈 아버지를 돌보고 있다. 이를 틈타 다른 여자와 떠난 것이다. 어디로 갔는지는 모른다. 폴리네시아, 뉴기니, 아비시니아*, 덜시머**가 있는 경이롭고 먼 곳. 여전히 아주 순수하고 아름다운, 매혹적인 나날이 이어지는 곳. 추장들이 코코란과 그의 여자를 대접한다. 사냥이 벌어지고, 춤과 연회가 펼쳐진다. 그 여자는 천사다. 그들은 작은 못이에서 함께 목욕을 하고, 치자나무와 히비스커스 사이로 떠다닌다. 밤에는 천국이 가까워진다. 감각기관들이 열린다. 삶이 다시 새로워진다. 찌꺼기와 불순물은 증발해버린다.

III.

코코란은 그곳에서 돌아와 놀라운 책을 쓴다—세상에 숨겨서는 안 될 만큼 강렬하고 아름다운 책을. 그러나

IV.

그는 출판할 수 없다. 그것은 아내에게 상처를 주고 결혼생활을 파탄 낼 것이다. 그도 어머니가 있고, 어머니와 아들에 대한 새로운 미신을 떨쳐버릴 만큼 강한 사람은 드물다. 그는 정체성이 없을 것이고, 이 드센 여자에게 당하는 고통 없인 미국인도 못될 것이다. 코코란이

---

* 에티오피아의 이전 명칭.

** 중근동에서 유럽으로 전해진 피아노의 전신.

작가가 아니었다면, 그들의 모험에 관한 책을 써서 천사 같은 아가씨의 마음을 더럽히지 않았을 것이다. 불행하게도 그는 글을 쓰는 사람이다. 그는 작가일 뿐이다. 출판하지 않으면 죽을 것이다. 그리고 그는 아내에 대해 우스꽝스러울 정도로 겁을 낸다. 아내는 기혼여성답고 명랑하고 솔직하고 다소 거칠지만 아주 험상궂지는 않다. 오히려 나름대로 매력적이다. 좋은 여자, 당당하고 전형적인 미국 여자. 그녀는 음식 유행을 따르는 사람이므로 타이거즈 밀크*를 마시고 로열젤리를 먹는 인물이어야 한다. 이것으로도 뭔가 할 수 있을 것이다.

V.

코코란은 그 원고를 그의 에이전트인 그리스계 미국인 제인 비굴리스에게 가져간다. 가장 중요한 배역이다. 제로 모스텔**이 맡아야 한다. 그는 천재적인 코미디언이다. 하지만 통제하지 않으면 모든 걸 제멋대로 해버릴 것이다. 어쨌든 나는 이 역할에 그를 염두에 두고 있다. 제인은 그의 글을 읽고 "굉장해요"라고 외친다. "하지만 출판할 순 없죠, 그랬다간 내 결혼이 끝장날 테니까." 그래, 찰리, 『내 결혼』이야! 종족의 우상 중 하나가 된 결혼(프랜시스 베이컨), 이 희극의 원천은 빅토리아시대 사람들의 고상한 진지함을 계승한 저급한 진지함이야. 코코란은 훌륭한 책을 쓸 만큼 상상력이 충분하지만 중산층의 생활태도에 사로잡혀 있어. 악당들이 쫓아오는 자가 없어도 달아나듯이, 중산층은 싸우려는 자가 없어도 싸움을 하지. 그들은 자유를 달라고 외

* 감귤류, 칠리, 향신료, 생선즙을 섞어 날생선을 절이는 일종의 소스. 중남미에서는 그냥 마시기도 한다.

** 미국 가수, 코미디언.

쳤고, 그러자 자유가 홍수처럼 들이닥쳤어. 심리치료라는 통나무 몇 개만 떠다닐 뿐 아무것도 남지 않았지. "나는 어떡해야 하죠?" 코코란이 외쳐. 두 사람은 궁리해. 이윽고 비굴리스가 말해. "러번과 했던 여행을 헵지바하고도 정확히 똑같이 하는 수밖에 없어요. 같은 계절에, 여기 쓴 그대로 충실하게. 그렇게 여행을 한번 더 다녀와서 출판하면 되겠네요."

VI.

"단어 하나도 바꾸면 안 됩니다." 코코란이 말한다. "불순함이 있어서도, 경험을 배반해서도 안 돼요." "나한테 맡겨둬요." 비굴리스가 말한다. "내가 트랜지스터니 팬티스타킹이니 포켓컴퓨터 같은 걸 가지고 당신보다 먼저 가서 추장들에게 뇌물을 줄게요. 그들에게 전과 똑같은 사냥과 연회를 열고 춤을 춰달라고 말이죠. 출판사에서 이 원고를 보면 당장 계약하자 할 겁니다." "헵지바와 되풀이한다니 끔찍한 생각이에요. 게다가 러번에게 거짓말을 해야 하잖아요. 러번은 섬에서 보낸 기적적인 한 달에 대해 나와 똑같이 느낍니다. 뭔가 신성한 것이 있다고." 그런데 찰리, 『주홍글자』에서도 보았듯이, 이 나라에서 사랑과 거짓말은 늘 짝이야. 진실은 사실 치명적이지. 딤스데일은 그 진실을 말하고 죽잖아. 그러나 비굴리스는 이렇게 주장해. "책이 출판되기를 바라죠? 헵지바가 떠나길 바라지 않고, 러번과는 계속 관계를 이어가고 싶죠? 남자의 관점에서 완벽하게 이해합니다. 그래서…… 섬으로 가는 거예요. 준비는 내가 다 할 수 있습니다. 이 책을 묻어버리면, 나는 수수료 10만 달러를 잃을 거고, 영화 판권까지 생각하면 훨씬 많이 잃겠죠."

그러고 보니 찰리, 내가 그곳을 섬으로 설정해놓았군. 『템페스트』*를 생각한 거지. 프로스페로는 예술을 통해 복수하는 햄릿이야.

VII.

그리하여 코코란은 러번과 했던 여행을 헵지바와 반복한다. 오 너무나 판이했다! 이제 그 모든 것은 패러디요, 신성모독이요, 사악한 농담이다. 견뎌내야 하는 것이 된다. 고상한 순교에 20세기는 희극적인 순교자를 추가했다. 알다시피, 이 사람은 예술가다. 인류의 운명에 큰 역할을 하길 바라다가 그는 놈팡이에 웃음거리가 된다. 의미와 아름다움의 대표자가 되려는 그에게 이중의 처벌이 가해진다. 예술가-고뇌자가 가라앉고 침몰하고, 패배를 인정하고 아무것도 주장하지 않고, 자기 의지를 꺾고 현대 진리라는 지옥이 준 임무를 받아들일 때, 아마도 그가 가진 오르페우스의 힘이 복원되고 그의 연주에 돌들은 다시 춤추리라. 그러면 하늘과 땅이 다시 하나가 되리라. 오랜 결별 끝에. 양쪽 모두 얼마나 기쁘겠나, 찰리! 얼마나 기쁘겠어!

그런데 우리 영화에는 이런 것이 들어설 자리가 없어. 영화에서는 코코란과 아내가 히비스커스로 덮인 물웅덩이에 몸을 담그지. 그녀는 감탄해. 코코란은 울적함과 싸우며 이 역할을 해낼 힘을 달라고 기도하지. 그동안 비굴리스는 미리 추장들에게 뇌물을 주고 악사와 무용수를 고용해서 행사를 준비해. 이 섬에서 그는 나름대로 일생의 투자 기회를 본 거지. 그는 벌써 이 섬에 세계 최고의 리조트를 지을 계획을 세우고 있어. 밤이면 텐트에서 지도를 펼치고 앉아 유흥장을 구상하

* 셰익스피어의 희곡. 동생에게 공국을 빼앗기고 섬에서 망명생활을 하던 밀라노의 공작 프로스페로는 섬을 방문한 나폴리 왕과 동생을 괴롭히기 위해 폭풍우를 일으킨다.

지. 원주민들은 웨이터, 요리사, 짐꾼, 골프 캐디가 될 거고.

VIII.

끔찍한 여행을 끝내고 코코란은 뉴욕으로 돌아와 책을 출판한다. 크게 성공한다. 아내는 그를 떠나 이혼소송을 제기한다. 그녀는 자신이 그 다정한 장면들의 주인공이 아니라는 것을 안다. 러번은 그가 헵지바와 그 신성한 여행을 반복했다는 사실을 알고 분노한다. 그녀는 그런 배신을 하는 남자는 절대 사랑할 수 없다고 말한다. 달빛 아래 만개한 꽃들 사이에서 다른 여자와 사랑을 나누다니! 그녀는 그가 유부남이란 걸 알고 있었다. 하지만 그 사실을 묵인할 용의가 있었다. 그러나 신의를 저버린 일은 묵인할 수 없다. 그녀는 다시는 그를 보지 않으려 한다.

그래서 그는 홀로 성공을 누린다, 대단한 성공을. 이게 무슨 뜻인지 자네는 알겠지……

"찰스, 이것이 내가 자네에게 주는 선물이야. 내가 현금으로 바꾼 수표보다 백배는 가치 있지. 이런 영화는 수백만 달러를 벌어들일 거고, 서드 애비뉴는 일 년 내내 줄을 선 관객들로 가득할 거야. 박스오피스 수익 배당금도 달라고 해.

내가 이것을 구상하는 내내 자네를 생각했듯, 자네도 나를 기억하고자 한다면 이걸로 좋은 대본을 만들게. 자네는 내 개성을 『트렌크』에 써먹었지. 나는 이 코코란이라는 인물을 자네에게서 따왔네. 이 희화화가 과도하지 않도록 하게. 이 주제에 관한 블레이크의 의견에도 유념해주고. 그는 이렇게 말했지. '나는 재미를 좋아하지만, 과한 재미보다 역겨운 것도 없다. 즐거움은 재미보다 나으며, 행복은 즐거움보다 낫다. 나는 사람들이 이 세상에서 행복할 수 있다고 믿는다. 그리고 이 세상이 상상력과 환상의 세계라는 걸 안다…… 누군가를 감동시켜 기쁨의 눈물을 흘리게 하는 나무 한 그루가 다른 사람 눈에는 길을 가로막는 녹색의 무언가일 뿐이다. 어떤 사람들은 자연을 조롱거리이고 기형으로 여기는데, 나는 그들에게 내 균형감각을 맞추고 싶지는 않다.'"

험볼트는 몇 줄을 더 보탰다. "내가 왜 이런 개요를 썼는지 설명했네. 나는 거대한 짐을 질 만큼 튼튼하지 못했어. 여기서 나는 성공하지 못했지, 찰리. 실패의 마지막 쓴맛을 피하기 위해 무거운 선언은 삼가겠네. 난 이미 마지막 층계에 다리를 걸치고 뒤돌아서서는, 여전히 어리석음의 들판에서 애쓰는 자네를 보고 있어.

나의 발데마르 삼촌을 힘닿는 대로 도와주게. 만약 내세가 있다면, 거기서 내가 자네를 밀어줄 테니 꼭 믿어줘. 이 시나리오를 쓰기 위해 자리에 앉기 전에 〈마술피리〉의 몇 곡을 듣거나 『템페스트』를 읽길 바라네. 아니면 E. T. A. 호프만*을. 자네는 게으르고 비열하고, 자네가 자신에 대해 생각하는 것보다 거칠지만 갈 데까지 간 사람은 아니지. 어떤 면에서는 인간적으로 괜찮은 편이네. 우리는 우리 같은 사람들을 위해 무언가를 해야 해. 돈에 미쳐 날뛰지 말게. 탐욕을 극복하게. 여자들과는 행운이 있기를. 마지막으로—잊지 말게. 우리는 자연적인 존재가 아니라 초자연적인 존재야.

사랑을 담아, 험볼트."

* 독일 후기 낭만주의 작가, 작곡가.

* * *

"이제 왜 우리가 스칼라*에 못 갔는지 알겠네요." 레나타가 말했다. "오늘밤 표가 있었어요. 그 모든 불빛—화려한 〈세비야의 이발사〉 공연—과 유럽 최고의 음악 관객이 되는 영광을 누릴 기회였는데! 그런데 우린 그걸 희생했어. 대체 뭘 위해서였죠? 코니아일랜드에 가기 위해서였죠. 뭘 가지고 돌아왔나요? 엉터리 같은 줄거리지. 웃음밖에 안 나오네." 사실 그녀는 웃고 있었다. 기분이 좋아 보였고 뒤에서 틀어올려 정수리에 고정한 검은 머리는—뭐랄까, 구원의 느낌, 매끄럽고도 기적적인 느낌을 주어 그녀가 이토록 아름다워 보였던 적이 없던 것 같았다. 붉은 기가 도는 어두운 색조는 레나타에게 어떤 색보다 잘 어울렸다. "당신은 스칼라에 못 가도 아쉽지 않겠지. 당신은 충분히 그럴 만한데도 문화에는 정말 관심이 없어. 뼛속 깊이 시카고 출신인 거죠."

"보상해줄게. 오늘 메트로폴리탄에서는 무슨 공연을 하지?"

"됐어요, 바그너인데, 그 〈사랑의 죽음〉은 정말 지겨워. 사실 다들 얘기하는 그 영화요, 우리가 그 〈목구멍 깊숙이〉**를 보러 들어갈 수 있는지 실험해볼까요. 알겠어요, 외설 영화에 대해 한마디하고 싶어하는 거 다 보여요. 하지 마요. 당신 태도가 어떤지 말해줄까요—하는 건 좋지만 보는 건 더럽다 이거죠. 당신은 재치 있는 농담이라 생각하겠지만, 날 존중하지 않는 거예요. 내가 당신을 위해 뭘 하는데, 그럼 내가 그렇고 그런 부류의 여자라는 건가요."

---

* 1778년 개관한 밀라노의 오페라 공연장.

** 1972년 개봉한 미국 포르노 영화.

그래도 그녀는 기분이 좋았고 수다스러웠고 애정이 넘쳤다. 우리는 요양원의 콩과 소시지로부터 멀리 떨어져, 플라자호텔의 오크룸에서 점심을 먹고 있었다. 우리는 그 두 괴짜 노인을 데리고 나와 대접을 했어야 했다. 점심을 먹으며 메나샤는 내 어머니에 대해 많은 이야기를 해주었을 것이다. 어머니는 내가 십대일 때 죽었고, 메나샤가 성숙한지는 모르겠지만 성숙한 남자가 그녀를 어떻게 묘사하는지 듣고 싶었다. 어머니는 신성한 사람이 되었다. 형은 어머니가 전혀 기억나지 않는다고 주장했다. 그러면서도 내 모든 기억을 의심했다. 나는 왜 그리 과거에(거의 히스테리 수준으로) 민감할까? 병리학적으로는 히스테리일 거라 짐작한다. 철학적으로는 좀 낫다. 플라톤은 기억을 사랑과 연결한다. 하지만 단지 어머니 이야기를 듣기 위해 레나타를 데리고 두 노인과 느릿느릿 걸어가 산책로에 있는 해산물 식당에서 오후 내내 메뉴 읽는 것과 대합을 먹는 것을 도와주고, 바지에 묻은 버터를 닦아주고, 틀니를 뺄 때 눈을 돌리게 할 수는 없었다. 레나타에게는 나같이 나이 지긋한 사람이 어머니에 대한 회상을 그토록 듣고 싶어한다는 것이 이상할 터였다. 아주 늙은 그들에 비하면 내가 좀 젊어 보일 수 있지만, 화가 난 레나타는 나를 그들과 하나로 묶어버릴지도 몰랐다. 그래서 메나샤와 발데마르는 식사를 대접받지 못했다.

오크룸에서 그녀는 벨루가 캐비아를 주문했다. 지하철을 탄 데 대한 보상이라고 했다. "그다음은," 그녀가 웨이터에게 말했다. "랍스터 샐러드로 할게요. 디저트는 *프로피트롤**로 주시고요. 시트린 씨는 *허브오*

* 아이스크림 등을 채운 작은 슈크림.

블렛을 드실 거예요. 와인은 이 사람이 주문할 거예요." 나는 그녀가 원하는 걸 듣고 그대로 주문했다. 푸이퓌세를 한 병 시켰다. 웨이터가 가자 레나타가 말했다. "메뉴 읽을 때 당신 눈동자가 오른쪽 왼쪽으로 오가는 게 보여요. 가난한 소년처럼 굴 이유 없잖아요. 당신은 언제라도 돈을 벌 수 있어요, 얼마든지. 특히 나하고라면, 우린 시트린 경과 레이디 시트린이 될 수 있어요. 코니아일랜드에 다녀와서 마음이 안 좋은 거 알아요. 하지만 당신이 축복받은 사람인 걸 알게 해줄게요. 이 식당, 여기 여자들 좀 봐요—훌륭한 중개인들, 회사 임원들, 유명 법률가들이 얼마나 볼품없는 것들에게 붙들려 있는지 보라고요. 그리고 비교해봐요."

"당신 말이 맞아. 저들이 불쌍해서 가슴이 찢어지는군."

소믈리에가 와서 흔한 가식적인 절차를 진행하느라 우리에게 라벨을 보여주고 코르크를 딴 후 몸을 숙였다. 그러고는 내 잔에 와인을 조금 따라 맛을 묻는 형식적인 예의로 나를 성가시게 했다.

"그래도 뉴욕에 와야 한다는 당신 말에 이젠 동의해요." 그녀가 말했다. "여기서 해야 할 임무는 완수했고, 당신 삶에 진정한 기반을 세우기 위해 몇 톤의 쓰레기를 치워야 할 때가 됐으니까 다 잘된 일이죠. 당신의 감상과 깊은 감정은 칭찬받을 만하지만 당신은 만돌린 연주가 같아요. 똑같은 음을 열 번씩 튕기는. 귀엽지만, 조금씩 하는 게 오래가는 법이라고요. 무슨 말 하려고 했어요?"

"응, 이 지상에서의 삶은 생소하고 매우 억압적이라고."

"당신은 언제나 '이 지상에서'라고 말하죠. 오싹하게. 당신의 그 여자, 도리스의 아버지라는 늙은 셸트 교수가 더 난해하고 더 고차원적인 세계로 당신을 가득 채웠고, 난 당신이 그런 말을 할 때마다 우리 둘 다 미친 느낌이 든다고요. 두뇌가 필요 없는 지식, 진짜 귀 없이 듣는 것, 눈 없이 보는 것, 죽은 자들이 우리와 함께 있고, 우리가 잠잘 때 우리 영혼이 육체를 떠난다는 것. 당신은 그 모든 걸 믿어요?"

"그것을 검토할 만큼은 심각하게 받아들이지. 잠이 들면 영혼이 육체를 떠난다는 말은 우리 어머니도 철저하게 믿으셨어. 내가 어릴 때 어머니가 그렇게 말씀하셨어. 나는 그게 조금도 이상하지 않아. 내 두뇌의 문화가 반대할 따름이야. 하지만 내 직감은 어머니가 옳았다고 느껴. 그런 생각이 날 괴상하게 만들진 않아, 난 이미 괴상하니까. 나만큼이나 창의적이고 꿈 많았던 사람들, 그리고 나보다 뛰어났던 사람들도 모두 죽음을 맞았어. 그런데 이 죽음이 뭐지? 다시 말하지만, *아무도 모르지*. 그러나 죽음에 대한 무지가 우리를 파괴하고 있어. 그리고 이것이 험볼트가 본다고 쓴, 내가 아직도 애쓰고 있다는 그 어리석음의 들판이야. 어떤 명예로운 인간도 이 문제 중의 문제에 마음을 쏟고 시간을 쓰고 영혼을 바치는 걸 거부할 수 없어. 죽음은 이제 과학이나 철학, 종교, 예술로부터 심각한 도전을 받지 않아……"

"그래서 별난 이론을 최상의 방책이라고 생각하는 거예요?"

새뮤얼 대니얼*이 한 말은 전에도 그녀에게 했던데다, 만돌린 연주에 대한 비유가 마음에 걸려 나는 큰 소리로 이 말을 되풀이할 수 없었다. 그것은 "소심한 지식이 따지느라 지체하는 동안, 과감한 무지가 일을 수행했다"였다. 우리가 깨닫기만 한다면, 이 지상에서의 삶은 실제

* 후기 엘리자베스시대와 초기 자코비안시대 영국 시인, 역사가.

로 다른 모든 것이기도 하다는 것이 내 생각이었다. 그러나 우리는 이 사실을 모르고서 비탄의 지경에까지 이르는 중압감을 느꼈다. 내 마음은 언제나 비탄에 잠겨 있었고, 나는 그것에 넌더리가 나 있었다.

레나타가 말했다. "정말로, 내가 무슨 상관이겠어요—원하는 대로 예배하라, 그게 미국적이고 기초적인 사고죠. 내가 하고 싶은 말은, 당신 눈에 우울하고 미친gloony 빛이 있단 거죠. 글루니는 내가 만든 단어예요.* 그런데 험볼트가 당신을 약속어음 같은 미친놈이라고 한 거, 정말 좋았어요. 정말 맘에 들어."

나로서는 레나타의 명랑함이 좋았다. 거침없이 솔직한 모습이 사랑에 찬 헌신적인 태도보다 훨씬 나았다. 나는 그런 것을 한 번도 믿은 적이 없다—단 한 번도. 하지만 나를 위해 멜바 토스트에 캐비아와 다진 달걀과 양파를 올려주는 그녀의 명랑한 모습은 멋지고 화사한 안락함을 주었다. "다만 당신은," 그녀가 말을 이었다. "열 살짜리 소녀처럼 조잘대는 걸 그만둬야 해요. 그리고 이제 험볼트 문제를 분명히 해두죠. 그 사람은 당신에게 뭐 대단한 재산이라도 남긴다고 생각했어요. 불쌍한 사람. 웬 허풍이람! 누가 그런 이야기를 사요? 그게 뭐라고? 모든 일을 두 번 한다니, 처음에는 애인과, 그다음엔 아내와. 사람들 환장하게 만들걸요. 제작자들은 〈보니와 클라이드〉 〈프렌치 커넥션〉 〈대부〉를 뛰어넘고 싶어해요. 고가철도 살인사건. 기관총 산탄이 몸을 찢어대자 이리 뛰고 저리 뛰는 발가벗은 연인들. 마사지 베드에 누워 있다 똑바로 안경을 꿰뚫는 총알을 맞는 놈들." 무자비하지만 악

---

* gloomy(우울한)와 loony(미친)를 합성한 말.

의라곤 없는 레나타가 푸이퓌세를 홀짝이며 웃었고, 나는 내가 그녀의 목과 목에 있는 하얀 파문의(마야의 베일이 그 어느 때보다 선명했다) 여성스러운 미묘함에 얼마나 감탄하는지 의식하며 말했다. "어때요, 그렇지 않아요, 찰스? 그런데 험볼트가 어떻게 경쟁을 하겠어요? 그는 대중에게 마술적인 영향력을 미치고 싶어했죠. 하지만 당신에게도 그런 건 없었어요. 연출자가 아니었다면 〈트렌크〉는 그렇게 성공 못했을 거예요. 당신도 그렇게 말했잖아요. 〈트렌크〉 영화 수입은 어땠죠?"

"30만 달러. 제작자가 절반을 가져갔고, 에이전트가 10퍼센트 가져갔고, 정부가 나머지의 60퍼센트를 가져갔지. 나는 지금은 데니즈 소유가 된 켄우드 집에 5만 달러를 썼고……" 내가 숫자와 백분율을 열거할 때, 레나타의 얼굴은 놀랍도록 평온했다. "그게 내 상업적 성공에 대한 명세서야." 내가 말했다. "그리고 나 혼자서는 성공 못했을 거란 말에도 동의해. 전부 해럴드 램프턴과 커밋 블룸가든이 한 일이야. 험볼트가 세속적인 성공과 시적 진실성을 결합하려고 노력한 최초의 시인은 아니야. 스위프트가 말했듯이 시의 불꽃에 휩싸여 결과적으로 교회나 법률이나 국가에 모두 부적합해진 거지. 하지만 험볼트는 내 생각을 했어, 레나타. 그 사람의 시나리오는 나에 대한 그의 의견을 말해주고 있어—어리석음, 복잡함, 쓸데없는 미묘함, 애정어린 마음, 일종의 무질서한 천재성, 구조의 우아함 같은. 그의 유산은 나에 대한 그의 애정어린 의견이기도 해. 그리고 그는 최선을 다했어. 사랑에서 비롯한 행동이었다고—"

"찰리, 저기 봐요, 당신한테 전화기를 가져오네요." 레나타가 말했다. "멋져!"

"시트린 씨 맞으시죠?" 웨이터가 말했다.

"네."

그가 전화선을 연결하자 시카고와 연결되었다. 앨릭 서트머르의 전화였다. "찰리, 오크룸에 있어?" 그가 말했다.

"그래."

그는 흥분한 듯 웃었다. 어린 시절 우리는 골목에서 권투장갑을 끼고 숨이 차고 머리가 멍해질 때까지 서로의 얼굴을 때리며 실전처럼 권투연습을 했는데 이제 성인이 되었고, 출세를 했다. 나는 뉴욕에서 우아하게 점심을 먹고 있었고, 그는 라살 스트리트의 칸막이가 쳐진 사무실에서 나에게 전화를 걸고 있었다. 불행히도 그가 나에게 준 메시지는 호사스러운 분위기에 어울리지 않았다. 아니 어울렸나? "우르바노비치는 데니즈와 핀스커 쪽으로 기울었어. 법원에서는 네게 보증금을 받겠대. 20만 달러야. 내 충고를 무시하면 이런 일이 생기는 거야. 내가 스위스에 돈 좀 숨겨두라고 했잖아. 그래, 넌 정직해야 했겠지. 야비한 짓은 안 하니까. 신사인 척하는 그런 근성이 널 망치는 거야. 거지꼴이 되고 싶나? 그래, 벌써 어제 하루 사이에 20만 달러쯤 날아갔군."

목소리가 조금 울려서 그가 스피커폰으로 통화한다는 것을 알 수 있었다. 나의 대답 역시 스피커를 통해 사무실에 울려퍼지고 있을 것이었다. 이는 그의 비서 튤립이 듣고 있다는 뜻이었다. 그 여자가 내 일에 애정어린 관심을 보였기에, 생색내길 좋아하는 서트머르는 가끔 그녀에게 우리 대화를 듣게 해주었다. 조금 창백하고 몸집이 큰 튤립은 옛 웨스트사이드에서 볼 법한 슬프고 용감하고 고상한 스타일을 지닌 훌륭한 여성이었다. 서트머르에게 헌신하는 그녀는 그의 약점을 잘 알고도 이해해주었다. 서트머르 본인만 자신의 약점을 몰랐다. "돈은 어떻게 할 건가, 찰리?" 그가 말했다.

가장 먼저 해야 할 일은 레나타에게 이 사실을 숨기는 것이었다.

"당장 문제될 일은 없어. 아직 너한테 받을 돈이 좀 있지 않나?"

"아파트 살 때 빌린 건 오 년에 걸쳐 나누어 갚기로 합의했고, 올해 건 이미 줬잖아. 내가 수십 년 동안 무료로 해준 법률 상담은 생각도 안 하는 거야?"

"넌 나를 톰체크와 스롤에게 넘겼잖아."

"시카고 최고의 가정 법률 전문가들이야. 그 사람들은 너와 일을 할 수 없었어. 누구라도 그랬을 거야."

레나타가 캐비아와 다진 달걀과 양파, 사워크림을 얹은 멜바 토스트 한 조각을 더 건넸다.

"이게 첫번째 메시지야." 서트머르가 말했다. "두번째 메시지는 텍사스에 있는 네 형에게 전화하라는 거야. 형수가 너와 연락하고 싶어해. 별일은 아니야. 너무 놀라지 마. 줄리어스가 심장절개수술을 받게 됐어. 네 형수 말이 협심증 때문에 동맥 몇 개를 이식해야 한대. 하나밖에 없는 형제니까 알아야 하지 않겠냐며. 수술하러 휴스턴에 갈 거라던데."

"당신 표정이 완전히 달라졌어, 무슨 일이에요?" 내가 수화기를 내려놓자마자 레나타가 말했다.

"형이 심장절개수술을 받는대."

"아아!" 그녀가 말했다.

"맞아. 가봐야 해."

"여행을 또 연기하라는 건 아니죠?"

"텍사스에서 쉽게 비행기를 탈 수 있어."

"당신이 꼭 가야 해요?"

"물론이야, 가야 해."

"당신 형을 만난 적은 없지만 거친 사람이란 건 알아요. 형이라면 당신 일로 자기 계획을 취소하진 않을걸."

"이봐, 레나타, 내 유일한 형제야. 무서운 수술이고. 내가 알기론 가슴을 열어서 심장을 꺼낸 뒤 수건 같은 데 올려놓고, 그동안은 기계로 혈액을 순환시켜. 악마적인 현대 기술 중 하나지. 불쌍한 인류, 우리는 이제 모두 물질세계로 던져졌……"

"어휴," 레나타가 말했다. "난 그런 퍼즐 맞추기 같은 건 영원히 안 하면 좋겠어요."

"사랑하는 레나타, 당신 경우에는 그런 생각 자체가 신성모독이야." 가슴을 받쳐주는 속옷을 벗으면, 레나타의 양쪽 젖가슴은 오른쪽 왼쪽으로 각각 조금씩 처졌는데, 아랫부분이 풍만하기 때문이기도 하고, 지구의 자성 때문이기도 할 것이다. 레나타의 가슴을 평범한 인간의 것처럼 생각할 수 없다. 더구나 형 같은 인간처럼 잿빛 털에 우락부락한 가슴일 수는 없다.

"당신은 내가 텍사스에 같이 가길 원하겠죠." 그녀가 말했다.

"그게 내게는 큰 의미가 있을 거야."

"나한테도 그렇겠죠, 우리가 부부라면. 내 도움이 필요하다면 일주일에 두 번씩이라도 갈 거예요. 하지만 나를 끌고 가서 더러운 늙은이에게 창녀처럼 전시할 생각은 하지 마요. 독신 여성으로서의 내 행동을 가지고 날 판단하지 말라고요."

마지막 말은 그녀가 나에게 문을 열어주지 않고 영안실의 왕 플론제일리 옆에 누웠던 그날 밤을 암시하는 것이었다. 그녀가 말하길, 내가 미친듯이 전화해댈 때 그녀는 울고 있었다. "나랑 결혼해요." 이때 그녀가 나에게 말했다. "내 처지를 바꿔달라고요. 그게 내가 원하는 거예요. 훌륭한 아내가 돼줄게요."

"그러고 싶어. 당신은 훌륭한 여자야. 내가 왜 당신과 이 문제로 다퉈야 하지?"

"다툴 것도 없어요. 난 내일 이탈리아로 갈 거예요. 밀라노에서 만나요. 하지만 비페르노의 가죽 가게에 변변치 못한 모습으로 들어가게 될 거예요. 애인과 떠돌아다니는 이혼녀니까 아버지가 뜨겁게 맞아주는 건 기대할 수도 없고, 현실적으로 말해 순진한 아가씨가 아니니까 아버지가 나에게 감정적 카타르시스를 느끼기는 더 어렵겠죠. 나는 엄마와 내가 어떻게 비아 몬테 나폴레오네 길바닥으로 쫓겨났는지, 아름다운 가죽제품들이 있는 그 쇼윈도 앞에 서서 얼마나 울었는지 지금도 기억해요. 지금도 구찌에 들어가서 사치스러운 여행가방이나 핸드백을 보면 좌절감과 비탄에 까무러칠 것 같은 느낌이 든다고요."

어떤 말들은 지나가도록 의도한 것이고, 일부는 되울리도록 의도한 것이다. "독신 여성으로서의 내 행동"이 계속 되울리는 것은 그녀의 전략적 의도였기 때문이다. 그러나 밀라노에서 며칠 정숙한 여자로 지내게 하기 위해 그녀와 결혼할 수는 없었다.

나는 망사르지붕 방으로 올라가 전화교환수에게 코퍼스크리스티에 있는 형을 연결해달라고 했다.

"율릭?" 집에서 부르는 이름으로 불렀다.

"그래, 처키."

"내일 텍사스로 갈게."

"아, 이야기 들었구나." 그가 말했다. "그 사람들이 수요일에 내 가슴을 가르겠대. 뭐, 다른 일 없으면 오든가. 유럽에 간다고 들었던 것 같은데."

"휴스턴에서 출국하면 돼."

내가 간다는 말에 형은 기뻐했지만 의심이 많은 성격이라 내가 어떤 이득을 위해 꿍꿍이짓을 하는 게 아닌지 의심했다. 사실 줄리어스는 나를 사랑하지만 그렇지 않다고 주장했고 그 주장을 믿기까지 했다. 나의 두터운 형제애는 그를 기쁘게 했다. 그러나 그는 자신을 속이기에는 머리가 너무 명석했다. 줄리어스는 사랑스러운 사람이 아니었다. 그가 내 감정에서 중요한 자리를 차지한 것은, 그리고 그 감정이 복잡하고 강렬한 것은 내가 이상하게도 발달이 느리고 성숙하지 못하거나 나도 모르는 사이 사기에 연루되었기 때문이라고 그는 생각했다. 율릭은 어디서나 사기 행위를 보았다. 강건한 성격에 얼굴은 날카롭고 잘생겼고, 눈은 크고 빈틈없고 기민해 보였다. 고인이 된 애치슨 국무장관 스타일의 콧수염은 입가의 탐욕을 누그러뜨렸다. 체크나 스트라이프 무늬의 화려하면서도 우아한 옷을 몸에 꼭 맞게 입는, 육중하고 우아하고 탐욕스러운 남자였다. 사업과 정치 사이 어딘가에서 뒷골목 세계와 연결되어 있었지만 거기 끼지는 않았고 시카고에서 한때 큰돈을 벌었다. 그러나 그는 사랑에 빠져 아내를 버리고 다른 여자에게 갔다.

이혼 과정에서 완전히 털렸고, 시카고에서 모은 재산을 잃었다. 그러나 시카고에서 다시 한번 재산을 모았고, 두번째 가정을 꾸렸다. 부富가 없는 그를 생각하는 건 불가능했다. 그는 현금이 있어야 하고 수십 벌의 양복과 수백 켤레의 신발, 셀 수 없을 만큼 많은 셔츠, 커프스단추들, 새끼손가락 반지들, 큰 집들, 호화 자동차들, 그가 악마처럼 지배하는 대공의 궁전 같은 곳이 필요했다. 그것이 줄리어스, 내가 사랑하는 나의 형 율릭이었다.

"아무리 이해해보려고 해도," 레나타가 말했다. "왜 그렇게 그 형을 좋아하는지 모르겠어요. 형이 무시할수록 당신은 더 숭배하죠. 당신이 나에게 해준 몇 가지 이야기를 떠올려봐요. 어릴 때 마룻바닥에서 당신이 장난감을 가지고 놀면 형이 손가락을 밟아댔어요. 눈에 후추를 넣고 비볐고. 야구방망이로 머리를 때렸어요. 십대 땐 당신이 모으던 마르크스와 레닌 소책자들을 태워버렸어요. 그는 모든 사람과 주먹다짐을 했어요, 심지어 유색인 하녀와도."

"맞아, 이름이 바마였는데 키가 6피트나 됐고, 형의 뺨을 세게 후려쳤지, 맞을 만했어."

"스캔들과 소송도 끊이지 않았죠. 십 년 전엔 누가 차를 돌리려고 자기 집 진입로에 들어왔다고 총을 쐈고."

"바퀴를 쏘려고 했던 거야."

"그래요, 하지만 창문에 맞아서 치명적인 무기로 공격한 혐의로 고소당했죠—당신이 그러지 않았어요? 그 사람은 꼭 당신 인생에 얽혀드는 미친 짐승들을 닮았어요. 아니 그 사람들이 닮은 건가요?"

"이상한 점은, 형은 짐승이 아니라 매력적인 신사란 거야. 중요한 건 그가 내 형제 율릭이라는 거고. 어떤 사람들은 내 비판적인 능력을 무너뜨릴 정도로 너무도 현존적이야. 그들이 있으면—다툴 수도 따질 수도 없이—그들에 대해 아무것도 할 수가 없어. 그들의 현실은 내 실질적인 이해관계보다 중요해. 생생한 실감을 지나 열정적인 애착을 느끼게 돼."

분명 레나타도 그 범주에 속했다. 나는 그녀가 레나타이기에 열정적인 애착을 느꼈다. 그녀에게는 또다른 가치가 있었다. 나에 대해 너무 많이 안다는 것이다. 내가 그녀에게 나에 대해 아주 많은 이야기를 해주었기 때문에, 그만큼의 기득권이 있었다. 그녀는 시트린의 인생과 전망에 대해 교육되어 있었다. 레나타의 인생에 관해서는 그런 교육이 필요하지 않았다. 그저 그녀를 바라보기만 하면 되었다. 그런 조건이었으므로 그녀의 배려에 대가를 치러야 할 정도였다. 내가 그녀에게 더 많은 사실을 주입할수록 나는 그녀가 더 필요해졌고, 나에게 그녀가 필요할수록 그 값은 올라갔다. 미래의 다른 삶에서 그런 개인적이고 성적인 속박은 다시없을 것이다. 자신이 어떤 사람인지, 어떤 일을 하고자 했는지, 다른 사람들이 무슨 일을 했는지 등등을 설명할 때 그 얘기를 들어달라고 다른 영혼을 매수할 일은 없을 것이다(왜 그런 이야기를 대가 없이 들어야 하느냐는 질문이 자연스럽게 떠오르겠지만). 정신과학에서는, 미래의 삶에서는 도덕률이 우선하며 도덕률이 물질세계의 자연법칙만큼이나 힘이 있다고 말한다. 물론 나는 인지과학 유치원의 초보자였다.

그러나 나는 그것을 진지하게 받아들였다. 나는 이상한 도약을 해서 진리 속으로 뛰어들려 했다. 나에게는 가장 현대적인 철학 방식이 있었다. 계속해서 나에게 떨어지는 끝없는 불멸의 암시 이면에 무엇이 있는지 알아내려 했다. 게다가 그것은 인간이 할 수 있는 가장 크고 가장 혁명적이며 가장 가치 있는 일이었다. 사회적으로, 심리적으로, 정치적으로 인간 제도의 본질은 죽음에 대한 우리의 가정에서 추출된 것이었다. 레나타는 내가 지성인들에게 분노를 느끼고 오만하며 앙심을 품었다고 말했다. 내가 항상 그들이 자신들뿐만 아니라 우리의 시간까지 낭비하며, 그들을 짓밟고 때려눕히고 싶다고 말했다는 것이다. 그녀가 나의 난폭함을 과장하긴 했으나, 아마 그럴지도 모른다. 나는 자연 그 자체가 저 바깥에 주체들의 세계에서 영원히 분리된 객체로 존재하는 것이 아니라 외부의 모든 것은 내부의 것과 생생하게 상응하고, 두 영역은 동일하고 서로 대치할 수 있으며, 자연이 내 무의식적 존재라는 이상한 직감을 느꼈다. 그것을 지적 작업, 과학적 연구, 익숙한 명상을 통해 알 수 있었다. 자연 안의 모든 사물은 저마다 내 영혼 안에 있는 어떤 것의 상징이었다. 플라자호텔에서 이 순간, 나는 내 위상을 재빠르게 파악해 보았다. 약간은 외계의 느낌이 있었다. 기준이 되는 틀은 미약하게 내 주변에서 진동하고 있었다. 그러므로 확고한 태도를 취하고, 형이상학과 삶의 영위를 실용적인 방식으로 결합할 필요가 있었다.

그렇다면, 가장 위대하고 가장 열정적인 생생함과 부드러운 영광 뒤에, 우리가 기대할 것이라고는 망각, 즉 죽음이라는 커다란 공백뿐이라고 가정해보자. 어떤 선택지가 있는가? 하나의 선택지는 죽더라도 큰 변화가 일어나지 않게 점차 망각으로 가도록 훈련하는 것이다. 또하나는 죽음이 바람직한 해방이 되도록 삶의 괴로움을 늘리는 것이다. (여기서는 나머지 인류들이 전적으로 협력할 것이다.) 거의 선택되지 않는 또하나의 선택지가 있다. 자기 안에 있는 가장 심오한 요소가 가장 심오한 정보를 드러내도록 하는 것이다. 우리를 기다리고 있는 것이 비존재와 망각뿐이라면, 보편적인 믿음은 우리를 오도한 것이 아니며, 그것으로 그만이다. 이 사실은 나를 놀라게 할 것이다. 보편적인 믿음은 진리에 대한 나의 욕구를 충족시킨 적이 거의 없기 때문이다. 그래도 그 가능성은 허용되어야 한다. 그러나 만일 망각이 답이 아니라면? 그러면 나는 근 육십 년간 무엇을 했던 것인가? 나는 망각이 답이라고 결코 생각하지 않았고, 오십오 년 동안 왜곡과 부조리를 겪으며 이른바 망각이라는 견해의 합리성과 최종성에 대해 의심하고 반론을 제기했다.

플라자호텔 꼭대기 층에서 이런 생각들이 머릿속을 휘저었다. 레나타는 아직도 망사르지붕 방에 대해 투덜거리고 있었다. 나는 항상 그녀에게 뉴욕에서 멋진 시간을 보내게 해주었는데, 화려하게 지냈고, 클론다이크* 광부처럼 돈을 뿌렸다. 내가 멋대로 구는 노인이고, 적들 손아귀에 넘겨주지 않으려고 재산을 날려버리고 있으며, 그래서 나를 제지해야 한다는 우르바노비치의 견해에는 근거가 있었다. 하지만 그의 돈이 아니지 않나? 어쨌든 너무나 이상하게도 내가 잘 알지도 못하는 온갖 사람이 내 돈에 대해 권리를 주장했다. 예를 들어 데니즈의 변호사이자 치즈오믈렛 빛깔 넥타이를 맨 털 많은 남자 핀스커가 있다. 나는 그를 알지 못했고 사적으로 말 한마디 주고받은 적도 없다. 그가 어떻게 내 주머니에 손을 집어넣었는가?

"어떻게 준비해야 할까요?" 레나타가 말했다.

* 캐나다 유콘주의 도시로 19세기 말 금광이 발견되어 골드러시가 일어났다.

"이탈리아에서, 당신을 위한 준비? 천 달러면 일주일 동안 지낼 수 있겠어?"

"시카고에서는 사람들이 당신에 대해 끔찍한 이야기를 해요, 찰리. 당신 평판이 어떤지 당신이 직접 들어봐야 한다고요. 물론 데니즈가 하는 짓이죠. 아이들에게까지 손을 썼는지, 애들도 그 여자 말을 옮기고 있어요. 당신은 참아줄 수 없는 사람이 됐어요. 우리 어머니도 어딜 가나 그런 말을 듣는대요. 하지만 알고 보면 당신은 다정한 사람이지—내가 아는 누구보다 다정해요. 우리 지금 할까? 다 벗을 필요는 없어요. 당신은 가끔 반만 입고 하는 거 좋아하잖아." 그녀는 팬티를 벗고, 쉽게 벗길 수 있게 브래지어 고리를 풀고 풍성하고 매끄럽고 아름다운 하반신을 침대 가장자리에 걸쳤고, 하얀 얼굴의 눈썹은 경건하게 치켜올라가 있었다. 나는 셔츠 바람으로 그녀 앞에 섰다. 그녀가 말했다. "우리, 이별을 위해 약간의 위안을 비축해둬요."

그때 우리 뒤쪽 침대 옆 테이블에 있는 전화기의 작은 불빛이 소리 없이 점멸하며 맥동하기 시작했다. 누군가 나에게 연락하고 있었다. 누구의 맥동이 더 중요한가가 문제였다.

레나타가 웃기 시작했다. "당신은 정말 재능 있는 방해꾼들을 알아." 그녀가 말했다. "언제 당신을 방해해야 하는지 항상 아는 거 같단 말이죠. 글쎄요? 전화 받아요. 어쨌든 분위기는 잡쳤어. 당신, 불안해 보여요. 아마도 아이들 생각을 하는 거겠죠."

전화한 이는 댁스터였다. "아래층에 와 있어. 바쁜가? 팜코트로 내려올 수 있나? 중요한 소식이 있어."

"다음 회에 계속." 레나타가 무척 명랑하게 말했다. 우리는 옷을 입고 댁스터를 만나러 로비로 내려갔다. 나는 그를 바로 알아보지 못했다. 그가 새 옷에 서부 모자를 쓰고 벨벳 바지를 카우보이부츠 안에 집어넣고 있었기 때문이다.

"뭐야 이건?" 내가 말했다.

"좋은 소식은, 내가 괴팍한 독재자들에 대한 책을 쓰기로 이제 막 계약했단 거야." 그가 말했다. "카다피, 아민, 그 외 다른 유형들. 게다가 찰리, 우린 또다른 계약을 하게 될 수도 있어. 오늘. 오늘밤, 자네가 원하면. 난 우리가 계약을 해야 한다고 생각해. 자네에게 정말 좋은 일이 될 거야. 그리고 아, 내가 전화를 걸려는데 마침 옆에 자네를 찾는 숙녀가 있었어. 시인 플라이셔의 미망인인가 이혼한 아내인가 하는."

"캐슬린? 어디로 갔어? 어디 있지?" 내가 물었다.

"내가 급한 볼일이 있다고 했더니, 자기도 뭘 사러 가야 한다고 그랬어. 한 시간쯤 뒤에 팜코트에서 만나겠다면서."

"자네가 그 여자를 보내버린 건가?"

"화내기 전에, 내가 프랑스호에서 칵테일파티 연다는 걸 기억해. 난 시간이 없어."

"그 서부 사람 옷차림은 뭐예요?" 레나타가 물었다.

"음, 미국 심장부에서 온 사람처럼 좀더 미국적인 모습이 좋을 것 같아서요. 자유주의 언론매체나 동부 기득권층과는 아무 관련이 없다는 걸 보여줘야 한다는 생각이 들었어요."

"제3세계의 그 사람들을 진지하게 대하는 척하려는 거군." 내가 말했다. "그러고는 그들을 속물, 저능아, 협박꾼, 살인자로 묘사하겠지."

"아니야, 진실한 면도 있어." 댁스터가 말했다. "난 노골적인 풍자는 피할 거야. 이 문제에는 진지한 면이 있어. 나는 그 사람들을 단순히 군인 선동자나 악동 광대로서가 아니라 서구에 저항하는 지도자로서도 살펴보고 싶어. 문명이 기술과 금융을 넘어 세계를 선도하지 못한 것에 대한 그들의 분노에 대해 말하고 싶다고. 가치의 위기를 분석하려는 거지—"

"그런 걸로 눈가림하지 마. 가치관을 들먹이지 말라고, 댁스터. 몇 마디 조언하는 게 좋겠군. 첫째로, 너무 밀고나가지 말고, 인터뷰할 때 자네 주관을 드러내지 말고, 긴 질문도 하지 말게. 둘째는, 그런 독재자들과 장난하지 말고 경쟁적인 게임을 하지 말게. 그 사람들과 주사위게임을 하거나 탁구를 치거나 브리지를 하면 자네는 자제력을 잃고 몰입하다가 결국 난관에 빠지고 말 거야. 당신은 댁스터를 몰라." 내가 레나타에게 말했다. "이 친구가 손에 큐나 탁구채, 라켓, 골프채를 든 모습을 보기 전까지는. 독이 올라서 날뛰고, 속임수를 쓰고, 얼굴은 벌겋게 달아오르고, 남녀노소 가리지 않고 누구든 가차없이 짓밟는다고—그런데 선금은 많이 받기로 했나?"

그는 물론 그런 질문에 대한 준비가 되어 있었다.

"비교적 나쁘지 않아. 하지만 캘리포니아에 나에 대해 선취권을 가진 데가 너무 많아서 변호사들이 일시불로 받지 말고 다달이 나눠 받으라고 조언하길래 한 달에 500달러씩 받기로 했어."

팜코트는 조용했고, 악사들은 휴식을 취하고 있었다. 레나타는 테이블 밑으로 손을 뻗어 내 다리를 만지기 시작했다. 내 발을 자기 무릎에 올리고 로퍼를 벗기더니 발바닥을 쓰다듬고 발등을 애무했다. 이윽고 내 발을 자기 몸에 대고 멈추지 않고 은밀하게, 관능적으로 나에게—

동시에 자신과 나에게 성애를 했다. 이런 일은 만찬에서 사람들이 그녀를 짜증나게 하거나 지루하게 했을 때도 있었다. 그녀는 〈암스테르담 포목상 조합의 이사들〉*에서 볼 법한 아름다운 벨루어직 모자를 쓰고 있었고, 그 아래에 하관으로 갈수록 넓어지는 꿈꾸는 듯한 하얀 얼굴에는 즐거움과 애정, 나와 댁스터의 관계에 대한 비난, 은밀한 쾌감이 드러나 있었다. 그녀는 선함, 악함, 욕망, 그 모든 것을 너무도 쉽고 자연스럽게 보이게 했다. 나는 이런 면이 부러웠다. 동시에 그것이 정말로 그렇게도 너무 자연스럽고 쉽지는 않다고 믿었다. 그런 의심이 들었다—아니, 그건 내가 더 잘 알았다.

"그래서 만일 자네가 받을 돈에 대해 생각하고 있다면, 내가 줄 수 있는 돈은 없네." 댁스터가 말했다. "대신에 자네에게 더 좋은 일을 해줄 수 있어. 난 실용적인 제안을 하러 온 거야. 우린 유럽의 문화 베데커 시리즈를 써야 해. 내 편집자가 그 아이디어에 정말로 흥분하더군. 스튜어트가 진짜 마음에 들어했어. 솔직히, 이런 거래에는 자네 이름이 중요해. 하지만 내가 이 기획 전체를 준비할게. 내가 이런 일에 재능 있다는 거 자네도 알잖아. 아무것도 걱정할 거 없어. 나는 확실히 자네 하급 파트너로 일할 거고, 자네가 서명하기만 하면 5만 달러를 받게 되는 거야. 자네가 할 일은 서명뿐이야."

레나타는 우리 대화를 듣지 못하는 것 같았다. 5만 달러 이야기를 완전히 놓쳤다. 말하자면 그녀는 어딘가로 간 듯했고, 점점 더 내게 몸을 밀착시키고 있었다. 그녀의 욕망은 강렬했다. 그녀는 저속하고 총

* 렘브란트의 1662년작 그림.

명하고 사랑스러웠고, 바보들을 참아주는 대가로 자신에게 어떤 보상을 줘야 하는지 알았다. 나는 이런 면 때문에 그녀를 사랑했다. 그러는 동안 대화가 계속되었다. 나는 아직도 내가 거액의 선금을 받을 수 있다는 말을 듣고 기뻤다.

댁스터는 관찰력이 그리 뛰어나지는 않았다. 그는 레나타가 하는 행동, 확대된 동공, 멋진 장난이 끝나는 순간의 생물학적인 진지함을 전혀 눈치채지 못했다. 그녀는 재미에서 즐거움으로, 환희를 거쳐 마침내 절정에 이르렀고, 프랑스 시골풍의 팜코트 의자에 늘어졌다. 길고 멋진 전율에 거의 기절하다시피 했다. 그 섬세함은 거의 물고기 같았다. 그러면서 내 발을 부드럽고 차분하게 쓰다듬으며 빛나는 눈으로 나를 바라보았다.

댁스터는 그동안에도 말을 잇고 있었다. "물론 자네는 나와 일하는 게 걱정되겠지. 혹시 내가 선금을 가지고 튈까봐, 그러면 자네 몫으로 받은 선금을 돌려줘야 하고 혼자 책을 써야 할지도 모르니까. 자네처럼 걱정 많은 사람에겐 악몽일 거야."

"그 돈이 있으면 좋겠어." 내가 말했다. "하지만 자살 행위를 요구하진 마. 그런 책임에 갇히게 된다면, 자네가 포기하고 그 일을 나 혼자 해야 한다면 머리가 폭탄처럼 터져버릴 거야."

"아니, 자네는 완전히 보호받을 수 있어. 계약 조건으로 자신을 보호하면 돼. 계약에 따르는 유일한 의무는, 각 나라에 대한 주요 소론을 쓰는 거야. 영국, 프랑스, 스페인, 이탈리아, 독일, 오스트리아, 이렇게 여섯 나라야. 연속 간행물의 권리는 전적으로 자네에게 있어. 그것들만 가지고도 잘만 굴리면 5만 달러는 벌 수 있을 거야. 그래서 내 제안은 이거야, 찰리. 가장 간단한 나라 스페인부터 시작해서, 돌아가는 상황을 지켜보는 거야. 내 말 들어봐, 스튜어트가 마드리드 리츠호텔에서 자네가 한 달간 체류하도록 할 거래. 자네가 동의한다면. 그만하면 더없이 공정하지. 서로서로 좋을 거야. 프라도미술관이 바로 근처에 있어. 미슐랭 가이드에는 이제 에스콰드론 같은 일류 레스토랑이 꽤 여러 곳 목록에 올라 있어. 인터뷰는 내가 다 준비해놓지. 화가, 시인, 비평가, 역사가, 사회학자, 건축가, 음악가, 지하조직 지도자 들이 리츠호텔로 자네를 찾아올 거야. 하루종일 거기 앉아서 뛰어난 사람들과 대화를 나누고 환상적으로 먹고 마시고, 돈도 잔뜩 벌 수 있어. '현대 스페인, 문화 개요' 같은 건 석 주면 쓸 수 있을 거야."

정신을 차린 레나타는 이제 댁스터의 이야기를 흥미롭게 듣고 있었다. "그 출판사에서 정말 계약을 할까요? 마드리드 얘기는 정말 멋진 것 같은데요." 그녀가 말했다.

"그런 대기업들이 어떤지 알잖아요." 댁스터가 말했다. "스튜어트에게 몇천 달러가 대수겠어요?"

"생각해보지."

"찰리 자네가 생각해본다고 할 땐, 보통 '아니요'라는 의미지."

댁스터는 카우보이모자를 쓴 채 나에게로 몸을 굽혔다. "나는 자네 생각이 어떻게 흘러가는지 알아. 자네는 내가 독재자들에 관한 책부터 쓰는 게 좋겠다고 생각하고 있어. *접시 위에 그렇게 많은 것을 올려놓고 있는* 댁스터가? 불속에 쇠를 너무 많이 넣었어.* 하지만 바로 그거

---

* 한꺼번에 많은 일을 벌인다는 관용 표현.

야. 다른 사람들이라면 화상을 입겠지만, 나는 일이 많아야 더 능률적이 돼. 석 달이면 독재자 다섯을 끝낼 수 있어." 댁스터가 단언했다.

"마드리드는 정말 매력적인 이야기네요." 그녀가 말했다.

"당신 어머니 고향이지?" 내가 말했다.

"전 세계의 리츠호텔이 어떤 상황인지 간략히 말해주지. 런던 리츠는 이제 사양길이야—더러워지고 낡았지. 파리 리츠는 오나시스 같은 아랍의 석유부자나 텍사스 부자들 것이지. 거기서는 어느 웨이터도 자네에게 관심을 보이지 않을 거야. 리스본 리츠는 현재 포르투갈의 격변으로 평온하지 못해. 그러나 스페인은 전통적인 리츠의 방식으로 손님을 대접할 만큼 여전히 안정되고 중세적이야."

댁스터와 레나타는 공통점이 있었다. 레나타는 *세뇨라* 때문에, 댁스터는 프랑스인 가정교사, 국제적인 가족관계, 그리고 미시간주 올리벳 칼리지에서 프랑스어로 학사학위를 받았기 때문에 자신을 유럽인이라고 생각했다.

돈 문제와는 별개로 레나타는 나에게서 흥미로운 삶의 희망을 보았고, 댁스터는 아마도 중대 발언으로 이어질 좀더 고양된 삶의 희망을 보았다. 캐슬린이 도착하기를 기다리는 동안 우리는 차와 셰리주를 홀짝거리고 예쁜 색 아이싱을 올린 페이스트리를 먹었다.

"자네의 관심사를 따라가려고 루돌프 슈타이너 책을 읽어봤는데, 정말 매력적이더군. 마담 블라바츠키* 같은 사람이리라 예상했는데 상당히 합리적인 신비주의자였어. 괴테에 대한 그의 견해는 어때?"

* 러시아 태생 철학자, 신지학협회 공동 창설자.

"발동 걸지 마요, 댁스터." 레나타가 말했다.

하지만 나는 진지한 대화가 필요했다. 거의 갈망하고 있었다. "그건 신비주의가 아니야. 괴테는 귀납적 방법의 범위에서 멈추려 하지 않아. 그는 상상력을 객체 속에 투영했어. 예술가는 때때로 자신이 강이나 별이 되는 데 얼마나 가까이 갈 수 있는지 알아보려 하고, 그림이나 글로 묘사한 현상의 형태들 속으로 들어가 둘 중 하나가 된 듯이 행동해. 어떤 작가는 우주라는 목장에서 마음의 가축인 별떼를 키우는 천문학자에 대한 글을 쓰기도 했지. 상상력이 풍부한 영혼은 그런 식으로 작동하는데 왜 시는 지식이 아니라고 거부해야 하지? 셸리에게 아도네이스는 죽음으로써 스스로를 더욱 사랑스럽게 만든 사랑스러움의 일부가 돼.* 그래서 괴테에 따르면 하늘의 푸름은 이론이었어. 푸름에는 생각이 들어 있지. 푸름은 인간의 눈이 받아들였을 때 푸른색이 돼. 고인이 된 험볼트 같은 훌륭한 인간은 합리적인 통설에 짓눌렸고, 시인이었던 그는 그것 때문에 목숨을 잃었는지도 몰라. 벌고벗고 양다리가 갈라진 육신으로 충분한데, 정신까지 양쪽으로 갈라져야 하겠어? 상상력은 우주와의 관계, 즉 괴테가 말한 우주와의 완전하고도 자유로운 관계를 포기하라고 강요받아야 하나? 신의 살아 있는 의복과도 같은 우주와의 관계를? 그리고 오늘 나는 험볼트가 정말로 인간을 초자연적인 존재라고 믿었다는 걸 알게 됐어. 그 자신을 포함해서!"

"또 시작이네요." 레나타가 말했다. "그러게 왜 그런 말을 시작하게

* 셸리의 시 「아도네이스: 존 키츠의 죽음에 부치는 애가」에서 아도네이스는 그리스신화 속 아도니스를 연상시키는데, 아프로디테의 사랑을 받았고, 죽은 뒤 그 피에서 아네모네가 피었다.

했어요?"

"생각은 존재의 진정한 구성요소야." 나는 말을 이으려고 노력했다.

"찰리! 지금은 이러지 마요." 레나타가 말했다.

평소 레나타에게 정중하던 댁스터가 우리의 보다 고차원적인 대화에 그녀가 끼어들자 딱딱하게 말했다. "난 찰스의 정신이 작동하는 방식에 진정한 흥미를 느낍니다." 그는 커다란 카우보이모자 챙 아래 입술을 넓고 어둡게 벌리며 파이프 담배를 피웠다.

"같이 한번 살아보라고요." 레나타가 말했다. "찰리의 괴상한 이론은 미국 의회의 일처리 방식처럼 누구도 상상할 수 없는 조합을 만들어요. 이마누엘 칸트, 러시아 굴라크 강제수용소, 우표 수집, 인도의 기근, 사랑과 잠, 죽음과 시 따위를 연결하는 식으로요. 이 사람의 정신이 작동하는 방면에 대해선 말을 적게 할수록 좋아요. 하지만 찰리, 당신이 정신적 지도자 같은 게 되고 싶은 거라면 끝까지 가봐요—실크가운을 입고, 터번을 쓰고, 턱수염까지 기르고요. 당신이라면 곡옥 같은 콧구멍에 턱수염을 기른 몹시 잘생긴 정신적 지도자가 될 테니까. 나까지 당신처럼 차려입으면 우린 정말 유명해질 거예요. 아무 대가도 없는 일에 이런 식으로 구는 걸 보면! 난 가끔 날 꼬집어봐야 해요. 신경안정제 쉰 알쯤 먹고 환청을 듣는 것 같으니까."

"지성이 뛰어난 사람들은 모든 것이 꿈인지 아닌지 확신 못하는 법이야."

"글쎄요, 자신이 깨어 있는지 꿈을 꾸고 있는지도 모르는 사람의 지성이 뛰어날 리 없어요." 레나타가 말했다. "내 말은, 당신이 그 인지학인가 뭔가로 나를 벌주고 있다는 거예요. 무슨 뜻인지 알잖아요. 그

금발 애송이 여자가 당신을 자기 아빠에게 소개한 후로 정말 모든 게 섬뜩해졌어."

"하던 얘기를 마저 끝내주면 좋겠는데." 댁스터가 다시 나를 보고 말했다.

"결국 이런 이야기야, 개인은 자기 마음속에 무엇이 있는지 증명할 방법이 없어—예를 들어 사랑이나 외부 세계에 대한 갈증이나 지식의 용어로는 표현할 수 없는 아름다움에 대한 부푼 흥분 같은 것. 진정한 지식은 과학적 세계관이 독점한 것처럼 되고 말았어. 하지만 인간에게는 온갖 지식이 있지. 세상을 사랑할 권리를 요구할 필요도 없어. 그런데 이런 측면에서 무슨 일이 일어나고 있는지 보려면, 폰 험볼트 플라이셔 같은 사람이 걸어간……"

"아, 또 그 사람." 레나타가 말했다.

"지식이 한창 발전하면 시는 뒤처질 수밖에 없다는 것이, 상상력 풍부한 사고방식은 인류의 유아기에 속한다는 것이 진실일까? 마음과 상상력이 충만한 험볼트 같은 소년은 공공도서관에 가서 책을 찾고, 아름다운 지평에 둘러싸인 마법 같은 삶을 살면서, 인간 삶의 가치가 넘치는 옛 걸작들을 읽고, 자신을 셰익스피어로 가득 채우지. 그곳은 모든 인간의 주변에 의미 있는 공간이 가득하고, 말은 그것이 말하는 것을 의미하고, 표정도 몸짓도 전적으로 의미가 있는 곳이야. 아, 그 조화와 감미로움, 그 예술! 하지만 거기서 끝나버려. 의미 있는 공간은 줄어들고 사라지지. 소년은 세상으로 들어가 살인과도 같은 더러운 속임수를 배우고, 마법은 멈춰. 그렇다고 세상에서 마법이 사라진 것일까?"

"아니," 레나타가 말했다. "그 대답은 내가 알아요."

"모든 개인을 창조와 독립적으로 연결 지을 수 있는 상상력이 없다는 것을 스스로 확신하게 한 건 바로 우리 마음이야."

〈언덕 위의 집〉* 같은 옷차림의 댁스터는 교회에 있고 나는 그의 목사처럼 행동하고 있다는 생각이 문득 들었다. 일요일은 아니지만, 나는 팜코트 연단에 서 있었다. 미소 짓고 있는 레나타로 말하자면—검은 눈, 붉은 입술, 하얀 치아, 매끈한 목—설교를 방해하고 야유를 퍼부었지만 내가 설교하는 방식은 즐기고 있었다. 나는 그녀의 지론을 잘 알았다. 무슨 말을 하든, 무슨 일을 하든, 나의 설교는 그녀의 성적 만족을 증가시키거나 감소시켰고, 이것은 어떤 아이디어에 대한 실제적 테스트였다. 이것이 더 큰 쾌감을 주는가? "우린 오늘밤 스칼라극장에 갈 수 있었어요." 그녀가 말했다. "로시니를 듣는 멋진 청중이 될 수 있었다고요. 그런데 그 대신에 우리가 뭘 했는지 알아요, 댁스터? 찰리의 정다운 친구, 세상을 떠난 옛친구 험볼트 플라이셔의 유품을 받으려고 코니아일랜드에 갔어요. '피가로, 피가로' 노래하듯 험볼트, 험볼트, 험볼트 했죠. 험볼트의 여든 살 된 삼촌이 찰리에게 서류 뭉치를 줬고, 찰리는 그걸 읽고 울었어요. 그래요, 지난 한 달 동안 나는 험볼트와 죽음과 잠과 형이상학, 이 시인이 어째서 다양성의 중재자인가 하는 것, 월트 휘트먼과 에머슨과 플라톤, 그리고 세계사적 개인 얘기만 들었어요. 찰리는 지식의 문신으로 뒤덮인 리디아** 같아요. 정보로

---

* 카우보이들의 성가라고도 불리는 미국 민요.

** 미국 배우 그루초 막스가 부른 노래 가사에 나오는 여인으로, 역사적 사건과 인물, 지역 등을 문신으로 몸에 새겼다.

뒤덮였죠. 〈리디아에게 많은 걸 배울 수 있지〉라는 노래 알아요?"

"그 서류 나도 볼 수 있을까?" 댁스터가 물었다.

"내일 같이 이탈리아로 가요." 레나타가 나에게 말했다.

"며칠 있으면 거기서 만날 텐데."

팜코트의 트리오 악단이 돌아와 시그먼드 롬버그*의 음악을 연주하기 시작했고, 레나타가 말했다. "아, 네시네. 난 〈목구멍 깊숙이〉를 놓치고 싶지 않아요. 네시 이십분 시작인데."

"그래, 난 부두로 가야 해." 댁스터가 말했다. "자네도 올 거지, 찰리?"

"그러고 싶지. 그런데 난 여기서 캐슬린을 기다려야 해."

"독재자들을 만날 일정표를 짜뒀어." 댁스터가 말했다. "마드리드로 가서 우리 기획을 시작할 생각이 있으면 연락해줘. 말만 하면 바로 추진할게. 자네가 시카고에 있는 사람들에게 시달리고 있다는 거 알아. 분명 돈이 많이 필요할……" 그는 일어설 채비를 하는 레나타를 힐끗 보았다. "내 제안은 진짜 돈이 될 거야."

"난 서둘러야겠어요." 레나타가 말했다. "나중에 여기서 봐요." 그녀는 가방을 어깨에 걸치고 댁스터보다 먼저, 크리스마스 장식의 하나로 깔아놓은 빽빽한 초록색 안에 황금색 돌풍이 어우러진 거대하고 호사스러운 카펫을 가로질러 회전문을 나섰다.

* 뮤지컬과 오페레타로 유명한 헝가리 태생 미국 작곡가.

* * *

레나타는 커다란 가방에 내 신발 한 짝을 넣어 갔다. 테이블 밑을 보고야 그것을 알았다. 없다! 그녀가 가져갔다. 이 장난으로 그녀는 나에게, 최근에 미망인이 됐고 어쩌면 어떻게 해볼 수도 있는 옛친구와 내가 감상적인 재회를 하는 동안 혼자 영화를 보러 가야 하는 기분이 어떤지 알려주었다. 캐슬린이 곧 도착할 것 같아 방으로 올라갈 수 없었던 나는 음악이 연주되는 동안 한쪽 발에 냉기를 느끼며 앉아서 기다렸다. 레나타가 들뜬 기분으로 내 로퍼 한 짝을 가져간 데는 상징적인 이유가 있었다. 나는 그녀의 것이었다. 그럼 그에 상응하게 그녀는 내 것이었을까? 그녀가 독점한 듯 굴 때 나는 불안해졌다. 한 남자를 확실히 가졌다고 생각하자마자 다른 남자와 함께하는 미래를 자유롭게 상상하는 여자라고 느꼈기 때문이다. 그러면 나는 어떤가? 확실히 나는, 나를 가장 위협하는 여자를 가장 갖고 싶었다.

"아, 캐슬린, 다시 만나서 반가워요." 내가 다가오는 캐슬린에게 말했다. 일어선 내 특이한 두 발 중 한쪽 발에 특이한 신발이 없었다. 그녀가 내 뺨에 옛친구에게 하는 따뜻한 키스를 했다. 네바다의 태양도 그녀에게 야외생활을 하는 사람의 피부색을 주지는 못했다. 금발은 회색과 섞여 더 밝아졌다. 뚱뚱하진 않았지만, 살이 좀더 붙어 체구가 더 커져 있었다. 볼이 늘어지고 풀어져 슬퍼 보이고, 매력적으로 우울하고 꺼져 보이는 건 모두 수십 년 세월의 정상적인 효과였다. 전에는 옅은 주근깨가 있었다. 그것이 이제 큰 점들이 되어 있었다. 팔뚝이 굵어지고, 다리가 두꺼워졌으며, 등이 더 넓어지고, 머리색은 흐려졌다. 목에 얇은 금색 장식이 둘린 검은색 시폰 원피스를 입고 있었다.

"만나서 정말 기뻐요." 사실이 그랬다.

"나도 그래요, 찰리."

그녀는 앉았지만 나는 계속 서 있었다. 그리고 말했다. "편하게 있으려고 신발을 벗었는데 없어져버렸어요."

"이상도 해라. 그릇 치우는 웨이터가 가져갔을 수도 있어요. 분실물 보관소에 알아보면 어때요?" 그래서 나는 형식적으로 웨이터를 불렀다. 품위 있게 물어본 뒤 말했다. "올라가서 다른 신발을 신고 올게요."

캐슬린이 같이 가겠다고 했지만 나는 레나타의 속옷들이 바닥에 널려 있고 침대 한쪽 구석이 뭔가를 증언하듯 헝클어져 있어 안 되겠다 싶어서 말했다. "아니, 아니요, 여기서 기다리지 그래요. 높고 떵떵 울리는 이 형편없는 음악 때문에 미칠 지경이에요. 바로 내려올 테니 한잔하러 나가요. 어쨌든 외투도 가져오고 싶으니까."

그래서 나는 다시 호화로운 엘리베이터를 타고 올라가면서 레나타가 얼마나 대담하고 독창적인지, 그녀가 얼마나 끊임없이 수동성이라는 보편적 위협과 투쟁하고 있는지 생각했다. 생각해보면, 보편적일 수밖에 없었다. 이즈음 나는 무엇이든 대충하지 않았다. 나는 다른 신발을 신으면서 내가 보편화에 미쳐간다고 생각했다. 해로즈백화점에서 맞춘 이 붉은색 신발은 앞코가 조금 짧긴 하지만, 다운타운 클럽의 흑인 구두닦이도 가벼움과 스타일에 감탄했었다. 조금 끼지만 멋진 신발을 신고 나는 다시 내려갔다.

이날은 험볼트의 날이었고, 그의 영혼에 대한 생각으로 가득 채워졌다. 모자를 매만지다가 걷잡을 수 없는 팔의 떨림을 느꼈을 때, 나는 이 영향에 내가 얼마나 감정적이 되어가는지 깨달았다. 캐슬린에게 다가갈 때는 얼굴 한쪽도 경련을 일으켰다. 갈바니 박사*가 나를 장악했다고 생각했다. 나는 두 남자, 남편들이 무덤에서 썩는 모습을 상상했다. 아름다운 여인의 사랑도 그들을 죽음에서 구하지는 못했다. 그러더니 험볼트의 그림자 환상이 어두운 회색 구름의 형태로 머릿속을 스쳐지나갔다. 뺨이 두툼하고 정수리에는 머리카락이 풍성했다. 레나타가 "주름 종이 컵케이크 음악"이라고 부르는 종류의 음악을 팜코트의 트리오 악단이 연주하는 동안 나는 캐슬린에게로 걸어갔다. 그들이 〈카르멘〉을 연주하기 시작했을 때 내가 말했다. "어둡고 조용한 바로 갑시다. 일단 조용한 데로." 나는 웨이터가 내민 엄청난 계산서에 서명했고 캐슬린과 웨스트 피프티식스스 스트리트에서 괜찮은 장소를, 누구의 취향에도 맞을 정도로 어둑하고 너무 크리스마스 분위기가 나지 않는 곳을 찾아 추운 거리를 이리저리 걸어다녔다.

우리 사이에는 밀린 이야기가 많았다. 우선 가엾은 티글러에 대해 이야기해야 했다. 그가 좋은 사람이었다는 말은 차마 할 수 없었다. 좋은 사람이 아니었기 때문이다. 그 늙은 카우보이는 룸펠슈틸츠헨**처럼 발을 굴렀고, 화가 나면 성질을 부렸다. 사람들을 속이고 등쳐먹을 때 최고로 만족했다. 그들이 너무 소심해서 불평조차 못하면 더욱 경멸했다. 나도 손님으로 간 적 있었지만, 그의 목장 관광객들은 더운물을 쓰지 못했다. 전등이 나가도 어둠 속에 있어야 했다. 캐슬린에게 불평하러 간 사람들은 동정과 용서의 마음으로 그녀를 사랑하고 티글러

* 이탈리아 의사, 과학자, 철학자. 동물 몸속에 존재하는 전기를 발견했다.

** 독일 동화에 나오는 심술궂은 난쟁이.

를 증오하며 돌아왔다. 그러나 그녀는 내가 아는 대비 이득을 보는 사람 중 하나가 아니었다. 팔다리가 큼직하고 옅은 주근깨가 있는 조용한 여성이라는 분명한 장점이 있었다. 조용하다는 것이 가장 중요했다. 험볼트가 무시무시한 터키인이라고 한다면 그녀는 그의 기독교도 포로처럼, 붉은 태양빛이 더럽고 작은 창으로 끈질기게 침입하는 동안 양계장이 있는 불모의 시골 오두막집, 책으로 가득한 거실에서 책을 읽었다. 험볼트는 그녀에게 스웨터를 입고 밖으로 나오라고 명령했다. 그들은 금발의 두 신인 선수처럼 축구공을 쫓아다녔다. 험볼트는 서툴게 발꿈치를 디디고 뒤로 비틀거리면서 빨랫줄 너머 가을 단풍나무 사이로 공을 던졌다. 그 장면에 대한 내 기억은 완벽하다—공을 잡으러 뛰어가는 캐슬린의 목소리가 어떤 식으로 길게 끌렸는지, 어떻게 팔을 뻗어 요동치는 공을 가슴에 받아안았는지, 그리고 그녀와 험볼트가 어떤 모습으로 카스트로 소파에 앉아 맥주를 마셨는지. 너무 생생하게 떠올라서 히틀러 같은 콧수염이 난 고양이가 창가에 앉아 있던 것까지 보였다. 내 목소리도 들리는 것 같았다. 캐슬린은 두 번이나 악마 애인의 마법에 걸린 잠자는 여자였다. "여기 촌뜨기 이웃들이 뭐라는지 아나?" 험볼트가 나에게 말했었다. "맨발로 다니라고 한다네. 난 가끔 에로스와 프시케가 생각나." 그는 자신을 치켜세우고 있었다. 에로스는 아름답고 위엄 있었다. 험볼트의 위엄은 어디에 있었나? 그는 캐슬린의 운전면허증을 압수했다. 자동차 열쇠를 숨겼다. 그녀가 정원을 가꾸는 것도 허락하지 않았다. 그가 생각할 때 정원 가꾸기는 도시 사람들이 꿈에 그리던 집을 시골에 마련했을 때 나타나는 속물적인 개선 충동에 의한 행동이기 때문이었다. 부엌문 옆에 토마토 몇 그루가 자랐는데, 너구리들이 쓰레기통을 뒤집어엎었을 때 씨가 떨어지며 저절로 싹튼 것이었다. 그가 진지하게 말했다. "캐슬린과 나는 정신적인 일을 해야 해. 그런데 과일과 꽃이 있으면 여기서도 사람들 눈에 띌 거야." 그는 홑이불을 덮어쓰고 밤에 말을 타고 다니는 자들이 이 마당에서 십자가를 불태울까봐 겁을 냈다.*

나는 캐슬린을 무척 동정했다. 그녀가 잠자는 여자였기 때문이다. 나는 그녀의 몽롱함이 의아했다. 어둠에 갇혀 살도록 태어난 걸까? 프시케에게는 인식에 다다르지 않는 것**이 행복의 조건이었다. 그러나 보다 효과적인 설명을 할 수도 있다. 티글러의 꽉 끼는 청바지는 앞쪽에 거대한 성적 덩어리를 드러냈고, 데미의 친구를 만나러 아파트까지 찾아간 험볼트는 어린 닥스훈트들 사이에서 그녀를 쫓아다니며 외쳤다. "난 시인이야. 거시기도 크다고!" 험볼트에게는 여자를 꼼짝 못하게 하려는 폭군 성향이 있고 성교도 광적인 독재자처럼 할 거라고 나는 짐작했다. 그가 내게 쓴 마지막 편지에서도 이 해석을 확인할 수 있었다. 그러나 어찌 알 수 있으랴? 그리고 비밀이 없는 여자는 여자가 아니다. 아마도 캐슬린은 네바다에서의 삶이 너무 외로워서 티글러와 결혼하기로 마음먹었을 것이다. 정교한 분석은 이만하면 충분하다.

사람들이 듣고 싶어하는 이야기를 하려는 내 결점을 이기지 못하고 나는 캐슬린에게 말했다. "서부가 당신에게 맞나봐요." 하지만 어느 정도는 사실이었다.

"당신도 좋아 보이는데 조금 야위었네요, 찰리."

---

* 백인우월주의 단체의 습격을 말한다.

** 남편이 에로스임을 알지 못하는 것을 뜻한다.

"인생이 너무 괴롭네요. 나도 서부에서 살아볼까봐요. 날씨 좋을 때 당신 목장에 있는 딱총나무 아래 누워서 하루종일 산을 바라보는 게 좋았어요. 그건 그렇고, 허긴스가 당신이 영화 쪽 일자리를 구해서 유럽으로 가는 중이라고 하던데요."

"맞아요. 그 영화사가 외몽골에 대한 영화를 찍는다고 볼케이노호수에 와서 원주민들을 죄다 캐스팅해 말을 타게 했을 때 당신도 거기 있지 않았나요."

"티글러가 기술 자문이었죠."

"그리고 에드먼드 목사—당신도 기억날 거예요, 무성영화 배우였던 성공회 목사—는 무척 흥분했었죠. 가엾은 에드먼드는 정식 서품을 받지 못했어요. 사람을 구해 신학 필기시험을 대리로 쳤다가 발각됐대요. 원주민들은 그 사람을 좋아했고, 그가 입은 긴 겉옷이 스타들의 네글리제였다고 자랑스러워했는데, 참 안됐어요. 네, 그래요, 난 유고슬라비아에 갔다가 스페인으로 갈 거예요. 요즘 거기서 영화 제작이 활발하거든요. 스페인에서는 연대 단위로 군인들을 캐스팅할 수 있고, 안달루시아는 서부영화 촬영에 아주 제격이죠."

"스페인이라니 뜻밖인데요. 나도 거기 가볼까 생각중이었거든요."

"그래요? 아, 3월 1일부터 알메리아의 그랜드호텔에 묵을 예정이에요. 거기서 만나면 정말 멋지겠어요."

"당신에게는 좋은 변화예요." 내가 말했다.

"당신은 항상 내가 잘되기를 바랐죠, 찰리. 알아요." 캐슬린이 말했다.

"오늘은 대단한 험볼트의 날이었어요, 중요한 날요, 아침부터 점점 빠르게 소용돌이치는 하루였고 난 지금 아주 감정적인 상태예요. 그의 발데마르 삼촌이 있는 요양원에서 내가 어릴 때 알고 지냈던 분을 만나 더 흥분했죠. 이젠 당신이 여기 있네요. 흥분의 최고치예요."

"허긴스에게서 당신이 코니아일랜드에 간다는 말을 들었어요. 알겠지만, 찰리, 네바다에 있을 때 당신이 험볼트에게 지나치게 집착한다고 생각한 적이 있었어요."

"그랬을지도 모르지만, 자제하려고 했었어요. 스스로에게 물어보기도 했죠. 왜 그렇게 열성이냐? 시인이나 사상가로서 험볼트의 경력은 그리 인상적이지도 않았어요. 그리고 난 좋았던 옛날을 그리워하지도 않아요. 여기 이 미합중국에 예술과 사상을 진지하게 여기는 사람이 너무 없다보니 낙제한 사람들까지도 잊을 수 없는 걸까요?" 이 대목에서 우리는 진정한 화제에 가까워졌다. 나는 험볼트의 선과 악을 판단하고, 그의 파멸을 이해하고, 그의 인생의 슬픔을 해석하고, 그의 재능이 왜 이렇게 보잘것없는 결과밖에 내놓지 못했는지 알아보려 했다. 하지만 이것은 내가 큰 성공을 거둔 후에도, 캐슬린에 대한 애정과 묘한 고통으로 가득했던 때도 논의하기조차 어려운 목표였다. "그에게 매력을 느꼈고, 그는 옛날의 마법을 가진 사람 같았어요." 내가 말했다.

"당신은 그이를 사랑했던 것 같아요." 그녀가 말했다. "물론 나도 무척 빠졌었지만. 우린 뉴저지로 갔죠—그 사람이 광기를 보이지 않았더라도 그곳은 지옥 같았을 거예요. 그 작은 오두막집은 이제 끔찍한 음모의 일부처럼 느껴져요. 하지만 나는 그이와 함께라면 북극에라도 갔을 거예요. 여자 대학생이 문학계에 발을 들여놓으며 느꼈던 설렘은 극히 작은 일부에 지나지 않았죠. 나는 문학계에 있는 그 사람의 친구들 대부분을 좋아하지 않았어요. 그들은 험볼트가 하는 쇼, 그가 늘 하는 판에 박힌 연기를 보러 왔어요. 사람들이 돌아갔는데도 아직 영감에 젖어 있던 그가 나를 붙들고 얘기했어요. 그는 사교적인 사람이었어요. 그는 나한테 재기 넘치는 그 사람들 모임에 끼고 싶다고, 문학계의 일부가 되고 싶다고 자주 말했었어요."

"바로 그겁니다. 그런 문학계는 존재한 적이 없었어요. 19세기에는 최고의 천재 몇 명이 고립되어 있었죠—멜빌이나 포 같은 사람에게는 문학적인 삶이 없었어요. 그들에게는 세관*과 술집뿐이었죠. 러시아에서는 레닌과 스탈린이 문학계를 파괴해버렸고요. 러시아의 상황은 지금의 우리 상황과 비슷해요—시인들이, 모든 압박에도 불구하고, 어디선가 불쑥불쑥 나타나죠. 휘트먼은 어디서 왔고, 그가 가진 건 어디서 얻은 것일까요? 그걸 가지고 그 일을 해낸 사람은 압박당할 줄 모르는 개인 W. 휘트먼이었습니다."

"그래요, 풍요로운 문학적 삶이 있었다면, 이디스 워튼과 차를 마시고 로버트 프로스트와 T. S. 엘리엇을 일주일에 두 번씩 만날 수 있었다면, 가엾은 험볼트도 자신의 재능에 대한 지지와 인정과 보상을 느꼈을 거예요. 그 사람은 자기 주변의 공백을 모두 메꿀 수 없다고 느꼈을 뿐이에요." 캐슬린이 말했다. "물론 그 사람은 마법사였죠. 그를 보면 내가 느리게, 느리게, 느리게 느껴졌어요! 그는 온갖 기발한 이유를 만들어내 나를 공격했죠. 그런 창작력은 시에 쏟아야 했는데 말이에요. 험볼트는 개인적인 계획이 너무 많았어요. 그 많은 천재성이 온통 그런 데 소모됐어요. 나는 그의 아내로서 그 결과들을 견뎌야 했고요.

---

* 멜빌은 뉴욕 세관에서 일했었다.

그런데 이런 얘긴 그만하죠. 묻고 싶은 게 있는데…… 전에 두 사람이 함께 시나리오를 쓰지 않았나요……?"

"프린스턴에서 시간 때우느라 말도 안 되는 걸 썼던 겁니다. 당신이 그 얘길 젊은 칸타빌레 부인에게 했더군요. 칸타빌레 부인은 어떤 여자인가요?"

"예쁜 여자예요. 에밀리 포스트*처럼 구식 예절에 밝아서, 맛있는 점심을 먹으면 정중한 감사 편지를 보내는. 그러면서도 손톱을 요란하게 칠하고, 화려한 옷을 입고, 목소리는 거칠어요. 말할 때는 꼭 소리를 지르는 것 같아요. 범죄자 같은 말투로 대학원생다운 질문을 해요. 어쨌든 나는 이제 영화계에 발을 들였고, 당신과 험볼트가 했다는 작업이 궁금해요. 당신 글은 영화로도 성공했잖아요."

"아, 우리가 쓴 시나리오는 절대 영화로 만들 만한 것이 못 돼요. 무솔리니, 교황, 스탈린, 캘빈 쿨리지, 아문센, 그리고 노빌레가 등장해요. 게다가 주인공은 식인종이죠. 비행선과 시칠리아 마을이 나오는데, W. C. 필즈**라면 모를까, 미친 제작자가 아니고선 누구도 돈 한푼 내놓지 않을 겁니다. 물론 알 수 없는 일이긴 하죠. 1913년에 1차세계대전을 예견하는 시나리오를 누가 거들떠보기라도 했을까요? 내가 태어나기도 전에 당신이 내 인생의 시나리오를 주고 그대로 살라고 했다면, 나는 단호하게 거절하지 않았겠습니까?"

"그렇지만 당신의 연극은 성공했잖아요?"

"캐슬린, 내 말 믿어요. 난 명주실을 뱉어내는 누에에 불과했어요.

---

* 에티켓에 대한 글로 유명한 미국 작가, 사교계 명사.

** 미국 배우, 각본가.

그걸로 브로드웨이의 옷을 지은 건 다른 사람들이었죠. 이제 말해줘요, 험볼트가 당신에게는 무엇을 남겼죠?"

"네, 우선, 나에게 유별난 편지를 남겼어요."

"나한테도요. 완전히 제정신으로 썼더군요."

"나에게 쓴 편지는 좀 오락가락해요. 너무 사적인 내용이라서 지금도 보여주긴 곤란해요. 내가 저질렀다고 생각하는 모든 죄를 상세하게 썼더군요. 내가 무슨 짓을 했든 용서하기 위해서라고는 하지만, 록펠러가 이야기까지 너무 세세한 것들을 열거했더군요. 하지만 완전히 제정신으로 쓴 부분도 있었어요. 정말 감동적이고 진실했죠."

"그가 남긴 게 그것뿐입니까?"

"아뇨, 찰리, 또 있어요. 서류예요. 또다른 영화 아이디어. 그래서 아까 두 사람이 프린스턴에서 뭘 썼는지 물어봤던 거예요. 당신에게는 편지 말고 뭘 또 남겼어요?"

"놀랍네요!" 내가 말했다.

"뭐가요?"

"험볼트가 한 일이요. 병들고 죽어가고 황폐해져가면서도 여전히 그렇게 독창적이었다는 것이."

"무슨 말인지 모르겠어요."

"말해줘요, 캐슬린. 그 서류, 그 영화 아이디어가 작가에 관한 내용이었나요? 그 작가에게 드센 아내가 있어요? 아름다운 정부가 나와요? 그들이 여행을 해요? 그 사람이 책을 쓰는데 출판을 못해요?"

"네, 맞아요. 그래요. 물론이죠. 그거예요, 찰리."

"정말 몹쓸 사람. 참으로 놀랍군요! 모든 걸 이중으로 했군요. 아내와 하는 똑같은 여행. 그리고 우리에게 똑같은 원고를 줬고요."

그녀는 말없이 나를 살펴보았다. 곧 입술이 움직였다. 그녀가 웃었다. "왜 그 사람이 우리 둘에게 똑같은 선물을 줬을까요?"

"그 유산을 우리 둘만 받았다고 확신해요? 하하, 글쎄요, 그의 미친 기억력을 위해 건배합시다. 그는 사랑스러운 사람이었어요."

"그래요, 사랑스러웠어요. 당신은 그 일이 전부 계획적이었다고 생각해요?—난 그랬기를 정말로 바라요."

"그게 누구죠? 알렉산더 포프죠, 차 한 잔도 전략 없이는 마실 수 없었다고 한 사람. 험볼트도 그랬던 겁니다. 마지막까지 기적적인 돈을 꿈꿨어요. 죽어가면서도 우리 둘을 부자로 만들고 싶었던 거예요. 어쨌든 그가 죽기 전까지 유머감각을, 그 흔적이나마 가지고 있었다면 그건 놀라운 일이에요. 그는 미쳤지만 적어도 편지 두 통은 제정신으로 썼어요. 난 좀 색다르게 비교해보려고 해요—험볼트는 그런 일을 하기 위해 굳어진 광기를 깨고 나와야 했어요. 당신은 그가 광기의 나라로 이미 오래전에 이민을 떠났다고 말할 수도 있을 겁니다. 그곳에 정착했다고요. 그런데 그는 우리를 위해 애써 예전 나라로 돌아왔어요. 친구들을 다시 한번 보려고 그랬을까요? 그리고 그가 그런 일을 하는 것은 나 같은 사람이 이 세계에서 정신세계로 가는 것만큼이나 힘들었을 겁니다. 혹은 또다른 색다른 비교를 하자면—그는 망상증, 혹은 조울증, 혹은 그게 무엇이든 간에 그것의 굳어진 투영으로부터 마술사 후디니처럼 탈출한 거예요. 잠자는 사람들은 깨어나기 마련이죠. 망명자와 이민자는 되돌아갈 수 있고, 죽어가는 천재도 다시 살아날 수 있어요. '마지막 순간의 명료한 정신', 내 편지에 이렇게 썼더군요."

"마지막 순간엔 우리 두 사람에게 따로 하나씩 선물을 줄 만한 힘이 없었던 게 아닐까요." 그녀가 말했다.

"혹은 이렇게 볼 수도 있죠." 내가 말했다. "그는 계략, 음모, 망상 같은 자신이 가장 잘하는 걸 우리에게 보여준 거예요. 누구 못지않게 그런 일을 많이 했죠. 그 유명한 롱스태프의 음모 기억나요?"

"그 사람한테 다른 생각이 있었다고 믿는 건가요?" 캐슬린이 말했다.

"어떤 한 가지 생각요?" 내가 말했다.

"사후의 성격 진단 같은 거요." 그녀가 말했다.

"그는 내 성격이 절망적이라고 확신했어요. 아마 당신에 대해서도 그럴 거예요. 어쨌든 그는 우리에게 아주 생동감 있는 순간을 마련해 줬어요. 여기서 우리가 웃고 감탄하고 있으니, 한편으론 얼마나 슬픈 일인가요. 난 정말 감동받았어요. 우리 둘 다 그렇죠."

조용하고 체구가 큰 캐슬린은 온화하게 미소 짓고 있었지만 커다란 눈의 빛깔이 불현듯 달라졌다. 눈물이 차올랐다. 하지만 그녀는 수동적으로 앉아 있었다. 그것이 캐슬린이었다. 이런 언급이 적절하진 않겠지만, 아마도 험볼트는 우리 두 사람을 맺어주려 했던 것 같다. 꼭 남편과 아내가 되라는 것이 아니라, 자신에 대한 감정을 결합해 공동 기념물 같은 것을 만들게 하기 위해. 그가 죽은 뒤에도 우리는 (한동안) 이 혼란스러운 인간들의 장면 속에서 살아갈 것이므로 우리가 그가 세운 계획에 따라 바쁘게 사는 것이 자신에게 만족스러운 일이고 무덤 속 권태를 덜어줄 것이기 때문이다. 플라톤이나 단테, 도스토옙스키가 불멸을 주장한 것에 대해, 그들을 깊이 추앙했던 험볼트가 "그들은 천재였지만 우리가 그들의 생각을 진지하게 받아들일 필요는 없다"고 말할 수는 없었을 것이다. 그러나 그 자신은 불멸을 진지하게 받아들였을까? 그는 말하지 않았다. 그는 우리가 자연적인 존재가 아니라 초자연적인 존재라고 말했다. 무슨 뜻인지 알아낼 수 있다면, 나는 어떤 짓도 불사하겠다.

"그런 시나리오인가 개요로는 판권 계약이 무척 힘들죠." 캐슬린이 설명했다. "그리고 험볼트는 법적 보호에 관한 전문가 자문을 받은 게 틀림없어요…… 대본 사본을 봉투에 넣고 봉해서 우체국에 가서는 자신에게 등기우편으로 발송했어요. 그래서 한 번도 열린 적이 없었죠. 우리가 읽은 건 사본이에요."

"맞아요. 나한테 그렇게 봉인된 봉투가 두 개 있어요."

"두 개요?"

"그래요," 내가 말했다. "다른 하나는 프린스턴에서 우리가 쓴 겁니다. 이제 나는 험볼트가 그 더러운 호텔에서 얼마나 즐겁게 지냈는지 알겠어요. 그 사람은 이 모든 일을 아주 꼼꼼하고 세세하게, 그리고 의례적인 격식대로 준비하며 시간을 보냈던 겁니다. 정말 그 사람다운 솜씨예요."

"내 말 들어봐요, 찰스, 우린 오 대 오로 해야 해요." 캐슬린이 말했다.

"세상에, 이건 상업적 가치가 제로예요." 내가 그녀에게 말했다.

"그 반대겠죠." 캐슬린은 단호하게 말했다. 이 말에 나는 다시 그녀를 보았다. 확실하게 반대를 표명하는 모습은 평소 자신감 없는 성격의 캐슬린과 어울리지 않았다. "나는 이미 그 대본을 업계 사람들에게 보여줬고 실제로 계약을 맺어서 옵션 지급으로 3천 달러를 받았어요. 절반은 당신 거예요."

"누가 실제로 그걸 사겠다고 돈을 지불했단 말이에요?"

"두 군데서 제안이 들어왔고, 스타인할스 제작사와 계약했어요. 수표는 어디로 보낼까요?"

"지금은 주소가 없어요. 이동중이라. 그런데, 아니, 캐슬린, 난 돈을 받지 않겠습니다." 나는 이 소식을 레나타에게 어떻게 전할까 생각하고 있었다. 그녀는 험볼트의 재능을 그렇게나 신랄하게 비웃었고, 나는 사라져가는 우리 세대, 험볼트와 나의 세대를 대신해 마음이 아팠다. "그래서 대본을 만들고 있나요?"

"그건 지금 진지하게 고려중이에요." 캐슬린이 말했다. 그녀의 목소리가 소녀처럼 떨리며 치솟다 갈라졌다 했다.

"정말 재밌네요. 참으로 엉뚱하고. 일어날 것 같지 않은 일들의 연속이군요." 내가 말했다. "나는 항상 내 개인적인 특이함을 조금 자랑스러워했지만, 그것이 저기 어딘가에 있는 수천 개의 실제적이고 훨씬 더 강력한 특이함의 미미한 이미지들 중 하나일 수도 있단 의혹이 들기 시작했습니다—알고 보면 개인적이지도 않은 그냥 보편적인 것일지도 모른다는. 그렇기 때문에 험볼트의 사랑과 야망에 대한 풍자나 그런 짓궂은 장난들이 업자들에게는 그럴듯하게 들리는지도 모르죠."

"나는 훌륭한 법률 자문을 받았고, 스타인할스와의 계약은 옵션으로 할 경우 최소 3만 달러는 보장될 거예요. 예산에 따라 7만을 넘을 수도 있고요. 두 달쯤 후엔 결과를 알게 돼요. 2월 말에. 그리고 찰리, 지금 나는 공동 소유자로서 당신과 별도로 계약을 해야 할 것 같아요."

"자, 캐슬린, 우리 비현실적인 얘긴 보태지 맙시다. 계약은 없어요. 나한테는 그 돈이 필요 없습니다."

"오늘 만나기 전까지는 나도 그렇게 생각했죠. 당신 재산이 100만 달러라고들 얘기했으니까요. 하지만 팜코트에서 서명할 때 당신이 계산서를 위아래로 아래위로 두 번 확인하는 걸 봤어요. 낯빛이 변하더군요. 팁을 얼마 줄지 결정하느라 고민하는 것도 봤고요. 당황하지 마요, 찰스."

"아니, 아닙니다, 캐슬린. 나 돈 많아요. 그건 그냥 공황기에 든 버릇이 남아서 그런 거예요. 게다가 완전 바가지였어요! 예전 고객들을 분개하게 하는 일이죠."

"하지만 당신은 소송을 당했잖아요. 판사와 변호사가 달라붙으면 어떤 일이 일어나는지 알아요. 네바다 관광목장을 운영했던 게 헛되진 않았다고요."

"물론 돈을 쥐고 있긴 힘들어지죠. 마치 얼음조각을 움켜쥐고 있는 것 같아요. 그냥 돈을 번다고 쉽게 살 수 있는 것도 아니에요. 그런 일은 없습니다. 아마 험볼트는 이해 못했을 거예요. 난 궁금해요, 그는 돈이 성공과 실패의 척도라고 생각했을까요? 그렇다면 그는 이해하지 못한 겁니다. 돈이 생기면 변신을 겪게 돼요. 그리고 내부와 외부의 맹렬한 힘과 싸워야 해요. 성공에는 개인적인 것이 거의 없어요. 성공은 언제나 돈 그 자체의 성공이죠."

"당신은 그저 주제를 바꾸려고 애쓰는군요. 당신은 언제나 훌륭한 관찰자였어요. 난 수년 동안 당신이 사람들을 주의깊게 바라보는 걸 지켜봤어요. 당신은 그들을 보지만 그들은 당신을 보지 못한 것처럼요. 하지만 찰리, 당신이 유일한 관찰자는 아니에요."

"내가 파산했다면 플라자에 묵겠어요?"

"젊은 여자와 함께라면 그럴 수 있죠, 그럼요." 달라지긴 했지만 여전히 크고 아름다운 이 여자는, 종종 째지는 듯한 날카로운 목소리를 내는 이 여자는, 매력적인 우울로 볼이 움푹 팬 이 여자는 나를 관찰하고 있었다. 그녀의 시선은 이미 오래된 습관이 된 수동성 때문에 나를 조금 피해 비스듬히 옆을 향하고 있었지만, 따뜻하고 다정했다. 사람들이 내 처지를 파악해내려고 신경쓸 때 나는 깊은 감동을 받는다.

"당신, 그 여자와 유럽에 가는 길이라던데요. 허긴스한테 들었어요."

"맞아요." 내가 말했다. "그렇습니다."

"무슨……?"

"무슨 일로 가느냐고요?" 내가 말했다. "나도 모르겠어요." 그녀에게 더 많은 것을 말해줄 수도 있었다. 진지한 사람들이 진지하게 받아들이는 문제들, 잘못 형성된 형이상학이나 정치 문제들을 내가 이제 더이상 진지하게 받아들이지 않는다고 고백했을 수도 있다. 그렇다면 내가 왜 아름다운 존재와 이탈리아에 가려는지 구체적이고 실제적인 동기가 있어야 할까? 나는 특별한 부드러움을 추구했고, 삼십 년 전에나 타당했던 동기에서 사랑과 만족을 추구했다. 이십대 때 갈구하던 것을 육십대에 따라잡는 건 어떤 걸까? 막상 얻게 되면 나는 그것을 어떻게 해야 할까? 이 훌륭한 여자에게 마음을 열어 보일 의사가 반쯤 있었다. 그녀 또한 정신적인 잠에서 깨어나고 있고 나는 그 기미를 보았다고 믿었다. 우리는 흥미로운 주제에 대해 꽤 많은 이야기를 나눌 수도 있었을 것이다—가령, 잠은 왜 사람들의 정신을 봉인하는가, 왜 깨어남은 그처럼 격렬한가, 정신이 육체를 떠나 작동할 수 있는가, 생물학적 근거가 필요 없는 일종의 의식이 있을 수 있는가 하는. 내가 개인적으로 죽음의 문제에 관해 뭔가 하려고 생각하고 있다는 것을 그녀에게 말하고픈 충동을 느꼈다. 시인들이 죽음에 관한 위대한 시를 쓰지 않는다면 민주주의는 실패할 거라 확신했던 월트 휘트먼이 작가들에게 부여한 임무에 대해 그녀와 진지하게 논해야 할지 고민했다. 캐슬린이야말로 나와 대화를 나눌 수 있는 여자라는 생각이 들었다. 하지만 내 입장이 난처했다. 돈만 아는 아름다운 여자에게 정신이 나간 늙은 추격자, 젊음의 꿈을 성취하려는 공상가, 느닷없이 초감각적 의식과 민주주의의 위대한 죽음의 시를 논하려는 공상가! 자, 찰리, 괴상한 세상을 지금보다 더 괴상하게 만들지 말자. 내가 침묵을 지킨 이유는 캐슬린이야말로 내가 대화를 나누고 싶었던 여자였기 때문이다. 존경심에서. 나는 이 모든 문제를 좀더 성숙하게 고려하고, 내가 더 많은 것을 알게 될 때까지 기다리겠다고 생각했다.

그녀가 말했다. "난 다음주에 베오그라드* 메트로폴호텔에 머물 거예요. 또 연락해요. 계약서에 서명해서 보낼게요."

"아니, 아니요, 그럴 것 없어요."

"왜죠? 과부인 나한테서는 받지 않겠다는 건가요? 하지만 난 당신 몫을 원하지 않아요. 그렇게 생각을 해봐요."

그녀는 다정한 사람이었다. 그리고 진실을 간파했다—내가 레나타에게 큰돈을 쓰고 있고 곧 파산하리라는 것을.

* 당시 유고슬라비아의 수도, 현재 세르비아의 수도.

* * *

“자기는 왜 내 신발을 가져갔어?”

“못 참겠던데요,” 멋진 레나타가 말했다. “어떻게 신발 한 짝만 신고 절름거리며 올라갔어요? 당신 친구는 어떻게 하던가요? 난리쳤겠죠. 찰리, 유머는 우리 사이의 유대예요. 그건 내가 확실히 알아요.”

이 관계에서는 유머가 사랑보다 우위였다. 내 성격과 행동 방식에 레나타는 재미를 느꼈다. 그 재미가 상당히 커서 나는 그것이 점차 사랑과 합쳐지리라 생각했다. 어떤 상황에서도 사랑 없이 살 생각은 없었기 때문이다.

“당신은 파리에서도 테이블 밑에서 내 부츠 한 짝을 벗겼었지.”

“그래요, 어느 끔찍한 작자가 당신 훈장이 아주 형편없는 거라고 하면서 당신을 청소부나 돼지 사육자와 한 부류로 몰아넣던 날 밤에 그랬죠. 그걸로 복수, 위로, 재미를 한꺼번에 처리했어요.” 레나타가 말했다. “그게 너무 재미있단 생각이 들어서 나중에 당신한테 뭐라고 했는지 기억나요?”

“응, 기억나.”

“뭐라고 했죠, 찰리?”

“떠벌리는 것은 인간적이라고.”

“떠벌리는 것은 인간적이고, 드러내는 것은 신적이다.”* 여행을 위해 진홍색 옷을 차려입고 화장을 한 검은 머리 레나타가 웃었다. “오,

---

* 원문은 “To air it is human, to bare it divine”로, air, bare로 운을 맞췄다.

찰리, 이 바보 같은 텍사스 여행은 포기해요. 난 밀라노에서 당신이 필요해요. 비페르노와의 일이 쉽지 않을 테니까. 형은 당신이 찾아오는 걸 원하지 않을 거고, 당신은 형에게 빚진 것도 없잖아요. 당신은 형을 사랑하지만 그 사람은 당신을 막 대하고, 당신은 그런 사람들한테 무방비하잖아. 쓰라린 마음으로 가면 그들은 언제나 당신 엉덩이를 걷어차기나 해요. 당신도 나도 그가 무슨 생각 할지 알잖아요. 형은 당신이 돈벌이 되는 일에 자기도 끼워달라고 하기 위해 자신이 마음 약해진 순간에 찾아왔다고 생각할 거야. 한 가지 물어볼게요, 찰리, 혹시 이게 어느 정도 맞는 말일까요? 당신의 현재 상황이 어떤지 캐낼 마음은 없지만, 혹시 지금 당장 경제적인 도움이 필요한 건 아닐까 해서요. 한 가지 더 있어요. 만일 무슨 일이 생기면 당신하고 형수 중에 누가 상주가 되느냐 하는 문제로 갈등이 생길 텐데, 형의 입장에서는 몸에 칼을 대야 하는 순간 상주가 될지도 모르는 두 사람을 마주하고 싶겠어요? 요컨대, 시간낭비란 거예요. 나와 함께 가요. 나는 진짜 아버지가 물려준 처녀 때 이름 비페르노로 밀라노에서 아버지 팔짱을 끼고 걸어나가 당신과 결혼하는 꿈을 꿔요."

나는 레나타가 원하는 대로 해주고 싶었다. 그녀는 바라는 대로 할 자격이 있었다. 우리는 케네디공항에 있었고, 누구와도 비교할 수 없을 만큼 멋진 모자에 스웨이드 맥시코트, 에르메스 스카프, 우아한 부츠 차림의 그녀는 피사의 사탑만큼이나 사적인 소유가 불가능해 보였다. 그럼에도 그녀는 자신의 정체성에 대한, 아버지에 대한, 남편에 대한 사적인 권리를 주장했다. 얼마나 어리석고, 얼마나 실망스러운가! 그러나 다음 위계적 수준에서 보았을 때는, 그리고 보이지 않는 관찰자의 눈에는 내가 질서와 합리성과 신중함을 비롯해, 다른 중산층의 뭔가에 대해 유사한 권리를 주장하는 것처럼 보일 수도 있다.

"VIP 라운지에서 한잔해요. 시끄럽고 잔이 끈적거리는 데선 마시고 싶지 않아."

"이젠 VIP가 아닌데."

"찰스, 지터블룸이란 사람 있잖아요—일 년 전에 탈세처를 찾아준답시고 유전에 당신 돈 2만 달러를 날려버린 사람요. 그 사람에게 전화해서 이 문제를 해결하라고 해요. 작년에 그 사람이 직접 제안했잖아요. '언제든 좋아, 찰리' 하면서."

"당신은 나를 『그림 동화』에 나오는 어부처럼 느끼게 해, 아내가 시켜서 바다에 나가 마법 물고기에게 궁전을 달라고 하는 어부."

"말하는 것 좀 봐. 난 바가지 안 긁어요." 그녀가 말했다. "우리는 시끄러운 사람들에게 이리저리 떠밀리지 않고 우리의 마지막 한 잔을 마실 권리가 있어요."

그래서 나는 지터블룸에게 전화를 걸었고, 그의 비서가 문제를 쉽게 해결해주었다. 나는 마음만 먹으면 실패와 손실에서도 많은 것을 건져낼 수 있다고 생각하게 되었다. 이별의 우울함에 블러디 메리를 홀짝거리면서 나는 형을 위해 얼마나 커다란 위험을 감수하는지, 형이 그것을 얼마나 하찮게 받아들일지 생각했다. 그래도 레나타에 대해서는 자신감을 가져야 할 것이다. 이상적인 남성성이 그것을 요구했고, 실질적 판단은 이상적인 남성성의 요구에 따라야 한다. 그러나 나는 여기서 당장 앞으로 어떻게 될지 예측하라는 요구를 받고 싶지는 않았다. 내 예측은, 모든 것이 회오리바람 속으로 사라지리라는 것이기 때문이었다. "'마그리프 향수 한 병 어때요, 면세로?" 그녀가 말했다. 나는 큰 용량으로 사주며 말했다. "비행기에 실려 운반될 텐데, 난 거기 없어서 향기를 맡지 못하겠군."

"걱정 마요, 재회를 위해 다 남겨둘게요. 형이 텍사스 여자들이랑 당신 엮지 못하게 해요."

"그런 건 아예 염두에도 없을걸. 그런데 레나타, 당신 마지막으로 플론제일리와 대화한 게 언제지?"

"플론제일리는 잊어요. 우리는 완전히 헤어졌다고요. 좋은 남자지만, 나는 장의사 일은 질색이에요."

"큰 부자던데." 내가 말했다.

"망령의 화환만큼 부자죠."* 그녀가 내가 좋아하는 스타일로 말했다. "사장이 되었으니 더는 시체를 만지지 않아도 되지만 난 그 사람이 시체에 방부처리를 했었단 걸 머릿속에서 지울 수가 없어요. 물론 나는 문명에 시체애증屍體愛症이 서서히 퍼졌다는 프롬**이라는 사람 말에 동의하지 않아요. 정말 진지하게 말하는데요, 찰리, 나 같은 몸매의 여자가 엄격할 만큼 정상적으로 살지 않는다면 어떻게 되겠어요?"

나는 그녀가 나에게 어떤 부분의 진실을 말하고 있는지, 그리고 우리가 다시 만날 수나 있는지조차 알 수 없어 제법 슬펐다. 하지만 여러 일로 압박을 받았음에도 정신적으로 발전하고 있다는 느낌이 들었다. 가장 좋을 때조차 이별과 헤어짐은 언제나 나를 풀죽게 했고 지금도

---

* 원문은 "He's worth his wreaths in wraiths"로, worth, wreaths, wraiths로 운을 맞췄다.

** 독일 정신분석학자, 사회학자.

커다란 불안을 느끼고 있었지만 그래도 내 안에 무언가 기댈 만한 힘이 있는 느낌이었다.

"그래, 잘 있어요, 찰리. 내일 밀라노에서 텍사스로 전화할게." 레나타가 말했고, 우리는 여러 번 키스했다. 그녀는 울 것 같은 표정이었지만 눈물은 흘리지 않았다.

나는 끝없이 이어지는 아치형 수로, 혹은 표현주의 영화에 나오는 복도 같은 TWA 터널을 지나, 무기 소지를 검사하는 과정을 거쳐 휴스턴행 비행기에 올랐다. 텍사스에 도착할 때까지는 내내 오컬트 서적들을 읽었다. 흥미로운 구절이 많았는데, 이에 대해서는 나중에 언급할 생각이다. 오후에 코퍼스크리스티에 도착해 모텔에 체크인했다. 그러고는 줄리어스의 집으로 갔다. 새로 지은 커다란 건물이고, 야자수와 자카란다, 비파나무, 레몬나무에 둘러싸여 있다. 잔디밭은 마치 초록색 포장용 대팻밥이나 포장재처럼 인공적으로 보였다. 진입로에 값비싼 자동차들이 주차되어 있고, 벨을 누르자 따르릉 땡그랑 요란한 소리가 울리더니 안에서 개들이 짖기 시작했다. 보안장치가 정교했다. 무거운 자물쇠가 풀리는 소리가 들리고 형수인 호텐스가 폴리네시아풍 조각이 새겨진 문을 활짝 열었다. 그녀는 개들에게 고함을 쳤지만 애정이 깔린 목소리였다. 그런 다음 그녀가 나를 향해 돌아섰다. 파란 눈과 두툼한 입술을 가진, 무뚝뚝하지만 품위 있는 사람이다. 피우던 담배를 그대로 입에 물고 연기에 조금 앞이 가린 채 그녀가 말했다.
"찰스! 어떻게 왔어요?"

"에이비스에서 차를 빌렸어요. 잘 지냈어요, 호텐스?"

"줄리어스가 기다리고 있어요. 들어가봐요."

개들은 말만큼이나 컸다. 그녀가 개들을 제지하자 나는 안쪽 침실로 가면서 조카들에게 인사를 건넸지만 아무 대꾸가 없었다. 아이들이 나를 가족의 한 사람으로 생각하는지 확신이 들지 않았다. 방에 들어서자 캔디 같은 줄무늬가 있는 무릎까지 오는 복서 쇼츠를 입은 나의 형 율릭이 보였다. "네가 온 줄 알았어, 처키."

"그래, 율릭, 내가 왔어." 그는 건강이 좋아 보이지 않았다. 배는 불룩하고 젖꼭지는 뾰족했다. 그 사이에는 실크 같은 잿빛 털이 무성했다. 그러나 그는 여느 때처럼 모든 것을 장악하고 있었다. 곧은 코와 잘 다듬어진 부드러운 백발, 위엄 있는 콧수염, 밑에 지방이 붙은 재기 넘치고 반짝이는 눈의 긴 얼굴은 당당해 보였다. 그는 언제나 루미 쇼츠*를 입었고, 어떤 옷보다 좋아했다. 내 것은 대개 더 짧고 몸에 붙었다. 그는 버릇대로 눈을 내리깔고 힐끗 나를 보았다. 우리 사이에는 평생이라는 공간이 있었다. 나에게는 계속되는 것이지만, 율릭은 계속해서 조건을 협상하고 갱신하고 싶어하는 사람이었다. 그가 영구적이라고 여기는 것은 아무것도 없었다. 내가 가져온 형제애는 그를 어리둥절하고 당혹스럽게 했고, 우쭐하게 했고, 의심에 가득차게 만들었다. 나는 착한 동생이었을까? 나는 정말로 아무 속셈이 없었을까? 그리고 나에게 조금이라도 좋은 면이 있었을까? 형은 내가 댁스터에 대해 그랬듯 나에 대한 마지막 결론을 내리는 데 어려움을 겪었다.

"꼭 올 거였다면 휴스턴으로 바로 오지 그랬어." 그가 말했다. "우린 내일 거기로 가거든." 나는 그가 속으로 형제애와 다투고 있음을 알 수

* 느슨한 실루엣에 밑위와 기장이 긴 반바지.

있었다. 그 거부감은 아직도 무겁게 자리잡고 있었다. 율릭은 결코 그 감정을 전부 없애버리지 못했다.

"아, 여행길이라 개의치 않았어. 뉴욕에서 특별히 할일도 없었고."

"응, 난 이따 오후에 부동산을 좀 보러 가야 해. 같이 갈래, 아니면 풀에서 수영할래? 온수풀이야." 지난번 내가 풀에 미끄러져들어갔을 때 그의 큰 개들 중 하나가 발목을 물어 피가 꽤 났었다. 그러나 난 수영하러 온 것이 아니었고, 형도 그것을 알았다. 그가 말했다. "그래, 네가 오니 좋다." 집중적으로 계산에 훈련된 두뇌가 승산을 계산하는 동안 그는 강인한 얼굴을 돌려 다른 곳을 쳐다보았다. "수술 때문에 아이들 크리스마스를 망쳤어." 그가 말했다. "그런데 넌 아이들과 같이 보낼 생각이 없는 거 같네."

"FAO 슈워츠 장난감을 잔뜩 보내줬어. 조카들 선물은 생각 못해서 미안해."

"우리 애들에게 뭘 주겠어? 없는 게 없는 애들이야. 장난감 살 때마다 없는 게 뭔지 고민하는 것도 빌어먹을 노릇이야. 수술 준비는 다 했어. 휴스턴에서 온갖 검사를 하느라 침대에 붙들려 있었지. 난 부모님을 기리기 위해 그 병원에 2만 달러를 기부했어. 그리고 몇 파운드 과체중이라는 거 말곤 수술 준비는 끝났지. 척*, 그 자식들이 날 톱으로 썰어서 심장을 꺼낼 것 같아. 그 팀은 그런 심장수술을 수천 번 했대. 난 2월 1일까지는 사무실에 복귀할 예정이야. 넌 사정이 괜찮아? 5만 달러쯤 있어? 내가 뭘 좀 해줄 수 있을 것 같은데."

* 별명 '처키'를 줄여 부른 말.

때때로 율릭은 텍사스에서 나에게 전화를 걸어 말했다. "3만 달러짜리 수표를 나한테 보내, 아니 4만 5천짜리로." 그러면 나는 그냥 수표를 써서 우편으로 부쳤다. 영수증은 오지 않았다. 그러다 육 개월 후 무슨 계약서가 도착하기도 했다. 내 돈은 언제나 두 배로 늘어났다. 내가 그런 거래의 세부 내용을 이해하지 못하고 그가 하는 사업의 명민함을 모른다는 데 짜증을 내면서도 그는 나를 위해 그런 일을 하는 것을 기쁘게 여겼다. 내 이익금은 지터블룸에게 맡겨지거나, 데니즈에게 지불되거나, 댁스터를 지원하거나, 세금으로 빼앗기거나, 레나타가 레이크 포인트 타워에서 지내는 돈으로 나가거나, 톰체크와 스롤에게 넘어갔다.

"무슨 생각을 하는데?" 내가 말했다.

"몇 가지가 있어." 그가 말했다. "너 은행 금리는 알지? 곧 18퍼센트가 된다 해도 놀랄 일이 아니야." 텔레비전 석 대가 켜지며 방안의 색채가 더욱 다채로워졌다. 벽지는 금박 엠보싱이었다. 카펫은 눈부신 잔디밭의 연속처럼 보였다. 실내와 실외가 통창을 사이에 두고 어우러져 정원과 침실이 이어지는 듯했다. 파란색 실내자전거가 있고 선반에 트로피들이 놓였는데, 호텐스는 유명한 골퍼였다. 특별 제작된 거대한 옷장에 정장들, 긴 선반에 정렬된 신발 수십 켤레, 넥타이 수백 개와 켜켜이 쌓인 모자 상자가 그득했다. 과시하기 좋아하고 가진 걸 자랑스러워하는 그는 취향 면에서 까다로운 비평가였고, 더글러스 맥아더라도 되는 듯이 내 외양을 평가했다. "맨날 왜 그렇게 너저분해, 처키, 이제 너도 옷에 돈을 쓰고 양복점에도 가는데 왜 아직도 그런 거냐고. 그 거지같은 신발은 누구한테 샀어? 그 말 담요 같은 외투는? 사기꾼들이 오십 년 전 얼간이들에게 그런 신발을 팔았지, 덤이라며 단춧고리나 얹어주면서. 이 코트 받아." 그가 내 팔에 체스터필드 칼라가 달린 검은색 비쿠냐* 코트를 던졌다. "여긴 날씨가 너무 더워서 그런 게 별로 필요 없어. 네가 가져. 네 코트는 마구간에서나 쓸모가 있을 테니 일하는 애들이 가져가겠지. 그거 벗고 이걸 입어." 나는 지시대로 했다. 이것이 그가 애정을 표현하는 방식이었다. 나는 율릭에게 저항해야 할 때는 침묵을 지켰다. 그는 아름답게 재단된 이중직 나팔바지를 입었지만, 허리가 잠기지 않았다. 그러자 옆방에 있던 호텐스에게 세탁부 때문에 바지가 줄어든 것 같다고 외쳤다.

"응, 줄었구나." 그녀가 대답했다.

이것이 이 집안의 방식이었다. 아이비리그식 투덜거림이나 차분한 진술 같은 건 없다.

나는 형의 신발도 받았다. 우리는 발이 똑같았다. 튀어나온 커다란 눈, 곧은 코도 똑같았다. 이런 이목구비가 나에게 어떤 인상을 부여하는지는 모른다. 형의 경우에는 독재자 같은 느낌을 주었다. 이제 나는 모든 지상의 삶을 일련의 삶 중 하나로 생각하기 시작했으므로, 율릭의 정신적 역사가 궁금했다. 그는 전에 무엇이었을까? 생물학적 진화와 서부의 역사가 율릭 같은 사람을 고작 육십오 년 만에 만들어낼 수는 없었을 것이다. 그는 보다 심오한 자질을 지니고 이곳에 왔을 것이다. 나는 그가 과거에 어떤 모습이었든 이번 생에서는 부유하고 거친 미국인 노릇을 하느라 어느 정도 위상을 잃었다고 믿고 싶었다. 미국

* 남미 안데스산맥에 서식하는 낙타과 동물.

은 인간 정신에 대한 가혹한 시련이었다. 그것이 모든 사람을 퇴보시켰다 해도 나는 놀라지 않을 것이다. 어떤 더 높은 힘은 정체된 것처럼 보였고, 영혼의 감각적 부분은 물질적 편리에 힘입어 멋대로 움직였다. 아, 일상의 편안함, 동물적 유혹. 우리의 쓰레기를 음식처럼 여기는 나라가 있다는 글을 썼던 기자가 누구였더라?

"그래, 유럽에 간다고 했지. 뭐 특별한 이유라도 있어? 일하러? 아니면 늘 그랬듯이 도피하러? 넌 절대 혼자 가지는 않고 항상 여자랑 가지. 이번엔 어떤 년이 널 끌고 가지?…… 이 바지는 억지로 입을 순 있지만 차를 오래 타면 불편할 것 같은데." 그는 화를 내며 바지를 벗어 침대 위에 내던졌다. "우리가 어디 가는지 말해줄게. 멕시코만 반도에 40에서 50에이커쯤 되는 멋진 땅이 있는데, 어느 쿠바인들 거야. 바티스타* 이전 독재자 장군이 몇 년 전 그걸 차지했어. 어떤 사기였는지 말해줄게. 이 나라에서는 지폐가 낡으면 아바나은행에서 수거해 트럭으로 폐기장에 보내. 그런데 그 지폐들이 하나도 소각되지 않았어. 그러기는커녕, 국외로 반출돼 그 장군의 계좌에 입금됐지. 그 돈으로 장군은 미국의 부동산을 사들였어. 그 후손들이 그걸 차지했고. 형편없는 인간들, 바람둥이들이야. 딸들과 며느리들은 그 바람둥이 상속자들에게 남자답게 행동하라고 성화를 하지. 그들이 하는 일이란 요트 타기, 마시기, 잠자기, 오입질, 폴로게임 같은 것뿐이야. 마약, 빠른 자동차, 비행기—너도 알겠지만. 여자들은 개발업자가 이 부동산을 제대로 평가해주길 바라. 입찰을 해서. 수백만 달러가 필요할 거야, 찰리, 망할,

* 쿠바 군인, 정치인. 미국의 후원을 받는 독재자였고 쿠바혁명으로 1959년 축출되었다.

그 반도 전체거든. 난 예전에 자기 나라에 있을 때 그 상속자들을 알았던 망명한 쿠바인 몇 명을 확보했어. 나는 우리가 유리하다고 믿어. 그런데 데니즈의 변호사가 나에게 너에 대해 쓴 편지를 보냈어. 네가 가진 내 피어니 아파트 지분 1퍼센트의 가치가 얼만지 알고 싶어하더군. 넌 그놈들에게 그런 얘기까지 해야 했어? 핀스커라는 녀석은 대체 누구야?"

"어쩔 수 없었어. 내 납세 신고서를 가져갔거든."

"아, 이 병신, 그저 공부만 한 바보 자식. 좋은 혈통을 물려받았고 멍청하게 태어나지도 않았는데, 물론 네가 자초했겠지. 꼭 지성인이 되어야 했다면, 〈월스트리트 저널〉에 나오는 호전적인 허먼 칸이나 밀턴 프리드먼* 같은 강한 유형이 될 순 없었냐! 맨날 우드로 윌슨이니 죽은 놈들 타령이지. 네 거지같은 글은 읽을 수가 없더라. 두 문장 보면 하품이 나와서. 아버지가 나한테 하듯 너도 좀 때려줬어야 했어. 그랬다면 정신을 차렸을 텐데. 아버지한테 가장 사랑받았는데도 넌 건진 게 없지. 그리고 자라서 그 사나운 여자와 결혼했고. 심바이오니즈**나 팔레스타인해방기구 테러리스트들하고나 어울리는 여자랑. 그 날카로운 이빨이며 관자놀이에 꼬불꼬불한 머리카락을 보는 순간 난 네가 곧 우주 공간으로 갈 팔자란 걸 알겠더라. 넌 이 지상에서의 삶이 불가능하다는 걸 증명하기 위해 태어났지. 좋아, 이제 네 일은 사실상 끝났으니까. 정말이지 내 몸도 너 같은 상태라면 좋겠다. 아직도 랑고바르디랑 공을 쳐? 세상에, 그 녀석이 신사가 다 됐다니. 말해봐, 소송은 어떻게

* 허드슨연구소를 설립한 미래학자와 미국 경제학자.

** 1972년부터 1976년까지 미국에서 활동한 급진적 테러 단체 '공생해방군'.

돼가는데?"

"아주 좋지 않아. 법원이 내게 보증금을 명령했어. 20만 달러."

액수를 듣자 그는 창백해졌다. "네 돈을 묶어놨단 거야? 그 돈은 날렸군. 네 변호사가 누구야, 아직도 그 어릴 때 친구 뚱보 서트머르냐?"

"아니, 포러스트 톰체크."

"나는 법대에 다닐 때 톰체크 그 친구를 알았어. 법률가이자 정치인 유형 사기꾼이야. 좌약보다 부드러운 자인데, 그 속에 다이너마이트가 들어 있지. 판사는 누군데?"

"우르바노비치라는 사람이야."

"그 사람은 모르겠네. 하지만 너한테 불리한 판결을 내릴 게 분명해 보여. 넌 그 사람들 손아귀에 들어갔어. 중간에서 벌어지는 농간. 돈을 뜯어내려고 널 이용하는 거야. 아마도 누군가에게 줘야 할 돈이 있고 그걸 네 돈으로 해결하려는 거겠지. 지금 당장 알아볼게. 시카고에 있는 플랑코라는 사람 알아?"

"솔로몬 플랑코? 그 사람은 범죄조직 변호사야."

"그 친구라면 알 거야." 율릭은 재빨리 전화번호를 눌렀다. "플랑코," 연결되자 그가 말했다. "텍사스의 줄리어스 시트린이야. 가정법원에 우르바노비치라는 판사가 있어. 혹시 돈을 받는 자인가?" 그는 주의깊게 듣고는 말했다. "고마워, 플랑코, 나중에 연락하지." 그가 전화를 끊고 스포츠셔츠를 고르며 말했다. "아니, 돈 받을 생각은 아닌 모양이야. 재판관으로서 좋은 기록을 유지하려는 것 같아. 아주 능란한 자라는데. 냉정하고. 그런 친구가 물고늘어지면 너와 네 돈은 노른자와 흰자처럼 갈라질 거야. 좋아, 잊어버려. 내가 더 벌게 해줄게. 따로 챙겨둔 건 좀 있어?"

"없어."

"아무것도 없어? 무기명 계좌도? 뒷일 봐주는 사람도 없어?"

"없어."

그는 나를 엄중하게 바라보았다. 그러더니 세월과 근심과 경직된 태도가 밴 얼굴을 다소 누그러뜨리고 애치슨 스타일 콧수염 아래서 미소지었다. "우리가 형제라는 건," 그가 말했다. "그야말로 시의 소재야. 네 친구 폰 험볼트 플라이셔에게 한번 써보라고 해. 그래, 동료라던 그 시인은 어떻게 됐지? 1950년대 언젠가 내가 뉴욕에서 두 사람을 택시에 태워 나이트클럽으로 데려갔잖아. 코파카바나에서 즐거운 시간 보냈는데, 기억나?"

"그날 밤 시내에서 정말 신났지. 험볼트가 좋아했는데. 그 사람은 죽었어." 내가 말했다.

율릭은 푸른 불꽃 빛깔의 아름다운 이탈리아제 실크셔츠를 입었다. 그 셔츠는 이상적인 몸매를 갈망하는 것처럼 보였다. 그가 가슴 위로 셔츠를 끌어내렸다. 내가 마지막으로 여기서 봤을 때 율릭은 날씬했고, 멜론 같은 줄무늬에 멕시코 페소 은화가 솔기 장식으로 달린 멋진 골반바지를 입고 있었다. 급격한 다이어트로 새로운 몸매를 만들었던 것이다. 하지만 그때도 그의 캐딜락 바닥에는 땅콩 껍질이 널려 있었고, 이제 그는 다시 뚱뚱해졌다. 나는 내가 늘 봐온 더없이 익숙한 예전의 뚱뚱한 몸을 바라보았다—그의 배, 단련되지 않은 팔뚝의 주근깨, 우아한 손. 나는 여전히 그에게서 뚱뚱하고 숨차 보이는 소년을, 늘 난 죄가 없다고 주장하는 눈을 가진 탐욕스럽고 음모를 꾸미는 아이를 보았다. 나는 형을 속속들이, 심지어 육체까지 알았고, 오십 년 전 위스콘신의 어느 개울에서 깨진 병조각에 형의 허벅지가 찢어졌을 때 피가 콸콸 흐르는 살 속에 드러난 노란색 지방, 겹겹이 쌓인 지방층을 보았던 것도 기억한다. 팔목 뒤쪽에 있는 점, 부러졌다가 복구된 코, 순진한 척하는 사납고 거짓된 얼굴, 코웃음, 체취를 기억한다. 주황색 축구 셔츠를 입고, 입으로 숨을 쉬면서(돈이 없어서 아직 코 성형수술을 하기 전), 미시간 대로에서 열린 GAR* 퍼레이드를 구경할 수 있도록 나를 어깨에 태워줬었다. 1923년이 틀림없다. 형이 내 다리를 붙잡고 있었다. 골이 진 검은색 긴 양말을 신어 다리가 두툼했고 골프 니커즈처럼 속이 불룩한 블루머를 입고 있었다. 그러고는 공공도서관 남자 화장실의 열린 석관처럼 높은 노란색 소변기 앞에 선 내 뒤에서, 성가신 내복 밖으로 내 물건을 꺼내는 걸 도와주었다. 1928년에는 아메리칸익스프레스 수화물 운반원으로 일했다. 그후 버스터미널에서 커다란 타이어를 갈아끼우는 일을 했다. 길거리에서 불량배들과 싸움질을 했고, 그 자신도 불량배였다. 루이스기술학교를 야간으로 다닌 후 자기 힘으로 법대에 다녔다. 돈을 벌기도 하고 날리기도 했다. 1950년대 초반에는 패커드를 몰고 유럽으로 갔는데 산을 넘는 운전이 지루하다며 차를 파리에서 로마까지 공수시켰다. 일 년에 6만에서 7만 달러를 자신만을 위해 썼다. 나는 형에 대해서는 어떤 사실도 잊지 않았다. 이 사실에 그는 우쭐해했다. 또한 신경질을 내기도 했다. 기억하기 위해 내가 그렇게 마음을 쏟았다는 것이 무엇을 증명할까? 내가 형을 사

* 남북전쟁 북군 참전 군인들로 이루어진 전우회. 1956년 마지막 참전 군인이 죽자 해체되었다.

랑한다는 사실? 그런 완벽한 기억을 히스테리 증상으로 생각하는 병리학자들도 있다. 율릭은 사업상 거래 외에 자신은 기억하는 것이 없다고 말했다.

"그래, 그 괴상한 친구 폰 험볼트가 죽었단 말이지. 복잡한 개소리나 지껄이고 너보다도 옷차림이 형편없었지만, 난 그 친구가 맘에 들었어. 술 하나는 잘 마셨는데. 왜 죽었어?"

"뇌출혈로." 나는 선의의 거짓말을 해야 했다. 오늘은 심장병을 입에 올리면 안 되었다. "그런데 나한테 유산을 남겼어."

"뭐, 돈이 있었단 말이야?"

"아니. 그냥 서류야. 그런데 내가 그걸 그 사람의 늙은 삼촌에게 받으려고 요양원에 갔다가 메나샤 클링어를 만날 줄 누가 알았겠어."

"말도 안 돼, 메나샤라고! 그 빨강머리, 드라마틱 테너 맞지! 시카고 우리집에서 하숙했던 입실랜티 남자? 살면서 그렇게 정신 나간 미친놈은 본 적이 없어. 노래는 더럽게 못했지. 공장에서 번 돈은 교습비 내느라 음악회 티켓 사느라 다 썼고. 좀 잘되려나 했더니만 성병에 걸려서 돈은 돌팔이와 음악 선생이 나눠가졌지. 그 사람이 요양원에 들어갈 만큼 나이가 들었어? 하긴, 내가 육십대 중반이고 그 사람이 나보다 여덟 살 많으니까. 며칠 전에 내가 뭘 발견했는지 알아? 발트하임에 있는 가족묘 증서야. 묏자리가 두 개 남았더군. 너, 내 걸 살 생각은 없지? 나는 누워 있을 생각 없어. 화장해달랄 거야. 나는 행동이 필요해. 대기 속으로 들어가고 싶어. 날 찾으려면 일기예보를 들어봐."

그 또한 무덤에 대해 나름의 생각이 있었다. 아빠의 장례식 날 그가 나에게 말했었다. "날씨가 너무 따뜻하고 좋잖아. 끔찍해. 이렇게 완벽한 오후 본 적 있어?" 무덤 파는 사람들이 인공 잔디 카펫을 돌돌 말자 그 아래 멋지고 시원한 황갈색 모래 구덩이가 있었다. 쾌적한 날이었고 5월 하늘 높이, 뒤쪽 멀리 석탄 절벽 같은 것이 버티고 서 있었다. 나는 꽃이 만발한—라일락이 피는 시기였다!—묘지를 짓누르는 그 석탄 절벽을 의식하며 땀을 흘렸다. 작은 기계가 부드럽게 움직이며 캔버스천 끈에 묶인 관을 내리기 시작했다. 아버지 시트린만큼 그토록 내려가기를, 씁쓸한 문을 지나가기를 싫어한 사람도 없을 것이다—가만히 누워 있는 것이 그토록 어울리지 않는 사람도. 아빠, 대단한 단거리 선수, 여기저기서 수비수들이 방해하는 경기장을 달리는 주자, 이제 그는 무거운 죽음의 공격에 쓰러졌다.

율릭은 호텐스가 어떻게 아이들 방을 다시 꾸몄는지 내게 보여주고 싶어했다. 나는 그가 초코바를 찾는다는 걸 눈치챘다. 부엌 찬장에는 자물쇠가 채워져 있고 냉장고에도 손댈 수 없었다. "아내 말이 백번 옳아." 그가 말했다. "나는 그만 먹어야 해. 넌 항상 내 식욕이 전부 가짜라고 했지. 배고프다는 생각이 들면 목구멍에 손가락을 집어넣고 구역질을 해보라고. 그게 뭐랬지, 횡격막 근육을 뒤집는 거라던가? 넌 언제나 의지가 강하고, 턱걸이를 하고 스트레이트를 휘두르고 아령을 들고 숨어서 펀칭백을 두드리고 거리를 달리고 타잔처럼 나무에 매달리는 운동을 좋아하는 애였어. 변소 문을 잠그고 들어앉아서 했던 짓 때문에 양심의 가책을 느꼈던 거겠지. 그 대단한 정신생활과는 별개로, 넌 야한 꼬마 녀석이었어. 빌어먹을 예술! 난 네가 쓴 희곡을 하나도 이해 못하겠더라. 2막 도중에 나와버렸지. 영화는 좀 나았지만 역시나 따분한 부분이 있었어. 내 옛친구 에브 더크센도 문학에 빠져 산 시기가 있었지. 그 상원의원이 안부카드에 시를 썼다는 거 알아? 하지만 그 사람은 심오한 위선자야—진짜 사내긴 했지, 말도 못하게 냉소적이었어. 자기 자신의 허튼짓을 놀림거리로 삼았거든. 글쎄, 들어봐, 예술에 큰돈이 유입되자마자 난 이 나라에 고민거리가 생기겠구나 생각했어."

"그런 건 난 모르겠어." 내가 말했다. "예술가를 자본주의자로 만드는 건 어느 정도 깊이가 있는 재미있는 발상이었어. 미국은 달러라는 척도를 적용해서 심미적인 허세를 실험하려 했지. 문학이니 예술이니 하는 쓸모없는 것에는 절대 관여하지 않겠다고 말한 닉슨의 녹취록은 형도 읽었을 거야. 그건 그가 제대로 보조를 맞추지 못했기 때문이야. 그는 자본주의 정신과의 접점을 잃었어. 완전히 오해를 했지."

"어이, 어이, 나한테 강의하지 마. 넌 맨날 식탁에서 마르크스니 다윈이니 쇼펜하우어니 오스카 와일드니 무슨 이론을 떠들어댔지. 그 망할 것들 아니면 다른 뭔가를 끄집어냈어. 넌 우리 동네에서 모던라이브러리출판사 책을 가장 많이 가지고 있었잖아. 그리고 난 이 순간에도 네가 괴상한 이론에 엉덩이까지 담그고 있다는 데 오십 대 일 내기를 걸어도 좋을 만큼 장담해. 넌 그런 거 없이는 못 살지. 어서 가자. 쿠바 사람 둘과 보스턴 출신 아일랜드 사람을 태워 가야 해. 나는 예술에는 영 담을 쌓은 사람이잖아?"

"형은 사진사가 되려고 했었잖아." 내가 말했다.

"내가? 내가 언제 그랬지?"

"러시아정교회에서 장례식이 있었을 때—레빗과 해던 교차로 모퉁이에 있던, 양파 모양 지붕을 한 벽토 교회 기억나지?—현관 계단에서 관을 열어놓고 시신과 그 가족들 사진을 형이 찍었잖아. 형은 신부님과 타협해서 공식 사진사로 일하려고 했어."

"내가 그랬어? 잘했구먼!" 그 이야기를 듣고 율릭은 기뻐했다. 그러나 웬일인지 조용히 미소만 지었고, 잠시 움직이지 않고 생각에 잠겼다. 그는 늘어진 볼을 만지며 오늘 수염을 너무 바짝 깎아서 피부가 쓰라리다고 말했다. 가슴에서 올라오는 쓰라림 때문에 얼굴이 예민해졌을 것이다. 마지막 이별이 될지도 모르는 내 방문이 마음에 걸리는 것이다. 그는 나에게 잘 왔다고 하면서도 그래서 내가 싫기도 하다고 말했다. 그의 생각을 이해할 수 있었다. 나는 왜 죽음의 역병처럼 날개를 퍼덕이면서 사랑을 안고 그에게 왔을까? 안 왔다면 안 왔다고 원망을 품었을 테니 나로서는 어쩔 수 없었다. 그는 남이 잘못하길 바랐다. 그는 분노를 즐겼고, 뒤끝도 있었다.

그는 오십 년 동안 으레 똑같은 농담을 되풀이했고, 그 유치하고도 어리석은 농담에 다들 웃었다. "누가 병원에 있게? 아픈 사람들이지" 또는 "나는 역사 과목에서 딱 한 번 일등상을 탔는데, 내가 상을 가져가려고 하니까 도로 갖다놓으래" 하는 식이었다. 우리가 논쟁을 계속하던 시절 나는 이렇게 말하기도 했다. "형은 진짜 포퓰리스트고 무식해. 애국심 때문에 러시아 유대인의 두뇌를 포기했어. 형은 스스로 무식쟁이에 전형적인 미국인이 되었지." 그러나 그런 말은 오래전에 그만두었다. 나는 형이 흰 건포도 한 상자를 끼고 사무실에 틀어박혀 아널드 토인비와 R. H. 토니*, 유대인 역사를 연구한 세실 로스**나 살로

* 영국 경제사학자, 당대 가장 영향력 있던 사회비평가.

** 영국의 유대인 역사학자.

배런*의 책을 읽는다는 것을 알았다. 대화를 하다가 관련 이야기가 튀어나오면 그는 중요한 단어를 일부러 틀리게 말했다.

그는 빛나는 태양 아래서 캐딜락을 몰았다. 지구상의 모든 민족이 던졌을 법한 그림자들이 그 위에서 흔들거렸다. 그는 미국의 건설업자이자 백만장자였다. 거대하고 검은 엔진 덮개의 광택 위로 수십억 영혼이 유령처럼 펄럭거렸다. 먼 에티오피아에서 이질에 걸린 사람들이 도랑에 쭈그리고 앉아 허약해지고 죽어가면서, 관광객들이 버린 〈비즈니스 위크〉에 실린 그의 얼굴, 혹은 그와 같은 얼굴들을 보았다. 그러나 그런 얼굴은, 라틴어 *라팍스***나 루오***의 그림에 나오는 죽음을 휘두르는 변덕스러운 미친 왕들 중 하나를 상기시키는 사나운 옆얼굴을 가진 사람은 거의 없는 것 같았다. 우리는 그의 사업체인 피어니 콘도미니엄스와 트럼불 암스 앞을 지나갔다. 그리고 그의 건축 계획에 대해 이야기를 나눴다. "피어니 때문에 망할 뻔했어. 건축가가 옥상에 풀장을 만들자고 날 설득했거든. 그런데 건물이 남의 대지로 1피트나 먹고들어간 건 말할 것도 없고, 콘크리트도 몇 톤이나 부족했어. 아무도 알아차리지 못했고, 난 그놈의 풀장 계획을 없애버렸어. 서류가 많이도 필요했지." 거액의 2차 담보 대출을 말하는 것이었다. "이봐, 척, 넌 돈이 필요하잖아. 그 미친 여자는 네 간을 빼서 제 냉장고에 넣을 때까지 만족 안 할걸. 난 네가 돈을 조금도 꿍쳐두지 않았다는 게 놀랍다, 정말 놀라워. 넌 영락없는 멍청이야. 네 돈으로 재미 본 작자들이 꽤

---

* 폴란드 태생 미국 역사가.

** '강탈하는, 착취하는' 등의 뜻.

*** 프랑스 화가.

있겠지. 널 보호하고 미국 정부에 내야 할 세금을 면제받게 도와준다고 약속한 뉴욕의 그 친구 지터블룸에게도 큰돈을 들였을 거고. 넌 그 인간에게 당한 거야. 한푼도 못 건질걸. 그런데 너한테 수천 달러씩 빚진 사람도 꽤 있지 않냐. 그 사람들에게 제안해. 반만 받을 테니 현금으로 달라고. 그걸 어떻게 세탁해서 숨겨둘 수 있는지 알려줄게. 그리고 유럽으로 가서 지내. 대체 뭐 때문에 시카고에 살겠다는 거냐? 그 지루한 도시에 질리지도 않냐? 나는 나다니며 구경이라도 해서 지루하지 않았지. 하지만 너는 어땠지? 일어나, 밖을 내다봐, 온통 회색이야, 커튼을 쳐, 책을 들어. 도시가 으르렁거리며 돌아가도 넌 그 소릴 듣지 않아. 그렇게 살면서 그 빌어먹을 심장이 죽지 않은 걸 보면 넌 분명 쇠로 된 인간이야. 들어봐, 나한테 좋은 수가 있어. 우리가 같이 지중해 지역에 있는 집을 사는 거야. 내 아이들은 외국어를 배우고 다른 문화도 좀 접해야 해. 네가 걔들을 가르칠 수 있을 거야. 그래, 척, 네가 5만 달러만 긁어모을 수 있다면 내가 25퍼센트 수익을 보장해줄 테니까, 넌 그 돈으로 해외에 나가 살 수 있어."

그는 나에게 이야기했고, 나는 그의 운명에 대해 계속 생각했다. 그의 운명! 나는 내가 생각하는 것을 그에게 말할 수 없었다. 전달할 수 없었다. 그래봤자 무슨 소용이겠는가? 내 생각의 기이함과 특이함은 이율배반적이었다. 생각은 현실적이어야 한다. 말에는 분명한 의미가 있어야 하고, 사람은 자기가 한 말을 믿어야 한다. 햄릿도 폴로니우스에게 "말, 말, 말" 하며 불평했다. 말은 나의 말이 아니고, 생각은 나의 생각이 아니다. 생각이 있다는 건 멋진 일이다. 그것은 별이 총총한 하늘과 도덕률*에 관한 것일 수도, 누군가의 장엄함, 누군가의 숭고함에 대한 것일 수도 있다. 율릭에게만 서류가 많은 것이 아니었다. 우리 모두가 그렇다. 그리고 나는 이런 시기에는 율릭에게 어떤 서류도 넘겨주고 싶지 않았다. 내 새로운 생각이라면, 넘길 수 있다. 그러나 나는 그에게 그 생각을 언급할 준비가 되어 있지 않았다. 준비가 되어 있어야 했다. 과거에는 생각이 증권이나 채권의 문화적 포트폴리오처럼 보관하기에는 너무 현실적이었다. 그러나 이제 우리에게는 정신적인 자산이 있다. 다채로운 세계관이 얼마든지 있다. 하룻저녁이면 다섯 가지 다른 인식론을 논할 수 있다. 선택하라. 그것 전부가 마음에 들 것이며, 그중 어느 하나도 구속력이나 필요성이나 진정한 힘이 없고 영혼에 직접 말을 걸지 않는다. 문서로 만드는 것, 그리고 그 고상한 화폐를 넘기는 일이 마침내 나를 방어적으로 만들었다. 나는 천천히, 마지못해 방어적이 되었다. 그래서 이제 나는 율릭에게 나의 진정한 관심사를 말할 준비가 되어 있지 않았다. 나는 줄 것이 아무것도 없는데, 형은 죽음을 대비하고 있었다. 그는 그것에 대해 어떻게 생각해야 할지 몰랐고 분노하고 겁을 내고 있었다. 그에게 뭔가 말해주는 것이 사려깊은 형제로서 내가 해야 할 일이었다. 그리고 실제로 그가 마지막을 직면할 때 그에게 전달할 중요한 암시가 있었다. 그러나 암시는 별로 쓸모가 없었다. 나는 숙제를 하지 않았었다. 그는 말할 것이다. "무슨 말이야, 영혼이라니! 불멸? 그걸 말하는 거야?" 그런데 나는 아직 설명할 준비가 되지 않았다. 이제 막 그 문제를 진지하게 생각해보려는 참이었다. 아마 레나타와 기차를 타고 타오르미나[**]에 가서 거기 정

* 칸트는 "별이 총총한 하늘과 내 마음속의 도덕률에 감탄과 경외를 느낀다"고 말했다.

** 이탈리아 시칠리아섬 동부 메시나에 있는 해변 관광지.

원에 앉아 이 문제에 온 정신을 쏟으며 따져볼 수도 있을 것이다.

우리의 진지한 구세계 부모님은 확실히 미국 광대 한 쌍을, 악마 같은 백만장자 광대와 고상한 생각을 하는 광대를 낳았다. 율릭은 내가 좋아했던 뚱뚱한 소년이었고, 나에게 소중한 사람이었고, 지금 전방의 치명적인 해안선을 보면서 아픈 모습으로 운전석에 앉아 있는 그에게 나는 이 찬란하고 눈부시고 파괴적이고 감미롭고 고통스러운 것이(인생을 말하는 것이다) 끝나면, 우리가 아는 것이 끝난 데 불과하다고 말하고 싶었다. 그것이 미지의 세계를 종결짓지는 않으며, 무언가가 계속될 거라는 게 나의 생각이었다. 그러나 나는 이 완고한 형에게 아무것도 증명할 수 없었다. 그는 다가오는 공백에, 석탄 절벽이 뒤에 버티고 있는 꽃피는 상쾌한 5월의 결말에, 시원스럽고 멋지게 팬 땅의 구멍에 겁을 내고 있었다. 그래서 내가 무슨 얘기를 한다 해도 실제로는 이런 것이 전부일 터였다. "들어봐, 우리가 애플턴에서 시카고로 이사와 라이스 스트리트의 어두운 방에 살던 때 기억나? 형은 뚱뚱했고 나는 마른 아이였지? 엄마는 눈이 멍든 형을 아꼈고, 아빠는 형이 빵을 코코아에 담갔다고 화를 냈잖아? 신사였던 아빠가 얻을 수 있었던 유일한 일자리는 밤에 빵집에서 일하는 거였고 목재업으로 길을 찾기 전까지는 거기서 노예처럼 일하지 않았어? 그리고 집에 돌아와 하얀 작업복을 화장실 문 뒤에 걸어두면 언제나 빵냄새가 나고 굳어버린 밀가루 조각들이 비늘처럼 떨어졌잖아? 아빠는 화를 내며 모로 누워서 한 손은 잘생긴 얼굴 아래 두고, 다른 한 손은 구부린 무릎 사이에 끼운 채 하루종일 잠을 잤지? 엄마가 석탄 난로 위에서 빨래를 삶는 동안 형과 나는 학교에 갔지? 그거 다 기억해? 그래, 내가 왜 이 얘길 꺼냈는지 말할게—이것이 기억에서 영원히 지워지면 안 되는 미학적인 훌륭한 이유가 있어. 잊히고 낭비되고 말 운명인 것들에는 아무도 그토록 마음을 기울이지 않아. 그토록 많은 애정을 쏟지도 않고. 사랑은 존재에 대한 감사야. 이 모든 것이 사기에 불과하다면, 율릭, 사랑은 증오가 될 거야." 그러나 이런 이야기는 텍사스 남동부 최대의 건설업자 중 하나인 사람에게는 분명 받아들일 수 없는 것이었다. 이러한 의사소통은 나를 뉴욕에서 텍사스로 네 시간 만에 데려다줄 수 있거나, 가슴을 톱으로 열어 심장에 새로운 현관을 연결하는 등의 수많은 현실적 기적을 통해 스스로에게 규칙을 부과할 권리가 있음을 증명한 문명의 정신적 규칙들이 금지하고 있었다. 그러나 어찌됐든 죽음의 궁극성을 받아들이는 것이 그의 일괄적 대책의 일부였다. 남는 건 땅에 파인 구덩이 몇 개뿐. 이곳에서 흙속을 파고들던 멸종한 존재들이 파낸 두더짓길 자국뿐.

그리고 율릭은 나를 도와주겠다고 말했다. 이미 완성된 건축물의 100분의 2를 내게 5만 달러에 팔겠다고 했다. "25퍼센트에서 30퍼센트 내로 수익을 볼 거야. 그러니까 1만 5천 달러쯤 되는 수익금에, 네가 갈겨쓴 글로 번 돈을 보태면 유고슬라비아나 터키같이 물가 싼 나라에서 편안하게 지내면서 시카고 패거리들에게 엿 먹으라고 할 수 있게 되는 거지."

"그럼 5만 달러를 빌려줘." 내가 말했다. "그 정도는 일 년이면 벌어서 갚을 수 있어."

"그러려면 내가 직접 은행에 가야 해." 그가 말했다. 그러나 나는 시트린이고, 우리 핏줄에는 같은 피가 흐르니까, 그도 내가 그렇게 뻔한 거짓말을 믿을 거라 기대하진 않았을 것이다. 그래서 그는 말했다. "찰리, 나한테 사업과 관계없는 그런 일을 하라고 요구하지 마."

"나한테 돈을 내주고 나한테서 조금이라도 이득을 보지 못하면, 형의 자존심이 상한다는 얘기겠지."

"너처럼 간결하게 표현하는 재주가 있었다면 내가 무슨 글은 못 썼겠나," 그가 말했다. "아는 건 내가 너보다 천배는 많은데. 물론 나도 이득을 좀 봐야지. 결국 내가 그 일이라는 밀랍덩어리 전체를 만드는 사람이니까. 그래도 최소한의 기본은 필요해. 반면에, 네가 네 생활방식이 싫증났다면, 당연히 그렇겠지만, 여기 텍사스에 정착해서 더러운 부자가 될 수도 있어. 여긴 규모가 커, 찰리, 차원이 다르다고."

그러나 규모와 차원에 대한 언급은 사업에 대한 야망을 채워주기는커녕 내가 비행기에서 읽었던 어느 통찰자의 흥미로운 강연만 상기시켰다. 그 강연은 깊은 인상을 남겼고 나는 이해해보려고 노력했다. 쿠바인 둘과 보스턴에서 온 남자가 캐딜락에 탄 뒤 시가를 피우기 시작해 멀미가 나는 바람에 어느 때보다 통찰자에 대한 생각에 빠져들기 좋았다. 차는 해안선을 따라 도시를 쏜살같이 빠져나갔다. "가는 길에 훌륭한 어시장이 있어." 율릭이 말했다. "잠깐 들러서 호텐스에게 가져다줄 훈제 새우와 훈제 청새치를 사야겠어." 우리는 차를 세우고 몇 가지를 샀다. 배가 고팠던 율릭은 생선이 저울에서 내려지기도 전에 청새치 조각들을 먹었다. 그러고는 포장하기 전에 꼬리를 떼어냈다.

"과식하지 마." 내가 말했다.

그는 전혀 개의치 않았고, 그게 맞는 일이었다. 그는 게걸스럽게 먹었다. 쿠바 친구인 가스파르가 운전대를 잡았고 율릭은 생선을 들고 뒷좌석에 앉았다. 그는 생선을 좌석 밑에 놓았다. "호텐스가 좋아하니까 이건 남겨둬야지." 하지만 이대로라면 호텐스에게 가져다줄 것은 없을 것이었다. 평생의 대단한 식탐은 내가 간섭할 일이 아니었으므로 나는 형을 내버려두어야 했다. 하지만 심장수술 전날 훈제 생선을 잔뜩 욱여넣는 그에게 가족으로서 마땅한 염려를 한다는 것을 보이기 위해 동생으로서 의견을 비쳐야 했다.

동시에 그 통찰자가 아주 세세하게 묘사한 환상에 집중했다. 잠이 들면 영혼과 정신이 육체를 떠나는 것처럼, 영혼과 정신은 인간의 내면생활을 관찰하기 위해 완전한 의식을 가지고 육체를 벗어날 수도 있다. 이 의식적인 이탈의 첫번째 결과는 모든 것이 뒤바뀐다는 것이다. 우리는 보통 감각과 지성을 통해 외부 세계를 보지만, 이때 입문자는 외부에서 테두리에 싸인 자신을 보게 된다. 우리가 일반적으로 내면에서 인식하는 세계—산과 구름과 숲과 바다에 영혼과 정신이 쏟아진다. 우리는 더이상 이 외부 세계를 볼 수 없는데, 우리가 바로 그것이기 때문이다. 외부 세계는 이제 내부 세계가 된다. 통찰자여, 당신은 지금까지 당신이 보았던 우주에 있다. 이 새로운 환경에서 당신은 중심을 되돌아보고, 그 중심에 당신 자신이 있다. 사랑하는 신이여, 그곳에서 당신은 인간의 형상을, 자신의 형상을 본다. 당신은 당신의 피부와 내부의 피를 보고, 이것을 외부의 대상을 보듯 본다. 그러나 얼마나 놀라운 대상인가! 당신의 눈은 이제 빛으로 가득한 두 개의 빛나는 태양이다. 당신의 눈은 이 빛으로 식별된다. 당신의 귀는 소리로 식별된다. 피부는 광채를 띤다. 인간의 형상에서 빛, 소리, 반짝이는 전기력이 발산된다. 이것이 정신이 보게 되는 육체적 존재다. 그리고 생각의 삶까지도 이 빛 속에서 볼 수 있다. 당신의 생각은 빛의 몸체를 통과하는 어두운 파장으로 보인다고 이 통찰자는 말한다. 그리고 이 영광과 함께 우리가 이전에 자신이 비활성 상태로 서 있다고 느꼈던 공간에 존재하는 별에 대한 지식도 온다. 우리는 활성이 없는 것이 아니라 이 별들과 함께 움직였던 것이다. 정신이 그 몸체 바깥에서 새로운 위치를 잡으면 우리 내면에 별의 세계가 보인다. 근육 조직은 정신의 침전물이며 우주의 특징이 그 안에 있다. 삶에서도 죽음에서도 우주의 특징은 우리 안에 있다.

우리는 이제 암초가 많은 늪지대를 달리고 있었다. 맹그로브들이 있었다. 옆으로는 반짝이는 멕시코만이 있었다. 반도에는 온갖 물건이 널브러져 있고, 그것은 이 반도가 쓰레기 하치장이자 폐차들의 묘지이기 때문이다. 더운 오후였다. 커다란 검정 캐딜락 문이 열렸고 우리는 내렸다. 흥분한 남자들이 사방으로 성큼성큼 걸어다니며 땅을 조사하고 상태를 파악하려 노력하며 벌써부터 미래의 건축에 대해 고민했다. 호화로운 대저택, 놀라운 고층건물, 수정 같은 이슬이 맺힌 황홀한 정원이 그들의 타오르는 마음에 떠올랐다.

"바위가 단단한데." 보스턴에서 온 아일랜드인이 하얀 송아지가죽 구두로 땅을 긁으며 말했다.

그는 자신이 절대 아일랜드인이 아니라고, 폴란드인이라고 나에게 털어놓았다. 그의 이름 케이시는 카지미에시Casimirz를 줄인 것이었다. 그는 율릭의 형제라는 이유로 나를 사업가로 생각했다. 같은 시트린이니 그렇게 생각하지 않을 수 있겠는가? "이 사람은 정말 창의적인 사업가예요. 당신 형 줄리어스는 독창적입니다—천재 건설업자." 케이

시가 말했다. 주근깨 난 넙적한 그의 얼굴에 십오 년 전쯤 이 나라를 휩쓸었던 거짓 미소가 번졌다. 대화 상대를 매력적으로 바라보면서 윗입술을 치아에서부터 당기며 짓는 미소다. 앨릭 서트머르는 누구보다 잘했다. 케이시는 거구에, 시카고 사복형사 나부랭이 유형의 속이 텅 빈 동상 같은 인물이었다. 귀는 배추같이 놀라울 정도로 쭈글쭈글했다. 봄베이의 통신교육이라도 받은 사람처럼 현학적이면서 정중한 말투로 이야기했다. 나는 오히려 마음에 들었다. 그는 내가 율릭에게 자신에 대해 좋게 말해주길 바라는 것 같았고, 왜 그러는지 이해할 수 있었다. 케이시는 은퇴를 했고 몸이 좋지 않았으며, 인플레이션으로 인한 재산 감소를 막을 방법을 찾고 있었다. 또한 그는 활동할 거리를 찾고 있었다. 활동이냐 죽음이냐. 돈은 시간을 막지 못한다. 정신적인 탐구에 빠져 있었기에 내게는 많은 것이 보다 더 명료하게 보였다. 예를 들어 나는 율릭이 어떤 폭발적인 감정을 위장하고 있는지 보았다. 그는 돌무더기 위에 서서 종이봉투에 담긴 훈제 새우를 꺼내 먹으면서, 이 반도를 개발지로서 냉정하게 관찰하는 척했다. "유망하군요." 그가 말했다. "가능성이 보입니다. 그런데 골치 아픈 문제는 있겠는데요. 발파부터 해야겠죠. 물 문제도 있을 거고. 배수로도 그렇고. 그런데 여기 땅의 구획 정리가 어떻게 되어 있는지 모르겠네요."

"그래요, 이 땅에서 해볼 만한 건 일류 호텔입니다." 케이시가 말했다. "바다에 면한 양쪽에 해변과 요트 정박장과 테니스코트가 있는 아파트요."

"말은 쉽죠." 율릭이 말했다. 오, 교활한 율릭. 사랑하는 나의 형! 나는 그가 교활함의 황홀경에 있음을 알 수 있었다. 수억 달러의 가치가 있을 것 같은 곳, 외과의사들이 그를 수술할 준비를 하는 동안 그가 이곳과 마주친 것이다. 그의 영혼이 가장 빛나는 기회를 포착한 이때, 지방으로 꽉 막힌 병든 심장이 그를 무덤에 눕히겠다고 위협하고 있었다. 최고의 꿈을 꾸는 순간이면 반드시 누군가 문을 두드리기 시작하리라 확신할 수 있다—그 유명한 폴락의 푸줏간 아이가.* 이 경우, 아이의 이름은 죽음이었다. 나는 율릭과 그의 열정을 이해했다. 왜 아니겠는가? 나는 평생 율릭의 구독자였다. 그래서 나는 그가 이 쓰레기 하치장에서 어떤 천국을 보았는지 알았다—바다 안개 속 고층건물들, 촉촉하고 보석처럼 반짝이는 수입산 잔디, 여자들이 아름다운 몸을 볕에 태우는, 치자나무에 둘러싸인 풀장, 자수 셔츠를 입고 "*네, 손님*"을 연발하는 검은 피부의 멕시코 하인들—국경을 몰래 넘어오는 자가 많았다.

나는 율릭의 대차대조표가 어떻게 보일지도 알았다. 채프먼의 호메로스, 빛나는 페이지의, 황금의 왕국**처럼 읽힐 것이다. 그는 이 지역의 구획 정리 규정이 방해가 된다면, 100만 달러의 뇌물을 내놓을 준비가 되어 있었다. 그의 표정으로 나는 알 수 있었다. 그는 긍정적인 사람이었고, 나는 부정적인 죄인이었다. 그는 화려한 황실 색깔 옷을 입을 것이다. 나는 닥터덴턴*** 파자마를 입고 단추를 꼭꼭 채우고 있을 것이다. 물론 나는 내 잠을 깨울 아주 큰 도전을 안고 있었다. 지금

---

* 콜리지의 일화로, 꿈에서 시 내용을 전부 보고 「쿠블라 칸」을 쓰기 시작했지만, 영국 서머싯의 해안 마을인 폴락에서 온 방문자의 방해로 완성하지 못했다.

** 존 키츠의 소네트 「채프먼의 호메로스를 처음 읽고」 첫 행에 나오는 "황금의 왕국(realms of gold)"은 경이롭고 새로운 세계를 뜻하지만, 여기서는 물질적 의미로 쓰였다.

*** 잠옷 브랜드.

은 살짝 끓고 있을 뿐이지만, 마침내 완전히 끓어올라야 할 것이었다. 나는 전 인류를 위해 해야 할 일이 있었다—나 자신의 운명을 완수할 책임뿐만 아니라, 더 높은 차원의 깨달음을 얻기 위한 투쟁을 완수하지 못한 폰 험볼트와 같은 실패한 동료들의 과업을 이어가야 할 책임이었다. 내 손가락은 마침내 내가 상상의 트럼펫을 불 준비가 되었을 때 어떤 키를 눌러야 할지 연습하고 있었다. 그 황동의 울리는 소리가 지구 너머, 우주 속으로도 울릴 것이다. 메시아, 즉 상상력이라는 구세주가 일깨워질 때, 마침내 우리는 빛나는 온 지구를 눈을 뜨고 다시 바라볼 수 있을 것이다.

이 세계의 율릭들이(칸타빌레들도 마찬가지로) 나에게 이토록 큰 영향력을 발휘하는 것은 그들이 자신들의 욕망을 명확히 알기 때문이었다. 그 욕망은 저열할지 몰라도 그들은 완전히 깨어 있는 상태에서 추구했다. 소로는 월든호숫가에서 어떤 농부의 눈보다 완전히 깨어 있는 눈빛의 우드척을 보았다. 물론 그 우드척은 열심히 일한 농부의 농작물을 휩쓸러 가고 있었다. 소로가 우드척을 칭찬하고 농부들에게 화를 내도 좋다. 그런데 사회가 거대한 도덕적 실패작이라면, 농부는 잠을 자야 할 이유가 있다. 아니면 현재의 순간을 보라. 율릭은 돈에 깨어 있었다. 나는 옳은 일을 하고 싶은 갈망이 가슴속에서 부풀어오르면서, 미국의 소년기의 선하고 자유로운 잠이 반세기 동안 지속되었다는 것을 깨달았다. 그리고 지금도 나는 율릭에게서 뭔가를 얻기 위해 온 것이었고—나는 내 마음이 영감을 받았던 어린 시절의 상황을 다시 돌아보고 있었다. 우리를 지지해주는 그 시간, 초기의 선하고 감미로운 꿈의 향기가 아직도 그에게 달라붙어 있었다. 그의 얼굴이 (아마도) 그의 마지막 태양을 향하고 있을 때도 나는 여전히 그에게서 뭔가를 원하고 있었다.

율릭은 폴란드인 케이시가 자신을 대했던 것처럼 두 쿠바인을 정중하게 대했다. 이들은 그에게 없어서는 안 될 협상가였다. 그들은 땅주인들과 함께 학교를 다녔다. 때로 그 땅주인들과는 사촌간이라는 암시도 했다. 나에게 그들은 카리브해의 바람둥이들, 생기 넘치는 둥근 얼굴과 특별히 친절하지는 않은 푸른 눈을 가진 튼튼하고 뚱뚱한, 쉽게 알아볼 수 있는 유형의 남자들이었다. 그들은 골프를 치고, 수상스키를 타고, 말을 타고, 폴로 경기를 하고, 자동차 경주를 하고, 쌍발기를 조종했다. 그들은 리비에라, 알프스, 파리, 뉴욕은 물론 서인도제도의 나이트클럽과 도박장도 알았다. 내가 율릭에게 말했다. "예리한 사람들이야. 망명생활을 하는데도 조금도 무뎌지지 않았어."

"예리한 사람들이란 건 나도 알아." 율릭이 말했다. "저 사람들을 거래에 끌어들일 방법을 찾아야 해. 지금은 인색하게 굴 때가 아니야—세상에, 처키, 이번은 모두가 크게 한몫 잡을 기회야." 그가 속삭였다.

이 대화를 하기 전 우리는 두 차례 정차했다. 반도에서 돌아오는 길에 율릭은 아는 열대과일 농장에 들르고 싶다고 했다. 호텐스에게 감을 사다주기로 약속한 터였다. 생선은 전부 먹어버렸다. 우리는 율릭과 함께 나무 아래 앉아 가슴만한 불꽃색 과일을 빨아먹었다. 그의 스포츠셔츠에 과즙이 튀었고, 이왕 세탁소에 보낼 거라 생각했는지 손가락도 거기에 닦았다. 그는 작게 뜬 눈을 머리 안쪽에서 재빠르게 굴렸다. 그때 그는 우리와 함께 있지 않았다. 쿠바인들은 트렁크에서 호텐스의 골프가방을 꺼내 들판을 가로질러 이리저리 공을 치며 즐기기 시작했다. 엉덩이가 무겁고 공을 칠 자세를 잡을 때 턱살이 접혔지만 힘좋고 훌륭한 골퍼들이었다. 그들은 번갈아가며 쳤고, 탄력적인 힘으로 탄력적인 공을—딱!—미지의 공간으로 날려보냈다. 유쾌한 광경이었다. 그러나 다시 출발하려 했을 때, 자동차 열쇠를 트렁크에 넣은 채 잠가버린 걸 알아차렸다. 감을 키우는 농부에게 연장을 빌렸고, 쿠바인들이 삼십 분 만에 잠금장치를 두들겨서 빼냈다. 물론 새 캐딜락의 칠은 벗어졌다. 그러나 그건 아무것도 아니었다. "괜찮아요, 괜찮아요!" 율릭이 말했다. 당연히 화가 났을 테지만, 그는 이제 이 곤잘레스의 사촌들을 함부로 미워할 수 없었다. 율릭이 말했다. "그게 뭐라고요—쇳덩이 약간, 칠이 좀 벗어졌을 뿐인데요?" 그가 무거운 몸을 일으키며 말했다. "여기서 세우고 뭐 좀 마십시다."

우리는 멕시칸 레스토랑에 들어가 율릭이 시킨 *몰레 소스*—쓰고 매콤한 초콜릿 그레이비를 끼얹은 닭가슴살 요리를 먹었다. 나는 내 몫을 다 먹지 못했다. 율릭이 내 접시를 가져갔다. 그러고는 아이스크림을 곁들인 피칸파이와 멕시칸 초콜릿 한 잔을 주문했다.

집에 도착하자 나는 모텔로 가서 쉬겠다고 말했다. 무척 피곤했다. 우리는 정원에 잠시 서 있었다.

"너, 그 반도 모습이 이해되는 거야?" 그가 말했다. "그 땅으로 내 인생 최고의 사업을 할 수 있어. 저 건방진 쿠바인들은 내가 하자는 대로 따라올걸. 나는 저들을 휩쓸어갈 거야. 나는 계획을 세울 거야—회복하는 동안 조사하고, 지도를 만들어서 저 게으른 스페인 제트족 놈들에게 설명할 때쯤에는 건축 모형이랑 조달 자금까지 다 준비되어 있겠지. 별일 없다면, 뭔 말인지 알지? 이 비파 좀 먹어볼래?" 그는 우울한 표정으로 나무에 손을 뻗어 열매를 한줌 땄다.

"지금은 배가 꽉 찼어." 내가 말했다. "너무 많이 먹어서."

그는 서서 열매를 따먹으며 씨와 껍질을 뱉었고, 시선은 내 너머에 고정되어 있었다. 그러면서 이따금 애치슨 스타일의 콧수염을 닦았다. 거만하고 초췌한 그의 머릿속은 말로 전할 수 없는 생각으로 가득차 있었다. 그것들이 그의 내면 구석구석에 작고 조밀하게 쓰여 있었다. "휴스턴에서 수술 전에 널 보고 싶지는 않아, 찰리." 그가 말했다. "호텐스가 말려. 널 보면 내가 너무 감정적이 될 거라고, 호텐스는 자기가 무슨 말을 하는지 아는 여자야. 내가 하고 싶은 말은 이거야, 찰리. 내가 죽으면 호텐스와 결혼해줘. 네가 찾을 수 있는 어떤 여자보다 나은 여자야. 아주 정직한 사람이고. 나는 아내를 100퍼센트 신뢰하고, 이게 무슨 뜻인지는 너도 알 거야. 행동이 좀 거칠긴 해도 내 인생을 멋지게 만들어줬어. 너는 경제적인 문제를 더이상 겪지 않겠지."

"호텐스와 이 문제를 의논했어?"

"아니, 편지를 써뒀어. 내가 수술대에서 죽는다면, 시트린 집안사람과 재혼하길 바란다는 걸 짐작하고는 있을 거야." 그가 나를 뚫어져라 바라보며 말했다. "그 여자는 내가 하라는 대로 할 거야. 너도 그렇고."

늦은 오후는 우뚝 선 황금 벽 같았다. 그리고 우리 둘 사이에는 커다란 사랑이 있었고, 율릭도 나도 그 사랑을 어찌해야 할지 몰랐다. "그래, 가봐." 그가 돌아섰다. 나는 렌터카를 타고 떠났다.

* * *

호텐스가 전화를 걸어 말했다. "네, 해냈어요. 의사들이 다리 정맥을 떼어서 심장에 이식했어요. 앞으로 더 건강해질 거예요."

"고마운 일이군요. 이제 위험하지 않은 거죠?"

"네, 물론이에요, 내일 만날 수 있을 거예요."

수술하는 동안 호텐스는 내가 같이 있기를 원하지 않았다. 나는 아내/형제 간 경쟁심 때문이라 치부했지만, 나중에 마음이 바뀌었다. 내가 그녀였다면 나 역시 피할 거란 생각이 들 정도로 나는 내 애정의 무한함 혹은 히스테리를 인지했다. 그러나 수화기 너머에서 들려오는 그녀의 목소리에 들어본 적 없는 어조가 있었다. 호텐스는 이국적인 꽃을 키우고 개와 남자에게 고함을 질렀다—그것이 그녀의 스타일이었다. 하지만 이번에는 그녀가 꽃을 대할 때 갖는 아끼는 감정을 내게도 가졌다는 것을 느꼈고, 그녀에 대한 나의 태도도 완전히 달라졌다. 험볼트는 사람의 성격을 가혹하게 판단하는 사람이었는데, 내 성격에 대해 온화하기는커녕 너무 거칠다고 말하곤 했었다. 그가 내 개심改心을(이렇게 말할 수 있다면 말이지만) 알았다면 기뻐했을 것이다. 과학을 따르는(사실은 환상 과학이지만) 비판적인 시대에 사람들은 서로에 대해 '환상이 없다'고 느낀다. 절감의 법칙은 감손을 더욱 현실적으로 만든다. 그래서 나는 호텐스에 대해 유보적이었다. 이제는 그녀를 좋은 여자라고 생각했다. 모텔의 킹사이즈 침대에 누워 나는 험볼트의 서류와 루돌프 슈타이너와 그의 제자들이 쓴 책을 읽고 있었고, 예민한 상태였다.

율릭의 병실에 들어갈 때 내가 무엇을 보리라 예상했는지는 모르겠다—아마도 핏자국, 혹은 전동 톱이 남긴 뼛가루였을지도. 의사들은 그의 흉곽을 가르고 심장을 꺼냈다. 그리고 그 심장을 작은 발동기처럼 꺼서 옆에 두었다가 준비가 끝나자 다시 켰다. 나는 그 생각을 떨칠 수 없었다. 하지만 병실은 꽃과 햇빛으로 가득했다. 율릭의 머리맡에 부모님의 이름이 새겨진 작은 황동판이 있었다. 그의 안색은 누렇고 푸르딩딩했고, 코뼈가 튀어나왔고, 그 아래 하얀 콧수염이 거칠게 자라 있었다. 표정은 행복해 보였다. 여전히 사나움이 엿보여서 나는 기뻤다. 물론 그는 힘이 없었지만, 다시 사업에 몰두했다. 내가 만일 그에게 딴 세상 사람처럼 보인다고 말했다면, 그는 나를 경멸했을 것이다. 잘 닦인 창문, 화려한 장미와 달리아가 있었고, 통통한 다리가 바닥까지 그리 길지 않게 뻗은 작고 매력적이고 강인한 여자가, 니트 바지 정장을 입은 줄리어스 시트린 부인이 있었다. 삶은 계속되었다. 어떤 삶이? 이 삶이. 그러면 이 삶은 무엇인가? 그러나 지금은 형이상학적인 생각을 할 때가 아니었다. 나는 대단히 의욕적이었고, 무척이나 행복했다. 그러나 나는 내 생각들을 내 특이한 모자 속에 담아두었다.

"그래, 동생," 아직 힘없는 목소리로 그가 말했다. "너도 기쁘지?"

"기뻐, 형."

"심장도 신발처럼 수선할 수 있어. 밑창 갈듯이. 위의 가죽까지 새로 대고. 어거스터 스트리트에 살던 노빈슨처럼……"

내가 율릭에게 향수를 담당하는 사람인 것 같았다. 그는 자신이 기억 못하는 이야기를 나에게서 듣는 것을 좋아했다. 아프리카의 부족장들에게는 공식적으로 기억을 담당하는 자들이 있었다. 나는 율릭의 기억하는 자였다. "노빈슨네 창문에는 1917년의 참호 기념품들이 있었어." 내가 말했다. "황동 탄피와 구멍난 헬멧이 거기 있었지. 작업대 위에는 얼굴에 물벼락을 맞고 '도와주*!'라고 소리치며 펄쩍 뛰는 손님을 그의 아들 이지가 그리고 색칠한 만화가 있었고. 구두 수선하느라 비에 젖지 마세요, 라는 메시지가 쓰여 있었어."

율릭이 호텐스에게 말했다. "스위치를 켜기만 하면 이야기가 술술 나오지."

호텐스는 덮개 씌운 의자에 다리를 꼬고 앉아 미소 지었다. 니트 바지는 시든 장미나 갓 구운 벽돌 같은 색이었다. 얼굴은 마치 분을 바른 가부키 배우만큼이나 하얬는데, 광대뼈와 진홍색 립스틱을 바른 통통한 입술 때문에 눈동자 색이 밝은데도 일본인처럼 보였기 때문이다.

"좋아, 율릭, 이제 안정된 거 같으니까 난 가볼게."

"들어봐, 척, 난 늘 네가 유럽에서 사다줬으면 하던 게 있었어. 아름다운 바다 풍경. 난 바다 그림이 언제나 좋았어. 아무것도 없는 바다 말이야. 바위니, 배니, 사람이니 다 필요 없어. 기막히게 날씨 좋은 날 바다 한복판만. 사방에 물만 있는. 그런 그림을 사다줘, 처키, 그러면 5천이나 8천쯤 줄게. 괜찮은 게 보이면 전화해. 송금할 테니까."

물론 비공식적이지만 내가 커미션을 받을 수 있다는 암시였다. 조금이라도 붙이지 않는다면 오히려 부자연스러울 것이다. 그의 관대함은 종종 이런 식으로 나타났다. 나는 감동받았다.

"갤러리에 가볼게." 내가 말했다.

"좋아. 그런데 5만 달러는 어쩔 거야—내 제안 생각해봤어?"

---

* 원문은 'Hilp'로, 무식함을 표현한 것.

"아, 그건 형 말대로 꼭 하고 싶어. 난 그 돈이 절실해. 벌써 내 친구 댁스터에게 전보를 쳤어. 프랑스호를 타고 유럽으로 가는 중이거든. 마드리드에 가서 그가 고안한 기획을 시도해보고 싶다고도 알렸어. 문화 베데커…… 그래서 이제 마드리드로 가려고."

"좋네. 너는 일이 필요해. 일로 돌아가. 난 널 알아. 넌 일을 멈추면 문제가 생겨. 시카고에 있는 그 여자가 자기 변호사들이랑 짜고 널 일도 못하게 만들었잖아. 그 여자는 그런 멈춤이 너에게 어떤 영향을 주는지 아는 거야. 호텐스, 찰리는 이제 우리가 좀 돌봐줘야겠어."

"나도 동감이야." 호텐스가 말했다. 매 순간 나는 점점 더 호텐스를 존경하고 사랑하게 되었다. 정말, 정말 얼마나 훌륭하고 섬세한 여자인가, 그리고 저 가부키 가면은 얼마나 다양한 감정을 숨기고 있었는가. 그녀의 무뚝뚝함이 내 눈을 가렸었다. 하지만 그 무뚝뚝함 뒤에는 선함이, 장미 정원이 있었다. "데니즈와 합의할 수 있게 조금만 더 노력해보면 어때요?" 그녀가 말했다.

"그 여자는 합의를 원하지 않아." 율릭이 말했다. "저애 내장을 유리병에 담아 자기 벽난로에 올려두고 싶을 뿐이지. 저애가 돈을 더 주겠다고 하면 판돈만 더 올리거든. 소용없어. 저애는 지금 시카고에서 바람에 대고 오줌을 누는 중이야. 여자가 필요하다면서 언제나 자기를 병신으로 만들 여자만 고르지. 그러니까 척, 다시 일로 돌아가서 시작해. 대중은 네 이름이 보이지 않으면 네가 골로 간 줄 알고 사망 기사를 놓쳤다고 생각할 거야. 그 문화 가이드인가로는 얼마를 벌 수 있어? 5만 달러? 10만 달러에 하겠다고 버텨. 세금을 잊지 말라고. 주식에서도 손해봤어? 물론 그랬겠지. 넌 미국 전문가야. 온 나라가 경험하는 것을 너도 경험해야지. 나라면 어떻게 할지 알아? 나라면 오래된 철도 채권을 살 거야. 어떤 건 1달러짜리를 40센트에 살 수도 있어. 석탄을 수송하는 수단은 철도뿐이고, 에너지 위기 때문에 석탄의 중요성이 커지고 있어. 우리도 탄광이 있는 땅을 좀 가져야지. 인디애나와 일리노이 땅 밑, 중서부 전체가 온통 단단한 석탄덩어리야. 그걸 부숴서 물과 섞고 파이프라인으로 끌어올릴 수도 있지만, 경제적이지가 않아. 물까지도 점점 희소상품이 되어가고 있으니까." 율릭은 또다시 자본주의적 푸가를 연주하고 있었다. 석탄이라는 주제에 관해서는 낭만주의 시인이자, 지구의 신비를 말하는 노발리스*였다. "돈을 좀 모아봐. 그 돈을 나한테 보내면 내가 투자해줄게."

"고마워, 형." 내가 말했다.

"좋아. 이제 꺼져버려. 유럽에서 살면 되지 대체 뭐 때문에 돌아와? 바다 그림이나 사다줘."

그와 호텐스는 쿠바인들의 반도 개발 계획을 다시 이야기하기 시작했다. 그는 지도와 청사진에 천재성을 맹렬히 발휘했고 호텐스는 은행가들에게 전화를 걸었다. 나는 내 형제와 그의 아내에게 키스하고 에이비스 렌터카를 몰고 공항으로 갔다.

* * *

나의 마음은 기쁨으로 가득했지만, 밀라노의 상황이 순조롭지 않다는

---

* 독일 초기 낭만주의 시인, 철학자.

것을 알고 있었다. 레나타가 마음에 걸렸다. 그녀가 뭘 하고 있는지 알 수 없었다. 어젯밤 모텔에서 그녀와 통화했다. 나는 그녀에게 무슨 일이 있냐고 물었다. 그녀가 말했다. "대서양 너머에서 걸려온 전화로는 그런 얘기 안 할래요, 찰리, 너무 비싸." 그러나 그녀는 이 분 내내 울었다. 다른 대륙에서 건너오는 흐느낌이, 가까이 있는 다른 여자들의 흐느낌보다 생생했다. 울음이 그친 후에도 여전히 눈물을 머금은 듯 그녀는 자신을 비웃었다. "한 방울에 25센트짜리 눈물을 흘린 셈이네. 좋아, 마드리드에서 만나요, 꼭 갈 거야."

"*시뇨르* 비페르노가 당신 아버지 맞아?" 내가 물었다.

"궁금해 죽겠다는 말처럼 들리네요. 내 심정이 어떨지 생각해봐요. 그래요, 난 비페르노가 내 아빠라고 생각해요. 그런 기분이 들어."

"그 사람은 어떻게 생각하는데? 분명 멋진 남자겠지. 형편없는 남자가 당신 같은 딸을 낳을 순 없으니까, 레나타."

"늙고 쪼그라들었어요. 앨커트래즈감옥에 잊어버리고 두고 온 사람 같이. 게다가 나한테 말도 걸지 않아요. 하고 싶지 않대."

"왜?"

"엄마가 그 사람을 고소하려고 준비해놓고도 떠나기 전까지 내게는 말해주지 않았어요. 내가 도착하기 전날 그 서류가 그 사람에게 도착했고요. 친자확인 소송이었어. 양육비. 손해배상."

"양육비? 당신은 서른 살이 다 됐잖아. 그런데 *세뇨라*는 그런 일을 준비하면서 왜 당신에게 말해주지 않은 거지?" 내가 말했다.

"당신이 믿을 수 없다는 듯이 말할 때, 도저히 못 믿겠다는 투로 말할 때 실은 많이 화난 거란 거 알아요. 당신은 이 여행에 들어간 돈 때문에 화가 난 거야."

"레나타, *세뇨라*는 왜 당신이 출생의 비밀을 풀려는 이 순간에 비페르노에게 소환장으로 골탕을 먹였을까? 그럴 만한 이유를 내놓아야 할 거야, 어쨌든. 당신은 당신의 마음 때문에 혹은 정체성 때문에 거기까지 간 거야—정체성의 위기에 당신 몇 주나 초조해했잖아—어머니란 사람이 그런 일을 벌이다니. 내가 당혹스러워한다고 나를 탓할 순 없잖아. 기가 막힌 일이군. 늙은 소녀가 참으로 대단한 정복 작전을 세웠어. 폭탄 투하, 승리, 무조건 항복, 이 모든 걸."

"당신은 남자를 고소하는 여자 이야기는 참고 듣질 못하죠. 내가 어머니에게 어떤 빚을 지고 있는지도 모르면서. 나 같은 여자애를 키우는 건 정말 쉬운 일이 아니라고요. 어머니가 나한테 무슨 짓을 한 거냐니, 사람들이 당신에게 한 일을 생각해봐요. 칸타빌레가 어떻게 했어요, 지옥에서 썩으라지, 서트머르나 댁스터는? 댁스터를 조심해요. 리츠호텔에서 한 달을 보내더라도 계약서나 그 어떤 것에도 서명하지 말라고요. 댁스터는 자기 돈만 챙기고 일은 전부 당신한테 떠넘길 게 뻔해."

"아냐, 레나타, 좀 특이하긴 해도 근본은 믿음직한 친구야."

"잘 있어요, 자기," 그녀가 말했다. "당신이 미치게 보고 싶었어. 한쪽 발을 지구 모형에 얹은 영국 사자 동상을 보고 당신이 했던 말 기억나요? 내 지구에 당신 손을 얹으면 제국도 부럽지 않다고 했잖아. 레나타의 지구에서는 태양이 지지 않는다고!* 마드리드에서 기다릴게요."

"당신 밀라노에서 지친 것 같은데." 내가 말했다.

* 19세기 말 대영제국 영토가 전 지구의 4분의 1에 이르자, 대영제국에서는 태양이 지지 않는다는 말을 했다. 지구는 둥근 모양이므로 레나타의 가슴을 뜻하는 것으로 보인다.

그녀는 대꾸하는 대신 율럭처럼 내가 다시 일을 시작해야 한다고 말했다. "하지만 요즘 나한테 쏟아대던 현학적인 내용은 제발 쓰지 말고요." 그녀가 말했다.

그런데 대서양 전체가 우리 사이에서 솟구쳐오르기라도 한 모양이었다. 혹은 통신위성이 대기 상층부에서 반짝이는 입자로 뒤덮였거나. 지직거리다가 소리가 끊어졌다.

그러나 비행기가 이륙하자 나는 유난히 가볍고 자유로운 느낌이 들었다. 구부러진 독수리 다리 같은 바퀴로 굴러나간 747기는 거대한 날개로 날아올라, 한 층에서 다른 층으로, 점점 더 밝은 대기 속을 지나갔고, 그동안 나는 서류가방을 양다리 사이에 말을 타듯 끼운 채 좌석에 머리를 기대고 있었다. 종합해보면, *세뇨라*의 사악하고 엉뚱한 소송이 내 위치를 향상시킨 셈이었다. 그녀는 스스로 신뢰를 떨어뜨렸다. 나의 친절함, 나의 인내심, 나의 건전함, 나의 우월함이 레나타에게 점수를 딸 것이다. 내가 해야 할 일은 입다물고 가만히 있는 것뿐이었다. 그녀에 대한 생각이 한꺼번에 빠르게 몰려왔다—아름다운 여자들이 자본주의적 민주주의의 운명에 기여한 것이 무엇인가를, 그 너머의 좀더 깊은 문제들에 연관시키는 온갖 생각이. 내가 그것들 중 하나라도 명백하게 할 수 있는지 살펴보자. 레나타는 이제 많은 사람이 알듯 '역사 속에서 삶을 영위하는 것'을 거의 알았다. 생물학적으로 고귀한 미인인 레나타는 고야가 그린 시가를 피우는 〈마하〉나 윌리스 스티븐스의 "췻" 하고 속삭이는 초조한 첩*처럼 잘못된 범주에 속해 있었

* 미국 시인 스티븐스의 시 「당신이 말하면 무엇이든 아름다워」에 나오는 구절.

다. 말하자면 그녀는 일반적 견해에 따라 자신이 속하게 된 범주를 거부하고 거기서 넘어서고 싶어했다. 그러나 그 범주에 협력하기도 했다. 그리고 우리에게 주어진 역사적 과제가 하나 있다면, 그건 잘못된 범주를 깨뜨리는 것이다. 가면을 비우는 것이다. 언젠가 그녀에게 이렇게 제안했었다. "존재와 지식이 완전히 분리되어 있다면, 당신 같은 여자는 멍청이 계집이라고 불릴 수도 있어. 하지만 존재도 지식의 한 형태라면, 자신의 존재는 어느 정도 자신의 성취고……"

"그럼 나는 절대 멍청이 계집이 아니겠네. 이렇게 아름다우니까 그럴 수 없을 거야. 멋지네! 당신은 언제나 나한테 다정했어요, 찰리."

"내가 정말로 당신을 사랑하기 때문이야, 자기."

그러더니 조금 울었는데, 성적으로 자신이 기대하는 만큼 할 수 없기 때문이었다. 그녀에게는 심리적 장애가 있었다. 가끔 그녀는 "이게 진실이야! 난 가짜라고! 난 식탁 밑에서 하는 걸 더 좋아해" 하고 자신을 꾸짖으며 울었다. 나는 그녀에게 과장하지 말라고 했다. 자아는 태양으로부터 스스로를 해방했고, 이 해방의 고통을 견뎌야 한다고 말했다(슈타이너). 현대의 성적 이데올로기는 결코 이것을 꺾을 수 없다. 억압되지 않은 본질적인 기쁨이 자아의 보편적인 횡포로부터 우리를 해방시키지는 못한다. 살과 피는 결코 그러한 청구에 부응할 수 없다. 기타 등등.

어쨌든 우리는 조명이 켜진 동굴이자 극장이자 카페테리아인 거대한 747기에 실려 창백한 낮의 빛을 받으며 요동치는 대서양을 아래에 두고 고도 6마일까지 올라갔다. 조종사는 바다의 배들이 폭풍우에 힘든 벌을 받고 있다고 말했다. 그러나 이 고도에서는 바다에 이는 파도의 골들이 혀로 느끼는 입천장의 굴곡보다도 깊어 보이지 않았다. 여자 승무원이 위스키와 하와이산 마카다미아를 가져왔다. 우리는 이 행성, 내가 영혼의 위대한 학교이자 영혼의 물질적 소재임을 알게 된 이 심오한 장소의 경도선을 가로질러 돌진했다. 선善이 가끔씩만 반짝이는 영혼은 단 한 번의 생애에서 어디에도 도달할 수 없으리란 생각이 어느 때보다 더 강하게 들었다. 불멸에 대한 플라톤의 이론은 일부 학자들이 해석하는 것 같은 은유가 아니었다. 그 말 그대로를 뜻했다. 한 번의 생애는 미덕을 절망적으로 만들 뿐이다. 바보가 아니라면 선과 일회성의 삶을 연결 지으려 애쓰지 않을 것이다. 아니면 그 사랑스러운 여자 레나타가 말했듯이 "하나뿐일 바에야 없는 것이 낫다".*

한마디로 나는 내가 원하는 대로 생각하고 마음이 어디로 향하든 내버려두었다. 하지만 비행기와 내가 올바른 방향으로 가고 있다고 느꼈다. 마드리드를 택하길 잘했다. 스페인에서 나 자신을 바로잡을 수 있을 것이다. 레나타와 함께 조용한 한 달을 보낼 것이다. 나는 목수가 수평을 잡는 것처럼 우리 각자의 물방울들이 다시 한데로 모이게 해야겠다고 생각했다. 그러면 우리의 마음과 정신을 정말로 만족시키는 것들, 당연히 만족시키는 것들이 시도될 것이다. 만일 참된 것과 선한 것에 대해 말하는 사람들이 사기꾼처럼 느껴진다면, 그것은 그들의 물방울이 잘못된 곳으로 빗나갔기 때문이고, 전혀 이해하지 못하면서 자신들이 과학적 사고의 법칙을 따른다고 착각하기 때문이다. 하지만 나는 불장난을 할 생각도, 마지막 남은 몇 가지 혁명적 사상을 희롱할 생각

* 원문은 "Better none than only one"으로 none, one으로 운을 맞췄다.

도 없었다. 사실을 말하자면, 나에게는 크게 잘못 보낸 인생을 만회할 수 있는 시간이 십 년밖에 남지 않았다. 반성과 참회에 허비할 시간조차 없었다. 또한 나는 저기 저 죽음 속에서 험볼트가 나에게 도움을 구하고 있다고 느꼈다. 죽은 자와 산 자가 아직도 하나의 공동체를 이루고 있었다. 이 행성은 아직도 활동의 근거지였다. 험볼트의 망가진 삶과 나의 망가진 삶이 여기 있었고, 무슨 일인가를 해서, 마지막으로 올바른 방향으로 돌려놓고, 지구상에서 얻을 수 있는 도덕적 이해를 그것이 필요할 다음 세상으로 전달하는 것이 내가 해야 할 일이었다. 물론 나에게는 다른 죽은 사람들도 있었다. 험볼트 하나만이 아니었다. 그리고 나는 이것이 약간의 광기일 수도 있다고 생각했다. 하지만 내 감수성이 어째서 그런 의심을 받아야 하는가? 오히려 반대라면 몰라도, 등등. 나는 우리가 무엇을 볼지 알게 되리라고 결론을 내렸다. 우리는 그림자 없는 고공을 통과했고, 순수한 상층부의 광선 속에서 나는 내 잔에 담긴 아름다운 갈색 술의 수많은 결정체 미립자와 열을 발생시키는 차가운 액체의 등온선들을 보았다. 이런 식으로 스스로를 즐겁게 하며 시간을 보냈다. 비행기는 리스본에서 한참 지체되었고 마드리드에 몇 시간 늦게 도착했다.

앞이 고래 혹처럼 생긴 747기가 열리자 승객들이 쏟아져나왔고, 열의에 찬 찰리 시트린도 끼여 있었다. 항공사 잡지에서 보니 올해 관광객 수가 스페인 인구보다 거의 천만이나 많았다고 쓰여 있었다. 그렇다 해도, 이 구세계에 도착한 것이 특별한 사건이 아니라고 믿는 미국인이 과연 있을까? 여기 하늘 아래에서 하는 행동은 시카고에서 하는 행동보다 훨씬 많은 의미가 있었다. 그래야만 했다. 여기에는 의미심장한 공간이 있었다. 그렇게 느끼지 않을 수 없었다. 그리고 역시 의미심장한 공간에 둘러싸인 레나타가 리츠호텔에서 나를 기다리고 있었다. 그동안, 위치타폴스*에서 전세기를 타고 온 노인 동포들이 피곤에 지친 발을 질질 끌며 마치 통원 환자 같은 모습으로 기다란 복도를 지나갔다. 나는 그들 옆을 신속하게 지나갔다. 수속 창구에도, 수하물 찾는 곳에도 가장 먼저 도착했다. 하지만 내 가방은 맨 마지막에 나왔다. 위치타폴스 무리도 다 떠나고 우아한 옷들과 에르메스 넥타이들, 옛 사냥꾼 스타일의 멍키재킷들이 든 내 가방을 잃어버렸다는 생각이 든 순간, 길고 긴 컨베이어에서 혼자 흔들리는 것이 보였다. 그것은 코르셋을 입지 않은 여자가 자갈길을 어슬렁거리며 걸어오듯 나에게 다가왔다.

호텔로 가는 택시 안에서 나는 도로가 텅 빈 밤에 도착하길 잘했다고 생각하며 다시 한번 만족해했다. 지체되는 일 없이 택시는 맹렬하게 달렸고, 나는 곧바로 레나타의 방으로 가 옷을 벗고 그녀와 한 침대에 들어갈 수 있을 것이었다. 욕정이 아니라 열망 때문이었다. 나는 위안을 주고 위안을 받고 싶은 욕구로 가득차 있었다. 영혼의 영원한 젊음에 대한 마이스터 에크하르트**의 견해에 얼마나 동의했는지 이루 말할 수도 없었다. 그는 처음부터 끝까지 영혼의 상태는 항상 동일하며, 언제나 같은 나이라고 말했다. 그러나 우리의 나머지 부분은 그렇게 안정적이지 않다. 그러니 이 불일치를 무시하고 쇠퇴를 부정하면서 계속해서 삶을 다시 시작하려 한다는 것은 말이 되지 않는 모순이

* 텍사스주 북부의 도시.

** 독일 신비주의 철학자, 신학자.

다. 나는 이곳에서 레나타와 함께, 나는 좀더 다정해지고 그녀는 좀더 충실하고 인간적이 되겠다고 굳게 맹세하면서 다르게 시작해보고 싶었다. 물론 말이 되지 않았다. 하지만 마흔 살까지 나는 완전한 바보였고, 그후에도 어느 정도는 바보였음을 잊어서는 안 된다. 나는 언제까지나 조금쯤은 바보일 것이다. 그래도 희망이 있다고 생각하며 택시를 타고 레나타를 향해 달려갔다. 나는 이곳 스페인, 여기 침실에서—마침내!—인간다운 모든 일이 일어날 거라 기대하면서 죽음으로 끝날 수밖에 없는 삶의 마지막 지대에 들어서고 있었다.

리츠호텔의 둥근 현관 로비에서 제복 직원들이 내 가방과 서류가방을 받았고 나는 레나타를 찾아 회전문으로 들어갔다. 물론 그녀가 저런 장엄한 의자에 앉아 나를 기다릴 리 없었다. 여왕 같은 여자는 야간 근무자들과 함께 새벽 세시에 로비에 앉아 있지 않는다. 그렇다, 그녀는 분명 아직 잠들지 않고 깨어서 아름답게, 촉촉하게, 조용히 숨을 내쉬며 침대에 누워 자신에게 유일하고 특별한 시트린을 기다리고 있을 것이다. 그녀에게 어울리는 잘생기고 더 젊고 더 활력 넘치는 남자들도 있지만, 찰리는 한 사람뿐이고, 레나타도 이것을 알고 있다고 나는 믿었다.

그녀는 자존심 때문에 나와 스위트룸을 함께 쓰지 않으려 했다. "뉴욕이라면 몰라도, 마드리드에서는 당신과 내 여권에 적힌 성이 달라서 너무 매춘부 같잖아. 비용이 배로 들겠지만 그래야 해요."

나는 전화교환수 남자에게 가서 코프리츠 부인 방으로 연결해달라고 청했다.

"그런 분은 안 계신데요." 그가 대답했다.

"그러면 시트린 부인은요?" 내가 말했다.

시트린 부인도 없었다. 크게 실망한 나는 원형 천장 아래 깔린 둥근 카펫을 가로질러 안내인에게 갔다. 그가 밀라노에서 온 전보를 건넸다. 약간 지연. 비페르노와 진전. 내일 전화. 사랑해.

그런 다음 내 방으로 안내받았지만, 방을 보고 감탄할 상태가 아니었다. 강렬한 스페인풍의 조각된 장들과 두꺼운 휘장, 터키 카펫에 *안락의자들*, 대리석 욕실과 고풍스럽고 호화로운 침대차 스타일의 옛 전등들. 침대는 커튼이 쳐진 벽감 안에 놓여 있었고 물결무늬 실크로 덮여 있었다. 알몸으로 침대에 들어가 덧베개에 머리를 뉘었을 때, 심장 상태가 좋지 않았다. 댁스터에게서도 아무 소식이 없었다. 지금쯤 파리에 도착했을 것이다. 그에게 연락을 취해야 했다. 댁스터가 뉴욕에 있는 스튜어트에게 연락해, 내가 마드리드에서 한 달간 머물며 글을 쓰라는 스튜어트의 제안을 수락했다고 전해줘야 했다. 아주 중요한 일이었다. 남은 돈이 4천 달러뿐이라 리츠호텔 스위트룸을 두 개나 쓸 여유가 없었다. 달러는 시세가 좋지 않았고, 페세타는 비현실적으로 비쌌으며, 나는 비페르노와 레나타의 일에 어떤 진전이 있다고 믿지 않았다.

심장이 말도 못한 채 아프기만 했다. 나는 심장이 하고자 하는 말을 꺼내기를 거부했다. 내가 처한 상태를 책망했다. 게으름, 게으름, 게으름이었다. 나는 바로 전까지 머물렀던 텍사스의 침대에서 수천 마일 떨어진 이곳에서 한없이 슬퍼하며 뻣뻣하게 누워 있었고, 체온은 정상보다 적어도 3도 낮았다. 나는 자기연민을 혐오하도록 양육되었다. 활기차고, 긍정적이고, 번영하는 힘의 시스템이 되고 성취자가 되고, 두 번의 퓰리처상과 지그재그 메달과(형평법 재판소에서 결국 빼앗긴) 상당한 돈을 버는 것이 나의 미국적 교육의 일부였고, 나는 최종적이고도 더 높은 성취, 즉 필수적인 형이상학적 수정을, 죽음이라는 문제에 대한 보다 정확한 사고를 스스로 목표로 설정했다! 그리고 이제 나는 험볼트 플라이셔가 내게 남긴 원고에서 인용한 콜리지의 괴상한 형이상학적 견해를 기억했다. 뭐라고 했지? 고뇌의 시간에 떠오르는 괴상한 형이상학적 견해란, 죽을병에 걸린 아이의 병상 옆에 놓인 장난감이다. 나는 정확한 내용을 보기 위해 서류가방을 뒤졌다. 그러다가 멈췄다. 레나타가 나를 버릴까봐 두려워하는 것과 죽을병에 걸리는 것은 전혀 다른 문제임을 깨달았다. 게다가, 젠장, 왜 그녀는 나에게 고뇌의 한 시간을 주어서 침대차 등불 아래서 벌거벗은 채 등을 구부려 죽은 사람의 서류를 꺼내게 만드는 것인가. 나는 내가 너무 지쳤고 시차로 피로를 느낀다고 생각하기로 했다.

나는 험볼트와 콜리지에서 조지 스위벨의 이론으로 넘어갔다. 그리고 조지가 했음직한 일을 했다. 뜨거운 목욕물을 받았고, 욕조에 물이 차는 동안 물구나무서기를 했다. 이어서 발꿈치와 머리 뒤쪽에 체중을 전부 싣는 레슬링 브리지 동작을 했다. 그다음에는 휴식과 수면 전문가로 유명한 야콥센 박사가 추천하는 몇 가지 체조를 했다. 그의 안내서를 전에 정독했었다. 발가락 하나하나에서, 손가락 하나하나에서 긴장을 풀어내라고 했다. 그러나 레나타가 에로틱한 천재성을 발휘한 순간 나에게 손가락과 발가락으로 했던 일이 떠올랐기 때문에 좋은 방법은 아니었다. (발가락을 쓰는 법은 레나타가 가르쳐주기 전까지 전혀 몰랐다.) 이 모든 것을 한 뒤 나는 다시 침대로 돌아와서는, 어지러워진 영혼에게 잠시 떠나가서 이 불쌍한 육체를 쉴 수 있게 해달라고 기도했다. 나는 그녀의 전보를 집어들고는 사랑해에 시선을 고정했다. 곰곰이 생각한 끝에 이 말을 진심이라 믿기로 했다. 이 믿음의 행위를 하자마자 나는 잠이 들었다. 커튼이 드리워진 벽감 안 침대에서 몇 시간 동안 깊은 잠을 잤다.

그때 전화가 울렸다. 닫힌 덧문과 커튼이 드리운 어둠 속에서 스위치를 찾아 더듬거렸다. 하지만 찾을 수가 없었다. 나는 수화기를 들고 전화교환수에게 "몇시죠" 하고 물었다.

열한시 이십분이었다. "손님의 방으로 한 여자분이 올라가고 있습니다." 전화교환수가 말했다.

여자라고! 레나타가 온 것이다. 나는 창문의 커튼을 열어젖히고 이를 닦고 세수를 하러 달려갔다. 목욕 가운을 걸치고 머리가 벗어진 부분을 가리기 위해 머리카락을 쓸어넘기고, 두껍고 고급스러운 수건으로 몸을 닦고 있을 때, 문의 고리쇠가 전신기 키처럼, 그보다는 섬세하고 암시적으로 여러 번 딸깍거렸다. "내 사랑!" 나는 외치며 문을 활짝 열었고, 레나타의 늙은 어머니를 보았다. 그녀는 어두운색 여행복을 입고 모자와 베일을 쓰고 있었다. "*세뇨라!*" 내가 말했다.

그녀는 중세풍 옷차림으로 안으로 들어섰다. 문턱을 막 넘어서면서 장갑 낀 손을 뒤로 돌리더니 레나타의 어린 아들 로저를 데리고 들어왔다. "로저! 왜 로저가 마드리드에 있어요? *세뇨라*, 여긴 무슨 일로 온 겁니까?"

"불쌍한 것. 비행기에서 잠이 들었어. 사람들이 이애를 안아 옮겨야 했지."

"밀워키에서 조부모님과 크리스마스를 보내기로 했을 텐데—어떻게 된 거죠?"

"이애 할아버지가 뇌졸중으로 쓰러졌어. 죽을 수도 있대. 애 아빠는 어디 있는지 찾을 수가 없고. 내 아파트는 너무 좁아서 데리고 있을 수가 있어야지."

"레나타의 아파트는요?"

아니다, *세뇨라*는 자기 *연애사업* 때문에 어린아이를 돌볼 수 없는 것이다. 나는 그녀의 신사 친구 몇을 만난 적 있다. 아이를 그들에게 보이는 건 현명하지 않았다. 되도록 나는 그녀의 로맨스에 대해 생각하지 않으려 했다.

"레나타도 아나요?"

"물론 우리가 온다는 걸 알아. 전화로 의논했거든. 우리 아침식사 좀 주문해주게, 찰스. 얘야, 프러스티드 플레이크 좀 먹을래, 로저? 나는 핫초콜릿하고 크루아상, 브랜디 한 잔."

아이는 높은 스페인 의자 팔걸이 위로 몸을 숙이고 앉았다.

"이리 와, 로저." 내가 말했다. "내 침대에 누워." 나는 아이의 작은 신발을 벗기고 벽감으로 데려갔다. *세뇨라*는 아이에게 이불을 덮어주고 커튼을 치는 나를 지켜보았다. "그러니까 레나타가 아이를 데려오라고 했다는 말이군요."

"물론. 자네는 여기서 몇 달을 지낼 수도 있잖아. 이 방법뿐이었어."

"레나타는 언제 도착해요?"

"내일은 크리스마스잖나." *세뇨라*가 말했다.

"그렇죠. 그런데 그게 무슨 뜻이죠? 크리스마스를 지내러 온다는 건가요, 아니면 밀라노에서 아버지와 크리스마스를 보낸다는 건가요? 상황은 좀 진전이 있었나요? 하긴 어떻게 진전이 있겠어요, 당신이 비페르노 씨를 고소했는데."

"우린 열 시간을 비행했어, 찰스. 질문에 대답할 기운이 없네. 아침식사를 주문해줘. 그리고 자넨 면도를 좀 하면 좋겠는데. 난 식탁에 수염 덥수룩한 남자가 마주앉는 걸 못 견디거든."

그 말에 나는 *세뇨라*의 얼굴을 유심히 보았다. 그녀는 훌륭한 위엄을 풍겼다. 이디스 시트웰*처럼 머리 가리개를 쓰고 앉아 있었다. 내가 너무도 원하는 딸에 대한 그녀의 영향력은 대단했다. 그녀의 눈가에는 뱀 같은 메마름이 있었다. 그렇다, *세뇨라*는 미쳤다. 그러나 그녀의 태연자약함은 분노에 찬 비합리성으로 가득해서 난공불락이었다.

"코코아가 오는 동안 면도할게요, *세뇨라*. 그런데 당신은 왜 이런 때 *시뇨르* 비페르노를 고소했습니까?"

"그건 내 일 아닌가?"

"레나타의 일이기도 하지 않나요?"

"레나타의 남편이라도 되는 것처럼 말하는군." 그녀가 말했다. "레나타는 그 남자에게 딸을 인정할 기회를 주려고 밀라노에 갔어. 하지만 그 일엔 어머니도 있어. 누가 그 아이를 키우고 그렇게 멋진 여자로 만들었지? 누가 그 아이한테 격조와 여자로서 필요한 모든 걸 가르쳤지? 불공평한 일은 전부 따져야지. 그 남자에게는 평범하고 못생긴 딸이 셋 있어. 내가 낳은 이 놀라운 아이를 원한다면, 그 남자는 비

* 영국의 여성 시인, 비평가.

용을 정산해야 해. 라틴 여자에게 이래라저래라 가르치려 들지 말게, 찰스."

나는 별로 깨끗하지 않은 베이지색 실크가운을 입고 앉아 있었다. 허리끈이 너무 길었고, 술이 수년간 바닥에 끌렸다. 웨이터가 와서 과장된 동작으로 쟁반 뚜껑을 열었고, 우리는 아침을 먹었다. *세뇨라*가 코냑을 홀짝거리는 동안 나는 그녀의 살결, 입술 위 수염, 콧구멍이 오페라적인 느낌을 주는 매부리코와 닭처럼 묘한 광채를 뿜는 눈동자를 관찰했다. "나는 자네가 이용하는 여행사에 가서, 페이즐리무늬 터번을 쓴 그 포르투갈 여자 다 신트라 부인한테 TWA 비행기표를 끊었어. 레나타가 비용은 자네 앞으로 달아두면 된다고 했어. 난 한푼도 없었거든." *세뇨라*는 이런 점에서 댁스터와 같았다—자존심을 잃지 않고, 심지어 기쁨을 느끼면서 자신이 얼마나 돈이 없는지 말할 수 있는 사람들. "그리고 여기 로저와 내가 쓸 방을 잡았어. 우리 시설이 이번주에는 문을 닫거든. 나는 휴가를 보낼 생각이네."

시설이라는 말에 나는 정신병원을 떠올렸지만, 그녀는 자신이 상업 스페인어를 가르치는 비서학교를 말한 것이었다. 나는 항상 그녀가 사실은 마자르인*일 거라 생각했다. 어쨌거나 학생들은 그녀를 높이 평가했다. 불만한 괴짜나 미친 사람이 없는 학교는 다닐 가치가 없다. 그러나 곧 은퇴할 나이인데, *세뇨라*의 휠체어는 누가 밀어줄까? 그녀가 이제 나를 그럴 만한 사람으로 보는 건 아닐까? 어쩌면 이 늙은 여자도 험볼트처럼 소송으로 한 재산 만들 수 있다는 꿈을 꾸는지도 모른다.

---

* 헝가리인의 다수를 차지하는 종족.

못 그럴 것도 없지 않나? 밀라노에도 우르바노비치 같은 판사가 있을지 모른다.

"그래서 우린 크리스마스를 함께 지내게 됐어." *세뇨라*가 말했다.

"아이 안색이 너무 창백하던데요. 아픈가요?"

"피곤해서 그렇지." *세뇨라*가 대답했다.

그러나 로저는 독감에 걸렸다. 호텔측에서 노스웨스턴대학 출신의 훌륭한 스페인 의사를 보내주었고, 나는 그 의사와 시카고를 회상하며 추억에 흠뻑 젖었다. 나는 그에게 미국 기준 진료비를 주었다. *세뇨라*에게 크리스마스선물 살 돈을 주자 그녀는 온갖 물건을 사들였다. 크리스마스 날에는 딸들 생각에 기분이 몹시 저조했다. 로저가 있어 다행이다 싶어서 동화책을 읽어주고 스페인 신문을 오려붙여 기다란 종이사슬을 만들며 친구가 되어주었다. 방에 가습기가 있어서 풀과 종이 냄새가 더욱 진하게 풍겼다. 레나타에게서 전화는 오지 않았다.

나는 1924년 크리스마스를 결핵요양소에서 보냈던 기억이 떠올랐다. 간호사들이 두꺼운 줄무늬 지팡이 모양 박하사탕과 금박으로 싼 동전 모양 초콜릿이 가득 든 빨간색 망사 크리스마스양말을 내게 주었지만 그것은 우울한 기쁨이었고, 나는 아빠와 엄마가 그리웠다, 못된 뚱보 형 줄리어스까지도. 나는 그런 떨림과 상심을 이기고 살아남았고, 이제 나이든 도망자, 형평법의 희생자로 마드리드에 앉아 한숨을 쉬며 종이 오려붙이기를 하고 있었다. 아이는 열이 나고 창백했고, 숨결에서는 초콜릿과 풀 냄새가 났으며, 방을 두 바퀴 돌아 샹들리에에 걸쳐놓아야 했던 종이사슬에 매료되었다. 나는 마음을 가라앉히고 아이에게 상냥하게 대하려고 애썼지만, 나의 감정은(오, 비참한 감정이)

페리 정박장에 폭이 넓은 배가 밀고 들어오면서 후진 엔진이 쓰레기와 함께 가라앉은 오렌지 껍질들을 휘저어올릴 때처럼 밀려나왔다. 나는 자제력을 잃고 레나타가 밀라노에서 뭘 하고 있는지, 그녀가 있는 방, 그녀와 있는 남자, 그들이 취한 자세, 그 남자들의 발가락들을 상상했다. 나는 안 된다고, 돈을 뜯기고 버림받고 멀미를 하고 난파당한 표류자가 되지는 않겠다고 다짐했다. 셰익스피어를 인용해보려 했다—시저와 위험은 같은 날 태어난 두 마리 사자이며, 시저가 손위이고 더 용맹하다는* 내용이었다. 그러나 목표가 너무 높았는지 별 효과가 없었다. 게다가 20세기는 이런 고통에 쉽게 감명받지 않는다. 20세기는 모든 것을 보았다. 홀로코스트 이후, 20세기가 이런 사적인 어려움에 관심을 두지 않는다고 비난할 수는 없다. 나는 세계가 직면한 진짜 문제들을 간략히 열거해보았다—석유 금수 조치, 영국의 몰락, 인도와 에티오피아의 기근, 민주주의의 미래, 인류의 운명. 줄리어스 시저와 마찬가지로 효과가 없었다. 나는 여전히 내 개인의 문제로 낙담했다.

리츠호텔에 있는 18세기 스타일의 사설 이발소 칸막이 안쪽 프랑스 양단 안락의자에 앉았을 때—머리를 깎기 위해서가 아니라, 종종 그랬듯 인간의 손길이 그리워서 갔다—나는 레나타와 *세뇨라*에 대해 더 분명히 따져보기 시작했다. 예를 들어, 로저의 할아버지 코프리츠가 뇌졸중으로 쓰러져 몸이 마비되었을 때 아이는 어떻게 곧바로 떠날 준비가 되었을까? 그 늙은 여자가 아이의 여권을 그렇게 빨리 만들어줄 수 있었을까? 조용히 가서 몰래 꺼내보았더니, 여권은 이미 10월에 발급된

* 『줄리어스 시저』 2막 2장에서 시저가 자신에 대해 한 말. 그의 운이 다했다는 여러 전조가 있었지만, 시저는 자신이 위험보다 우위에 있다고 주장한다.

것이었다. 두 여자는 아주 철저한 계획자였다. 나만 앞을 보지 못한 것이었다. 그래서 이제는 내가 선수를 잡아야겠다는 생각이 들었다.

내가 파산한 것을 레나타가 알아채기 전에 결혼하는 것이 영리한 처사일 것이다. 단순히 반격하기 위해서만은 아니었다. 그녀의 속임수에도 불구하고 나는 그녀에게 미쳐 있었다. 그녀를 사랑하기 때문에 사소한 일들은 기꺼이 눈감아줄 용의가 있었다. 언젠가 밤에는 문을 열어주지 않는 것으로, 지난 4월 사흘 동안 떨어져 지내기 전 히스로공항에서는 여행가방 틈으로 피임도구를 일부러 보이는 것으로 레나타는 나를 도발했었다. 그런데 그런 게 정말 중요했을까? 언제 관심이 가는 남자를 만날지 모른다는 의미 이상이 있었을까? 중요한 문제는 내가 이렇게 온갖 생각을 한다고 해서, 혹은 그 생각들 때문에 레나타가 어떤 여자인지 이해할 수 있게 되겠느냐는 것이었다. 나는 질투심에 사로잡혀 발작하곤 하던 험볼트와는 달랐다. 코네티컷주 바다 옆 나의 집 마당에서 레온테스왕을 인용했을 때 그가 어떤 표정을 지었는지 떠올랐다. "나는 심장이 떨린다. 나의 심장은 춤춘다. 그러나 즐거움 때문이 아니다, 즐거움이 아니다."* 심장이 춤추는 것은 전형적인 질투다. 나는 전형적인 질투로 고통받지는 않았다. 레나타가 야비한 짓을 한 것은 사실이다. 그러나 그것은 아마도 전략이었을 것이다. 그녀는 나를 잡기 위해 출정했고 우리가 부부로 정착하면 달라질 것이었다. 의심의 여지 없이 그녀는 위험한 사람이지만, 나는 나에게 해를 끼칠 수 없는 여자, 나에게 상실의 위협을 느끼게 하지 않는 여자에게는 관

---

* 셰익스피어의 『겨울 이야기』 1막 2장에 나오는 레온테스의 독백.

심이 가지 않았다. 나의 심장은 우울함을 극복하고 여러 암울한 압박에서 벗어나야 하는 심장이었다. 그러기 위해 스페인이라는 배경은 알맞았다. 레나타는 카르멘처럼 행동했고, 상대는 아마도 플론제일리였을 것이고, 그의 역할은 투우사 에스카밀로였고, 나는 그 역할을 하기에는 나이가 두 배 반이나 많지만 돈 호세를 맡았다.

나는 곧 닥칠 가까운 미래를 재빠르게 스케치했다. 이 가톨릭 국가에서는 신고만으로 혼인하는 제도가 없을지도 모른다. 내가 알기로는 미국 대사관의 군무 *담당관*이나 공증인이 의식을 해주기도 한다. 나는 결혼반지 한 쌍을 찾으러 골동품점에 갈 수 있고(나는 마드리드의 골동품점을 좋아한다), 밀라노 일은 전혀 묻지 않고 리츠호텔에서 샴페인을 곁들인 저녁을 먹을 수도 있다. *세뇨라*는 시카고로 돌려보내고 우리 셋이서 내가 아는 도시 세고비아로 이사할 수도 있다. 데미가 죽은 뒤 여러 곳을 여행하다가 세고비아에도 갔었다. 나는 로마시대의 수로에 매료되었고, 높다랗고 울퉁불퉁한 석조 아치를 정말 좋아했다—굴러떨어지거나 무너져야 마땅할 것 같은 돌들이 허공에 높이 떠 있었다.* 그것은 나에게 귀감을 보여준 모범적인 성취였다. 명상이 목적일 때 세고비아만한 도시도 없다. 나는 그 도시의 어느 오래된 뒷골목에서 *가족*과 살 수 있을 것이고, 내가 정말로 지적 의식에서 좀더 순수한 정신의 의식으로 옮겨갈 수 있는지 알아보려 노력하는 동안, 레나타는 시카고 실내장식가들에게 팔 만한 골동품을 찾으러 도시를 뒤지며 즐거워할 수도 있다. 그녀는 돈을 벌 수도 있을 것이다. 로저는

* 세고비아 수도교로, 2천 년 전 화강암만으로 쌓아 지었다.

유치원에 다닐 수 있고 나중에는 내 어린 딸들도 합류할지 모른다. 데니즈는 소송에서 이겨 돈을 받아내는 즉시 아이들을 치워버리고 싶어할 테니까. 나에게는 세고비아에 정착해 레나타가 일을 시작할 수 있을 만큼의 현금만 남아 있다. 너무 많은 거짓을 가미하지 않아도 된다면 댁스터가 제안한 스페인의 현대 문화에 대한 에세이를 쓸 수도 있을 것이다. 레나타는 나의 속임수를 어떻게 받아들일까? 재미있는 희극, 세상에서 가장 훌륭한 희극으로 받아들일 것이다. 그리고 결혼 후 우리에게 있는 재산이 몇천 달러뿐이라고 말하면, 그녀는 환하게, 과장되게 웃고는 이렇게 말할 것이다. "세상에, 반전이네." 현실에서는 내 일생의 문제들, 갈망과 부푼 마음, 버림받은 자의 눈물겨운 몸부림, 특정할 수 없는 욕구의 무한화라는 짐을 지고 있었기에 나는 부러 레나타가 환하게 웃는 것을 떠올렸다. 이 상태는 분명히 아주 어린 시절부터 노화의 경계에 이르기까지 걸쳐 있었다. 망할, 당장 끝을 봐야겠다고 생각했다. 쓸데없이 남 일에 끼어드는 리츠호텔 직원들이 말을 퍼뜨리는 것을 원치 않았기 때문에 나는 울림이 있는 홀과 박쥐 같은 첨탑들이 있는 마드리드 중앙우체국(스페인 관료주의 고딕양식으로 지어진)으로 가서 밀라노로 전보를 쳤다. 멋진 생각, 레나타, 달링. 우리 내일 결혼하자. 진정으로 사랑하는 충실한 찰리.

그래놓고는 '충실한'이라는 말이 마음에 걸려 뜬눈으로 밤을 보냈다. 비난을 암시하고 용서의 그림자가 드리운 이 말이 일 전체를 그르칠 수도 있었다. 그러나 정말 해를 끼치려는 의도는 없었다. 나는 중간이었다. 다시 말해 내가 정말 위선자라면 그런 말실수는 영원히 하지 않았을 거라는 뜻이다. 반면 내가 정말로 무구하고 순수한 사람이라면, 밀라노에서의 그녀의 행동 때문에, 혹은 내 전보를 받고 오해할까봐 걱정되어 밤새 전전긍긍하지 않았을 것이다. 그러나 나는 공연히 잠을 설친 셈이었다. 어휘가 문제가 아니었다. 그녀에게서 답신이 오지 않았다.

그래서 그날 밤, 음식 한입 한입이 비싸기 그지없는 낭만적인 리츠호텔 레스토랑에서 나는 *세뇨라*에게 말했다. "오늘 내가 누구를 생각했는지 짐작도 못할 겁니다." 그러고는 대답도 기다리지 않고 "플론제일리죠!"라고 그녀의 방어를 막으려고 기습적으로 외쳤다. 하지만 *세뇨라*는 무척이나 단단한 재료로 만들어진 사람이었다. 조금도 신경쓰지 않는 것처럼 보였다. 나는 그 이름을 반복했다. "플론제일리라고요! 플론제일리! 플론제일리!"

"왜 그렇게 목소리가 커, 무슨 일인가, 찰스?"

"뭐가 문제인지는 당신이 말하는 게 좋겠네요. 플론제일리 씨는 어디 있죠?"

"그 사람이 어디 있는지가 나하고 무슨 상관인데? *카마레로**에게 와인 좀 따라달라고 해주겠나?" *세뇨라*가 웨이터에게 그 말을 해달라고 부탁한 건 그녀가 숙녀이고 내가 신사이기 때문만은 아니었다. 그녀는 스페인어가 유창했지만, 억양은 순전히 헝가리식이었다. 이제는 그것에 대해 의문의 여지가 없었다. 나는 *세뇨라*에게 배운 것이 한두 가지 있다. 예를 들면, 나는 왜 생을 마감하는 사람들이 모두 자신의 영혼과 화해하기 위해 고심할 거라고 생각했는가? 같은 것이다. 나는 플

* '웨이터'를 뜻하는 스페인어.

론제일리라는 이름을 불쑥 내뱉기 전에 준비하며 고뇌를 치렀는데, 그녀는 와인을 더 달라고 했다. 하지만 로저를 마드리드로 데려오는 계획을 주도한 사람은 그녀임이 분명했다. 밀라노로 달려가 레나타를 덮치지 못하도록 내 발을 확실히 묶어놓은 것도 그녀였다. 분명 플론제일리가 함께 있는 것이다. 그는 레나타에게 미쳐 있고 그것을 탓할 수는 없다. 사회에서 만나는 사람보다 시체안치소 작업대에서 만나는 사람이 더 많은 자라면 그런 식으로 정신이 홀렸다고 비난할 수 없다. 레나타의 몸은 살아 있는 육체로서 흔히 볼 수 있는 몸이 아니다. 레나타는 그가 자신을 병적으로 흠모한다고 불평했었지만, 그것이 그의 매력의 하나가 아니라고 확신할 수 있을까? 나는 아무것도 확신할 수 없었다. 나는 산미가 있는 와인 한 병을 마시고 취해보려 했지만 씁쓸한 맨정신을 이기지 못했다. 아니, 나는 이해하지 못했다.

고차원적인 의식활동이 언제나 이해력을 향상시키는 것은 아니다. 그런 이해에 대한 희망은 나의 지침서인 『고차원적 세계에 대한 지식과 그 달성』에서 제기되었다. 이 책은 구체적인 지침을 주었다. 거기서 제안한 방법 중 하나는 특정한 상황에서 다른 사람의 강렬한 욕망에 몰입하기 위해 노력하라는 것이었다. 이를 위해서는 모든 개인적인 의견과 방해되는 모든 판단을 제거해야 한다. 이 욕망에 찬성하거나 반대해서도 안 된다. 그럼으로써 다른 영혼이 느끼는 것을 조금씩 느끼게 된다. 나는 딸 메리를 대상으로 이것을 실험해보았다. 메리는 지난 생일선물로 10단 기어의 자전거를 원했다. 나는 메리가 그걸 타도 될 만큼 컸는지 확신이 없었다. 가게에 갔을 때도 정말 자전거를 사줘도 될지 확신이 서지 않았다. 그때 메리의 욕망은 무엇이었고, 아이는 어떤 경험을 했을까? 나는 알고 싶었고, 아이가 원하는 방식으로 욕망해보려고 했다. 내가 사랑하는 내 아이고, 영혼이 생생한 상태에서 그토록 강렬하게 원하는 것이 무엇인지 알아내는 것은 기본이어야 했다. 그러나 나는 할 수 없었다. 진땀이 흐르도록 노력했지만, 실패에 굴욕감을 느꼈고 수치스러웠다. 아이의 욕망도 알지 못하면서 다른 어떤 인간을 알 수 있겠는가? 나는 여러 사람을 상대로 다시 시도해보았다. 그러다가 패배를 겪고 스스로에게 물었다. 나는 어디에 있는가? 내가 누군가에 대해 정말 아는 것이 있는가? 내가 아는 욕망은 나 자신이나 맥베스나 프로스페로 같은, 존재하지 않는 사람들의 욕망뿐이었다. 천재들이 통찰력과 언어로 명백히 밝혀놓았기에 나도 알 수 있었던 것이다. 나는 메리에게 자전거를 사주고는 소리쳤다. "제발 부탁인데, 연석을 타고 넘지는 마. 바퀴가 엉망이 될 거야." 하지만 그 외침은 아이의 마음을 알지 못한 내 절망의 폭발이었다. 그럼에도 나는 알 준비가 되어 있었다. 가장 풍부한 색감으로, 가장 깊은 감정으로, 가장 순수한 빛으로 이해할 준비가 되어 있었다. 나는 사용할 수 없는 절묘한 능력을 가진 야수였다. 다시 이 문제를 언급하며 내 사랑하는 친구가 비난했듯이, 만돌린을 연주하며 똑같은 음을 열 번씩 퉁길 필요는 없다. 최종적으로 내가 해야 할 일은 의식의 치명적인 자급자족 상태에서 벗어나 남은 힘을 상상력의 영혼에 쏟아붓는 것이었다. 험볼트 역시 그랬어야 했다.

리츠호텔에 묵는 다른 신사들이 누구와 식사를 하는지 알 수 없지만, 그 인간적인 장면은 이 순간 나에게는 너무나 의미심장하고 함축적이었고, 내가 말할 수 있는 것은 내 건너편에 앉은 뚜쟁이 늙은 암캐의 목표가 단지 관습적이어서 기쁘다는 것뿐이었다. 그녀가 내 영혼을, 내 영혼의 남은 부분을 붙잡으려 했다면 나는 침몰되었을 것이다. 그러나 그녀가 원하는 것은 가장 좋은 시기에 딸을 팔아버리는 것이었다. 그러면 나는 다된 것인가? 끝난 것인가? 몇 년 동안 나는 레나타와 잘 지냈다—샴페인 칵테일, 난초가 놓인 식탁, 깃털과 지스트링*으로 단장한 따뜻한 미녀가 차려주는 저녁을 먹고 마시며 영웅과 왕의 사랑과 위대함을 풍자하는 그녀의 에로틱한 장난에 기침이 나도록 웃었다. 안녕, 그 멋진 감흥들이여 안녕. 적어도 내 감흥은 진짜였다. 그리고 그녀의 감흥이 진짜가 아니었다면, 그녀는 적어도 진실하고 이해심 많은 친구였다. 그녀의 무명 시트 침대에서. 베개 쌓인 천국에서. 모든 것이 아마도 끝난 것 같다.

리츠호텔에서 단정하게 저녁식사를 하는 사람 말고 내가 무엇이 될 수 있겠는가? 하인, 요리사, *지배인*과 웨이터가 시중을 들었고, 미국 벨보이처럼 옷을 입고 유리잔에 수정 같은 얼음물을 채워주고 납작한 은제 칼날로 테이블보에 떨어진 빵부스러기를 긁어모으는 어린 *급사*가 있었다. 나는 그를 가장 좋아했다. 그 상황에서 흐느끼고 싶은 내 욕망을 표현할 길은 없었다. 가슴이 찢어지는 순간이었다. 나는 이제 돈이 없고 늙은 저 여자는 그걸 알고 있었기 때문이다. 쭈그러진 구근 같은 *세뇨라*는 내 재정 상태를 알고 있었다. 시체를 만지는 플론제일리에게 돈이 떨어지는 일은 결코 없을 것이다. 자연의 과정 자체가 그를 뒷받침한다. 암과 동맥류, 심장동맥 질환과 출혈이 그의 부 뒤에 있었고 그

* 음부를 가리고 끈으로 고정하는 속옷의 일종.

에게 행복을 보장했다. 모든 죽은 자가 영광스러운 예루살렘의 궁정처럼, "영원히 살아라, 솔로몬 플론제일리여!" 하고 노래한다. 그래서 플론제일리가 레나타를 차지하는 동안 나는 잠시 쓰라린 자기연민에 굴복하고 어느 셋집 변소 앞에 얼이 빠져 서 있는 늙은 나를 보았다. 아마 늙은 닥터 루츠처럼 나도 한쪽 발에 양말 두 짝을 신고 욕조에 오줌을 눌 것이다. 나오미가 말했듯이 그건 다 끝난 것이다. 발트하임에 있는 가족묘 증서가 줄리어스의 책상에서 나온 건 잘된 일이다. 나에게 필요할지도 모른다, 때 이르게. 내일은 무거운 마음으로 벨라스케스*를, 아니면 다우닝 스트리트의 재무장관이 말한, 무리요**의 레나타를 닮은 초상화를 찾아보러 프라도에 갈 생각이다. 그렇게 나는 은식기들, 브랜디의 불꽃, 접시들이 부딪치며 멋진 섬광이 번뜩이는 장면 속에 앉아 있었다.

"어제 레나타에게 전보로 청혼했습니다." 내가 말했다.

"그랬나? 정말 잘했군. 오래전에 그리 했어야지." 무자비한 *세뇨라*가 말했다. "자존심 강한 여자를 그런 식으로 다루면 안 돼. 하지만 나는 유명한 사위를 얻어 좋고, 로저도 자네를 친아빠처럼 좋아해."

"그런데 레나타가 답을 주지 않았어요."

"우편 업무가 제대로 안 돌아가서 그래. 이탈리아가 무너지고 있단 소리 못 들었나?" 그녀가 말했다. "전화도 걸었어?"

"할까 했죠, *세뇨라*. 한밤중에 걸기가 망설여지더군요. 어쨌든 답이 없어요."

* 스페인 화가.

** 스페인의 '라파엘로'라고 불렸던 바로크 화가.

"아버지와 어딜 갔을지도 몰라. 비페르노가 돌로미테스에 있는 그 집을 아직 가지고 있을 수도 있거든."

"날 위해 당신이 가진 힘을 써줘요, *세뇨라*." 내가 말했다. 하지만 이 항복은 실수였다. 어떤 특정한 힘에 호소하는 것은 최악일 수 있다. 굳어버린 마음은 자비를 구하면 더 반발한다. "당신도 알겠지만, 나는 새로운 유형의 베데커를 쓰기 위해 스페인에 왔어요. 레나타와 결혼한다면 마드리드에 이어 빈, 로마, 파리로 갈 겁니다. 메르세데스벤츠도 새걸로 살 거고요. 로저를 위해 가정교사를 고용할 수도 있겠네요. 큰돈이 들어오는 일입니다." 나는 이 사람 저 사람을 거론하고, 유럽의 수도들에 흩어져 있는 인맥을 자랑하며 지껄여댔다. 그녀의 감흥은 점점 줄어들었다. 서트머르와 이미 이야기를 나눴는지도 모른다. 왜 그러는지는 몰라도 서트머르는 내 비밀을 퍼뜨리기를 좋아한다. 나는 말을 이었다. "*세뇨라*, 우리 플라멩코 카바레에 갈까요? 사방에서 광고하는 거기 있잖아요. 난 강렬한 목소리와 굽으로 바닥을 찍는 소리를 좋아하죠. 로저를 봐줄 사람을 구할 수 있어요."

"오, 아주 좋아." 그래서 우리는 집시들과 저녁을 보냈고, 나는 돈 많은 사람처럼 허세를 부렸다. 기타 연주 소리가 들려오고 손뼉을 치는 사이사이 나는 이 미친 노인과 반지와 결혼선물에 대해 의논했다.

"마드리드를 오가면서 레나타가 좋아할 만한 것들을 보셨습니까?" 내가 그녀에게 물었다.

"아, 아주 우아한 가죽과 스웨이드 제품들을 봤지. 코트와 장갑, 가방과 신발." 그녀가 말했다. "그런데 정말 아름다운 망토를 파는 거리를 발견하고는 국제망토협회 로스 아미고스 데 카파* 회장과 이야기를 나눴는데 그가 정말 놀랍도록 아름다운 짙은 녹색 벨벳 제품을 보여줬어. 후드가 달린 것도 있고 안 달린 것도 있었어."

"내일 우선 그것부터 살게요, 레나타를 위해서." 내가 말했다.

*세뇨라*가 조금이라도 말리는 기색을 보였다면 나는 내 처지를 깨달았을 것이다. 그러나 그녀는 무덤덤한 표정만 지었다. 그녀가 눈을 깜박이며 테이블 너머를 건너다보았다. 그 깜박임은 마치 막처럼 그녀의 눈 밑바닥에서 솟아오른 것 같았다. 나는 낙엽 부식토 냄새가 나는 건조한 황금빛 가을 오후에 내가 들어서자마자 뱀이 떠나버린 숲속 공터를 보는 것 같았다. 어떤 가치가 있을 수도 있기에 말한 것이다. 물론 아무것도 아닐 수 있다. 그러나 나는 리츠호텔 모퉁이를 돌아 프라도미술관 일대를 돌아다녔고, 시간이 날 때마다 들어가 기묘한 그림들을, 특히 고야의 익살스러운 환상과 히로니뮈스 보스**의 그림들을 보았다. 따라서 나의 마음은 이미지와 환각을 맞을 준비가 되어 있었다.

"드디어 이해하게 된 걸 축하하네." 늙은 여자가 말했다. 내가 제때 그랬다고는 말하지 않았음을 유의해야 한다. 그녀가 말을 이었다. "나는 진지한 남자에게 알맞은 완벽한 아내가 되도록 레나타를 키웠어."

타고나기를 어수룩한 나는 그녀가 말하는 진지한 남자가 나라고, 이 여자들이 아직 돌이킬 수 없는 결정에 도달한 건 아니라고 결론을 내렸다. 나는 이 가능성을 축하하기 위해 레판토 브랜디를 잔뜩 마셨다. 그 결과 잠을 푹 자고 가뿐한 몸으로 깼다. 아침에는 높은 창문들을 열

---

* '망토의 친구들'이라는 뜻의 스페인어.

** 20세기 초현실주의 운동에 영향을 미친 네덜란드 화가.

고 햇빛 아래 움직이는 차량들과 건너편 하얀 팰리스호텔이 자리한 위엄 있는 광장을 즐겁게 바라보았다. 모양내어 빚은 버터와 헤로 잼을 곁들인 맛있는 롤빵과 커피가 나왔다. 나는 십 년 동안, 정성들인 맞춤양복과 맞춤셔츠에 캐시미어 양말을 신고 실크넥타이를 매고 미학적으로 만족스러운 스타일을 유지하며 살았다. 이제 그 어리석은 화려함은 끝나가고 있었지만, 대공황을 경험했기에 내핍한 생활이 어떤 건지 너무 잘 알았다. 인생 대부분을 그렇게 살았다. 나를 힘들게 하는 것은 셋방에서 사는 것이 아니라, 찰리 채플린의 부인처럼 명성 높은 남자와 결혼해 아이를 열쯤 낳고 성城의 여주인이 되려는 목적으로 늙은 남자와의 결혼 계획을 세우는 예쁜 여자들에게 내가 더이상 아무런 영감도 주지 못하는 그저 그런 늙은 남자가 되는 것이었다. 여자에게 아무런 영감을 줄 수 없는 상태로 사는 것을 내가 견딜 수 있을까? 어쩌면, 어쩌면 레나타는 나의 내핍한 조건을 받아들일 만큼 나를 사랑하고 있을 수도 있다. 5만 달러를 투자하면 연 1만 5천 달러 수익을 보장한다는 줄리어스의 약속대로 된다면 세고비아에서 아주 잘살아갈 수도 있다. 남은 생애 동안 *세뇨라*를 뒷바라지하는 것도 참을 수 있을 것이다. 그녀의 여생이 너무 길지 않기만 바란다. 그녀에게 악감정이 있는 것은 아니지만, 빨리 사라져줄수록 낫다는 건 이해할 것이다.

나는 파리에 있는 댁스터에게 연락하려 했다. 파리 퐁루아얄호텔이었다. 뉴욕에 있는 칼 스튜어트에게도 전화를 걸었다. 댁스터가 말한 출판사와도 문화적 베데커에 대해 직접 논의하고 싶었다. 또한 그가 리츠호텔에 든 내 숙박 비용을 확실히 지불할지 확인하고 싶었다. 댁스터는 퐁루아얄호텔에 없었다. 어쩌면 그의 어머니의 친구라는 부르봉식스트 공주의 집에 머무를 수도 있었다. 나는 당황하지 않았다. 전화교환수에게 뉴욕으로 할 전화에 대한 세부 사항을 알린 뒤 창가에서 십 분간 평온한 시간을 보냈다. 겨울의 청량함과 태양을 즐겼다. 나는 태양을 맹렬한 열핵반응을 일으키는 기체와 분열의 덩어리가 아니라 하나의 존재로, 내가 무슨 말을 하는지 당신이 안다면 말이지만, 생명과 그 자체의 의미를 지닌 실체로 경험하려 애썼다.

페니실린 덕에 로저는 할머니와 레티로호수공원에 갈 수 있을 만큼 회복되어 오늘 아침에는 내가 그 아이를 책임지지 않아도 되었다. 나는 팔굽혀펴기를 서른 번 하고 물구나무서기를 했다. 그러고는 면도하고 옷을 갈아입고 산책하러 나갔다. 넓은 가로숫길을 벗어나 옛 도시의 뒷골목을 찾았다. 레나타에게 줄 아름다운 망토를 사는 것이 목적이었지만 바다 그림을 사다달라는 형의 부탁이 생각났고 시간도 많은 터라 골동품상과 갤러리를 둘러보았다. 하지만 푸른빛과 초록빛, 거품과 태양, 고요와 폭풍 속에는 언제나 바위와 돛과 기선 굴뚝이 있어서 줄리어스 마음에 들지 않을 것 같았다. 순수한 자연의 요소만을, 인간적 요소가 전혀 없는 물, 바다 한가운데, 형체 없는 깊음, 세계를 감싸는 바다만을 그린 사람은 아무도 없었다. 유가네안 언덕* 가운데 서 있었을 셸리가 계속 생각났다.

> 깊고 넓은 불행의 바다에는
> 분명 수많은 푸른 섬이 있으며……

---

* 이탈리아 파도바 남쪽의 화산 언덕. 비시 셸리가 「유가네안 언덕 가운데서 쓴 시행」이라는 시를 썼다.

그러나 줄리어스는 왜 바다에 다른 무언가가 있어야 하는지 알지 못했다. 그는 노아와는 정반대로, 멋진 옷을 입고 수심에 가득찬 채 레나타 때문에 고민하는 형제 비둘기를 보내 오로지 물만 찾아달라고 했다. 내가 여행자수표책을 주머니에 넣고 돌아다니는 미국인이었기 때문에, 하나같이 검은 작업복을 입은 가게 점원들과 여자들이 지하실에서 오래된 바다 풍경들을 가지고 올라왔다. 나는 스페인 사람들이 낯설지 않았다. 그들은 나의 부모님과 이민자 고모와 사촌을 닮았다. 1492년 유대인들이 추방될 때 우리는 헤어졌다. 시간에 대해 아주 인색하지 않다면, 그건 정말 그리 오래된 일은 아니었다.

나는 내 형제 율릭이 얼마나 미국적인가 하는 것이 궁금했다. 처음부터 그는 미국에 대해 물질적으로 성공한 행복한 땅일 뿐 정신적으로는 고민할 필요가 없다는 견해를 가지고 있었고, 그래서 비유대인들의 문화와 그들의 이상과 꿈은 무시해버렸다. 그 유명한 산타야나가 어떤 면에서는 율릭에게 동의했다. 비유대인들은 자신들의 이상을 성취할 수 없었고 대단히 불행했다. 비유대인의 미국은 영혼의 빈약함, 기질의 박약함, 재능의 결핍으로 장애가 있었다. 율릭의 젊은 시절 새로운 미국은 안락함과 속도, 명랑함, 건강, 활력, 풋볼 경기, 정치유세, 나들이, 명랑한 장례식만을 요구했다. 그러나 새로운 미국은 이제 다른 성향을, 새로운 괴벽을 노출했다. 즐겁고 열심히 일하는 활기, 물질적인 삶만을 위한 실용기술과 기능의 시대도 끝났다. 왜 형은 기적 같은 의학 기술로 심장에 새 혈관을 이식한 것을 수채화로 축하하려는 걸까? 형에게까지도 일만이 전부는 아니기 때문이다. 이제 그도 형이상학적 충동을 느끼고 있다. 아마도 그는 항상 긴장한 실질적인 미국의 영혼으로 살아왔을 것이다. 육십 년 동안 온갖 부정한 사업을 보았고 모든 악취를 맡았던 그가 이제는 내적 자아의 절대적이고도 병든 주인이자 보스가 되는 데 지쳤는지도 모른다. 랜드마크가 없는 바다 풍경은 무엇을 의미하는가? 본질적 자유, 일상이나 긴장의 공포로부터 해방된 휴식 아닐까? 오 하느님, 자유여!

프라도미술관에 가서 문의하면 바다 풍경을 그려줄 화가를 찾을 수 있다고 했다. 화가가 2천 달러를 청구한다면, 줄리어스에게 5천 달러를 받아낼 수 있을 것이다. 하지만 나는 비단과도 같은 끈으로 묶인 형제를 이용해 돈을 번다는 생각을 거부했다. 나는 마드리드 한 모퉁이에 있는 모든 바다 그림을 살펴본 후 망토 가게로 갔다.

그곳에서 로스 아미고스 데 카파라는 국제망토협회 회장과 거래를 했다. 찌그러진 아코디언처럼 비스듬하게 선 그는 까무잡잡하고 키가 작았으며, 치아 상태가 좋지 않고 입냄새도 났다. 검은 얼굴에는 하얀 플라타너스잎 같은 반점이 있었다. 미국인들은 그런 불완전함을 용납하지 않기 때문에, 나는 구세계에 온 듯한 느낌을 받았다. 가게의 목재 마루는 부서져 있었다. 천장에 온통 망토들이 걸려 있었다. 긴 장대를 든 여자들이 벨벳 안감을 대었거나, 양단으로 장식된 아름다운 옷을 내려 나에게 걸쳐주었다. 이 망토들에 비하면 덱스터의 *카라비니에리* 복장은 대수롭지도 않았다. 나는 빨간 안감을 댄 검은 망토를 (검정과 빨강은 레나타에게 가장 어울리는 색이다) 샀고, 아메리칸익스프레스 수표로 200달러를 지불했다. 많은 감사와 인사가 오갔다. 나는 모두와 악수했고 서둘러 리츠호텔로 돌아가 이것을 *세뇨라*에게 보여주고 싶었다.

그러나 *세뇨라*는 거기 없었다. 나는 내 방 기다란 안락의자에 있는 로저를 발견했는데, 꾸려진 가방에 발을 올려놓고 있었다. 객실 담당 직원이 로저를 지켜보고 있었다. "할머니는 어디 있어?" 내가 물었다. 직원이 두 시간 전 *세뇨라*가 급한 연락을 받고 나갔다고 말했다. 나는 호텔 회계원에게 전화를 걸었고, 그는 내 손님인 482호실 부인이 퇴실했고 그 요금이 내 청구서에 합산될 거라고 말했다. 나는 데스크에 전화했다. 그가 말했다. 아, 네, 리무진이 부인을 공항으로 모시고 갔습니다. 아니요, 행선지는 모릅니다. 그들이 그녀의 비행기표를 준비한 것이 아니었다.

"찰리 아저씨, 초콜릿 있어요?" 로저가 말했다.

"응, 얘야, 너 주려고 좀 가져왔지." 로저는 단것을 있는 대로 모두 얻어내려 했고, 그래서 나는 통째로 주었다. 무엇을 향한 욕망인지 이해할 수 있었다. 로저는 엄마를 원했다. 우리는 같은 사람을 원하고 있었다. 가엾은 꼬마, 은박지를 벗겨 입에 초콜릿을 넣는 로저를 보며 생각했다. 나는 이 아이에게 진정한 감정을 느꼈다. 로저는 온몸의 맥박이 뛰는 창백한 어린 시절의 들뜨고 아름다운 상태, 무방비한 탐욕스러운 갈망 외에 아무것도 없는 상태였다. 나는 그런 상태를 아주 잘 기억했다. 객실 담당 직원은 내가 스페인어를 조금 한다는 것을 알고는 로헬리오*가 내 손자인지 물었다. "아니에요!" 내가 말했다. 로저를 떠맡은 것만도 너무 기막힌데, 할아버지까지 돼주어야 하나? 레나타는

* 로저를 스페인어식으로 발음한 것.

플론제일리와 신혼여행중이었다. 결혼해본 적 없는 *세뇨라*가 딸에게는 존경할 만한 사회적 지위를 얻어주려고 미쳐 있었다. 레나타는 성적으로 무척 발달했지만 순종적인 아이였다. 아마도 딸을 위한 계획을 세우는 동안 *세뇨라*는 젊음을 느꼈을 것이다. 나를 골탕 먹이며 수십 년은 젊어진 기분이었을 것이다. 나로 말할 것 같으면, 이제 나는 영원한 젊음과 어리석음의 연관성을 보았다. 나는 레나타를 쫓아가기에는 너무 늙었지만, 청춘의 가슴앓이를 할 만큼은 젊었다.

그래서 나는 객실 담당 직원에게 내가 이 아이의 *할아버지*로 보일 만큼 나이들긴 했지만 로헬리오와는 인척이 아니라고 말했고, 한 시간만 더 돌봐달라며 100페세타를 주었다. 돈이 바닥나고 있었지만 아직 어떤 특정한 필요를 위해 쓸 만큼은 있었다. 신사답게 괴로워할 만큼은 있었다. 지금은 이 아이를 감당할 수 없었다. 나는 레티로공원에 가서 체면 따위는 버리고 가슴을 치거나 발을 구르거나 욕을 하거나 울어버리고 싶은 충동을 느꼈다. 방을 나서려 할 때 전화가 울렸고, 나는 레나타의 목소리를 듣길 바라며 수화기를 잡아챘다. 그러나 뉴욕에서 온 전화였다.

"시트린 씨입니까? 뉴욕의 스튜어트입니다. 만난 적은 없죠. 물론 저는 당신에 대해 알고 있습니다."

"네, 물어보고 싶은 게 있습니다. 독재자들에 관한 댁스터의 책을 준비하고 있죠?"

"우리는 그 책에 큰 기대를 걸고 있습니다." 그가 말했다.

"댁스터는 지금 어디 있습니까, 파리인가요?"

"마지막 순간에 계획을 바꿔서 남미로 갔습니다. 제가 아는 한 부에

노스아이레스에서 페론*의 미망인을 인터뷰하고 있을 겁니다. 무척 흥미로운 일이죠. 그 나라는 갈가리 찢어지고 있거든요."

"당신도 아시겠지만," 내가 말했다. "나는 지금 유럽 문화 안내서의 가능성을 탐색하기 위해 마드리드에 와 있습니다."

"그렇습니까?" 그가 말했다.

"댁스터가 말하지 않았나요? 나는 당신이 우리를 지원한다고 알고 있었는데요."

"처음 듣는 이야기예요."

"확실해요? 기억나지 않는 겁니까?"

"그게 다 무슨 이야기죠, 시트린 씨?"

"간단히 말해서," 내가 말했다. "이 질문만 하겠습니다. 내가 마드리드에 당신 손님으로 머무는 게 맞습니까?"

"저는 아는 바가 없습니다."

"*¡아이, 쿠에 리오!*"

"예?"

커튼이 드리운 벽감에서 갑자기 한기를 느끼며 나는 수화기를 들고 침대로 기어들었다. 그리고 말했다. "*말랑타뒤*나 *스내푸***와 같은 뜻의 스페인어입니다. 언성을 높여서 미안합니다. 스트레스를 받다보니."

"편지로 설명해주실 거라 생각합니다만," 스튜어트 씨가 말했다. "지금 책을 쓰고 계신가요? 아시다시피 우리도 관심이 있습니다."

"아닙니다." 내가 말했다.

---

* 아르헨티나 군인, 정치인.

** 오해(malentendu)를 뜻하는 프랑스어와 대혼란(snafu)을 뜻하는 영어.

"혹시 시작하시면……"

"편지를 쓰겠습니다." 내가 말했다.

이 전화료는 내 부담이었다.

격노한 나는 교환수에게 레나타와 다시 연결을 시도해보라고 청했다. 그 못된 여자에게 한두 마디 해주겠다고 생각했다. 그러나 전화를 걸어보니, 그녀는 밀라노를 떠났고 주소도 남기지 않았다고 했다. 내가 나를 표현하기 위해 레티로공원에 갔을 때는, 표현할 것이 아무것도 없었다. 나는 명상하며 산책을 했다. 그리고 우르바노비치 판사의 방에서 도달했던 것과 똑같은 결론에 도달했다. 레나타와 얘기해봐야 무슨 소용이 있을까? 완벽한 논리, 성숙한 판단, 깊고 현명한 분노, 천국 같은 시어로 이루어진 사납고 절묘한 연설은 셰익스피어에게는 좋을지 몰라도 나에게는 전혀 도움이 되지 않았다. 열정적인 연설을 발산하고픈 욕망은 여전했지만 받아줄 대상이 없었다. 레나타는 내 연설을 듣고 싶어하지 않았고, 그녀의 마음에는 다른 것들이 있었다. 그렇다, 적어도 그녀는 로저를 나에게 믿고 맡겼고 때가 되면 아이를 부를 것이다. 이렇게 나를 떨쳐버림으로써 그녀는 나에게 봉사한 것인지도 모른다. 적어도 그녀 자신은 그런 식으로 생각할 것이다. 나는 오래전에 그녀와 결혼했어야 한다. 나는 신뢰를 주지 못했고, 나의 망설임은 모욕적이었으며, 그러므로 그녀의 아이를 돌보도록 남겨진 게 당연했다. 게다가 두 여자는 내가 로헬리오에게 붙들려 그들을 쫓아가지 못하리라 생각했을 것이다. 쫓아갈 생각도 없었다. 그럴 수 있는 돈도 없었다. 무엇보다 리츠호텔에서 청구한 비용이 엄청났다. *세뇨라*는 현재 그녀의 *연애사업* 상대인 시카고에서 텔레비전 수리 기사로 일하는 젊은 남자에게 여러 번 전화를 걸었다. 게다가 마드리드에서 크리스마스를 보내는 동안 로저의 치료와 선물, 고급 식사, 레나타의 망토에 가진 돈의 3분의 1을 날려버렸다. 〈폰 트렌크〉의 성공 이후, 또는 데미 퐁헬의 죽음 이후 수년 동안 나는 돈을 펑펑 쓰고 살았지만, 이제는 셋방 시절의 수준으로 돌아가야 했다. 리츠호텔에 머물려면 보모를 고용해야 했다. 그러나 불가능한 일이었다. 나는 파산을 앞두고 있었다. 최선의 대안은 *펜시온**으로 옮기는 것이었다.

아이를 어떡할지도 생각해두어야 했다. 내가 삼촌이라고 하면 의심받을지도 모른다. 할아버지라고 하면, 할아버지답게 행동해야 할 것이다. 홀아비가 가장 좋을 것이다. 로헬리오는 나를 찰리 아저씨라고 불렀는데, 미국 아이들에게는 일반적인 일이다. 게다가 이 아이는 어떤 의미에서 고아가 맞았고, 나는 유족이라도 해도 과언이 아니었다. 나는 밖으로 나가 조문객이 쓸 법한 손수건과 질 좋은 검정 실크넥타이와 로헬리오를 위한 작은 검정 양복을 샀다. 미국 대사관으로 가서 여권을 분실했다고 그럴듯한 설명을 지어냈다. 담당 청년이 운좋게도 우드로 윌슨과 해리 홉킨스에 대해 쓴 내 책을 알고 있었다. 코넬대학에서 역사학을 전공한 그는 미국역사협회 모임에서 내가 강연하는 것을 한 번 들은 적이 있었다. 나는 그에게 아내가 백혈병으로 죽었고 이곳 마드리드의 버스에서 지갑을 도둑맞았다고 말했다. 청년은 이 도시가 소매치기로 언제나 악명 높다고 말했다. "법복 입은 사제들 호주머니까지 털어가요. 정말 손이 빠르죠. 마드리드가 소매치기로 세계의 중심

* '펜션'을 뜻하는 스페인어로, 보통 유럽에서는 숙박비가 저렴한 작은 호텔이나 호스텔을 가리킨다.

이라고 자랑하는 스페인 사람도 많습니다. 그건 그렇고, 혹시 여기 미국 공보원에서 강연을 하실 수 있을까요."

"그러기엔 너무 우울합니다." 내가 말했다. "게다가 여긴 조사차 와 있어요. 스페인-미국 전쟁에 대한 책을 준비하고 있거든요."

"제 가족 중에도 백혈병에 걸린 사람이 있었어요." 그가 말했다. "서서히 죽어가는 과정이 사람 진을 빼놓죠."

라로카펜시온에서는 주인 여자에게 로저의 어머니가 바르셀로나에서 차도로 잘못 내려섰다가 트럭에 치여 죽었다고 말했다.

"어머나, 정말 끔찍한 일이군요."

"그렇죠." 내가 말했다. 스페인어 사전을 찾아가며 만반의 준비를 했었다. 나는 아주 유창하게 덧붙였다. "내 불쌍한 아내는 가슴이 으스러지고, 얼굴이 깨지고, 폐에 구멍이 났죠. 고통 속에 죽었습니다."

나는 레나타에게 백혈병은 너무 고급하다고 생각했다.

* * *

*펜시온*에는 사교적인 사람이 꽤 있었다. 일부는 영어로, 또다른 일부는 프랑스어로 의사소통할 수 있었다. 육군 대위와 그의 아내, 덴마크 대사관에서 일하는 여자들도 있었다. 그중 가장 눈에 띄는 사람은 쉰 살쯤 된 다리를 저는 금발 여자였다. 가끔은 날카로운 얼굴과 뻐드렁니가 유쾌해 보이기도 하고, 관자놀이 쪽 피부가(특히 혈관이) 비단결 같고, 약간 꼽추처럼 보이기도 하는 여자지만 다가가기 편했다. 그러나 그녀는 말이 많아서가 아니라 자신의 우월함을 분명히 드러내는 비결

을 알기 때문에 식당이나 거실의 분위기를 장악하는 위엄 있는 인물 중 하나였다. 식당과 객실 양쪽에서 일하는 여자 직원들은 더없이 친절했다. 신교도의 북반구에서는 검은색이 큰 의미를 띠지 않았다. 그러나 스페인에서는 아직도 애도가 큰 의미를 지녔다. 로헬리오의 작은 상복은 테두리가 있는 내 손수건이나 팔뚝에 두른 상장보다 훨씬 효과적이었다. 내가 아이에게 점심을 먹이자 사람들은 탄성을 질렀다. 아이의 고기를 썰어주는 것은 내게 흔한 일이었다. 시카고에서도 늘 하던 일이었다. 하지만 작고 창문도 없는 *펜시온* 식당에서는 웬일인지 눈에 띄는 놀라운 일이었다—미국 남자들의 모성적 육아 습관이 갑작스레 노출된 것이다. 내가 로저를 데리고 수선을 떠는 꼴이 무척이나 슬퍼 보인 것이 틀림없었다. 여자들이 나를 도와주기 시작했다. 나는 종업원을 내 급료 지불 목록에 올렸다. 며칠 지나지도 않아 로저는 스페인어를 하기 시작했다. 오전에는 어린이집에 갔다. 늦은 오후에는 여자 종업원 하나가 아이를 공원에 데려갔다. 나는 마드리드를 마음대로 돌아다니거나 침대에 누워 명상을 할 수 있었다. 내 삶은 더 조용해졌다. 이때의 상황에서 그런 완전한 고요함은 기대할 수 없는 것이었다.

747기의 작은 벨벳 좌석에 앉아 깊은 대서양의 해류 위를 빠르게 횡단하며 상상했던 삶은 아니었다. 그때는 내가 전에 생각했듯이, 목수가 수평을 잡는 것처럼 물방울들을 다시 한데로 모이게 할 수 있었을 것이다. 지금은 나에게 물방울이 있는지조차 확신할 수 없었다. 그리고 유럽이라는 문제도 있었다. 지식이 풍부한 미국인들에게 요즘의 유럽은 대단치 않았다. 유럽은 어떤 분야에서도 세계를 선도하지 못했다. 문화적으로 진지한 기대를 품고 유럽에 오는 사람은 시대에 뒤떨어진 사람(단도직입적으로 말하면 레나타 같은 저속한 계집)이었다. 여자들이 보는 패션잡지가 퍼뜨리는 것들뿐이었다. 그러나 나 역시 이번에는 경건한 이상, 또는 그런 이상의 자투리를 가지고 왔다는 것을 고백하지 않을 수 없다. 사람들은 한때 이곳에서 정신적인 영감을 받아 위대한 일들을 했다. 이곳에는 여전히 신성함과 예술의 유물이 있었다. 시카고의 플레이보이 클럽이나 캘리포니아 트웬티식스스 스트리트에서는 성 이그나티우스나 성 테레사, 십자가의 성 요한, 엘 그레코, 에스코리알수도원 같은 것은 찾아볼 수 없다. 그런가 하면, 세고비아에서 성적으로 왕성하고 도발적인 엄마가 골동품을 파느라 바쁜 동안 아빠가 생물학적 기반으로부터 의식을 분리하고자 시도하는, 단란한 시트린 가족 공동체도 없었다. 아니다, 레나타는 나에게 실망을 주었고, 그 방식은 내 개인적인 존엄성을 심하게 손상시켰다. 내가 입은 상복이 회복에 다소 도움이 되었다. 검은 옷이 나와 스페인 사람들을 서로 정중하고 예의바르게 대하게 해주었다. 괴로운 홀아비와 창백한 외국인 고아는 가게 점원들, 특히 여자들의 동정을 샀다. *펜시온*에서는 덴마크 대사관 비서가 우리에게 특별한 관심을 보였다. 그녀는 피부가 무척 창백했는데 로저의 창백함과는 근본적으로 매우 달랐다. 메마르고, 분주해 보이고, 어찌나 하얀지 입술의 립스틱 색이 맹렬하게 튀었다. 저녁을 먹은 뒤에도 그것을 요란하게 발랐다. 나쁜 의도는 없었다. 어느 일요일 오후, 그녀는 상태가 별로 좋지 않았던 나를 산책에 데려갔다. 종 혹은 양동이처럼 생긴 클로슈해트를 쓴 그녀는 고관절이 좋지 않았고 우리는 천천히 걸었다. 휴일을 즐기는 군중 속에서 걷고 있을 때, 그녀가 나에게 슬픔에 대해 조언했다.

"아내가 예뻤어요?"

"아, 무척 아름다웠죠."

"미국인들은 슬픔에 지나치게 탐닉해요. 세상을 떠난 지 얼마나 됐어요?"

"여섯 주요."

"지난주엔 석 주라고 했잖아요."

"보다시피, 난 시간감각을 완전히 잃었어요."

"그래요, 이제 다시 일어서야 해요. 끊어내야 할 때가 있어요—상실을요. 그걸 뭐라고 표현하죠? 떨쳐버려야 한다고요. 내 방에 좋은 브랜디가 있어요. 아이가 잘 때 내 방에 와서 한잔해요. 아이랑 더블베드를 같이 쓰죠?"

"싱글베드가 두 개 있는 방을 찾아준다고들 했어요."

"아이 잠버릇이 험하지는 않나요? 아이들은 자면서 발길질을 많이 하잖아요."

"잠버릇은 얌전해요. 그래도 난 어쨌든 잠을 못 자지만요. 누워서 책을 읽죠."

"밤에 할 수 있는 좀더 나은 일을 찾아줄 수 있어요." 그녀가 말했다. "우울해하며 곱씹는다고 무슨 소용이 있겠어요. 여자는 떠났는데."

그녀가 떠난 것은 맞다. 이제는 확연했다. 레나타는 시칠리아에서 나에게 편지를 보냈다. 바로 어제, 토요일에 우편물을 확인하러 리츠 호텔에 가보니 편지가 와 있었다. 일요일에 상태가 좋지 않았던 건 레나타가 쓴 단어들을 밤새 뜬눈으로 검토했기 때문이다. 내가 이토록 새하얗고 절룩거리는 레베카 볼스테드 양을 주의깊게 보지 않았다면, 그건 내가 괴로웠기 때문이다. 로저가 그렇게 착한 아이가 아니면 좋았으리란 생각까지 했다. 아이는 잘 때 발길질도 하지 않았다. 나를 골치 아프게 하지도 않았다. 로저는 어리고 귀여운 소년이었다.

레나타와 플론제일리는 밀라노에서 결혼식을 올리고 시칠리아로 신혼여행을 떠났다. 분명 타오르미나에 갔을 것이다. 그녀가 그렇게 쓰진 않았다. 그녀는 이렇게 썼다. "당신은 로저를 맡기기에 가장 좋은 사람이에요. 당신은 아이를 그 자체로 사랑한다는 것을 자주 증명했고 나한테 잘 보이려고 아이를 이용한 적도 없으니까요. 어머니는 너무 바빠서 아이를 보살필 여유가 없죠. 지금 당장은 아니겠지만 상황을 이겨낸 후에는 좋은 친구로 지낼 수 있을 거예요. 지금은 화가 나고 속이 쓰라려서 나를 계략이나 꾸미는 더러운 계집이라고 욕하고 있겠죠—당신은 분통이 터질 때 그런 식으로 말하니까. 하지만 당신 마음 속에는 정의감이 있어요, 찰스. 당신은 나에게 빚진 것이 있고 그건 당신도 알 거예요. 난 당신에게 올바른 일을 할 기회를 줬어요. 당신은 그걸 놓쳤고! 아, 그걸 놓쳤다고요! 난 당신이 올바른 일을 시작하도록 할 수가 없었어요!" 레나타는 비탄에 빠졌다. 내가 모든 일을 망쳐버린 것이었다. "당신이 내게 요구한 역할은 등신이었어요. 나는 당신의 놀라운 섹스 광대였죠. 높은 모자를 쓰고 등과 엉덩이를 드러내놓고 저녁을 짓게 했죠." 아니다, 아니다, 그건 그녀의 생각이었다. "나는 훌륭한 노리개여서 당신을 즐겁게 해줬어요. 물론 나도 즐겼죠. 당신이 바라면 뭐든 거절하지 않았어요. 당신은 많은 것을 거절했지만. 당신은 내가 어린 아들을 둔 엄마라는 걸 잊고 있었어요. 런던에서 당신은 나를 유치한 도시 시카고에서 온 멋진 창녀로 전시했어요. 재무장관이 나를 슬쩍 더듬었어요. 그가 그랬다고요, 그 개자식이. 과거 영국의 위대함을 생각해서 난 넘어가줬어요. 하지만 내가 당신 아내였다면 그런 짓은 당하지 않았을 거예요. 당신이 나를 창녀의 입장에 몰아세운 거라고요. 밑구멍과 심장을 연결하기 위해 꼭 해부학 교수가 될 필요는 없다고 생각해요. 당신이 내 가슴속에도 고귀하신 *슈발리에* 시트린과 똑같은 심장이 있다는 걸 인정하는 척이라도 했다면, 우리는 잘됐을 거예요. 아, 찰리, 그래도 당신이 나를 위해 몬트리올에서 쿠바제 시가를 어떻게 몰래 들여왔는지는 절대 잊지 못해요. 당신은 그 시가에다 키루스대왕* 띠를 둘렀죠. 당신은 다정하고 재미있는 사람이에요. 당신이 기형적인 발엔 기형적인 신발이 필요하다고, 우리는 서로에게 발과 신발, 신발과 발이라고 말했을 때 난 당신을 믿었어요. 당신이 '이 여자는 호텔 로비에서 자랐고, 어머니는 결혼한 적이 없다'는 명백한 사실만 생각했더라면, 미국 어느 도시의 시청에서든 교회에서든 나와 결혼해서 마침내 나를 보호해줬겠죠. 나를 미치게 했던 당신의 그 루돌프 슈타이너라는 사람이 이런 말을 했죠, 이번 생에 남자였다면, 다음 생에는 여자로 환생한다고요, 에테르체는(나는 뭔지 잘 모르지만, 아마도 육체를 살아가게 하는 결정적인 요소겠죠?) 항상 다른 성性이라고요. 당신이 다음 생에서 여자가 된다면, 이번 생과 다음 생 사이에 배워둬야 할 게 많아요. 어쨌든 알려줄게요. 여자라면 대부분 인정할 거예요, 솔직한 여자라면요, 여자가 정말 좋아하는 남자는 여러 남자를 합친 듯한 남자, 연인이자 남편인 남자예요. 여자들은 X의 이것, Y의 저

* 고대 페르시아제국을 세운 키루스 2세이자 페르시아 행진곡의 제목. 카세트테이프 띠를 시가 박스에 두른 것으로 보인다.

것, 완전히 다른 Z의 그것을 좋아해요. 당신은 매력적이고, 유쾌하고, 감동을 주는 사람이고, 같이 있으면 즐거워요. 당신은 나의 X가 될 수 있었고, 부분적으로 Y도 될 수 있었지만, Z 부분에서는 완전히 쓸모없는 사람이었죠.

나는 이 순간에도 당신이 그립고, 플론제일리도 그걸 알아요. 하지만 그가 하는 사업에 유일한 장점이 있다면, 그건 그 일이 사람을 아주 단순하게 만든단 거예요. 당신이 언젠가 그런 말을 했었죠. 플론제일리의 관점은 틀림없이 저승의 관점일 거라고. 무슨 말인지 나는 모르지만. 난 그 사람이 하는 일은 음울하지만 그의 마음은 넓다고 생각해요. 그 사람은 내가 당신을 사랑하면 안 된다고 주장하지 않아요. 당신은 내가 낯선 남자와 달아난 게 아니란 걸 잊지 말아야 해요. 나는 그에게 돌아간 거예요. 아이들와일드공항에서 당신과 헤어졌을 때, 나도 일이 이렇게 될 줄 몰랐어요. 그런데 이제 더는 당신을 참아줄 수가 없어요. 당신의 기질은 너무 기복이 심해요. 우리 두 사람 다 좀더 진지해질 필요가 있어요."

잠깐. 이 말 저 말 하지만 내가 파산할 것 같아서 포기한 게 아닐까? 플론제일리라면 그런 문제는 결코 없을 것이다. 레나타는 내가 좀더 검소한 삶에 대해 생각한다는 것을 알았는지도 모른다. 나는 원칙적으로는 돈을 포기하지 않았다. 우르바노비치가 내 돈을 빼앗으려 하고 있고, 그렇게 될 것이다. 그러나 나는 미국 달러의 원동력을 깨닫기 시작했다. 그것은 우주적 힘을 지녔다. 그것은 우리와 진정한 힘 사이를 가로막고 있었다. 그러나 이런 생각이 들자마자 레나타가 나를 포기한 이유 하나를 이해하게 되었다—내가 이런 생각을 하기 때문에 포기한 것이다. 그녀는 자기 식으로 이렇게 썼다.

"이제 당신은 권태에 대한 거창한 글을 쓸 수 있을 것이고, 아마도 인류는 당신에게 고마워할 거예요. 인류는 고통받고 있고, 당신은 돕기를 원하죠. 이 심오한 문제를 해결하는 건 훌륭한 일이지만, 개인적으로 나는 당신이 그 일을 할 때 옆에 있고 싶지 않아요. 당신이 똑똑하다는 건 인정해요. 그건 괜찮아요. 내가 지성인에게 관대한 만큼 당신도 장의사에게 관대해야 해요. 남자에 관한 한 나의 판단은, 링컨이 말했듯 인종, 신념, 과거에 노예였는지 따위에 상관없이 완전히 여성-인간적이에요. 축하해요, 당신의 지성은 대단해요. 그래도 나는 당신의 옛 애인 나오미 루츠가 한 말에 동의해요. 나는 이 모든 정신적, 지성적, 보편적 일에 관여하고 싶지 않아요. 아직 젊고 아름다운 여자로서, 수십억 인류가 역사에 걸쳐 해왔던 일을 받아들이고 싶어요. 일을 하고, 빵을 사고, 다리를 잃고, 남자들과 키스하고, 아이를 낳고, 여든까지 살아서 모두를 괴롭히고, 아니면 교수형을 당하거나 익사하거나. 하지만 당신은 인간의 조건에서 벗어날 길을 찾는답시고 그런 세월을 보내려 하지 않죠. 나에겐 그게 권태로워요." 그렇다, 이 부분을 읽었을 때 나는 천재적인 사상가들이 신념과 목적의 실타래를 수많은 사람의 머리 위로 던지는 것을 보았다. 그들이 자신들의 환상과 계획과 세계관으로 인류를 괴롭히는 것을 보았다. 인류에게 죄가 없다는 것은 아니다. 그러나 인류는 스스로 가장 잘 알고 있다고 확신하는 신념을 품고 계획을 세워 인류를 괴롭히는 자들이 이곳, 또는 저곳에 요구하는 대로 일을 하고 느끼고, 신념을 가지는 놀라운 능력을 가지고 있다. "당신은 나에게 물어본 적도 없잖아요." 레나타가 이어 썼다. "하지만 나에게도 나만의 신념이 있어요. 나는 본질 속에서 살아간다고 믿어요. 죽으면 죽는 거고, 그게 다예요. 그리고 플론제일리가 상징하는 것이 바로 이것이죠. 죽은 자는 죽은 자고, 그의 직업은 시신을 치우는 일이고, 나는 이제 그의 아내예요. 플론제일리는 사회를 위해 실질적인 봉사를 해요. 배관, 하수 처리, 쓰레기 수거 같은 일이라고 그는 말하죠. 사람들은 자신들에게 이로운 일을 하는데도 돌아서서 편견을 가져요. 어떻게 보면 내 개인적인 입장과도 비슷해요. 플론제일리는 직업에 대한 오명을 받아들이면서 그것에 대해 약간의 부과금을 청구서에 추가하죠. 당신의 사상 가운데 어떤 건 그 사람의 일보다 더 괴이해요. 그 사람은 모든 걸 분류해서 칸칸에 두죠. 한 칸의 빛깔은 다음 칸으로 새어나가지 않아요."

여기서 그녀는 솔직하지 않았다. 이 빛나는 인간 레나타는, 성서적 의미에서 부정한 사람이었기에 나에게는 멋진 존재였고, 일탈과 탈법에서 오는 전율로 내 삶을 더 풍요롭게 했다. 플론제일리가 죽은 자에 의한 오염 때문에 그녀에게 비교적 멋진 존재였다면, 왜 그녀는 단순히 그렇게 말하지 않았을까—Z 부분이 무엇인지 나에게 말해주지는 않았지만, 나는 그 부분에서는 플론제일리가 전부이며 나는 전혀 그렇지 않은 거라 이해했다. 이 생각에 나는 아주 큰 상처를 받았고, 가슴이 아팠다. 옛 표현을 빌리자면, 그녀가 내 삶의 정수를 타격했다. 그러나 상주들의 돈을 뜯어내는 데 대한 플론제일리의 합리화는 들이대지 않아도 되었을 것이다. 나는 시카고의 비즈니스 사상가들을 알았고, 시카고 부자들이 내세우는 이론도 많이 들었다. 레이크쇼어 드라이브의 만찬 식탁에서 들을 수 있는 버나드 쇼풍의 재담을 전부 알고 있었다. 그들은 플론제일리를 불가촉천민이나 찬달라*, 청소부로 만들려 하지만, 그는 그들의 황금을 받아들고 어둠 속으로 들어가 그곳에서 왕자가 될 것이다—나는 그런 이야기는 필요 없다. 그래도 레나타는 훌륭했다. 레나타가 나에게 인상적인 말을 남기고 자기가 얼마나 잘했는지 보여주고 싶어한 건 당연한 일이다. 나는 훌륭한 여자를 잃었다. 레나타로 인해 고통받았다. 그녀는 장화를 신고 깃털을 휘날리며 행진하듯 가버렸고, 내가 고통 속에서 무엇이 무엇이고, 무엇을 어떻게 해야 할지 고민하도록 버려두었다. 그리고 Z가 무엇인지 짐작하려 애쓰도록.

"당신은 언제나 당신이 살아온 삶의 방식이 너무 달라서 다른 사람의 욕망을 판단할 수 없다고 말했죠. 당신이 사람들을 모르고 그들이 원하는 것도 모른다는 건 사실이에요—내가 원한 것이 안정이었음을 이해하지 못한 것처럼—그리고 영원히 모를 수도 있죠. 10단 기어 자전거에 대한 어린 메리의 감정을 느끼려고 하다가 실패했다고 나에게 말했을 때 당신이 스스로 밝힌 거예요. 좋아요, 당신에게 로저를 빌려줄게요. 내가 데리러 갈 때까지 그애를 돌보면서 욕망을 연구해봐요. 지금 당신에게 필요한 건 내가 아니라 그애예요. 플론제일리와 나는 북아프리카로 가요. 시칠리아는 내가 원하는 만큼 따뜻하지 않았거든요. 당신이 감정의 기본으로 돌아갈 생각이라면, 친구 서트머르와 스위벨, 댁스터에 대해 다시 생각해보길 권해요. 우리 관계를 빠르게 악화시킨 건 폰 험볼트 플라이셔에 대한 당신의 열정이었어요."

* 인도의 카스트에서도 제외되는 계급으로 도살, 사형 집행 등의 일을 한다.

그녀는 언제 아이를 데려갈지는 말하지 않았다.

"당신은 자신이 아주 특별한 목적을 띠고 이 지상에 왔다고 생각하지만, 그렇다면 왜 여자와의 행복이나 행복한 가정생활에 그렇게 매달리는지 모르겠어요. 미련한 순수함이거나 극단적인 괴팍함이겠죠. 당신은 정말로 정상과는 거리가 멀고, 자기 방식대로 멀리 떨어진 길을 추구하는 여자와 관계를 맺으면서, 자신이 원하는 건 단순한 애정관계라고 스스로에게 말하죠. 그래요, 당신에게는 당신이 나를 원하고 필요로 한다고 내가 느낄 만큼의 따뜻함과 매력은 있었어요. 언제나 다정한 당신의 친구가." 종이를 가득 채우고 편지는 끝났다.

편지를 읽으면서 나는 울음을 참을 수 없었다. 레나타가 문을 걸어 잠그고 나를 못 들어오게 한 날, 조지 스위벨은 내 나이에도 사랑으로 괴로워할 수 있는 사람을 존경한다고 말했었다. 그는 모자를 벗어 나에게 존경을 표했다. 그러나 이것은 내가 읽었던 마드리드 태생 철학자 오르테가가 『현대적 주제』에서 폄하했던 젊은 활력론자의 태도다. 나는 그에게 동의했다. 그러나 이 삼류 *펜시온*의 뒷방 침실에서 나는 사춘기 소년처럼 행동하는 늙은 바보에 불과했다. 나는 어느 때보다도 대머리에 가까웠고 주름이 늘고 눈썹에서도 흰털이 길게 제멋대로 자라기 시작했다. 아름답고 헤픈 여자에게 야단맞고 치욕스럽게 찔찔 우는 괴팍한 늙은이였다. 나는 내가 (일종의) 세계사적 개인일지도 모른다는 것을, 또한 한 시대의 지적인 어리석음을 흩어버리거나 인간의 정신이 그 정신적 관으로부터 뛰쳐나올 수 있도록 뭔가 도움을 주어야 한다는 것을 망각하고 있었다. 그녀가 시신을 다루는 플론제일리와 달아난 것을 의견 표명으로 받아들인다면, 그녀는 나의 그런 열망을 대단치 않게 생각한 것이었다. 나는 울면서 시계를 보았고 로저가 십오 분 후면 산책을 마치고 돌아오리라는 것을 깨달았다. 우리는 도미노를 하기로 했었다. 갑자기 인생이 역류한다. 당신은 다시 1학년이 된다. 예순이 되어가면서 처음부터 다시 시작해, 다른 사람의 욕망을 이해할 수 있는지 따져봐야 한다. 당신이 사랑하는 여자는 마라케시* 혹은 어딘가에서 독립적으로 발전하며 성숙한 삶을 살아가고 있다. 그녀에게는 환락의 꽃길이 필요치 않다. 그녀가 발을 디디는 곳마다 꽃이 피어난다.

물론, 그녀의 말이 옳았다. 그녀와 함께하며 나는 고민만 자초했다. 왜? 어쩌면 그런 고민의 목적은 나를 독특하지만 꼭 필요한 사유의 영역으로 좀더 깊이 들어가게 하는 것이었는지도 모른다. 그런 이상한 생각 중 하나가 지금 떠올랐다. 레나타 같은 여자의 아름다움은 완전히 적절하지는 않다는 것이었다. 철지난 것이었다. 그 육체의 완전성은 그리스 고전 시대나 르네상스 전성기의 유형이었다. 그러면 그런 아름다움이 왜 역사적으로 부적절했던 것인가? 그렇다, 그것은 인간 정신이 이제 막 자연으로부터 분리되기 시작한 때로 거슬러올라간다. 그때까지 인간은 자신을 분리해서 생각하지 않았다. 그는 자신의 존재를 자연적 존재와 구별하지 않았고 그 일부였다. 그러나 지성이 깨어나자마자 그는 자연으로부터 분리되었다. 개인으로서 그는 인간의 아름다움을 포함해 외부 세계의 아름다움을 보고 깨달았다. 이것은 역사상 신성한 순간—황금기였다. 수 세기 후, 르네상스는 이 최초의 아름

* 모로코의 도시.

다움에 대한 인식을 되찾으려 노력했다. 그러나 때는 이미 너무 늦었다. 지성과 정신은 앞으로 나아가 있었다. 좀더 내면적인 다른 아름다움이 전개되기 시작했다. 낭만주의 예술과 시에 나타난 이 내면적 아름다움은 인간 정신과 자연 정신이 자유롭게 결합한 결과였다. 그러므로 레나타는 사실 독특한 환영이었다. 그녀에 대한 내 열정은 골동품에 대한 열정이었다. 그녀도 이 사실을 인지했던 것 같다. 그녀가 뽐내고 광대 짓을 하던 것을 보라. 아티카의, 혹은 보티첼리의 사랑스러움은 시가를 피우는 것을 뜻하지 않는다. 욕조 안에서 일어서서 저속한 짓을 하지 않는다. 갤러리에서 걸음을 멈추고 "저기 불알 달린* 화가가 있다"고 말하지 않는다. 그런 식으로 표현하지 않는다. 그러나 참으로 유감이다! 나는 정말 그녀가 그립다! 참으로 사랑스러운 여자였다, 그 거짓말쟁이! 하지만 그녀는 지난 시대의 잔류물이다. 그렇다고 나에게 새로운 내면적 아름다움이 있다고 말할 수는 없다. 나는 어리석고 늙은 바보였다. 그러나 나는 이 아름다움에 대한 이야기를 들었고, 예고도 받았다. 나는 이 새로운 아름다움을 가지고 무엇을 하려고 하는가? 아직은 알 수 없다. 이 순간 나는 로저를 기다리고 있었다. 아이는 도미노 게임을 좋아했다. 점이 찍힌 골패를 들고 맞은편에 앉은 그애의 얼굴에서 엄마의 모습을 볼 수 있기를 나는 갈망했다.

* '남자다운 근성이 있다'는 은유.

* * *

초췌한 덴마크 여자 레베카 볼스테드가 나를 찾아왔고 우리는 레티로 공원을 함께 걸었다. 나는 천천히 걷고 그녀는 절룩거리며 따라왔다. 그녀는 클로슈해트를 푹 눌러쓰고 있었다. 씁쓸함이 번뜩이는 얼굴은 번개처럼 창백했다. 그녀는 나에게 꼬치꼬치 캐물었다. 왜 그렇게 방에 오래 틀어박혀 있냐고 물었다. 그녀는 나에게 무시당했다고 느낀 듯했다. 사교적으로는 그렇지 않다. 사교적으로 나는 무척 친절하다. 다만 그녀를 본질적으로 거부했을 뿐이다. 그녀는 내가 침대에서 자신과 열정적으로 뒹굴면, 고관절이 좋든 나쁘든 자신이 나를 아픔에서 낫게 해줄 수 있다고 말하는 것 같았다. 그러나 오히려 나는 경험을 통해 마침내 깨달았듯, 그녀의 제안을 따르면 부양가족 하나만(정신이 온전하지 않을 수도 있는) 더 얻게 된다는 것을 알았다.

"하루종일 방에서 뭐해요?"

"밀린 편지를 써야 해요."

"부인의 죽음을 알려야 하는군요. 그런데 부인은 어쩌다가 죽은 거예요?"

"파상풍이었어요."

"시트린 씨, 난 당신 이름을 미국 인명사전에서 일부러 찾아봤어요."

"왜 그랬습니까?"

"아, 모르겠어요." 그녀가 말했다. "직감이랄까요. 우선 한 가지 이유는, 미국 여권을 가졌지만 당신은 진짜 미국인처럼 행동하지 않아요. 그래서 뭔가 있다는 생각이 들었어요."

"그래서 내가 위스콘신주 애플턴에서 태어났다는 걸 알았겠군요. 위대한 유대인 탈출 마술사 후디니와 똑같이요—그 사람도 그렇고 나도 그렇고 왜 애플턴을 출생지로 선택했는지 궁금합니다."

"거기에 무슨 선택의 요소가 있나요?" 창백한 불꽃 같은 얼굴에 클로슈해트를 쓴 그녀가 스페인의 공원에서 절뚝거리며 내 옆을 걸으면서 합리성을 옹호했다. 나는 이야기하며 그녀를 위해 걸음을 늦췄다.

내가 말했다. "물론 과학은 당신 편이죠. 하지만 좀 이상합니다. 지구에 온 지 십 년 정도밖에 안 된 사람들이 갑자기 푸가를 작곡하고 수학의 미묘한 정리를 증명하기 시작해요. 볼스테드 양, 우리는 엄청난 힘을 가지고 여기로 오는지도 모릅니다. 연대기에 따르면, 나폴레옹이 태어나기 전 그의 어머니가 전장을 즐겨 방문했다고 해요. 그러니 그 작은 깡패가 태어나기 몇 해 전부터 대학살을 좋아하는 어머니를 찾고 있었을 가능성도 있지 않을까요? 바흐의 가족, 모차르트의 가족, 베르누이*의 가족도 마찬가지죠. 그런 가족 집단이 음악적, 수학적 영혼을 끌어당겼을 수도 있습니다. 내가 후디니에 대해 쓴 기사에서도 설명했듯이, 그 마술사의 아버지이자 랍비인 바이스는 헝가리 출신의 완벽한 정통 유대인이었어요. 그러나 군도로 결투를 벌였다가 자기 나라를 떠나야 했던, 진짜 괴짜이기도 했죠. 게다가 위스콘신주 애플턴 출신 후디니와 나는 왜 둘 다 죽음이라는 문제로 이토록 힘들게 싸울까요."

"후디니도 그랬어요?"

---

* 스위스 수학자, 물리학자.

"네, 후디니는 무덤을 포함해 모든 형태의 구속과 감금을 거부했습니다. 그는 모든 것에서 탈출했어요. 사람들이 파묻어도 빠져나왔어요. 상자에 가둬 물속에 빠뜨려도 탈출했죠. 구속복을 입히고 수갑을 채워 뉴욕 플래티런빌딩의 깃대에 한쪽 발목을 묶어서 거꾸로 매달아 놓기도 했습니다. 사라 베르나르*가 보러 왔고 피프스 애비뉴에 세운 리무진에 앉아 그가 발목을 풀고 안전하게 내려오는 걸 구경했죠. 내 시인 친구는 이를 소재로 「할리퀸 해리」라는 담시를 썼습니다. 베르나르는 아주 늙고 다리 한쪽을 절단한 상태였죠. 그 여자는 후디니와 함께 차를 타고 가는 동안 그의 목에 매달려 흐느껴 울며 자기 다리를 돌려달라고 애원했어요. 그는 뭐든 할 수 있었으니까! 차르의 러시아에서 오흐라나**가 그를 발가벗긴 후 시베리아 추방에 썼던 강철로 만든 기차 화물칸에 가뒀습니다. 거기서도 그는 탈출했죠. 세상에서 가장 튼튼한 감옥에서도 탈출했어요. 그는 승리의 여행을 마치고 집에 돌아올 때마다 곧장 묘지를 찾았습니다. 어머니 무덤에 배를 깔고 엎드려 풀 사이로 어머니에게 자신의 여행에 대해, 어디에 갔었고, 무엇을 했는지 속삭였죠. 나중에 심령술사들의 정체를 폭로하며 수년을 보내기도 했어요. 영매 사기극의 속임수를 전부 폭로했죠. 어느 기사를 읽고 나는 그가 홀로코스트에 대한 암시를 받고 죽음의 수용소를 탈출하는 방법을 고안했던 게 아닌가 추측하기도 했습니다. 아! 유럽 유대인들이 그의 재주를 배웠더라면 좋았을 텐데. 그런데 어느 의대생이 시험 삼아 그의 배를 주먹으로 쳤고 결국 복막염으로 죽고 말았죠. 그러니

---

* 19세기 프랑스 여자 배우.

** 19세기 후반에서 20세기 초반의 러시아 비밀경찰.

까 당신도 알다시피, 물질세계의 마지막 진리를 극복한 사람은 아무도 없어요. 눈부신 합리성, 타오르는 의식, 가장 창의적인 기술도 죽음에 대해서는 아무것도 할 수 없습니다. 후디니는 한 방면의 질문을 완벽하게 해결했죠. 땅을 팠지만 아직 시신은 묻지 않은 무덤을 최근에 본 적 있나요, 볼스테드 양?"

"지금 당신 삶의 시점이라면 그런 병적인 집착도 이해할 수 있어요." 그녀가 말했다. 그리고 하얗게 타오르는 얼굴을 들어 나를 보았다. "할일은 한 가지뿐이죠. 분명해요."

"분명하다고요?"

"모르는 척하지 마요." 그녀가 말했다. "답을 알잖아요. 당신과 나는 아주 잘해나갈 수 있을 거예요. 나와 함께라면 당신은 어떤 구속도 없이 자유로울 거고요. 오고 싶으면 오고 가고 싶으면 가고. 우리는 미국에 있는 게 아니니까요. 그런데 당신은 대체 방에서 뭘 해요? 인명사전에는 당신이 전기와 역사책으로 무슨 상을 탔다고 하던데요."

"난 스페인-미국 전쟁에 관해 글을 쓰려고 하고 있습니다." 내가 말했다. "그리고 밀린 편지를 써요. 사실, 부쳐야 하는 편지가 있는데……"

나는 베오그라드에 있는 캐슬린에게 편지를 썼다. 돈 얘기는 꺼내지 않았지만, 험볼트의 시나리오에 대한 영화 판권 수익 중 내 몫을 그녀가 잊지 않았길 바랐다. 그녀가 말한 액수는 1500달러였고, 곧 그 돈이 필요해질 것 같았다. 서트머르가 내 우편물을 발송해주고 있었는데, 시카고에서 대금 독촉이 있었다. *세뇨라*가 마드리드에 올 때 일등석을 탄 사실이 밝혀졌다. 여행사에서는 즉시 송금하라고 요구했다. 나는 조지 스위벨에게 케르만 카펫을 판 대금을 받았는지 물어보려고 편지를 썼지만, 조지는 답장이 빠른 사람이 아니었다. 톰체크와 스롤이 패소한 내 재판에 대해 엄청난 액수의 청구서를 보낼 것이고, 우르바노비치 판사는 압류된 내 돈을 식인종 핀스커가 멋대로 먹어치우도록 내버려둘 것이다.

"방에 있을 때 혼잣말을 중얼거리는 것 같던데요." 레베카 볼스테드가 말했다.

"설마 방문 앞에서 엿들은 건 아닐 거라 믿습니다." 내가 말했다.

그녀는 얼굴을 붉혔고—더 창백해졌다는 뜻이다—그러고는 대답했다. "필라르가 당신이 방에서 혼잣말을 중얼거린다고 했어요."

"로저에게 동화를 읽어줍니다."

"아이가 어린이집에 간 다음에도 그랬을 리는 없죠. 아니면 커다랗고 못된 늑대 연습을 했나보죠……"

* * *

그 중얼거림은 무엇이었던가? 마드리드 주재 덴마크 대사관에서 일하는 레베카 볼스테드 양에게 내가 비전적秘傳的 실험을 하고 있고, 죽은 자들에게 책을 읽어주고 있다고 말할 수는 없었다. 나는 이미 충분히 이상해 보였다. 사람들이 미 중서부 출신 홀아비에 어린 아들을 둔 아버지인 줄 알았던 내가 인명사전에 오른, 상을 받은 전기 작가이자 극작가에 레지옹 도뇌르 *슈발리에*로 판명되었다. *슈발리에* 홀아비는 *펜시온*에서 가장 열악한 방을(부엌 환기통 건너편에 있는) 빌렸고, 갈색 눈은 울어서 붉었고, 부엌 냄새가 배어 고약한 냄새를 풍기지만 아주 우아한 옷을 입었고, 대머리를 가리려는 끈질긴 허세에 가늘고 희끗희끗한 머리카락을 벗어진 머리 중앙으로 빗어 넘겼으며, 등불 빛에 머리가죽이 반짝이는 것을 보면 언제나 낙심했다. 존 배리모어*처럼 콧날이 곧긴 했지만, 다른 닮은 점은 전혀 없었다. 그는 육체가 너덜너덜해져가고 있는 남자였다. 턱밑과 귓가에도, 엉뚱한 곳만 지적으로 응시하는 마음 따뜻해 보이는 슬픈 눈 아래에도 주름이 지기 시작했다. 나는 건강을 위해서라도 레나타와 정기적으로 성관계를 가지려 했었다. 정상적인 성관계를 소홀히 하면 문제가 생긴다는 조지 스위벨의 의견에 나는 분명히 동의했다. 모든 문명국에서는 이것이 기본 신조였다. 물론 반대되는 글귀도 있다—나는 항상 반대되는 글귀를 알고 있었다. 니체의 글이었는데, 그는 금욕하면 정자가 체내에 재흡수되기 때문에 정신이 크게 강화된다는 흥미로운 견해를 피력했다. 지성에 금욕보다 좋은 것은 없다는 것이다. 진실이 무엇이든, 나는 내게 틱 증상이 있다는 것을 깨달았다. 다운타운의 클럽에서 패들볼을 할 수 없는 건 아쉬웠지만 그곳 회원들과의 대화는 하나도 아쉽지 않았다. 나는 그들에게 내 진짜 생각을 말할 수 없었다. 그들도 자신의 생각을 나에게 말하지 않았지만 그들이 하는 생각은 적어도 말로 할 수 있는 것이었다. 그러나 내 생각은 이해할 수 없고 시간이 갈수록 점점 더 이해할 수 없는 것이 되었다.

캐슬린이 수표를 보내주면 여기서 나갈 생각이지만 그때까지는 빠듯하게 생활해야 했다. 서트머르가 국세청에서 1970년도 내 납세 신

* 미국 배우, 성우.

고서를 재검토하고 있다고 알려주었다. 나는 편지에 이제 그것은 우르바노비치가 걱정할 문제라고 썼다.

매일 아침 진한 커피향이 나를 깨웠다. 그다음에는 생선튀김 냄새, 양배추 마늘 사프란 냄새, 돼지 허벅지 뼈를 넣어 끓인 완두콩 수프의 암모니아 냄새가 났다. 라로카펜시온은 낮은 등급의 정제 올리브오일을 사용했는데 이 냄새에 익숙해지는 데 꽤 시간이 걸렸다. 처음에는 곧바로 고통을 느꼈다. 복도에 있는 수세식 화장실은 천장이 높고 무척 춥고 기다란 쇠줄에 녹색 황동 손잡이가 달려 있었다. 그곳에 갈 때면 레나타를 위해 샀던 망토를 들고 가 변기에 앉은 뒤 어깨에 덮었다. 얼음장 같은 변기에 앉는 일은 성 세바스티아누스의 고행 같았다. 방으로 돌아와 팔굽혀펴기를 쉰 번 하고 물구나무서기를 했다. 로저가 어린이집에 가면 나는 뒷골목을 걸어다니거나 프라도미술관에 들어가거나 카페에 앉아 있었다. 슈타이너 명상을 하는 데 긴 시간을 썼고 죽은 자들에게 가까이 다가가기 위해 최선을 다했다. 나는 아주 강렬한 감정을 느꼈고 그들과 소통할 수 있다는 가능성을 넘겨버릴 수 없었다. 평범한 심령론은 염두에서 지워버렸다. 나는 모든 인간 안에 영원의 핵심이 있다고 가정했다. 이것이 정신적이거나 논리적인 문제였다면, 나는 논리적으로 다루었을 것이다. 그러나 그런 것이 아니었다. 내가 다루어야 할 것은 평생 지속되는 암시였다. 이러한 암시는 집요한 환상이거나 깊이 묻힌 진리가 틀림없었다. 교양 있는 사회를 구성하는 훌륭한 자들의 정신적 체통이라는 것을 나는 진심으로 경멸하게 되었다. 비전적인 글귀들 때문에 혼란을 느낄 때마다 그것을 경멸로 버티어냈음을 인정한다. 슈타이너의 책에는 나를 짜증나게 만드는 구절들이 있었기 때문이다. 나는 자신에게 말했다, 이것은 미친 소리다. 그런 다음 말했다, 이것은 시이고, 위대한 환상이다. 그러나 나는 그가 우리에게 죽음 이후의 영혼의 삶에 대해 한 이야기들을 펼쳐보며 계속 나아갔다. 게다가, 내가 나 자신에게 무얼 하든 무슨 상관이겠는가? 늙고, 마음에 상처를 입고, 부엌 냄새 속에서 명상하고, 화장실에서 레나타의 망토를 덮는 그런 사람이 자신에게 무얼 하든 누가 관심이나 갖겠는가? 인생의 기괴함은 저항할수록 점점 강해졌다. 낯선 느낌을 거부할수록 더 많은 왜곡을 만들어냈다. 한 번이라도 그것에 굴복하면 어떻게 될까? 더구나 나는 인간의 보다 섬세한 욕망과 인식을 설명할 수 있는 것이 물질세계에는 없다고 확신했다. 나는 프루스트의 소설에서 죽어가는 베르고트*를 이해한다. 일반적인 경험으로는 **선한 것, 참된 것, 아름다운 것**의 근거를 찾을 수 없었다. 그리고 나는 너무 교만한 나머지 내가 배웠던 훌륭한 경험주의의 가치를 별로 인정하지 않았다. 너무 많은 바보들이 경험주의를 지지했다. 게다가 영혼이나 신령 이야기를 해도 사람들은 그리 놀라지 않았다. 얼마나 이상한가! 아무도 놀라지 않았다. 지적 수준이 높은 사람들만 놀라움을 표했다. 내가 나의 나약함이나 인격의 부조리에서 벗어나는 법을 배웠다는 사실이 어쩌면 내가 조금은 죽었다는 것을 의미할 수도 있다. 이 초연함은 일종의 냉철한 각성이다. 죽은 자들이 죽음의 문을 지날 때 얼마나 냉철해야 하는지 나는 종종 생각했다. 더이상 무엇을 먹지도, 피를 흘리지도, 숨을 쉬지도 않는다. 육체적 존재에 대한 자부심이 없다면 충격받

* 『잃어버린 시간을 찾아서』에 나오는 천재적인 소설가.

은 영혼은 확실히 더욱 현명해질 것이다.

내가 이해하기로는, 죽음의 세계를 알지 못하는 죽은 자는 무지 때문에 실수를 범하고 괴로워할 것 같았다. 특히 처음 단계에서 영혼은 지상의 삶으로 오염된 육체에 열정적으로 집착하다가 갑자기 분리되어, 다리가 절단된 사람들이 없어진 다리를 그리워하는 것처럼 갈망을 느낀다. 새로이 죽은 자는 처음부터 끝까지 그에게 일어난 일, 통탄할 삶 전체를 본다. 그들은 고통으로 불타오른다. 아이들, 특히 죽은 아이들은 살아 있는 자들을 떠날 수가 없어서, 보이지 않는 몸으로 사랑하던 사람들 가까이에 머무르며 눈물을 흘린다. 이런 아이들을 위해 우리는 의식儀式이, 아이들을 위한 무언가가 필요하다, 제발! 늙어 죽은 자들은 보다 준비가 잘되어서 현명하게 오고 간다. 떠난 자들은 각각 살아 있는 영혼의 무의식 속에서 작용하며, 아마도 우리가 이룬 가장 고귀한 업적은 그들에 의해 주입되었을 가능성이 높다. 구약은 우리에게 죽은 자와 어떤 일도 꾸미지 말라고 명령하는데, 그 가르침에 따르면 첫번째 단계에서 영혼은 사후에 피와 신경의 상태와 유사한 열정적인 감정의 영역에 들어가기 때문이다. 이 첫번째 영역에서는 죽은 자와의 접촉으로 저급한 충동이 나타날 수 있다. 예를 들어 데미 퐁헬을 생각하면 곧바로 격렬한 장면들이 머릿속에 떠오른다. 내가 본 그녀는 항상 살아있을 때처럼 멋지거나 벌거벗거나 절정에 이른 모습이었다. 그녀는 연속적으로 경련했고, 얼굴은 새빨개졌다. 데미의 정사에는 언제나 범죄적인 흔적이 있었고, 나에게는 언제나 사악한 공모자의 흔적이 있었다. 성적인 연상 작용의 홍수가 나를 덮쳤다. 레나타의 경우는 어떤 난폭함도 없었고, 늘 미소 지으며 고급 매춘부처럼 행동했다. 도리스 셸트 양의 경우, 그녀의 모습은 금발의 작은 소녀에 가까웠지만, 옆모습을 보면 그녀 안에 사보나롤라*가 숨어 있어, 어리지만 지배적인 여자가 될 것 같았다. 셸트 양의 가장 큰 매력은 성관계가 끝날 때 유쾌하게 웃음을 터뜨리는 것이었다. 가장 매력적이지 않은 건 임신에 대한 그녀의 우울한 두려움이었다. 밤에 알몸으로 그녀를 껴안으면, 잘못 흘러들어간 정자가 삶을 망칠까봐 걱정했다. 그러고 보면 세상에 특이하지 않은 사람이 없는 것 같다. 이것이 바로 내가 죽은 자의 영혼과 만나길 고대하는 이유였다. 그들은 좀더 안정적일 것이다.

나는 준비 단계에 있을 뿐 입문자가 아니었기에 죽은 자에게 다가갈 수 있으리라 기대하기 어려웠다. 그럼에도 삶의 고통스러운 경험이 어떤 이들에게는 정신적인 발전을 좀더 빨리 이룩할 자격을 부여하기도 하므로 나도 좀더 노력해야겠다고 생각했다. 그래서 나는 특히 부모님과 데미 봉헬과 폰 험볼트 플라이셔에게 집중하면서 그런 접촉에 적합한 상태를 유지하려 했다. 문헌에 따르면, 죽은 개인과의 실제 의사소통은 어렵긴 해도 가능하며, 가장 저급한 충동이 터져나와 말썽을 일으키지 않도록 하기 위해 예리한 인식과 함께 훈련과 경계가 필요하다. 격렬한 감정은 순수한 목적의 통제를 받아야 한다. 내가 아는 한 나의 목적은 순수했다. 죽은 자의 영혼은 진리를, 연옥의 완성을 갈구했다. 라로카펜시온에서 나는 내 온기를 다해 가장 강렬한 생각을 그들에게로 보냈다. 죽음을 사랑하는 사람을 빼앗아가는 폭력적인 게릴라이자 납치자로 생각하지 않는다면, 문명인들이 그렇듯 그런 폭력

* 이탈리아 수도사, 설교가, 종교개혁가. 철저한 금욕주의자로, 교회와 속세의 타락을 과격하게 비판했다.

에 굴복할 수 없을 만큼 비겁하지 않다면, 모든 가능성을 추구하고 조사하고 탐색하고 모든 곳을 찾아보고 모든 것을 시도해야 한다고 나는 나 자신에게 말했다. 죽은 자에 대한 진정한 질문에는 참된 감정이 담겨 있어야 한다. 추상적 관념 자체는 움직이지 않는다. 감정이 전달되려면 마음을 거쳐야 한다. 죽은 자에게 무언가를 물어보는 시간은 잠들기 전 의식의 마지막 순간이다. 죽은 자들은 우리가 깨어나기 직전에 가장 쉽게 다가올 수 있다. 이것은 영혼의 시간으로는 이어져 있는 순간들이며 그사이에 침대에 누워 있는 시계상의 여덟 시간은 생물학적인 것일 뿐이다. 내가 익숙해질 수 없었던 불가사의한 특이함 중 하나는 우리의 질문이 우리가 아닌, 우리의 질문을 받을 죽은 자에게서 시작된다는 것이었다. 죽은 자들의 대답은 우리 영혼이 스스로 하는 말이었다. 이러한 거울 이미지의 전도는 파악하기 어려웠다. 나는 그것에 대해 오랫동안 곰곰이 생각했다.

나는 이런 식으로 마드리드에서 1월과 2월을 보냈고, 떠난 자들에게 도움이 될 만한 글을 *부드럽게 속삭이듯이* 읽어주었고, 그들에게 가까이 다가가려 노력했다. 죽은 사람에게 가까이 다가가고자 하는 나의 소망이 정신쇠약에서 비롯된 것이 아니라 하더라도, 적어도 내 마음을 약하게 만들었으리라 생각할 수도 있다. 아니다. 이 말을 확인해줄 수 있는 사람이 나밖에 없긴 하지만, 내 마음은 점점 안정되는 것 같았다. 일례로 나는 피조물과, 존재의 전체 계층과 독립적이고도 개인적인 관계를 회복해가는 것 같았다. 문명화되고 합리적인 사람의 영혼은 자유롭다 해도 사실은 아주 단단히 갇혀 있다. 비록 형식적으로는 완전히 자유롭게 어디든 돌아다닐 수 있고 또 스스로를 대단한 존재라 믿을

지 모르지만, 사실 그는 완전히 무시해도 좋은 존재다. 그러나 기이하다 해도 영혼의 불멸성을 믿는 것, 모두가 마음속에 짊어지고 사는 죽음의 무게에서 자유로워지는 것은 어떤 집착으로부터의(돈에 대한 집착 혹은 성적 집착) 해방과 마찬가지로 훌륭한 기회가 된다. 보다 강한 현실주의를 따르는 분별력 있는 사람들이 죽음에 대해 동의한 방식이 아닌 다른 방식으로 죽음을 생각한다고 가정해보자. 첫번째 결과는 과잉, 선善을 위한 잉여다. 죽음에 대한 공포는 이 활력을 묶어버리지만, 공포에서 풀려나면 비역사적이거나, 비논리적이거나, 피학적으로 수동적이거나 나약하게 느끼는 당혹감 없이도 선을 시도할 수 있다. 그러면 선은 고등학교 때 배우는 시를 통해 조명되고 자살을 통해—고상한 방식으로, 시인만의 고유한 방식으로—(증명할 수 없고 비현실적인) 그 영광을 증언하는 특정 미국인들(누구인지 알 것이다)의 순교와는 전혀 다른 것이 될 것이다.

외국에서 나는 파산 상태가 되었지만 거의 또는 전혀 불안하지 않았다. 돈 문제는 존재하지 않는 것이나 마찬가지였다. 내가 로헬리오에게 도움을 주는 *펜시온* 여자들에게 신세지고 있는 가짜 홀아비라는 사실만 마음에 걸렸다. 불꽃같이 창백한 얼굴의 레베카 볼스테드는 나를 졸졸 따라다녔다. 그녀는 나와 자고 싶어했다. 하지만 나는 운동만 계속했다. 그리고 가끔 생각했다. 아, 바보 같은 레나타, 송장 치우는 인간과 예언자가 되려는 인간의 차이도 몰랐단 말인가? 나는 줄리어스가 준 비쿠냐 코트보다 더 따뜻한 레나타의 망토를 몸에 두르고 밖으로 나왔다. 바깥 공기를 쐬자마자 마드리드는 온통 보석이자 예술처럼 느껴졌고, 냄새는 영감을 불러일으키고, 경치는 아름답고, 얼굴들은 매력적이고, 녹색 공원은 서리 내린 겨울빛을 띠었고, 얇은 겨울잠이 든 나무들의 수직 획, 사람과 동물 입에서 나오는 입김으로 온 거리가 가득했다. 나는 레나타의 어린 아들과 손을 잡고 산책했다. 놀랍도록 차분하고 잘생긴 소년이었다. 차가운 대서양처럼 짙은 초록 잔디가 깔린 레티로공원을 걷는 동안, 나는 이 작은 아이의 영혼이 어느 정도까지는 자기 육체를 창조한 예술가라는 것을 거의 확신했고 그 내부에서 진행되는 작업도 느낄 수 있었다. 때때로 우리는 육체적으로 잉태되기 전 어떤 경이로운 방법으로 이미 잉태되었던 사람과 함께 있다는 느낌을 의식하기도 한다. 초기 유아기에는 잉태의 보이지 않는 작업이 계속되고 있을 수도 있다. 어린 로저의 주체 형성 작업은 곧 멈출 것이며 이 비범한 생물은 그의 어머니나 할머니처럼 가장 평범하거나 지루하거나 고약하게 행동하기 시작할 것이다. 험볼트는 감옥의 그늘이 드리우기 전, 그가 "고향 세계"라 부르던 워즈워스적이고 플라톤적인 세계에 대해 끝없이 이야기했었다. 그때가 도래의 시점, 권태가 시작된 순간이었을 것이다. 험볼트는 고급문화의 격식에 따라, 그에 걸맞은 추상성으로 장식된 우월한 인간의 의상을 입자 권태로운 사람이 되었다. 이제는 수십만이 더 고급의 불행을 뜻하는 의상을 입고 있다. 형편없는 부류, 교육받은 바보들, 정신적으로 엄청나게 지루한 사람들. 일찍이 세상에는 그런 자들이 없었다. 불쌍한 험볼트! 얼마나 큰 실수였던가! 그렇다, 아마도 그는 다른 시도를 할 수 있을 것이다. 언제? 아, 수백 년 후에는 그의 영혼이 돌아올지도 모른다. 그동안 나는 그를 사랑스럽고 관대하고 순금 같은 마음을 지닌 사람으로 기억할 수 있을 것이다. 가끔 나는 그가 남긴 서류들을 뒤적거렸다. 그는 그 가치를 너무나 굳게 믿었었다. 나는 회의적인 한숨을 쉬고는 구슬픈 심정으로 그의 가방에 그것을 도로 집어넣었다.

* * *

세상이 가끔 나의 안부를 물었고, 각지에서 소식이 들려왔다. 내가 가장 기다린 것은 레나타의 편지였다. 나는 그녀에게 미안하다는 말을, 자신이 끔찍한 짓을 했고 플론제일리가 지겨워졌고 그에게 장의사의 불쾌한 습관이 있더라는 말을 듣길 바랐고, 그녀를 다시 받아들이는 너그러운 순간을 상상하며 연습했다. 그보다 덜 너그러울 때는 속으로 그년에게 백만장자 시신 방부처리사와 한 달만 더 살아보라고 했다. 화가 나서 우울할 때는 예로부터 모든 사람이 알았다시피, 불감증과 돈이 견고한 조합을 이룬다고 생각했다. 거기에 세상에서 가장 강력한 접착제인 죽음을 더하면, 놀라울 정도로 지속적인 무언가가 탄생한다. 나는 지금쯤 그들이 마라케시를 떠나 인도양에서 신혼여행을 하고 있을 거라고 짐작했다. 레나타는 항상 세이셸군도에서 겨울을 보내고 싶어했었다. 나는 내가 레나타의 병을 낫게 할 수 있다고 몰래 믿고 있었다. 그러다가 회상의 방향을 나에게로 돌려, 험볼트가 언제나 여자들에게 좋은 일을 하고 싶어했지만 여자들이 그렇게 하도록 가만있지 않았다는 것, 그가 빌리지에서 데미의 친구 지니에게 "냉장고에서 꺼낸 꿀이야…… 언 꿀은 잘 발리질 않지" 하고 말했던 것을 떠올렸다. 아니, 레나타는 편지하지 않았다. 그녀는 새로운 관계에 집중했고, 내가 로저를 돌보는 동안은 아이 걱정을 할 필요도 없었다. 나는 아이의 이름이 적힌 그림엽서를 리츠호텔에 들러 가져왔다. 내 짐작이 맞았다. 모로코는 그 부부를 오래 붙들어놓지 못했다. 그녀가 보낸 엽서에는 이제 에티오피아와 탄자니아의 소인이 찍혀 있었다. 로저는 애스펀과 베일로 스키를 타러 간 자기 아버지에게서도 우편엽서 몇 장을 받았다. 코프리츠는 자기 아이가 어디 있는지 알고 있었다.

캐슬린은 베오그라드에서 편지를 보내왔고, 내 소식을 듣고 많이 기뻤다고 했다. 모든 일이 아주 잘되어가고 있다고 했다. 나를 뉴욕에서 만난 일이 잊을 수 없을 만큼 좋았다고도 썼다. 그녀는 나와 다시 이야기하고 싶어했고 영화 작업을 위해 알메리아로 가는 길에 조만간 마드리드에 들르겠다고 했다. 그녀는 나를 만나 아주 유쾌한 이야기를 들려주게 되길 바랐다. 그러나 편지에 수표는 동봉되어 있지 않았다. 나에게 돈이 절실히 필요하다는 사실을 짐작도 못한 것이 분명했다. 내가 오랫동안 부유하게 살아서 누구도 그런 생각을 하지 못하는 것이다. 2월 중순 조지 스위벨의 편지가 도착했는데, 나의 재정 상태를 잘 아는 그도 돈은 언급하지 않았다. 나이로비에서 편지를 보낸 것으로 보아, 동양산 카펫 판매에 대해 묻고 도움을 청한 내 편지를 받지 못했을 테니 이해할 만했다. 그는 숲속에서 베릴륨 광산을 찾느라 케냐에 한 달 동안 머물렀다. 아니면 광맥이었던가? 나는 광산에 대해 생각하는 것을 좋아했다. 조지가 그런 광산을 찾는다면, 본격적인 동업자로서 나는 돈 걱정에서 평생 벗어날 수 있을 것이다. 물론 법원에서 그 돈마저 나에게서 뜯어갈 방법을 찾지 않는다면. 우르바노비치 판사는 무슨 이유에선지 나의 숙적이 되기를 택했다. 그는 나를 발가벗기기로 작정했다. 이유는 모르겠지만, 아무튼 그랬다.

조지는 이렇게 썼다. "필드박물관에서 일하는 우리의 친구는 이번에 같이 오지 못했어. 벤은 다 떨쳐버릴 수가 없었지. 교외의 삶이 녀석을 놔주지 않았거든. 벤이 일요일 저녁식사에 초대해줘 녀석의 삶이 얼마나 지옥인지 가서 내 눈으로 확인했지. 생각보다는 그리 끔찍하지 않았어. 뚱뚱하지만 사람 좋아 보이는 아내, 착한 아이와 평범한 장모, 잉글리시불도그와 앵무새가 있었어. 벤은 장모가 아몬드 도넛과 코코아만 먹고 산다고 하더군. 지난 십오 년 동안 다른 음식을 입에 넣는 건 한 번도 못 봤다고 하는 걸 보니, 아마 분명 밤에 먹는 거겠지. 그래, 난 녀석이 걱정을 사서 한다는 생각이 들었어. 열두 살짜리 아들은 남북전쟁광이고, 아들과 아빠와 앵무새와 불도그가 한패를 이루고 있었지. 벤은 화석을 관리하는 훌륭한 직업을 가졌고, 여름마다 아이와 캠핑카로 여행하며 더 많은 돌을 집으로 가져와. 나는 옛정을 생각해서 우리 사업에 벤을 끼워줬지만, 동아프리카까지 데려올 사람은 아니었어.

솔직히 나 혼자서 그 긴 여행을 하고 싶진 않았어. 그런데 나오미 루츠가 자기 아들을 만나보라며 저녁식사에 초대했지, 사우스타운신문에 마약중독 극복에 대한 기사를 썼던 아이 말이야. 나는 그 기사를 보고 정말로 그 젊은 친구에게 흥미를 갖게 됐어. 나오미가 그러더군, 우리 아이를 데려가면 어때? 사실 그 친구가 좋은 동반자가 되리란 생각이 들기 시작했어."

이쯤에서 잠시 멈추고, 조지 스위벨이 스스로 사람을 다루는 데, 특히 젊은 사람을 다루는 데 재능이 있다고 생각한다는 이야기를 해야겠다. 젊은이들은 결코 그를 재미있는 늙은이로 보지 않았지만, 그는 남을 이해하려는 의지를 지닌 자신에게 자부심이 있었다. 그에게는 특별하고도 특권적인 관계가 많았다. 젊은이, 흑인, 집시, 벽돌공, 사막의 아랍인, 그리고 그가 방문한 모든 오지의 부족에게 환영받았다. 이국 사람들에게 인기가 많았고, 순식간에 그들과 인간적인 관계를 맺고, 그들의 텐트에, 지하저장실에, 가장 친밀한 사적 모임에 초대되었다. 월트 휘트먼이 짐마차꾼, 조개잡이, 불량배와 그랬듯이, 헤밍웨이가 이탈리아 보병과 스페인 투우사와 그랬듯이, 조지는 동남아시아든 사하라사막이든 라틴아메리카든 어디를 가나 늘 그랬다. 그는 가능한 한 자주 이런 여행을 했고, 원주민들은 항상 그의 형제였으며 그에게 열광했다.

그의 편지는 계속되었다. "나오미는 사실 그애가 너와 함께 있길 바랐어. 우리가 로마에서 만나기로 한 거 기억나나? 하지만 내가 떠날 준비를 마쳤을 때도 서트머르는 아직 네 소식을 못 받았다고 하더군. 나이로비에서 만나기로 한 사람이 나를 기다리고 있었고, 나오미는 자기 아들 루이를 데려가달라고 간청하는데, 사실 루이 곁에는 좋은 영향을 줄 성인 남자가 필요한데 나오미와 맥주를 마시고 하키 경기를 보러 다니는 남자친구는 도움을 줄 만한 인물도 못 될뿐더러 오히려 아이의 고민거리 중 하나라는 말을 들으니까 안됐다 싶었어. 나는 어쨌든 마약의 생태에 관해 좀 알고 싶었고, 그애가 외부의 도움 없이 등에 매달린 원숭이를 떨쳐냈다면*(우리 시대의 표현이지), 뭔가 쓸 만한 자질이 있을 거라 생각했어. 나오미가 음식을 잔뜩 차려주었고, 먹고 마실 것

* 마약중독을 떨쳐버린다는 의미.

이 넘치는 가운데 꽤 거나해진 나는 턱수염을 기른 루이에게 말했지. '좋아, 친구, 오헤어공항에서 만나자. TWA항공, 목요일 다섯시 반.' 나는 나오미에게, 돌아가는 길에 아이를 네가 있는 곳으로 데려다주겠다고 했어. 나오미는 좋은 여자야. 넌 삼십 년 전에 나오미와 결혼했어야 해. 그 여자는 우리 같은 사람이지. 고맙다고 나를 안더니 꽤 울었어. 목요일, 비행기 탈 시간이 되자 턱수염을 기르고 몸이 마른 젊은 애가 운동화에 셔츠 차림으로 게이트 앞에서 얼쩡거리고 있더군. 내가 그애에게 '코트는 어디 있어?' 물으니까 '아프리카에서 코트가 왜 필요해요?' 하더군. 짐은 어디 있냐고 물었어. 자기는 가볍게 여행하는 걸 좋아한대. 나오미가 비행기표만 사주고 다른 건 아무것도 해주지 못했던 거야. 나는 내 더플백에서 옷을 꺼내 그애에게 입혔어. 런던에서 입을 바람막이 재킷이 필요했어. 나는 그애를 사우나에 데려가 몸을 덥혀주고 이스트엔드에서 유대식 저녁을 사줬어. 그때까지는 좋은 동반자였고 나에게 마약의 생태에 대해 얘기도 많이 해줬지. 무척이나 재미있었어. 우리는 로마로 갔고 로마에서 하르툼*으로, 하르툼에서 내 친구 에제키엘과 만나기로 한 나이로비로 갔어. 그런데 에제키엘이 나타나지 않았어. 숲속에서 베릴륨을 찾고 있었나봐. 대신에 큰 키에 체격이 경주견처럼 특출하고, 까맣고, 까맣고, 빛나도록 새까만 그의 사촌 테오가 나왔더군. 루이가 말했어. '테오가 마음에 들어요. 스와힐리어를 배워서 그 친구와 랩을 할 거예요.' 그래, 좋아. 다음날 우리는 에제키엘이 전에 근무했던 독일 관광회사 여직원에게 폭스바겐 미니버스를

---

* 수단의 수도.

빌렸어. 사 년 전 나와 에제키엘의 여행을 준비해준 그 여자였지. 나는 숲에서 입을 옷과 루이가 신을 *스웨이드* 데저트부츠*와 철도 모자**와 선글라스 등 여러 가지 물건을 사서 함께 숲으로 갔어. 나는 우리가 어디로 가는지는 몰랐지만 테오와는 금방 친해졌지. 사실을 말하면, 나는 행복했어. 너도 알겠지만 난 아프리카가 인류가 시작된 곳이라고 생각하잖아. 지난번 여행 때 올두바이협곡에 들러 리키 교수를 만났을 때 그런 느낌이 들었지. 그 교수가 나에게 인류가 처음 나타난 곳이 이곳이라는 확신을 주었어. 나는 직감적으로, 마치 고향에 온 것처럼, 아프리카가 내가 있던 곳이라고 느꼈어. 그렇지 않더라도 아프리카는 언제나 시카고 남부보다 나았고, 대중교통을 타는 것보다 사자와 마주치는 게 더 좋았어. 내가 시카고를 떠나기 전 주말에 살인사건이 스물다섯 건이나 보도됐어. 실제로는 몇 건일지 생각도 하기 싫어. 지난번 잭슨파크 엘 전철을 탔을 때는 부랑아 둘이 자는 척하고 있는 한 남자의 바지 주머니를 면도날로 자르고 있었어. 나는 그걸 지켜보는 스무 명 중 한 명이었고, 아무것도 할 수 없었지.

나이로비를 떠나기 전 우리는 야생동물 보호구역에 들러 멧돼지를 덮치는 암사자를 봤어. 정말 모든 게 근사하더군. 그런 다음 차를 타고 달렸는데, 얼마 지나지 않아 비포장길에서 붉은 흙먼지를 뒤집어쓴 채 공중뿌리를 가진 멋지고 커다란 나무들 그늘로 지나가는데, 흑인들이 모두 나이트가운이나 파자마 같은 의상을 입어서인지 몽유병자들

---

* 2차세계대전 당시 영국군이 북아프리카에서 사막을 진군하기 위해 신은 스웨이드 편상화.

** 철도원들이 유니폼처럼 썼던 모자에서 유래한, 야구모자와 비슷한 모자.

처럼 보였어. 우리는 많은 원주민이 탁 트인 하늘 아래서 낡은 싱거 재봉틀을 돌리며 일하는 마을에 들르기도 하면서, 젖꼭지처럼 솟은 거대한 개미집들 사이로 온갖 풍경 속을 돌아다녔어. 내가 얼마나 사교적인지, 얼마나 친근한 상황을 좋아하는지 너도 알겠지만, 나는 그 멋진 흑인 남자 테오와 인생 최고의 시간을 보내고 있었어. 문제는 루이였지. 도시에서는 참아줄 수 있었지만, 그애는 미개간지에 들어오자마자 딴사람이 됐어. 아이들은 왜 그런지 몰라. 허약한 건가, 아픈 건가, 아니면 뭘까? 이제 스물여덟 살쯤 된 1960년대 세대는 이미 병자들이고 사지가 절단된 환자들이야. 루이는 멍하니 하루종일 누워만 있었어. 잔뜩 지친 우리는 미니버스를 타고 어느 마을에 도착했고, 두 시간 동안 불평하며 끙끙대던 이 젊은 친구가 우유를 달라고 징징대기 시작했어. 그래, 맞아. 병에 담긴 미국 멸균 우유. 지금까지 그것 없이 지낸 적이 없어서 돌아버린 거지. 우유보다 헤로인을 끊는 게 더 쉬운 일이야. 일리노이주 쿡카운티에서 온 아이가 왜 그 형편없는 우유를 마시지 못하게 되었는가? 그 상황이 아주 순진하고 재미있어 보이기까지 했어. 그런데 찰리, 나이로비를 떠난 지 이틀 만에 상황이 절박해졌어. 루이는 테오에게 스와힐리어로 우유가 뭔지 알아냈고, 그래서 우리는 오두막집들이 있는 작은 마을을 지날 때마다 창밖으로 몸을 내밀고 우유를 달라고 소리를 질렀어. 바큇자국 위에서 이리저리 쏠리며 '*미주아! 미주아! 미주아! 미주아!*' 하고. 너라면 그애가 자기 문제를 해결하기 위해 괴로워한다고 알아줬겠지. 원주민들이 *미주아*고 나발이고 알 게 뭔가? 영국인들이 차에 넣어 마시는 깡통 우유는 몇 개 가지고 있었지만 유리병에 담긴 우유는 본 적도 없으니 알아들을 리가 없었지. 그들은 무당연유를 조금 내놓으며 최선을 다했지만, 그러는 동안 나는 솔직히 창피했어. 그건 야생의 미개척지를 여행하는 방식이 아니었어. 며칠이 지나자 머리와 턱수염이 자라고 날카로운 콧날에 눈은 완전히 돌아버린 말라깽이는 눈에 들어오지도 않았어. 내 건강이 역전됐거든. 한쪽 옆구리가 쑤셔서 편하게 앉을 수도 누울 수도 없었어. 복부 전체에 염증이 생기고 과민해졌어—끔찍했네! 나는 자연환경과 원시적 생활과 야생동물에 적응하려고 노력했어. 그랬다면 더없이 행복했을 거야. 길 위에 피어오른 아지랑이처럼 내 앞에 행복이 아른댔지만 따라잡을 수가 없었어. 나는 착한 짓을 한답시고 나 자신을 망쳐버린 거야. 상황은 점점 나빠졌어. 에제키엘이 우리가 가는 길목에 전언을 남겨두었는데, 테오는 우리가 며칠 안에 그를 따라잡을 수 있을 거라고 했어. 그때까지 베릴륨은 구경도 못했지. 에제키엘은 베릴륨이 묻혀 있다는 곳을 모조리 돌아다니는 모양이었어. 미니버스로는 갈 수 없는 곳이었지. 랜드로버나 지프가 필요했어. 에제키엘에게 지프가 있었지. 우리는 그런 식으로 따라갔고 가끔 관광호텔에 들어가면 루이는 *미주아*를 찾아대고 좋은 것만 골라먹었어. 샌드위치가 나오면 고기는 자기가 먹고 나한테는 치즈와 스팸만 남기는 식이지. 더운물이 있으면 자기가 먼저 목욕하고 땟국물만 남겨놓았고. 수건으로 몸을 닦는 그애의 야윈 엉덩이를 보자 작은 각목으로 때려주거나 냅다 걷어차고 싶어서 진짜 열불이 치솟더군.

보상이 있었긴 해. 테오에게 스와힐리어를 가르쳐달라고 하면서 루이가 처음 물어본 건 당연히도, '니미 씨팔motherfucker'이었어. 찰리, 스와힐리어에 그런 말은 없어. 하지만 루이는 아프리카 심장부에 이런 표현이 존재하지 않는다는 사실을 받아들이지 못했지. 그애가 나에게 이러더군. '아저씨, 여긴 어쨌든 아프리카잖아요. 테오 놈이 장난치는 걸 거예요. 백인들에게는 말해주지 않는 비밀인가?' 그애는 그 말을 배우기 전까지는 미국에 돌아가지 않겠다고 맹세했어. 사실 테오는 그런 개념조차 이해 못했지. 성교 부분은 어렵지 않게 이해했어. 그리고 어머니 부분도 이해했지. 그런데 그 두 가지를 연결하는 것이 불가능했어. 루이는 그 말을 테오에게서 끌어내려고 며칠이나 노력했지. 그러던 어느 저녁 테오가 마침내 이해했어. 두 단어를 연결한 거지. 뜻이 명백해지자, 테오는 벌떡 일어나 미니버스를 들어올리는 데 쓰는 잭을 꺼내더니 루이의 머리통을 향해 휘둘렀어. 루이는 어깨를 꽤 심하게 맞아 못쓰게 됐어. 나는 속이 약간 시원했지만 싸움을 말려야 했지. 테오를 밀어뜨려 팔을 내 무릎으로 누르면서 그의 머리를 잡고 설명했어. 오해라고. 하지만 테오는 완전히 흥분했고, 어머니에 대한 모독임을 이해한 뒤로는 루이와 말도 섞지 않았어. 루이가 어깨가 아프다고 투덜거리고 하도 난리를 쳐대는 바람에 난 계속 에제키엘을 따라갈 수도 없게 됐지. 그래서 시내로 가서 기다리기로 했어. 실은 우리가 커다란 원을 그리며 돌았던지라 나이로비와는 50마일인가 60마일밖에 떨어져 있지 않았어. 베릴륨 광산이 있을 것 같지 않은 곳이었지. 에제키엘이 여기저기서 베릴륨을 모았거나 어쩌면 훔쳐왔을 수도 있다는 생각이 들더군. 나이로비에서 우리 젊은 친구의 엑스레이를 찍어봤지. 골절은 없었지만 의사가 팔을 삼각건으로 묶어주더군. 공항으로 데려가기 전에 노천카페에 갔는데 그애는 우유를 몇 병이나 시켜 마셨어. 그만하면 아프리카는 충분히 맛봤지. 이곳은 문명의 영향으로 가짜가 되었고 자신의 유산을 부정했지. 그애가 말했어. '전 너무 충격 받았어요. 바로 돌아갈래요.' 나는 미개척지에서 입으라고 그애에게 사줬던 옷을 빼앗아 테오에게 줬어. 루이는 나오미에게 아프리카 기념품을 가져다주고 싶다더군. 우리는 관광 기념품점에 갔고 루이는 어머니에게 준다며 무시무시하게 흉한 마사이창을 샀어. 시카고에는 새벽 세시에 내릴 예정이었지. 나는 그애 주머니에 한푼도 없다는 걸 알고 있었어. '오헤어에서 집까지는 어떻게 갈 거야?' 물었더니 '물론 어머니에게 전화를 해야겠죠'라는 거야. '괜히 깨우지 마. 택시를 타. 그놈의 창을 들고 만하임 도로에서 남의 차를 얻어 탈 순 없을 테니까.' 난 그애에게 20달러를 주고 공항까지 차로 데려다줬어. 한 달 만에 처음으로 행복을 느끼며 나는 그애가 셔츠 차림에 삼각건을 걸고 계단을 올라 어머니에게 줄 투창을 들고 비행기에 타는 모습을 지켜봤어. 비행기는 지상 시속 약 1천 마일로 시카고를 향해 이륙했고.

베릴륨 얘기를 하자면, 에제키엘이 베릴륨을 한 통 가지고 나타났어. 우리는 앨릭 서트머르가 소개한 영국 변호사에게 가서 거래를 트려고 했지. 에제키엘은 랜드로버니 트럭이니 이것저것 해서 약 5천 달러 상당의 장비가 필요하다고 했어. '좋습니다.' 내가 말했어. '우리는 동업자관계이고, 수표는 에스크로계정에 맡길 생각이며, 당신이 이 사람의 광산 소유권을 인정해주는 즉시 돈을 지불하겠습니다.' 소유권에 대한 소식은 없었고, 이 준보석을 합법적으로 입수했다는 것을 증명할 방법도 없었어. 나는 이제 나오미의 아이와 언짢은 베릴륨 거래라는 이중 재난으로부터 조금이나마 회복하기 위해 해안으로 가서 옛 노예도시에 가볼 생각이야. 아프리카적인 사기극이 벌어졌다는 소식을 전하게 되어 미안하군. 나는 에제키엘과 테오가 정직하지 않았다고 생각해. 서트머르가 나이로비에 있는 내게 네 주소를 보내놓았어. 나이로비는 어느 때보다도 근사해. 중심가는 동아프리카라기보다 스칸디나비아 같지. 나는 몸바사*로 가는 밤기차를 타려고 해. 아디스아바바**를 거쳐, 어쩌면 마드리드까지 거쳐서 집에 돌아갈 생각이야. 사랑을 담아서."

* * *

내가 로저를 위해 메를루사*** 한 토막의 뼈를 발라내느라 열중한 동안, 가슴께까지 앞치마를 높이 두른 필라르가 식당에 들어와 내 위로 몸을 숙이고는 어떤 미국 신사가 찾아왔다고 속삭였다. 나는 기뻤다. 어쨌든 흥분했다. 열 주 동안 아무도 나를 찾지 않았다. 조지인가? 아니면 로저를 데리러 온 코프리츠인가? 차분한 앞치마, 분 향기가 나는 따뜻하고 하얀 얼굴을 내 쪽으로 기울이고 커다란 갈색 눈으로 바라보는 필라르는 무척이나 조심스러워 보였다. 홀아비 얘기를 믿지 않았던 걸까? 그럼에도 내가 깊이 슬퍼하고 검은 옷을 입은 타당한 이유가 있었다는 것을 알았을까? "*신사분*에게 *식당*으로 와서 커피 드시라고 할까요?" 필라르가 말하고는 시선을 나에게서 아이에게로 그리고 다시 나에게로 옮겼다. 나는 그녀에게 나 대신 이 고아 옆에 앉아 생선을 먹여

* 케냐 남부 인도양에 면한 항구도시.

** 에티오피아의 수도.

*** 대구와 비슷한 물고기.

준다면 방문자와 살롱에서 이야기하고 싶다고 말했다.

나는 지금은 거의 사용되지 않는, 낡고 먼지 쌓이고 오래된 벨벳으로 덮인 물건들로 가득한 살롱으로 갔다. 예배당처럼 어두웠고, 이 안에 해가 드는 것을 본 적도 없었다. 그런데 지금은 빛이 쏟아져들어와 징두리판벽에 걸린 종교화들과 장식품들이 드러났다. 발밑에는 걸리적거리는 너저분한 조각 융단들이 깔려 있었다. 그 모든 것이 한 시대에 대한 감정과 그 감정을 느꼈던 개인들과 함께 그 시대가 사라지는 듯한 효과를 자아냈다. 창가에 선 방문자는 내가 먼지로 자욱한 햇빛을 마주보고 있어 자기 얼굴을 볼 수 없다는 것을 아는 듯했다. 먼지가 사방에서 부유했다. 기포들로 둘러싸인 수족관 물고기처럼 나는 빽빽한 먼지 속에 서 있었다. 방문자는 햇빛을 더 들어오게 하려고 계속 커튼을 젖히며 한 세기 동안 축적된 먼지를 떨어냈다.

"자네는?" 내가 말했다.

"맞아," 리날도 칸타빌레가 말했다. "나야. 넌 내가 감옥에 있다고 생각했겠지."

"그랬지, 바라기도 했고. 희망했지. 어떻게 나를 여기까지 따라온 건가, 또 뭘 원하지?"

"나한테 화를 내는군. 좋아, 그날 꼴이 좋지 않았단 건 인정하지. 하지만 난 그 보답을 하러 온 거야."

"그런 목적으로 왔단 말인가? 자네가 날 위해 할 수 있는 일은 돌아가는 거야. 그게 제일 좋겠어."

"정말로 좋은 일을 하러 왔어. 그런데 있잖아," 그가 말했다. "내가 어렸을 때 테일러 스트리트에 살던 내 할머니가 이런 응접실에서 엄청난 꽃들에 파묻혀 누워 있었어. 와, 이렇게 낡은 쓰레기로 가득한 방을 또 보게 될 줄은 몰랐네. 찰리 시트린 덕분이군. 오십 년 전 부활전주일에나 볼 수 있었던 나뭇가지들도 있네. 층계에서 냄새가 나던데, 너는 까다로운 사람 아니었나. 그런데 여기는 마음에 드나봐. 괜찮아 보이긴 해—사실은, 더 나아 보여. 시카고에 있을 때 보이던 눈 밑의 시커먼 것도 없어지고. 내가 무슨 생각 하는지 알아? 패들볼이 너에게 너무 힘에 부쳤어. 여기서 혼자 지내?"

"아니, 레나타의 어린 아들과 함께 있어."

"아들? 그럼 그 여자는 어디 있는데?" 나는 대답하지 않았다. "그 여자가 너를 버렸군. 알 만해. 너는 돈이 떨어졌고, 그 여자는 이런 허접한 하숙집에 있을 타입이 아니지. 다른 놈하고 눈이 맞아서 너한테 아이를 떠맡긴 거겠지. 너 같은 사람을 영국인들은 유모라고 불러. 가관이군. 그런데 그 검은 완장은 뭐야?"

"여기서 난 홀아비야."

"사기꾼이네." 칸타빌레가 말했다. "그건 맘에 들어."

"다른 방법이 생각 안 났어."

"네 정체를 폭로하지는 않겠어. 멋지다고 생각해. 네가 어쩌다가 이런 상황에 빠졌는지 이해가 안 돼. 너는 최고로 똑똑한 일류 인간이고, 시인들의 친구이고, 너 역시 시인이잖아. 이런 쓰레기통 같은 데서 홀아비 노릇 하는 것도 길어야 이틀일 것 같은데, 여기 온 지 두 달이나 됐다니 도무지 모르겠어. 너는 활동하는 사람이잖아. 우리가 그 높디높은 60층 꼭대기 좁다란 통로에서 강풍을 맞으며 발끝으로 살금살금 걸었을 때 말이야, 그때 참 굉장하지 않았어? 솔직히 나는 네가 그런 배짱이 있는 줄 몰랐어."

"겁이 났었지."

"너는 그 일의 정신을 받아들였던 거야. 그런데 난 좀더 진지한 이야기를 하고 싶어—너와 그 시인 플라이셔는 정말 대단한 팀이었지."

"언제 감옥에서 나온 건가?"

"농담해? 내가 언제 감옥에 갔는데? 너는 네가 사는 도시를 전혀 몰라. 견진성사를 받는 어린 폴란드 계집아이도 책을 쓰고 상을 탄 너보다 아는 게 많겠어."

"똑똑한 변호사를 썼군."

"형벌은 사라지는 중이야. 법원도 그걸 믿지 않지. 현실적이고 제정신이 박힌 사람이라면 아무 보호도 없이 시카고를 돌아다니지 않는다는 걸 판사들도 알아."

그래서 그가 여기 있었다. 뒤에서 부는 바람이 그의 제트기를 떠밀어 어떻게든 들이닥친 듯 그는 격류처럼 도착했다. 그는 의기양양하고, 생기 넘치고, 으스대고, 예의 그 끝이 없는 묘한 위험의 감각을 퍼뜨렸다—나는 그것을 위태로움이라 불렀다. "난 방금 파리에서 날아왔어." 검은 머리, 창백한 얼굴의 그가 행복한 표정으로 말했다. 위태로운 눈동자가 단검 손잡이 같은 눈썹 아래서 빛났고, 하얀 코는 콧방울이 넓었다. "넥타이에 대해서 잘 알지? 이거 리볼리가街에서 산 넥타이인데 어때?" 이중직 능직 옷을 입고 검은 도마뱀가죽 구두를 신은 우아하고 화려한 차림새였다. 그는 웃었고, 뺨과 관자놀이 핏줄이 펄떡거렸다. 그에게는 이런 분위기와 협박하는 분위기, 두 가지밖에 없었다.

"서트머르에게 내 행방을 알아냈나?"

"그자는 너를 손수레에 실을 수만 있다면 맥스웰 스트리트로 싣고 가서 한 조각씩 떼서 팔걸."

"그래도 좋은 친구야. 가끔 내가 그 친구에 대해 가혹하게 말하긴 하지만, 알다시피 난 정말 그 친구를 사랑해. 그 도벽 있는 여자 이야기는 자네가 다 지어낸 거였어."

"맞아, 그래서 뭐? 사실이었을 수도 있어. 아니, 난 그자한테 네 주소를 받은 게 아냐. 루시가 험볼트의 미망인에게서 얻었지. 몇 가지 사실을 확인하느라 베오그라드로 전화를 걸었었거든. 논문은 이제 거의 끝나가."

"대단히 끈질기군."

"네가 그 논문을 읽어줘야지."

"절대 안 읽어." 내가 말했다.

"왜 그래?" 그가 기분이 상한 듯 말했다. "루시는 똑똑해. 네가 배울 수도 있어."

"그럴지도 모르지."

"그럼 네 친구에 대해서는 더이상 듣고 싶지 않단 뜻이야?"

"비슷해."

"왜, 그 사람이 잘못돼서? 실패해서? 재능 많고 커다랗고 유쾌한 작가가 무너졌지, 망할 실패자, 참패한데다 미쳐버린, 그래서 이제 그만이란 건가?"

나는 대답하지 않았다. 칸타빌레와는 그런 이야기를 할 필요가 없다고 생각했다.

"네 친구 험볼트가 무덤에서 성공을 거뒀다고 하면 너는 뭐라고 할까. 난 그 캐슬린이라는 여자하고 직접 얘기했어. 의논해야 할 일이 몇 가지 있었는데, 그 여자가 대답해줄 수 있을 것 같았거든. 참, 그 여자는 너한테 정말 관심이 많던데. 너에겐 그 여자가 진짜 친구야."

"무덤에서 성공을 거뒀다니 무슨 말이야? 캐슬린하고 무슨 얘길 했어?"

"어떤 영화 시나리오에 대해서. 네가 크리스마스 직전에 네 아파트에서 폴리와 내게 말해준 거."

"북극 얘기? 아문센, 노빌레, 칼도프레도?"

"그래, 칼도프레도 맞아. 칼도프레도. 네가 썼어? 아니면 험볼트야? 아니면 둘이?"

"같이 썼지. 장난이었어. 우리가 지닌 유머 기질의 발로랄까. 애들 장난 같은 거."

"찰리, 들어봐, 너와 나는 사전 합의를 해두고 서로 이해해야 할 게 있어. 난 어느 정도 책임을 지기로 했고, 돈과 노력을 들였고, 협정도 맺었다고. 적어도 10퍼센트는 받을 권리가 있지."

"그게 대체 뭔 수작인지는 조금 이따가 묻지. 그전에 스트론슨 얘기부터 해봐. 그 친구에게 무슨 일이 일어났나?"

"이제 스트론슨은 신경쓰지 마. 잊어버려." 칸타빌레가 말하더니 갑자기 소리를 질렀다. "스트론슨 개자식!" *펜시온* 사람들 모두가 들었을 것이다. 그러고 나서 그는 진동이나 반동처럼 고개를 몇 번 저었다. 그러나 곧 정신을 가다듬고 셔츠 소맷부리를 코트 소매에서 꺼내더니 전혀 다른 어조로 말했다. "아, 스트론슨. 그래, 손해본 사람들이 그자 사무실에서 난장판을 벌였지. 하지만 그자는 거기 있지도 않았어. 그자의 가장 큰 걱정이 뭐였는지는 너도 분명히 알 거야. 마피아의 돈을 많이 날렸지. 마피아 손아귀에 들어가게 된 거야. 그자는 그들이 시키는 대로 해야 했어. 그리고 한 달 전에 어떤 명령을 받았지. 시카고에서 일어난 프락소 도난사건 기사 읽었어? 아니라고? 굉장한 사건이었어. 그런데 나중에 달러를 가득 챙겨넣은 커다란 여행가방을 들고 코스타리카로 날아간 게 누군지 알아?"

"스트론슨이 잡혔나?"

"코스타리카 경찰이 그자를 감옥에 처넣었어. 지금 감옥에 있지. 찰리, 너와 폰 험볼트 플라이셔가 실제로 그 칼도프레도를 썼다는 걸 증명할 수 있어? 내가 캐슬린에게 물어본 게 그거야. 증거가 있어?"

"그럴걸."

"너도 내가 왜 이러는지 알고 싶겠지. 그 이유가 좀 이상해, 찰리, 아마 믿기 어려울 거야. 어쨌든 내가 설명하기 전에 우린 서로를 이해해야 해. 복잡하거든. 나는 이 일에 끼어들었어. 내가 계획을 짰지. 사람들이 날 기다리고 있어. 그리고 난 우정으로 이 일을 해왔어. 이거 좀 봐. 서류를 준비했는데 네가 여기 서명해줬으면 해." 그가 내 앞에 서류를 내놓았다. "천천히 봐." 그가 말했다.

"정식 계약서로군. 이런 건 읽고 싶지 않아. 원하는 게 뭐지, 칸타빌레? 난 지금껏 살면서 계약서를 끝까지 읽어본 적이 없어."

"하지만 서명은 하지 않았나? 수백 번은 했을 텐데. 그러니까 여기도 서명해."

"아 세상에! 칸타빌레, 다시 나를 못살게 굴려고 돌아왔군. 난 여기 마드리드에서 기분이 나아지고 있었어. 평온해지고 있었어. 강해지고 있었다고. 그런데 갑자기 자네가 나타났어."

"너는 흥분하면 걷잡을 수가 없어, 찰리. 난 커다란 호의를 베풀기 위해 온 거야. 날 못 믿겠어?"

"폰 험볼트 플라이셔가 언젠가 그런 말을 하길래 난 이렇게 대답했어. '내가 멕시코만류나 자남극*, 달의 궤도를 믿을 것 같아요?'"

"찰스," (그는 나를 진정시키려고 정식 이름으로 불렀다.) "왜 이렇게 흥분해? 우선 이건 일회성 거래야. 나는 이 거래로 정식 중개인의 보수만 받아—네 총수입 5만 달러까지는 10퍼센트, 다음 2만 5천 달러에 대해서는 15퍼센트, 그리고 나머지에 대해서는 20퍼센트, 최대 15만 달러까지. 그러니까 내가 아무리 받아봐야 2만 달러를 넘지 못해. 그게 그렇게 큰돈인가? 그리고 난 너를 위해서 작은 재미만으로 만족하고 이러는 거라고, 이 답답한 사람아. 너는 크게 손해볼 거야. 스페인 하숙집에서 망할 베이비시터나 하고 있잖아."

지난 몇 주 동안 나는 세상에서 멀리 떨어져 있었고, 상당한 고도에서 다소 이상하게 세상을 내려다보고 있었다. 코가 하얗고, 지극히 신경질적이고, 욕심 많은 강풍 같은 칸타빌레가 나를 완전히 제자리로 돌려놓았다. 내가 말했다. "순간이지만 자넬 보고 거의 반갑다는 생각까지 했어, 리날도. 나는 항상 자신이 뭘 원하는지 알고 과감하게 행동하는 사람을 좋아해. 하지만 지금 난 어떤 서류에도 서명하지 않겠다고 기꺼이 말하겠어."

"읽어보지도 않고?"

---

* 지구 자기장의 남쪽 극. 해마다 위치가 조금씩 바뀐다.

"절대 안 읽어."

"내가 정말 나쁜 놈이라면 네가 큰돈을 놓치도록 놔두고 가버렸겠지, 이 답답한 사람. 좋아, 그럼 구두로 약속해. 내가 10만 달러 수입을 보장할게. 일은 내가 다 처리할 테니까, 나한테 10퍼센트 주겠다고 약속만 해."

"뭘로 버는데?"

"이빨에 구멍 뚫으려고 기다릴 때 아니면 〈타임〉도 〈뉴스위크〉도 안 보나. 올해 최고로 히트한 굉장한 영화가 나왔어. 서드 애비뉴에 표 사려고 늘어선 줄이 세 블록쯤 이어지고 런던과 파리도 그래. 그 히트작이 뭔지 알아? 〈칼도프레도〉, 너와 험볼트가 쓴 대본으로 만든 거라고. 수익이 수백만 달러는 될 거야."

"내용이 똑같은가? 확실해?"

"폴리하고 내가 뉴욕에서 봤는데, 우리 둘 다 네가 시카고에서 해준 이야기를 떠올렸어. 못 믿겠으면 직접 보면 되지."

"마드리드에서도 상영하나?"

"아니, 나하고 파리로 가야지."

"맞아, 칼도프레도는 우리가 주인공에게 붙인 이름이야. 북극에서 추락한 움베르토 노빌레의 비행선 생존자 중 하나."

"인육을 먹어! 러시아인들이 식인종이라고 폭로해! 시칠리아 마을로 돌아가! 아이스크림 장사를 해! 마을 아이들이 다 그 사람을 사랑해!"

"대체 누가 그런 잡동사니로 영화를 만들었단 말이야?"

칸타빌레가 외쳤다. "저들은 사기꾼들이야, 사기꾼, 사기꾼들이라고! 그 새끼들이 네 걸 감쪽같이 훔쳤어! 네 아이디어로 영화를 만들었다고. 놈들이 어떻게 그걸 입수했지?"

"글쎄," 내가 말했다. "험볼트가 RCA빌딩에서 일하는 오토 클린스키라는 사람에게 개요를 줬다는 것만 알아. 클린스키 부인 친구의 어머니이자 청소부인 사촌을 통해 로런스 올리비에 경의 미용사와 연결된다나 그랬어. 정말로 올리비에에게까지 닿았나? 그 사람이 그 역할을 맡았어?"

"아냐, 찰스 로턴*이나 유스티노프** 같은 타입의 영국 배우였어. 영화는 진짜 굉장해. 찰리, 이제 네가 저자라는 걸 증명할 수 있으면, 그 놈들을 정말로 장악하는 거야. 내가 그놈들한테 말했어, 그래, 당장이라도 죽여버리겠다고. 나는 그놈들 불알을 오스터라이저 믹서에 던져 넣을 수도 있는 위치라고."

"협박 하면 자네를 당할 사람이 없지." 내가 말했다.

"법정에서 질질 끌고 싶지 않아서 놈들을 압박할 필요가 있었어. 빨리 해결을 봐야지. 어떤 증거가 있는데?"

"험볼트가 한 일인데," 내가 설명했다. "시나리오 사본 한 부를 등기로 자신한테 부쳤어. 그건 한 번도 개봉된 적 없는 거지."

"그걸 갖고 있단 말이지?"

"그래, 험볼트가 내게 남겨준 서류들 속에 모든 설명이 적힌 메모와 같이 있었어."

"그런데 그 사람은 왜 저작권 등록을 안 했대?"

"이런 경우에는 다른 수가 없어. 하지만 이 방법은 완벽하게 합법적

---

* 영국 태생 미국 배우.

** 영국 배우, 영화감독.

이야. 험볼트는 알았을 거야. 항상 백악관보다 더 많은 변호사를 거느리고 있었으니까."

"그 영화판 놈들은 나에게 시간조차 내주지 않았어. 이제 보자고. 이다음 해야 할 일은," 그가 말했다. "우린 비행기를 타고 파리로 가서……"

"우리?"

"비용을 내가 선금조로 낼게."

"그런데 난 가고 싶지 않아. 여기 이러고 있는 것도 안 돼. 점심 먹고 나서는 보통 내 방에 앉아 있거든."

"뭣 때문에? 그냥 앉아 있어?"

"앉아서 내 안으로 물러나지."

"참으로 이기적인 짓을 하는군." 그가 말했다.

"아니 그 반대야, 나의 내부는 진동조차 없는 텅 빈 용기가 되고, 완전히 고요한 그 상태로 외부 세계를 보고 들으려고 노력해."

"그게 무슨 도움이 되는데?"

"글쎄, 내가 읽은 지침서에 따르면, 완전한 고요 속에 앉아 있으면 외부 세계의 모든 것이, 모든 꽃, 모든 동물, 모든 움직임이 결국에는 꿈에도 생각 못하던 비밀을 드러내지—이건 인용한 거야."

그가 단검 같은 눈썹 아래 모험심에 가득한 눈으로 나를 응시했다. 그가 말했다. "젠장, 당신 그러다가 초월주의자 괴짜인가 뭔가가 되어가는 건 아니겠지. 그냥 가만히 앉아 있는 걸 즐기는 건 아니지?"

"난 무척 즐겨."

"같이 파리에 가."

"리날도, 난 파리에 가고 싶지 않아."

"엉뚱한 데서 열심이고 엉뚱한 데서 뒷걸음질이군. 너는 모든 걸 거꾸로 하지. 파리에 가서 그 영화를 봐. 하루나 이틀밖에 안 걸릴 거야. 조르주생호텔이나 뫼리스호텔*에 묵어야지. 그래야 우리 일에도 도움이 될 테니까. 괜찮은 변호사 둘을 선임해놨어. 한 명은 프랑스인이고, 한 명은 미국인이야. 우리는 선서한 증인들 앞에서 그 봉인된 봉투를 열어야 해. 어쩌면 미합중국 대사관에서 상무 담당관이나 군무 담당관을 배석시키고 진행해야 할지도 몰라. 그러니까 얼른 짐 챙겨, 찰리. 두 시간 뒤에 떠나는 비행기가 있어."

"아니, 그럴 생각 없어. 돈이 떨어진 건 사실이지만 난 돈이 있을 때보다 없을 때 더 잘살았어. 그리고 아이를 떼놓고 가기 싫어."

"그애 할머니라도 되는 듯이 굴지 마."

"어쨌든 난 파리를 좋아하지 않아."

"파리를 싫어한다고? 파리가 뭐 어때서?"

"편견이지. 나에게 파리는 유령도시야."

"돌았군. 〈칼도프레도〉를 보려고 샹젤리제에 늘어선 줄을 못 봐서 그러는 거야. 그건 너의 힘이야. 너는 자신의 비밀스러운 힘을 느끼게 될 거야—전율을. 프랑스인들이 너를 가짜 기사로 만들어서 화가 났고 모욕감을 느꼈다는 건 알아. 어쩌면 이스라엘 때문에** 프랑스를 싫어할 수도 있겠지. 아니면 지난 전쟁의 기록 때문이거나."

---

* 파리 시내 고급 호텔들.

** 이스라엘의 주요 무기 공급처였던 프랑스가 1967년 중동전쟁 발발 사흘 전 무기 금수 조처를 내리자 이스라엘은 큰 영향을 받았다.

"헛소리 말게."

"네가 무슨 생각을 하는지 짐작하려면 헛소리를 안 할 수가 없어. 안 그러면 파리가 왜 유령도시인지 알아내는 데 억만년 걸릴걸. 늙은 시카고 시의원들이 뇌물로 받은 돈을 쓰려고 유령도시로 은퇴하나? 그러지 말고 찰리, 오늘밤 투르다르장*에서 오리요리나 먹자고."

"아니, 그런 음식을 먹으면 탈이 나서."

"그럼 내가 가져갈 것을 줘봐, 험볼트가 자신에게 부쳤다는 봉투."

"아니, 칸타빌레, 그것도 하지 않겠어."

"대체 왜?"

"자네를 믿을 수 없으니까. 하지만 사본이 또하나 있긴 해. 그건 줄 수 있어. 편지를 써줄 용의도 있고. 공증한 편지."

"그걸로는 안 돼."

"자네 친구들이 원본을 보고 싶어하면, 마드리드로 와서 날 만나라고 해."

"정말 환장하게 만드는군." 칸타빌레가 말했다. "천장까지 펄쩍 뛰겠네." 그는 화를 내며 나를 노려보았다. 그러더니 이성적이 되려고 애썼다. "험볼트에게 아직 가족이 있지 않나? 캐슬린에게 물어봤어. 코니아일랜드에 늙은 삼촌이 있다던데."

나는 발데마르 발트를 잊고 있었다. 가엾은 늙은이, 그도 뒷방에서 부엌 냄새를 맡으며 살고 있었다. 물론 그는 그 사설 요양원에서 구조되어야 했다. "자네 말이 맞아, 삼촌이 있어." 내가 말했다.

* 파리의 고급 레스토랑.

"그 사람 지분은 어떻게 되는데? 파리에 대한 반감이 있다고 해서 뭐? 아이는 사람을 구해 돈을 주고 맡기면 돼. 이건 큰 거래야, 찰리."

"글쎄, 가봐야 할 것 같긴 하군." 내가 말했다.

"이제야 말이 통하는군."

"짐을 챙기겠네."

* * *

그래서 우리는 비행기를 타고 갔다. 이날 저녁 칸타빌레와 나는 샹젤리제에 가서 근처 마르뵈프가街에 있는 거대한 영화관에 들어가기 위해 표를 들고 줄을 섰다. 파리치고도 날씨가 나빴다. 진눈깨비가 내렸다. 나는 옷을 얇게 입은 것 같았고 구두 밑창이 닳아 발이 젖어가는 걸 느꼈다. 사람들이 빽빽하게 줄을 섰고, 젊은 사람들은 유쾌한 듯했지만 칸타빌레와 나는 둘 다 불쾌했다. 험볼트의 봉인된 봉투는 호텔 금고에 맡겼고 보관증은 내가 가지고 있었다. 리날도와 나는 이 둥근 황동판을 누가 갖고 있냐를 두고 다투었다. 그는 나의 진정한 대리인이라는 표시로 자기 주머니에 넣고 싶어했다.

"나한테 줘." 그가 말했다.

"싫어. 왜 그래야 하지?"

"내가 갖는 게 자연스러우니까. 내가 하는 일이야."

"내가 갖고 있을 거야."

"손수건 꺼내다가 흘려서 잃어버릴걸." 그가 말했다. "너는 자기가 뭘 하는지도 잘 모르잖아. 얼이 빠져 있다고."

"내가 갖고 있겠어."

"계약에 대해서도 그렇게 고집을 부리더니. 읽지도 않겠다고 하고." 그가 말했다.

눈발이 내 모자와 어깨를 두드렸다. 프랑스제 담배 연기가 지독히 싫었다. 우리 위에는 칼도프레도 역을 맡은 오트웨이와 그의 딸 역을 맡은 이탈리아 배우 실비아 소토투티 등을 그린 대형 포스터가 조명에 빛나고 있었다. 어떤 면에서는 칸타빌레의 말이 옳았다. 이 대중적 관심거리를 창조한 미지의 원천으로서 진눈깨비를 맞으며 서 있는 일은 이상한 경험이었다—마치 내가 유령이라도 된 것 같았다. 마드리드에서 사실상 은둔에 가까웠던 두 달을 보내고, 안개와 샹젤리제 거리의 반짝이는 불빛과 차가운 눈비 속에 있자, 퇴화한 느낌이 들었다. 마드리드공항에서 나는 비행기에서 읽기도 하고 칸타빌레의 정신없는 대화로부터 나를 보호하기 위해 보들레르의 『내면 일기』를 샀다. 이 책에서 나는 다음과 같은 묘한 조언을 발견했다. "빚쟁이의 편지를 받을 때마다 외계적인 주제로 오십 줄만 쓰면 당신은 구원받을 것이다." 이 글의 의미는 *삶의 일상*이 그를 지구에서 몰아낸다는 것이지만, 더 깊은 함의는 이 세계와 저 세계 사이에 실제 삶이 흐른다는 것이었다. 실제 삶은 이 세계와 저 세계의 연결이었다. 이 세계에 있는 칸타빌레가 그 사실을 천 퍼센트 증명했다. 그는 제멋대로 굴었다. 보관증 때문에 나한테 열을 냈다. 우리를 자리로 안내해준 *좌석 안내원*과 다퉜다. 그녀는 그가 팁을 너무 조금 주자 분노했다. 그의 손을 잡더니 그 동전을 손바닥에 딱 내리치듯 돌려주었다.

"망할 년!" 그는 그녀 뒤에서 소리치며 통로까지 쫓아가려 했다.

나는 그의 팔을 붙잡고 말했다. "진정해."

또다시 나는 프랑스 관중의 일부가 되었다. 지난 4월 레나타와 내가 왔던 극장이었다. 사실 나는 1955년 파리에 살았었다. 그리고 금세 이곳이 내가 있을 곳이 아님을 깨달았다. 외국인에 대한 여기 사람들의 태도보다 좀더 다정한 감정을 원했고, 그때도 여전히 데미의 죽음으로 고통받고 있었다. 하지만 그런 생각을 할 겨를이 없었다. 영화가 시작되었다. 칸타빌레가 말했다. "보관증이 잘 있는지 주머니 속을 확인해봐. 잃어버리면 우린 망하는 거야."

"여기 있어. 진정해, 이 사람아." 내가 말했다.

"나한테 줘. 그럼 마음놓고 영화 볼 수 있어." 그가 말했다. 나는 무시했다.

이윽고 요란한 음악소리가 터져나오며 영화가 시작되었다. 오래된 뉴스처럼 이 영화는 **1920년대** 장면들로 시작되었다.—스칸디나비아에서 알래스카로 비행선을 타고 날아간 아문센과 움베르토 노빌레의 최초의 북극 정복. 뛰어난 희극배우들이 고도로 양식화된 방식으로 연기했다. 나는 대단히 기뻤다. 그들은 유쾌했다. 우리는 교황이 원정대를 축복하는 모습과 무솔리니가 그의 발코니에서 장광설을 늘어놓는 모습을 보았다. 아문센과 노빌레의 경쟁은 적대감으로 고조되었다. 어린 소녀가 아문센에게 꽃다발을 건네자, 노빌레가 채갔다. 아문센이 명령을 내리자, 노빌레는 그에 반대되는 명령을 내렸다. 노르웨이인들은 비행선에서 이탈리아인들과 언쟁을 했다. 우리는 〈시간은 흐른다〉*

---

* 1935년부터 1951년까지 타임사가 제작한 뉴스영화 시리즈의 캐치프레이즈로, 실제 제목은 '시간의 행진'이다.

스타일로 사건들이 전개되는 동안, 옛 도시 시칠리아 어느 마을에 사는 늙은 칼도프레도 씨의 존재를 서서히 인식하게 되었다. 그 기억의 섬광은 아이들에게 사랑받는 아이스크림 장수이자 실비아 소토투티의 다정한 아버지인 이 상냥한 노인의 일상에 겹쳐졌다. 젊은 시절 칼도프레도는 노빌레와 두 번의 극지방 횡단 비행에 참가했다. 노빌레가 단독으로 지휘한 세번째 횡단은 재앙으로 끝났다. 비행선이 북극해에 추락했다. 승무원들은 부빙 위에 흩어졌다. 생존자들의 무선신호를 수신한 러시아 쇄빙선 크라신호가 구조에 나섰다. 아문센은 연회에서 술을 잔뜩 마시고 있을 때 그 재난을 알리는 전보를 받았다—모든 것에 대해 자기만의 정보가 있었던 험볼트에 따르면, 그는 물고기처럼 술을 마시고 있었다. 그는 곧바로 노빌레를 구조할 원정대를 조직하겠다고 발표했다. 우리가 프린스턴에서 오래전 구상했던 그대로였다. 아문센은 비행기를 전세냈다. 그는 비행기가 위험 수위로 과적되었다고 경고한 프랑스인 조종사와 격렬하게 말다툼을 벌였다. 아문센은 어떻게든 이륙하라고 명령했다. 그들은 바다에 추락했다. 나는 이 사건의 희극적인 해석이 너무나 효과적이라는 데 깜짝 놀랐다. 험볼트와 내가 이것에 대해 의견이 달랐던 기억이 났다. 그는 이 사건이 무척 재미있을 거라고 주장했었다. 그리고 사실 그랬다. 비행기는 가라앉았다. 수천 명이 웃어대고 있었다. 험볼트가 이걸 보았다면 어떻게 생각했을지 궁금했다.

다음 부분은 모두 내가 쓴 것이었다. 구조된 칼도프레도가 크라신호에서 미친듯이 날뛰는 장면을 연구하고 글을 쓴 사람이 바로 나였다. 인육을 먹은 죄는 그로서는 감당하기 벅찬 대죄였다. 러시아 선원들이 놀랄 정도로 그는 알아들을 수 없는 말을 지껄이며 날뛰었다. 커다란 칼로 탁자를 마구 내리쳤고, 펄펄 끓는 물을 마시려 했으며, 격벽에다 몸을 내던졌다. 선원들이 그를 바닥에 쓰러뜨렸다. 선박의 의사는 의심을 품었고 펌프질로 그의 위를 비운 후 내용물을 현미경으로 조사해 인체 조각을 발견했다. 스탈린이 칼도프레도의 위장에 들어 있던 것을 병에 담아 붉은광장에 전시하고 식인적인 자본주의를 비난하는 거대한 현수막을 걸라고 지시하는 주요 장면도 내가 쓴 것이었다. 또한 이 소식을 들은 무솔리니가 분노하고, 백악관의 캘빈 쿨리지가 매일 즐기는 낮잠을 자려고 침대에 들어갈 준비를 하는 평온한 장면도 내가 추가했다. 나는 이 모든 장면을 의기양양하게 지켜보았다. 내 것! 이 모든 것이 이십 년 전 뉴저지주 프린스턴에 있던 내 머릿속에서 나온 것이었다. 대단한 성취는 아니었다. 먼 우주까지 반향하지도 않았다. 잔인함이나 비인간성에 대해 주장하지도 않았고, 많은 것을 밝혀내거나 뭔가를 방지하지도 못했다. 그럼에도 그 안에는 뭔가가 있었다. 수십만, 수백만 관중이 즐거워하고 있었다. 물론 연출이 특출했고, 칼도프레도 역을 맡은 조지 오트웨이의 연기도 빼어났다. 삼십대 영국인 오트웨이는 험볼트와 많이 닮았다. 유인원이 우리 안에서 미쳐 날뛰는 것처럼 오트웨이가 가슴을 찢는 듯한 무모함으로 격벽에 몸을 던진 순간, 벨뷰로 끌려가며 경찰들과 싸우던 험볼트에 대한 생각이 내 심장을 찔렀다. 아, 불쌍한 사람, 싸우고 분노하고 울부짖으며 고함치는 불쌍한 험볼트. 그의 꽃들은 구근 상태에서 시들었다. 색깔은 빛 속으로 나오지 못했고, 그의 가슴속에서 썩어버렸다. 선실의 오트웨이와 험볼트의 유사함이 너무나 불가사의해서 나는 울기 시작했다. 극장 전체가 웃음소리와 고함소리, 기쁨으로 들썩일 때, 나는 큰 소리로 흐느껴 울었다. 칸타빌레가 내 귓가에 대고 말했다. "거봐, 대단한 영화지? 내가 뭐랬어? 당신도 정신없이 웃어대잖아."

그렇다, 그리고 이제 험볼트는 어딘가에 널브러져 있고, 그의 영혼은 창조의 다른 부분에 있다. 그곳에서는 영혼이 생을 부여받기 위해 기다리고 있으며, 우리 살아 있는 자들만이 방글라데시로 식량을 보내주듯 그들을 지상으로부터 보내줄 수 있다. 아, 거품 이는 음료처럼 수백만, 수십억으로 태어난 우리는 슬프다. 은막에서 전개되는 식인 희극을 보며 배꼽이 빠지도록 웃는 이들을, 불꽃과 전쟁의 고통 속에서, 기아의 대륙에서 거대한 죽음이라는 파도 속으로 사라지는 인류를, 전세계의 산 자와 죽은 자들을 나는 현기증을 느끼며 일별했다. 또한 눈이 먼 채 어둠 속을 날아가다가 대도시 상공의 틈으로 나오는 부분적인 환영을 보았다. 도시는 저멀리 아래서 차가운 물방울로 빛나고 있었다. 나는 우리가 착륙할지 계속 비행할지 알고 싶었다. 우리는 계속 날았다.

"네 구상대로 만들어졌어? 그 시나리오를 사용한 게 맞아?" 칸타빌레가 물었다.

"그래. 아주 잘 만들었군. 자신들 아이디어도 많이 추가했고." 내가 대답했다.

"그 점은 크게 생각할 거 없어. 내일은 네가 싸울 기분이 되면 좋겠는데."

나는 칸타빌레에게 말했다. "의사의 진술에 따르면 러시아인들은 위장 펌프질만이 아니라 배설물까지 검사해서 그들의 주장을 입증해줬어. 굶은 사람의 똥은 딱딱하고 건조해. 이 사람은 아무것도 먹지 않았다고 주장했지. 하지만 부빙 위에 있을 때 그가 식사를 많이 거르지 않았다는 건 확실했어."

"그것도 영화에 넣을 수 있었을 텐데. 스탈린이라면 붉은광장에 똥덩어리도 서슴지 않고 내놨을 거야. 요즘 영화는 그런 것도 할 수 있지."

칼도프레도의 죄에 대해 아무도 알지 못하는 시칠리아의 작은 마을로 장면이 바뀌었고, 그곳에서 그는 아이스크림을 팔고 마을 밴드에서 연주하는 유쾌한 노인이었다. 이어지는 연주 소리를 들으며 나는 그의 짧은 아르페지오와, 그가 지닌 끔찍한 현대적 복잡성 사이의 대조에 뭔가 중요한 것이 있음을 느꼈다. 이 단순한 곡조 외에 더 말할 것도 연주할 것도 없는 사람은 행운아다. 아직도 그런 사람들이 남아 있을까? 오트웨이가 험볼트와 그렇게도 닮은 얼굴로 트럼펫을 불어대는 것을 보자 당황스러웠다. 험볼트가 영화 속에서 나타난 뒤로 나도 나 자신을 찾아보았다. 나는 실비아 소토투티가 연기하는 칼도프레도의 딸에게서 내 본성을 어느 정도 볼 수 있을 거라 생각했다. 그녀에게서는 나에게도 있다고 생각하는 일종의 고통스러운 의지나 즐거운 불안이 엿보였다. 그녀의 *약혼자* 역을 맡은 다리가 짧고 턱이 넓고 얼굴이 넓적하고 이마가 좁은 남자는 별로 마음에 들지 않았다. 내가 그를 플론제일리와 동일시해서였을 수도 있다. 언젠가 우리가 가구 전시회에 갔을 때 한 남자가 우리를 따라왔는데, 그가 플론제일리였을 것이다. 레나타와 그 사이에 신호가 오갔었다…… 나는 플론제일리 부인이 된 레나타가 시카고에서 매우 제한된 사회생활을 하게 되리라 짐작했다. 장의사들 모임이라면 몰라도, 장의사는 인기 있는 만찬 손님이 될 수 없다. 이 직업의 저주에서 벗어나기 위해 그녀는 그와 함께 여행을 많이 해야 할 것이고, 카리브해 크루즈 여행을 하더라도 선장의 식탁에 그들의 고향 사람이 나타나 "플론제일리 장례회사의 플론제일리 아니신가요?"라고 묻지 않길 바라고 기도해야 할 것이다. 레나타의 행복은 그렇게, 시칠리아의 하늘이 칼도프레도가 북극에서 한 그의 암울한 행위로 더럽혀졌듯 손상될 것이다. 나는 그것을 그가 트럼펫을 부는 데서도 느꼈다. 나는 그의 트럼펫에는 언제라도 누르기만 하면 사람의 가슴을 곧장 파고드는 키 하나가 있다고 생각했다.

이제 스칸디나비아인 기자가 아문센과 노빌레에 관한 책을 쓰기 위한 조사를 하러 마을에 왔다. 그는 불쌍한 칼도프레도를 찾아내 괴롭히기 시작했다. 노인이 말했다. "사람 잘못 보셨소. 난 그 사람이 아니오." "아뇨, 당신이 맞습니다." 기자가 말했다. 그는 인간의 마음에서 수치심과 어둠을 몰아낸 북유럽의 해방된 사람들 중 한 명인데, 캐스팅이 탁월했다. 두 사람은 산기슭에서 대화를 나눴다. 칼도프레도는 그에게 떠나라고, 자신을 평화롭게 살게 내버려두라고 애원했다. 기자가 거절하자 그는 크라신호에서 했던 것 같은 발작을 일으켰다. 그러나 사십 년이 흐른 지금 그것은 노인의 광란일 뿐이었다. 육체가 아니라 영혼의 기운과 악함을 더 많이 담고 있었다. 애원과 분노, 나약함과 악마적 절망이 뒤섞인 이 상황을 오트웨이는 대단하게 연기해냈다.

"원래 시나리오도 이런 식이었어?" 칸타빌레가 물었다.

"비슷해."

"보관증을 줘." 그가 말하며 내 주머니에 손을 집어넣었다. 나는 그가 칼도프레도의 발작에 영감을 받았음을 깨달았다. 그는 너무 흥분해서 제정신이 아니었다. 보관증을 지키기보다 나 자신을 보호하기 위해서 그의 팔을 움켜잡았다. "내 주머니에서 손 빼, 칸타빌레."

"내가 보관해야 해. 너는 책임감이 없어. 여자한테 쪽도 못 쓰는 남자. 정신이 올바르지 않다고."

우리는 드러내놓고 싸우고 있었다. 다른 미치광이가 나에게 마구 덤벼드는 바람에 스크린 속 미치광이가 어쩌는지 볼 수 없었다. 내가 읽어온 책들의 저자들 중 한 사람이 '명령'과 '설득'의 차이는 민주주의와 독재의 차이라고 했다. 여기 어떤 일에서도 자기 자신을 설득할 필요가 없는 미친 남자가 있었다! 갑자기 이런 생각을 했다는 것이 칸타빌레와 맞서 싸우려던 것만큼이나 나에게 절망감을 주었다. 이런 생각이 나를 멍청이로 만드는 것이다. 칸타빌레가 야구방망이로 위협했을 때 나는 로렌츠의 늑대나 가시고기를 떠올렸고, 억지로 화장실로 밀려들어갔을 때 생각했던…… 모든 사건이 생각으로 풀이되었고, 그 풀이가 나에 대해 불리한 정보를 제공했다. 나는 이 지적인 기벽 때문에 죽을 것이다. 사람들이 우리 뒤에서 소리를 지르기 시작했다. "*싸운다! 치고받는다! 짜증나!*" 그들이 "*나가……!*"라거나 "*밖으로 쫓아내!*" 하고 소리쳤다.

"사람들이 경비원을 부르잖아, 이 바보야!" 내가 말했다. 칸타빌레가 내 주머니에서 손을 빼자 우리는 다시 스크린으로 눈을 돌렸다. 칼도프레도가 밑의 흙을 긁어내 균형을 잃은 바위가 산기슭으로 굴러내리며 기자가 탄 볼보를 향하자 노인은 자신이 한 짓에 경악해 기자에게 큰 소리로 경고했고, 스칸디나비아인 기자가 위기를 모면하자 그는 무릎을 꿇고 성모님에게 감사했다. 살인 미수 이후 칼도프레도는 마을

광장에서 공개적으로 고백했다. 마침내 그는 시칠리아 언덕에 있는 그리스 극장 폐허에서 마을 사람들로 이루어진 배심원단의 심문을 받았다. 험볼트가 『콜로누스의 오이디푸스』를 염두에 두고 바랐던 대로 이 장면은 용서와 화해의 합창으로 끝났다.

불이 켜지고 칸타빌레가 가까운 통로로 향했을 때 나는 먼 통로로 빠져나왔다. 그는 샹젤리제에서 나를 따라잡으며 말했다. "화내지 마, 찰리. 내가 그런 보관증 같은 걸 지키겠다고 덤비는 개 같은 종자라서 그래. 당신이 강도라도 당해서 나자빠지면 어쩔 거야? 그러면 그 봉투가 어느 칸에 들었는지 누가 알겠어? 그리고 그 증거를 확인하러 내일 다섯 사람이 온단 말이야. 알았어, 난 걸핏하면 욱하지. 모든 일이 잘 되기를 바라. 당신은 그 여자한테 너무 상처를 받아서 시카고에 있을 때보다 더 꼴이 안 좋아. 여자한테 쪽도 못 쓴다고 한 건 그런 뜻으로 한 말이야. 이제 우리 프랑스 매춘부나 두 명 부를까. 돈은 내가 낼게. 자신감 좀 가져."

"난 잘 거야."

"난 그냥 화해하려는 거야. 너 같은 사람이 나 같은 미친놈과 지구를 공유해야 하는 게 힘들다는 건 알아. 그래, 어디 가서 한잔해. 너 지금 엉망이고 기분도 상했잖아."

하지만 나는 전혀 기분 상하지 않았다. 힘든 하루는, 비록 터무니없는 일만 가득하더라도 그런 하루는, 의무를 지키지 못했어도 그것을 면해주고 양심을 만족시켜준다. 호텔 바에서 칼바도스를 넉 잔 마신 후 나는 잠자리에 들어 깊은 잠을 잤다.

아침에 우리는 프랑스 *변호사* 퀴레와, 칸타빌레가 선호함직한 매우 공격적으로 보이는 바배시라는 미국 변호사를 만났다. 칸타빌레는 무척 기분이 좋았다. 그는 나를 데려오고 증거물도 가져오겠다고 그들에게 약속했고—이제야 그가 보관증을 두고 왜 그렇게 난리를 쳤는지 알 수 있었다—미리 협의한 대로 모든 것이 멋지게 갖춰졌다. 〈칼도프레도〉 제작자들은 브로드웨이의 연극이었고 나중에 영화로도 성공을 거둔 〈폰 트렌크〉의 원작자 찰스 시트린이라는 자가 그들이 만든 세계적 히트작의 원래 대본을 썼다고 주장한다는 것을 알고 있었다. 그들은 하버드비즈니스스쿨 출신 타입의 두 사람을 보내 우리를 만나도록 했다. 현재 마이애미 감옥에 있는 불쌍한 스트론슨은 그들의 이미지 근처에도 못 미쳤다. 말끔하고 언변 좋고 박식하고 신중하고 머리가 완전히 벗어진 지극히 견실해 보이는 두 젊은이가 바배시의 사무실에서 기다리고 있었다.

"두 분에게 이 건을 협의할 권한이 있습니까?" 바배시가 그들에게 물었다.

"마지막 결정은 의뢰인이 하실 겁니다."

"그럼 진짜 권한이 있는 의뢰인들을 데려와. 왜 우리 시간을 낭비하는 거야!" 칸타빌레가 말했다.

"자, 흥분하지 마세요." 바배시가 말했다.

"당신네 그 망할 의뢰인들보다 시트린이 훨씬 더 중요한 사람이야." 칸타빌레가 그들에게 소리쳤다. "이 사람은 자기 분야의 리더고, 퓰리처상 수상자, 레지옹 도뇌르를 받은 *슈발리에*, 고 케네디 대통령과 고 케네디 상원의원의 친구였고, 고 폰 험볼트 플라이셔 시인의 친구고 공저자야. 허튼짓하지 말란 말이야! 이 사람은 지금 마드리드에서 중요한 조사를 하느라 바쁜 몸이야. 이 사람이 여기 올 시간을 낼 수 있었다면 당신네 하찮은 의뢰인도 와야지. 똑바로 안 하면 법정에서 우리를 보게 될 거야."

이렇게 협박하자 그는 뭔가 시원하게 해소된 듯했다. 한 젊은이가 "우리 두 사람 다 시트린 씨는 이미 알고 있었습니다"라고 말하자 칸타빌레의 (조용할 때가 거의 없는) 입술이 말없는 미소로 길어졌다.

이제 바배시가 대화를 주도했다. 물론 그의 과제는 칸타빌레를 진정시키는 것이었다. "사실은 이렇습니다. 시트린 씨와 그의 친구인 플라이셔 씨는 1952년 이 영화의 개요를 썼습니다. 우리는 이것을 증명할 준비를 했습니다. 플라이셔 씨는 이 시나리오의 사본을 1960년 1월에 자신에게 우편으로 보내두었죠. 그 증거물은 소인이 찍히고 영수증도 있는 이 봉인된 봉투 안에 있습니다."

"미국 대사관으로 가서 증인들 앞에서 개봉하지." 칸타빌레가 말했다. "의뢰인들도 콩코르드광장으로 오라고 해."

"〈칼도프레도〉 영화는 보셨습니까?" 바배시가 나에게 말했다.

"어젯밤에 봤죠. 오트웨이 씨 연기가 훌륭하더군요."

"당신과 플라이셔 씨가 쓴 대본과 유사했습니까?"

속기사가 한쪽 구석에서 삼각의자에 앉아 이 대화를 기록하는 것이 보였다. 우르바노비치 법정의 그림자! 나는 증인 시트린이 되었다. "다른 것일 수가 없습니다." 내가 말했다.

"그렇다면 그 작자들이 어떻게 구했을까? 훔쳤겠지." 칸타빌레가 말했다. "표절일 수도 있고."

사람들이 확인하려고 봉투를 돌려가며 보는 사이, 아랫배에 통증이 느껴졌다. 정신이 분열되어가던 험볼트가 저 봉투에 편지와 낡은 지폐와 외계에 관해 오십 줄 정도 쓴 글을 넣어놨으면 어쩌나?

"충분히 보셨으면," 변호사 퀴레가 말했다. "개봉된 적 없는 원본이라는 사실을 확인합니까? 그렇게 공술하겠습니다."

하버드비즈니스스쿨 출신 두 젊은이가 합당한 사실이라는 데 동의했다. 뒤이어 봉투를 개봉했고, 원고 첫 장에 "영화 원작 개요—공동저자, 찰스 시트린과 폰 험볼트 플라이셔"라고 쓰여 있었다. 그것이 사람들의 손에서 손으로 옮겨질 때 나는 다시 숨을 쉴 수 있었다. 이 사건은 증명되었다. 원고의 진위 여부에는 의심의 여지가 없었다. 장면에서 장면, 숏에서 숏, 영화는 우리가 쓴 개요 그대로였다. 바배시는 기록을 위해 정교하고 상세하게 언술했다. 그는 촬영용 대본 한 부를 받아두었었다. 우리의 구성과 다른 부분이 거의 없었다.

험볼트여, 축복받으라, 그가 이번만은 일을 똑바로 처리했다.

"완전하게 합법적입니다." 바배시가 말했다. "거론할 것도 없이 진본입니다. 이런 일에 대비해 보험을 들어놓았을 거라 생각합니다만!"

"그런 게 무슨 상관이야!" 칸타빌레가 말했다.

그들은 당연히 보험에 들어두었다.

"각본가들이 원작에 대해 아무 언급도 하지 않았던 것으로 알고 있는데요." 한 젊은이가 말했다.

칸타빌레만 계속 흥분한 상태였다. 그는 모두가 흥분해야 한다고 생각하는 것 같았다. 하지만 사업하는 사람들에게는 흔한 일들 중 하나일 뿐이었다. 나는 그런 차분함과 예의는 예기하지 못했다. 퀴레 씨, 바배시 씨, 하버드비즈니스스쿨 타입 변호사들은 시간과 비용이 많이

드는 소송을 피하자는 데 동의했다.

"시트린 씨의 공저자는 어떻게 할까요?"

이것이 우리의 위대한 대학 중 한 곳에서 경영학 석사학위를 받은 이에게 폰 험볼트 플라이셔라는 이름이 의미하는 전부였다!

"사망했습니다!" 내가 말했다. 이 말은 나에게만 감정의 반향을 일으켰다.

"상속인은요?"

"내가 알기론 한 사람입니다."

"의뢰인들에게 알리겠습니다. 여러분은 어느 정도 액수를 생각하십니까?"

"큰 액수지." 칸타빌레가 말했다. "총수익에 대해 일정 비율로."

"수익명세서를 요구할 권리가 우리에게 있다고 생각하는데요." 바배시가 주장했다.

"좀 현실적으로 생각하죠. 이 건은 부분적 침해에 대한 청구권으로 다루어질 것 같습니다."

"부분적 침해는 또 뭔 소리야? 영화 전체가 걸렸는데." 칸타빌레가 소리쳤다. "우리는 당신네 전체를 죽일 수도 있어!"

"좀 진정하시는 게 좋겠습니다, 칸타빌레 씨. 지금 중대한 청구권을 다루고 있습니다." 바배시가 말했다. "신중하게 생각하고 답을 주시면 좋겠군요."

"같은 저자들이 쓴 다른 대본이 있는데, 혹시 관심 있습니까?" 내가 말했다.

"또 있어요?" 하버드 비즈니스맨 하나가 말했다. 그는 놀라지도 않고 차분하게 대답했다. 그가 받은 훌륭한 교육에 감탄하지 않을 수 없었다. 이런 사람을 간파하기는 불가능하다.

"있냐고? 방금 들어놓고는. 지금 우리가 그렇게 말했잖아." 칸타빌레가 말했다.

"봉인된 봉투가 하나 더 있습니다." 내가 말했다. "또다른 영화에 대한 독창적인 계획서가 들어 있죠. 그런데 칸타빌레 씨는 이 대본과는 아무 관련이 없습니다. 이런 게 존재한다는 얘기도 듣지 못했고요. 이 사람은 〈칼도프레도〉에만 관여할 수 있습니다."

"지금 무슨 일을 하고 있는지 알길 바라." 로널드가 화를 내며 내게 말했다.

이번에는 아주 잘 알고 있었다. "바배시 씨와 퀴레 변호사가 내 대리인이 되어주었으면 합니다."

"우리지!" 칸타빌레가 말했다.

"내 대리인." 내가 되풀이했다.

"물론 그렇죠." 바배시가 재빨리 말했다.

나는 헛되이 많은 돈을 잃은 것은 아니었다. 적어도 사업 거래에 쓰는 언어를 터득했다. 줄리어스가 말했듯 나는 시트린가 태생이었다. "이 봉인된 봉투에는 〈칼도프레도〉를 탄생시킨 두뇌에서 나온 다른 이야기가 들어 있습니다. 여러분의 의뢰인들에게 이걸 보고 싶은지 물어보면 어떨까요. 이걸 보는 비용은—잘 들으세요, 보기만 하는 데 5천 달러입니다."

"그게 우리가 원하는 거야." 칸타빌레가 말했다.

그러나 그는 무시당했다. 나는 제대로 주도권을 잡았다고 느꼈다.

그러니까 사업이란 이런 것이다. 내가 전에 언급했듯이, 줄리어스는 자신이 언제나 사업의 낭만이라 즐겨 부르는 것을 받아들이라고 나에게 줄기차게 말했었다. 그런데 이것이 그 유명한 사업의 낭만일까? 이것은 억지, 약삭빠름, 뻔뻔함 외에 아무것도 아니었다. 자기 뜻대로 되어가는 느낌은 크지 않았다. 꽃을 바라보거나 정말로 진지한 일—가령 죽은 자와 접촉하려는 일 같은—이 주는 만족감에 비하면 정말 아무것도, 아무것도 아니었다.

칸타빌레와 센강을 따라 걸으면서 보니, 파리는 그리 매력적이지 않았다. 강둑은 이제 고속도로였다. 강물은 오래된 물약 같았다.

"봐, 내가 너에게 한 건 해줬지? 돈을 벌게 해준다고 했잖아. 이제 너한테 메르세데스가 다 뭐야? 푼돈이지. 난 20퍼센트를 원해."

"우린 10퍼센트로 합의 봤어."

"다른 대본에도 내 권리를 주면 10퍼센트. 날 따돌릴 수 있다고 생각했나?"

"자네에게 10퍼센트를 지불하라고 바배시에게 편지를 쓰겠네. 〈칼도프레도〉에 한해서."

"감사할 줄 모르는군. 신문도 안 보는 멍청이였던 주제에, 내가 아니었으면 아무것도 모르고 다 지나갔을 거라고. 댁스터 일처럼." 그가 말했다.

"댁스터 일이라니?"

"이제 알겠나? 너는 아무것도 모르잖아. 나는 협상이 시작될 때까지는 댁스터 얘기로 너를 놀래고 싶지 않았어. 댁스터에게 뭔 일이 일어났는지 몰라? 아르헨티나에서 납치됐어."

"그럴 리가! 대체 누가, 테러리스트가? 그런데 왜 그랬지? 왜 댁스터를? 그 친구를 해친 건가?"

"미국은 갱스터에게 감사해야 해. 그래도 마피아가 앞뒤는 가리니까. 정치하는 놈들은 뭐가 뭔지 몰라. 이유도 뭣도 없이 남미 전역에서 잡아들이고 죽이고 그래. 그들이 왜 그자를 잡아들였는지 내가 어떻게 알겠어. 무슨 거물이라도 되는 듯 행동했겠지. 그들은 댁스터에게 편지 한 통 쓰는 걸 허락했는데, 그가 거기서 네 이름을 언급했어. 그런데 너는 전 세계 매체에 자기 이름이 나온 것도 몰라."

"그 친구가 뭐라고 썼지?"

"국제적으로 유명한 역사가이자 극작가인 찰스 시트린에게 도움을 요청했지. 네가 자기를 보증해줄 거라고."

"그자들은 자신들이 무슨 일을 하는지도 모를 거야. 댁스터를 해치지 말아야 할 텐데."

"그자가 가짜란 걸 알게 되면 핏대를 세우겠지."

"이해가 안 돼. 그 친구가 누구인 척한 거지? 그놈들은 그 친구를 누구라고 생각했나?"

"그런 나라들은 아주 뒤죽박죽 혼란스러워." 칸타빌레가 말했다.

"아, 전에 내 친구 던월드 교수가 서반구의 지협을 잘라 남쪽을 흘려보내버리면 얼마나 좋겠냐고 했는데, 그 말이 맞는지도 몰라. 다만 이제는 그랬으면 하는 데가 지구상에 너무 많지만."

"찰스, 나한테 수수료를 많이 줄수록 테러리스트에게 갈 돈은 줄어들 거야."

"내가? 왜 나지?"

"아, 네가 내게 될 거야." 칸타빌레가 말했다.

* * *

댁스터가 테러리스트들에게 포로로 붙잡힌 사건은 내 가슴을 짓눌렀다. 쥐들이 드나드는 어두운 지하실에 갇혀 고문에 겁먹고 있을 댁스터를 상상하면 슬펐다. 어쨌든 그는 결백했다. 사실 완벽하게 정직하지는 않지만 그의 실수는 대부분 일시적인 착란 같은 것에 불과했다. 가만있지 못하고 행동을 모색하던 그가 지금, 귀를 자르고 우편함에 폭탄을 설치하고 비행기를 납치하고 승객들을 살해하는 훨씬 난폭하고 정신 나간 자들 무리 속에 내던져졌다. 괴로워하며 마지막으로 본 신문에서 나는 아르헨티나에서 납치된 어느 석유회사 중역을 구하기 위해 몸값으로 1천만 달러를 지불했지만 그들이 풀어주지 않았다는 사실을 알게 되었다.

그날 오후 나는 호텔에서 댁스터의 출판인인 칼 스튜어트에게 편지를 썼다. 이렇게 썼다. "피어가 납치되었고 도움을 청하는 호소문에 내 이름을 언급했다고 들었습니다. 물론 나는 그 친구의 목숨을 구하기 위해 내가 가진 모든 것을 줄 겁니다. 댁스터는 제멋대로지만 멋진 친구이고 나는 그를 사랑합니다. 나는 이십 년 넘게 그의 충실한 친구였죠. 당신이 국무부와 부에노스아이레스 주재 미국 대사관에 연락을 취했으리라 생각합니다. 나는 정치적인 문제에 관한 글을 쓰긴 했지만 정치적인 사람은 아닙니다. 이렇게 설명해보죠, 문명이 최악의 위기에 처했던 지난 사십 년 동안 신문을 열심히 읽었지만 그래봤자 아무에게도 도움이 되지 않았다고요. 뭔가를 예방하지도 못했습니다. 그래서 점차 신문을 보지 않게 되었죠. 그러나 지금은 냉철한 관찰자로서 이렇게 말하고 싶습니다. 한 극단의 포함외교*와 다른 극단의 해적 행위에 대한 굴복 사이에는 강대국이 힘을 쓸 수 있는 중간 지점이 있어야 한다고요. 그런 점에서 미국의 무기력함은 실망스럽습니다. 우리는 이제 겨우 1차세계대전의 교훈을 따라잡고 있는 걸까요? 우리는 사라예보에서 테러 행위로 전쟁이 촉발되어선 안 된다는 것을 배웠고, 우드로 윌슨에게서는 작은 국가에게도 다른 큰 국가에게 존중받을 권리가 있다는 것을 배웠습니다. 하지만 그게 전부이며 우리는 육십 년 전 과거에 갇혀 우리를 괴롭히는 위협을 용납했고, 그럼으로써 세상에 비참한 본보기가 되었습니다.

댁스터 이야기로 돌아오면, 나는 그가 너무나 걱정됩니다. 석 달 전까지만 해도 나는 그의 몸값으로 25만 달러를 제안할 수 있었을 겁니다. 그러나 불행한 소송 탓에 그 돈은 전부 사라졌죠. 그런데 많은 돈을 벌 가능성이 보입니다. 곧 1만, 아니 2만 달러가 생길 것 같고, 나는 그 정도를 내놓을 준비가 되어 있어요. 2만 5천 이상은 어려울 것 같습니다. 당신이 준비해주어야 할 것 같습니다. 내가 어음을 드리지요. 댁스터가 받을 인세를 내가 받는 방법을 찾을 수도 있겠죠. 만일 남미 도적들이 그를 놔준다면, 그는 자신의 경험에 대해 기막힌 책을 써낼 겁니다. 일이 그렇게 반전되기도 하죠. 전에는 인생의 가장 쓰라린 불행이 불행한 자들의 마음만을 풍요롭게 해주거나 오직 정신적인 가치만

* 강대국이 함대의 무력을 배경으로 전개하는 외교정책.

을 지녔습니다. 그러나 이제는 어떤 끔찍한 사건도 금광이 될 수 있습니다. 불쌍한 댁스터가 그걸 해내서 그들이 그를 놔준다면, 그는 책을 써서 부자가 되리라 확신합니다. 지금 이 순간 그에 대해 아무 관심도 없는 수십만 명이 그와 더불어 깊은 고통의 짐을 지게 될 겁니다. 영혼이 쥐어짜이고 숨이 넘어갈 듯 눈물을 터뜨릴 겁니다. 사실 대단히 중요한 이야기예요. 내 말은, 이제 감당할 수 없는 요구로 인해 연민의 힘이 약해지고 있다는 뜻입니다. 그러나 그것까지 따질 것도 없죠. 정보를 제공해주면 무척 고맙겠습니다. 이 편지를 내가 댁스터를 위한 돈을 마련하겠다는 약속으로 여겨도 좋습니다. 댁스터는 남미의 마오쩌둥주의자나 트로츠키주의자에게 깊은 인상을 줬을 만큼 카우보이모자에 웨스턴 부츠 차림으로 부자인 척 으스댔던 게 틀림없습니다. 글쎄요, 그런 것이 우리 시대 특유의 세계사적 유물일 수도 있겠죠."

나는 이 편지를 뉴욕으로 보낸 뒤 비행기를 타고 스페인으로 돌아갔다. 칸타빌레가 택시로 오를리공항에 데려다주었는데, 그는 이제 15퍼센트를 주장하며 협박하고 있었다.

라로카펜시온에 도착하자마자 리츠호텔 메모지에 쓰인 전갈이 와 있었다. *세뇨라*에게서 온 것이었다. "내일 오전 열시 반에 로비로 로저를 데려와주면 좋겠어. 우리는 시카고로 돌아가." 왜 그녀가 하필 로비로 오라고 하는지 알 수 있었다. 공공장소에서는 내가 폭력을 행사하지 못할 것이기 때문이다. 방이라면 목을 조를 수도 있고 변기통에 머리를 처박아버릴 수도 있다. 그래서 나는 아침에 아이를 데려가 괴상한 편견으로 똘똘 뭉친 늙은 여자를 만났다. 리츠호텔 돔 천장 아래 둥근 로비에서 아이를 넘겨줬다. 내가 말했다. "잘 가라, 귀여운 로저, 넌 집에 가는 거야."

아이가 울기 시작했다. 아이를 달랠 수 없었던 *세뇨라*는 초콜릿으로 환심을 사 아이를 버려놓았다며 나를 비난했다. "단것으로 아이를 매수했어."

"레나타가 새로운 상황에서 행복하길 바랍니다." 내가 말했다.

"당연히 행복하지. 플론제일리는 고상한 남자야. 아이큐도 이 세상 것 같지 않지. 책을 쓴다는 것이 자네가 똑똑하단 증거는 아니야."

"아, 정말 그래요." 내가 말했다. "그런데다 매장埋葬은 정말 큰 진보였죠. 비코*는 사람들이 시체를 땅에 버려 썩게 하고 개와 쥐와 독수리가 자신과 가깝고 친했던 사람을 뜯어먹도록 놔두었던 때가 있었다고 말했어요. 죽은 사람들을 사방에 널어둘 순 없죠. 링컨 내각의 일원이었던 스탠턴은 죽은 아내를 거의 일 년이나 데리고 살았지만요."

"자네는 피곤해 보여. 걱정거리가 너무 많은 거지." 그녀가 말했다.

긴장하면 나는 그렇게 된다. 사실이긴 하지만 사람들에게 그런 말을 듣기는 싫다. 절망이 일어난다. "*안녕*, 로저. 넌 착한 아이고, 난 널 사랑해. 곧 시카고에서 보자. 할머니와 여행 잘해. 울지 마라, 얘야." 내가 말했다. 나도 눈물이 나려 했다. 나는 로비를 나와 공원 쪽으로 걸어갔다. 사방에서 자동차들이 빠르게 달려와 치일 위험이 있었기 때문에 더는 눈물을 흘릴 수 없었다.

펜시온 사람들에게는 내가 마음을 추스를 때까지 당분간 로저를 조부모 집에 맡기기로 했다고 말했다. 대사관에 다니는 덴마크 여자 볼

---

* 이탈리아 철학자.

스테드 양은 여전히 나를 위해 인간적인 일을 해주려고 기다리고 있었다. 로저가 떠나서 우울해진 나는 그녀가 하자는 대로 해버릴까 하는 생각이 들 만큼 사기가 떨어졌다.

칸타빌레는 파리에서 매일 내게 전화했다. 이 거래에 끼는 것이 그에게는 무엇보다 중요한 일이었다. 나는 파리가 칸타빌레 같은 사람에게 많은 기회를 주면서도 사업에 집중하지 못하도록 정신을 빼앗을 거라 생각했었다. 전혀 그렇지 않았다. 그는 사업에만 골몰했다. 변호사 퓌레와 바배시에게도 계속 연락했다. 그가 바배시를 제쳐두고 혼자 협상하려 시도했을 때 바배시는 크게 화를 냈다. 바배시가 파리에서 내게 전화로 불평했다. 칸타빌레는 제작자들이 보상금으로 2만 달러를 제안했다고 전했다. "부끄러운 줄 알아야지. 바배시가 어떤 인상을 줬길래 그렇게 보잘것없고 모욕적인 금액을 제안하느냔 말이야! 형편없는 놈이야. 우리가 원하는 건 20만 달러라고." 다음날 그는 다시 보고했다. "이제 3만 달러까지 올라갔어. 난 생각이 바뀌었어. 바배시란 놈 진짜 억세. 내 생각엔 나한테 화가 나서 그쪽에다 화풀이하는 것 같거든. 그렇게 표가 잘 팔리는데 2만 달러가 뭔가? 엉덩이에 난 뾰루지도 아니고. 그런데 세금을 생각해봐야 하고, 외화로 받을 건지도 따져봐야 해. 리라라면 더 많이 받을 수 있어. 〈칼도프레도〉가 밀라노와 로마에서 굉장한 성과를 올리고 있거든. 죽고 못 사는 사람들 줄이 열 길은 늘어섰을걸. 파스타 먹고 자란 이탈리아인들이 왜 식인 행위에 열광하는지 모르겠어. 어쨌든 리라로 받으면 더 많이 받게 돼. 물론 이탈리아가 붕괴되고 있긴 하지."

"난 달러로 받겠네. 텍사스에 있는 형이 나를 위해 좋은 데다 투자해줄 거야."

"좋은 형을 둬서 좋겠군. 거기 스페인어 쓰는 놈들 땅에서 불안해하고 있어?"

"전혀. 난 여기서 아주 편안해. 인지학 서적을 읽고 명상을 하지. 프라도미술관도 구석구석까지 보고. 두번째 시나리오는 어떻게 돼가?"

"난 거기 관여하지 않는데 왜 나한테 물어봐?"

"그렇지, 자네는 관여하지 않지." 내가 말했다.

"그렇다면 내가 왜 너에게 그 망할 놈의 일에 대해 말해줘야 하는지 모르겠군. 그래도 예의상 말해주지. 그들은 관심이 있어. 대단한 관심이 있지. 바배시에게 석 주 검토 조건으로 3천 달러를 제안했어. 오트웨이에게 보여줄 시간이 필요하다나."

"오트웨이와 험볼트는 정말 닮았어. 그 유사성에 뭔가 의미가 있는지도 모르지. 보이지 않는 고리랄까. 나는 오트웨이가 험볼트의 이야기에 끌릴 거라고 생각해."

다음날 오후 캐슬린 티글러가 마드리드에 도착했다. 새로운 영화 작업을 위해 알메리아로 가는 길이었다. "유감스러운 소식이 있어요." 그녀가 말했다. "험볼트의 시나리오 영화 판권을 산 곳에서 제작을 취소했어요."

"무슨 얘기죠?"

"험볼트가 우리 두 사람에게 증여한 개요, 기억하죠?"

"물론이요."

"당신 몫인 3천 달러를 보내야 했잖아요. 마드리드에 온 건 당신과 그 일에 대해 의논하고 계약으로 마무리지으려는 이유도 있어요. 당신은 아마 다 잊어버렸는지 모르지만."

"아니, 잊어버리지 않았어요." 내가 말했다. "그런데 그 시나리오를 나도 나대로 다른 사람들에게 팔아보려고 했다는 얘기를 해야겠군요."

"그렇군요." 그녀가 말했다. "똑같은 것을 다른 두 곳에 팔려고 했다니, 아주 곤란해질 뻔했네요."

그러는 동안에도 알다시피 비즈니스는 계속되고 있었다. 비즈니스는 특유의 자율성에 따라 제 길을 갔다. 좋든 싫든 우리는 그 방식대로 생각하고 그 언어로 말했다. 내가 사랑에 실패했고, 얼굴이 초조하게 달아오르는 레베카 볼스테드를 거절했으며, 인지학 이론을 연구했다는 것이 이 비즈니스에 무슨 대수겠는가? 비즈니스는 그 자체의 초월적인 힘을 확신하며 우리 모두에게 그 실행을 통해 삶을 해석하게 만들었다. 캐슬린과 내가 가장 중요한 인간적인 문제를, 그토록 많은 개인적인 문제를 이야기해야 하는 이때도 우리는 계약과 옵션과 제작자와 금액을 논하고 있었다.

"물론 그래요," 그녀가 말했다. "내가 맺은 계약에 당신이 법적으로 얽매일 이유는 없죠."

"뉴욕에서 만났을 때 우리는 험볼트와 내가 프린스턴에서 만들었던 영화 개요에 대해 이야기를 나눴죠—"

"루시 칸타빌레가 나에게 물었던 것 말이죠? 그녀의 남편이 베오그라드에서 나에게 전화해서 이상한 질문으로 나를 괴롭혔어요."

"—험볼트가 시 과목 교수 자리를 얻으려고 계획하던 동안 심심풀이로 같이 쓴 거예요."

"당신은 그게 전부 장난이었다고 말했고, 그래서 나도 더 생각하지 않았어요."

"그것이 이십 년쯤 행방불명이었는데, 누군가 우리 원본을 가져가 〈칼도프레도〉라는 영화를 만들었어요."

"말도 안 돼! 〈칼도프레도〉가 그것이었다니! 당신과 험볼트의 거였어요?"

"봤어요?"

"물론 봤죠. 오트웨이의 엄청난 히트작이 당신들 두 사람의 작품이라고요? 믿기지 않아요."

"아뇨, 사실이에요. 난 파리에 가서 우리가 공동저자임을 증명하고 막 돌아왔어요."

"그쪽에서 협상을 한대요? 당연히 해야죠. 그쪽은 당신에게 꼼짝 못할 입장이잖아요?"

"소송이라면 생각만 해도 괴로워요. 법정에서 십 년을 더 보내라고요? 그러려면 변호사한테 40만이나 50만 달러는 줘야 할 겁니다. 예순이 다 되어가고 일흔을 바라보는 난 결국 한푼도 남지 않을 거고요. 그냥 지금 4만이나 5만만 받으려고 해요."

"단순 불법행위에 대한 합의처럼요?" 캐슬린이 분개하며 말했다.

"아뇨, 몇 년 동안 좀더 고상한 활동을 하며 살 수 있을 만큼 보조금을 받는 운좋은 사람이 되는 거죠. 물론 발데마르 삼촌과 그 돈을 나눌 생각입니다. 캐슬린, 나는 험볼트의 유언장 얘기를 처음 들었을 때, 그가 죽어서도 계속 똑같은 바보짓을 하는구나 했어요. 그런데 그가 취해둔 법적 조치가 아주 견실했고 그 서류의 가치도, 망할, 그의 생각이 옳았어요. 그는 항상 큰 성공을 거둘 거라고 멋대로 희망을 품었었죠.

그리고 어떻게 되었냐고요? 그가 해냈어요! 세상 사람들이 효용성을 발견한 건 그가 쓴 진지한 작품에서가 아니었어요. 바로 이런 장난에서였죠."

"당신의 장난이기도 하고요." 조용히 웃는 캐슬린의 얼굴에 자글자글한 잔주름이 드러났다. 그녀가 얼마나 아름다웠는지 아직도 기억하는 나는 그 세월의 흔적을 보자 안타까웠다. 하지만 올바른 견해만 있다면 그런 일은 받아들이고 함께 살아갈 수 있다. 그것은 결국, 오랜 세월 동안 사람들을 다정하게 대한 결과였다. 선한 일이 징수한 치명적인 대가였다. 나는 그런 변화를 어떻게 받아들일 수 있는지 이해하기 시작했다. "하지만 진지하게 생각해봐요, 험볼트는 어떻게 했을 것 같아요?"

"내가 어떻게 그런 말을 할 수 있겠어요, 캐슬린? 험볼트는 자신이 할 수 있는 일을 했고, 대부분의 사람들보다 명예롭게 살다 갔어요. 그가 미쳤던 것은, 커다란 실망을 극복하기 위해 했던 농담의 결론이었어요. 험볼트는 깊이 실망했어요. 그런 부류의 사람들이 진정으로 원하는 건 오직 어떤 고상한 활동을 온 마음으로 할 수 있는 기회뿐이죠. 험볼트 같은 사람들—그들은 인생의 감각을 표현하고, 시대에 대한 감정을 선언하며, 시간이 제공하는 기회를 활용해 의미를 발견하거나 자연의 진리를 찾아내요. 그런 기회가 많을 때는 같은 일을 하는 사람들 사이에 사랑과 우정이 존재하죠. 모차르트에 대한 하이든의 찬사에서도 알 수 있어요. 하지만 기회가 적을수록 악의와 분노와 광기가 나타나요. 나는 근 사십 년을 험볼트에게 집착했어요. 황홀한 관계였습니다. 시를 소유하려는 희망—시를 창조하는 사람을 아는 기쁨. 알겠어요? 미국에는 우리가 들어보지 못한 가장 비범한 시가 묻혀 있지만, 여태까지 알려진 문화의 평범한 수단으로는 그걸 끄집어낼 수조차 없어요. 지금은 온 세계가 다 그렇고요. 옛 방식을 취한 예술활동은, 고뇌가 너무 깊고, 혼란이 너무 커요. 톨스토이가 인류에게 거짓되고 불필요한 역사의 희극을 중단하고 단순하게 살라고 촉구한 의도가 무엇인지 이제야 나는 이해되는 것 같아요. 그것이 험볼트의 비탄과 광기 속에서 내게 점점 분명해졌어요. 그는 그 정해진 과정의 폭풍우 같은 단계를 전부 수행했습니다. 그 경험이 결정적이었죠. 이제는 아주 명백해졌지만, 그것은 계속될 수 없어요. 이제 우리는 신이 우리 안에 불어넣어주는 진리의 소리에 내밀히 귀기울여야 합니다."

"그것이 당신이 말하는 고상한 활동이고, 〈칼도프레도〉로 얻는 돈이 그 활동을 도울 거란 뜻이군요…… 알겠어요." 캐슬린이 말했다.

"일반적인 전제에 따르면, 인생의 가장 흔한 사건들은 부조리할 뿐입니다. 믿음도 부조리해요. 하지만 이제 믿음이 이 상식적 부조리의 산을 움직일 겁니다."

"난 당신에게 마드리드를 떠나 알메리아로 가자고 제안하려 했어요."

"알겠어요. 내가 걱정되는 거군요. 사정이 안 좋아 보이니까."

"꼭 그렇진 않아요. 하지만 큰 부담 속에 지냈다는 건 알겠어요. 지금쯤 지중해의 날씨가 좋을 텐데."

"지중해라, 그렇겠죠. 한 달이라도 그런 데서 축복받은 평화를 누리고 싶군요. 그런데 지금 그럴 만한 돈이 없어요."

"당신 파산했어요? 돈이 많을 줄 알았는데."

"다 털렸어요."

"그때 1500달러를 보내지 않은 게 잘못이었네요. 당신에겐 푼돈이리라 생각했어요."

"그래요, 몇 달 전까지만 해도 푼돈이었죠. 알메리아에서 내가 할 만한 일을 구해줄 수 있나요?"

"그 일은 마음에 들지 않을 거예요."

"'그 일'이 뭔지 모르겠는데요."

"〈기사의 회고록〉 같은 영화를 만드는 데서 일하는 거요. 디포*의 작품이 원작이에요. 포위 공략 등등요."

"시대 의상을 입겠죠?"

"당신에게는 어울리지 않아요, 찰리."

"왜요? 들어봐요, 캐슬린. 잠깐 출연하더라도 영어를 잘하니까……"

"그러든지요."

"지난 오십 년에 걸친 잘못을 지우고 결점을 고치기 위해서라면 어떤 일도 할 각오가 돼 있어요. 물론 나는 영화 일을 잘할 사람은 아니죠. 하지만 그런 시대극에 엑스트라로라도 출연하는 게 내게 얼마나 기쁜 일이 될지 당신은 모를 겁니다. 부츠를 신고 블루머를 입을 수 있나요? 투구나 깃털 달린 모자를 써요? 정말 좋은 경험이 될 겁니다."

"정신적으로 너무 산만해지지 않을까요? 당신은…… 할일이 있잖아요."

"내가 해야 할 일들이 그 부조리의 산을 헤쳐나갈 길을 찾지 못하는 거라면, 해봐야 다 소용없어요. 당신도 알겠지만 내 마음은 자유롭지

---

* 『로빈슨 크루소』를 쓴 영국 소설가.

못해요. 딸들이 걱정되고, 친구 댁스터도 몹시 걱정되고요. 댁스터는 아르헨티나 테러리스트들에게 납치됐어요."

"안 그래도 그 사람 일이 궁금했어요." 캐슬린이 말했다. "〈헤럴드 트리뷴〉에서 읽었거든요. 내가 플라자호텔에서 봤던 그 사람이 댁스터 씨인가요? 카우보이모자를 쓰고, 내게 나중에 다시 오라고 했던 사람. 기사에 당신 이름이 있었어요. 그 사람이 당신에게 도움을 요청했죠."

"그 일로 마음이 어지러워요. 불쌍한 댁스터. 시나리오로 돈이 생기면 그 친구 몸값으로 써야 할지도 몰라요. 그건 별로 상관없어요. 나의 부와 로맨스는 끝났어요. 앞으로 내가 하려는 일은 별로 돈이 들지 않고……"

"알겠지만, 찰리, 험볼트는 멋진 이야기들을 했었어요. 당신을 만나면 그 이야기들이 생각나요. 그리고 티글러는 아주 유쾌한 사람이었어요. 활동적이고 매력적이었죠. 우리는 항상 사냥이나 낚시를 하러 다녔어요—늘 뭔가를 했어요. 하지만 그이는 대화에 소질이 없었고, 아주 오랫동안 누구도 나한테 당신처럼 이야기하는 사람이 없었기 때문에 듣는 훈련이 안 돼 있어요. 당신이 그런 이야기를 하는 게 나는 좋아요. 그런데 잘 알아들을 수가 없어요."

"그럴 만해요, 캐슬린. 내 잘못이에요. 나는 혼잣말을 너무 많이 해요. 하지만 인간은 사건이니, 발전이니, 정치니 하는 거짓되고 불필요한 역사의 희극에 너무 깊이 매몰돼 있어요. 일상의 위기만 해도 충분히 현실적이죠. 신문을 봐요—모든 범죄와 추악함, 살인, 도착, 공포. 우리에게는 다 부족해요—인간적인 것이, 우리가 인간적인 척도라고 부르는 것들이요."

"뭐가 또 있는데요?"

"다른 척도가 있어요. 월트 휘트먼은 인간이 동물보다 열등하다고 했어요. 동물은 자기 상태를 불평하지 않아요. 난 그의 관점을 이해합니다. 난 예전에 참새를 관찰하며 많은 시간을 보냈어요. 참새를 좋아했죠. 지금도 그렇고요. 나는 참새가 쪼아대고 폴짝거리고 먼지로 목욕하는 걸 공원에서 몇 시간씩 지켜보곤 해요. 하지만 참새의 정신활동이 유인원보다 적다는 걸 알죠. 오랑우탄은 아주 매력적인 동물이에요. 내 아파트에서 오랑우탄 친구와 함께 지낸다면 아주 행복할 겁니다. 하지만 그 친구가 험볼트만큼 이해하지는 못한다는 걸 알아요. 문제는 이겁니다. 이 연쇄가 왜 우리에게서 끝난다고 생각해야 하는가? 나는 우리가 우리를 훨씬 넘어서는 거대한 위계 안에서 어느 한 점을 차지한다고 생각해요. 통용되는 전제들은 이걸 부정하죠. 우리는 질식당하는 것처럼 느끼면서도 왜 그러는지 이유를 몰라요. 영혼의 존재는 현재의 지배적인 전제로는 증명할 수 없지만, 그럼에도 사람들은 자신들에게 영혼이 있는 것처럼 행동해요. 그들은 마치 다른 곳, 다른 생에서 온 것처럼 행동하고, 이 세상 어느 것도 현재의 어떤 전제도 설명할 수 없는 충동과 욕망을 지니고 있어요. 현재의 지배적인 전제에 따르면 인류의 운명은 가장 독창적인, 스포츠 같은 사건이죠. 황홀한 사건요. 지루하지만 않다면. 권태의 유령이 이 역사의 스포츠적 개념을 위협하고 있습니다."

캐슬린은 말을 사육하던 티글러와 사는 동안 이런 대화가 그리웠다고 다시 한번 말했다. 그녀는 내가 알메리아로 가서 미늘창을 든 병사 역할을 하길 바라는 게 분명했다. "거긴 정말 지내기 쾌적한 곳이에요."

"나도 *펜시온*에서 나갈 준비가 됐어요. 사람들이 너무 가까이에서 나를 봐요. 하지만 댁스터 일도 그렇고 파리 일도 그렇고 사태를 지켜보려면 마드리드에 머무는 편이 좋겠어요. 어쩌면 잠시 프랑스에 가야 할 수도 있어요. 거기 변호사가 두 명 있는데, 걱정거리가 두 배인 셈이죠."

"변호사를 신뢰하지 않는군요."

"글쎄요, 에이브러햄 링컨도 변호사였지만, 나는 그 사람을 존경해요. 하지만 이제 그 사람은 일리노이주 번호판에 넣는 이름일 뿐이죠."

그러나 굳이 파리에 갈 필요는 없었다. 출판인 스튜어트에게서 편지가 왔다.

그는 이렇게 썼다. "당신은 한동안 신문을 보지 않으셨군요. 피어 댁스터가 아르헨티나에서 납치된 건 사실입니다. 하지만 그가 어떻게, 왜, 아직도 그들에게 잡혀 있는지 나는 말할 입장이 못 됩니다. 당신은 그의 오랜 친구이니, 내가 이 모든 일이 혼란스럽고 때로 진짜 일어난 일인지 의심이 든다는 사실을 숨기지 않겠습니다. 납치 사기극이라고 말하고 싶지는 않습니다. 길에서 댁스터를 붙잡아간 사람들이 그의 중요성을 믿었으리라 생각하려 합니다. 허스트 양과 심바이오니즈 경우처럼 미리 계획된 납치였다는 증거는 없습니다.* 하지만 여기, 〈뉴욕 타임스〉 사설란에 실린 우리의 친구 댁스터의 기사를 동봉합니다. 그가 갇혀 있는 비밀 장소 혹은 지하감옥에서 보내온 것으로 추정됩니다. 그는 어떻게 이 납치에 관한 글을 〈뉴욕 타임스〉에 보낼 수 있었을

* 1974년, 언론 재벌가의 딸 허스트가 심바이오니즈에 납치되었으나, 두 달 후 그들과 함께 은행 강도로 세상에 나타났다.

까요? 시트린 씨도 보았겠지만 그는 몸값 모금운동까지 벌이고 있습니다. 동정적인 독자들이 그를 아홉 명의 자녀와 다시 만날 수 있도록 벌써 아르헨티나 미국 대사관으로 수표를 보냈다고 들었습니다. 피해를 입기는커녕 큰돈을 벌고 있고, 내 생각이 틀리지 않았다면 이 경험으로 그는 문체까지 명료해졌습니다. 값어치를 따질 수 없는 선전이죠. 그가 금광을 찾을 수도 있다는 당신의 짐작이 아마도 정확할 겁니다. 목이 부러지지 않는다면, 부자가 되고 명성을 얻겠죠."

동봉된 기사에서 댁스터는 이렇게 썼다. "부에노스아이레스 번화한 거리에 있는 어느 레스토랑을 막 나서는데 세 남자가 내 머리에 총을 들이댔다. 세 개의 총구에서 나는 지금껏 내가 즐겨왔던 폭력을 이기기 위한 모든 정신적 전략이 얼마나 허망한 것인지 깨달았다. 그 순간까지 나는 현대인이 이런 결정적인 순간을 얼마나 자주 예견하는지 전혀 깨닫지 못했다. 곧 날아갈 판인 나의 머리는 나를 구할 계책으로 가득찼다. 대기하던 차에 올라타자 이제 끝났다고 생각했다. 신체적인 학대를 당하지는 않았다. 정치적으로 진보적이고 자신들이 이해하는 자유와 정의의 원칙에 전적으로 헌신하는 세련된 사람들에게 붙잡혔다는 것을 곧 분명히 알 수 있었다. 나를 붙잡은 사람들은 문명화된 견해에 이의를 제시해야 한다고 믿고 있고, 내가 에세이스트이자 언론인으로서 사람들의 주의를 끌 만큼 충분히 잘 알려졌다는 사실을 확인하고서 그 진술을 위해 나를 택한 것이었다. (그는 이런 상황에서조차 자기선전을 했다.) 게릴라이자 테러리스트로서 그들은 자신들이 무자비하고 무책임한 광신자가 아니라 자신들만의 고결한 전통을 따르는 집단임을 알리고 싶어한다. 그들은 힘이 곧 불가결한 도구임을 발견한 창시자이자 건설자로서 레닌과 트로츠키를 소환한다. 그들은 19세기 러시아부터 20세기 프랑스에 이르기까지 이런 전통을 다룬 고전들을 알고 있다. 조르주 소렐*과 장폴 사르트르에 대해 논하는 세미나에 참석하라며 지하실에서 나를 불러올리기도 했다. 이들은 나름대로 아주 엄격한 원칙을 따르며 진지하다. 나아가 그들은 가르시아 로르카가 두엔데**라는 표현을 적용한 특성, 즉 분쇄한 유리처럼 피를 타오르게 하는 내면의 힘, 암시하지 않고 명령하는 정신적인 격렬함을 가지고 있다."

나는 카페에서 캐슬린을 만났고 스크랩한 기사를 보여주었다. 같은 맥락의 이야기가 더 있었다. 내가 말했다. "댁스터는 중대 발언이라면 사족을 못 써요. 나라면 그런 세미나에 앉아 있느니 총구 세 개에 내 머리통을 갖다대고 방아쇠를 당겨달라고 할 것 같은데."

"너무 그러지 마요. 목숨을 건지려고 그런 거잖아요." 그녀가 말했다. "그리고 정말 대단한 일이에요. 몸값 모금 얘기는 어디 있어요?"

"여기요. '……이 기회에 나는 내 친구들과 가족에게 5만 달러를 제공해달라고 호소해도 좋다는 허락을 받았다. 내 어린 자녀들을 다시 만날 수 있길 바라며' 어쩌고저쩌고. 〈타임스〉가 독자들에게 잔뜩 긴장감을 선사하는군요. 사설란을 읽는 대중은 정말 길이 잘못 들었죠."

"테러리스트들이 세상 여론에 대한 자신들의 변명을 댁스터를 통해 늘어놓은 뒤 그를 제거해버릴 것 같진 않은데요." 그녀가 말했다.

"글쎄요, 100퍼센트 일관성이 있을 수도 없겠죠. 그 친구들이 무슨

---

* 프랑스 철학자, 혁명적 노동조합주의자.

** 스페인신화에 나오는 장난꾸러기 도깨비. 시인 로르카는 "스페인 고유의 힘"이라고 말했다.

짓을 할지 누가 알겠어요. 그렇지만 조금 안심이 돼요. 그가 괜찮을 것 같아서."

캐슬린은 내게 댁스터가 거기서 풀려나고 내 삶이 좀더 조용해지고 안정되면 어떻게 하고 싶은지 다정하게 물었다. 나는 아마도 바젤 부근의 도르나흐에 있는 스위스 슈타이너 센터와 괴테아눔*에서 한 달을 보낼지도 모르겠다고 대답했다. 그곳에 집을 빌리면 메리와 리시가 와서 여름을 함께 보낼 수도 있을 것이다.

"〈칼도프레도〉 제작자들에게 돈을 많이 받아내야겠어요." 그녀가 말했다. "댁스터는 빠져나오겠군요, 정말 거기 붙잡혀 있었다면. 내 생각에는 지금쯤 풀려났을 것 같아요."

"맞아요. 난 아직도 발데마르 삼촌과 그 돈을 나눌 생각이고, 험볼트의 몫 전부를 줄 겁니다."

"합의금은 얼마나 될 것 같아요?"

"아, 3만 달러요." 내가 말했다. "많아봐야 4만이죠."

그러나 너무도 보수적인 짐작이었다. 바배시는 제작자들에게 8만 달러까지 부른 뒤에야 만족했다. 또한 그들은 험볼트의 다른 시나리오를 읽기 위해 5천 달러를 지불했고, 결국 그 판권까지 샀다. "그 시나리오를 그냥 지나칠 수 없었던 거죠." 바배시가 전화로 말했다. 변호사 사무실에 있던 칸타빌레가 다급하게 큰 소리로 외쳤다. "네, 지금 함께 있습니다" 바배시가 말했다. "이렇게 상대하기 어려운 사람은 처음입니다. 저를 건너뛰고 나대고, 시끄럽게 굴고, 요새는 협박까지 시작

---

* 루돌프 슈타이너가 세운 정신과학의 전당으로 '괴테관'이라는 뜻.

했어요. 정말 짜증나는 사람인데, 시트린 씨, 저자가 당신의 공식 대리인이 아니었다면 정말 오래전에 쫓아냈을 겁니다. 얼른 10퍼센트 주고 여기서 쫓아버리죠."

"바배시 씨, 그 사람에게 지금 바로 8천 달러를 지불해도 좋습니다. 두번째 시나리오에는 어떤 조건을 내놓던가요?"

"5만 달러에서 시작하더군요. 하지만 제가 죽은 플라이셔 씨는 진짜 뭔가가 있는 사람이라고 주장했습니다. 현시대적인 것요, 무슨 뜻인지 아시죠? 지금 대중이 갈구하는 것 말입니다. 당신에게도 그런 게 있을지 몰라요, 시트린 씨. 제 말을 어떻게 생각하실지 모르겠지만, 지금 그만두면 안 된다고 생각합니다. 새로운 매체를 위한 대본을 쓸 생각이 있다면 굉장한 조건으로 거래해드릴 수 있습니다. 일주일에 2천 달러 어떻습니까?"

"관심 없습니다, 바배시 씨. 나는 다른 계획이 있어요."

"정말 유감입니다. 재고해보시면 어떨까요? 저쪽에서도 여러 번 물었습니다."

"고맙지만 안 되겠어요. 나는 아주 다른 활동을 시작했어요." 내가 말했다.

"자문은 어떠십니까?" 바배시 씨가 말했다. "저들은 가진 게 돈밖에 없고, 당신이 폰 험볼트 플라이셔를 이해하는 사람이라는 이유만으로도 기꺼이 2만 달러를 지불할 겁니다. 〈칼도프레도〉는 전 세계를 휩쓸고 있어요."

"무슨 일이든 일단 싫다고 하지 말라고." 갑자기 수화기를 낚아챈 칸타빌레가 말했다. "들어봐, 찰리, 나는 다른 건에서도 수수료를 받아야 해. 내가 아니었다면 아무 일도 일어나지 않았을 테니까. 게다가 넌 나한테 비행기표, 택시비, 호텔비, 식사비까지 빚졌어."

"바배시 씨가 다 처리해줄 거야." 내가 말했다. "이제 떠나줘, 칸타빌레. 우리 관계는 끝났어. 다시 모르는 사이로 돌아가자고."

"아, 이 은혜도 모르고 대가리만 좋은 멍청한 놈." 그가 말했다.

바배시가 수화기를 건네받았다. "연락은 어디로 하면 되죠? 한동안 마드리드에 계십니까?"

"비행기로 알메리아에 가서 일주일쯤 머물고, 그후엔 미국으로 돌아갈 수도 있어요." 내가 말했다. "시카고에서 처리할 일이 잔뜩입니다. 아이들도 봐야 하고요, 플라이셔 씨의 삼촌과 만나 얘기도 해야 해요. 필요한 일을 다 처리하고 또 몇 가지 해결 못한 일을 마무리짓고서 유럽으로 돌아올 겁니다. 다른 삶을 시작하려고요."

물어보기만 하면 전부 말해줄 것이다. 나는 아직도 내게 별 관심도 없는 사람들에게 내 얘기를 시시콜콜 설명하고 있었다.

* * *

그리하여 따뜻한 4월 발데마르 발트와 나는 메나샤 클링어와 함께 험볼트와 그 어머니를 발할라 묘지로 나란히 이장했다. 나는 이 일을 제대로 격식에 맞춰 멋지게 해내면서 슬픈 즐거움을 느꼈다. 이로써 험볼트는 무연고자 무덤이 아니라, 레나타의 첫 남편인 코프리츠가 디비전 스트리트의 한증탕에서 늙은 마이런 스위벨에게 설명했던, 멀리 떨어진 뉴저지의 데스빌에 있는 묘지개발구역의 무덤에 묻혔었다. "그들은 속임수를 써." 코프리츠는 그런 곳에 대해 이렇게 말했었다. "인색하게 굴고, 법에 규정된 치수대로 주지 않아. 다리를 쪼그리고 길이가 모자란 시트를 덮고 눕게 되는 거지. 인간에게는 영원토록 편히 누울 권리가 있지 않나?"

조사하던 중 험볼트의 장례식을 벨리샤재단의 누군가가 치러주었다는 것을 알게 되었다. 롱스태프 밑에서 일하던 감정이 섬세한 사람이 험볼트도 한때 그곳 직원이었다는 것을 기억해내고 그를 시체안치소에서 꺼내 리버사이드 예배당에서 발인을 해주었다.

그래서 험볼트의 시신은 무덤에서 꺼내지고 새 관에 담겨 조지워싱턴다리를 건넜다. 나는 최근 어퍼웨스트사이드에 있는 한 아파트에 세를 든 노인들에게 들렀다. 청소와 요리를 해주는 여자가 드나들면서 이제 자리를 잡은 듯했다. 나는 발데마르 삼촌에게 큰돈을 넘기는 것이 불안해서 그렇다고 솔직히 말했다. 그가 대답했다. "찰리, 이 친구야, 들어보게—내가 알던 말馬들은 오래전에 유령이 되었어. 난 이제 마권업자와 연락할 방법도 없어. 이제 옛 동네에는 푸에르토리코 사람들뿐이야. 어쨌든 메나샤가 나를 감시하지. 이봐, 자네처럼 하나도 떼먹지 않고 몫을 다 주는 친구는 거의 없단 말을 해주고 싶군. 마지막에 남는 게 있다면, 그건 자네에게 돌아갈 거야."

우리는 영구차가 건너올 때까지 케이블 다리의 뉴욕 쪽에서 허드슨강을 앞에 두고 기다리다가, 빌린 리무진을 타고 묘지까지 뒤따라갔다. 이토록 엄숙하고 물결무늬 실크처럼 파란 마지막날보다는 비바람 치는 날이 오히려 견디기 쉬웠을 것이다. 우리는 묘지의 어두운 나무들 사이로 돌아 걸어갔다. 나무들은 그늘을 드리울 때가 되었는데도 무덤들 사이에서 불안정하지만 정돈된 상태로 늘어서 있을 뿐이었다. 험볼트의 어머니가 누운 새 관도 이미 준비를 마치고 하관을 기다리고 있었다. 우리가 천천히 뒤쪽으로 돌아 걸어오자 수행원 둘이 영구차를 열고 움직이기 시작했다. 발데마르는 도박꾼의 옷장을 뒤져 찾아낸 것들로 애도의 옷차림을 갖추었다. 모자와 바지와 구두는 검은색이었지만, 스포츠코트는 붉은색에 사냥개 이빨 같은 체크무늬가 있었고 때늦은 너무도 따뜻한 봄 햇살 아래서 잔털이 반짝거렸다. 메나샤는 두꺼운 안경을 쓰고 슬픈 미소를 지으며 잔디와 자갈길을 더듬더듬 걸었는데, 나무들을 올려다보느라 발걸음은 한층 조심스러웠다. 플라타너스들과 느릅나무들, 새들과 재빠르게 왔다갔다하는 다람쥐들을 제대로 보지는 못했을 것이다. 침울한 순간이었다. 혈액순환이 안 되거나, 소화가 안 되거나, 숨이 쉬어지지 않거나, 수액이 나무의 무게를 이겨내지 못하면 어떻게 될까? 그리고 죽음, 죽음, 죽음, 죽음이 배에, 등에, 가슴에, 심장에 수많은 칼침처럼, 살인처럼 엄습한다면. 나로서는 견디기 어려운 순간이었다. 험볼트의 관을 옮길 준비가 끝났다. "관을 멜 분들은요?" 장례관리사가 말했다. 그는 우리 세 사람을 바라보았다. 힘을 쓸 사람이 얼마 없었다. 고루한 늙은이 둘과 그들과 나이 차가 별로 나지 않는 심란한 사람 하나. 우리는 관 옆으로, 명예로운 자리에 섰다. 나는 손잡이를 잡았다—험볼트와 나의 첫번째 접촉이었다. 무게는 거의 느껴지지 않았다. 물론 나는 인간의 운명이 그런 유해나 부수물과 연관된다고는 더이상 믿지 않았다. 뼈는 아마도 정신적인 힘의 상징, 즉 특정한 칼슘의 결정 속에 투영된 우주일 것이다. 그러나 대퇴골, 늑골, 두개골, 관절처럼 우아한 그 하얀 형태들은 아마도 사라졌을 것이다. 무덤을 판 사람들은 죽은 사람의 누더기와 검댕덩어리를 삽질로 모았을 테지만, 험볼트의 매력, 활력, 열띤 창의력, 재앙을 불러오던 광기는 모으지 않았을 것이다. 험볼트, 우리의 친구, 우리의 조카이자 형제, 선한 것과 아름다운 것을 사랑했던 그의 가벼운 창작품 중 하나가 서드 애비뉴와 샹젤리제에서 대중을 즐겁게 해주었고 이 순간 모든 사람에게서 막대한 돈을 벌어들이고 있었다.

인부들이 우리에게서 넘겨받아 험볼트의 관을 전기 하강장치의 캔버스천 끈 위에 놓았다. 죽은 자들은 커다란 상자 속에 누운 채 나란히 놓였다.

"베스를 알았나?" 발데마르가 물었다.

"웨스트엔드 애비뉴에서 한 번 뵀습니다." 내가 대답했다.

그는 오래전 그녀의 지갑에서 돈을 몰래 가져가 경마에서 잃었던 일, 다툼질과 추악한 장면들과 오간 욕설을 추억하고 있는지 모른다.

내가 마지막으로 참석했던 장례식 이후 오랜 세월 동안 다양한 기계적 개선이 있었다. 땅을 파고 다시 덮는 데 쓰는 낮고 작은 노란색 기계가 보였다. 이 기계는 크레인으로도 쓰였다. 이것을 보고 나는 험볼트가 나에게 훈련시켰던 일종의 성찰을 시작했다. 이 기계는 구석구석 전부가 기술자와 고안자가 협업한 결과였다. 여러 뛰어난 두뇌가 모여 이룬 발명으로 만들어진 시스템은 혼자서는 할 수 있는 것이 별로 없는 하나의 두뇌의 작업으로 만들어진 것보다 언제나 더 강력하다. 늙은 새뮤얼 존슨 박사가 그렇게 말했고, 그는 같은 연설에서 프랑스 작가들에 대해 그들은 학자가 아니며 자신들 두뇌의 힘만으로 나아갔기에 피상적일 수밖에 없다고 덧붙였었다. 그렇다, 험볼트는 그런 프랑스 작가들을 존경했고 그도 한동안 자기 두뇌의 힘만으로 나아가려 했었다. 그러다가 그 자신도 집단적인 현상에 기대를 가지기 시작했다. 그의 자아가 입을 열어 유쾌한 시구들을 읊었었다. 그러나 그다음에 그의 가슴이 그를 배반했다. 아, 험볼트, 너무나 안타깝다. 험볼트, 험볼트―그리고 이것이 우리의 운명이다.

장례관리사가 말했다. "기도하고 싶은 분 계십니까?"

기도를 알거나 하고 싶은 사람은 아무도 없는 것 같았다. 그런데 메나샤가 노래를 부르고 싶다고 말했다. 그러고는 노래를 시작했다. 그는 변한 것이 없었다.

그가 알렸다. "〈아이다〉의 〈이 어두운 무덤에〉를 부르겠습니다." 나이든 메나샤가 준비를 했다. 이윽고 고개를 들었다. 드러난 목젖은 시카고 공장에서 천공기를 다루던 청년 시절의 것이 아니었지만 여전히 거기 있었다. 감흥도 예전 같지 않았다. 그는 손을 맞잡고 발돋움을 하고서, 라이스 스트리트의 우리집 부엌에서처럼 감정적으로, 목소리는 가늘어지고, 여전히 곡조를 놓쳐가며, 흐느끼듯이 감동한 듯, 몹시 감동한 듯 아리아를 불렀다. 그러나 이것은 준비운동에 불과했다. 노래가 끝나자 그는 미국의 옛 영가 〈꿈속의 고향〉을 부르겠다고 선언했고, 드보르자크가 〈신세계〉 교향곡에서 이 노래를 사용했다고 설명을 덧붙였다. 그러자, 오 주님! 나는 1920년대에 입실랜티에 대한 향수에 젖어 연인을 그리워하며 노래하던 그의 모습이, 우리 어머니가 "세상에, 그럼 가려무나"라고 말할 때까지 "집에 돌아가리, 집에 돌아가리, 나 집에 돌아가리" 하고 그녀를 그리워하며 불러대던 모습이 기억속에 떠올랐다. 그리고 그가 뚱뚱하고 온순하고 눈물 많은 그녀를 데리고 왔을 때, 욕실에 들어간 그녀가 너무 살이 쪄서 아무리 용을 써도 팔이 머리까지 올라가지 않자 엄마는 욕실에 들어가 그녀의 머리를 감겨주고 수건으로 닦아주었다.

그들은 모두 떠나고 우리만 남았다.

열린 무덤을 들여다보는 일은 어느 때보다 기분이 좋지 않았다. 갈색 진흙과 흙덩이와 자갈—모든 것이 왜 그렇게 무거울까? 너무 무거웠고, 아, 감당하기 힘들 만큼 무거웠다. 하지만 나는 매장에서 또다른 혁신을 보았다. 무덤 안에 위가 막히지 않은 콘크리트 상자가 있었다. 관이 내려지고 노란색 기계가 앞으로 가더니 윙윙 소리내며 작은 크레인으로 콘크리트 뚜껑을 집어 그 상자에 올려놓았다. 그렇게 관이 봉해졌고 흙은 그 위에 직접 닿지 않았다. 그런데, 그러면 어떻게 나오지? 나오지 않는 것이다, 나오지 않는다, 나오지 않는다! 거기 머무는 것이다, 머무는 것이다! 설탕 그릇처럼 건조하고 가벼운 질그릇이 마찰하는 듯한 소리가 들렸다. 집단 지성과 창의성이 응축된 케이블은 조용히 회전하면서 개성 있는 시인을 처리했다. 시인의 어머니도 같은 과정을 거쳤다. 그녀에게도 회색 뚜껑이 덮였고, 발데마르가 삽을 들고 흙덩이를 살짝 퍼서 양쪽 무덤에 한 번씩 뿌렸다. 늙은 도박꾼이 울었고 우리는 그를 생각해서 옆으로 돌아섰다. 불도저가 작업하는 동안 그는 무덤 옆에 서 있었다.

메나샤와 나는 리무진 쪽으로 갔다. 지난가을의 낙엽들이 그의 발길에 차였고 그는 안경 너머로 나를 보며 말했다. "이게 뭐지, 찰리, 봄꽃인가?"

"그래요. 이제 봄이 오려나봐요. 이렇게 따뜻한 날이면 모든 것이 열

배는 더 죽은 것처럼 보이죠."

"작은 꽃이 핀 거구나." 메나샤가 말했다. "무뚝뚝하고 나이든 아빠와 공원을 산책하던 아이가 '아빠, 이 꽃 이름이 뭐예요?'라고 물었어. 늙은 아빠는 짜증을 내며 '내가 어떻게 알겠냐? 여자들 모자 만드는 사람도 아닌데?'라고 소리쳤대. 여기 또하나 있네, 그런데 이 꽃은 이름이 뭘까, 찰리?"

"제가 어떻게 아나요." 내가 말했다. "저도 도시에서 자란 사람인데. 크로커스*겠죠."

* 봄에 가장 먼저 피는 붓꽃과 다년생식물.

거대한 물질문화 속의 시정신

미국적 정체성을 함축하는 거대 도시

솔 벨로는 캐나다 몬트리올 부근 라신에서 유대계 러시아 이민자 가정의 사남매 중 막내로 태어났고 본명은 솔로몬 벨로즈였다. 그는 러시아어, 이디시어, 프랑스어, 영어를 동시에 사용하는 언어 환경에서 자랐고, 네 살 때부터 히브리어로 구약을 읽는 전통적 유대가정의 교육을 받았다. 그가 아홉 살 되던 1924년 가족은 시카고로 이주했고 이때 성을 벨로로 바꿨다. 그들은 가난과 싸우며 미국에 뿌리내리는 전형적인 이민가족의 삶을 살았다. 1928년 아버지는 빵공장 노동일을 그만두고 빵공장 오븐에 연료를 공급하는 목재업을 시작했고, 공황기였지만 가족은 그런대로 안락한 생활을 누릴 수 있었다. 형들은 사업으로 부를 축적했으나, 지적이고 문학적 취향이 강했던 벨로는 시카고대학과 노스웨스턴대학에 진학해 인류학과 사회학을 수학했다.

2차세계대전 이후 미국을 대표하는 작가 중 한 명으로 인정받는 솔 벨로는 첫 장편 『허공에 매달린 남자』를 출간한 1944년부터 마지막 장편 『래블스타인』을 발표한 2000년까지 미국의 변화하는 정치적, 문화적, 지성적 특징을 뚜렷하게 반영하는 작품들을 펴냈다. 버나드 맬러머드, 필립 로스와 함께 20세기 후반을 대표하는 유대인 작가로 꼽히기도 하지만, 『오기 마치의 모험』(1953)부터는 미국인의 정체성에 중심을 둔 작품을 쓰기 시작했다. 주인공 오기는 "나는 시카고에서 태어난 미국인이다"라는 말로 무한한 가능성이 열려 있는 장소로서의 미국과 미국인으로서의 정체성을 선언한다. 벨로는 『오기 마치의 모험』 『허조그』(1964), 『샘러 씨의 행성』(1970)으로 전미도서상을 세 차례 수상했고, 『험볼트의 선물』(1975)로 퓰리처상을, 그 이듬해에 "인간에 대한 이해와 현대문화에 대한 섬세한 분석"에 기여한 공로로 노벨문학상을 수상했다.

벨로의 많은 소설은 시카고, 뉴욕 같은 미국의 대도시를 배경으로 삼는다. 인간적 스케일을 압도하는 그 거대함과 물질적 풍요로움, 물질에 대한 집착, 그리고 정신적 공허성을 지닌 도시는 미국적 정체성을 집약한 장소이기도 하다. 그곳에는 소음, 무자비함, 거친 언어 등이 난무하며, 옛것은 가차없이 허물려나가고, 새로운 마천루가 들어선다. 그럼에도 불구하고, 도시의 장관은 벨로의 상상력의 기폭제가 되어 현란한 묘사를 자아낸다.

우리는 미시간 대로를 타고 남쪽으로 갔다. 건설중인 고층건물 옆에 차를 세우자, 불빛들이 부유하는 머리 없는 몸통이 우리를 덮치는 것 같았다. 아래서는 반짝이는 서쪽 하늘을 12월의 이른 어둠이 덮어갔고, 태양은 털이 곤두선 여우처럼 지평선 아래로 뛰어들었다. 진홍색 잔광만이 남아 있었다. 엘 철도 기둥 사이로 그 빛이 보였다. 완공되지 않은 고층건물의 거대한 버팀대들이 검게 변하고, 텅 빈 안쪽은 샴페인 거품을 닮은 전깃불 수천 점으로 채워졌다. 완공된 건물은 이렇게 아름다울 수 없다. (본문 158쪽)

인간이 점유해 만들어낸 이 공간은 그러나 정신적 공허의 표상이기도 하다. 시트린은 플레이보이 클럽에 앉아 텅 빈 미시간호가 황금빛으로 빛나는 것에 대해 "인간은 이 땅의 공백을 극복했다. 그러나 공백은 그 대가로 인간에게 몇 가지 보복을 했다"고 생각한다. 그리고 이제 사람들이 여기, "부와 권력을 향한 아부 한가운데에, 예쁜 여자들과 술과 함께, 맞춤양복에 보석을 착용하고 향수를 뿌린 남자들과 앉아 있"다고. 인간의 정복으로 땅의 공백은 사라진 듯하지만, 그 대신 정신적 공허감을 얻게 된 인간은 그것을 잊기 위해 부와 권력이 가져다줄 수 있는 위안물로 자신을 둘러싸고 있다는 것이다.

그러나 이 현대적이고 거대한 도시는 여러 시간의 층위를 품고 있다. 좀더 거칠었던 과거의 시카고에 대한 회상은 벨로의 문체를 웅변적으로 부풀린다.

더운 밤이면 시카고 사람들은 도시를 몸과 영혼으로 느낀다. 도축장은 철거되어 시카고도 이제 더는 도축의 도시가 아니지만, 밤의 열기 속에서 옛 냄새가 되살아난다. 길가 철도를 따라 수 마일에 걸쳐 늘어선 판자벽 안은 한때 빨간 가죽 찻간으로 가득했었고, 도축장 마당에 들어오려고 기다리는 동물들이 울부짖고 악취를 풍겼다. 옛 악취가 여전히 그 자리에서 떠돌고 있다. 그 냄새는 텅 빈 터로 되돌아와 한숨처럼 뿜어져나오면서 시카고가 한때 도축 기술에서 세계를 선도했고 거기서 수십억 동물이 죽어나갔다는 사실을 우리 모두에게 상기시킨다. (179쪽)

벨로는 분명 미국의 거대함과 공허함과 폭력성에 대적하려 하지만, 동시에 미국의 그러한 모습이 그의 상상력을 폭발적으로 자극한다는 사실은 부인할 수 없다. 『험볼트의 선물』은 두 거대 도시 시카고와 뉴욕을 중심으로 그 속에서 들끓는 인간들의 욕망, 성공, 파멸, 투기, 도박, 사기, 폭력의 틈새를 살아가다 파멸한 시인 험볼트의 성공과 몰락, 사랑과 우정, 그리고 질투와 조울증의 이야기를 다룬다.

이러한 이야기는 소설의 화자이자 주인공인 시트린을 통해 전달된다. 시트린은 성공한, 그러나 아마도 이제는 사양길에 접어든 작가다. 서술의 현재에서는 퓰리처상을 두 번이나 받은 성공한 작가다. 첫번째 퓰리처상을 안겨준 희곡작품 『폰 트렌크』는 연극으로 만들어져 브로드웨이에서 성공을 거두고 영화로도 제작되어 그에게 큰 수익을 안겨주었다. 그러나 그의 부는 그의 의식적 노력으로 만들어진 것이 아니다. 그가 만지는 "큰돈—자본주의의 어둡고 우스꽝스러운 원칙이 만든 돈은 저절로 굴러들어온" 것이다. 그의 희곡은 연출자의 손을 거쳐 대중의 취향에 맞게 손질되어 상업성을 획득한 것이다. 굴러들어온 수입은 전처 데니즈의 끝없는 위자료 추가청구 소송과 그 비용으로 인해 그의 손에 머물 새 없이 빠져나간다.

도시는 다채로운 인물들이 벌이는 기상천외한 사건들의 소용돌이 속으로 주인공을 빨아들이고, 독자들은 타고난 이야기꾼 벨로가 전개하는 역동적 서사의 곡예 속으로 휘말려들게 된다. 이러한 설정도 도시라는 환경 없이는 불가능하다. 소설 초반 군소 마피아 집안 출신으로 하류 깡패인 칸타빌레가 시트린이 애지중지하는 멋진 벤츠 자동차를 때려 부수는 사건이 발생한다. 며칠 전 카드 놀음판에서 시트린이 칸타빌레에게 돈을 잃었는데, 그가 속임수를 썼다는 친구의 귀띔에 시트린이 그에게 써준 수표를 지불정지시킨 데 대한 보복이었다. 칸타빌레의 행패는 여기서 그치지 않고 돈을 받아낸다는 핑계로 그를 여기저기 끌고 다니며 자신이 유명 인사를 마음대로 주무를 수 있다는 것을 과시한다. 시트린이 러시아 목욕탕으로, 플레이보이 클럽으로, 장물아비의 사무실로, 투자회사로 끌려다니는 동안 독자들은 갱스터의 도시로 유명한 시카고의 거친 삶의 모습을 목격하게 된다. 그리고 이러한 빠른 장면 전환과 점증되는 자극의 누적은 도시가 벨로의 소설을 구성하는 원동력임을 보여준다.

화자 찰리 시트린에게는 유럽 이민자의 특징이 아직도 많이 남아 있다. 시트린의 성장기 시카고에는 다문화적 배경의 이민자들이 구역을 이뤄 거주하고 있었다. 원래 우크라이나 키이우 출신이었던 그의 가족은 폴란드인 지역에 살았고, 그는 어릴 적 고가철도 아래서 폴란드인 아이들과 약식야구를 하며 놀았다. 그러나 이제 그가 살던 동네는 허물어져 철거업자의 손길을 기다리고 있고, 시트린에게 이런 광경은 가슴 아픈 것이었다. 그는 과거의 기억에 연연하며, 기억은 곧 사랑이고 영원히 존재할 인간 영혼에 대한 믿음의 표현이라고 믿는 사람이다. 8학년 때 결핵요양소에 입원했던 시절에 대해서는 이렇게 고백한다. "오, 난 두 분을 비정상이라고 할 만큼 끔찍이 사랑했어. 사랑으로 갈가리 찢어지는 것 같았을 정도로. 마음속 깊이. 다시는 집에 돌아가 부모님을 보지 못할까봐 요양소에서 울곤 했어."

이런 구대륙 이민자의 심성을 가진 시트린에 비하여 그의 형 줄리어스는 외향적이고 거칠고 탐욕적이고 유능한 사업가로서 신대륙적 혹은 미국적 감성을 가지고 있다. 그는 어머니의 얼굴이 기억나지 않는다고 말할 정도로 무심하며 표면상으로는 찰리의 지나친 가족애를 부담스러워한다. 이러한 형에 대하여 찰리는 형이 심오한 자질을 가지고 미국 땅에 왔을지도 모르는데, "부유하고 거친 미국인 노릇을 하느라 어느 정도 위상을 잃었다"고 믿는다. "미국은 인간 정신에 대한 가혹한 시련"으로서 "모든 사람을 퇴보시켰"으며 "어떤 더 높은 힘은 정체된 것처럼 보였고, 영혼의 감각적 부분은 물질적 편리에 힘입어 멋대로 움직였다"고 그는 느낀다. 미국은 "일상의 편안함, 동물적 유혹"으로 인간을 타락시키는 거대한 힘이다.

죽음의 한계를 넘어서

『험볼트의 선물』은 이러한 미국 사회에서 시인의 존재 의미는 무엇인지, 그가 할 수 있는 일은 무엇인지를 탐색하는 소설이다. 이 작업은 시트린이 자신의 형성기에 크나큰 영향을 미쳤던 몰락해 죽은 시인을 회상하는 형식으로 이루어진다. 젊은 시절의 험볼트는 시트린이 추구하고자 하는 모든 가치, 즉 높은 이상과 지성, 섬세한 감성, 인간적 정서, 시적 감수성 등 거대한 물질문명에 대적하는 모든 가치를 상징하는 존재였다. 시트린의 멘토이자 우상이었던 그는 대단히 박식한 지성인이었고, 능수능란한 재담가였으며, 장래가 촉망되는 시인이었다. 위스콘신의 대학생이었던 시트린은 그의 시에 매료되어 친구에게 단돈 30여 달러를 빌려서 뉴욕으로 가 그의 옆에 정착했고, 그를 중심으로 한 그리니치빌리지 문인 모임의 일원이 되었으며, 그렇게 문단생활을 시작하게 된다.

그러나 현대라는 환경에서 시인의 가치는 평가절하되어 있다. 고대에는 시가 힘이었고 시인은 물질세계에 대한 진정한 힘을 가졌다. 고대의 시는 시인의 노래가 거대한 돌들을 움직여 성벽을 쌓았다고 읊고 있다. 그러나 현대사회에서 시는 시카고에서 사람을 태워 두 시간 만에 뉴욕에 내려준다거나, 우주선 발사에 관련된 계산을 해내는 과학기술의 힘을 따라갈 수 없다. 이렇게 힘이 없어진 시는 더이상 현대인의 흥미를 끌지 못한다. 전성기의 험볼트의 시는 상징주의 시의 언어와 거리의 언어를 조합했었다. 그는 또한 "시와 과학의 공통 기반을 찾기"를 바랐고 "상상력이 기계만큼 강력하다는 것을 증명하게 되길, 인류를 해방시키고 축복할 수 있게 되길 바랐다". 즉 그는 현대사회에 새로 부상한 요소인 대중성과 과학기술의 요소를 시 안으로 끌어들이고자 했다. 그는 또한 부자가 되고 유명해지길 바랐으며 권력욕도 강했다. 미국이라는 환경은 이러한 세속적 성공의 지표들에 그가 무심할 수 없게 만들었다. 그는 "내가 돈에 아무 관심이 없다면,

나는 어떤 미국인일까"라고 시트린에게 반문한다. 그가 돈을 원하는 이유는 "100만 달러가 있으면, (……) 시 말고는 아무것도 생각하지 않는 자유를 얻을" 것이기 때문이었다. 그는 높은 이상과 소박한 생활을 신조로 삼았던 워즈워스와는 다른 미국적 시인의 역설적 신조를 가졌던 것이다.

험볼트는 프린스턴에서 계약직으로 강의하던 시절 경제적 안정을 도모하기 위해 종신직을 보장받고자 연줄을 동원하고 동료들을 음해하고 계략을 꾸민다. 석좌교수직을 받는 데 성공했다고 믿은 순간 그는 너무 흥분한 나머지 그리니치빌리지에 사는 여대생 지니를 찾아가 끓어오르는 성적 에너지를 방출하려고 막무가내로 덤벼들었다가 결국 성공하지 못하고 돌아선다. 석좌교수직도 기금출연기관 이사들의 반대로 무산된다. 그는 명성이 조금씩 기울면서 조울증과 피해망상, 의처증에 시달리게 된다. 후배 시트린의 성공에 시기심이 발동해 〈폰 트렌크〉가 상연되는 극장 앞에서 "이 연극의 작가는 배신자다"라고 쓴 피켓을 들고 시위까지 벌인다. 시트린이 자신에게서 '폰 트렌크'라는 인물의 영감을 받았고, 자신의 개성을 훔쳐가 주인공을 만드는 데 썼다는 것이다.

이렇게 인간적 약점이 많은 험볼트였으나, 시트린은 그가 지닌 본질적 심성의 아름다움을 간과하지 않는다. "험볼트는 미쳤을 때도 어느 정도 고상함이 있었다. (……) 험볼트는 예술을 깊이 사랑했다. 그래서 우리는 그를 사랑했다. 극도로 황폐해졌을 때도 험볼트 안에는 부패할 수 없는, 썩지 않는 곳이 있었다"고 그는 평한다.

그러나 그는 또한 험볼트의 몰락의 이유를 냉정하게 진단한다. 시의 무기력한 모습에 절망한 험볼트는 시인이 해야 할 새로운 것, 필요한 것을 찾지 못하고, "나약함에 자신을 내던지고 비참함의 영웅이 되었다"는 것이다. 시트린은 그가 "'미국 예술가의 고뇌'를 연기하고" 있는 "시인의 형상"이었을 뿐이라고까지 말한다. 그리고 그의 처신은 결국 미합중국이 주장하는 바를 확인해주었다. 즉 "친애하는 미국인들이여, 들어라. 당신들이 물질주의와 정상적인 삶의 추구를 저버린다면 저 불쌍한 미치광이처럼 결국 벨뷰에 가게 될 것이다"라는 주장을.

험볼트는 그의 빛나는 시들이 출판된 지 삼십 년이 지난 1960년대 어느 날 뉴욕의 한 싸구려 호텔에서 심장마비로 초라한 죽음을 맞는다. 몰락해가던 험볼트는 시트린이 정신병 발작을 일으키기 시작한 그의 치료를 돕기 위해 벌인 모금운동까지 횡령으로 몰아간다. 그리고 헌신적이던 아내 캐슬린이 불륜을 저지른다는 망상에 사로잡혀 그 뒤를 캐는 일에 모금으로 마련된 치료비를 탕진한다. 견디다 못한 캐슬린은 결국 그의 곁을 떠나고, 배신자로 정의된 시트린은 그의 곁에 남아 있을 수가 없다. 그후 그는 더 급속도로 파멸을 향해 치닫는다.

시트린은 험볼트가 죽은 지 칠 년 후에, 그가 자기와 캐슬린에게 두 편의 원고를 남겼다는 사실을 알게 된다. 그중 하나는 그들이 프린스턴에서 같이 교편을 잡던 시절 심심풀이로 쓴 시나리오의 개요로서, 북극을 비행하다가 추락해 유빙 위에서 표류하면서 살아남게 된 칼도프레도라는 이탈리아 탐험가의 이야기였다. 그는 생존을 위하여 인육을 먹고 견뎌야 했으며, 이 사실을 감추고 숨어 살다가 말년에 그 비밀이 드러나자 마을 사람들 앞에서 참회하고, 콜로노스의 오이디푸스처럼 저주받았으나, 저주에서 풀려나 평안을 찾게 된다. 노인 칼도프레도의 모습은 험볼트가 진정한 친구와 아내를 질시와 질투의 망상으로 내치고 절망 속에서 경험한 참회의 감정을 대변한다.

이 작품은 작가들도 모르는 사이 영화화되어 전 세계적으로 흥행하고 있었다. 그리하여 소송으로 빈털터리가 된 시트린은 원고의 저작권을 주장해 큰돈을 벌 수 있게 된다. 죽음 직전 험볼트가 맑은 정신으로 꼼꼼한 장치를 마련해놓은 덕분이었다. 이것은 그야말로 무덤에서 보낸 험볼트의 선물이었다. 그는 이 참회의 증거로 시트린에게 용서를 구하고 뒷일을 부탁하고 있었다.

또하나의 원고 역시 시나리오 개요로서 시트린이 『폰 트렌크』에서 험볼트를 모델로 했듯이, 험볼트가 시트린을 모델로 쓴 작품이다. 작품 속의 작가 코코란은 아내에게 병든 아버지를 맡긴 채 연인과 함께 꿈같은 여행을 한 후 그것을 토대로 아름다운 작품을 쓰게 된다. 그러나 그것을 그대로 출판하면 아내에게 불륜 사실이 발각될까봐 망설인다. 작품의 가능성을 알아본 출판업자는 코코란에게 연인과 했던 똑같은 여행을 아내와 반복하도록 한 후 작품을 출판한다. 그러나 아내는 작품 속의 여인이 자신이 아니라는 것을 간파하고 그를 떠나며, 연인 또한 자신들의 신성한 순간을 그가 다른 여자와 반복했다는 사실에 정이 떨어져 떠나버린다. 사실 아내를 버릴 수도 없고, 연인을 떠날 수도 없고, 저술을 포기할 수도 없어서 감행한 이 일로 그는 큰 성공을 이루지만, 두 여인을 모두 잃는다. 칼도프레도 영화로 성공을 거둔 제작자들은 이 시나리오의 영화 제작에도 관심을 가지고 검토료를 지불한다.

험볼트를 떠난 후 재혼했던 남편도 잃고 영화계 일을 하게 된 캐슬린에게도 험볼트의 유산은 경제적 안정을 가져다준다. 이것은 험볼트가 무덤에서 보낸 사죄의 몸짓이다.

시트린은 죽은 험볼트의 삶을 회상하는 과정에서 그가 겪었던 시행착오들을 자신이 어느 정도 반복하고 있음을 깨닫는다. 험볼트가 젊은 여자도 시인인 자신과의 성적 관계를 원할 거라는 터무니없는 허영심을 가졌다면, 시트린 역시 오십대의 자신이 삼십대의 멋진 이혼녀 레나타와의 관계를 문제없이 이어나가리라는 환상을 품고 있다. 그러나 결국 유럽 여행에서 그는 그녀에게 버림받고, 그녀가 다른 남자와 신혼여행을 하는 사이 그녀의 아들 로저까지 돌봐야 하는 처량한 신세가 된다. 이러한 극도의 추락을 경험하고서야 그는 명상과 자성으로 스스로의 망상에서 빠져나오는 시간을 갖게 된다. 그리고 자기에게 맡겨진 로저에게 연민을 느끼며 그를 사랑으로 돌본다. 시트린은 판사가 자신의 결혼생활에 대한 보헤미안적 태도를 나무라며 유럽 여행을 떠나려는 그에게 그것이 도피 수단일 수도 있으니 20만 달러의 보증금을 내라고 판결했을 때, 험볼트가 경찰에 붙잡혀 벨뷰병원으로 이송될 때 느꼈음직한 발작적 감정을 경험한다. 시트린이 험볼트의 결점들을 풍자적 시각으로 묘사했다면, 자기 자신에 대해서도 그 시선을 똑같이 적용한다. 인간은 누구나 어리석음을 범할 수 있지만 용서받을 수 있고, 그들이 추구하던 소중한 세계가 있었다면 그것은 사후에도 완성되어야 한다는 것이 시트린의 생각이다.

별 예술적 가치가 없어 보이던 험볼트의 선물, 시나리오 작품들은 의외로 높은 시장성을 인정받아 결국 시트린은 엉뚱한 계기로 "자본주의의 어둡고 우스꽝스러운 원칙이 만든" 돈을 또다시 손에 넣어 곤궁에서 벗어난다. 어떤 상황에서도 탈출에 성공한 위스콘신의 애플턴 출신의 동향인 후디니처럼 시트린은 예측하지 못한 재난에서 예측하지 못한 방법으로 탈출한다.

그의 확고한 신념 중의 하나는 인간의 영혼이 불멸이며 삶은 무덤에서 끝나는 것이 아니라는 것이다. 그러므로 죽은 이들의 시신을 귀하게 매장하고, 그 유업을 계승하고, 그 유지를 받드는 것이 시트린에게는 소중하다. 그는 험볼트가 무덤에서 보낸 선물로 벌게 된 돈으로 험볼트와 그의 어머니를 초라한 무덤에서 품격 있는 묘소로 이장한다. 그리고 자신에게 험볼트의 유고를 전해준 험볼트의 외삼촌 발데마르와 룸메이트 메나샤를 누추한 양로원에서 깨끗한 아파트로 옮겨 살 수 있게 도와준다. 그들은 꿈을 이루지 못한 인생, 실패한 인생을 살았으나, 순수한 영혼을 가진 사람들이다. 이승에서의 삶을 끝으로 보지 않고 영원 속으로 확장되는 삶을 상상하는 시트린은 그들의 불완전하고 초라한 삶을 보완하는 역할을 한다. 존재를 고립이 아닌 다른 존재들과의 연결을 통해 완성되는 것으로 보기에 가능한 일이다.

험볼트가 죽고 난 뒤 시트린은 험볼트의 재능에 대한 흠모와, 그가 추구하던 세계에 대한 공감과 그들이 공유했던 시간들을 잊지 못하며, 험볼트가 추구했으나 완성하지 못한 과업을 완성할 책임이 있다고 느낀다. 비록 험볼트는 실패하고 파멸했지만, 시트린은 거대한 물질세계에 압도된 인간들을 상상력의 힘으로 재생시키려 했던 험볼트의 노력과 그것의 가치를 가슴으로부터 인정하기에 이른다. 이제 혼자 남은 그는 험볼트가 시도했으나 이루지 못한 일, "이 시대에 재능을 어떻게 해야 할지, (……) 영혼의 나병을 어떻게 예방할 것인지"를 모색하고자 한다.

결국 시트린은 그들이 장난삼아 만든 대중예술작품의 상업적 성공 덕분에 좀더 고차원적인 지적 활동을 할 수 있는 시간과 험볼트가 소중히 여기던 사람들에게 봉사할 자유를 얻게 된다. 험볼트는 평생 원해왔던 꿈, 시를 쓰기 위한 자유를 보장할 일확천금의 꿈을 시트린을 위해 무덤 속에서 성취한 셈이다. 대중문화 시대인 현대의 관점에서 보면 고급문화가 대중문화로 거듭나고, 대중문화와 고급문화가 접목되고, 대중문화에 실려 고급문화가 살아남는 현상은 드물지 않다. 벨로는 이러한 대중문화와 고급문화의 협업관계를 이미 예측했던 것일까? 혹은 부조리한 인간 세상을 엉뚱한 방식으로 조정해가는 신비적 힘의 존재를 암시했던 것일까? 혹은 "자본주의의 어둡고 우스꽝스러운 원칙"이 만들어내는 운명의 아이러니를 그린 것일까?

시트린의 젊고 멋진 애인은 이와 같이 영혼의 삶과 미래를 향한 꿈을 가지고 살아가는 시트린을 버리고 돈 많은 장의사 프론제일리와 결혼한다. 그녀에게 필요한 것은 경제적 안정을 얻는 것, 그리고 결혼이라는 제도권 안에서 지위를 확보하는 것이었다. 장의사는 죽음을 하나의 물리적 현상으로 파악하고 그것을 처리하는 죽음의 최종성을 상징하는 직업이다. 레나타의 결혼은 영혼의 삶을 버리고 물질적 삶과 그것의 최종성을 선택한 상징적 행위다. 후디니의 탈출행위는 공간적 행위지만, 그것은 죽음을 담보한 상황에서의 필사적 탈출이기도 했다. 땅속에 묻히고도 빠져나온 후디니는 차르의 러시아에서 비밀경찰들에 의해 발가벗겨져 시베리아로 추방되는 죄수들을 태우는 강철 기차 화물칸에 갇혔으나 그곳에서도 탈출했다. 이와 같이 온갖 사경에서 탈출하는 후디니는 인간에 대한 기억과 애정과 이해와 충성심으로 떠나간이들을 기리며 공동체와 삶의 영원함을 믿고 실천함으로써 죽음의 한계를 극복하려는 시트린의 노력을 상징적으로 대변한다.

전수용

1915년 6월 10일, 캐나다 퀘백주 라신에서 러시아계 유대인 이민자 부부 에이브러햄 벨로즈와 라이자 벨로즈의 사남매 중 막내로 태어남. 본명은 솔로몬 벨로즈Solomon Bellows.

1918년 가족과 퀘백주 몬트리올로 이사.

1923년 해리엇 비처 스토의 『톰 아저씨의 오두막』을 읽고 작가가 되기로 결심.

1924년 미국 일리노이주 시카고로 이주. 아버지는 제빵사, 양파 수입업자로 일하며 석탄 배달, 주류 밀매 등으로 생계를 꾸림.

1930년 새빈중학교 졸업.

1933년 툴리고등학교 졸업. 재학 시절, 나중에 작가가 된 아이작 로즌펠드와 철학과 문학에 몰두했는데, 벨로는 특히 셰익스피어와 19세기 러시아 소설에 심취함. 어머니가 50세를 일기로 사망. 9월, 시카고대학교 입학.

1934년 시카고대학교에서 영문학을 수강하지만 교수들에게 좋은 평가를 받지 못해 실망함.

1935년 노스웨스턴대학교 전학. 영문학과에서 유대인에 대한 편견을 느껴 인류학 및 사회학으로 전과.

1936년 노스웨스턴대학교 대학신문 소설 공모에 단편을 기고해 3등상 수상. 솔로몬 벨로즈에서 솔 벨로로 개명.

1937년 노스웨스턴대학교 졸업. 위스콘신대학교 대학원에 장학생으로 입학. 인류학을 전공하지만 학업에 만족하지 못함. 12월, 애니타 고시킨과 결혼. 가족의 반대를 무릅쓰고 작가가 되기로 결심.

1938년 학업을 중단하고 시카고로 돌아옴. 페스탈로치-프뢰벨사범대학에서 인류학과 영문학 강의.

1940년 D. H. 로렌스의 여행기 『멕시코의 아침*Mornings in Mexico*』을 읽고 멕시코를 여행함.

1941년 미국인으로 귀화. 〈파르티잔 리뷰〉에 첫 단편 「두 개의 아침 독백*Two Morning Monologues*」 발표.

1942년 〈파르티잔 리뷰〉에 단편 「멕시코 장군*The Mexican General*」 발표.

1943년 브리태니커백과사전 편집에 참여.

1944년 첫 장편 『허공에 매달린 남자*Dangling Man*』 출간. 4월, 장남 그레고리 태어남.

1946년 1948년까지 미네소타대학교에서 문학과 창작 강의.

1947년 유대인과 비유대인의 관계를 다룬 장편 『피해자*The Victim*』 출간. 미니애폴리스 프로스펙트파크의 오래된 저택으로 이사.

1948년 단편 「펩 박사의 설교*Sermon of Dr. Pep*」 발표. 구겐하임펠로십을 받고 이 년 동안 유럽 여행. 파리에서 장편 『오기 마치의 모험*The Adventures of Augie March*』 집필 시작.

1950년 귀국 후 뉴욕대학교에서 강의.

1951년 단편 「그린 씨를 찾아서*Looking for Mr. Green*」 「바위 앞에서*By the Rock*」 발표.

1952년 프린스턴대학교에서 강의.

1953년 『오기 마치의 모험』 출간. 아이작 싱어의 단편 「바보 김펠*Gimpel the Fool*」(1945)을 번역해 〈파르티잔 리뷰〉에 소개. 바드대학교에서 문학 강의.

1954년 『오기 마치의 모험』으로 전미도서상 수상. 유대인 소년의 모험을 그린 이 소설의 성공으로 작가로서 자리매김함. 미네소타대학교 교수로 임용됨.

1955년 아버지가 74세를 일기로 사망.

1956년 장편 『오늘을 잡아라*Seize the Day*』 출간. 단편 「아버지가 될 사람*A Father-to-Be*」 「곤자가의 유고*The Gonzaga Manuscripts*」 발표. 애니타 고시킨과 이혼 후 러시아 태생의 미국 화가 나훔 차크바소프의 딸 알렉산드라와 재혼. 친구 아이작 로즌펠드 사망.

1957년 차남 애덤 태어남. 가을에 시카고로 돌아옴.

1958년 단편 「노란 집을 떠나며*Leaving the Yellow House*」 발표. 미네소타대학교에서 강의.

1959년 장편 『비의 왕 핸더슨*Henderson the Rain King*』 출간. 포드재단의 지원금을 받음. 두번째 아내 알렉산드라와 이혼.

1960년 미 국무성의 지원으로 석 달 동안 유럽에서 문학 강의.

1961년 푸에르토리코대학교에서 문학과 창작 강의. 수전 글래스먼과 세번째 결혼. 겨울에 시카고로 돌아옴.

1962년 시카고대학교에서 홍보학 강의. 인문학대학원에 해당하는 '사회사상위원회Committee on Social Thought' 교수로 임용된 후 삼십여년 재직. 1970~1976년 위원장 역임.

1963년 『유대인 대표작가 단편선』 편집 출간.

1964년 장편 『허조그*Herzog*』를 출간하여 큰 성공을 거둠. 희곡 『마지막 분석*The Last Analysis*』 상연. 삼남 대니얼 태어남. 세번째 아내 수전과 이혼.

1965년 『허조그』로 두번째 전미도서상 수상. 희곡 『오렌지 수플레*Orange Soufflé*』 『위기 탈출*Out from Under*』 『거대도시*A Wen*』 오프브로드웨이 상연.

1967년 단편 「낡은 제도*The Old System*」 발표. 〈뉴스데이〉 신문사 요청으로 이스라엘 '6일전쟁' 취재.

1968년 유대문화유산상 수상. 단편집 『모즈비의 회고록*Mosby's Memoirs, and Other Stories*』 출간.

1969년 미국예술과학아카데미AAAS 회원으로 선임됨.

1970년 『샘러 씨의 행성*Mr. Sammler's Planet*』 출간. 뉴욕대학교에서 명예박사학위를 받음. 예루살렘히브리대학교 초청으로 이스라엘 방문.

1971년 『샘러 씨의 행성』으로 세번째 전미도서상을 수상하며 전무후무한 기록을 세움.

1972년 하버드대학교와 예일대학교에서 명예박사학위를 받음.

1974년 단편 「제트랜드: 성격증인의 증언*Zetland: By a Character Witness*」 발표. 루마니아 태생의 노스웨스턴대학교 수학과 교수 알렉산드라 바그다사르와 네번째 결혼.

1975년 장편 『험볼트의 선물*Humboldt's Gift*』 출간. 석 달의 안식월 동안 아내와 이스라엘, 유럽 여행.

1976년 노벨문학상 수상. 『험볼트의 선물』로 퓰리처상 수상. 『예루살렘을 다녀오다: 개인의 기록*To Jerusalem and Back: A Perconal Account*』 출간.

1977년 제퍼슨인문학회 초청으로 워싱턴에서 강의. 미국문예아카데미 소설 부문 금메달 수훈. 미국예술과학아카데미 에머슨소로메달 수훈.

1978년 단편 「은접시*A Silver Dish*」 발표. 장모의 임종을 보기 위해 루마니아 부쿠레슈티 방문.

1980년 오헨리상 수상.

1982년 장편 『학생처장의 12월*The Dean's December*』 출간.

1984년 이탈리아 말라파르테문학상 수상. 단편 「사촌들*Cousins*」 「어떻게 지냈나요?*What Kind of Day You Have?*」 발표. 단편집 『말실수하는 남자*Him with His Foot in His Mouth and Other Stories*』 출간.

1985년 네번째 아내 알렉산드라와 이혼.

1986년 세인트루이스문학상 수상.

1987년 장편 『실연으로 인한 죽음*More Die of Heartbreak*』 출간.

1988년 커먼웰스상 수상. 국가예술훈장 수훈.

1989년 펜/맬러머드상 수상. 페기 헬머리치 저명작가상 수상. 중편 『도둑질*A Theft*』 『벨라로사 커넥션*The Bellarosa Connection*』 출간. 비서였던 재니스 프리드먼과 다섯번째 결혼.

1990년 전미도서재단 공로훈장 수훈.

1991년 중편집 『나를 기억하게 하는 것*Something to Remember Me By: Three Tales*』 출간. 루스 밀러가 집필한 『솔 벨로: 상상력에 관한 전기*Saul Bellow: A Biography of the Imagination*』 출간.

1992년 시카고대학교 사회사상위원회 소속 동료 교수이며 절친한 친구였던 앨런 블룸 사망.

1993년 시카고를 떠나 매사추세츠주 브루클라인으로 이사. 보스턴대학교에서 강의.

1994년 산문집 『총정리: 희미한 과거부터 불확실한 미래까지*It All Adds Up: From the Dim Past to the Uncertain Future*』 출간.

1995년 12월, 시카고대학교 특강을 위해 시카고 방문.

1997년 중편 『진실*The Actual*』 출간.

1998년 미국철학협회 회원으로 선임됨.

1999년 외동딸 나오미 로즈 태어남.

2000년 앨런 블룸을 애도하며 쓴 전기적 장편 『래블스타인*Ravelstein*』 출간. 보스턴대학교 명예교수로 추대됨.

2001년 생전의 마지막 작품집 『단편선*Collected Stories*』 출간.

2005년 4월 5일, 매사추세츠주 브루클라인의 자택에서 89세를 일기로 영면. 버몬트주 브래틀버러에 있는 유대인 묘지에 안장됨.

문학동네 세계문학전집 발간에 부쳐

세계문학은 국민문학 혹은 지역문학을 떠나 존재하는 문학이 아니지만 그것들의 총합도 아니다. 세계문학이라는 용어에는 그 나름의 언어와 전통을 갖고 있는 국민문학이나 지역문학의 존재를 인정하면서 그것을 넘어서는 문학의 보편적 질서에 대한 관념이 새겨져 있다. 그 용어를 처음 고안한 19세기 유럽인들은 유럽문학을 중심으로 그 질서를 구축했지만 풍부한 국민문학의 전통을 가지고 있는 현대의 문학 강국들은 나름의 방식으로 세계문학을 이해하면서 정전(正典)의 목록을 작성하고 또 수정한다.

한국에서도 세계문학 관념은 우리 사회와 문화의 변화 속에서 거듭 수정돼왔다. 어느 시기에는 제국 일본의 교양주의를 반영한 세계문학 관념이, 어느 시기에는 제3세계 민족주의에 동조한 세계문학 관념이 출현했고, 그러한 관념을 실천한 전집물이 출판됐다. 21세기 한국에 새로운 세계문학전집이 필요하다는 것은 명백하다. 우리의 지성과 감성의 기준에 부합하는 세계문학을 다시 구상할 때가 되었다.

문학동네 세계문학전집은 범세계적으로 통용되는 고전에 대한 상식을 존중하면서도 지난 반세기 동안 해외 주요 언어권에서 창작과 연구의 진전에 따라 일어난 정전의 변동을 고려하여 편성되었다. 그래서 불멸의 명작은 물론 동시대 세계의 중요한 정치·문화적 실천에 영감을 준 새로운 작품들을 두루 포함시켰다.

창립 이후 지금까지 한국문학 및 번역문학 출판에서 가장 전문적이고 생산적인 그룹을 대표해온 문학동네가 그간 축적한 문학 출판 경험을 바탕으로 새로운 세계문학전집을 펴낸다. 인류가 무지와 몽매의 어둠 속을 방황하면서도 끝내 길을 잃지 않은 것은 세계문학사의 하늘에 떠 있는 빛나는 별들이 길잡이가 되어주었기 때문이다. 우리가 자부심과 사명감 속에서 그리게 될 이 새로운 별자리가 독자들의 관심과 애정에 힘입어 우리 모두의 뿌듯한 자산이 되기를 소망한다.

문학동네 세계문학전집 편집위원

민은경, 박유하, 변현태, 송병선, 이재룡, 홍길표, 남진우, 황종연

세계문학전집 244
험볼트의 선물

초판 인쇄 2024년 3월 25일
초판 발행 2024년 4월 5일

지은이 솔 벨로 | 옮긴이 전수용

책임편집 김혜정 | 편집 박경리 이희연 황문정
디자인 김문비 유현아 | 저작권 박지영 형소진 최은진 서연주 오서영
마케팅 정민호 서지화 한민아 이민경 안남영 왕지경 황승현 김혜원 김하연 김예진
브랜딩 함유지 함근아 고보미 박민재 김희숙 박다솔 조다현 정승민 배진성
제작 강신은 김동욱 이순호 | 제작처 영신사

펴낸곳 (주)문학동네 | 펴낸이 김소영
출판등록 1993년 10월 22일 제2003-000045호
주소 10881 경기도 파주시 회동길 210
전자우편 editor@munhak.com | 대표전화 031) 955-8888 | 팩스 031) 955-8855
문의전화 031) 955-1927(마케팅) 031) 955-1904(편집)
문학동네카페 http://cafe.naver.com/mhdn
인스타그램 @munhakdongne | 트위터 @munhakdongne
북클럽문학동네 http://bookclubmunhak.com

ISBN 978-89-546-9896-2 04840
978-89-546-0901-2 (세트)

잘못된 책은 구입하신 서점에서 교환해드립니다.
기타 교환 문의 031) 955-2661, 3580

www.munhak.com

1, 2, 3 안나 카레니나 레프 톨스토이 | 박형규 옮김
4 판탈레온과 특별봉사대 마리오 바르가스 요사 | 송병선 옮김
5 황금 물고기 J. M. G. 르 클레지오 | 최수철 옮김
6 템페스트 윌리엄 셰익스피어 | 이경식 옮김
7 위대한 개츠비 F. 스콧 피츠제럴드 | 김영하 옮김
8 아름다운 애너벨 리 싸늘하게 죽다 오에 겐자부로 | 박유하 옮김
9, 10 파우스트 요한 볼프강 폰 괴테 | 이인웅 옮김
11 가면의 고백 미시마 유키오 | 양윤옥 옮김
12 킴 러디어드 키플링 | 하창수 옮김
13 나귀 가죽 오노레 드 발자크 | 이철의 옮김
14 피아노 치는 여자 엘프리데 옐리네크 | 이병애 옮김
15 1984 조지 오웰 | 김기혁 옮김
16 벤야멘타 하인학교 - 야콥 폰 군텐 이야기 로베르트 발저 | 홍길표 옮김
17, 18 적과 흑 스탕달 | 이규식 옮김
19, 20 휴먼 스테인 필립 로스 | 박범수 옮김
21 체스 이야기·낯선 여인의 편지 슈테판 츠바이크 | 김연수 옮김
22 왼손잡이 니콜라이 레스코프 | 이상훈 옮김
23 소송 프란츠 카프카 | 권혁준 옮김
24 마크롤 가비에로의 모험 알바로 무티스 | 송병선 옮김
25 파계 시마자키 도손 | 노영희 옮김
26 내 생명 앗아가주오 앙헬레스 마스트레타 | 강성식 옮김
27 여명 시도니가브리엘 콜레트 | 송기정 옮김
28 한때 흑인이었던 남자의 자서전 제임스 웰든 존슨 | 천승걸 옮김
29 슬픈 짐승 모니카 마론 | 김미선 옮김
30 피로 물든 방 앤절라 카터 | 이귀우 옮김
31 숨그네 헤르타 뮐러 | 박경희 옮김
32 우리 시대의 영웅 미하일 레르몬토프 | 김연경 옮김
33, 34 실낙원 존 밀턴 | 조신권 옮김
35 복낙원 존 밀턴 | 조신권 옮김
36 포로기 오오카 쇼헤이 | 허호 옮김
37 동물농장·파리와 런던의 따라지 인생 조지 오웰 | 김기혁 옮김
38 루이 랑베르 오노레 드 발자크 | 송기정 옮김
39 코틀로반 안드레이 플라토노프 | 김철균 옮김
40 어두운 상점들의 거리 파트릭 모디아노 | 김화영 옮김
41 순교자 김은국 | 도정일 옮김
42 젊은 베르테르의 슬픔 요한 볼프강 폰 괴테 | 안장혁 옮김
43 더블린 사람들 제임스 조이스 | 진선주 옮김
44 설득 제인 오스틴 | 원영선, 전신화 옮김
45 인공호흡 리카르도 피글리아 | 엄지영 옮김
46 정글북 러디어드 키플링 | 손향숙 옮김
47 외로운 남자 외젠 이오네스코 | 이재룡 옮김
48 에피 브리스트 테오도어 폰타네 | 한미희 옮김
49 둔황 이노우에 야스시 | 임용택 옮김
50 미크로메가스·캉디드 혹은 낙관주의 볼테르 | 이병애 옮김

51, 52 염소의 축제 마리오 바르가스 요사 | 송병선 옮김
53 고야산 스님·초롱불 노래 이즈미 교카 | 임태균 옮김
54 다니엘서 E. L. 닥터로 | 정상준 옮김
55 이날을 위한 우산 빌헬름 게나치노 | 박교진 옮김
56 톰 소여의 모험 마크 트웨인 | 강미경 옮김
57 카사노바의 귀향·꿈의 노벨레 아르투어 슈니츨러 | 모명숙 옮김
58 바보들을 위한 학교 사샤 소콜로프 | 권정임 옮김
59 어느 어릿광대의 견해 하인리히 뵐 | 신동도 옮김
60 웃는 늑대 쓰시마 유코 | 김훈아 옮김
61 팔코너 존 치버 | 박영원 옮김
62 한눈팔기 나쓰메 소세키 | 조영석 옮김
63, 64 톰 아저씨의 오두막 해리엇 비처 스토 | 이종인 옮김
65 아버지와 아들 이반 투르게네프 | 이항재 옮김
66 베니스의 상인 윌리엄 셰익스피어 | 이경식 옮김
67 해부학자 페데리코 안다아시 | 조구호 옮김
68 긴 이별을 위한 짧은 편지 페터 한트케 | 안장혁 옮김
69 호텔 뒤락 애니타 브루크너 | 김정 옮김
70 잔해 쥘리앵 그린 | 김종우 옮김
71 절망 블라디미르 나보코프 | 최종술 옮김
72 더버빌가의 테스 토머스 하디 | 유명숙 옮김
73 감상소설 미하일 조셴코 | 백용식 옮김
74 빙하와 어둠의 공포 크리스토프 란스마이어 | 진일상 옮김
75 쓰가루·석별·옛날이야기 다자이 오사무 | 서재곤 옮김
76 이인 알베르 카뮈 | 이기언 옮김
77 달려라, 토끼 존 업다이크 | 정영목 옮김
78 몰락하는 자 토마스 베른하르트 | 박인원 옮김
79, 80 한밤의 아이들 살만 루슈디 | 김진준 옮김
81 죽은 군대의 장군 이스마일 카다레 | 이창실 옮김
82 페레이라가 주장하다 안토니오 타부키 | 이승수 옮김
83, 84 목로주점 에밀 졸라 | 박명숙 옮김
85 아베 일족 모리 오가이 | 권태민 옮김
86 폭풍의 언덕 에밀리 브론테 | 김정아 옮김
87, 88 늦여름 아달베르트 슈티프터 | 박종대 옮김
89 클레브 공작부인 라파예트 부인 | 류재화 옮김
90 P세대 빅토르 펠레빈 | 박혜경 옮김
91 노인과 바다 어니스트 헤밍웨이 | 이인규 옮김
92 물방울 메도루마 슌 | 유은경 옮김
93 도깨비불 피에르 드리외라로셸 | 이재룡 옮김
94 프랑켄슈타인 메리 셸리 | 김선형 옮김
95 래그타임 E. L. 닥터로 | 최용준 옮김
96 캔터빌의 유령 오스카 와일드 | 김미나 옮김
97 만(卍)·시게모토 소장의 어머니 다니자키 준이치로 | 김춘미, 이호철 옮김
98 맨해튼 트랜스퍼 존 더스패서스 | 박경희 옮김
99 단순한 열정 아니 에르노 | 최정수 옮김

100 열세 걸음 모옌 | 임홍빈 옮김
101 데미안 헤르만 헤세 | 안인희 옮김
102 수레바퀴 아래서 헤르만 헤세 | 한미희 옮김
103 소리와 분노 윌리엄 포크너 | 공진호 옮김
104 곰 윌리엄 포크너 | 민은영 옮김
105 롤리타 블라디미르 나보코프 | 김진준 옮김
106, 107 부활 레프 톨스토이 | 박형규 옮김
108, 109 모래그릇 마쓰모토 세이초 | 이병진 옮김
110 은둔자 막심 고리키 | 이강은 옮김
111 불타버린 지도 아베 고보 | 이영미 옮김
112 말라볼리아가의 사람들 조반니 베르가 | 김운찬 옮김
113 디어 라이프 앨리스 먼로 | 정연희 옮김
114 돈 카를로스 프리드리히 실러 | 안인희 옮김
115 인간 짐승 에밀 졸라 | 이철의 옮김
116 빌러비드 토니 모리슨 | 최인자 옮김
117, 118 미국의 목가 필립 로스 | 정영목 옮김
119 대성당 레이먼드 카버 | 김연수 옮김
120 나나 에밀 졸라 | 김치수 옮김
121, 122 제르미날 에밀 졸라 | 박명숙 옮김
123 현기증. 감정들 W. G. 제발트 | 배수아 옮김
124 강 동쪽의 기담 나가이 가후 | 정병호 옮김
125 붉은 밤의 도시들 윌리엄 버로스 | 박인찬 옮김
126 수고양이 무어의 인생관 E. T. A. 호프만 | 박은경 옮김
127 맘브루 R. H. 모레노 두란 | 송병선 옮김
128 익사 오에 겐자부로 | 박유하 옮김
129 땅의 혜택 크누트 함순 | 안미란 옮김
130 불안의 책 페르난두 페소아 | 오진영 옮김
131, 132 사랑과 어둠의 이야기 아모스 오즈 | 최창모 옮김
133 페스트 알베르 카뮈 | 유호식 옮김
134 다마세누 몬테이루의 잃어버린 머리 안토니오 타부키 | 이현경 옮김
135 작은 것들의 신 아룬다티 로이 | 박찬원 옮김
136 시스터 캐리 시어도어 드라이저 | 송은주 옮김
137 고독한 산책자의 몽상 장자크 루소 | 문경자 옮김
138 용의자의 야간열차 다와다 요코 | 이영미 옮김
139 세기아의 고백 알프레드 드 뮈세 | 김미성 옮김
140 햄릿 윌리엄 셰익스피어 | 이경식 옮김
141 카산드라 크리스타 볼프 | 한미희 옮김
142 이 글을 읽는 사람에게 영원한 저주를 마누엘 푸익 | 송병선 옮김
143 마음 나쓰메 소세키 | 유은경 옮김
144 바다 존 밴빌 | 정영목 옮김
145, 146, 147, 148 전쟁과 평화 레프 톨스토이 | 박형규 옮김
149 세 가지 이야기 귀스타브 플로베르 | 고봉만 옮김
150 제5도살장 커트 보니것 | 정영목 옮김
151 알렉시 · 은총의 일격 마르그리트 유르스나르 | 윤진 옮김

152 말라 온다 알베르토 푸겟 | 엄지영 옮김
153 아르세니예프의 인생 이반 부닌 | 이항재 옮김
154 오만과 편견 제인 오스틴 | 류경희 옮김
155 돈 에밀 졸라 | 유기환 옮김
156 젊은 예술가의 초상 제임스 조이스 | 진선주 옮김
157, 158, 159 카라마조프가의 형제들 표도르 도스토옙스키 | 김희숙 옮김
160 진 브로디 선생의 전성기 뮤리얼 스파크 | 서정은 옮김
161 13인당 이야기 오노레 드 발자크 | 송기정 옮김
162 하지 무라트 레프 톨스토이 | 박형규 옮김
163 희망 앙드레 말로 | 김웅권 옮김
164 임멘 호수·백마의 기사·프시케 테오도어 슈토름 | 배정희 옮김
165 밤은 부드러워라 F. 스콧 피츠제럴드 | 정영목 옮김
166 야간비행 앙투안 드 생텍쥐페리 | 용경식 옮김
167 나이트우드 주나 반스 | 이예원 옮김
168 소년들 앙리 드 몽테를랑 | 유정애 옮김
169, 170 독립기념일 리처드 포드 | 박영원 옮김
171, 172 닥터 지바고 보리스 파스테르나크 | 박형규 옮김
173 싯다르타 헤르만 헤세 | 권혁준 옮김
174 야만인을 기다리며 J. M. 쿳시 | 왕은철 옮김
175 철학편지 볼테르 | 이봉지 옮김
176 거지 소녀 앨리스 먼로 | 민은영 옮김
177 창백한 불꽃 블라디미르 나보코프 | 김윤아 옮김
178 슈틸러 막스 프리슈 | 김인순 옮김
179 시핑 뉴스 애니 프루 | 민승남 옮김
180 이 세상의 왕국 알레호 카르펜티에르 | 조구호 옮김
181 철의 시대 J. M. 쿳시 | 왕은철 옮김
182 카시지 조이스 캐럴 오츠 | 공경희 옮김
183, 184 모비 딕 허먼 멜빌 | 황유원 옮김
185 솔로몬의 노래 토니 모리슨 | 김선형 옮김
186 무기여 잘 있거라 어니스트 헤밍웨이 | 권진아 옮김
187 컬러 퍼플 앨리스 워커 | 고정아 옮김
188, 189 죄와 벌 표도르 도스토옙스키 | 이문영 옮김
190 사랑 광기 그리고 죽음의 이야기 오라시오 키로가 | 엄지영 옮김
191 빅 슬립 레이먼드 챈들러 | 김진준 옮김
192 시간은 밤 류드밀라 페트루솁스카야 | 김혜란 옮김
193 타타르인의 사막 디노 부차티 | 한리나 옮김
194 고양이와 쥐 귄터 그라스 | 박경희 옮김
195 펠리시아의 여정 윌리엄 트레버 | 박찬원 옮김
196 마이클 K의 삶과 시대 J. M. 쿳시 | 왕은철 옮김
197, 198 오스카와 루신다 피터 케리 | 김시현 옮김
199 패싱 넬라 라슨 | 박경희 옮김
200 마담 보바리 귀스타브 플로베르 | 김남주 옮김
201 패주 에밀 졸라 | 유기환 옮김
202 도시와 개들 마리오 바르가스 요사 | 송병선 옮김

203 루시 저메이카 킨케이드 | 정소영 옮김
204 대지 에밀 졸라 | 조성애 옮김
205, 206 백치 표도르 도스토옙스키 | 김희숙 옮김
207 백야 표도르 도스토옙스키 | 박은정 옮김
208 순수의 시대 이디스 워턴 | 손영미 옮김
209 단순한 이야기 엘리자베스 인치볼드 | 이혜수 옮김
210 바닷가에서 압둘라자크 구르나 | 황유원 옮김
211 낙원 압둘라자크 구르나 | 왕은철 옮김
212 피라미드 이스마일 카다레 | 이창실 옮김
213 애니 존 저메이카 킨케이드 | 정소영 옮김
214 지고 말 것을 가와바타 야스나리 | 박혜성 옮김
215 부서진 사월 이스마일 카다레 | 유정희 옮김
216 사람은 무엇으로 사는가 레프 톨스토이 | 이항재 옮김
217, 218 악마의 시 살만 루슈디 | 김진준 옮김
219 오늘을 잡아라 솔 벨로 | 김진준 옮김
220 배반 압둘라자크 구르나 | 황가한 옮김
221 어두운 밤 나는 적막한 집을 나섰다 페터 한트케 | 윤시향 옮김
222 무어의 마지막 한숨 살만 루슈디 | 김진준 옮김
223 속죄 이언 매큐언 | 한정아 옮김
224 암스테르담 이언 매큐언 | 박경희 옮김
225, 226, 227 특성 없는 남자 로베르트 무질 | 박종대 옮김
228 앨프리드와 에밀리 도리스 레싱 | 민은영 옮김
229 북과 남 엘리자베스 개스켈 | 민승남 옮김
230 마지막 이야기들 윌리엄 트레버 | 민승남 옮김
231 벤저민 프랭클린 자서전 벤저민 프랭클린 | 이종인 옮김
232 만년양식집 오에 겐자부로 | 박유하 옮김
233 이상한 나라의 앨리스 루이스 캐럴 | 존 테니얼 그림 | 김희진 옮김
234 소네치카·스페이드의 여왕 류드밀라 울리츠카야 | 박종소 옮김
235 메데야와 그녀의 아이들 류드밀라 울리츠카야 | 최종술 옮김
236 실종자 프란츠 카프카 | 이재황 옮김
237 진 알랭 로브그리예 | 성귀수 옮김
238 말테의 수기 라이너 마리아 릴케 | 홍사현 옮김
239, 240 율리시스 제임스 조이스 | 이종일 옮김
241 지도와 영토 미셸 우엘벡 | 장소미 옮김
242 사막 J. M. G. 르 클레지오 | 홍상희 옮김
243 사냥꾼의 수기 이반 투르게네프 | 이종현 옮김
244 험볼트의 선물 솔 벨로 | 전수용 옮김
245 바베트의 만찬 이자크 디네센 | 추미옥 옮김

● 문학동네 세계문학전집은 계속 출간됩니다